曹岩 著

首届鲁迅文学奖获奖作家

曹岩

报告·文学

自选集

作家出版社

曹 岩 笔名浅草，国家一级作家，祖籍安徽亳州。1962年生于广西南宁，1976年入伍，1989年毕业于解放军艺术学院文学系。现为中央军委后勤保障部政治工作局创作室专业作家，中国作家协会会员，中国报告文学学会理事。主要作品有《棕色雪天》、《疯狂的盗墓者》、《商战在郑州》、《幕后之神》、《锦州之恋》、《解读森林》、《北中国的太阳》、《当冰雪成难突然袭来的时候》、《窗外是谁在飞翔》、《太阳花园》、《极度威胁》等。曾获全国优秀报告文学奖、鲁迅文学奖、徐迟报告文学奖、中国报告文学学会奖、全军新作品一等奖等奖项。

目 录

纪实作品的文化追求（序）

田珍颖

认识曹岩时，她已是解放军艺术学院的学生。一身整洁的绿军装，不掩飘逸的书卷气。

30年时光如浮云般飘走，其间不时有曹岩的创作信息。所以，我一直觉得自己是了解曹岩和她的文学动态的。及至读了这部自选集书稿，我才连连感慨，知道要重新认识今天的作家曹岩。

我首先发出的感慨之声是：文弱的曹岩，却有刚硬的作品。

这刚硬，是她屡屡落笔于时代潮流的急湍处，去写这个大时代的宏伟广阔。

于现实社会中的高端落笔，是需要勇气和学识的。高处能写出无限风光，但要经历无限艰险。

时代潮流的急湍处，正显示着这个时代剧变的最本质的社会形态。站在这里，会看到这场史无前例的变革，是怎样透穿生产力的变化、社会结构的变化，而到达人的精神裂变的前沿。站在这高处，谁能听不到深层的波涛涌动的震撼天地的巨大轰响呢？而此时，当你选择了这样的写作高地时，就意味着你为自己作品制定了超凡的标高，而摒弃了平庸的写作。

曹岩就屡屡站在这样险要的地方，确定自己作品下笔的切入口：

她去写《世纪之约》，那个发生"春天的故事"的地方，那个全中国全世界瞩目的改革浪潮最汹涌的地方。当那个蓝色的南方药厂的建筑从荒野上拔地而起时，曹岩把笔落在这里，写这里发生的人间奇迹。

曹岩把笔触伸向商战时，郑州古城正在她面前震动，6个商场，竞相崛起，郑州人呼喊着涌入改革的浪潮里。写这样充满激烈的题材，这是为这个城市立传啊！而且这个商战的远端折射着全中国成百上千个城市的地覆天翻的前景。

时不我待——这可能是曹岩经常的心声，所以当历史毫不迟疑地进入新时期，曹岩的笔随着一支特殊的部队，在与"埃博拉"死神的决战中，写他们起伏跌宕的身影。在异国土地上建医院，培训人才，站在世界的防疫前沿，为人类的生存打一场你死我活的大战役……

然而，我们对一部报告文学的期许，并不仅在于它的再现性和实录性，而在于它从纪实中带给我们的思想，亦即它的深厚性。

这深厚性，当作家站在涌流的急湍处，听到惊涛骇浪而产生共振时，它就应当从作家自身的思想中涌现出来。这就是创作者在视野开阔时，寻找的写作题材的文化品质和文学品格。在这方面，曹岩的作品显示了颇有力度的表现。

比如，《世纪之约》中，以赵新先为领军人物的改革大军，他们面对的是传统势力的层层阻隔，于是，作者在着笔写他们冲出去、站起来、向前跃进的过程，意在告诉我们，这种创新的力量，永远是人类历史前进的动力。

再比如，《商战在郑州》，激烈的鏖战，价格、营销、体制、效益，在硝烟中打了几个滚。但作者却在这"市场经济的第一枪"的叙述中，把商战写成"城市的名片"，并且深层地揭示了这场商战内在的经济学的合力效益，它是城市迎接明天的序曲。

故事发生在非洲的《极度威胁》，当这支旷世未有的队伍，在死神面前展开一个大战役时，曹岩能揭开层层现象从"援外"的平常解释中脱出，将一个敢担当而摒弃穷兵黩武的大国形象，展现在全世界面前，从而传播了崇高的中华文化。

这就是我在细读了曹岩作品的文本后，循着她创作的流程，为她勾画出的创作心路的历程。因此，我感慨！为一个女作家，能以充满时代激情的心，去感受这个风云变化的时代，并以大气的笔墨，写出这个时代的大势来。

当我由曹岩的作品中寻找它的标高和深度时，我被她笔下的人物感动着。

我相信，对人物的描写，是曹岩一向创作中的文学追求的重要方面。

在曹岩读解放军艺术学院文学系时，"典型环境""典型人物"，正写在他们的教科书上；而当她步入报告文学创作行列时，她一定曾被徐迟笔下的陈景润、黄宗英笔下的徐风翔、柯岩笔下的贝汉廷所感动；她也一定知道，当报告文学连门类都无着落时，正是这些前辈笔下的人物，一个个鲜活地站在文学的人物画廊里，从而使受人轻视的报告文学，获得"蔚为大观"的承认。在这样的文学环境中成长的曹岩，不大醉心于全景式等大而无当的写作，她把自己的情感和笔力都投放到她笔下的人物中，往细处写，往深处写，往灵魂世界写，写出一个个明亮、鲜活而有立体感的人物来，让自己的作品，因为有这些人物的成功塑造，而如锦绣般的精致。

看《永远的黑土地》中这位在农垦基地服役11年的志愿兵段德坤，是总部树立的学雷锋先进个人，他光环灿烂的一个个先进事迹，一项项立功嘉奖，这些全可浮在纸上的记录，并没有妨碍曹岩进入采访深处，于是，她在光环耀眼中，得知了这个老兵厚重的内心：这11年的田野劳作中，他和妻子竟然没有实现为父亲养育子嗣的普通愿望。于是，段德坤的所有立功、嘉奖、奖状、奖章，在曹岩的笔下，一下变得重若千钧。我们在为这个朴实厚道的小伙子的忘我奉献而激动时，常能为那奉献的深重，流出感动的泪水。

卢加胜是作家简笔勾勒的另一个人物。在轰动全国的列车抢劫大案中，他挺身斗歹徒，以致受伤，但事后几年却无声息地隐瞒了英雄行为。这是一个需要仰视的人物，但作者却围绕他的壮举，细笔写他的善良、他的忠厚、他的秉直、他的敬业，直把他写得接了地气，让阅读者感到他的温度，于是，人物可信地树立起来，而《灿如阳光》的题目，恰如其分地让卢加胜的形象，留在阅读者的心中。

在曹岩笔下的人物中，最悲壮的当数《锦州之恋》中的市委书记张鸣岐，他牺牲在洪水中的消息，传遍全国。曹岩采访时，远远近近地由他周围的许多人述说着他，到处都是哽咽、泪水、失声痛哭；写在纸上的文字，也是浸满了泪水。但作者没有就此止笔，她在寻找那个最细处。最细密的地方，才是最让人心痛并永远不忘的地方。于是，她寻到了，那就是张鸣岐迎着排天大浪站立在洪水中的生命最后的那一瞬间，他在回头顾盼，他要照看他所带领的11人队伍中那个最弱小的刘晶。这一顾盼，他就失去了生的机会，因为在他前面几步远，就是一棵大树，那大树焦急而痛苦地望着张鸣岐生命最后的几分钟。写到这里，作者为张鸣岐的死，画上了一个令人难忘的句号。虽只有几十个字的排列，但一个英雄的形象，崛然树立而起。试想，假如没有这一笔，《锦州之恋》会怎样？

在人物的塑造中，对群像的描绘，是曹岩炉火纯青的功夫。她善于将群像中的每一个人的"典型性格"掌握住，重笔描绘，让每一个人成为群像的一个维面，他们挽臂联袂而立，就成为一个牢不可摧的艺术群体。

在《极度威胁》中，我们就看到了这样的一组群像：

面对塞国肆虐的"非洲死神"埃博拉，当我们的军医们终于要进入弥漫着死亡气息的病房时，谁第一个进入？医疗队长李进平静地说：我第一个进去！

病区里第一次出现病人吐血，塞方负责环境卫生的人员不敢进去处理，刚刚从病区工作完出来的护士长秦玉玲，再一次穿上防护服冲进病区。于是，21天的潜伏期，死亡的阴影每天都悬浮在她的头顶；

和妈妈一起入院的8岁男孩卡比亚去世了，尸体亟须运走，但是塞国收尸队的人却迟迟不来，好不容易来了，却以手续不全为理由拒绝收尸。医疗保障组组长郭桐生费尽口舌、费尽周折，最后请塞方院长亲自出面说情、给收尸队队长送红包，才得以把4具尸体全部运走；

小姑娘雅尤玛在妈妈去世后孤独无依，护士长刘丽英像对自己的孩子一样疼惜她，在她不堪病痛的折磨而拒绝服药的时候，情急之下，忘却危险，情不自禁地将她拥入怀中。最后，已经出现埃博拉晚期症状的雅尤玛竟然奇迹般地康复了。

写不尽这些群像中的人物，他们心灵相通，又勇敢相依着，结成了一座山一样的屏障。

《人民生命大于天》中，一支精锐部队的群像，在作者笔下浮绘出来：

医大副校长赵先柱将军般地带领这支部队，第一时间赶赴抗震救灾第一线。他指挥拯救一个在大地震中失去职能的地方医院；他又指挥了千名伤员的大转移，开创了"极富创建性的有效之举"，为成千上万的罹难同胞打开了新的再生之门；

王登高，一个在渡口大声吵架的将军校长，为的是要争得一只冲锋舟，带自己的医疗队渡河冲向震中映秀，他吵得声震四方；

创伤外科军医沈岳，取消了简单安全的截肢手术，冒着风险竭尽所能地抢救小姑娘杨璐已经开始坏死的手臂。手术成功后，他挥着拳头大喊："太好了！小姑娘的手保住了！她美好的一生也保住了！"他的生命保卫战屡战屡胜；

当一例特殊的手术必须在余震不断的楼房里进行时，黄显凯教授说："我是党员，我主刀！"于是，许多医生跟着他进入了余震中的手术室。这些临危不惧的军医，肩并肩地成为一支利剑般的队伍。

对曹岩笔下群像的归纳，并非赘笔。报告文学作家常常面临大事件的写作，群像是其中的文学脊梁。但写群像，就牵连了布局谋篇、结构架设、节奏急缓等许多无法规避的问题，这会是对执笔者的考验，曹岩的作品，就在群像出场中，积累了不少的文学经验。所以，群像描绘也成了研究曹岩作品的不可规避的一个方面。

本文的最后，我的感慨要针对"行走者曹岩"。这似乎是个要离开文本的话题，但恰恰相反，这个话题正是从文本中引发出来的。

读曹岩的作品，你会发现她的采访范围总是尽可能地扩大，采访人数也就尽可能地增加。这使我想起在报告文学界使用率很高的一个词汇：田野调查。这个原本由传播学引来的词条中，不仅仅指采访者到现场，它含有更高的学术程序，比如：比较、辨别、思考等，更重要的手段是参与和观察。

曹岩是个按"田野调查"本意进行采访的作家，她讲究文本中的证实，乃至反复证实；她讲究与采访对象的面对面的恳谈、心与心的碰撞，以致达到共鸣共振。

于是，她就成了一个真正的行走着的报告文学作家。

一个资料显示，她的长篇报告文学《幕后之神》，曾有近百人的采访记录，就是在这本自选集中，每篇的采访量都不少。

记得当她30年前将《疯狂的盗墓者》交给《十月》时，我问她：你去过盗墓现场？于是关于盗墓者占据的"鬼沟"等，立刻成了我们俩的话题。细读《人民生命大于天》一篇，你会发现，她随军而行，住帐篷、睡地铺，从重庆、成都，到达都江堰、德阳、什邡、汉旺、映秀、理县。我问过，这一路行程超过1500里，那正是骄阳暴晒的日子。

我从《锦州之恋》所涉及的时间看，当她到达锦州采访时，洪水刚刚退去，地面到处都是泥泞，锦州人完全沉浸在失去一位好书记的悲痛中。

如果说，报告文学作家的作品，是用脚步丈量出来的，曹岩当之无愧。面对当今许多由等身资料堆起来的宏大叙事，曹岩却踏踏实实地行走着自己的报告文学之路，可谓：初心不改。

写到这里，我发现我没写她是女作家怎样怎样，这不是我的忽略。

我觉得，一个报告文学作家的本分，是要有一个"家国天下"的大情怀，无论其是男是女。

曹岩有这个本分，所以她刚硬，所以她深厚，所以她能够文笔持久。

2016年冬至　紫芳园

商战在郑州

战争是商业竞争的一部分，也是人类兴趣和行动的冲突。

——卡尔·冯·克劳斯威茨

楔子：一张彩票落在商鼎上

这是只巨大的商鼎。鼎呈方斗形，通高5米，直口，深腹，平底，口沿如唇，距方鼎不远处立有一尊人像立柱，饕餮纹身，各色人等。从高空俯瞰，很像城市伸出的手臂。

当城市预期在飞机的轰鸣声中颤抖的时候，据说，在万张彩票如落英缤纷而下时，最早承接那些印有"亚细亚商场"字样彩票的，就是这尊可以称之为郑州手臂的人像立柱和那只巨大的商鼎。

这只商鼎的原型，是在市内不远处的张寨南街杜岭土岗下发现的，因而文物界称它为"杜岭一号铜鼎"。著名雕塑家吴树华按原型放大5倍矗立在郑州人民路和太康路交叉的三角公园。商鼎和人像柱落座的地点选择得无可挑剔，它正是3500年前商朝国都——傲都城墙的南端。

夏代时，商族还是居住在黄河中下游的一支弱小部落。由于夏禹主张"懋迁有无"，重视贸易，因而部落生机勃勃，终于在商汤时灭了夏，建立了商王国。

后来商王朝被周武王所灭，按照战胜者必须保存战败者祭祀的惯例，周武王封殷纣王之子武庚为原来商地的诸侯，故曰商丘。西周初年，武庚反周失败，商地遗民大批被周公旦迁至洛阳。失去家园的商民只得重操旧业，赶着牛车四处奔走叫卖，周人称他们为"商人"，他们所从事的职业叫"商业"，所买卖的货物叫"商品"。他们从东方来，把东方沿海的盐鱼等商品拿到西方卖，因此就叫"卖东西"。因他们过去居住的傲都是商朝的中央都市，因此而称"中国"。中国这个称谓就是从商朝开始的，因此，人们也叫他们为"中国商人"。

站在郑州这个三角公园似乎特别能感受历史，这是通向历史的神秘出口。遥想傲都当年时节，身为"天下之中"九州"赋入贡辈"，各路"懋迁"大军，他们陆行乘车，水行乘船，泥行乘橇，山行乘舆，云云拥拥，风风火火，好不热闹！那时的繁华虽已乘风归去，却亦如雨露滋润过中华民族……

1992年春节，在河南省考古界一位朋友指引下，笔者曾沿着昔日的傲都（已不复存在）绕城一周。这是一次具有非凡意义的造访，它使笔者意外发现了许多东西，感觉到了一种令人震惊的神秘力量。

我们从国际饭店起步，沿着边长1700米左右的长度走出了一个7公里长的"口"字。在"口"字合拢的时候，我们获得了一个重要的发现：在这个3500多年前的商都，这个曾经叫"中国"的地方，这个产生商人的摇篮，它的四周最最适合贸易的部位，如今矗立着5家本市最负盛名的商场。它们依次是：紫荆山商场，郑州市百货大楼，商城大厦，华联商厦，亚细亚商场。加上市西郊的商业大厦，被人们统称为六大商场。

本文所叙述的便是六大商场的故事。

因此，当这座城市自有了这组商鼎与人像纪念碑后，就像一道神秘谜语的答案，一下解读出城市的灵魂。这座城市3500多年的日月精华，全被它凝聚而去，它又像"芝麻芝麻开门吧"那样能打开财富之门的咒语，深刻影响着城市的发育。它为城市规定了个性、品格特征，具有神秘不可测的把握力量。它是城市的象征，是一枚闪闪发光的城市的徽章，它就别在城市的胸前。

1992年5月6日，当郑州亚细亚商场利用场庆活动，又一次把旷日持久闻名全国的郑州商城从地面引到空中时，让中原航空公司的乙24运输机引擎的轰鸣声将郑州市民赶到户外去享受阳光时，机组人员按照亚细亚商场的指令，进行低空盘旋，让商品经济的声音充斥郑州的上空；同时也让这高频振荡敲击它的对手，那就是商城、华联、郑百、紫荆山、商业大厦等五大商场联谊会的老总们。机上人员从一定的高度辨认着被市场经济的浪潮席卷的城市和那些在商战中仍频频交火打得难分难解的商场时，不禁感慨万千。仅仅几年工夫，郑州便不敢相认。它在商业竞争中走出了泥泞，一个大商业、大市场、大流通的格局已经形成，整座城市发展的脉络像机翼下的黄河，清晰可辨，一个辉煌的宏大的构思——要把郑州变成全国商贸中心城市的设想正在实现。城市已不复相认，唯有那个城市的徽章——商鼎以及那只城市高扬的手臂还能寻踪。在诸多观感和浮想联翩中，他们把万张彩票朝着城市的胸膛抛撒下去……

A章　崛起

来自国务院的预言·关于规模效应说·一支借贷大军·一朵雪莲花

殷人重商。周人重农。自周之后，3500多年来犹如一日，这座黄河边的城市一直没有长大。只是一次偶然的契机，一次大规模的城市旧城改造工程，不小心触动了那个神秘的咒语，像《水浒传》开篇所讲那般，跳出二十八宿七十二煞星各路豪杰下夕烟，这片神奇的土地才又一次鲜艳夺目，才导致了这场著名的商战。

1983年，在第一届全国青运会决定在郑州召开之前，郑州人突然自惭形秽起来，面对全国观众，这座城市显得衣衫褴褛，捉襟见肘。同年，郑州市政府便向国务院打出报告，决定对脏乱差的旧城进行改造。国务院立即给予了批复，同时指示：利用旧城改造这一有利时机，要把郑州建成全国中部地区的交通中心、信息中心、商业中心和金融中心。这无疑是一把无比锋利的尚方宝剑，当它向暗灰色的旧城凌空劈下的时候，谁也未曾想到它将会给郑州带来革命性的变革。

郑州地处中原，市区面积约1010平方公里，市区人口约158万人。它北临滔滔黄河，南接巍巍嵩岳，扼南北东西交通要冲，是京广、陇海两大铁路干线交会处，也是亚洲最大的铁路枢纽。说它将成为全国的交通中心和信息中心，似乎谁都看到了它的倩影，至于说要把它变成商贸中心和金融中心，谁心里也没底数。

偌大的郑州，新中国成立30多年，一直只有一家大型商场（营业面积仅7100平方米）——郑州市百货大楼。而要在这样的基点上冲刺全国商贸中心，再有想象力的人也要咋舌。

于是，这道来自国务院的指示，一时间成了一道预言，它绵亘在郑州市158万人民的心里——亟待证实。

在郑州市旧城改造的总攻信号升上天空的时候，首当其冲的便是郑州的商业系统。这是一场完全没有思想准备的遭遇战。郑州的商业状况多年如一泓水泊那般静谧和安然，既然没有波澜壮阔的条件，索性也就图个自在，于是就和着自然经济的节拍细水长流下去。但是，旧城改造的号令一出，几乎在一夜之间，他们便失去了家园，就像农民失去了土地，他们只有长歌当哭的份了。

郑州市一商局局长王华然走马上任的确切时间是1985年6月10日。当他推着自行车轻轻捷捷走进一商局时，看到满院子的人。没想到满满当当全是来上访的商店职工，他们全由本店经理带队，以经商人员特有的秩序感很谨慎地来反映情况。王华然立时感到了问题的严重性。在旧城改造中，仅一商系统就被拆48个网点，被拆面积2万平方米，在职职工失去劳动场所的达2000人。2000人的队伍面临失业，即使他们再缄默，再守纪律，总得张口吃饭呀，可是，没有场地该怎么办？

郑州市商业管理委员会主任顿启明是个泰山压顶不弯腰的汉子，当商业系统航行的船舶被风浪侵袭的时候，是他率先扬起奋争进取的风帆，首先稳定了大家的情绪。商管委是商业系统的综合主管部门，它的主要职责就是综合、协调、监督、服务商业系统的工作，它包括一商局、二商局、粮食局、供销社、蔬菜办公室及工商局、物价局等7个部门。顿启明主任当时的主要任务就是帮助失去家园的职工重建家园，按照城市的总体规划，研究协调商业设施的布局，参与大型商场的立项、论证和筹措资金，安置失去劳动场所的商业职工。他没有悲观，没有愁肠百结。因为他首先看到了那个正向城市走来的宏大的时代背景，那是即将出现的真正的高潮。对那些曾为国家做过贡献的商业战士，如果仅仅灰着脸说些安抚的话是绝然做不通思想工作的。关键是激励他们如何振奋精神，重振雄风，夺回失去的东西。应该让群众看到搬迁后面的东西。中国人，尤其是受农耕文化影响颇深的中原人，天生有一种安于现状的惰性，而这惰性又像结石般潜伏在城市的脏器中，没有非常的力量是很难击碎的。而这一次大规模的旧城改造，应该说是一次绝好的契机，也是医治这一顽疾的一剂良药，它将会让郑州的商业置之死地而后生，如果我们当领导的加强引导，那么，一支背水列阵的商军就会在生存较量中奋勇当先，披坚执锐，踏出一条新路来……

顿启明，这个曾当过大工厂厂长的雷厉风行的人，开始风风火火穿行在上访队伍和拆迁网点之间，把一个深刻的理解告诉每一个人。他说：一定要掌握自己的命运，决不能放弃自己的阵地，要变被动为主动，利用旧城改造的大好时机（他把它当作绝好的事情了），让郑州商业找舞台、唱主角、唱大戏！

不久，郑州市一商局在市有关领导和王华然局长的主持下召开了一次紧急会议。

会议初始的时候，笼罩在人们心头挥之不去的阴郁感使会场的空气多少有些沉重。会议的中心议题仍是讨论能否放弃"阵地"。拆迁在即，商业系统马上将失去许多赖以生存的基本设施，他们将一无所有。王华然局长在此之前，曾凭借他的个人优势——他曾在市委秘书处工作多年，和市领导们很熟，跟领导们软磨硬泡。大年初一，王华然说是给当时的市委书记姚敏学拜年，实际上是给市委提意见。他火气很大地说：扫地出门不是共产党的政策！姚敏学书记很宽厚地看着这个血气方刚的秉直汉子，任他发泄胸中忧闷。但是，市政府的大政方针已定，那是个开天辟地的壮举，它将给郑州乃至整个中原带来勃勃生机和无限的恩泽，和这个宏图相比，眼前发生的一切将是阵痛而已，小小的阵痛。但事情毕竟是发生在他们身上，任何疾痛都是疼痛，尤其是牵涉到那么多人的就业安排，也绝不能掉以轻心。姚敏学书记笑着对王华然说：改革开放也是共产党的政策呀！在大局和小局、局部和全部的整体比较均衡之后，市政府将王华然的意见付诸实施——制定了拆房赔偿的政策。只是赔偿得很有限——一平方米仅赔偿350元。结果，疼痛的感觉自然留给了商业系统。据旧城改造指挥部人士讲，新房建成后，每平方米的价格将是3800元。若如此，商业系统再回头买，是决然买不起的，只能眼巴巴看着自己的媳妇让别人背走。面对目前这种情势，商业系统如何应对呢？

会上，当这些商业干部端坐在一起，研究郑州商业的前途时，王华然发现，人们基本上已走出了幽怨的误区，敢于面对现实，能很清醒地分析目前情势了。大家一致认为倘若放弃阵地至少有以下四个问题：一、失业职工无法安置，不利于安定团结；二、上级下达的经济任务无法完成；三、给居民购物带来许多不便；四、国营商业发挥主渠道作用成为一句空话。经过分析，大家认为光拆不建就等于打仗时光藏不打，结果越藏越挨打，应该变被动等迁为主动去迁，而迁是为了更好地去建。会议的高潮在不经意中出现了，人们的着眼点和兴奋点都放在了以后——未来的郑州商业的改革前景。也正是这次会议，使善于思索、头脑敏捷的王华然引申出了他的著名的规模效应说和一点感慨。他说：人们心中蕴藏的对改革开放的热情，是克服一切困难的原动力，只要为了改革开放，一切都可以忍让，一切都可以奉献。改革开放是最大的前途！

（由此也可看出郑州商界的整体素质。许多人惊诧，怎么一夜之间就冒出个郑州六大商场打商战？参战的人不仅才华横溢，鲜招迭来，且光彩照人，水平极高，显示出郑州商界人才济济。实际上他们很早就已直面改革大潮，历经磨难和淬火了。六大商场中的许多人都经历过这次阵痛，受过生存之争的洗礼。这对他们今后将受用无穷。在企业转换经营机制，投身于市场经济的大潮时，这种训练使他们大都临危不乱，应付自如。）

对郑州市一商系统来说，这次会议无疑就是他们的"遵义会议"。他们非常机智地把握了这个时机，在改革大潮来临之前，他们不失时机地建造了远航的船舸，这无疑是一种卓然的远识。

郑州市委、市政府的决策者们无疑看得更高更远。如果说，王华然们只是不失时机地建造了远航的船舸，而决策者则已在勘察未来的航线了。几乎所有的人都觉察到了一个悄悄临近的巨大潮汐，那就是市场经济的必然到来。国务院的指示实际上是一道意义深远的动员令，它是在做了大量的国情分析后，用战略的眼光在全国的棋盘上落下的一枚举足轻重的棋子。郑州作为内陆腹地的一座省会城市，因其特殊的地理位置，将在沿海沿边沿路发展战略中，发挥起承转合的非凡作用。国务院的指示为郑州市的旧城改造原本单一的色调加添了更加辉煌的色彩，这一生花妙笔使郑州市的决策者们在赞赏之余又心领神会，于是一个新郑州的蓝图就应运而出了。

市场经济是具有一定社会化程度的商品经济，它的前提是城市化。在城市化推进过程中，第三产业的投资比重应大大加强。郑州市委、市政府的决策者们在"七五"期间下大气力狠抓了商业系统的基础设施，为未来的郑州投身市场经济创造了优越的条件。

郑州商业系统在"七五"期间，共扩建、改造18个商业网点，建筑面积达19万平方米，新增营业面积5.8万平方米。"七五"期间的总投资2.2亿。仅"七五"期间新增营业面积便是新中国成立以来营业面积总和11.1万平方米的52.3%。也就是说，这短短的5年时间里，他们创造的业绩比前35年要辉煌得多。

从发达国家商业发展的情况看，没有稳定而较大的投资比重，很难伴随飞速发展的工业化进程。美国等发达国家多年来一直增加对商业的投资：美国1958—1982年商业固定资产投资额总计达480亿美元，而同期制造业固定资产投资额仅为275亿美元，商业的固定资产投资占美国固定资产总投资的比重一直保持在10%左右，而制造业仅占5%；日本70年代制造业产业设备投资占总投资比重呈下降趋势，1982年为1970年的94%，而对商业的投资却逐年递增，1982年比1970年增长了15%；在原联邦德国，对商业的投资额年平均增长5%左右。一般来说，城市越大，市场也就越大，商业是城市的肚腹，全靠它强有力的肠胃，靠它的吞吐接纳，来给城市以营养。构成城市繁华的基本组织之一便是鳞次栉比的各式商店，它的彩虹般的广告和与之俱来的服务性设施。美国经济学家道拉卡教授在其著作《断绝的时代》中说："大城市是19世纪成长起来的重要市场，它为创造发明提供了巨大刺激力，而这些创造发明，又为发展产业，提供了广阔的市场。"

商业群体在不断膨胀的城市母腹中孕育、成长，反过来又给城市以深刻的影响。在发达国家，大商业作为隆起的经济山峰，它的存在，已经能影响本国的经济气候。在美国，第三产业的产值比重占国民经济比重的68.8%，日本是56.7%、意大利为61.5%，就连比较落后的印度也占40%，而我们仅占27.3%。在发达国家，从事第三产业的就业人数一般占总就业人数的60%左右，美国占

70%、英国占69.4%、日本占58.5%。而我国只占10.3%左右。从大城市商业服务业所占比重看，东京62.4%（1974）、巴黎61.7%（1975）、莫斯科42%（1973）；北京为33.3%、上海为23.9%、天津为25.9%（1983年统计）。由此可以看出，第三产业的发达，是科技进步、生产力不断发展、人类物质文化生活的必然产物，它已经成为衡量一个国家经济水平的重要标志。

今天，一个以经济建设为中心的中国，一个怀着必胜的信念而使其经济腾飞的中国，会伸出森林般的手臂说：要大力发展我们的商业！

要发展商业，就要具有自己独特的个性魅力。王华然局长第一个提出了他的著名的规模效应说。

什么叫规模效应？就是相对集中建成一批现代化大型商场，形成阵容强大的商业集团，从而形成自己的规模优势——王华然说。

规模效应有三方面的好处：1. 提高了地方和企业的知名度；2. 提高了企业的吸引力和辐射力；3. 提高了经济效益和社会效益——王华然又说。

郑州人有句话："啥大了都成精。树长得太大会成树精，长虫大了会成长虫精。"看来平地而起的商业楼群，作为一种硬硬邦邦的存在，它难道没有自己的精灵？

这是一支成分复杂的队伍。

他们自己戏称是借贷远征军。

教育口、商业口、财政口、市政府混合编队，组成了这支奇特的队伍。这支队伍将要西出阳关，将要完成一项重要的使命。

因为事关重大，郑州市商业系统统帅部的总指挥刘振中副市长亲掌帅印，另有一左一右两员大将：左是一商局局长王华然，右是华联商厦总经理张淑云。

刘振中是个很豪爽的人，热情、干练、通达。他的许多年是在黑板前度过的。捏着粉笔头过日子，竟没有学究模样，反而凝聚为大山大川之气。大概他来自笔架山——杜甫的故乡吧，大概他来自真正唐三彩的发祥地——巩义市站街镇大黄冶村吧，他把社会当作一本书去阅读，更把人生当作一本书去咀嚼。他当了许多年的郑州市教育局长，当了副市长后，又分管教育、卫生等口。在教委系统，他如鱼得水，把个郑州市教育系统搞得有声有色。于是政府又让他管商，让他读商业这本书。他真读了，苦读数载，终于读懂了。要不他不会说：对商界，尤其是对那些深谙经商之道的老总（郑州商界对总经理的称谓）们，我是怀着深深的敬意的。他为自己担任郑州市商业统帅部总指挥的工作概括了两个字：服务。他说，尤其是商业，这是几千年的学问，名堂大了，多少能人在里面，有人既是经商能手，又是治国贤达，商业是一所大学校。比如公元前11世纪初，陕西岐山的姜太公吕望，在遇周文王之前，就曾开过"饭店"做过屠宰生意。另外还有吕不韦，他本身就是大富商，因为做生意所悟，将国家也当成商品去交易。另外还有管仲、光武帝刘秀，成事之前都当过商人。面对人才济济的商界，我们当领导的选择——也是最聪明的选择，就是服务。再者，这不是个人的选择，而是整个郑州市委的集体选择。

1990年，市委召开扩大会议，讨论八五计划和十年规划问题，市委第一次提出了"以贸促工"的口号。这是对过去重农轻商、重工轻商的一种反思，而实践证明，单靠工业或单靠农业是没有出路的。仅就这两条，我们当领导的就要服务，还要老老实实服务，扎扎实实服务。老老实实服务是指思想上认识要高，扎扎实实服务是指要有一套行之有效的服务办法。我敢担责任，下边请放手大胆干吧，出了问题我承担责任，我认为这就是一种服务；为下边办实事，企业有困难，咱就挑头上，这也是一种服务，比如华联找我……

张淑云早就看准了刘副市长的"服务"态度，因此，在她不得不走西藏拉萨市借贷这着险棋时，她几乎没费多少口舌，便把郑州商业统帅部的主帅给请了出来。几年之后的今天，当笔者采访张淑云时，她正考虑如何成立华联商厦集团公司。它将是跨部门跨行业的集团公司，用经济的链条将工业企业和商业企业联合起来，走出省区，走出国门。她还想搞股份制，把企业和个人的命运拴在一起……其奇思妙想接二连三，且气魄宏大，构思奇伟。这是不是受了西藏之行的启发呢？

张淑云是内陆省份第一个走向边地筹资，并把商品经济的意识洒向雪山的人。

1985年，华联的前身——郑州市纺织品公司属下的几家商店要被旧城改造指挥部抹掉了。市里赔偿了43万，让他们另起炉灶。可是，近300人将失去工作，如何处置？再说，华联原来所在地——二七塔附近是商业的寸金之地，一旦失去将永不会再来，那纺织品公司很难再打翻身仗。怎么办？经过反复比较，他们决定自己在拆掉的老店之上盖新楼。

这一天，张淑云找到了郑州市旧城改造指挥部总指挥刘源副市长。

刘源是已故国家主席刘少奇同志的小儿子，他问张淑云：你们有钱吗？

张淑云很想如实回答，但话到嘴边又咽了下去。她必须说"有"，而且要表现出很有钱的样子，要是稍有犹豫，那片寸金之地便会被排大队抢要的人夺走。于是她胸脯一挺说：有！

刘源说：那就给你！

仅立项就要2605万元，对于一个大子儿也没有的纺织品公司，该咋办？

张淑云从此当上了"阿乞婆"。

从市里到省里，从财政系统到金融系统，最后到领导层，张淑云以女人特有的细腻，用两年多的时间像篦头发般篦了一遍，大大小小头头脑脑竟找了300多人。

谁听了都会吓一跳，一分钱没有，却要盖大楼？

那大楼若要10万20万也许能成，按她的设想，竟要4000多万哩，谁能有这样大的能耐？

张淑云想，要是10年前，不，就是5年前我也没有这胆。我那时要提出盖大楼，那可真是百分之百的神经病。可现在我却敢想了。这个时代就是出让人意想不到的事。可不是吗？头两年，有人要是成了万元户，人们就觉得了不得；可是这年头，有人成了十万元户、成了百万元户，还有人上千万元呢！许多个人的梦都实现了。我要盖大楼的梦可不仅仅是我一人做，我们纺织品公司的每个人都在做，我们是一个集体，捆在一块儿，那梦做得还能没有气魄?！要说我们是两手空空，可我们身后有一个时代支撑着呢。改革就是我们的靠山，我们向改革要生路。别人也会相信我们会成功的，今天我们伸手要来4000万，明天我们靠改革会挣来8000万、几亿几十个亿呢，这4000万会换来一个新天地呢！

这是一个具有非凡胆略的"阿乞婆"！这是一个具有远大抱负的"阿乞婆"！

自然，改革的路险象环生，但是她挺着胸膛走着。眼下要紧的是继续当她的"阿乞婆",继续去要钱。白天那些重要人物都忙,开会、办公,话无法搭上,于是就下班后找。到人家里去找。这么找着,她就顾不了生病的母亲,顾不了丈夫,顾不了家。有人问她:淑云,你盖楼咋下恁大劲?

她微微一笑:这都是逼的。形势逼的,改革逼的。不这样就没有出路。一个改革家本身的素质就是企业成功的保证。于是许多被她求到的人果真都帮忙,不再担心资金到时候泥牛入海无消息。就这样几千万块钱硬是一笔一笔"要"了来,大楼竟轰轰烈烈开工了!

大楼矗立起来了。到了装修阶段,危机来了,手里资金告急。此时工程只进行到一半,还需2000多万元的资金。张淑云内心如焚,但外表仍若无其事。她不敢让施工单位知道,一知道便散了心,一停工损失就大了。她也不敢让职工们知道,职工们正在受训,新招职工工作正在进行,知道消息后就会炸了窝。此时大楼还不能不盖。已经投进了2000多万,这笔钱咋收回来?就是把自己投到监狱去,可国家白白损失2000多万哪!张淑云几乎要急疯了!

这时,张淑云听别人说可以向西藏借款,这消息使她眼睛一亮。她赶忙向有关人去询问,还真有这事。

张淑云的思路一下子打开了。不少外省商团冲破地域制约,或借船出海,或借边出境,目光已经找寻世界。而作为内陆省份的郑州必将会勇敢地跨出这一步,但能不能在此之前搞个逆向思维呢?你可以下海,我就能上山。我们去走西口,来个西出阳关,到雪山顶上搞开发去,可以利用西藏的资金和资源,搞联合开发……当张淑云把这个朦胧的意识向主管商业的刘振中副市长和王华然局长汇报后,得到了他们的大力支持,当即就研究了许多可以和西藏地区联合开发的项目,西去的决心于是就在意犹未尽中敲定了。

张淑云的商业集团的意识和构想,也许就是在此时播下的种子。

现在不是讲小政府大服务吗,郑州市似乎很早就体悟到它的要义。据郑州市副市长刘振中和一商局长王华然说,他们是"奉命"去的,企业的需要就是命令,只要是为经济建设,政府将全力配合。他们将代表郑州市的经济力量去和拉萨的经济力量对话。

在谈到去拉萨合作开发项目是个了不起的构想时,王华然局长说,我们去西藏收获很大,不仅跟拉萨,还跟日喀则等市洽谈了许多项目,这些项目商谈的本身就是一种开发，它使极其落后的西部边地第一次认真地思索如何播下商品经济的种子。

一支急如星火的借贷大军出发了……

汽车在冈底斯山颠簸着向日喀则移动。汽车只是晃，总不见它向前。刘振中看看窗外，见车如飞机般在云中飘荡，汗水一下子涌出来了。他忙闭上眼，觉得头嗡嗡的，心提上来后却下不去，就卡在嗓子眼，好难受。

车内的人似乎都睡着了，都闭着眼，但他心里明白，谁也不会睡着，只是因为连睁眼的气力似乎也没有了。高山缺氧，再加上吃不好饭、睡不好觉，每个人连站立都觉困难。从一下飞机，人刚到招待所，几乎连停也没停，便去了拉萨财政厅。会谈了两天，对方很慷慨，一张口就给了150万元。这点钱对华联大楼只够用两天的。大家伙心里一下子凉成冰坨子了，但口中仍连声称谢。拉萨财政厅并不像原先想的似乎有金山银海，人家也要建设，改革开放已使拉萨今非昔比，能张口给这么多，够意思了。张淑云回到招待所，这才闹起了高山反应，加上几天没有好好吃饭，吐的尽是黄水，再后来，就哇哇大口吐血。

临来西藏前，激烈反对她进藏的莫过于她的丈夫了。"我不能让别人带着你的骨灰盒回来！"丈夫跺着脚嚷。但照样没挡住张淑云西行的脚步。

娘也劝过她。这也是最令她揪心的。现在娘就躺在医院里，娘是流着泪求她不要去的，她怕淑云出意外，也怕自己万一不行了，连个面也见不着，那咋能闭眼呢？

张淑云哭着离开了娘。

谁也没有挡住她。

想起了娘，张淑云心里很不好受。尤其是在听说贷款只能筹150万的时候，尤其是在哇哇吐血的时候，她也曾怀疑过自己这样拼命西行是否值得。但她马上就消解了这些悲伤的情绪又振作起来。

西藏财政厅厅长很热情地为刘振中一行写了一封信给日喀则地区财政局，让他们再想想办法，并借此会谈一下联合开发的项目。

于是，大军又向日喀则挺进。

张淑云硬挺着，昏昏沉沉地在车中摇晃着。途中下车休息，她还没走几步，便觉得雪山要倒了，天空旋转着盖过来。她用手抓了一下，想扶着一位同志的肩头靠着喘息一会儿，没抓着，身子就慢慢往下堆；她想说，快把我扶上车，话也含混成一团，软泥似的堵在嘴里。躺在山地上时，她的耳朵出奇地灵敏，嗡嗡声消失了，纷沓的脚步声、人们的惊呼声压了过来，她还听见刘副市长喊着"淑云淑云"跑过来，她很努力地笑笑，头一歪，什么也不知道了……

张淑云醒来时，见大伙正围着她给她输氧，她挣扎着想起来，被刘副市长拦住了。

路程是艰难的，每一步都艰难。生命像是飘在了云朵里。张淑云两次昏死过去。

日喀则的藏族同胞听说张淑云两次昏死的事，都非常感动，把她比喻为盛开在雪峰上的雪莲花……

整个西藏都被这个来自中原的女经理感动了。她像个传道士——商品经济意识的传播者，使藏族同胞第一次感受了商品经济的魅力，并把目光找寻到雪山下的祖国内陆……

他们终于满载而归。

华联的大楼终于矗立起来了。尽管张淑云回到了郑州，但她仍然在娘离开世界的时候没能见娘一面。张淑云在电话里对娘说，大楼盖起来第二天我就看你，呵娘。结果娘就等。可她又出差，娘还等。出差刚回来，又轮到她值班；值完班，又是别的工作。终于，一个凌晨，她还在梦里，就听有人咚咚敲门，一开门，就见弟弟哭着说：咱娘不行了……

这就是这支借贷远征军的故事，也是郑州商界企业家的故事，也是郑州商业如何崛起的故事。就是凭着这样的精神，郑州在极短的时间内，崛起了亚细亚商场、商业大厦、商城大厦和华联商厦，加上郑州市百货大楼、紫荆山百货大楼，使百万人口的郑州商厦林立，群雄并起，为日后的商战创造了很好的物质条件，搭了一个像模像样的大舞台。

B章　野火

谁持彩练当空舞·剑拔弩张·开业第一课·野太阳

商城大厦的彩练抛起来的时间是1989年9月3日。这是第一次试营业。据说这次彩练抛起的日子是总经理李自强亲自选定的。他的初衷是想让商场尽快上马，就像一把刀试试锋芒，就像一匹马试试它的脚力。

商城大厦竣工时，正是我国经济的风雨季节，企业大面积滑坡，市场疲软。商城大厦在这当口呱呱坠地，其形势的严峻可想而知。开业之前，有人主张准备工作要十分充分，条件要十分成熟，事关企业形象，争取首战必胜，最好再等一些时日。李自强透过经济界凄清的雨幕，看到另外一番景象：这是一处世外桃源，当外边经济风暴正急时，它"哐当"一声关闭了玻璃窗。这就是中国的民间金融资产，也就是中国老百姓的装钱口袋。据统计，中国老百姓目前口袋里的钱已达13000亿元，居民储蓄已超过9000亿元。1980年之前，居民储蓄存款占银行各项存款总额中的比重，一直排在企业存款、财政性存款和团体存款之后。但是到了1990年，国家、集体、个人所得占国民收入的比重分别为16.2%、11.2%、72.6%。应该说，老百姓手中越来越鼓的钱袋子，是商业兴旺的基础，市场繁荣的重要保证。但这笔钱现在却千呼万唤难出来，它已经走过抢购"三大件"的消费进程。发达国家半个世纪走过的高档消费路程，我们只用10年便走完了。新的消费热点实际存在着，但它却隐藏着，越来越难发现。集40年商业工作之经验，李自强感觉它在雨幕中若隐若现，他应该毫不迟疑地去寻找它。

于是李自强力排众议，坚持一定开业。他做通了上级机关——省供销社的工作。市农行是主要投资者，于是他又做通了农行的工作，终于在9月3日向郑州市人民抛出了他们的彩练。

李自强万万没想到，他们的彩练受到了截击。

亚细亚商场的彩练比他们抛出得更多，更缤纷。

商城大厦开业时正是二七广场大改造的时候。广场上七沟八渠，四围全是土堆，商城东西两面被两条深沟割断。为了试营业，他们在东门很仓促地铺了几百块方砖，把深沟填平，然后在门前挂了两幅长条标语，上写"热烈庆祝商城大厦开业"字样，便点燃了开业的爆竹。

亚细亚商场为了商城开业，确实是如临大敌。那时华联还正在筹建，商城算是第一个跳上擂台的对手。为了能成功地阻击商城的影响，亚细亚商场总经理王遂舟主持召开了多次会议。就在亚细亚以商城为敌手暗暗运筹帷幄时，商城大厦却全然没有把对手编入应对的程序中。

那时商城大厦上下一心，为了9月3日这一天，进行着殊死的战斗。谁说不是殊死的战斗呢？从8月5日商场职工进驻大厦，到9月3日，仅28天时间，那时商场内还空空如也。在这28天里，要出现一个完全现代化的商场，绝不是件易事。在那些天里，商场确实变成了战场，柜台像壕堑一样，指战员是那些手持蓝图的经理。他们按照现代化商场的新型设计，只要稍微不合格，就让职工们推倒重来，一遍、二遍、三遍……晚上睡觉，随便找张报纸一铺，睡上三五个钟头，起来再干；吃饭就在商场里吃，谁也不下火线一步；有人腿上的伤口化脓了，瘸着腿继续干；有人晕倒了，昏迷中仍叫"柜台放这边"……那时你夜半来，定会疑心走错了路，你会看到那战场上的情景，1000多个职工就睡在大厅里，有躺着的，有半靠着的，有歪在柜台上的……商城大厦就这样迎来了9月3日的黎明。

终于开业了！开业半个小时之后，商城大厦总经理办公室主任丁振宇，这个20多岁的小伙子，以百米冲刺的速度，从一楼依次跑上四楼，见到营业员就问：卖钱了吗？许多营业员含着泪激动地喊：我卖到了钱！我卖到了钱！

可是，这时商城大厦的外边，亚细亚竞争的锣鼓很快就淹没了商城职工的欢呼声……

谁持彩练当空舞？毫无疑问，9月3日，理所当然应该是商城人抛彩练的日子。你方唱罢我登场这一天，该轮到商城人出台了。但是亚细亚人却当仁不让。

亚细亚人首先感到了危机。

过去，郑州市多少年来只有一个大型商场——郑州市百货大楼。多年来，它一直很有把握地控制着全市的客流量。70年代末，紫荆山百货大楼应运而生，打破了"郑百"的一统天下。多年来，郑州市的居民只围"紫百"转，"郑百"成了被顾客遗忘的角落，据说每天的销售额才10万元左右。亚细亚商场开业时，当时"郑百"和"紫百"谁也没注意它会成为气候，完全没有在意。这一疏忽为他们带来了沉痛的代价。近几年来，顾客蜂拥而至亚细亚，"郑百"和"紫百"又同时被顾客们遗忘了。现在，商城大厦却和亚细亚近在咫尺，它的出现，很可能将郑州市的客流量截到它的怀抱，哪怕这种情况只一年半载，也会让亚细亚大厦将倾。因此，迅速阻击商城的彩练就成了亚细亚人上下一致的看法。他们认为：在郑州的商业上空，谁的彩练抛得越多越高，谁就会吸引顾客！

9月3日这一天，亚细亚商场全身被几十幅标语和广告装扮起来，一幅6米宽的巨幅标语上写着："庆国庆所有商品九五折！"另一幅标语很友好地写着："热烈庆祝商城大厦开业！"亚细亚商场外面插满彩旗，巨大的彩色气球如五彩奇葩开放在商场四周。商场门前搭了舞台，亚细亚艺术团在上边载歌载舞。他们还逢沟搭桥，在桥上写着"亚细亚便民桥"，一直通到广场中心。更让人感到火药味十足的是一支亚细亚小姐组成的仪仗队，她们在商城大厦开业典礼的鞭炮声中，齐齐围拢在商城大厦的东门口，一边挥舞纤纤玉臂，一边高喊："亚细亚好，亚细亚好，亚细亚就是好就是好！"

商城人完全没有料到亚细亚竟这样咄咄逼人。面对亚细亚的大兵压境，许多年轻职工都感到异常气愤，有的要冲出去和他们理论一番，有的则提议刀对刀、枪对枪地干：他们用高音喇叭喊商城不好，我们就喊亚细亚坏蛋……但，这一切都被总经理李自强制止了。

笔者采访时，李自强总经理说：当时只要我一松口，双方肯定要打起来，那可就是名副其实的商战了。

关于竞争，国人对于它的理解往往只停留在字面上。大家也说竞争、谈竞争，可以把它写在条文上。但是竞争真的来了，却往往没有心理准备。对于竞争的理解，有的字典的解释是："为了自己的利益而跟人争胜，多指资本家之间或资本主义国家之间经济、贸易等方面的争夺。"这解释很荒唐、很滑稽，实在是误人子弟。竞争应该是个中性词，自古沿用，何以成了资本主义的专用名词？前些年里没人谈竞争的，大家只谈"比学赶帮"，只谈竞赛。在字典里，竞赛的解释紧挨在竞争下面，曰："互相比赛，争取优胜。"中国人非常喜欢这个词儿，客气，谦和，温良，彬彬有礼，充满着中国文化。但是，它究竟给人们带来什么呢？三中全会以来，市场经济开始复苏，"竞争"这个词开始出现。但人们仍不喜欢它，不习惯它，更没有深刻理解它。可是，竞争今天就站在面前了！

谈到竞争，李自强总经理说：竞争是不以人们意志为转移的，它是商品经济的必然产物。因为商品经济必须以竞争为发展机制。但是，在郑州商战初期，人们对竞争的承受能力还很脆弱。尤其是国有企业，在长期的计划经济体制的束缚下，人们的思想僵化、稚嫩而且敏感多疑，对外部的事物、观念一律采取排斥的态度。因为是国有企业，它还天生一种优越感。因而，对于当初亚细亚提出的违反常规的竞争，他们既感到无措手足，而又表示愤怒，这就是当初人们对亚细亚反感的原因。

商城大厦总经理办公室副主任谢钢林说：现在回头看亚细亚当初采取的竞争手段无疑是"初级阶段"，手法不新，水平也不高，大都是别人用过的东西，但为什么却在郑州商界引起这么大的震荡呢？关键是他们一下子把隔在往日单位与单位、企业与企业、人与人之间温情脉脉的面纱揭掉了，露出了事物真实的本质：原来商品经济就是这样呀！充满着紧张、风险。中国人常常不愿看到事实，并且因为这现实和想象中的形象又大相径庭，那就引起了很强的、振幅很宽的心理地震。

关于亚细亚，当时传闻很多。

有人说：商业大厦开业时，有人混迹于购货队伍，拿出百元大钞来买一盒火柴，因为刚开业，没零钱找，他们就叫，商业大厦服务态度不好，还是亚细亚服务态度好！后来该商场的经理来了，问明了情况，让营业员免费赠送他们一盒火柴，才算平息了这场风波。

有人说：亚细亚开业之时，紫荆山百货大楼曾向它伸出了援助之手，给它了一批货源。没想到这批货源到了亚细亚手里，他们却以低于紫荆山的价格出售，反而使紫荆山造成了大量积压……

笔者曾经企图去证实这些传闻，一位国营商场的文学朋友劝阻了我：证实什么！有或者没有不是重要的，重要的是大家都在说竞争，谈竞争，大家对竞争已经产生浓厚的兴趣。诗人、商业大厦总经理秘书程道光说：就是有，也很正常，竞争就是非常态，甚至有时带有破坏性。它在破坏时将旧的或者好的一同打碎了，但它并不是就此作罢，它还要建立新的秩序。当它进行价值取向的时候，就会自然否定那些不好的东西。比如说，现在亚细亚就很少做过去那样的事，它已经摈弃了以往的做法，突破了自己。虽然还竞争，但竞争的手法更高明了，层次、水准、质量都更上一层楼了。怎样看待亚细亚发生过的那些事呢？我认为不能简单地用正确和错误、道德或不道德去进行价值判断。要从大局来讲，从建立社会主义市场经济的大局来讲，它勇敢地迈出了第一步，哪怕这一步有点儿歪，只要是往这大道上奔的，都是有功的，它至少给人们提供了参照系。说句不好听的，全当掏学费了……

对有关亚细亚的传闻，采取宽宏和谅解的，大都是国营商场的人，尤其是那些年轻人，讲述这些事情的时候，客观、冷静、思辨，从这些事情上可以看出，国营商场对竞争已经习惯，人们对竞争的承受能力已大大增强。

总而言之，商城人开业第一天，实际上是亚细亚给他们上了第一课。不管是商城大厦总经理李自强，还是一名普通职工，他们面对亚细亚，必须做出这样的抉择——

要么在竞争中求生存；

要么去下马受死……

迄今为止，在郑州的六大商场中，其名字最耐人寻味的一个是商城，一个是亚细亚。商城的名字颇具文化感和历史感，它就坐落在古商城傲都城池的旁边，占尽古商都的地气，郁结一身黄河灵秀。而亚细亚则如天外来客，一身洋味。"亚细亚"是古闪米特语，其意为"太阳升起的地方"（ASIA）。因此，该商场曾设计了一枚著名的"野太阳"徽章，这是一团正在隆隆驶来的紫色太阳，它有31条火焰似的光芒，象征着它立足中原，用光热和爱辐射全国28个省、自治区和3个直辖市。但有时它更像31只触手，它会紧紧拽住人们的心。

亚细亚是郑州六大商场中唯一的股份制企业。它主要是由河南中原不动产总公司和省建设银行租赁公司投资兴建的。兴建之初，曾叫德化商场，因它坐落的德化街而得名。世界上许多事情都带有偶然性，倘若它一直袭用其名，倘若该商场没有王遂舟的入主，或许郑州大商战的硝烟将会易地而燃。

说来也是适逢其时，或者说是应运而出，有一天，王遂舟从商城大厦走出，来到隔路相望的德化商场施工地，他突然在隆起的土石丛林中发现了自己真实的生命。那时郑州正在迅速膨胀，城市将变为钢筋混凝土营构的丛林，是那种高楼大厦的冷寂的丛林，所有柔软的田园诗将被这冷寂割断，加入地球上早已如百岁老人般真正大城市的行列。王遂舟那时是商城大厦的副总经理，虽然按次序排是最后一名副总，但仍算平步青云。他才刚三十出头，在他原来所在的郑州市供销系统16000名职工中，可谓出类拔萃。

1979年底，他从部队复员，回到他的家乡郑州市。那时郑州似乎变化不大。他带着失意带着惆怅带着眷恋带着希望还带着他的青春默默地穿行在法桐掩映下的郑州大街上，不时地想起军用挎包和带着体温的领章帽徽。他是个极重荣誉的人。他从小就是学生干部，参军后表现也很好，当过全师的学雷锋标兵，立过三等功，这都相当不容易。本来他要成为部队干部的，但恰逢提干要经军校考试，他也就和郑州老乡们呼啦一声一个不剩全回老家了。只是这4年的军营生活对他影响太深了。

就是在他成为亚细亚总经理后，他的亚细亚之所以用准军事化管理，他直言不讳地说：受部队的影响。王遂舟的父亲是多年从事商业工作的干部，他复员之后的工作选择自然也就子承父志，王遂舟来到郑州市供销社以工代干当上了保卫干事。之后他仍干得极好，不久便被选为第三梯队，不久就夜大毕业，不久就去一个公司当了经理，不久又任命为筹建中的商城大厦副总经理，那时商城大厦还是市供销社投资，后因资金不足才转到省供销社名下。王遂舟够一帆风顺了。但他仍不满足。尤其是他筹建商城去全国各地考察大型商场、广泛涉猎国外现代化商场的系统资料后，他更加不满足了。

那时商城大厦和德化商场几乎同时矗起，在相同的隆隆声中，他却有不同的感受。他的思绪经常在这迅速生长的城市丛林中飞翔，许久因为难以寻找到合适的立足点而无法降落。城市一天天膨胀，一天天变大，它有它的青春期，它按着人类发展固有的节拍运行，而人却在这没有声音的运行中感到不可把握，头晕，恶心，没有安全感。

有一天，王遂舟终于找到了新感觉。他在很偶然的情况下和中原不动产总公司的董事长走到了一起。董事长给他讲了三句话，这三句话使王遂舟多年的价值观念重新进行了排列组合，竟然丢掉了铁饭碗和国家给的乌纱帽，来到了股份制的德化商场。

董事长说：

商场不管发展多大，董事会都不管。董事会只管你一人；

商场的人权、财权、经营权等等你一人全权负责；

出了问题，董事会给你撑腰。

这三句话像三句咒语，就像"芝麻芝麻开门吧"那样，虽然声音很轻很轻，但一座城市全听到了。

这三句话给王遂舟插上了一对自由的翅膀，使他在郑州商战中面对诸强而有恃无恐。在以后的许多日子里，商战的老总们谈得最多的也是他这双优越的翅膀。

王遂舟离开商城当然也别的原因。

亚细亚商场政策研究室主任李昕，很清爽的样子，很清爽的谈吐。他是郑州大学历史系毕业。入学之前，曾在国营大型企业当过厂长秘书，大概是常为领导起草文件材料的关系，他讲话条理很分明，很像个阶梯，一层一层把王遂舟送到一个高处。

李昕：王遂舟常说，他要争三气。第一，争河南人之气。河南是农业文明的发祥地之一。长期以来，由于自然经济的作用，日出而作，日落而息，男耕女织，自给自足，使中原人眼界褊狭又封闭保守，土、脏、乱等字眼似乎专门是给河南人预备的。从某种意义上讲，河南人这样的形象是自然经济贻害的结果。而要大力发展商品经济，就必须对外开放，这对一个封闭保守的内陆省份是何等重要。他要努力走出一条路来，远远地把封闭和保守扔在后面，真正用大商业、大流通的目光追寻中国、追寻世界，重塑河南人的形象！

第二，争"杂牌企业"之气。长期以来，由于计划经济为主的缘故，企业所有制被人为地分成三六九等，国有企业一直享受浩荡皇恩，其他成分的企业却被列入另册。王遂舟就不信这个邪，他要让人知道，国有企业能做的，杂牌企业也能做！

第三，争年轻人之气。在国有企业中，论资排辈，讲"先来后到"风气甚浓。你有才干有能力，不是主要的。在这种情况下，许多人不思进取，只求四平八稳，平安过渡到既定的"位置"上。在这种体制误区作用下，企业失去了生机勃勃的活力。而从大的方面讲，对国家对民族都是致命的危险。这也是王遂舟再不想在国有企业干的原因。他想寻找传统躯壳较薄的地方以求突破和发展，他想成功。为国家，也为自己。于是他来到了股份制企业亚细亚。

王遂舟到德化商场不久，就将商场的名字改为亚细亚。他觉得这名字大气。不久他又在报刊发表征集商场的徽记、亚细亚之歌的启事。不久，那轮不规则的像许多触手的野太阳就隆隆驶来；一首叫《心河》的歌被定为亚细亚场歌。

那歌开篇这样写道：

> 这是心灵的选择
> 彼此不用诉说
> 我理解你你理解我
> 同样的心境中拥有同样的沉默
> 这里是心灵的呼唤
> 度过多少艰难
> 手挽着手肩并着肩
> 清晰的世界仿佛刚刚出现

这首歌被定为亚细亚场歌绝不是偶然的，因为它无意中说出了王遂舟的心灵历程，清晰的亚细亚无比真实地矗立在他的面前。他觉得那里边跳动着他的生命，他们彼此相爱，融为一体，很难剥离。

对于商城大厦的底蕴，王遂舟了如指掌。谁知半道杀出个李自强。对李自强的出现，王遂舟却不甚了了。李自强原是商业厅的一名业务处长，后又调到省供销社，长期从事商业工作，加上又是科班出身，在省供销社机关威信颇高。省供销社领导让他执掌商城帅印，是经过慎重考虑的。当时商城尚未开业，却已负债累累，除了亏损92万之外，还有落令商品价值118万，加起来共亏损210万元，商城大厦就像先天不足的产儿，当他呱呱坠地时，很可能就会夭折。对于这样一个企业，非有大才能的人不能使其起死回生。而省供销社领导在访遍本系统的贤士名人之后，睿智的目光便落在了李自强身上。这个决定同寻找到李自强本身一样都是非凡的，尤其是在堂堂政府机关，更是难能可贵。因为李自强此时已经58岁了，在正常情况下，他面临的是很体面地去领取退休证书。

然而李自强却出山了。

商业竞争说到底是人才的竞争，而任何高层次的复杂的竞争，几乎都是脑力的竞争，也可以称之为商业的心灵竞争。从打李自强一出山，敏感的王遂舟便觉得商城大厦崛起的同时，也崛起一个不同寻常的人物，因此，他要格外小心，并且要先下手为强。

王遂舟一直在寻找机会。

就在这时，商城大厦开业的消息传来。

商情如军情，王遂舟如临大敌，立即召集从北京请来的号称中国公关第一人的公关顾问王力和商场智囊团首脑——政策研究室主任李昕以及各位副总，一连数天商议"破敌"大计。

当笔者采访亚细亚商场政策研究室主任李昕时，这个文质彬彬的小伙子，打开了他的笔记本——

议题：商城大厦开业及应对策略

商城大厦背景：

河南省供销社系统龙头企业。大厦基建总投资4500万元，建筑面积22000平方米，营业面积8000平方米。因是省供销社系统的龙头，在沟通城乡、联工结农方面占尽优势，将来在批发市场、货源、价格竞争中将会对亚细亚形成巨大威胁。

形势分析：

商城大厦的不利因素

商城职工50%属新招人员，未受过训练。32%是被供销系统调来的杂牌军，余下懂商会商的人不多。

外部不具备开业条件

二七广场正在改造，路面正在修复。商城大门和西门全被深沟阻住，无法开启。

内部准备仓促

商城进驻职工仅28天，从货源、店客、柜台设置、环境美化方面都失之仓促。

决心失误

不应该搞试营业。就像姑娘出嫁，重在第一印象，面纱一揭下来，好坏就由人评说。

应对策略：

以强有力的攻势压住对方！

措施：

一、加强宣传攻势

拟好标语词，将亚细亚装扮一新；

出动亚细亚艺术团，时装表演队；

燃放鞭炮，要比商城大厦的鞭炮还长，在气势上压倒对方。

二、让利大酬宾

商场35000种商品一律九五折，以此吸引顾客。

三、搞好环境美化和商场卫生

出动100人打扫卫生，王总经理亲自检查监督；

商场外边插彩旗、放气球、夜里点彩灯……

关于出动亚细亚仪仗队一事，李昕的解释是这样的：当时正值郑州市群众体育活动月，市里在郑州体育场开大会。要求我们出50名亚细亚小姐组成仪仗队，开幕时绕场一周以壮行色。那一天，适逢商城大厦开业，仪仗队在广场路口排队，正好堵在了商城大厦东门。至于说她们呼喊"亚细亚好"之类的口号，实在没有预先布置，只是即兴式的，是意外效果。谁知竟由此拉开了商战序幕。

C章　反击

公元前11世纪，周穆王在郑州圃田射猎，"七萃之士，高奔戎生擒虎而献之"，穆王令手下人将进献的猛虎放生山岗，豢养之。此地因而得名"虎牢"。虎牢关天生一处好战场，《三国演义》中刘备、关羽、张飞三英战吕布的故事就发生在这里。不想今日郑州又演出商界五老总率领的"多国部队"大战亚细亚的故事。

亚细亚在商城开业之时的作为，就像人家办喜事时你抽手甩了人家一个大耳光。俗话说打人不打脸，即使是交战双方，也还有许多规矩。尤其是郁结了一身传统文化的中原人，他们看事情的尺度并不取其竞争需要，而往往看其符合不符合传统道德。

亚细亚这一耳光是跟外国人学的。

在国外，商业竞争是公开和无须掩盖的。当美国的可口可乐公司决定更换新的配方时，曾受到许多人的劝阻和抗议，尤其是它终于推出用新配方制成的可口可乐后，每天收到约1500次抗议电话和无数抗议信件。这种情况使它的对手百事可乐的老板喜形于色，他丝毫不掩饰自己的心情，决定公司放假一天以示庆祝，并制作了一个幸灾乐祸的电视广告——一个眼神急切的妙龄女郎对消费者说：有谁能出来告诉我可口可乐为什么这样做吗？他们为什么要改变处方呢？然后咔嚓一声，打开一瓶百事可乐猛喝一口道：嗯嗯嗯，我现在知道了。还有一家汽水公司推出一种新产品，它的对手专向零售商高价收买它们用过的空瓶子，买来之后就全部将瓶子打碎。因为没有空瓶，无以为继，这种新品汽水终于在市场上绝迹。像这样的竞争事例举不胜举。

毫无疑问，亚细亚人熟知商战兵法，什么始计篇、作战篇、谋攻篇、虚实篇等等，大概要比别的商场明晰。但所有的招数用过之后，隐在商场暗影里的人格形象便显露出来，我们所说的商场的人性就在这里。商场只是一个物化的外壳，是一个用钢铁为骨骼、以泥石为血肉的"人"，它有自己的灵魂。

即使使用商战经典，真正高品位的大书一是《孙子》，二是《战争论》（作者卡尔·冯·克劳塞维茨）。

一位著名的经济评论家曾说：有关销售学的最出色的著作不是由哈佛大学的教授撰写的，也非出自通用汽车公司和通用电气公司乃至普罗克特—甘布尔公司高级管理人员的手笔。我们认为，有关销售学的最佳书籍出自一位退役的普鲁士将军——卡尔·冯·克劳塞维茨的手笔，他的专著《战争论》比较系统地概括了历史上所有成功的战争和遵循的战略性原则。这些同样适用于商业。而《孙子》在商界的地位，则还要高出克劳塞维茨之上。《孙子》所揭示的是高层次的哲学意义上的战争规律。比如他的"全争"说——"故着用兵者，屈人之兵，而非战也；拔人之城，而非攻也；毁人之国，而非久也。必于全争于天下，故兵不顿而利可全，此谋攻之法也。"全争即全胜，所谓全胜，一是"不可胜"，二是"胜易胜"，也就是说一是不败就是了，二是胜容易战胜的。面对商城大厦这个省供销社系统庞大的经济实体，亚细亚不可能轻而易举取得胜利，那就应采取"不可胜"战略，就是说首先使自己保持不败就是，从自身强化竞争机制，而不要去咄咄逼人想取得胜利。

亚细亚为此付出了代价。

1990年初，郑州五大商厦总经理联谊会成立。当五大商场老总们白色红色黑色的轿车在郑州马路上来来回回扬起烟尘时，冷落的亚细亚便倍感孤独。不久，有五大商场总经理签名的《郑州市大型国营商业零售企业总经理联谊会致各友好单位的函》庄严面世。该函声称，由于郑州个别商业单位"违反商业道德，扰乱市场秩序，损害商业信誉，在经营中搞不正之风，造成不良影响。5家企业总经理决定，各成员单位不与这样的单位发生业务往来，不联合举办业务活动，不联合刊登广告……5家企业总经理希望各供货单位在与这5家企业开展业务活动往来时，不要同社会中上述所指的单位发生业务联系，否则5家企业可能采取统一行动。这将会影响我们之间的正常业务往来……"这封函虽然没有公开点亚细亚商场的名，但谁都知道这个"个别单位"所指是谁。

商业大厦人称"全国第二、河南最大"的商场，在五大商场中实力雄厚，在它向本厦各商场下发的通知中，将"个别单位"索性去掉，公开点出亚细亚商场名号，快人快语，直截了当。它向各商场和与亚细亚有联系的厂家发出一纸通牒：

大厦各商场、批发公司：

　　为了维护消费者的合法权益，保证国营商业的信誉，根据郑州市5家大型国营商业零售企业总经理联谊会第二次会议的精神，现发出通知如下：

　　一、大厦广告信息科、各商场做的广告（包括电视广告、电台、报纸广告及其他一切方式的广告）凡有和亚细亚商场一版或同时登（播）出的，限于5月14日至5月20日内全部撤回。

　　二、各商场应立即通知有关厂家，该厂家在郑或其他地区做宣传或在报刊等方面做广告时，不得把郑州商业大厦与亚细亚商场同时登（播），否则，商业大厦将拒绝承认。

　　三、各商场、大厦广告信息科及关系厂家，如在5月20日所做广告仍有同亚细亚商场同时登（播）者，要追究有关人员的责任。

　　此通知

1990年5月14日

商业大厦（盖章）

其他国营商场的老总们回到各自的势力范围后都很坚决地或口头或文字地传达了"联谊会"所作决定，大家同仇敌忾，表示和亚细亚断绝一切来往。

五大商场总经理联谊会成立的初衷是沟通市场行情，互通有无，充分发挥国营商场的主渠道作用。但在这一段时间里，阻击亚细亚成了他们的当务之急。为了从根本上排斥亚细亚，各国营商场纷纷进行了"战前动员"。战前动员的一般做法就是从形象上、思想上、理论上挞伐对方：

▲ **亚细亚违反商业道德**

竞争有多种竞争形式、手段、方法，但竞争准则只有两种，一是社会主义商业的竞争，再者就是资本主义商业的竞争。我们的准则是友好、平等、互利、民主、奉献，不损害他人利益基础上的竞争，而资本主义商业竞争是不择手段，尔虞我诈，大鱼吃小鱼，小鱼吃蚂虾。亚细亚违反社会主义的商业道德，净干缺德事，别人开业他捣乱，放的鞭炮比人家商城还长，这不是人家娶媳妇他非要入洞房是什么？

——摘自一位副总经理的话

▲ **亚细亚搞的是资本主义经营**

亚细亚是股份制企业，比如它实行总经理负责制，干部实行聘任制，职工实行合同制，全场实行经营层层承包等等，和国外资本家经营的企业没什么两样，他们只要能赚钱啥都干。他们说要把眼睛盯住妇女儿童的口袋，那是香港大老板说的话，他跟人家学的。我们社会主义的商业不能把赚钱当作唯一追逐的目标，我们有基本任务，要发展经济，保障供给，要满足人民群众的物质需要。对待亚细亚这样的资本主义企业，就应发挥社会主义商业优势，把它彻底挤垮……

——摘自一位食品商场经理的话

但国营商场的某些职工和部分干部却有另外的看法——

▲ **亚细亚是个调皮的孩子**

我认为亚细亚那样做没啥大不了的事，竞争嘛，就是要让对方头疼，逼你想新招、绝招。你以为国有企业就不需要竞争啦，"郑百"和"紫百"实际上是最早拉开商战序幕的，那是紫荆山百货大楼刚开业时，火药味比现在还浓，那才是短兵相接、剑拔弩张呢！记得1987年在嵩山饭店开厂家挂牌会，是全国经济联合会举办，郑州市百货大楼组织的，当时会议是在极其保密的情况下开的，就是亲戚朋友也不能告诉，一告诉就会串一大片，别的商店就会来和厂家挂上钩，那样"郑百"就等于把货源的优势让给别人了。但就是那样，仍然有不少商场找了上来，紫荆山也来人，但"郑百"的人把着门，就是不让进，最后差点动起手来。那种激烈程度我看比亚细亚对商城有过之而无不及。

依我看，亚细亚就像个调皮的孩子，还没成熟，只要他成熟了，就不会出此下策。现在亚细亚成熟多了，华联商厦开业时，他就乖多了。总经理亲自去送匾表示庆贺。这说明亚细亚长大了。

——摘自某国营商场一位业务科长的话

谈起商业道德等等，亚细亚商场总经理王遂舟语出惊人——

凡是不违反法律的都是道德的。

谁不讲商业道德？啥叫商业道德？我认为凡是不违反法律的都是道德的。郑州原来可不是六大商场呀，而是11个，有人民商场、中州商场等等，但因不是国有企业，在竞争中一一中箭落马了。这里边固然有经营思想问题，但毋庸置疑还因为它是杂牌军，它的经营难度要大于国营商场。我们无依无靠，一没货源优势，二没批发优势，还没有精神优势，连听文件传达看学习材料的条件也没有。所以我说股份制企业经商难，难于上青天。说我们不符合商业道德，难道我们被挤垮就算有道德啦？难道搞窝里斗就算符合商业道德？这是什么东西作怪？这不是咱河南一句老话：你弄不好他看不起你，你弄得强他嫉妒你。这就是咱们传统文化中的劣根性，是小农意识的产物。说我们搞资本主义经营，这话不值一驳。资本主义经营的钱最终都掉到个人口袋了，我们的钱到哪儿了？不还是交给国家的口袋里了吗？

王遂舟的话，引起了这样一个深刻的思考：资本主义经营精髓，我们到底能不能借用？

商城大厦交电商场经理鹿华在亚细亚9月3日发难之后，曾以个人身份找过王遂舟。鹿华一见他就说：爷们儿，你看你都弄的是啥玩意儿……王遂舟含笑说：我给你几本书看看吧。这些书大都是商场经销营销方面的书。这下鹿华明白了，说明那些书上的招他全用了……

王遂舟曾劝鹿华去亚细亚，鹿华未去的原委很多，但很重要的原因之一，就是商城大厦领导待他不薄，他感到舒心，也能发挥自己的才能。于是他对笔者说：唉，在哪儿干不一样？不管是国营还是个体，只要顺心，都一样，各为其主嘛……

正是拥有了鹿华这样的大将，商城大厦总经理才在价格大战中，始终保持优势，在最关键的交锋中，全力掩杀对手，使亚细亚只有招架之功，而无还手之力……

鹿华也是退伍兵，来商城之前，几乎所有的履历都和王遂舟一样：在部队立功受奖，回地方后破格提拔，转干，被选为第三梯队，当分公司经理等等。

这说明他和王遂舟一样，将会成为商业系统的明星人物。

但二人选择的路径却不一样。

王遂舟去了股份制企业当了总经理，终于实现了自己的部分价值，成了郑州市乃至全国的新闻人物。

鹿华还是鹿华，一名普通的商场经理，一名默默无闻的商业干部。

但是鹿华愿意。他愿意走这条路。

商城大厦开业前，鹿华负责文化商场，那时大厦的领导想两条腿走路，一方面招兵买马筹建，一方面搞点儿经营，稍微赚点儿利润。商城大厦那时还是灰色的水泥脸，刚立起来，谁也不知它日后的气候，你打着它的招牌去进货，一般都会给你冷脸。鹿华那时一门心思就想为商场弄来名优产品，和厂家挂上钩，广交朋友，将来建立长期联系，这是商城一辈子的事，所以他特别上心。

那时他天南海北都去，一上火车总坐硬座或站着，经常干啃方便面，喝自来水，办事挤公共汽车，免费赔笑脸，只要为了商城，再难的事也干。实际上鹿华是个硬邦邦的汉子，打篮球的前锋，利利索索一身豪气，心眼忠厚，为人实实在在。

有一天，鹿华在北京联系业务时认识一个朋友。此人古道热肠，两人很对脾气。他给上海某乐器厂的朋友写信，交给鹿华，说，现在正是钢琴热、管乐热，只要能和他们厂搭上手，你们商场肯定能赚来大效益。当时鹿华并未在意。不久鹿华真的到上海办事了，突然想起朋友的话，觉得倘若给商城弄来一批紧俏乐器，一定会改变商城的面貌。他和同行的另外两个人匆匆赶到上海某乐器厂要求订货。人家根本不理：从哪里冒出一个商城大厦？于是鹿华就很小心地赔笑脸，这笑脸很管用，它立时换来一条信息，说该厂有一个很大的订货会要在长沙或广州召开，如果需要订货的话可派人去。这笑脸又换来另外一条信息：那个信中所介绍的朋友就是具体经办订货会的负责人。

鹿华几个人很费周折地找到了那个信中的朋友。朋友果然热情，答应帮忙，虽然眼下乐器紧俏，但他一定尽力而为。

鹿华很高兴地回到招待所。

突然他又想起了更重要的事情：乐器厂为什么要提出到南方广州等城市办订货会？因为那里有一个发育成熟、规模很大的市场。企业会永远追寻能给它带来丰厚利润的市场。尤其是计划经济让位市场经济之后，市场将是企业追逐的目标。但是，一个默默无闻的、条件尚未具备、尚未发育好的市场别人是不愿理睬的。而郑州就默默无闻。但郑州急切需要刺激，需要市场经济对它进行不间断的多次性的刺激，它就会发育成熟，加上它得天独厚的地理优势，就会形成一个空前规模的市场——一个市场经济的天然良港。到那时，无数艘百万吨、千万吨的经济船舶就会隆隆驶来。到那时，有了这样一个环境的商城，何患没有货源？它将会坐等名优厂家前来叩拜的门铃声……

要让众多的厂家、让众多的商业企业了解郑州！要吸引厂家们的目光！让他们到郑州去！

鹿华突然做出了这个大胆的决定。

当我们采访鹿华时，回忆这件事，鹿华搓着手说：也不知哪来那么大的魄力，就好像我就是郑州市市长似的。我把郑州的所有好处都说了，甚至连嵩山少林寺、黄河游览区都说上了，吸引他们来。当时由于是一瞬之间决定的，也来不及跟大厦领导请示，我就自己拍板决定请他们把乐器订货会搬到郑州去……

鹿华决定再找那位乐器厂的朋友谈谈。

此时正是冬月，上海奇冷。他们出来日久，衣服渐觉单薄，囊中更显羞涩。由于商城正是初创时期，出差费用卡得很紧，他们每天只能缩食节衣。鹿华将口袋里的钱算了算，除了回程路费，除了边边毛毛的零钱，只剩下70多块钱了。他狠狠心，用这点儿钱买了点儿麦乳精一类的礼物，鼓鼓囊囊地装了一网兜，便和同伴开始寻找乐器厂朋友的家。

那天和那位朋友交谈时，谈别的问题时人家都清清爽爽，唯谈家庭住址时只很模糊地提了一个南京路云云。鹿华背着网兜挨着街转悠，打听，查询了整整一天，查到了；又寻找了整整一天，找到了家，没人；又等待了整整一天。当他终于进到人家的门里时，等待的焦躁，难忍的饥肠辘辘，一时全部消失。他装作不经意地将网兜放下，那位负责人无论如何不要，鹿华就说咱们是朋友，我第一次来能空手吗？这是个人的事，和公家的事无涉，你将来去郑州到我家喝酒带去东西我也不拦你。看鹿华的一脸诚意，负责人只好收下了。鹿华觉得就是什么话也不说，交情已悄悄铺下来了，心里便很踏实地辞别了。

第二天按约定时间他们又会了面，这一次鹿华便单刀直入谈起在郑州举办订货会的要求，那位朋友虽很为难，但从鹿华身上，他已看出商城人的个性特征，质朴、阔大、忠诚、豪气冲天，同时又机智过人，这是能持久保持商业联系的那种值得信任的人，于是他的倾向重心慢慢转移了……

许多人都说商人的骨子里是奸猾刁钻，说无奸不商、无商不好，实际上这是不了解商道中人的偏颇看法。商界如世界，九九八十一，一步一层天，大道和小道竟有天壤之别。将小道商人的作为硬为大道商人画像，实属外行。真正的商业精神是信义，真正的商人的骨骼里注满诚实。

鹿华说，诚实是和信誉连在一起的，所以我们有时会说，商场应该是城市的良心。诚实的品格对一个人来说很重要，对一个商场来说更重要。因为它决定商场的品位。我理解诚实本身就是竞争的资本。它会使你一身正气，融会各方关系，使人放心大胆跟你合作。这样就会在竞争中左右逢源，立于不败之地。

最后，鹿华和商城大厦用他们的真诚——这个商业企业的纯洁心灵，终于引来了主办厂家，并且成功地举办了这次订货会。

郑州市场经济的大门就这样越开越大。

商城大厦就是这样运用它独特的诚实和信义法则，联结了国内许多名优厂家，如北京电视机厂、新飞电冰箱厂、上菱电冰箱厂等等，从者如云。这些厂家大都是在患难时和商城大厦结的交情。1989年下半年市场疲软，许多企业产品积压，亏损严重。上菱冰箱进价2200元，售价2300元，市场上喊破喉咙也没人买。那时商城已积压300台上菱冰箱。商城大厦总经理李自强认为，和同类电冰箱相比，上菱冰箱不管从质量和造型等方面看，都具有一定优势，这个厂是有前途的，它优秀的内在素质决定了它的生命力，我们不能因为眼前的滞销就关闭进货的大门。再者，这也是竞争的需要。商场要想长盛不衰，必须要有"根"，这个"根"就是名优厂家，也就是获得消费者信任的商品生产者。

从发展趋势看，商品经济越深入，市场和生产者的关系就越紧密。因为这是对外开放和商品经济的发展规律所决定的。因此我觉得，合作企业的根扎得越深，商场——就像树上的叶子，或者是果实，就会越来越茂盛，越来越绿，越来越大！因此，我们应该在它困难的时候助它一臂之力。市场帮助企业，企业也会回报市场的。就在别的零售企业纷纷向上菱厂要求退货的时候，商城大厦总经理却于1989年12月7日亲自赴上海，签订上菱冰箱在郑州总代理的协议。代理是一种待遇，也是厂家给零售部门的"最惠国"待遇，零售部门可以在进货的时候不付钱，等售后再结账，另外在进价上要给予优惠。但零售部门必须保证销售相当的数量，并且具备这种能力才能取得总代理的资格。当时上菱冰箱代理资格必须订货10000台，若把这10000台冰箱弄到郑州，这条长龙将会把金水大道塞得满满当当。但李自强仍毫不犹豫地签了协议。

北京牌彩电是我国的名优产品，但它也同样受到了冷落。当时该厂厂长曾来商城大厦告急：我们资金困难。李自强表态说：我们先给你们200万！货未到，钱先给。厂长拉着李自强的手不知说啥好。

关于资本主义的企业精神，我们由于天生的敌对态度，对它所知甚少。其实它们也讲究企业精神。比如美国的金融大王贾尼尼，他穷其一生的精力和智慧，是为那些农渔民和下层人服务，并登上全美第一大银行的宝座，但他个人的遗产只有价值43.9万元的私人住宅。就在他死后许多年，他的女儿仍呼吁：恢复我父亲的创业精神吧！目前银行的经营方式过于刚愎自用而丧失了人性……贾尼尼所提倡的人性，也就是所谓银行的人性，是仰赖银行业者与大众间亲切的接触而产生的相互信赖……

我们的社会主义的商业企业要不要人性呢？李自强回答是要的，并且要比资本主义更好，更完美，也更健康……

所谓价格大战的战前准备必须要有充足的货源和进价优势，而所有这些条件，都因为商城人的人缘好而面面俱备。其他商场如紫荆山、郑百、华联和商业大厦都相继调兵遣将，利用国营商场的优势，备好"粮草"埋下伏兵，单等价格大战的序幕拉开，便掩兵冲杀过去……

郑州市百货大楼总经理丁福森素有"儒将"之称。此人被郑州商界公认为"最有学问的人"。他"文革"前一直是市百货公司的刀笔吏——秘书，经常在报刊上发表文章，爱好文学，研究历史，博闻强记。1983年，他被任命为郑州百货大楼总经理。当时，正是和新开业的紫荆山百货大楼展开激烈竞争的时候。

紫荆山开业于1983年4月1日，它东邻紫荆山公园，因而得名。它的出现，就像黄河古道突然驶来一艘万吨巨轮，成为当时郑州的一大新闻。它的主楼面积17586平方米，营业面积10500平方米，和仅有营业面积2100平方米的郑百相比，一个像巨人，一个像矮子。那时丁福森就是这个矮子里的将军，但面对这个强大的对手，丁福森一点儿也不畏惧。他运筹帷幄，工于妙算，竟使郑百越战越勇。

丁福森上任首先烧了三把火。一是开拓了营业场地，在原先的大楼旁又扩建了后楼，使营业面积一下子扩展为9500平方米；接着又开拓货源基地，和上千家生产企业建立了联系；第三是开拓了批发业务。在竞争中，丁福森总结出"五字经"的营销策略，即经营品种以"全"取胜；服务态度以"和"取胜；商业道德以"信"取胜；服务项目以"便"取胜；商品价格以"廉"取胜。虽然两家的竞争并没有分出胜负，但郑百至少是不败。年销售额竟超过一亿大关，打破历史最高纪录。1988年以来，郑百连续两届被评为全国执行物价政策法规的最佳商店，被评为全国商业先进企业，1990年进入全国大型商业企业百强之列。丁福森和他的郑百都长高了，再也没人敢把郑百比喻为矮子了，这个年过半百的老企业又焕发了勃勃生机。

亚细亚商场刚刚开业的时候，随着顾客的涌流，丁福森葛巾布衣，和部属若干曾私访亚细亚，对亚细亚的多方情况进行了解。这些情况都被亚细亚放出的"探子"发现，马上报到中军大帐，给王遂舟平添了许多紧张和不安。

各商场的这种刺探军情的侦察小分队，越来越多，行动频率越来越快。

价格大战之前、之中，直到现在，各商场仍然派出自己的侦察小分队，去摸对方价格的底数。

有的是很公开地来，堂而皇之拿着本子，挨着柜台，把对方的价格逐一抄下；

有的则昼伏夜行，行动诡秘，趁人不备，悄悄了解对方商品价格；

有的自己不动手，却利用暗线，像真正的间谍那样，情报准确率百分之百。

据说郑州六大商场都有自己的"情报人员"，这叫"你中有我，我中有你"。

华联商厦总经理张淑云讲了两件事，足以证明这情报人员好生了得。

华联商厦曾经有一个想法，想搞升国旗、升店旗活动，借此来激发本企业的职工爱国爱店的感情，增强企业凝聚力。但上级不批准这样升旗。可不久，人家亚细亚就把这活动接过去了——早已有人把这开展活动的构想传递过去了。

还有一次是研究商厦开业一周年庆祝活动，大家都争先恐后想新招、绝招，这时一位副总笑着说：咱们用飞机撒奖券吧，保证轰动。此建议也未通过。但后来亚细亚场庆时就采用了飞机撒奖券的做法……

张淑云说，商场如战场，怎么会没有"奸细"呢？

经过紧锣密鼓的准备，在经过深入调查研究的基础上，国营商场发现亚细亚价格偏高，而这正是国营商场的优势所在，也是亚细亚无法匹敌的薄弱环节。于是，五大商场先后向亚细亚的薄弱阵地发起冲击！

价格大战开始了！

紫百总经理刘家万出身经商世家，深谙商道精髓。他率先提出"实行同类商品全市最低价格""执行比价退差"的公告。凡在紫百购买的商品，零售价格（不包括优惠、展销和处理商品）在品种、规格、型号、牌号相同，产地相同，时间相同及销售方式相同的条件下，价格与市属其他同类商场（店）相比交出差价部分，经物价员核实无误，凭销售发票，在一周之内（外地可再延长一周），如数退还顾客，并给顾客发放纪念品。1990年春节前夕，紫百又在《郑州晚报》上登出"年终商品大甩卖"的简讯，一下子几乎使偌大的郑州万人空巷，争相到紫荆山百货大楼购物。一位文学界的朋友忆及那时情形说：真像打土豪分浮财，分田分地真忙。

商城大厦更是仗着供销"商团"联购分销，大批量进货价格优惠的便宜，提出"薄利多销"的口号，定价采取就低不就高、一次性定价到位，绝对微利的方式，把价格的尺度降到谁也无法再降的位置。

华联、商业大厦也相继加入价格大战的旋涡……

亚细亚一时间成了几乎将要被价格大潮淹没的孤岛。总经理王遂舟不顾一切进行反击，提出一次让利50万元大销售，并亲自手持对讲机，派部属潜进商城、华联打探价格，只要发现对方价格比自己低，立马调价……

郑州，陷入了空前的价格大战……

最低价、特优价、跳楼价大甩卖、大酬宾、忍痛大出血……触目惊心的招数似一声声霹雳在商界上空炸响。又像战场上的雷区，本来是为了给他人带来不便，谁知到头来竟发现自己却在雷区里……

原来清醒的战略意识，如今被混淆了。

原来的初衷，如今因各自商业团体的利益而淡忘了。

价格的旋涡是大家制造的，如今又让大家共同消受。

"多国部队"被价格旋涡冲击得七零八落。

亚细亚也气息奄奄。

郑州市百货大楼曾以批发每台449元的价格组织"凯歌"14寸黑白电视机下乡。不料队伍还没出发，市文化百货站就在《河南日报》上刊出"现款批发每台440元"的广告，而市信托贸易公司更降至每台437元，"凯歌"进价一般在434元，加上运输费每台5元，若以440元批出，每台仅赚1元钱。

"永久"71cm51型自行车在各商场的价格是：商城268元，商业大厦253元，百货大楼250元，亚细亚247元。

广州钻石牌电风扇进价是83元。各商场分别在报纸上刊出广告，短短几天里，就由87元、86元、85元、84元，降到83元，最后竟压到81元，就是赔钱也要干到底。

让利不让市场！许多商场老总虽然鲜血淋淋，仍然决不后退。

紫百大甩卖叫声未落，商业大厦、郑百甩卖的喊声又起。商业大厦一次甩卖就损失金额270万元。商业大厦1990年让利50万元，紫百让利40万元。华联开业即实行全部商品优惠让利2%—10%，销售一个月，眼见诸家让利喊声迭起，只得又被迫延长让利时间。

价格大战一方面导致销售额的直线上升，而另一方面却是利润额的直线下降。1990年1至7月份，郑百的纯利润为309万元，比上年同期下降96万元，郑州市1990年商业平均毛利润率约为12%，而其他类似城市的毛利率在19%左右。

价格大战使国家遭受的损失更大。仅1990年上半年，郑百上缴税利比上年同期少45万元，紫百少缴240万元，整个郑州市一商系统1990年1至7月税利下降14.8%。

市场上的价格混战，同样搅得工业企业也不太平。据《郑州晚报》报道，"春花牌"吸尘器在郑百大楼进价为250元，零售价为325元。由于价格大战，零售价调为300元，后又再降至250元。商场无利可图，还要倒贴各种费用，不愿经营。厂家为推销产品只得忍痛杀价，出厂价从250元降到210元。据称，郑州的一些工业品价格已低于出产地零售价，与出厂价相差无几。合肥美菱185升电冰箱，在合肥售价1850元，而在郑州却为1790元。

而郑州市的居民在价格大战中却捞了不少实惠。湖南的辣椒酱久负盛名，但在郑州却一钱不值，由原来的几元钱变为1元钱一瓶，许多爱吃辣椒的人家一次就买几箱，放起来慢慢享用。

许多外地的小商小贩更是欣喜若狂，开车来的、拉车来的、提着大包小包来的，用在外地一半不到的人民币在郑州却能买到同样的商品，常常踏露而来，日暮而去，回到家便价钱翻番，大把票子就到了自己口袋。

到郑州出差旅游的小姐女士，更得利益。同样是正宗的永芳化妆品，在北京是12元，在上海是10.50元，而在郑州却8元多就能买到。一盒小小永芳的价差就这么大，大件商品就可想而知了。

有人说，郑州商界的价格大战，就像电影里的火并镜头，打了半天，方明白是自己人打自己人。于是各大商场的老总们都忙不迭地喊：

别打了！别打了！

这发自心底的喊声尽管十分动情，却并没有能使价格大战的步伐停下来——这是一个多么严酷的现实。它说明，倘若市场经济的机器齿轮一旦转动，价格问题便是第一道关隘，你想绕也绕不过去。

齿轮转动起来了，最初出现的价格扭曲、不合理的比价体系、与经济增长实绩相悖等等现象便会相继出现。就像第一次试机那样，问题会很多，会有许多突发事件和偶然因素，哪怕是一点点儿小事，就会触动价格那根灵敏的指针急速摆动。

但比出现的问题更重要的是：市场经济的机器齿轮终于转动起来了！

价格大战中最富戏剧性的仍属商城大厦和亚细亚的冰箱大战，主人公仍是商城大厦家电部经理鹿华。

价格大战初期，鹿华不动声色。先在其他物种品类里格杀。商城人清醒地知道，这并不会给对手以致命的打击，也分不出胜败。即使对方已知不敌，但硬撑也能使你看不出败迹。所谓胜利，就是真正的胜利，就像赛场上的冠军那样，是前后百分之一百而且持续击败对手的人，是在最重要的比赛中能表现出最高水准的人，是那些在长时期里能够远远超越其对手的人。鹿华就需要的是这种胜利，他想发挥其高水准，并要远远超过对手。

鹿华以其在厂家的威信使他拥有一切。他并不急于把手里的牌亮出来，而是让对方出牌，并不时吊吊对方的胃口。

鹿华逐渐把商界价格战的注意力吸引到家电方面来，在这个领域，他有绝对把握获胜。

他弄来一批新飞牌电冰箱。

亚细亚也弄来新飞牌冰箱，销售价标明：1700元。

鹿华开始出牌。销售价标明：1690元。

亚细亚又压下价格：1680元。

鹿华又出牌：1650元！

鹿华一下比对方又少了30元，心里想，谅你也不敢再往下降了。

谁知亚细亚举动惊人：1600元！

这下鹿华倒傻了。他看看手里的牌，仔细算算，觉得大小主都在自己手里，你亚细亚哪来的王？冒充！他得出结论。

恰逢新飞电冰箱厂厂长来郑州，得知这个情况，便亲自去亚细亚探察究竟。他去家电商场一看，果有招牌写着新飞冰箱售价：1600元。厂长于是就对营业员说：我要两台。

营业员态度很好地告诉他：暂时无货。但已和冰箱厂厂长联系好了，下星期就到货，欢迎您到时来购买！

看着营业员煞有介事的样子，冰箱厂厂长真是啼笑皆非。

但不管怎么说，亚细亚在与商城的冰箱大战中最终还是略逊一筹，败退下去……

本世纪初，当美国著名研究竞争的专家布鲁斯·亨德森询问一家名曰李兰电气公司的销售经理何以保持销售优势时，那位经理说：只有一个颠扑不破的准则：如果竞争者把某个产品项目的售价降低，李兰公司就要跟进。

这就是商界广为仿效的降低跟进原则。

现在已是世纪末了，这道商界竞争学一年级的练习题，我们仍然演算着，运用着……

这恰恰说明我们和发达国家流通领域企业的实际差距，也准确地测算出了我们竞争者的实际水准。但我们无法回避，这就是郑州——或者说也就是中国商界关于价格竞争的真实水平。不过也可以说是真实的起点。既然是起点，而且已经站在了起跑线上，他们谙熟竞争的十八般武艺之日，为时也不会远。倘若再来一次价格大战，他们就会鲜招迭出，就会游刃有余，同样也会令人刮目相看！

中央电视台《经济半小时》节目播出《商战》电视系列片时，几乎吸引了全社会的目光。中共中央总书记江泽民看过《商战》后说话了——

《河南商报》内部参考

江泽民总书记对电视系列片《商战》的有关意见，元月16日，商业部部长胡平同志在接见《中国商报》记者站工作会议的代表时说，江泽民总书记看了中央电视台播出的《商战》电视系列片第二天给我打了个电话，江总书记说：中央电视台拍了一个《商战》的片子，在社会上引起了积极的反响。

片子当中有一个价格竞争这一集，降价损失了200万，这可能不太好，群众会买涨不买落。

江总书记要胡平同志给广播电影电视部部长艾知生打个电话，把他的意见说一下。

1992年1月21日

据悉，郑州商战中的价格大战已经偃旗息鼓了，但它还会再来的，只是以不同手法、不同方式出现罢了，那是后话。重要的是似乎整座城市都参与了这个据说是外国商界一年级水平的试题演算，普遍交了学费，形成了空前的竞争气氛。这对建立郑州的市场经济体系，都是必要的，而且是不可或缺的一课！

D章　突围

不竞争者死·危机意识·蓝色月光行动·无情管理与以情动人

在商城大厦和亚细亚之间，有一个人民商场。它的存在，尤其是对市中心的商城、亚细亚、华联3家商场来说，都是一个深刻的警示。

人民商场和商城等3家商场一样，身处黄金宝地，且建筑面积、营业设施、商场规模都具备现代化商场的条件。但是，"出师未捷身先死"，它刚刚披挂上马不久，还没等冲到市场经济的大潮里，便被商品经济的一个浪头吞没了。

它倒闭关门了。

究其原因有许多，譬如经营不善、人员素质差等等，但关键的是它不具备竞争力量，无法和另外几家商场"对话"，不在一条水平线上。这样，当市场经济的潮汐真的来临，它首当其冲，几乎连挣扎都没有，便"寿终正寝"了。

优胜劣汰——多么严酷的现实！

不竞争者死——这就是市场经济的回答！

在郑州西部建设路上，有一幢比人民商场"死亡"得更早的大楼。楼的主人是全省乃至全国都赫赫有名的人物——张百万。张百万并非他的真名，他也是一名退伍军人，回乡后适逢党号召勤劳致富，他就开办了村工厂——搞水泥预制板一类的建筑材料。他吃了不少苦，但终于成功了。当时致富的标志是万元户，谁拥有更多的万元户，那个地区的工作成绩就突出。而张百万的个人积蓄似乎比万元要多许多，但绝没有上百万。但政府仍"任命"他为张百万。张百万富了，手里握了几十万元钱，但他却四顾茫然，不知该如何应对飞速变化的时代潮流。有人说跑运输能挣钱，他就去买车，去山西拉煤；有人说做钢材生意钱来得快，他就扔下别的不管，去跑钢铁厂。他的思维方式仍停留在小生产意识上，缺乏远大的抱负，更不知大市场、社会化大生产为何物。很快，他便气力不支，经营连连败北，最后，因盖长山宾馆而诈骗南方某公司几十万元而锒铛入狱了……

张百万的事例同样令人深思，一个不具备现代意识，没有全新观念，仍是封闭落后的传统思想支配行动的人，就会在改革开放的年代里举步维艰。

长山宾馆和郑州市供销社比肩相望。几年前，亚细亚总经理王遂舟曾在市供销社上班，他路过长山宾馆的次数很多。关于在人民商场和长山宾馆里发生的一切，何以导致它们死亡的原委，他比谁都清楚。

王遂舟首先嗅到了那股死亡的气息。它像幽灵般飘忽不定。王遂舟不止一次地在内部会议上讲述亚细亚危险的处境。通常这样的会议地点是保密的，商场全体中层以上领导被拉到远离亚细亚商场的一处地方，与世隔绝起来。会议的时间一般在3天左右。在3天的时间里，当然有许多议题，但最常讲的，也是挂在王遂舟嘴边的便是亚细亚的危险处境。

现在，这种危险由于国营商场的联手而被加大了。

你们难道没有看见危险正一步步逼近吗？

王遂舟在部队政治部门曾当过代理书记，这是一种类似文字秘书的军官。他是战士，所以只能说代理。但就此养成了他的笔墨功底，他说话逻辑性强，感染力强，且咬文嚼字。他所说的"看见"，比事物本身更具恐惧感。亚细亚就像一艘驶在惊涛骇浪里的船只，王遂舟无疑就是船长，大家相信他。如今船长说有致命的危险正一步步迫近，那就比真实更真实。

不久，王遂舟在《中华工商时报》上这样写道：

> 亚细亚的存在本身就是一种"危机"……我们这里每时每刻都潜伏着危机——从全体干部到工人，灌输的就是危机意识。因为有了危机感才有压力感，才能迸发出较大的能量……现实生活中的危机每时每刻都是存在的，问题在于你能不能意识到。拿亚细亚来说，首先目前面临着市场竞争，优胜劣汰；其次，面临着市场疲软，如果在经营中稍有松懈，就可能被淹没。再从企业性质上看，我们是集体企业，社会上有传统的偏见，某些政策上也受到冷遇；我们是真正的自负盈亏，自担风险，比国有企业具有更大的风险性——这可以看成是特有的危机。从企业内部看，一些职工有集体企业的心理压力，或者

说自卑感……

站在亚细亚商场的顶端，举目四望，郑州城如涌动的河流扑面而来。王遂舟和他的战友们能清晰地感觉出商场被浪涛冲击时的颤动。这就是郑州商品经济的河流。而每一个商场，都是一个不可轻估的浪涛。亚细亚就在这层层浪涛的包围之中。

突出重围去！

亚细亚船队开始起航！

1989年5月的一天，北京天安门广场。

当国旗班护卫着国旗，以标准的正步走过来的时候，人们惊奇地发现，也有一支标致少女的队伍云锦般簇拥着国旗班，就像太阳和月亮同在一个天空令人惊羡不已。

前来观看升旗仪式的四方来客呼啦一下围上来。

有人认出这支奇特的仪仗女兵似乎在电视里见过，对了，在中央电视台的广告节目里，出现过这样装束的少女——她们是亚细亚的礼仪小姐！

1989年5月6日，亚细亚商场总经理签署了一道密令，挑选17名标致少女组成亚细亚仪仗队，开赴北京，拜天安门国旗班为师，学会齐步、跑步、正步、四面转法、行进间操练、口令、军容军装、军人礼节等全套动作，回去后以此为核心骨干，带出一支作风强、纪律严的亚细亚娘子军来。

亚细亚仪仗队挑选得十分苛刻，从身高、体形、风度、文化等方面都有严格的规定，尤其是要有姣好的容貌，这容貌足以和国内的女电影明星媲美。这些姑娘是亚细亚的门面，她们将代表亚细亚的形象。亚细亚拥有女职工1600名。这支仪仗队要向人们说明，亚细亚一切都是美丽的，美丽的容颜，美丽的心灵。她们毫无疑问会吸引爱美的人们。有人称她们为"蓝色温柔"，也有人称亚细亚这一招为"蓝色月光行动"。

1991年，亚细亚商场在海南办起亚细亚大酒店。开业伊始，亚细亚仪仗队远离本土跨海出征，在短短几个月时间里，她们便使全海南为之倾倒。海南特区一家刊物这样评价她们：

亚细亚大酒店的礼仪服务，在海南特区是出了名的。迎宾、侍宾、送宾一整套规范的礼仪令顾客俨然若上帝，欣然如国宾。热情、真诚、文雅、标准，亚细亚小姐个个都接受过严格的礼仪训练，一举一动、一招一式都有十分认真的讲究。优美端庄的姿势，从容轻盈的步履，自然舒展的微笑，温柔轻细的语言，浓淡相宜的粉妆，娇而不弱的服饰，亚细亚小姐被特区顾客尊誉为礼仪美的楷模，亚细亚大酒店被人们誉称为现代文明的礼仪学校……

　　就像下棋一样，当初王遂舟落下的这枚棋子许多人不解其意。有人说他这是吃饱了撑的，花那么多钱养这么一群"闲人"，像一个个花瓶一样，充其量供人欣赏，不会给亚细亚带来什么实惠。但是，随着亚细亚礼仪小姐在电视屏幕上频频出现，随着画报、刊物封面、报纸上多处登载亚细亚礼仪小姐的飒爽英姿，随着亚细亚礼仪小姐成为一座城市甚至许多城市的谈话热点，人们才明白过来——亚细亚礼仪小姐实际上就是亚细亚整个商场的形象。亚细亚商场把自己对生活的理解，对未来美好的希冀，对改革开放的全部热情，似乎都倾注到她们身上了。她们既是亚细亚人的自我塑造，又是借以和外界联系的美丽的红飘带，它既是形式，又是内涵。

　　现在，似乎整个郑州都知道了礼仪的妙处。当笔者采访郑州六大商场时，路过许多学校、厂矿、商店，它们的门前，都伫立着佩着红绶带的礼仪小姐和礼仪先生，给人的感觉似乎整个郑州就像系上了金利来领带似的，一下子绅士起来了……

　　同时，这支仪仗队又是王遂舟跟五大商场角逐斗法的"撒手锏"之一，人称"温柔杀手"。她们用自己的美丽、素质及高品位的礼仪，吸引广大顾客，截击向其他商场注意的客流走向，始终把顾客的视线牵引在自己身上。

　　如今，这支仪仗队又推出"TT"服务项目。12名漂亮的女子每人骑一辆乳白色的木兰摩托车，以专业摩托车手才具有的驾驶水平，整齐地行进在郑州的大街上。她们能在7分钟内完成16个表演队形和8个公路迎宾队形。在行进中，细心的人们会发现"ASIA"亚细亚尽在其中。这就是它的甜蜜用心。所有的一切，包括她们的"TT"——也就是售后服务的意思，都是向人们说明，人间的许多梦想，只有在高质量的亚细亚才能实现。

现在，亚细亚仪仗队的表演动作已由原来的120多个增加到180多个，这些动作要求在13分钟内全部完成。这是亚细亚的独特的语言：比如"W"代表"我们"，"十"代表"竞争"，"Y"代表二七广场周围的3家商场"三足鼎立"，"V"代表"胜利"……

在郑州，她们已经拥有和电影明星一样多的故事。许多来郑州旅行的外国客人刚在宾馆落座，便急切地用生硬的中国话询问服务员：亚细亚——郑州的亚细亚小姐在哪儿？亚细亚礼仪小姐成了商界公认的女子天下第一仪仗队。

采访亚细亚商场总经理王遂舟时，亚细亚仪仗队就有4名小姐侍立服务。笔者一下子想起了儿时在连环画上所见到的古代打仗时的中军大帐，主将居中，其他谋臣武将侍立两旁。笔者很不适应这样的气氛，但又感到很新颖别致。初时也曾认为王遂舟是在摆谱。但随着她们周到的服务，笔者顿感这是一种文化，它其中既有中原人的礼仪，是礼仪之邦特有的产品，又有未来世界——一种未来经济派生出的文化感。在一片自然经济存在这样久远的土地上，竟这样迅速培植出一种与此相对的经济文化的美丽的植物，没有特殊的想象力，没有对未来世界的把握能力，是创造不出来的。

笔者现在明白亚细亚礼仪小姐何以引起那样大的反响了。

既然亚细亚是一艘在惊涛里行驶的船，是一支在杀声四起的商战中生死搏斗的队伍，就必须像真的军人那样严格要求、严格训练。就在亚细亚商场开业之前，王遂舟就和他的战友们制定出"以军治场"的战略：凡是亚细亚商场的职工，无论男女，无论老幼，都要接受军训。全场统一春夏秋冬服装，并按技术等级，在肩章上显示星阶标志。全场1700名职工按连排班进行编组，然后拉到远离市区的某空军训练基地进行为期1—3个月的军事训练，从队列、军体到一日生活习惯的养成，全部按新兵训练的要求进行。为使职工军训经常化，商场公关部从驻军聘请了30名军官为商场的军事顾问，每月对职工进行一次军训。商场商营部参照部队的条件条例，制定了职工的管理细则，对职工上班后的活动和职容风纪实行了严格的规定。

亚细亚不需要眼泪。所有个人的纤细感情在此必须全部粉碎，让它随昔日的娇弱和浪漫一同飘逝。商场的军事化制度就像一只巨大的铁掌，冷冷地揉搓着花草繁茂的个性，团成团儿，然后放在直线加方块再加绝对服从的模子里，重塑一个新的属于亚细亚的"我"——一个大写的"我"。

亚细亚还有一所自己的"西点军校"——亚细亚职工学校。这是他们的教导大队，专门训练商场需要的各类人才。战士搏杀要有技能、技术，商战亦是。亚细亚许多技术能手和先进工作者就是从这里走出来的。

险恶的局势像刀刃一般锋利，切断了亚细亚执法队员脸上的笑神经，她们是一群没有笑肌的人。她们虽然漂亮美丽，却目光冷漠。她们是专门检查监督商场所有人员执行规章制度的人，一旦发现违纪者，便毫不留情，不是在广播里公开点名，便是罚款。亚细亚营业员时时笼罩在她们目光的网络里，人人谨言慎行，时时牢记商场一日规则纪律，不敢擅越。执法队的权力很大，就是总经理"犯事"，也格"杀"勿论。一次，王遂舟和总会计师坐车上班，不巧半道堵车，到商场时仅晚了两分钟，执法队见状，立即交他和总会计师每人一张10元的罚款单，并立即在商场广播批评。人们都说执法队是"手执黑虎锤，上打君王下打臣"。

下面是一份执法队一日违纪人员通报：

早上迟到者：刘××（服装部）迟到3分钟；李××（家具部）迟到3分钟。

场容不整者：赵××（针织部），未戴场帽。

柜台违纪者：李××（百货部），倚靠柜台；张×（针织部）会客闲谈；孙×（陶瓷部）未讲普通话……

以上违纪人员各罚10元，各人所在部门经理罚款4元，管理经理罚款4元，组长罚款4元……

正是有这样人称"白猫警长"的执法队员们，亚细亚的各项规章制度才落到了实处。亚细亚开业第一天，全商场迟到竟达200人，但点名批评罚款后，第二天就不到20人，第三天就更少。去年2月的一天，郑州突下大雪，路上雪深近尺，许多工厂企业因职工无法按时上班而影响生产，唯亚细亚仍和平时一样——职工均能按时上班。

职工不敢马虎，干部更不敢马虎。亚细亚一律实行聘任制和岗位竞争淘汰制，只看能力，不看关系。任职后表现平庸者，先出示"黄牌警告"，再过3个月无明显政绩，就地免职，毫不留情。

竞争就像悬在亚细亚人头顶的一把利剑，使他们不敢有半点轻慢、半点懈怠。亚细亚商场的干部似乎总是在卧薪尝胆，总在苦其心志；而职工则总像枕戈待旦，随时奋战。竞争使亚细亚的每个人都像搭在拉得紧绷绷的弓弦上的箭，随时都准备射出去，射出去……

——这就是亚细亚的"无情管理法则"。

亚细亚从开业至今约3年时间里，已有20余名中层干部被免职，占干部总数的25%；职工先后除名30余人，开除留用30余人，约占职工总数的3%。在亚细亚，没有铁饭碗，没有铁交椅。只有永恒的危机意识，和这种意识派生出来的"无情管理法则"。

如今，郑州商界"请军入场"或"借军治商"做法已被普遍采用。郑百、紫百、商城、华联、商业大厦每年都安排一定的时间请驻军训练自己的职工。一时间，驻郑部队很有点儿"洛阳纸贵"，野战军、军校各兵种都用自己的风格训练着郑州的"商军"。"各场都有自己的高招。"华联商厦总经理张淑云对笔者说：不管别的商场咋训练的。反正华联的站姿是第一流的，我们的站姿就连部队上的人也认为"很标准""很过硬"。我们可以和任何商场的职工比试。

亚细亚无情的管理使许多国有企业职工谈虎色变。

笔者：你们是哪个厂家的？

答者：是四川×市服装厂驻亚细亚信息员。

笔者：亚细亚执法队为什么也纠察你们？

答者：这和国与国之间一样，外国人到中国得遵守咱的纪律法令，咱到了亚细亚得服他们管。

笔者：刚才怎么回事？

答者：扶着衣架靠了一会儿。

笔者：你们在亚细亚感觉如何？

答者：受不了，太严了。

笔者：那你们为什么还愿来？

答者：挣钱多呗！

笔者：你们是这里的长期住户吗？

答者：哟，那谁挺得住？半年一换呀，要不人都死这了（笑）。

笔者：要是调你们到亚细亚你们愿意干吗？

答者：我们是国营职工呀，谁愿来这？我可不是要钱不要命的人呀（又笑）。

笔者：是不是所有的国营职工都不愿来？

答者：不知道，反正有百分之七八十吧，我想差不多……

但亚细亚的职工给出的却是相反的答案：

食品部张燕：我愿意在亚细亚干，在这里干，有一种自豪感，亲戚朋友问我在哪里工作，我可以回答得理直气壮：亚细亚！

工艺品部曾丽：我愿在这里干，不是因为我们站的柜台里放着黄金、珠宝，活儿轻松干净，而是在这里干着痛快。

鞋帽部张小英：我当柜组长，职工违纪罚款，我要连坐被罚，但我愿在这里干，因为在这里你只要干好了，就会得到表扬和提升。

时装部李燕燕：在这里工作是很紧张。我的孩子6岁，我几乎没有时间管他，但我不愿换地方，因为在这里工作受到社会上的尊重，当然，收入也不少。

服装部管理经理周志毅原是国棉五厂的技术员，有党票，有文凭，还是铁饭碗，但她却觉得干着"没意思""太平庸"，宁愿到亚细亚来捧这"泥饭碗"。亚细亚商场政研室主任李昕，原是郑州某国营大厂的厂长秘书，又是大学毕业，从各方面看，都会有很锦绣的前程，但他还是来了亚细亚，虽然一天到晚忙得不亦乐乎，但他挺满意，说"很充实"。

王遂舟和他的1700名精兵似乎已经列好阵势，随时准备向围拢而来的"多国部队"薄弱处发起冲击。他们将会冲出重围去！

有"探子"来报，言及王遂舟无情管理等事，国营商场老总们都不以为然。

张淑云："谁不知道要从严处理？可是，我们国有企业以教育为目的，开除只是不得已而为之的一种手段，不能把包袱全推给社会，这是我们国有企业的责任和义务。"

丁福森："我们共有700名职工，7年来，开除过工人，而且都是因经济问题受到法律制裁后除的名，即使这样，到现在还有后遗症。"

王振华："在我们这里，辞退一两个职工，那可是大事情，要闹得满城风雨的……"

郑州市一商局局长王华然："全市一商系统1.8万职工，如果按0.03%计算就是除名6人，我这个局长还能当得成？"

但是，紫百副总经理巩奕却另有见解，他说："国有企业不是没有人权，而是没有充分行使。全国人大通过的《企业法》和《劳动条例》都规定有这个权力。我们紫百发现职工中有偷盗商品和在外打架的，1983年就处理了十几个，开除留用2人，劳教6人。我们在有些人事问题上，往往是因为种种复杂关系不能动，这只能怨自己。不能自己不用已有的这个权力，又嚷着要放权。"

和亚细亚仅一路之隔的商城大厦却是以情动人的管理法则。如果说，亚细亚是以外部压力来凝聚大家，而商城则是"由里向外"，靠情来吸引大家。

采访商城大厦李自强总经理时，在大厦办公室主任丁继东和副主任谢钢林带领下，我们曾到了大厦酒店7楼一间豪华的客房，这里是李总经常会见客人的地方。谢副主任介绍说，只有会见客人时，李总才让开空调，别的时候，李总一概不许开。这间豪华客房，一年四季都有热浴水，但李总没在这里睡过一次觉，没有洗过一次澡。李总的办公室没有空调，炎夏时节，办公室人员考虑到李总毕竟年纪大了，怕他吃不消，便买了两台电扇。李总知道后，硬是亲自把这两台电扇送到下边商场里。他说：商场是第一线，那里人更多，更热，也更需要。

大厦刚开业时，办公室经常喝不到开水，各商场为接待客户大都买了电烧水壶，同志们提出为他配一个，他却又是执意不肯。商城人给他起了一个绰号叫"李老抠"，他自己也承认，"我就是抠，不抠不行呵。商场马上又要更新换代，柜台要换，要引进新设备，只有这样才能不落后，但钱从哪里来？还有要改善职工的生活条件、居住条件，钱从哪里来？商场职工挣钱不容易，也是血汗钱哪，到了我们手里，哪能一掷千金？我是常常手心都攥出汗也不敢花一分钱，要花就要花到正经地方。"他每天都工作13小时以上，更没有节假日之说，晚上加班晚了，便自己掏腰包，或者是下一包方便面，或者是啃块干面包，或者到楼下卖小吃的摊上买碗热馄饨。有时招待客人余下的半包香烟、一盘瓜子、几盒饮料，他会嘱咐手下人好多遍，要仔细放好，等下次会客时再用。他的记性又好，若下次这些什物不见了，又换了新的，他就会像一个管家的老爷子似的用"不当家不知柴米贵"这样的民间格言数落，说得你眼热心跳、无地自容。

因为他这当家的当到了这份上，便形成了"商城风格"。要是郑州几个商场的干部开会谈到一块儿，不管怎么掺和，你都会很快地把商城人"剔"出来：凡是实实在在、一脸忠厚的，那必定是商城人无疑了。李自强总经理说，我们从做人到做工作，都写到了企业精神里，就是"团结、竞争、求实、奉献"。我们特别讲究求实，不搞花架子，不哗众取宠。我们还特别讲究奉献精神，我们和别人比不起，手中的权、钱都很有限，无法给职工更多的许诺，但我们可以从领导自身做起，给群众带一个好头。我们商城人也给郑州人带一个好头，大家都往好地方奔，那我们中国的事情不就好办了吗？人是要有点儿精神的，我们国有企业如果不讲精神，一天也办不下去，谁都想挣钱、想自己的价值，那我们全民族的价值谁考虑？我们中国的价值谁考虑？

思想工作不是万能的，但没有思想工作也是万万不能的。商城大厦的领导会做思想工作，但更会以身作则。李自强是这样，他的战友郑明焦、王金声、王义群、芦新岐、白文夫、孙承义、汪涛、邱勇等领导同志也是这样。一位副总经理到下边办事处检查工作，中午休息时，房间都给他准备好了，他就是不去休息，劝得急了，他正色道：李总年纪那样大了，不是照样在椅子上打个盹吗？我们难道就不能像他那样吗？

有人提出一个很有意思的问题：房间闲着也闲着，干吗不用？不用白不用。

李自强们答道：房间闲着也不能用。你要用，他就要用，大家争着用，就一心想"用"的事情了，谁还讲无私奉献？

商城人说，以情动人，这就是情，而且是大情。他们以身作则，廉洁奉公，一心扑在大厦建设上，这样的干部真是太少了。别看商城领导对自己抠得要命，但对群众却关怀备至。最近，大厦在市郊买了一块30亩地的地皮，准备给职工盖宿舍楼，建生活基地，解决职工住房难的问题。职工上下班骑自行车很辛苦，大厦决定买两辆大轿车接送职工。在生活待遇上，虽然国有企业有许多条条框框限制，但大厦尽可能缩短与亚细亚之间的差距，现已基本接近亚细亚的收入。

有没有从亚细亚"叛逃"过来的呢？商城大厦办公室副主任谢钢林说：有，还不少呢。现在时装部副经理就是从亚细亚过来的。

笔者想和那位副经理谈谈为什么从亚细亚来商城。不知何故，那位副经理却不愿谈。

这时有人就说，别问为什么，从紫百调郑百，从商业调华联，从商城调亚细亚，这样的情况多的是。有些情况理论上很难解释，就像我们郑州的商业现状，多种经济成分，谁优谁劣，一时难以分清，但所有的一切都是事在人为。不能说好的就是社会主义，不好的就是资本主义，或者好的就是资本主义，不好的就是社会主义。

林子大了什么鸟都有；春天来了，什么花都开。

这有什么不好？

回望郑州，许多国营商场的老总们说，说起来国营商店是主渠道，是正规军，实际上掣肘太多。像打仗一样，名义上兵多将广，人多势众，把对手围起来了，但是号令不清，指挥不畅，加上自身的缺陷，到最后反被对手打了。这也像下围棋一样，围了别人半天，回头一看，自己却被别人围了。这年头，谁想把谁怎么样了，借谁一句话，一道批示，或者政府下令，把对手挤垮弄散，怕都不是那么容易了。

这世道真变了。

E章　决战

广而告之·大篷车队·傻小子放炮俏小子听·一块抹布精神·
南北为经东西为营·上帝永远正确·今日商都·中州论"剑"

"星期天到哪里去——亚细亚。"

1989年春天的早些时候，郑州市电车公司的101路、104路等电车涂抹得花花绿绿，驮着这句广告开始走街串巷。星期天——老百姓自己支配的时间，这一天如何打发呢？于是这句广告往往使全家出动去逛亚细亚。

广告，按照中国汉字的解释大概就是广而告之的意思。欧美语言中"广告"一词源于拉丁文，原意为"大喊大叫"。同是广告，为什么中国人和西方人既异曲同工又略有不同呢？这与不同的文化背景不无关系。

亚细亚人很精明地选择了这句很含蓄很可人很中国的广告词，同时也最大限度地打开了销售的大门。每家商店都有一个类似的大门，只是钥匙在上帝手里。世界上没有不做广告的商人，也没有不依赖广告而进行商品销售的商业活动。广告就是每个商店的暗锁密码，只要选择得当，上帝就会把门最大限度地打开，让顾客的潮水滚滚而来。

著名的健力宝集团靠广告起死回生的事例，曾使商界震惊深思。

亚细亚人深知其中奥秘，因此它们不惜工本，率先在全国范围内展开广告攻势。它们首先将自己的形象通过中央电视台向全国展示，其辐射面之宽，震荡幅度之强，给人印象之深刻，都是少见的。接着它们又占领各大报刊，在报纸上开辟《亚细亚之窗》《亚细亚专栏》等固定栏目。许多报纸几乎成了亚细亚展示商品的橱窗。亚细亚更多的还是通过赞助各种文化娱乐活动、社会福利事业等手段来达到宣传企业的目的。它们从传统的"卖什么吆喝什么"的商业观念中跳将出来，采取曲径通幽的战术，多次举办儿童绘画大赛、童车大赛、青年摄影大赛、好爸爸好妈妈幽默大赛等活动，寓商业于活动之中，将企业形象植于郑州市民的集体潜意识之中，等待他们在合适的时机开花结果……

亚细亚广告新招迭出，一旁却急煞国营商场。一时间，五大商场纷纷粉墨登场，竞相亮宝，把个郑州弄得五彩缤纷，煞是热闹。

郑州百货大楼首先顺着"星期天到哪里去——亚细亚"这句广告的思维往深处挖去。星期天固然可以去亚细亚，但去干什么？总不是玩去吧！去商场总离不了买东西这个本质吧，但买东西去何方最好呢——"购物到哪家，请到全国十佳"！谁是全国十佳？当然是郑州百货大楼啦！郑百大楼总经理丁福森很自信地说："……还是我的千招万招'信'为本，做广告也离不开我的'信'字。你说我这是实事求是吧？我是全国十佳商店，别人不能说这个话吧？我说买东西到哪里去？还是到全国十佳来。后面的话让人们自己想。"

华联商厦总经理张淑云更是工于心计，她让手下人制作了两个4.5米高的大字——"国营"，十分醒目地竖在大厦顶端，就像两只神情复杂的眼睛盯着亚细亚：怎么样？这下敲着你的麻骨了吧！个体的再好，还能好过国营的！这两只眼睛同时又招徕人们，来吧，来吧，还是咱国营商店卖的东西可靠保险，价格公道。

商业大厦则不哼不哈地在商场橱窗内辟出一片地方，专门陈列伪劣商品，供顾客们鉴别。他们还两次当众销毁伪劣产品，表明他们对伪劣商品深恶痛绝的态度，这样的商场顾客能信不过吗？当销毁伪劣产品的大火熊熊燃烧的时候，那红色的火焰就是商业大厦的广告语汇——这是多么聪明的一着棋啊！

当国营商场沸沸扬扬刮起广告旋风时，亚细亚又推出了新招，他们花费巨资组建了亚细亚艺术团。艺术团的装备令许多省级歌舞团为之瞠目。亚细亚的存在更说明一个事实：今后若干年里，商品经济的花朵只会越开越大，越来越艳，却不会凋谢。亚细亚艺术团严格意义上讲就像部队的宣传队，它有着十分明显的功利性。它实际上是亚细亚设计独特、构思完美的活广告。

国营商场岂能让亚细亚艺术团一花独放？紧接着，华联、商业大厦、商城等也都纷纷招兵买马，在社会上网罗艺术人才，挑俊男靓女组建艺术团、服装表演队等等。据华联商厦工会干部曹珍说：华联的服装模特在郑州市举办的模特大赛中曾一举夺魁，把亚细亚比了下去。

更值得一提的是商业大厦的"大篷车队"。这个吉卜赛人流浪四方漂泊人生的什物现在被机智的商业大厦接纳了，不过"大篷车"上满载着琳琅满目的货物，还满载着悠扬的歌声和美丽的姑娘的笑脸。浪漫的旅行就这样开始了，"大篷车"顶着朝霞箭一般射向远方。竞争就像绷紧的弓弦，各种招数就像箭镞，被有作为的企业家拉如满月，就会准确射向效益的靶子。商业大厦的"大篷车队"如今已出动十数次，凡是各地区有大的庙会集市，它便闻讯而动，一边宣传，一边卖货，往往是歌唱尽了，货也卖完了。

商业大厦的"大篷车队"第一次走出统一的柜台，由阵地战改为运动战，把目光洒向更广阔的社会，它打破了商界的传统思维定势，为以后如何开拓商业新思维提供了很好的借鉴。

1990年秋，亚细亚又一次创造了中国有史以来的广告奇观，郑州市约数万名少年儿童走上街头为亚细亚做广告。加上他们身后的爸爸妈妈，至少有10万人的队伍参加了这项活动。

事情的起因是来自香港的一封信。

信是写给亚细亚总经理王遂舟的。王遂舟每天能接到许多这样的信，其中当然会有不少锦囊妙计献给亚细亚。这位朋友给王遂舟讲了西德汉堡包的故事，他说汉堡包刚问世时，人们并不感兴趣。可怜的老板每天只能倚着门边无限惆怅地扔石子玩，顺便再应付一下顺道上下学的调皮学生。那些学生倒是爱吃，但也是图新鲜，只是拿着脏兮兮的零钱偶尔为之。西德人爱孩子，老板就和孩子们一块儿玩，孩子们就很高兴。玩着玩着，孩子们就附在老板的耳边说，你的面包怎么像条长长的狗哇，你看，通体焦黄，还有尾巴（那露在外边的木棍），还有体温，哈，咱们就叫它热狗吧！正是孩子们不经意的玩笑，触及了老板飞速旋转的思维，于是，他很快就想出了一套推销汉堡包的妙计。孩子们说他的面包像条狗，而且还是热狗，这就赋予了它生动的形象，德国人爱动物，尤其是爱养狗，一定要紧紧抓住国人的这个心理，这就是营销汉堡包的金钥匙！他把自己想象成一个爱玩爱闹的调皮儿童，用儿童语言编了"热狗！热狗"的儿歌，教给那几个常来玩的小学生，让他们每天上学放学的路上唱，条件是免费提供两只热狗。结果没过多久，"热狗"的名字便随着孩子们的歌声传遍了全西德，并且漂洋过海传遍了全世界……

这个故事深深触动了王遂舟。如今亚细亚能不能也打打儿歌这张牌呢？王遂舟便找到了商场政研室主任李昕，把意图告诉了他，并让他尽快创作几首儿歌，这些儿歌要像风一样刮遍郑州的每个角落。

李昕成功了。这个亚细亚的笔杆子，写了成百篇文章，但他的所有文章都没有这几首儿歌拥有如此之多的读者。

这3首儿歌是：

之一　长大也到亚细亚
啦啦啦，啦啦啦，阿姨今年一十八。

参加工作离开家，来到郑州亚细亚。

漂亮工装身上穿，甜甜微笑脸上挂。

服务热情真周到，顾客常常把她夸。

我给阿姨写封信，长大也到亚细亚。

之二　亚细亚太阳真鲜艳

亚细亚，大商店，二七广场东南面。

大楼高，真好看，像只展翅大鹏雁。

旋转楼，似彩练，滚动电梯排成线。

古筝琵琶迎宾曲，琴台歌声听不厌。

青藤绿叶花儿红，喷泉瀑布水花溅。

商场景色无限好，亚细亚太阳真鲜艳。

之三　拍手歌

你拍一，我拍一，我来亚细亚坐电梯；

你拍二，我拍二，亚细亚阿姨不吵架儿；

你拍三，我拍三，空中乐园荡秋千；

你拍四，我拍四，亚细亚三个大金字；

你拍五，我拍五，玩具部阿姨好辛苦；

你拍六，我拍六，琴弦歌声听不够；

你拍七，我拍七，童装街里买新衣；

你拍八，我拍八，亚细亚处处有鲜花；

你拍九，我拍九，来到亚细亚不想走；

你拍十，我拍十，迎宾小姐站得直。

3首儿歌于1990年9月12日刊登在《郑州晚报》上，并说凡能用普通话流畅背诵其中两首正确无误者，便可获得指定奖品。

迄今为止，许多人对于亚细亚商场举办的这次《儿歌背诵有奖活动》的意义还没有探讨完，因为它使整个郑州沸腾了。在这10多万的"应征"队伍中，有许多就是国营商场的干部、职工，他们每个人都明晰这是亚细亚的"一计"，但还是不由自主地按照亚细亚谋略好的步骤一步步跳进来，充当亚细亚人的广告员。孩子们是这支广告大军的前导。

一个国营商场的女经理说：谁都知道亚细亚商场和俺商场是对头，但孩子不知道。别的孩子都去亚细亚背儿歌了，回来高兴得像当了一回英雄，家长也显摆说，呀，你的明明咋不去，可容易啦。于是，孩子更受不了，一天到晚拉着衣袖央求：妈妈，我也要去亚细亚……唉，你说咋办？为了孩子就去呗，反正也不是叛国投敌，就这一次。去归去，但心里很把亚细亚骂了一通：你们这招也太损了，鬼主意打到孩子身上……说实在话，骂归骂，但到了亚细亚，看见那么多人，排队还怕排不上，登台还怕儿子忘了词，把啥都忘了。原来还怕碰到自己商场的人，后来这些事也不想了，为了孩子嘛。当看到孩子很流利地背诵完亚细亚儿歌，领了奖，说实在的，心里也挺高兴……

一位退休的国营商场副总说：我都这么大年纪了，亚细亚商场还"逼"着我给它们做广告。我们家现在就我和老伴领着孙子，儿子儿媳都忙着工作，一天到晚不着家。小孙子要去亚细亚背儿歌，得我一句一句教他，什么"长大也去亚细亚"，什么"我去亚细亚坐电梯"，弄得我一天到晚神魂颠倒，口中经常念念有词。过去和亚细亚是对手，现在倒成了它们的义务宣传员了。亚细亚把广告都做到这份上了，咱自得承认人家真会想点子，咱真服了！

郑州的广告大战最终还是亚细亚占了上风。1990年亚细亚商场公关费用支出近200万元，而郑州市一商局所有企业1990年公关费用支出总和才100万元。对此，一些国有企业的老总颇有微词。一方面，他们很"阿Q"地说：傻小子放炮俏小子听，你们亚细亚做了那么多广告，吸引了许多消费者，都想去亚细亚看看，但如果到了郑州，到亚细亚去看，不可避免地要去其他国营商场，实际上亚细亚为我们花了一半广告费。另一方面，他们的公关意识也确实"很小农"。一些身居要职的老总对亚细亚的这种"大喊大叫"很排斥，常常在心里发问：有必要吗？花一二百万去做广告值得吗？有的人干脆认为这是一种浪费，是铺张，是挥霍。有人就说：亚细亚3周年场庆时，鞭炮就放了360万响。远远看去，整个二七广场升起滚滚黑烟，一片火光。鞭炮放过，整个地面的纸屑能埋住脚脖……这样做，有必要吗？

1984年，美国洛杉矶奥运会前，柯达大意失荆州，在自己的家门口却败在了富士手下的故事，流传至今。事情发生后，柯达公司董事会大为震惊，在获悉富士为奥运专用胶卷的当天，便召开紧急会议，毫不客气地撤了广告部主任的职，立即亡羊补牢，拨出专款1000万美元大做广告，在美国各大城市竖起"观看奥运，请用柯达"的广告牌，并送800名美国运动员每人一台柯达相机。

4年之后，在汉城奥运会上，柯达公司花费巨资买下了赞助权。它们还与日本飞艇公司签订一项垄断性合同，付了6亿美元的合同金后，柯达公司获得了让印有柯达标志的飞艇在日本上空飞翔的权利。

这就是闻名于世的黄绿广告大战（柯达胶卷包装是黄色，富士胶卷包装是绿色）。它们一掷千金为哪般？

据有关资料统计，1984年全世界广告费上升为1300亿美元，美国占613亿美元。1985年，全世界广告费为1600亿美元，美国达到800多亿美元。去年，美国的广告费已达1240亿美元。而去年中国内地的广告投入为35亿元，尽管比往年的25.05亿元高出许多，仍落在许多国家的后面。据统计，美国广告费人均500美元，日本人均300美元，中国香港人均100美元，而中国内地人均广告费仅有3美元，在世界上排名第30至40名之间，列在印度、巴基斯坦等国后面。

由此可见，亚细亚商场的广告费，真是"多乎哉，不多也"。

而郑州商界的广告大战却暴露了国有企业的体制弊端。郑百老总丁福森言："财政局一位领导对我说，老丁，如果你达到30万，我可要来查你了，但是有些企业一年广告费在一二百万、二三百万，像我这13万，怎么和人家比，我是不得已甘拜下风。"国有企业的财权统得过死，规定的许多条条框框还是改革之前"经济冻土带"时期制定的，根本不符合目前经济起飞的实际情况。尽管国营商场的老总们有一些"阿Q"，有一些"小农"思想，但在这一点上都呼吁说：请给我们松绑！

说国营商场的老总们有些许"阿Q"，真也有些于心不忍。比如面对现实，面对崛起的豪华商场，往日不可比的郑百和紫百均有些汗颜。但郑百老总丁福森却说："一个人他穿了一身很漂亮的西服革履，烫得很平整，这很好。另一个人穿了一件劳动布工作衣，但洗得干干净净，布丝发白，虽说打个补丁，也打得端端正正。人们自然评价说西服革履是金钱堆起来的，而劳动布工装那是功夫下到了家。"丁总说这番话很安慰了那些至今仍穿着"劳动布工装"的人。丁总说这番话的同时也安慰了郑州商业的历史和现实。

在郑州六大商场中，属于现代化的商场有商业大厦、华联商厦、商城大厦和亚细亚商场。而郑百和紫百似乎像昨天的历史一样有些陈旧，斑斑驳驳。

你豪华，我比你更豪华，这就是现代商场追逐的时尚。某报一篇谈起亚细亚的购物环境的文章这样写道：高低错落的造型，层次分明的建筑轮廓，形态别致的玻璃屋顶，加上一个挺雅致的名字——亚细亚，勾起了人们心中的无限遐想。站在一层大厅向上望去，五层如画廊一般的营业厅尽收眼底。每厅均设有旋转楼梯和踏步自动扶梯、闭路电视及流水瀑布、绿化小景。一层大厅，在高大的棕竹、笔直的仙人藤和盛开的秋菊簇拥下，七八顶花伞错落有致地摆放其间，白色的海滨椅为顾客提供了一个小憩的场所。顾客时而进入商品的海洋，时而卷入鲜花的旋涡。每隔一个小时，顾客还可聆听到由二楼琴台小姐弹奏的一曲琵琶古筝，霎时引人进入一种诗情画意之境界。一季有果，三季有花，芭蕉、棕榈常青，流水瀑布不断，清新典雅、赏心悦目如江南情调，这就是亚细亚的购物环境。

人们把这样的购物环境称作"购物天堂"。

一边是天堂，另一边是人间。

郑百人和紫百人就生活在属于历史的空间里。他们工作在老楼、旧楼、破楼里，却和有着现代条件的商场进行商业的争夺战。

据说，商城老总李自强一次在火车站无意中听到有顾客说："到了亚细亚，逛逛西班牙；到了商城，逛逛县城。"李总回来后投资百万对商场进行全面改造，使中厅花团锦簇，并且第一个安了迎送顾客的双向电梯，使原本豪华的商场更加豪华。而商业大厦更是金碧辉煌，仅中厅的吊灯就耗资12万，450平方米的中厅如花园一般。华联在郑州六大商场中建筑造型首屈一指，一面巨大无朋的玻璃幕墙风流无限，它就是商界的梦地。

而郑百和紫百呢？你想安双向电梯吗？对不起，这豪华梦也无处可做，眼睁睁看别人辉煌，净听他人说梦。

但他们不甘心做呆头鸟。

他们说：条件不如人，更要功夫深。于是郑百老总丁福森首倡一块抹布精神，让职工人手一块抹布，随手抹，随手擦。把个商场擦得光彩照人，能经得起用酒精棉球检查。你依仗豪华电梯揽客，我用一块抹布迎宾。虽然物质条件不如人，但精神却光彩照人，这同样是竞争的一件法宝。小小抹布体现一个商场的形象。一商局局长王华然告诉笔者，他曾在多次会议上表扬过郑百的一块抹布精神，因为它使人感到这个企业的强烈进取心，在条件这样差的地方能把工作搞成这样，等搬进豪华商场那不就如虎添翼了吗？所以，许多商界同行都不敢小瞧郑百人的素质，都说小小抹布在某种意义上训练出了一支商界劲旅、一支竞争新军。

据说江泽民总书记看到郑百人手一块抹布，在追赶豪华的时尚中独立操守，十分感动，连声称赞一块抹布精神好。

一块抹布精神实际上是勤劳、俭朴、节约、自强不息的集中体现，即使在豪华商场里，仍应该提倡这种精神。

1991年6月8日，共和国商业部部长胡平说：在新的经济形势和市场格局下，商业竞争实则是商业文化的竞争……

郑州商界就像中国的现实一样，似乎是多种文化并存的时期——

你亚细亚的豪华是一种文化，谁能说我郑百的淡泊不是一种文化？

一般说来，企业成功的经营要诀，离不开正确果断而又眼光远大的经营决策，它决定企业的命脉。经营决策既指宏观上对企业总体发展的规划和调整，也指微观上就具体业务的经营目标、方法和手段的正确选择。它同时还要面向顾客、心想顾客的服务方针和细则措施，在满足消费者期望的同时，换来自己企业的发展，形成鲜明的经营个性。

亚细亚首先认准了传统的消费秩序"丈夫、妻子、孩子"已演变成今天的"孩子、妻子、丈夫"这一"倒顺序"，把自己的经营目标定为妇女和儿童，偏重中青年，偏重中高档。于是亚细亚专设了化妆品部、女装部、时装部、童装部、玩具部，以自己鲜明的个性，颇得郑州妇女、儿童的青睐。

商业大厦运用"早、先、快"策略，利用"时间差"将营销活动开展得有声有色。"早、先、快"即超前组织适令商品先于其他经营单位，迅速上柜，投放市场。1991年3月初，在中原正是天寒地冻、大雪飘飞时，商业大厦却策划了"衬衫博览展销"活动，而此时别的商场还正为出售冬季商品绞尽脑汁，他们却提前进入春天的构想。结果他们成功了，展销第一天就售出各类衬衫10600件，金额高达26.76万元，创下全省各大商场衬衫日销量的最高纪录。紧接着他们又在春天举办"金秋时装展销评议"活动，中南五省市25个名优厂家的300多个花色的新裙装刚一上柜，顾客便争相抢购，第一天就销售12万元，使淡季达到了旺季水平。适逢商业部张世尧副部长来大厦检查工作，他连连称赞展销活动既有鲜明的特色，又有企业家精明的营销技巧。

"大而全"是商业大厦的又一特点，别人没有的它有，于是它就拥有对生活的解释权。它的商品品种多达54700多种，仅纽扣的品种就达1500多种。大厦老总王振华说："不怕不卖钱，就怕货不全。对商业大厦来说，货全就是摇钱树。"货全就是占尽三江四海水，阅尽三山五岳松，东西南北，尽在掌握之中。人曰南北为经，东西为营，商业大厦深得经营奥秘，自然会雄踞一方，博大强壮。

随着商战的白热化，郑州的大大小小商场店铺都深刻地体悟出一条绝对真理：要在激烈的竞争中立于不败之地，就必须争取让"上帝"站在自己一边！

在计划经济时期，商品的生产一切都是按指令性的，厂家根本不管市场是否需要，只按长官意志行事。中国的这一经济体制是从当年苏联老大哥那里批发来的。据说在斯大林时期曾有全苏政治局集体讨论生产哪种型号的水泥的事。政治局管得这样具体，真不知权力者们的作用是降低了还是升高了。但事实却明白无误：中国实行计划经济30年，到70年代时，已是工业、农业、军事工业和民用工业个个失衡，国民经济趋于崩溃。那时物资极度匮乏，商品单调，流通渠道受到严重阻滞。

仅以郑州市为例，自1958—1977年20年间，商业工作大部分处在被轻视、被限制、被批判的地位，只讲生产决定流通，不讲流通对生产的促进作用，把商品、货币当作"资产阶级法权"批判，把集体、个体商业，集货市场当作"资本主义尾巴"来割掉，大批撤并商业网点，由"小、多、密"变成"大、少、稀"。到1978年，全市仅有国营日用工业品商业网点136个，比1962年少36个；集体网点比1956年减少386个。与此相反的却是郑州市人口增加了50万，商品零售额增长6.14倍。商业职工数量严重不足，劳动强度增大，服务质量下降，买难问题日益突出。由于商品匮乏，不得不对人民生活必需品实行凭证、限量、定量、配售、内部审批、特供等多种应急办法。在这样一种情势下，人民——这个本应是上帝的消费者们，基本上没有什么发言权，给你就得要，卖给你就不错了，还敢什么挑挑拣拣、说三道四？

把企业推向市场，就从根本上改变了以前君臣颠倒的状况，恢复了上帝的名誉。在激烈的市场竞争中，唯一掌握生杀大权的就是消费者，他们是真正的上帝，是至高无上的君主，其他则是他的臣仆，唯唯诺诺柔顺驯服的臣仆。市场经济中消费者是万王之王，君临万邦。君让臣死，臣就不能活，这绝不是戏言。

许多商业职工不习惯这两种经济体制的转变，把计划经济时期的脸谱带到市场经济的运作之中。他们认为为顾客礼貌服务、小心周到是低人一等，这是人格低下，实际上是一种偏见和短视。其原因之一就是不明白自己所在企业和所从事的职业在市场经济的竞争中究竟处在什么样的位置。亚细亚的职工们似乎比较明白自己的位置。一位受了顾客的委屈，然而又不敢和顾客申辩的营业员，当笔者采访她，问她何以不去和那位不讲理的顾客据理力争时，她含着泪说：我不敢拿自己的饭碗开玩笑……

郑州的"上帝"这两年确实风光起来。市场日渐丰盈，一切今非昔比，眼前繁华若此，上帝突然忆起自己的权力，他们乘着烽火连天的战云，一跟斗跳在云空，对着商界的芸芸众生，颐指气使之外还要品头论足，常常使他的臣民诚惶诚恐，唯恐服务不周，万一惹上帝龙颜震怒，哪还有什么前途？

紫百大楼推出一系列便民措施，一时间深得上帝的青睐。比如他们推广实施了加工定做、邮购函购、电话预约、上门服务等，并增设了便民椅、便民钟、针线包、代售邮票、代发信函等服务项目。为解决顾客维修商品难的问题，他们还开设了洗衣机、电冰箱、电视机、自行车、钟表、缝纫机、复印机、鞋类、皮包、玩具等十几种商品维修项目，极大地方便了顾客。对于大件家电商品，搬运不便的，还设立了预约登门维修，对于电视机、录音机还设立了备用周转机，解决顾客因修理机器而影响收看、收听节目的问题。

采访华联商厦时，曾看到大批顾客写给总经理的信，这些来自全国各地的上帝，虽然身处天南地北，来到华联后，却得到了共同的温馨、周到的服务。

1990年春节前夕，一位远在漯河的消费者给紫百老总刘家万来了一封信，信中说他买了一件衣服，回去穿了一下感到很不合适，问问能不能调换一下。刘家万立即找到商场有关人员，让他们在过节前赶到几百里外的漯河市，可退可换，但一定要让那位顾客满意。腊月二十八，在新春的爆竹点燃之前，服装商场的工作人员找到了那位顾客。那位顾客肯定提前进入了春天！

　　对于怠慢顾客的营业员，商业大厦则特设了"曝光栏"，每月评选10位最差营业员在黑板上公布，并每天广播两次。凡曝光人员须学习半年考试合格后再上岗。商场设立总经理信箱，在每层又设有服务台，顾客留言反映问题，通过信息递单送到大厦各商场，3天之内必须送来处理结果。

　　1990年3月，河南登封粮食局有位顾客来信反映化纤地毯掉色，大厦当即派人带一卷优质地毯风尘仆仆赶到登封，向那位顾客负荆道歉，并在《郑州晚报》刊登通告，凡购此地毯者请到商场退货。它们还规定，凡顾客发现伪劣质差商品的，只要向大厦报告，退货之余再加物质奖励。一位顾客在大厦买了一袋奶粉，回家后发现变了质，他抱着试试看的态度来到大厦，大厦不但给他退了货，另外还奖励了他20元钱。

　　亚细亚商场鞋帽部，卖鞋发放信誉卡，凡在"鞋的世界"购买鞋者，各种类型各种品类都可调换，凉鞋可以换皮鞋，皮鞋可以换皮靴，因此来亚细亚可以一天一换，天天穿新鞋，只要你有时间，一年四季可穿新鞋，还可以穿不同品种的新鞋。顾客自己也说，买一双鞋可以穿四季。

　　广告大战中，国营商场为对付亚细亚，想了一个令人捧腹的谜语："星期天到哪里去，打一电视剧名"，不久谜底揭出，原来是"虾球传"。即河南土话"瞎尿转"的意思，是说亚细亚商场徒有虚名，顾客去是看热闹，而不是买东西，常常是乘兴而来，败兴而去。但一位叫陈刚的消费者却在报上发表文章说，以他的亲身经历，去亚细亚不是"瞎尿转"。

　　这位顾客想买一台家用超声波雾化加湿器，此时正是某商场开展优惠促销活动，他便前去问询，谁知却被告知加湿器并不优惠的。他又去了亚细亚，发现有北京产的加湿器，正要掏钱欲购时，亚细亚小姐却彬彬有礼地告诉他，再过几天，正是亚细亚场庆，一切商品价格从优，那时候再来买，保证比现在便宜。数天后，那位顾客终于用优惠价格买走了他需要的加湿器。他在报纸上说：去亚细亚不是"瞎尿转"！

郑州成了购物者的天堂，成了上帝们慕名而去的场所。许多党和国家领导人、商业部领导、知名人士都以普通上帝的身份光顾过六大商场。著名笑星赵本山去了亚细亚之后，以他特有的诙谐说：我带了一万块钱去逛亚细亚，结果花了6000！

既然是"上帝"，一些消费者便生出许多霸气，加上"上帝"仍需要学习，自身素质需要提高，更磨难出许多商业英雄。

一天，两个酒喝多了的顾客来华联买东西，营业员仍然热情接待他们。谁知他俩却耍起酒疯来，一个矮个子把一个1.8米的大个子营业员摁到柜台上不让起来。那个营业员也是年轻人，身体又壮，要是平常，要是不干商业，他早把那矮个青年给摆平了。可这时候他却打不还手，骂不还口，口中还一个劲劝他们不要这样。尽管大个子营业员做到仁至义尽，商场还是因他违犯柜台纪律罚了他50元钱。

还有一个营业员在大街上和一个顾客撞了车，那个顾客便记住了她的营业员证上的号码。不几天，那个顾客便借来买东西的机会，故意找她的碴。那顾客本来是在另一个柜台买东西，却回过头来骂这个营业员。营业员被骂得泪流满面，却不敢还口，最后还得给这个顾客道歉。所谓道歉并不是简单说几句，而是由商场经理、柜台组长一起，去顾客家中道歉。道歉如果纯粹是走过场，商场决放不过你，会给你经济处罚和行政处分。由于一些纠纷源于素质较差的上帝，要想让道歉者心服口服，很诚恳地给上帝道歉，往往不是易事。

比如这次纠纷显然上帝是没有道理的。但华联商厦却能把那个营业员说得心服口服。华联领导首先批评她违反了商场规定，不应该穿着工作服上下班，因为工作服上边有华联的名字，你穿着它，就说明你是在岗位上，你的一切行动就应考虑企业形象，你不能把自己混同于普通老百姓。你周围的一切人，都是消费者，都是上帝，你应该彬彬有礼，避让不及那是你的失礼，你应该主动道歉。上帝找你发火，为什么不找别人发火，那说明你做得并不是太好，你应该虚心检讨自己，检查不深就应该登门听取顾客意见……这番理论的主要基点就是：上帝永远正确！

上帝永远正确！倘若上帝动手打人该如何呢？

请看郑州电视台不久前播出的电视剧《柜台风波》中的一个小镜头：

亚细亚商场鞋帽部柜台。

青年男女一前一后走过来。

男青年：喂，拿双鞋来！

营业员忙说：哎，就来！

女青年呸一口：妈的，什么就来，快点儿来，德行！

女营业员忙着找鞋，抬起头笑着说：对不起，请不要骂人，我这就给你拿！

女青年对准迎上来的女营业员抬手就是一耳光：妈的，打你又怎么样！

镜头出现女营业员眼含泪水却微笑着的脸……

电视剧播完后，电视台主持该节目的播音员强调说：这一切都是真的，它就发生在亚细亚商场……

这里还有一个叫李某的营业员的一则日记，她通过《郑州晚报》向上帝诉说衷肠——

3月10日　小雨

今天上午，商场刚开门，我的柜台前就出现了一位年约50岁的女顾客："喂，拿个拉锁。"随着话音扔过来1元钱。我收起钱，一看拉锁单价是0.70元便找她3角钱，她一看就火了："我明明给你2元钱，你怎么找我3毛？应该找1块3才对。"我心平气和地解释说："您瞧，我这钱箱里只有1元钱，而您又是我的长辈，我怎么能多收您的钱……"我话音没落，她就气呼呼地说："你说1块就1块吧，哼！亚细亚还有这样的人！"听任她恶语中伤我所深爱的亚细亚，我的心都碎了，真想跟她理论一番。这时耳边又响起商场领导的话语：我们的职责是为顾客提供优质服务，决不允许有怠慢顾客的行为，谁若违背商场的服务制度，将会受到最重的处罚：限期调离或除名。我忍了忍，两行委屈的泪水夺眶而出……

我真不明白，我们想方设法方便顾客，却不被一些人所理解。我们也是有自尊、有人格的人啊！我真想向一些顾客大声疾呼：让我们

相互理解，交换个微笑，交换颗爱心吧!

不知上帝看了这短文作何感想。实际上，一个市场的繁荣，在很大程度上也取决于消费者质量的高低。世界上还没有哪个发达的商业群会拔地而起于污泥之中，它总要找个相匹配的背景和土壤。这一切都是相辅相成的。

在烽火连天的激烈商战中，一个新的商都出现在中原大地。

仿佛3000年只是一瞬，郑州——古老的商都又重新被人忆起。

古老的商业基因——那支商族悠远的古歌曾失落在黄河的渔火里，和梦一起尘封在民族的记忆中。如今，市场经济以其特有的强劲和魅力，使它又一次脱颖而出，在日渐丰满的城市躯体内孕育发达。

作为郑州商战主战场的六大商场，在激烈的商战中虽然有那样多的悲欢往事，但都坚强地屹立着，它们既经受了竞争的巨大压力，又在竞争中得到了锻炼和提高。各大商场都达到了一个新的经济高峰，取得了明显的经济效益，1991年亚细亚商场总销售额超过2亿大关，达到23407.8万元；商城大厦为18406万元；华联商厦为17229万元；商业大厦为24903万元；紫百为14920万元；郑百为13478万元。以人均完成销售额为例，六大商场的顺序依次是：郑百189936元，商城大厦164339元，亚细亚130260元，紫百130192元，商业大厦116826元，华联商厦115114元。按每平方米营业面积完成销售排序，六大商场的顺序依次是：商城大厦23007元/m²，亚细亚商场19506元/m²，郑百14338元/m²，紫百14209元/m²，华联商厦12737元/m²，商业大厦11558元/m²。

由此可以看出，这是一场实力接近、旗鼓相当的角逐，也是各有千秋的角逐。竞争的六大商场既没有真正意义的失败者，又没有绝对的胜利者，但却有共同的收益。仅郑州市一商系统，1991年社会商品零售额比1990年增长15.37%；总销售额比1990年增长21.78%；市区国营商业实现利润比1990年增长25.14%；年末库存比1990年末下降4.39%。郑州市一商局局长王华然高兴地对笔者说：从这几个数字便可得出结论：利润增长速度大于销售增长速度，销售增长速度大于购进速度，销售额上升而库存下降……这是个良性循环的可喜局面，是商界零售企业多年梦寐以求的事情。这个梦从新中国成立以来几乎没实现过，而现在我可以说：我们多年的梦实现了！

那支悠远的古歌终于飘起来，像只美丽的白鸽子掠过城市。

郑州商战的连天烽火引起了国内各条战线的普遍关注，中央电视台《经济半小时》节目播出的《商战》引起全国关注。

人们的目光又一次注视中原。从3000多年前武王兵发岐山逐鹿中原，纣王死于鹿台，古人就说"得中原者得天下"。因此，中原历来是兵家必争之地。而近代给人以封闭落后印象的郑州，在中国内陆省份首先点燃商战的烽烟，其意义非同一般。它既可能成为一个旧经济时代的挽歌，又会成为新经济时代的序曲。

郑州商战，同时又引无数商业同行竞折腰，全国28个省市100多个城市的商业人士络绎不绝"挺进中原"，到郑州参观学习者如云。郑州市场以其经济新生代的巨大引力，使得全国经济界的专家学者以极大的兴趣开始研究这个划时代的冷门，将郑州商战奇观郑重地写在自己的专著和讲义里；而国内的名优厂家则更是闻风而动，纷纷前来。各大厂家均以能否在郑州市场获得一席之地作为衡量其行销是否成功的标准之一。郑州时下可谓商贾如云，古老的兵家必争之所现在成了现代商家必争之地。郑州因拥有六大商场而潇洒风流起来，中原人因拥有六大商场而风光起来。河南因拥有郑州商业而变得充满信心，充满希望，它将深深影响全省的经济气候。

那么，还是这方土，还是这些人，数年前还是牛车缓缓、步履蹒跚，而今郑州上空何以突然出现耀眼的商星呢？对于这个意想不到的郑州现象何以解释呢？请听一些党政领导、经济界人士和商界大腕们中州论"剑"——

北京大学经济学院教授肖灼基：

发生在郑州的"商战"紧锣密鼓、有声有色，吸引了社会广大公众的关注，并向人们提出了如何看待市场，如何利用市场，如何在市场上大显身手的问题。这些问题，已远远超出郑州、超出商界，而是改革时期工商企业面临的共同问题……市场是商品经济的产物。凡有商品，必有市场。在市场舞台上，每个商品生产者、经营者、消费者，在"看不见的手"的指挥下，进行着纷繁复杂、多姿多彩的活动和激烈的竞争。郑州商战告诉我们，市场如战场，优胜劣汰是不可更改的规律。

河南省漯河市副市长田承忠：

郑州商战之所以引人瞩目，在于郑州商界在商战中提供了多元化的思维样式，比如反向撞击思维、非传统意识、古典和现代思维结合等等，使郑州上空云蒸霞蔚，极大地拓展了中原人的生存思维空间。这种价值观多元化的走向，是建立市场经济体系最为有利的土壤。因此，人们关心郑州商战不是偶然的，郑州商战对人们如何重塑自己的形象，重构自己的生存方式，如何建立市场经济并在其中扮演什么样的角色提供了参照系。

河南省商管委主任赵广田认为：

商业竞争是商品经济固有的规律，但在郑州发展到如此激烈的程度，它之所以能成为轰动全国的商战，不是偶然的。

商战的形成是商业改革的结果，是商品经济发展到一定程度的结果，是改革开放的结果；同时，也是郑州商业设施建设不断发展的产物，是郑州商业干部职工奋发向上、勇于改革的精神的产物。

河南省商管委副主任张慧玉：

郑州商战反映出竞争不但能使企业的服务水平和服务质量得到提高，购物环境得到改善，国家收入增加，企业得到发展，而且还促进了商业改革，提高了企业素质，推动了企业经营机制转换，呈现出新的生机与活力……

郑州市商管委主任顿启明：

商战给郑州市全商业系统都带来了可喜的变化，就连一些"微利困难行业"，如浴池、理发馆等服务性网点，也被竞争逼出了生路，走出了困境。比如和亚细亚商场同在一街的德化街浴池，原来浴池狭小、空气污浊，但他们拿出几百万元改造设施，建立了高、中、低档结合的洗浴设施，不仅有桑拿浴、土耳其浴，还有冲浪等项目，不仅解决了群众洗澡难问题，还给自己挣来了效益，在开业很短的时间就盈利60万元，这是他们过去做梦也不敢想的事……所以我说竞争能使企业起死回生，竞争能使企业充满活力。

郑州市副市长刘振中认为：

发生在内陆腹地郑州的商战，为建立社会主义市场经济的可行性和必然性提供了注释。从某种意义上讲，郑州商战是一本书，可以引起人们的全方位思考和咀嚼。现在，由于发生了郑州商战，竞争的意识已经深深印在各行各业的运作之中。开放、竞争型的新型商业体制和比较稳定繁荣的市场态势已初步形成，这样，由计划经济向市场经济转变时会相对容易。可以预测，郑州商业全面发展的飞跃时期将会提前到来……

郑州市一商局局长王华然认为：

郑州商战打出了一片新天地。现在，郑州流通领域发生了深刻的变化，那种经济成分单一化的状况已被多渠道发展的取向所替代。商业结构发生了重大变化，形成了以国营商业为主体、多种经济成分并存的新型商业体系。新的商业组织形式应运而生，一批贸易中心、批发市场和大型商业企业集团产生了新的"规模效应"。更重要的是商界同仁的脑筋都在变，新的观念、新的思维、新的价值观使郑州商界五彩纷呈，服务品位和质量大大提高，销售方式不断革新，使改革开放的郑州商业增添了无穷的魅力。

商城大厦总经理李自强：

商战实际上是企业投入市场经济运作之前的一次大练兵，大演习。许多平时无法看到的，或者认识不到的东西都遇到了，都感知到了。作为参加郑州商战的国营主力部队之一，我们曾思考过：理想的办法是把亚细亚的长处和国有企业的长处结合起来。而要实现这个结合，只有实行市场经济，让企业在市场经济的大海里经受考验……

商业大厦副总经理彭国志：

转换企业的经营机制，是当前我们商业大厦的头等大事。通过商战使我们看到了国有企业体制的某些弊端，婆婆太多、束缚太紧、企业自主权太少等等，倘若我们顺利完成这个转换，完全按照市场经济规律办事，再来一次商战，其规格和规模、水平和质量就会超过目前这个商战……

亚细亚商场总经理王遂舟：

最近，市里商业系统组织六大商场总经理先后出国考察发达国家的商业情况，使我们眼界大开。同发达国家的商业相比，我们还有不小差距，置身于那样一个经济环境，我们真是百感交集，多少往事涌上心头。我相信别的商场的同仁和我一样，都是感慨万千。这是一针强心剂，又是一种压力和动力，它将使我们开始瞄上外国商界和国际市场。现在，郑州商界的注意力已发生变化，他们不仅注意本市本省和国内市场的竞争，还已经关注和参与起国际市场的竞争了……

紫荆山百货大楼党委书记马雷：

思想工作如何自觉服从经济建设这个中心，这是一个应该认真研究的课题。从郑州商战看，比较高的竞争手段和心智决斗，无不充满着哲学意味。这说明世间万事万物无不生活在哲学层面里，经济工作里的诸多学问、推销营销的辩证法、人们对市场经济的认识统一等等，思想工作的劳动强度将比任何时期都大，不是没事可干，而是事事要干。要把提高企业经济效益当作检验思想工作的标准，把思想工作渗透到商业工作的各个环节之中。这也是郑州商战对党的思想政治工作者们的一个启示。

河南省副省长秦科才：

目前郑州市商业竞争很厉害，这是一件好事。六大商场成了郑州对外的窗口，繁荣了市场机制；对郑州、河南的市场观念、竞争观念、商品观念的形成和深入很有好处。发展经济，没有市场不行，流通和生产是相辅相成的。只有通过竞争，形成真正的市场机制，才能使郑州在物流、商流、信息流上形成河南省乃至全国的一个中心。

郑州市市长张世英：

最近，郑州市有个宏大的规划，就是要充分发挥郑州地处中原和交通枢纽的地理优势，把郑州建成全国性商贸中心。郑州商战的出现，实际上是改革开放的结果，是改革开放的体现。它使原本朦胧的构想逐渐清晰起来，决定性地影响了一个城市的发展方向……

尾　声

1992年5月6日，就在亚细亚商场又一次把郑州商战从地面引到空中，将万张彩票撒遍郑州，将那张彩票落在商鼎上的时候，与此同时，他们又推出巨奖销售，将一辆红色的桑塔纳轿车放在商场门口的电动转盘上。当转盘旋转的时候，人们看到，一股红色旋风从这里刮起，瞬间刮遍了郑州——华联商厦紧接着抛出"金元宝"有奖销售，凡中奖者，奖价值10万元的纯金元宝；商业大厦则奖励商品房，凡中奖者，将奖励四室一厅住房……

郑州商战将未有穷期。

与此同时，华联、商城、商业大厦等商场正考虑走大型商业集团的路子，突破商业行业，和产业系统及资源产地紧密联合，南到新加坡、马来西亚、中国台湾，北到俄罗斯、波兰，勇敢地和世界经济接轨。一个大商业、大市场、大流通的格局正在郑州市逐步形成……

与此同时，河南省委常委、郑州市委书记张德广和郑州市市长张世英，代表158万郑州人民把一份题为《关于把郑州建成全国性商贸中心的总体思路》的文件郑重地上报给河南省委、省政府。该文件中说：在"八五"期间，郑州市将要建设19个大型市场和一系列商业设施。这19个大型商场的概念是：其中大部分设施都将大大超过现在的六大商场。如中原国际博览中心建筑面积达6万平方米；中原影视中心4.7万平方米；郑州纺织大世界4万平方米……

郑州正大踏步向我们走来……

壮哉，商都！

壮哉，郑州！

1992年10月26日二稿于北京

世纪之约

这是一个象征，在这里许多崇高而悲壮的思想凝视着自己的眼睛。

——美国诗人罗宾森·杰弗斯

引　子

许多年前有一个传说。

一个白发老者，踉踉跄跄地向前赶路，似乎他已经走了很远，而他要去的地方还在更遥远的地方。路人问他：你这么匆忙，要到哪里去呀？老者说：我要去赴一个约会，一个100年前的约会。路人不禁叹息：那你为什么现在才去赴约呢？老者摇了摇头说：100年前我就出发了。

一

三九神话·抗争与服从都是生活的恩赐·"叛逃"的是主角·
独行者远行·自由的原则

在中国那个让世界叹为观止的改革年代开始的时候，赵新先这个名字的出现，同时还诞生着一个类似于神话的中国故事。1985年秋，一个踏实而又不甘寂寞的药学副教授带领6个同道者，从喧闹的大都市广州，来到尚未完全摆脱寂寞和萧疏的小城深圳，就在一片名叫笔架山的荒凉山野，凭着几把镐头、几把铁锹和借来的500万元，开荒造地，打桩盖房，仅用11个月的时间，就建成一个现代化制药厂，3年之内年产值达到一个亿，轰动九州朝野。

3年前我第一次见到赵新先时，他正被著名的"三九胃泰"商标纠纷案困扰在北京一家宾馆里，当时那间雅致的套房里只亮着一盏放着橘黄色光芒的落地灯。我坐在光里，他则在光外，并且几乎无话，我无法仔细地探究他，因此，全部的感觉就是那灯的效果在房中营造出的一种模糊的沉重的氛围。如今赵新先和他的企业早已平安地渡过难关，被深圳6月的阳光沐浴出一片明亮来，那被橘黄色灯光照出的沉重，似乎已经远他而去。在拥有了10个亿的年产值和全军优秀企业家、深圳市八大企业龙头等一长串盛名之后，他已成为我军第一个区域性、综合性的大型企业集团"三九（999）企业集团"的首脑人物——总经理兼党委书记。

于是，新的神话开始诞生。

三九神话始于第一军医大学附属南方医院一个最平易的小角落——药局。

在医院里，药局偏安一隅。它为医院的各个科室输送着"给养"和"弹药"，一切与医疗有关的药材、器械及一应物品均由它统进统出，须臾马虎不得。但是，在以医疗为主的医院里，它虽是个举足轻重的角色，却又是个十足的配角，因此，也是一个极易养尊处优、极好混日子的地方，你只要安于平淡，不思辉煌，只要保证了机械式地统进统出，准可以一步不落地跟着时代的大流，平步春秋，永享安宁。这里是避风港，即使是在台风多发的经济发达地区广州，它也是一片最不易出现潮涌的海湾，并且，对于它的平淡无奇，绝不会有人说短道长。

然而，作为南方医院药局主任的赵新先，却是医院里的新闻人物。

赵新先1964年毕业于沈阳药学院。不久，就来到第一军医大学南方医院药局。他从药局最初级的劳动——扛蒸馏水开始干起，当组长、室长、科长，顺利地完成三级跳，很快当上了南方医院药局主任，是一医大最年轻的中层干部，可谓英年得志了。不过，他的新闻效应并非于此。

20世纪70年代末，中国南方作为出头鸟才刚刚开始涉足市场经济大潮的浅滩，赵新先便捷足先登，在他那个兼生产、科研、管理于一体的世外桃源里推行承包责任制，抓生产效益，搞经济管理，当年上缴利润5万元。到1982年不仅上缴利润近百万，还自己盖起了一栋2000平方米的药局大楼，使药局职工奖金数额居全院之首。他还闯入禁区，第一个在医院里组织药局舞会，弄得一个小小药局整天轰轰烈烈、热火朝天，几乎每天都会有新闻发生。仿佛一片不毛之地，忽然葱郁起来，并且开满了奇花异卉。药局在南方医院开始格外地引人注目，药局的年轻人也因此个个都感觉良好，觉得自己这个原本不太起眼的角色，开始重要起来。人们心目中的赵新先是个脑子里装满奇思异想、喜欢追求新事物的人。除此之外，谁也没有看出他还有什么特殊的品质。

美国人爱默生说："就如战争、政治或文学中有天才一样，贸易中也有天才。这个或那个人为什么是富人的原因从未披露过。这种原因隐藏在每个人的身上，这就是人们所告诉你的一切。"

赵新先1941年出生在辽宁省海城县一个旧知识分子家庭。这是一个拥有7个兄弟姐妹的大家庭，全仗着父亲一个人的薪金收入维持生计，日子自然过得十分拮据。赵新先排行第二，是个需要承上启下的重要角色。

20世纪50年代初，"三反""五反"运动中，在一个丝织厂财务科当科长的父亲，被错判入狱，时年9岁的赵新先从此卷入生活的涡流，以他那瘦小的身躯开始了与命运的抗争。

赵新先的第一次市场经验，来自他10岁那年的一次冒险。那时赵新先一家人已随父亲定居在大连。父亲的入狱使一家人的生活陷入了完全的困境。年长几岁的哥哥不得不利用课余时间去工厂打工贴补家用，母亲也开始寻来一些手工活做。弟妹们尚且年幼，赵新先虽然生得瘦弱，却已是初谙世事的年龄，他能准确地体味到家人为生计的苦衷，他知道他没有理由再坐享其成，他必须成为这个家庭里的第二个男子汉，去挣些钱来，起码他得挣出自己新学期的学费来。

大连盛产海鲜和色彩斑斓的贝盖螺壳，除此之外还盛产一种国光苹果。那苹果虽也名为"国光"，却不同于它在内陆腹地的同类，是一种薄皮多汁、口味极其甘醇的品种。少年的赵新先，已褪去了许多天真稚气，多思善虑，有着与哥哥不同的经济眼光。正值暑期放假，他自作主张以5角钱做本钱，步行到郊外果园，买来一筐国光苹果，摆到父亲工厂的门口出售。

工厂门口人来人往，许多熟悉的面孔在眼前穿行，小新先没有想到，他遇到的第一个难题是他必须鼓起勇气直面那些善意的和非善意的目光，并从他们那里找到理解和支持。他站在苹果摊后，开始试着抬起自己真诚的眼睛，去注视那些从他面前走过的人们，试着用那稚嫩的童音发出第一声叫卖声："谁要苹果……"这清脆的饱含水分的嗓音在那座与大海为伍的城市的一隅飘荡着，他觉得那声音好像来自另外一个地方，一个根本与他隔离的世界，而他自己则已消失在那声音的背后。他遭到一种来自他自身的打击，这打击使他的烂漫童年消失得无影无踪。仅仅一嗓子，就在它极短的飞翔过程中，使他明了了许多人一生也难弄懂的问题。把苹果尽可能多地卖给别人，这种最原始也最有效的商业活动，可以使自己获得利益，随着钱袋的鼓胀同时也鼓荡着自己的人格大旗。这是迄今为止世界上所发现的最温柔平和的交换手段，它的温和中庸、讨价妥协、忍让谦恭，它的耐心、机巧的暗示，灵活的天然妙成，它的永不极端的决断，永不强加于人的民主选择，都在这第一课里得到了体现。赵新先在幼年卖苹果的过程里完成了他商学和经济学的启蒙教育。

然而，结果却令他大失所望。几天后，当他把一筐苹果卖完的时候，他手里仍然只有5角钱，仅仅相当于他最初投入的全部本钱。原来，不懂事的弟妹们，在他每天收摊回家之后，总是趁他不备偷吃他的苹果，于是，他真实的梦幻成了泡影。小新先第一次的人生体验失败了，但这正是他后来事业的潜在开端。

生活的艰辛与命运的变故，使赵新先早早地学会了孤独。孤独地上学——这是他未来的希望所在，孤独地帮母亲干活，孤独地一日一日地数着父亲的15年刑期。但最孤独的还是那一段他必须独行的上学的路。

从家到赵新先上中学的那所学校，是一段很长很长的路。在所有的同学中，他离家最远，因此每天放学后，等别的同学都到了家，他还在路上走着。那是一条十分冷清、十分偏僻的路，因为冷清偏僻和没有伙伴，它的遥远程度，就更是远远地超过了它本身所具有的实际距离。在这条路上走过的时日是痛苦也是磨炼。赵新先最害怕的就是那些刮风下雪的日子。每逢冬季到来，夜幕总是最早地笼罩中国这片最早见到太阳光明的黑色土地,以向大千世界重复地昭示一个亘古不变的真理。这是一种极致的公平,上苍赋予每个人类角落的黑暗与光明都是相等的。但这确是对于赵新先的不公平,因为黑暗总是赋予风雪以更加夸张的严酷与冷峻。每当同学们一个个与赵新先分手,路上只剩下他一个人的时候,风雪便会突然地升起来,带着啸声在他的前后左右不知疲倦地撞击裹挟他单薄的身躯,将难以抗拒的寒冷和孤独一同倾泻下来,吞噬着小新先的意志和他身上一点点儿仅剩的热气。路上他几乎不可能碰上一个行人,从仿佛冻僵的街道两旁,从双层玻璃窗上,他能看见许多温暖的但都不属于他的黄白的灯光,将家的希望带给他又逃开他,这使他不断地加深了对风雪的怨恨。这种风雪交加的日子,在过去的大连又总是那么的长久。

为了排遣孤独,他学会了幻想。每当风雪暴虐,他便让思绪像一位古代的勇士信马由缰,驰骋天涯。他幻想明天,幻想未来,幻想一次次从未体验过的冒险与成功,幻想丰衣足食的团圆的家……无论是什么样的幻想,总是充满了收获与欢乐。在幻想的路上,风雪变得苍白而怯懦。

后来,没有边际的幻想就成了他的习惯,无论身处什么样的逆境,都不能泯灭他那满脑子的光怪陆离的幻想世界,也许是作为一种回报,这样的幻想又将开朗豁达的性情,深埋在他后来成熟持重的外表下顽固地保存至今。

上高中以后,每次学校放假,他都跟着哥哥出去打工,直到1960年他考入了沈阳药学院,直到大学毕业。7年中的14个寒暑假,他几乎什么活都干过,扛过大包,给泥瓦师傅推过砖瓦,帮木匠打过小工,还运过煤块煤渣。他是个秉性倔强的孩子,无论干什么都不肯示弱。一袋水泥100斤,一包大米130斤,原本是成年人干的活,他也争上去一个人扛着走过十几米长的一弹一跳的木跳板,然后码在车上或仓库里。成年人跑5趟,他决不肯跑4趟。这份好胜是为收入,也是为了一个证明,他要向人们证明的是一种勇气,一种决不低头的来自落难的赵姓家族的铮铮骨气。也证明一种存在——他已长成一个真正的男子汉。

在顺境中,人们所养成的品格素质往往大致相同,并不会发生什么明显的差异,只有经过在逆境中的艰难跋涉,才能显示出一个人不同于普通人的非凡品质,也往往在这时天才和伟人才能脱颖而出。当赵新先从大学毕业时,他的宁折不弯，他的抗争品行，已成为他的一种特殊气质，正是这一点在后来帮他渡过一个个难关，注定他将成为一个意志坚定与众不同的人。

美国有关部门曾对1000个大企业家进行调查，试图寻找出他们的共同之处，结果发现这些年龄不同、经历各异的成功者们只有一个共同点，那就是他们无一例外地都有过一段当兵的经历。我想可以这样理解：严谨而规范的军营生活是导致人们养成良好素质的必要途径。

1964年，23岁的赵新先大学毕业，被分配到齐齐哈尔军医学校工作，他领受的第一个任务就是到野战军下属的一个步兵团当兵锻炼。

那时，这个绿色家族对他是陌生的。大学生活给了他许多柔软的浪漫，这些有着玫瑰色情调的东西使他更深切地感受到了当兵的含义。那时正是大比武时期，立正、稍息、四面转法、齐步、跑步、正步、投弹、射击，这些直线加方块的重力，把他身体里的柔弱部分，挤压得干干净净。他学会了服从，这原本是和他的天性相悖的东西，但他终于学会了。服从的含义就是在零下20多度的夜晚去站岗、放哨，就是吃苞米楂子和红高粱米，就是长途奔袭时扛着机枪一口气跑几十里地，就是饿着肚子扛着大锯进深山伐木，就是放下大学生的架子去当真正的列兵……服从是一个长长的过程，在这个弥漫着风雪、夹杂着雷雨的过程中，你会忘掉自我的存在，你以感觉不到自我为荣，你把自己的意志、思想宗教般地献给了那绿色的沃野，把灵魂揉碎，献给这伟大的绿色神殿。

痛苦、纪律、磨难、顽强、拼搏、攻坚、战斗，所有这些他以后生活中运用最多的东西，都来自这个服从的过程中，都来自他的士兵生活。一直到现在，当他成为大企业家以后，他仍深深地怀念下连当兵的岁月，感谢生活的伟大恩赐。

赵新先在南方医院把药局搞得生机勃勃，医院上上下下都不得不对他另眼相看。在那段时间里，赵新先不安分的天性得到了一定程度的发挥。再加上他在药局大权在握，占据着南方医院一隅得天独厚的好位置，他甚至显得比一个副院长还要风光。用中国传统文化来衡量，正好是应了一句古话：知足者长乐，长乐者不老。如果赵新先知足的话，就是一步一个台阶地上升，他的前途也会比别人好过得多。

但药局终究是药局，由于它的配角地位，赵新先的种种努力，都给人一种牛刀小试的感觉。狭小的舞台限制了他，而他压根儿就不甘心当配角，哪怕是一个重要的配角。他要当一个主角，而不是做别人的一部分，他要跳出别人的窠臼，独辟蹊径。如果把生活比为舞台的话，他要占据的是那舞台最中央的位置，他要让所有的灯光、目光，都聚集在他的身上，即使全场一片漆黑，也永远会有一盏灯向他的头上倾泻光芒，因为他是主角。

不知从何时开始，就在第一军医大学对面的白云山上，悄悄地耸立起一片别致的建筑群，名为白云山制药厂。那制药厂不仅有一个很规模的名字，而且发展迅速，似乎是转眼间，就已名扬天下，成为中国制药业的一座玲珑剔透的里程碑。

白云山制药厂与南方医院隔路相望，鸡犬相闻，站在药局大楼的顶楼上能清晰地看到那里人们的生息状态。这对学药出身的赵新先是一个嘲讽的坐标。

自从赵新先从沈阳药学院毕业后，他一直潜心于医药的科学研究，曾获得4次全军科技成果奖。其中，由他创意研制的新型中药针剂，集中西医之所长，一改中医中药的烦琐程序，将大碗大碗的苦药汤转换成针剂，有效地改善了中医药的应用条件，实现了中国中医史上的一次重大突破。他还以自己的科研实践为主，编写了一部长达60万字的专著《中药针剂》，可谓是医药行业的有功之臣。而在第一军医大学里，更是拥有一大批资深才盛的科研人员，多年来，由于缺乏一种有效的媒介，不知有多少项极具品位的科研成果，在重复着"科研——鉴定——表彰奖励——锁进实验室寂静的库房"这样一条畸形的道路。封闭即意味着死亡，国家的投入和科技人员的心血这两个有形的和无形的财富同时被束之高阁，付诸东流。

为什么不截断这条唱着古老航歌的荒废的河流？为什么我们不自己办一个药厂呢？第一军医大学实力雄厚，而他——多年来因平庸而忍无可忍的赵新先几乎在100年前就已跃跃欲试，预谋着在这个行业里当一把主角了。他像一条不幸被囚禁于陆地的龙，每日里看着别人翻云覆雨，烟波浩渺，自己却干涸在一片滚滚红尘中。他不甘心！决不甘心！

1982年是一个好兆头。南方医院为一位海外华侨成功地实施了肾脏手术，为他治愈了多年的顽症。出于炎黄子孙对祖国的一片赤子之心，他提议与南方医院合作，在深圳投资建立一个高层次医疗中心，以配合当地迅速发展的经济建设。作为南方医院的一方主管，赵新先参加了合作事宜的策划和谈判工作。坐在南方医院豁亮宽敞的会议室里，思维敏捷的赵新先意识到他生活中一个难得机遇即将来临。但他并没有急于登台亮相，虽然成竹在胸，满腹经纶，对未来的宏图已经在心里描绘了千百遍，但他仍没有急于发表。他知道欲速则不达的道理。他要等待一个最合时宜的契机。于是，他一直在舞台帷幕的后边，怀着亢奋的心情观察着事态的发展，就像怀着一个重大发现或最早洞明一种事物本质的先贤哲人那样，静观着将要在那座南国城市上演的这幕生活的大剧。

果然一个契机如期而至。有人将一个显而易见的难题横陈在会议桌上：深圳是一座年轻的移民城市，它的市民大多是来自全国各地的一些年轻力盛的下海者，因此少有老人和儿童，平均年龄为35岁。这就注定了深圳在相当长的时间内将会冷落各类医疗机构，它们将成为深圳首当其冲的亏损行业。何况他们要建的是那样一个高消费的贵族医院，入不敷出是毫无疑问的。外商是不会做赔本的买卖的，第一军医大学也不例外。怎样才能使这个医疗中心不赔钱呢？原本热烈的气氛顿时冷静下来，人们面面相觑，无计可施。这时，赵新先像一只饥饿难耐的东北虎看见猎物一样一跃而起，把这个机会牢牢地抓在手中。

他提出：我们可以同时办一个药厂，除了保证向医疗中心提供足够的配套制剂以外，还可以创收盈利，以药养医，平衡医疗中心带来的亏损。

合作双方一时不置可否。赵新先也并不急于求成。他在散会后，将外商邀请到药局参观。当外商跟着赵新先气喘吁吁兴冲冲地从一楼爬到四楼，走过了他的全部领地，最后坐在他四楼的办公室小憩时，他又将药局自1979年实行承包责任制以来，所创造的一些简单的数字摆在了外商的面前。这些数字虽然还算不上辉煌，但它却像镜子一样具有折射的功能，它折射出的效益、利润种种，对外商十分有吸引力。

另一方面，赵新先在一段时间内成了第一军医大学校长赵云宏的常客。谁也不知道他是如何把他的规划讲述给思维严谨的赵校长，并争取到了这重要的一票，反正不久，第一军医大学和外商都首肯了赵新先的设想。

赵新先赢得了他创业史上的第一仗。

经过种种必需的烦琐的程序和手续，经报批国务院和中央军委，总后向第一军医大学开放绿灯：同意第一军医大学在深圳开办一个医疗研究中心，除了一些附属机构，准建一个药厂。

赵新先正式披挂上阵，受第一军医大学的委派，开始进行药厂的筹建工作，踏上了梦想成真的路。

1985年，赵新先44岁，他撇开多病的妻子和正在上中学和小学的两个孩子，同时也撇开一种稳定的人生道路，撇开大都市、安乐窝、药局主任的宝座，撇开所有的可退之路，带着一腔热忱和无数的未知数，带着那早已为世人所知的5个人的队伍，随着又一批移民来到正在迅速膨胀长大的深圳。

他果真是没有退路的。尽管这时他并没有意识到，这将是一条多么艰难的路，但当他做出这种选择的时候，他似乎有悖于一切正常的生活准则，有悖于所有的人情世故，在人们眼里他是他们中间的一个傲慢的叛逃者。好马不吃回头草恐怕是中国男人文化中最具权威性的一种了，赵新先便是它的信徒之一。哪怕明知前面是一处断崖，他也要挺身一跃，因为他天生是个硬汉子，在他一生各种各样的记录中，是绝没有认输那一个章节的。

从今天的角度看，赵新先在风雪交加的少年时代与路的胶着、抗争，实际上是命运在向他启示一种象征。如果说当年那条路上的独行，是生活强加给他的磨难，那么后来则是他自愿地开始了在另一条路上的另一种独行。

左敏——三九集团（德国）有限公司、三九药物有限公司总经理，是第一批跟赵新先来深圳创业的5人之一。1982年毕业于西南大学药学系。第一次在南方医院药局的一间仓库里见赵新先时，他感觉自己与这位严肃生硬的东北人之间有一堵坚厚的墙。但是不久他就十分服气赵新先了，尤其是当赵新先在他实习期刚满的时候，就破例将他从成群的老药师中间选拔上来任命为大输液组的副组长之后，他就成了赵新先许多次奇思异想的同盟者，并且很快成为其中的核心人物。

他说他之所以要放弃广州，放弃军医大，跟赵新先去白手起家，是因为他感觉倘若离开赵新先，南方医院药局的那方天就要塌下来。他是冲着赵新先来的。

1985年，他跟赵新先一行人来深圳看厂址。正是如火夏日里最平常的一天，他们下了火车后，乘汽车直奔目的地。当他们像一阵微风拂过城市时，整个深圳并没有认真深刻地打量那个以后会令世人震惊的东北汉子。新建公路两旁新栽种的阔叶树木，被太阳晒得软绵绵的。他们穿过市中心正在建设的国贸大厦，人流照样平静如潭，赵新先穿着短袖汗衫，他的背后和胸前领口处被汗水濡湿成规则的水印画。眼看着标志城市的柏油路渐渐远去，甚至到了尚未开发的郊外，连林莽深处激烈的鸣蝉都没有片刻停止它的鼓噪。显然，这座世俗的城市并不欢迎一文不名的人。对未来的担心，便不经意地写在了左敏等人的脸上。汽车终于无大道可走，拐上一条狭窄的土路。

当他们一个个被颠得头昏脑涨的时候，汽车在土路的尽头停止了。赵新先第一个跳下车，很大气地向前方一挥手，高声地叫道：这就是我们的药厂！

左敏等人定睛一看，心里顿时凉了半截。他们面前根本就是一片没有开垦过的原始山野，当时正是黄昏时分，笔架山麓虽然草木葱茏，但成群的归巢的乌鸦在低空盘旋，不时地发出刺耳的叫声，衬托出一派蛮荒，满目苍凉。左敏至今仍然对那一刻产生的古道西风、老树昏鸦的感觉记忆犹新。然而，赵新先说：这就是我们的药厂！这分明是一个自信的汉子叱咤风云的宣言。他要让这座漫不经心的城市重新打量他，要让城市为有这样一个居民而感到光荣和自豪。

是的，不久，整个深圳，不，整个中国都听到了赵新先的声音——南方制药厂拔地而起！

1985年9月，他们带着简单的行李住进了一间被武警部队废弃的军犬棚，那是在药厂区域内唯一的一幢建筑物。

那是赵新先生命中的一个非常时期。白天他们上山勘察，填沟平荒，采购建材，各奔东西；晚上他们躺在用木板隔就的地铺上，就着昏昏油灯，安排好第二天的工作，就伴着耗子与蛇蜥的生死搏斗以及蚊虫叮咬，各自打呼噜。他们用铁皮搭起了厨房，大家轮流做饭，一天只有1元5角的生活费，居然还能每天省下1角钱，留到周末改善伙食，这在已是特区的深圳可谓是天方夜谭了。半个月下来，他们已个个都是黢黑精瘦的模样。

那时的赵新先尽管执着坚定，但对于药厂的前途也并没有一个明朗的认识。100万？200万？300万恐怕就是奇迹了。当时正是深圳经济萧条时期，他不敢奢望太多。

1985年底，当时的总后勤部部长赵南起，曾为医疗中心的可行性亲到深圳视察。此次视察的结果导致了医疗中心下马，而其附属南方制药厂，却因其惊人的建设速度取得了继续生存的权利。几年后，赵部长再次来到南方制药厂时，不禁为赵新先他们艰苦创业的事迹深深感动，他坦诚相告说："1985年我来的时候，看到你们就那么几个人，天天住在工地，吃在工地，当时我有点儿怀疑，你们能不能搞起来？现在你们不但搞起来了，而且搞得很好。你们艰苦创业全军数第一。赵新先不愧是艰苦创业的优秀军队企业家。"

　　然而，自然环境的艰难困苦，对赵新先来说并不是最难的，最难的是他的短小精悍的集体与传统体制的繁文缛节的种种碰撞。

　　药厂的建设规划从属于南方医疗中心，因此，一切权力归医疗中心所有，尽管在药厂名下有500万元的款项，但按照规定，药厂动一分钱都要事先请示，赵新先的一举一动都要先经由医疗中心批准后，方可实施。那是一个在内地很常见的庞大的领导班子，中心大本营设在深圳市内，距赵新先的药厂坐汽车有半个小时的路程。药厂又没有电话，只有一部破旧的北京吉普，所以赵新先几乎每天都要带着各种各样的请示报告往中心跑，最多时一天上报过12个报告。报告到了中心，不管你如何十万火急，也要等领导班子的所有成员齐了才能研究、拍板，差一个人也得等。

　　当时的司机胡国城现在已是赵新先秘书办公室的权威人物，是南方制药厂的十几个核心干部之一。看着赵新先每日里为着那些报告而疲于奔命，并且常常是希望而去，失望而归，他愤愤不平地问赵新先："我们非要一点儿小事就去找他们吗？能不能改变一下？"听了他的话，赵新先表情非常沉重，许久没有说一句话。

　　能不能改变一下呢？这正是赵新先一直在心里翻来覆去地揣摸不定的问题，也是赵新先为之痛苦了许久的一个难题。他正介于一个两极之间的临界点。对于药厂这个正在孕育之中的胎儿来说，那是一个生与死的临界点，是一个要么脱颖而出，要么胎死腹中的临界点。正因为如此，赵新先才会矛盾重重，犹豫不决。那时候的赵新先是孤独的，他在进行着一次孤独的远行。

　　孤独是杰出人物的独特语言，这是一种独特的、与外部世界交流的方式。它像山川一样默默无语，宁静而淡泊，但却孕育奇伟。

泰国的正大集团的总经理，在谈及南方制药厂时，说过一句话：在中国当一个厂长要比在国外困难50倍。这是对中国计划经济体制的一种喟叹，也是对中国企业家的一种褒奖。任何一个企业，在它的生存和发展过程中，会遇到各种各样的障碍和困难。在中国，这种障碍和困难是中国型的，其中最具典型意义的，就是它有"婆婆"——上级，用儿媳和婆婆关系来类比中国企业和它的上级关系，可谓是中国人的一大发明。

赵新先说："企业和旧的经济体制之间的斗争，主要表现在社会的综合因素还在计划经济的框框里，而企业为了生存却必须逃离这个框框，进入到市场经济之中去，要逃离这个框框，首当其冲的问题就是先从婆婆手中解放出来。"

经济活动的意义，是一种大写的公平，商业和贸易如海中游弋的什物，而自由就是它连接着的沉入水下移动的冰山——是它的根基。一位经济学家曾这样说过："贸易是自由的原则，它创造了美国，消灭了封建制度，造就和平并维持和平，它也将消灭奴隶制度……"而赵新先最早看到经济变革的隐形意义，那就是在20世纪末的这段特定的时期内，经济决定中国，狠抓经济建设就是天大的政治。这和当年毛泽东搞土地革命一样具有伟大的历史意义。

经济能疗治民族的沉疴和顽疾，能扭转畸形或者错位的政治文化，它能拯救20世纪的中国——这就是赵新先这样有作为的企业家们生活战斗的意义。

赵新先终归是一个不甘心被锁住手脚、锁住思想的人，他决定斩断锁链，轻装上阵。他开始先斩后奏。对于不必要的繁文缛节、对于陈旧的所谓规章制度，他能绕的绕过去，绕不过去就利用自己的智慧和机巧应对它。在旧经济体制存在的巨大罅隙里，赵新先培养了自己超常的胆量，又用非凡的胆略悄悄地开拓了自己的空间。

在赵新先的许多"越轨"事件里，最著名的就是他擅自做主，超计划地研制了"NF—A型"中药自动化生产线。

以往，我国的中药生产一直沿用传统的手工制作方法，不仅生产流程长、劳动强度大，而且生产效率和经济效益低，与我国日益发展的医药事业很不适应。一次，赵新先从有关杂志上找到一份关于日本设计和制造中药自动化生产线的资料，读后很受启发。他就根据这份资料，参考国内一些制药机械的先进经验，同时也考虑到南方制药厂的特殊情况，自己构思了一套中药自动化生产线，取名为"NF—A型"线。可是根据原定计划，在500万元的建厂费中只有50万元是设备购置费，而这套中药自动化生产线造价110万元，高出计划金额一倍多。怎么办？这关系到药厂今后的生存和发展，药厂不仅是他赵新先的一个栖身之地，它将跻身于激烈的市场竞争。显然，市场经济的涛声已近在咫尺，而旧体制的堤坝已不足以阻挡它拍天的巨浪。但是，这笔资金委实也太大了，它超过了一般人的承受能力。倘若铤而走险，其后果难以想象。如果放弃，那就只能沿用传统的手工方法生产。向上级要钱吗？正是国防经费压缩时期，肯定没有希望。那一夜他彻夜不眠。最后，他果断地做出决定，暂时借用原计划用来盖办公楼和食堂的那笔经费，将"NF—A型"线交由在国内具有一定声誉的武汉制药机械厂设计制造。

几个月后，"NF—A型"中药自动化生产线试产成功。这套生产线把中药生产的提取、浓缩、干燥三个工序合为一个工序，从投料到出产品，全部生产流程实现自动化、管道化、密闭化，每天生产的药品可供20万人一日两次的用药量，而全车间只有9名工人，每天三班倒，每班只用3人。从投产到1993年一共生产了近2亿袋"三九胃泰"，全部符合国家药典有关标准。1988年6月经全军医药专家鉴定，一致确认"NF—A型"中药自动化生产线设计合理，工艺先进，经济效益好，属国内首创。后来这条生产线的录像，还被国家医药局拿到由联合国在西班牙召开的有130个国家和地区参加的世界植物药开发会议上播放，受到与会专家的一致好评。

1992年，南方制药厂又投资300多万元，对"NF—A型"生产线进行了改造，将原来的水平流水线改为立式流水线，其设计更加合理，进一步提高了它的科学性能和经济效益，并且实现了闭路电视监控、全电脑自动操作，取名为"NF—B型"生产线。它的投产使南方制药厂的中药生产又上了一个台阶。

但赵新先却为此付出了代价。有人直接把状告到总后勤部，说赵新先独断专行，目无领导，擅自挪用巨款等等，连同其他一系列罪名，搞得沸沸扬扬，大有"黑云压城城欲摧"之势。为了查明事情真相，总后勤部特派来5人调查组进驻深圳医疗中心。当调查组从上到下，从领导层到普通工人，进行了一番深入细致的调查之后，那些罪名均被一一否定。最后，调查组代表总后勤部做出结论，全面肯定了赵新先的工作成绩，平息了这场无中生有的风波。

但尽管如此，赵新先的心里却仍是隐隐作痛。他说："在中国，企业的风险始终是很大的。有一段时间，假如报纸上有一个星期没有出现我的名字，外界就会风传赵新先垮台了，赵新先叛逃了……所以我办事很小心谨慎，在这方面几乎花去了我一半的精力……"

对于那一段的风风雨雨，他的部下们从赵新先身上看到了他的坦诚和磊落，另一方面却又为此愤愤不平。药厂的"创业六君子"之一左敏说："当初如果不是他去冒那个风险，就不会有这条自动化生产线；如果没有这条自动化生产线，就没有今天药厂的发展。我曾想过，当时他要是有私心，只考虑自己，就不会去冒那个风险，找那么多麻烦，何苦呢？药厂又不是他个人的，即使成功了，他也不比别人多拿一分钱。"

南方制药厂从1985年10月3日打下第一根地桩，到1986年9月18日试产，他们仅用了11个半月的时间，就建成了一座占地3.8万平方米、建筑面积7000平方米，拥有国内第一条中药自动化生产线的现代化药厂。1987年1月药厂正式投产，当年创产值1130万元，比原计划的500万翻了一番，实现税利230万元，人均产值10万元。1988年产值6115万元，比原计划的3000万元，又翻了一番，是1987年产值的6倍，人均产值25万元，人均税利4万元。在不到3年的时间里，固定资产和流动资金总额已达3000万元，除还清500万元的借款和上缴利润外，还可再建6个同等规模的药厂，其发展速度在深圳地区14家药厂中居于首位，产值占深圳制药工业总产值的50%左右。资产与产值的比例为1∶4.5，接近亚洲四小龙同行业的水平。

二

萌芽在冬季的动力机制·中国人的胃与三九胃泰·
广告意识·"999"的魔力·找一个名人做广告

1992年9月，朱镕基副总理来南方制药厂视察，看后非常满意。临走时朱副总理提出要跟药厂的领导合影留念，他对赵新先说："老赵，把你的那些副厂长叫来一起照。"赵新先说："总理，我这里没有副厂长，领导就我一个人，我是厂长、书记、总工程师一身兼。"朱副总理听后沉吟了一下说："你们是很成功的，国外的企业都是这样干的。"随即又对陪同的省市领导们说，"看来军队又走在前面了，我们还要向解放军学习。"

有人说，南方制药厂对国家的贡献不仅仅是提供了巨额的税收，更重要的是为经济改革提供了一个三九机制。

三九机制，主要由一个具有权威能动作用的内部动力机制和一个自我约束机制构成。它的动力机制就是四句话：机构能设能撤，干部能上能下，收入能高能低，职工能进能出。它的自我约束机制就是严格、配套的经济管理制度，质量检测系统，党政生活制度和廉政工作措施。听起来虽然只有几句话，却是赵新先经过几年的探索和实践一步步建立完善的。它的诞生从某种意义上说，还有赖于赵新先创业初期的艰难处境。

赵新先在南方医院药局时，下辖200多名干部、职工，因为各种原因，在很长一段时间里，他都是科主任兼党支部书记，好比一个独立王国。这种客观环境，为他在药局推行他的一系列改革构思提供了极有利的条件，从南方医院到深圳，从药局到药厂，除了地域环境的改变，还意味着一种生存方式的改变，那就是从无风无险、旱涝保收的计划经济保护伞下，一下子进入到无遮无拦、瞬息万变的市场经济，从靠党吃饭，转眼间变成要自己养活自己，这就迫使赵新先必须放下架子，为生存而抗争。

首先，他没有条件像其他来深圳创业的那些企业一样，找一个安逸的住处，买一辆高级轿车，配上七大处八大科各路佛爷，撑开门面，然后才开始思忖如何创业。他赵新先只有借来的500万，他摆不起那么大的谱。临走前老校长赵云宏向他提出了"三高一少"的建厂原则，即高科技、高速度、高效率，用人少。而事实上除了遵循这个原则动作以外，他没有别的选择。他只有6个人，他用不着照搬过去那种因人设岗的旧框框。药厂只有他一个厂长，他不设任何副职，不设厂长办公室，只有一个秘书，赵新先直接对下面实行面对面的领导。至于部门的设置，则完全是根据当时工作需要而定，按需设岗，因岗定人，优留劣汰。1989年以前，最多时只设过5个部门，生产部、供应部、经贸部、后勤部、开发部，一个部只有一个负责人——部长，最初时有的部往往只有一个人，这个人既是部长，又是办事员，这些部门根据企业发展情况可随撤随立。部下面既不设科，也不设股。车间不设车间主任，只设班组，班组长均由工人担任。至于党政青工妇以及人事、纪检、保卫等工作均由业务干部兼任。大多业务部的领导都是一身兼数职，就连秘书胡国城也是同时兼任司机、车队队长和公关先生。赵新先还改革了用工制度，药厂的工人全是临时工，实行招聘制和优化组合，因为没有铁饭碗，每年的淘汰率在10%左右。全厂所有人员的工作都处于"满负荷"状态。

这就是四能机制的最初模型。后来随生产规模的扩大，1991年药厂职工人数由最初的65人，增加到1200多人，但管理人员却始终保持在3%以内，大大低于国家规定的18%的比例。

对于一个人说了算的厂长负责制的好处，赵新先说："一个人说了算才能消除争议、摩擦、内讧，责任才能真正落到实处，企业才能高效运作……一个和尚担水吃，两个和尚抬水吃，三个和尚没水吃，这是最简单的道理。再从领导集体的组成结构看，有搞人事的，有搞党务的，有搞共青团的，有搞后勤的，有搞工会的，有搞业务的，这些人分别对不同的上级负责，甚至本来就是由不同的上级派来的，要来讨论三九胃泰怎样生产销售，怎样做广告，怎样赚钱，怎么讨论得下去？如果我们在美国办一个工厂需要一群人来决定的话，那么大家都得去美国考察，否则的话无法举手表决。所以说，在生产经营上用集体讨论的方式，不符合企业经营的规律。集体讨论的唯一好处是大家都没有责任，打板子无对象。国外企业搞砸了，老板会跳楼，中国的国有企业宣布破产已经有很多家了，然而还没有一个厂长、党委书记跳楼的。为什么呢？因为没有责任和利益的约束。"

1991年，成立南方制药厂党支部时，赵新先又向第一军医大提出要厂长兼党支部书记，经总后有关领导部门认可，获得批准。那些随赵新先创业来的年轻人，有的年龄稍大一些，当时药厂是处级（团）单位，为了提高他们的待遇，赵新先曾聘任了一批副厂长。他们名义上是副厂长，但并非以副手的身份参与工作，其工作关系上、权力构架上，仍是下属。

赵新先认为，世界上最早实行管理的是军队，最优秀的管理也是军队，企业管理不过是军队管理在企业中的一种延伸。在企业管理中还存在着经济利益关系，而军队管理则纯粹是一种纪律效应，是服从的原则，为了服从而执行命令，甚至付出生命的代价。赵新先本身是一个军人，曾经历过一段正规、严格的军事生活，他还是毛泽东、周恩来等老一辈革命家、军事家的崇拜者。平日里闲暇下来，他总是找来他们的回忆录、传记等有关书籍阅读，不是消遣，而是当作一种必不可少的学习。他告诉我，他在南方制药厂实行的军事化管理，主要得益于前辈们用生命换来的血火经验。比如机构能立能撤、干部能上能下，那并不是他赵新先的发明，我们军队在战争年代早已如此。有时战场受挫，部队严重减员，军的编制被取消了，军长去当师长，师长则去当团长，完全根据形势需要而定。

除此之外，赵新先还看了不少中国古代的兵书，如《孙子兵法》《六韬》等等。他还尤其注意学习海外一些大企业家卓有成效的管理经验，如美国的艾柯卡、摩根、贾尼尼，英国的迈克尔·爱德华兹，日本的松下幸之助、本田宗一郎，泰国正大集团的老总，中国香港的李嘉诚……关于这些企业家的书，他都尽力收来，仔细研读，有的书甚至要读上几遍，读时反复揣摩。在阅读《香港百家大富豪》这本书时，他将这些大富豪放在一起加以类比，结果他发现这100个大富豪，98%都经营房地产生意，并且从中获利颇大。因此，三九集团成立后，他把房地产特别列为集团中仅次于制药业的第二行业。赵新先经营管理模式，实际上是我们军队的老传统和国外先进的现代化管理经验相结合的产物，它给企业带来了极大的张力和活力。

现任南方制药厂质检部部长赵国杰，原是生产部部长。他在任的1990—1992年，正是药厂大量引进国外先进生产设备，生产发展突飞猛进的时期。当时，消息灵通的国外制药机械的代理商们，纷纷带着各自的绝招蜂拥而至，他们踌躇满志，个个都是在中国土生土长，深谙中国的人情世故，对同胞身上的那些个意志盲点了如指掌。但他们却不知道赵国杰根本就是个认真得让人难以对付的家伙。

一般情况下，企业购买设备，都是由设备部门去办，买回来交由生产部门使用。但就这样一个顺理成章的程序中，就存在一个很大的死角。因为一般设备部门选购设备，只是从设备本身的机械性能、价格等方面去权衡，而很少从生产的角度去考虑，因此，往往钱花了不少，买回来的设备却不符合生产部门的技术要求，带来许多后患。赵新先一句话就对这个成规做了改变：凡引进设备一律由生产部门亲自出面选择，选定之后，再由设备部门进行考核机械性能、跟厂方讨价还价、签订合同等一系列技术性工作。

这一下赵国杰有了用武之地。每次引进设备时，他先同各方代理商们进行普遍的接触，从中选择出二三家，再进行进一步的考察。这种考察绝不是纸上谈兵，看一看技术资料了事。资料他要看，但这只是第一步，接下来他会说：我要看机器。代理商们早有准备，很殷勤地告诉他出国考察的事早已安排好了。但他却说：那不行，我不能一家家地跑到国外去看，我要一份你们在国内的用户名单，我就在国内看，你给我安排。他的态度明确而又干脆，代理商们无计可施，只好各自跑去为他张罗。这可不是一件容易的事，俗话说：同行是冤家。尤其是制药行业，谁也不愿让一个很精明的同行在自己车间里转来转去。代理商们只好去给原先的客户赔笑脸，费口舌，有时还要自己掏腰包请客送礼。但这是你的事，跟他赵国杰无关。等你安排好了，赵国杰只管去看，而且他不是空着手去看，他还扛着十几公斤的原材料，说是要现场做试验，人家企业自然更不愿意，这一来又要你代理商去出面周旋，你不肯出面，他也没意见，但他肯定不要你的设备，等着从他赵国杰手里挣钱的人有的是。你只好又去低三下四地求人，最后弄不好还得赔上一笔试用费。

最后，看过了，也试过了，指望这生意该成交了吧？那也不一定，这要看你的设备是否名副其实了，如果真好，他会马上跟你签合同。但假如你让他试出了问题，那就怪不得他赵国杰不近情理了，他说不要你的，你还不能不服气，不能不佩服他的精明能干。

现在药厂已拥有西德、日本、意大利等国的进口设备，可谓代表着目前世界上制药机械的最高水平。或许正是因为赵国杰的这种认真劲头，才使得赵新先选中他来担任刚刚独立成部的质检部部长。

赵新先说："如果说，当时是艰苦的环境促使我们形成了这种机制的话，那么，它的发扬光大则应归功于总后领导、第一军医大学老校长赵云宏及他们一班人的支持和帮助。没有他们的支持，就不会有完善的三九机制。"

作为回报，从1986—1990年5年间，南方制药厂共上缴第一军医大学6000万元。三九集团成立时，南方制药厂要脱离第一军医大学，赵新先主动提出3

年之内，再给一军医大一个亿，以补偿其损失。

几年来，由于赵新先和他的伙伴们在中国掀起的"三九胃泰"冲击波，在人们的脑海里"三九胃泰"几乎成了南方制药厂的代名词，提起南方制药厂就让人想起"三九胃泰"，提起"三九胃泰"就不能不想到中国人的胃，因为南方制药厂和"三九胃泰"做过许多于中国人的胃有益的事，因此要写赵新先，也不能不去了解一些关于胃的常识。

据教科书记载：胃的内衬层有将近3500万个腺体，每天分泌约6品脱胃液——主要是盐酸。盐酸的作用是激活另一种分泌液——开始消化蛋白质的胃蛋白酶。

在一本外国人写的医学科普读物中，有一段关于胃的消化程序的描述，可谓十足幽默，它使人们对胃的认识更加形象化。书中写道："乔吃午饭时食物一层一层地堆积起来：首先是头道菜——虾，然后是肉、土豆和蔬菜，最后是苹果馅饼……胃一开始就把紧贴在胃壁的头道菜处理了。肌肉收缩着，波浪式地从上向下扫去，把虾与消化液充分搅拌，不久即成稠糊状。又把稠糊向下逐渐推到幽门，通往十二指肠，通往小肠一尺长的第一段……"

应该说，这是西方人普通的一道食谱，虽然普通，却富于蛋白质和维生素。中国是食文化的发源地，孔圣人就曾说过"食不厌精，脍不厌细"的话，关于食文化的专著也可以说是琳琅满目，蔚然可观。但是，中国人又十分不幸，因为在过去相当长的一个特定历史时期，"瓜菜代"几乎成了中国人的共同食谱，所谓"食不果腹"的记忆，则使一代人至今难忘。

三中全会以来，随着改革开放的发展，中国人的饮食结构重又变得复杂起来，因为复杂，胃的负担也就加大，同时就为三九胃泰的诞生带来了契机。据称：胃病患者在成年人中的比例是70%—80%，而中国是患胃病的人数最多的国家之一。然而，当我面对赵新先时，我却禁不住地去想，眼前这位总是以关东大汉自诩的人绝对有一个消化功能颇好的胃——有将近3500万个腺体，每天分泌约6品脱胃液，能吃西式牛排，也能吃关东名菜猪肉炖粉条。他肯定对胃具有独特的理解，否则，他如何能选中"三九胃泰"，并在几年之内使之风靡全国呢？

南方制药厂建厂时，国内的药厂已为数众多，仅广东省大大小小就有200多家，深圳有40多家，其中有国家卫生部、医药总局办的，有省市主管部门办的，也有中外合资的，竞争更为炽热，再加上国外药品市场的渗入，竞争十分激烈。走过刀耕火种的创业历程，南方制药厂投产后，生产什么药，是决定药厂能否生存和发展的关键。

当时在国内外药品市场上，各类维生素、抗菌素非常走俏，而且这些新产品的生产技术比较成熟，设备也现成，作为新建制药企业生产这类药有风无险，这是一条已被别人的脚踏平坎坷成大道的路。因此，从第一军医大学到南方制药厂，投赞成票的人很多。但赵新先却始终没忘他办药厂的初衷。

他心里有一本特殊的账。改革开放以来，我国已取得20多万项重要科研成果，得到推广的却还不到15%，而另一方面，我国多如牛毛的各类企业，却因为没有新的产品或是没有胆量，而长久地在老产品和低水平上进行着另外的重复。这是两条并行的却始终不能交汇的河流，因为不能交汇而枯竭，而消亡，而死气沉沉。科技是第一生产力，这是被实践证明了的真理，但重要的是要让这个真理发挥作用，产生巨大的经济效益，而经济效益是要通过企业来实现的。用赵新先的话说："知识就是力量，就是财富，但是如果科研成果被锁在保险柜里，那就没有力量，也不是财富。企业要做科研成果的转化器材，这是企业的责任。"

在南方医院时，赵新先出于一个学者的职业天真和热情，受改革开放的鼓动，曾试图在他的药局里实践这种责任。他带领他的同事们大胆地把自己老也没机会面世的科研成果，精心地制成产品，然后拿到市场上去销售。但他忽略了一个细节，中国已是一个法制国家，而他的药局原则上只能生产一些配套的制剂，是不能参与市场活动的。不久，他们的出格行为便被有关部门发现，并受到了处罚。这是一个小小的教训，在南方医院既被传为佳话，同时也遭到诽谤。但多年来，赵新先始终未泯将那些诞生在实验室又死亡在实验室的科研成果变为产品和效益的决心。

赵新先还有一个最大的特点，就是他很欣赏焦裕禄说过的一句话：吃别人嚼过的馒头没有滋味。他宁肯冒吃窝头、吃玉米楂子的风险，也不愿吃人家嚼过的馒头，图一时之利。他要以第一军医大学的科技实力为后盾，创自己的名牌产品。

他首先选中了获得全军医药科技成果奖的"三九胃泰"。

"三九胃泰",纯中药复方制剂。其主要成分为中草药三桠苦、九里香、白芍、生地、木香等。功效：消炎止痛，理气健胃。主治疾症：浅表性胃炎、糜烂性胃炎、萎缩性胃炎等各种类型慢性胃炎。从1973年开始，由全军著名消化医学专家、第一军医大学周殿元教授主持研究，在长达12年的研制过程中，先后由第一军医大学附属南方医院、珠江医院临床使用10万人以上，总有效率达95%。尽管当时国内已有的胃药数不胜数，有国产的，有进口的，有中药，也有西药，有治胃热的，也有疗胃寒的，其种类名目令人眼花缭乱。但赵新先认为"三九胃泰"具有艺压群芳的优势。1985年5月26日，在赵新先的努力下，由第一军医大学主持对"三九胃泰"等5项成果召开技术鉴定会。经与会专家对其原料成分、研制工艺、临床实践、医疗功效、产品规格等项内容进行检验鉴定，一致确认：产品合格，可批量生产。

这是一张特殊的通行证。然而这也确是一着险棋，投资此药，一旦打不开销路，药厂就会随之"出师未捷身先死"。

他们已拥有一条优秀的自动化生产线，这是成功的一个先决条件。"三九胃泰"的主要成分三桠苦、九里香是两广一带山区特产的中药，为确保原材料的货真价实和源源不断，赵新先专门派人前往粤北、广西一带，进行了一个多月的实地考察，开辟了最佳的药材生产基地。同时，他们对传统中药的塑料袋包装进行改革，在国内率先对中药产品采用铝箔材料包装，有效地提高了中药的防霉能力，延长了药品的有效时间。

1986年9月19日，"三九胃泰"第一批试产品——那些褐色的颗粒状的晶体，经过长长的"NF—B型"自动化生产线，像一脉温暖的河流，带着特殊的植物芳香，源源不断地停留在流水线的终端。接着是灌装、封袋、装箱，然后高高地、整齐地在赵新先和他的药厂人面前堆垒成一个高大的几何图形。就像金字塔在埃及人眼中、胜利女神在美国人眼中那样，那些高高堆垒起来的几何图形，就是他们药厂人的希望、信念、曙光。那是他们昨天的纪念碑，也是支撑他们明天的凯旋门，是他们的未来。

如何才能使过去和未来有一个圆满的交接，这是赵新先所必须面对的现实。他必须把这些三九胃泰推销出去，使它被人们、被社会、被市场接纳，否则，便无任何效益可谈。可是，这时南方制药厂没有任何销售网络，他们的三九胃泰是一个新生婴儿，还没有一个人认识它、了解它。要让人们接受一个尚未建立信誉的新产品谈何容易。在没有救世主的年代里，赵新先必须做自己的救世主。赵新先下令全厂人员除了生产部留守坚持生产外，一律出去探亲访友，推销三九胃泰。

第一支三九胃泰推销队伍的统帅，就是赵新先。他带着秘书胡国城和另外两个得力干将，风尘仆仆一路北上，第一站就是天津。

天津火车站上人山人海，川流不息，但却没有一个人与他们有关，在这座闻名遐迩的北方名城尚没有人知道世界上已经有了一个南方制药厂。赵新先和他的一行人下了火车，在站台上一溜排开8只大纸箱，里边装着三九胃泰的样品和有关的技术资料、产品介绍。因为囊中羞涩，他们不敢请搬运工，也不敢"打的"，只好每人扛着两只箱子挤公共汽车前往一个很大的医药公司，这是他们此行的唯一依托，他们要借助这个医药公司的权威信誉，为他们的三九胃泰找"婆家"。

因为事先联系过，又是解放军的企业，医药公司的同志对他们十分客气，但是人家还是有言在先，可以帮他们召集用户，组织产品介绍会，请记者，可以用医药公司的名义发请柬，也可以给他们提供会场，但有一条，必须确保不给医药公司增加任何费用，不影响公司的正常业务，并且，不保证这些努力能成功。就这样，赵新先他们也已经感激不尽了。

待到谈完工作，他们要离开的时候，医药公司的同志出于关心，主动提出要帮他们联系宾馆，安排住处。赵新先一听连连道谢，声称已经订好了宾馆，不必麻烦了。然后，就一个个肩扛手提地在人家惊奇的注视下走出了医药公司。其实，赵新先所谓的宾馆，不过是他的一个老战友为他们介绍的一个部队招待所。他们倒了几次车，费了好大的周折，才在一条小胡同里找到了这个招待所，当胡国城他们3个年轻人气喘吁吁地放下箱子，四处一打量才明白，原来这个招待所全部的好处就是两个字：便宜。

他们顾不上旅途劳顿，立刻开始按照医药公司的指点，在天津城里的各个医院、门诊、各级医药销售部门之间奔波起来，当他们一个个已经精疲力竭的时候，产品介绍会总算如期举行了。赵新先是产品介绍会的主讲，他特意穿上了军装，衣冠整齐，以期望能给客户们一个可信赖的第一印象。他首先从自己谈起，让人们认识到面前这个看上去朴实憨厚的军人，其实是一个颇有些资历的药学教授。接着就谈他的企业是如何经国务院批准，利用军队自己的科技优势开创事业的；他谈到第一军医大学的雄厚实力，以及在筹建不到一年的时间里就出了产品，然后才开始介绍他的三九胃泰。毫无疑问，他有一副极好的口才，他的第一次自我推销，给人最突出的印象，就是诚实可靠，胸有成竹。显然他是成功的。

对于这最初的产品介绍会，赵新先他们的期望并不脱离实际，订不订货都不要紧，只要每个到会的人都能够起码在感情上不排斥三九胃泰，肯从他们的大纸箱子里拿点样品回去试用，此行足矣。结果如愿以偿，并且看起来似乎比期望的还要好些。

接下来是北京，然后是济南，10天之内他们跑了3个城市，开了3个产品介绍会，平均3天一个。再接下来是第二次出行、第三次出行……赵新先先后亲自在全国20多个省市、地区组织了这样的产品介绍会，用他的真诚和热情为国人与三九胃泰之间铺下美丽的红地毯，为三九胃泰的销售打下良好的基础。

这时赵新先的那些勤勉的部下，也在另一个层次上数着他们的推销成绩，你3箱，我5箱，最多的一个人推销出去了200多箱，最少的只有一箱。不久，南方制药厂开始有了第一批数额不大，但却预示着希望的三九胃泰订单。

之后又是第二批、第三批……到1986年底，第一批试产品1000多箱三九胃泰已全部售出，产值达300多万元。

如今三九胃泰不仅已在国内家喻户晓，而且远销美国、德国、日本、泰国、中国香港等国家和地区。据1993年5月统计，南方制药厂共生产三九胃泰40多万箱，产值达2亿多元，是国内第一个敢与日本的"胃仙U"和德国的"胃得安"比高低的一类胃药。

在后来所有关于南方制药厂的报道上，都把三九胃泰称之为它的"拳头产品"。尽管这个商业用语有点儿袖珍，但事实上三九胃泰确实是为南方制药厂打开了一扇通向市场经济的大门，打出了一条通向蒸蒸日上的成功之路。可以这样说，如果不是赵新先果断敏锐，力排众议，就不可能有三九胃泰；没有三九胃泰，也就不可能有南方制药厂的今天。

从1986年到1992年，三九胃泰先后获得全军医药科技成果奖、首届百病克星大赛奖、全军优质产品奖、中国国货精品博览会金奖、深圳经济特区优质产品奖、《全国获奖产品临床应用信誉评价调查》信得过药品称号等多种奖项。

因为三九胃泰在人们心目中所建立的良好信誉，南方制药厂进而又在推出的另外一些新产品上取得了成功。如补脾益肠丸、壮骨关节丸、正天丸、胃必宁、皮炎平霜等都分别获得全军科技成果二、三等奖，999燕窝还获得首届中国医疗保健品博览会金奖。

在赵新先把三九胃泰选作他的第一个产品的同时，他也为他的产品选择了一个别致的极富个性的通用商标："999"。

1986年7月，原总后勤部部长洪学智到南方制药厂视察，在三九胃泰的生产线上，问及"999"的含义。赵新先回答有三。其一，三九胃泰的主要成分为三桠苦、九里香，取草药名之字头；其二，"999"在中国传统文化中谐天长地久之意，象征吉祥，是老百姓爱听的话；其三，"999"醒目，上口，好记，如同国际名牌"555"，容易为海外人士接受，有益于将来打入国际市场。洪部长听后非常赞赏。

当你进入南方制药厂的驻地，当你从市区向它走近的时候，你远远地就能看见，在药厂最高的那栋厂房的顶部耸立着的巨大的"999"标志，它们凝固不动，却以一种旗帜的精神，用它典雅怡人的蔚蓝色荡漾着你，使你禁不住地要对它的内容产生遐想。

这是一片依山势而错落的建筑群，其格局舒展而规范，就像深圳这座城市一样，给人一种少有历史积淀的年轻感。厂区之内，除了那幢迎厂门而立的办公大楼以外，其他大部分建筑在形式上并无太大的区别，主要趋向于经济、实用，这是艰苦创业的产物。但是假如你多少了解一点药厂的历史，你就会很轻易地从它的颜色上分辨出它们的资历年代。

还在建厂初期，当药厂第一代建筑刚刚落成的时候，赵新先就特意命人将那些散发着新鲜的混凝土味的厂房、宿舍，通通刷上了耀眼的天蓝色，试图通过强烈的视觉感受来强化人们对这个新生企业的印象。赵新先此举非常成功。

简单地试想一下，在一片葱葱郁郁的山野之中，突然升起了一片与众不同的蓝色，如此强烈的视觉效果，将会在人们的脑海里留下多么深刻的印象。这就是赵新先最初的广告意识，它的全部作用是：让你记住！

后来的建筑使用的颜色则是十分祥和宁静的另一种蓝色，它们将早期的建筑不容分说地簇拥于其间，委婉地协调着一种极其统一的风格。而赵新先的广告意识也就随之生长起来。

在他最早采用产品介绍会的形式推销产品时，他就已经明白，要介绍一个产品，首先必须介绍生产这个产品的企业，介绍这个企业的领导。那么，要全面地、更高一个层次地介绍你的产品，使大家更了解你的企业，了解你这个企业的领导，仅仅开产品介绍会是远远不够的。这时候，有一个更好的办法可以帮你，那就是去求助于新闻媒介，作为一个很有眼光的企业家，他早已认识到这个问题。于是，他毫不犹豫地开始了行动。

这是1988年初的一天，赵新先找来秘书胡国城，简明扼要地交给他一个任务："听说《健康报》《中国医药报》的两位记者结伴来深圳采访，你去把他们请过来。"至于他们在什么地方采访、住在哪里，赵新先并不知道，要胡国城自己去找。胡国城接了任务，不禁有点儿发蒙，他跟赵新先从司机干到秘书已有两年，两年中，他遇到过很多难，也学会很多事，可以说他在两年中学会的事，比他过去20多年的所学加起来还要多，但是却唯独没和记者打过交道。他为难地看着赵新先说："我怎么请啊……"赵新先一点儿也不同情，很生硬地说："怎么请，你自己想办法，反正你得给我请来。"

其实，胡国城知道，赵新先是一贯如此的，他只告诉你要做什么事，却决不会手把手地像个慈爱的老太太似的教你应该怎么做，在这一点上你丝毫不要存有幻想。胡国城只好快快地出来，自己想办法。临出门赵新先又扔给他一句话："你要先介绍你自己。"胡国城心里直嘀咕，谁还不知道要先介绍自己，跟着你走南闯北这么久了，就算别的没学会，这一点要是没学会，那还敢在药厂混吗？

端端一个深圳，虽不太大，但也是人海茫茫，没有任何线索地去寻找两个记者，真好比大海捞针。况且，胡国城不仅是没跟记者打过交道，简直对记者就没有任何概念，他不知道请记者都有什么规定、要求，甚至不知道应该如何找记者。另外还有一个致命的问题就是药厂没钱，他只能玩"空手道"。

凭经验推测，他想，既然是《健康报》和《中国医药报》的记者到深圳，那准是跟卫生局有关系，他就径直跑到市卫生局去打听。可是一问，卫生局不知道有此事，这一下，他几乎是一点儿线索都没有了。无奈之际，他想起了他在深圳的一个朋友，就跑到他那里，原想请他给出出主意，谁知那朋友听胡国城说了，竟很轻松地告诉他那两个记者的住处，原来他们是到深圳计划生育委员会下面的一个计生服务中心采访的。真是踏破铁鞋无觅处，得来全不费工夫。胡国城立刻从椅子上跳起来，拉上朋友带路去找那两位记者。

然而，找记者容易，请记者却不容易。胡国城情急心切，见了人家一开口二话不说，就要人家到药厂去采访。人家一听，摆出了架子，说我们从来没听说过这个药厂，怎么能去采访呢？这时，胡国城才想起临走时赵新先交代给他的那句话：要先介绍你自己。顿时明白了其中的含义，于是便沉下心来，循着赵新先的那一套推销理论，一二三四地细细道来，最后特意没忘了告诉人家，他们药厂筹建不到一年开始出产品，投产第一年就取得1100万元的产值效益。

两位从内陆腹地、天子脚下来的记者，每日里见多识广的都是一些已功成业就、前途光明的人物和事迹，还从未听说过这样一个白手起家的部队企业，而且是办在深圳这样一个特区里，而且这个企业的头头，就这样自信地让一个年轻人平白地自报家门地来找记者，不觉感到新奇诧异，自然也就来了兴趣，就又向胡国城提了一些记者们关心的问题。如此一问一答，胡国城心里暗自高兴：有戏了。而且他对自己也特别得意，他觉得自己今天发挥得特别好，简直是口若悬河，有问必答，并且是章章节节，边边角角，每个问题都答得十分得体，足以为药厂增光添彩。

话题说到赵新先。《中国医药报》的那位记者还是一个主编，他问胡国城，药厂那个能干的教授厂长是哪里人。胡国城说，是东北大连人。他一听显得很高兴，说，没想到在这大南边的深圳还能碰上老乡，真不错。又问，老乡是学什么专业的。胡国城说，学药的，沈阳药学院毕业的。这一下，主编十足地兴奋起来：原来我们还是校友！主编说从他们沈药出来的人现在有好多都在搞药厂。老乡观念加校友之情，两位记者立刻表示愿意到药厂走上一遭。

这种惊人的巧合，也使胡国城激动不已，没想到，他胡国城没花一分钱，就办成了事，第一次跟记者打交道就取得成功。他马上跑回去向赵新先报告。

两位记者此次南药之行，既没红包也无重礼，却与赵新先一见如故，结下友谊。回北京后，将南方制药厂的业绩，采写成篇幅很大的一则消息，发在两报的头版位置，使南方制药厂第一次得以通过正式的新闻途径，在社会上亮相，也为药厂后来同新闻界的交往，开了一个精彩的先例。至于胡国城，用他自己的话说，从此了悟与记者交往之道，除了接待随后纷至沓来的个别记者外，还成功地组织操办了药厂的第一次新闻发布会，直接面对一整个新闻界，亦是应付自如，游刃有余。胡国城在后来相当长的一段时间内，成了赵新先麾下无可替代的"新闻大臣"和"外交官"。

赵新先从两条头版新闻拉开序幕，将南方制药厂正式昭示于天下，从此，正像赵新先预想的那样，"999"就像一匹黑色的骏马，在现代的市场竞争中奔越驰骋，所向披靡。

美国可口可乐公司的老板曾自豪地宣称：如果有人在一夜之间把我所有的工厂都烧光了，我还有几个亿的美金，那就是我的商标。对于"999"，赵新先有着同样的期望。

广告是一种无形的资源，日本人早就发现了这一点，称之为看不见的钱。任何一个广告都不仅仅是单纯的产品广告，同时，它也是企业精神和领导人凝聚力的一种标志，它更是企业实力和前途的象征。赵新先深谙个中神韵。不久，他就再度独出心裁，用他的"999"为中国广告史创下了一个新纪录。

1988年4月，赵新先到香港考察。一日，在等待一个约会时，打开电视机消磨时间，正巧屏幕上出现了一辆车顶上背着个广告灯箱的"的士"，正穿越繁华市区的画面。这是美国的一个电视节目，赵新先不禁怦然心动。

回深圳后，他心里始终为那个"的士"顶上的广告纠缠不休。赵新先是个对新事物十分敏感的人，就像一个童心荡漾的孩子，不管什么东西，只要是新的、是过去从未见过的，他都兴趣盎然，哪怕只是一个花样翻新的游戏，他也会立刻扑上去研究半天，不琢磨出点儿名堂来决不肯撒手。这一点，连他那些年轻的部下也趋之不及。于是他很快在广州约见了一位年轻的广告商，讲述了自己在电视中受到的启发，要他在广州的"的士"顶上也为三九胃泰做个活动广告。

在"的士"顶上做广告,不仅在内地、在深圳没有先例,在香港也没有,这就有一个谁敢第一个品尝梨子的问题。然而,在中国敢于第一个吃梨的人向来并不多见。那广告商还算神通广大,他调动自己的各路人马,很快说服了工商、交通、公安等各个执法部门,办齐了一应必需的手续。但麻烦的是他一连奔波了几天,却找不到愿意接这个广告业务的出租汽车公司。好不容易谈好了一家,等广告商按口头协议,由南方制药厂投资10万元,定做了一批广告灯箱,临要安装了,那出租车公司的总经理却又临时变卦。理由是觉得在"的士"顶上做广告不雅观,也不吉利,怕一旦顾客对这种新生事物看不顺眼,砸了公司的牌子,而且也恐怕在同行中会引起非议,成为众矢之的。

很显然,这已不单纯是广告问题。广告商软磨硬泡费了半天口舌,也不能打动那位顽固的出租汽车公司总经理,事先又没有签订书面合同,也奈何他不得,只好另找合作伙伴。

这回,广告商的运气是显然不错的,当他找到"广州汽车出租公司"的时候,他遇到了一位女经理。女经理有胆识而且十分干练,对赵新先的大胆构思她十分欣赏,因此,当即同广告商签订了合同。只是她对已经做出的广告灯箱的样式还不太满意,提出了具体的修改意见。

1988年8月1日,正是建军纪念日,广州市的人们一早起来,忽然发现街上到处可见一种样子奇怪的出租汽车,车的顶部一律带着一只精巧别致的小灯箱,灯箱的正面只有一个醒目的蔚蓝色的"999"标志,背面上写着"胃药之王,三九胃泰"八个字,虽然看似简单,却是主题创意一目了然。当时广州有2000多辆出租车,这个"广州汽车出租公司"就占有其中的近400辆,一时间三九广告犹如一股沁人心脾的蓝色小溪,淙淙流遍广州的大街小巷,在整个夏天成为花城的热门话题。

任何新事物的诞生,都会引发两种截然不同的社会舆论,三九出租车广告也不例外。有人甚至以这种广告形式不雅观,有损广州市容为由,建议有关部门出面干预。但是开朗豁达的广州市民却在极短的不习惯之后,很快地接纳了这个与众不同的"小怪物"。很多人甚至为"999"这个号码所代表的吉祥的含义所诱惑,专门以乘坐"999"出租车为时髦。不仅如此,有一段时间,广州有些青年男女办喜事时，甚至专门跑去租用"999"出租车，接新人时，在广告灯箱上以红绸披挂，用心良苦地掩住背面的广告词，只留下"999"标志，取其天长地久之意，好不排场，好不喜庆。

广州是中国的南大门，它好比一个国际码头，世界各地各色人等在此中转停留，川流不息。那些港澳同胞、海外侨胞，以及来华经商的外国人，更是对"999"情有独钟。时值广交会期间，广交会场门前，"999"出租车成为"抢手货"，放眼望去，偌大一个停车场上，到处可见"999"出租车，连电视台的记者都抱怨说，蔚蓝色的"999"占据了太多的有效的镜头，他们等于是免费为三九胃泰做了一次超级广告。

从1988年8月至1989年8月，"999"出租车广告做了整整一年，不仅为"广州出租汽车公司"带来了可观的经济效益，也为三九胃泰在广州、在国际市场上打开销路，立下了一大功。据说，与深圳毗邻的香港有关方面受"999"出租车广告的影响，就此进行了长达一年的研讨论证，于1990年开始采用这种广告形式。

因为这次成功的合作，那位广告商同南方制药厂也结下了不解之缘。不久，他又同赵新先开始新一轮的合作。

由于赵新先深谙花钱之道，不惜花费巨资对三九胃泰进行名目繁多的广告宣传，再加上三九胃泰独特的疗效，一时间名声大振，很快形成畅销的格局，给企业带来了极好的效益。但是，与此同时也带来了不愉快的消息，国内不少省区开始出现三九胃泰的假冒产品。

三九胃泰不仅是南方制药厂的创业产品，还是支撑整个企业的一个重要的支柱。如何使这个支柱更加坚不可摧，赵新先费了不少心思。当时，我国尚无完备的药品专利法，国家卫生部为了鼓励开发新药，克服没有专利保护造成的弊端，曾专门发布了新药保护规定，对新药实行8年、4年或3年的保护期。但三九胃泰的投产时间早于此规定的发布时间，因此，不在被保护之列。赵新先苦思冥想，最后决定以"三九胃泰"为商标，再次进行注册，加之"999"的通用商标，对三九胃泰实行双保险，以保护三九胃泰的声誉，维护企业的合法权益。谁也没有想到，此举竟在南方制药厂与海口制药厂之间，引发了一场轰动全国的"三九胃泰大战"。

三九胃泰大战，始于1989年11月，由于这场大战涉及到国家商标局和国家卫生部两个国家部委之间的关系，一时间使得南药和海药两个企业都陷入了难以自拔的艰难处境。对赵新先来说，那是一段难熬的日子。那些当年跟随他为官司来往奔波的年轻人告诉我，那时候赵新先的心情十分沉重而忧郁，尤其是话少，常常独自一人静坐在宾馆里思虑重重。为了激励自己，也鼓舞下属，他老是向身边的人重复地讲述着一个比喻：药厂好比一条大船，我们每个人都是这条船上的一个水手，如今有了大风大浪，我们只有团结一起冲过去，因为我们决不能输，冲过去我们就赢了，否则船就会翻，企业就会坍台。但实际上，他远远不只是一个普通的水手，在三九人的心目中，他是船长，是他们的希望所在，前途所在，未来所在。

赵新先总是不负众望。举步维艰的处境，仍不足以阻断他敏捷的思维和判断力。他明白三九胃泰大战，不仅仅是一场法律大战、新闻大战，更是一场广告大战。1990年春，赵新先再度会晤那位广告商，提出了他的新创意：请一位名演员为三九胃泰做一个电视广告，但他要求这个广告要绝对不同于当时国内电视中流行的漂亮女演员广告的风格、模式。首先这位演员要是一位男性，要有很高的知名度，他的知名度来自他一贯出演的正面形象，在观众心目中具有一定的象征性。比如：孙道临、李默然、赵忠祥……赵新先提出的苛刻条件，令广告商十分为难，这哪里是做广告，简直是搞竞选。但他知道，赵新先是个说到就要做到的人，如果你做不到，他会另请高明，所以即使是做不到的事，你也得硬着头皮试一试。

1990年夏，广告商请赵忠祥出山，被中央电视台以播音员音容形象代表着国家形象，不允许随意做广告为由拒绝。不久，广告商又设法与著名演员李默然取得了联系。李默然素以正直、磊落而著称，无论是艺术还是为人，都堪称戏剧界的一面旗帜。起先他一口回绝了，原因很简单，这不仅有可能损害动摇他在观众心目中保持了几十年的民族英雄邓世昌"邓大人"的形象，还关系到作为戏剧界、电影界的一个前辈演员，他将如何面对几代同仁。但是，当他听说了赵新先如何带着5个人，白手起家，在一片荒山野岭开创了药厂；如何自己设计发明了中国独一无二的中药自动化生产线；又如何冒着垮台的风险推出了自己的产品，并取得成功；而后来又如何被人窃取了劳动成果，有人不仅违反商标法，还违反了国家药物移植法规定，在没有原处方和原生产工艺的情况下，生产假冒药品等等。一向嫉恶如仇的李默然不禁为之愤慨不已。药品本是用来治病救人的，是人命关天的大事，若也假冒，轻者贻误病情，重者则会害人性命，这岂不是背道而驰？李默然说："这是一种极不好的社会风气，应该制止。"他思忖再三、斟酌再三，终于同意出演广告，以此伸张正义。说到报酬，他明确表示他个人不收分文报酬，如果这个广告能对南方制药厂走出困境有所帮助的话，将来合适的时候，赵新先厂长若能也帮一下他那不景气的戏剧事业，他就心满意足了。

这是一个庄严、肃穆的广告场景。在一片深色的背景下，身着西装的李默然一脸正气地端坐于代表正义和权威的高台之上，目光犀利地审视着你，他那正气十足的浑厚男音随之而起："干我们这一行的，生活没有规律，常患胃病……三九胃泰是治胃病的良药。制造假冒药品，是不道德的行为，应该受到社会的谴责！"

这则精心制作的广告在中央电视台播出后，立刻在国内引起了强烈的反响。首先是戏剧界、电影界为之大哗，褒贬不一；紧接着是新闻界的推波助澜，许多报刊纷纷载文对此事发表见解，有的报纸甚至开辟了专栏，进行专题讨论。李默然的朋友、同事也纷纷来函、来电，向李默然表示他们的看法和意见。一时间，国内竟然掀起了一场关于李默然是否应当出演广告的大论争，其中，持否定态度的人居多。

但是，潮头涌过，才见滩石。人们在一阵骚动和惊慌失措之后，才开始有机会进行更为客观深刻的思考和判断，这时，他们已能以一种更公正的态度对待这一已经发生的事实。最值得一提的是数以亿计的电视观众们，在被这独特新颖的广告形象为之一震之后，他们在感情上无法不接受李默然诚恳善良的忠告，因为他们在看这则广告的时候，无法排除"邓大人"的形象，在几代人们心目中所镌刻下的美好回忆。它的结果是使南方制药厂在舆论上占据了明显的优势。

由于三九胃泰大战最终关联到国家的立法原则，最高人民法院最终做出了一个折中的判决，允许两家药厂同时生产三九胃泰。但是因为李默然广告的效力，加之赵新先在短时间内大批量生产三九胃泰，尽可能地迅速占领国内市场的战略举措，南方制药厂的三九胃泰在人们心目中的信誉高涨不衰，其产销量也占据了绝对的压倒优势。有人说：这就等于使南方制药厂在实际上赢得了这场官司。

1990年10月，李默然为在京举办第二届中国戏剧节，需筹款20万元，特向赵新先提请赞助。赵新先当即慷慨应允，并提出要独家赞助，决不带任何附加条件。赵新先说："这样的名演员，要在国外做广告，何止20万元，况且，这20万元是赞助中国戏剧节的，我们理当相助。"戏剧节期间，主办部门特邀赵新先出席并为演员颁奖，赵新先信守不附加任何条件的诺言，谢绝了。随后，为感谢李默然为南药做出的特殊贡献，赵新先决定另拨出一笔款项，资助由辽宁省剧协主办的"李默然艺术基金会"。

然而，这两位莫逆之交的朋友，直到1991年，才得以在深圳会面。

尽管由"李默然下海"引起的纷争还附带了许多连锁反应，但随着人们观念的逐步开放，德高望重、声誉显赫的老演员出演广告节目，已为人们所普遍接受。后来饰演孙中山的演员刘文治、饰演蒋介石的演员孙飞虎、著名演员史进、方化等都先后为南方制药厂做了药品广告，并由此在国内诞生了一种新的广告潮流。

随着企业的发展，随着"999"在人们心目中名牌地位的确立，赵新先的各色观念也开始趋于名牌水平。办药厂，就要是全国第一；盖大楼要是深圳最高；开宾馆要是当地最好；做广告自然也要是首屈一指。

在深圳，赵新先先是看上了深圳火车站和深圳机场这两块风水宝地，这是深圳的两大门户。以往在车站广场上那些比较好的广告位置，因为费用颇高，一度曾被艳丽招摇的洋货广告所囊括一空，每每经过时，赵新先心里都很不是滋味，似乎有洋人穿着长靴的脚，从自己胸口踢踏而过，岂能忍得？一气之下，他就以极高的价格，在车站广场买下一块最佳广告位置，前无古人地立起了他的三九胃泰的广告，惹得洋货代理们颇为惶惑又无可奈何，只得纷纷出动，赶紧将他们的广告又重新刷过，以减少陪衬或配角的尴尬。

面对深圳机场，赵新先的思路则更为宽阔，他索性一次性买断了机场那座最高的建筑物——指挥塔的广告权，也不搞什么繁文缛节，就顶天立地做上

"三九胃泰三九集团"八个大字，取代了温文尔雅的"深圳人民欢迎你"的彩色条幅。不管你的飞机从哪个方向进入深圳，只要你按照指挥塔的调度，正确地进入了机场的跑道，那么你第一眼看到的准是那醒目的八个大字。也就是说，三九胃泰三九集团，准是深圳所给予你的第一条信息。结果呢？你不得不服从某种不可抗拒的自然规律，从此将它牢记在心。

1992年，三九集团成立后，赵新先开始在境外为他的企业他的产品寻找新的广告锚地。这第一个海外锚地自然是中国香港，第二个锚地就是德国。这两个广告经过了长达一年的策划之后，分别于1993年3月和4月正式亮灯。尤其是在德国的三九胃泰广告就做在柏林尺土寸金的欧洲广场，据我驻德外交官评论说，目前国内企业在德国做广告最大、最有气魄、最有名气的，就是南药的三九胃泰。

三

三九舰队·逼上梁山·赵新先的鸿门宴·你什么时候能拿下一个亿

1991年10月，根据中央军委关于加快军队企业集中归口管理的指示精神和国家有关组建企业集团的要求，解放军总后勤部经国务院经贸办核准，以南方制药厂为核心企业，联合总后系统在深圳的34家企业组建"三九（999）企业集团"。

这是我军创办的第一个区域性综合性的大型企业集团，已经开始运作的生产经营项目达20多种，1992年总产值16亿元，利税总额2亿元。根据赵新先的建议，总后勤部准予三九集团仍采用一人负责制的领导模式，仍担任南方制药厂厂长的赵新先同时担任三九集团总经理兼党委书记，不另设副总，党委的两名副书记都是兼职。并明确宣布，总后生产部对三九集团只管赵新先一个人，整个集团的经营运作由赵新先全权负责。

总后党委在授予赵新先以令人羡慕的权力的同时，也赋予他一个重要的使命：军队企业如何走集团化的道路，三九集团要成为全军的试点。这就意味着要求赵新先只许成功，不许失败。具体地说就是三九集团5年之内可自由发展，到1997年产值要达到50亿元，利税要达到10亿元。也就是说，在5年的时间里，要实现产值翻两番。

然而，在当时集团所属企业中，年创利超过1亿元的，只有南方制药厂一家，超过1000万元的也只有一个九星包装印刷中心。如果按这样的发展速度进行的话，要实现以上目标是绝不可能的。这就要求赵新先和他的企业总经理们必须进一步更新观念，加快改革，实现新的飞跃。

赵新先，好像一枚举足轻重的棋子，被总后首脑机关那些虚怀若谷的将军们，在一番精心的运筹帷幄之后，慎重地摆放在新的前沿阵地上，在这个位置上的棋子，除了要具有勇士的一往无前以外，还要精通谋略，善于思想。

集团成立后，赵新先所做的第一件事就是迅速地在整个集团范围内，推行其核心企业南方制药厂的先进经验，在经营机制上，实行干部能上能下、工人能进能出、工资能高能低、机构能立能撤的动力机制；实行以市场为向导，以科技为动力，形成高科技、高速度、高效益的运行机制；以及一整套包括经济管理制度、质量检测体系、党政生活制度和廉政工作措施在内的自我约束机制。

尽管工作量大幅度增加，但集团机关的设立仍然十分简单，只设有党务部、人事部、财务部、决策咨询委员会4个部门。除党务部以外，其他3个部不单独另设机构，而是同南方制药厂的原有机构重合并用。总经理办公室不仅沿用南方制药厂的原班人马，甚至连办公室的位置、条件都不做任何改变。唯一一个单独设立的党务部，也只有5个人，而且个个都是身兼数职。自集团组建以来，赵新先就明确表示，他首先当开明"婆婆"，确保下属企业自主权，使之独立自主地进行经营管理。简单地说，就是对下属企业，他也只管总经理一个人，而这位总经理起码拥有6个方面的权力：班子组阁权，机构设置权，人事配备权，经营决策权，财务收支权和奖金分配权。在总的原则上，把经营权与所有权分开，实行产供销、人财物、责权利、党政群的结合与统一。

赵新先说："我们是信奉马克思主义学说的。马克思主义的政治经济学认为，上层建筑既能推动经济基础的发展，也能制约经济基础的发展。我们集团的上层建筑要能适合经济基础发展的需要，它的重点就是要建立和完善内部的动力机制。而在这个动力机制中起决定作用的，就是分配制度。"为了真正体现"干多干少不一样，干好干坏不一样，基层机关不一样，干部工人不一样"，经过集团党委反复研究，赵新先又提出：企业单位可以按利润的15%分红。同时，企业内部的分配按所负责任的轻重、所做贡献的大小、所做工作的多少、所付劳动的强弱，拉开档次领取报酬和奖金。

从1992年开始，赵新先对所属企业也实行"放水养鱼"，3年之内不取分文。到1996年，各企业上缴利润总数必须达到1000万元以上。最高的要达到5000万元。你总经理行与不行，指标上见。超额上缴利润的，分红标准可以提高到20%，完不成的，下降5%—10%。市场经济就是这样，不生即死，没有任何中间道路可走。赵新先分别跟他们定出指标，假如你不敢立军令状，那就只好请你让位。

1992年12月，赵新先又在南方制药厂推出了新的"加快改革、强化机制、多出效益"的重大改革方案，针对干部管理、工资福利以及财务管理等方面制定了一系列的新措施。首先是取消干部终身制，实行聘任制。由总经理提名各部部长候选人，并根据全厂干部投票表决结果，对超过半数以上赞成票的候选人进行正式聘任，有效期为一年。其二，实行优化组合。根据满负荷工作制的原则，对各部门人员实行定编，由受聘部长根据定编人数，自行组阁，采取双向选择，以厂长、部长、部长助理、主管、业务、试用干部6个干部职务档次为依据，聘任副部长以下级别的干部，经由总经理审定后执行。其三，建立干部管理培训中心。在优化组合中落选的人员，除少数直接辞退外，其他人员一律进培训中心学习，以提高认识和自身素质，找出差距，转换观念，时间为一个月。学习期间，职务下降一级，毕业后重新分配工作，考核不合格者继续培训。每个干部在培训中心学习的次数，最多不能超过3次，否则自动解雇离厂。其四，改革职务工资制度，使个人贡献与收入直接挂钩，试用级干部和厂长工资差为1:18，其间依次拉开距离。实际工资由厂长、部长实行封闭式管理。

当赵新先策划完他的总战略，他就开始收拢视线，审视他那些才气十足、个性迥异的总经理，他必须寻找到他的勇敢的"中军大将"。

首批被赵新先挑选出来的人中，有一位叫霍树荣。在他的名片上关于职务介绍一款印着这样几行小字：中国太和旅行社、深圳三九（999）旅游服务有限公司、深圳三九大酒店（原新兴大酒店）总经理。

霍树荣今年39岁，浓眉大眼，开朗干练，是个阅历丰富的广东人。十几岁时当兵到野战军，被选入宣传队，本是个喜欢吹拉弹唱的"快乐小子"，然而宣传队解散时，却被分到部队招待所当战士服务员，一干就是20多年，从服务员一直干到现代化大酒店的总经理，从此和这个行当结下了不解之缘。是三九集团里有名的"老酒店"。

三九集团成立时，他是新兴大酒店主管业务的副总经理，正受命于总后新兴集团，为将要接手的广州三元里大酒店进行考察论证及筹建事宜，并经新兴集团党委研究决定，即将出任三元里大酒店总经理。新兴大酒店纳入三九集团，给霍树荣提供了一个新的选择机会——三九集团希望他出任新兴大酒店总经理。

对于三九集团的老总赵新先，霍树荣虽从未接触过，却是早有耳闻。当年他在广州军区所属单位工作时，赵新先5年拿下一个亿的创业事迹，就在军区里被宣传得沸沸扬扬，后来有关部门出了一本《军队百家明星企业》的书，霍树荣所在的酒店曾和赵新先编在一本书里。后来，霍树荣从一份文件上看到了有关三九体制的内容，说是每个企业的领导既是总经理，又是党委书记，有充分的自主权，另外还有一个"四能"动力机制。就这几样东西，对任何一个有本事而又想干一番事业的中国企业家来说，都是求之不得的，更不用说还有一个开拓型的老总赵新先。于是，他回广州做通了妻子的工作，不顾亲朋好友极力反对，放弃了他在广州多年营造的优越环境和呼呼啦啦的关系网，接受了三九集团的聘书。

原来的新兴大酒店，已开业半年多，实施的完全是内地通行的传统的管理体制。由于这种体制带来的种种弊端，加之市场萧条，300多间客房每天的开房率只有31%，是个亏损大户。当初霍树荣被特意从香港的一个公司调回出任新兴的副总经理时，他感到非常吃惊，没想到在深圳特区里竟还有这样一个吃大锅饭的企业。那时，霍树荣虽为主管业务的副总经理，却也是受制于体制的条条框框，空有锦囊妙计，也只能望洋兴叹。

这次，霍树荣重新走马上任，是成竹在胸的。第一次见赵新先时，他就一股脑儿地倒出一整套关于酒店改革的新章法，并征得了赵新先的同意。1992年

1月，他以总经理的身份召开第一次全体员工大会，发表他的就职演说，为此，他特意请来了集团老总赵新先，以壮声威。

那天，赵新先坐在主席台正中的位置上，脸上一直带着温和的表情，仔细地听着霍树荣的"施政纲领"。应该说，他讲得挺精彩，很务实又不乏幽默感，员工们显然也听得非常投入。更由于赵新先的在座，使霍树荣感觉良好。他想，照这样下去，他的就职演说将取得成功，原本有些紧张的神经也随之松弛下来。然而，当他的演说临近尾声的时候，赵新先却突然放弃沉默，插话问道："你们去年年终最高的奖金有多少？"霍树荣说："一等奖不到100元。"赵新先一摆手说："老霍啊，太少了！"他转而对着酒店的员工们说："我不妨告诉你们，年终我给药厂的工人班长，每人发了一万元！"

赵新先话音一落，全场顿时一片喧哗，紧接着响起了热烈的掌声，对他们来说，这简直像童话一样美好而又令人难以置信，连霍树荣也不能不为之震惊。那掌声是为赵新先喝彩，也是对霍树荣的鞭策，人们似乎在用这种委婉方式问霍树荣：你什么时候让我们也拿到一万元奖金？

赵新先又说："我希望你们今年年底起码能翻个番，甚至更多。"这是赵新先在将他的军，是当着他的全体员工的面，向他下战书。霍树荣第一次领略了赵新先的厉害，也是第一次明白什么叫逼上梁山，尽管他知道人家药厂产值高，基础雄厚，他的酒店是没法跟药厂比的，但如今无论如何他霍树荣也得上一把梁山了。

霍树荣开始挥舞手中的权力砍刀，向着臃肿庞杂的酒店机构砍将起来。他首先是将原来人浮于事的9个部门砍掉了3个，在酒店实行优化组合，撤掉了8个墨守成规、无心进取的部门领导，又把10个政治素质好、敢于改革、善于经营的业务能手提升到部门以上的领导岗位上。一砍一撤，这一下就裁掉60多名干部职工，他初步计算了一下，在深圳这个地方，要养活一个人，包括住房、医疗费等，一年需要1.5万元，他裁掉的这60多个闲人，就等于一年可节约90多万元的开支，这是一个不大却也不小的管理漏洞。

接着，他提出了，三星级酒店要四星级管理的原则，在酒店实行承包制，改革了分配制度，将奖金分为A、B、C、D 4个档次，每个档次之间拉大差距。他还推行有奖节约制度，提倡节约"一度电、一滴水、一分钱、一滴油"，结果，眼看着各部门、各楼层闻风而动，纷纷在自己的防区内改换节能灯泡，仿佛人们一夜之间，都养成了随手关灯的好习惯。酒店的队伍一下子变得清爽起来，焕发出了从未有过的朝气和活力。

在推行三九机制的同时，霍树荣还为他的酒店重新确定了一系列的营销策略。作为一个经验丰富的老酒店，他知道，客源是酒店的命根子，没有客源，酒店住不满，你就不可能有效益。因此他专门成立了销售部，派出精明强干者，来负责开拓客源。

霍树荣在酒店里干得如火如荼，有人却编造了一些罪名跑到上面去告他的状，而且告状人还是那种能通天的人物。但他毫不理会，因为赵新先有言在先：只要是对酒店有利的，只要不触犯国家法律、法令，你只管放心大胆地干，如果出了问题，我给你担着。他还明确告诉霍树荣，我不听那些具体的烦琐的过程报告，除非你实在拿不准，我可以给你出主意。我只要结果。用霍树荣的话说："我的胆，在赵总那儿撑着呢。"不管怎样，反正告状的事，一直杳无结果，至今他也不知道赵总是如何为他挡住了来自上下左右的中伤之箭，但有一点他很清楚，能够像今天这样痛快淋漓地发挥自己的能量和事业心，是自打他搞酒店以来，所创下的一个新纪录。

在采取了一系列颇为艰苦的营销策略之后，当酒店再度开张时，开房率如变魔术般地哗哗上升，由原来的31%，转眼之间上升到80%—90%，最旺时，不得不在门口立起客满的牌子，这是过去想都不敢想的事情。应该说，霍树荣搞酒店一向是十分走运的，当年他去广州五羊城大酒店当老总前，酒店亏损1400万，月营业额只有一万元多一点儿。他去了之后，创下了第一个月营业额升到18000元，第二个月又升到26000元的好纪录，这个纪录在现在来说，已不足为奇了。不过他的好运气还是依然如故，酒店重新开张以后不久，正赶上邓小平南巡。当时酒店正在接待全国政法工作会议，门口的停车场上停满了警车，一时间深圳人四处风传邓小平住进了新兴大酒店，连海外一些报纸都做了这样的报道，顿时酒店声名鹊起，在深圳200多家上星级的酒店中，开始小露头角了。

赵新先属于那种为数极少的不喜欢沉湎于旧事的人之一，但有一件事他不仅自己牢记不忘，并且常常翻出来讲给他的部下听，那就是他童年时那一次卖苹果的经历。当他向人们讲述时，他往往只做简单的叙述，并不多加评议和任何提示，但我觉得他的牢记不忘本身就是一种重要的提示。

1992年3月，三九集团各公司、企业的总经理们，几乎在同一天都收到了一份精美的请柬，请柬上的内容非常简单，请他们到深圳阳光饭店潮江春餐厅吃饭，落款是三九集团总经理赵新先。

大凡在深圳有点儿阅历的人，都知道阳光饭店是深圳颇负盛名的大酒店之一，尤其是它的潮江春餐厅，那是深圳一流餐饮业的标志。它的一流水平，不仅表现在它极尽铺张的豪华设施和贵族风格、无微不至的优质服务，还表现在它那昂贵的令人瞠目结舌的消费标准。因此，那也是一个常常令人望而却步的去处。

赵新先事先没有任何铺垫，突然就请他的总经理们去"阳光"吃饭，使人们感觉颇有点儿意外，心里难免有些忐忑不安。

当三九集团的企业精英们在阳光饭店潮江春的餐桌旁聚齐的时候，他们发现集团老总赵新先比以往更显得随和平易，脸上始终是笑意盈盈（这在往常并不多见），而且言语之中尽是些家长里短、柴米油盐之类的闲话，并不提任何工作正事，大家的心情也就变得轻松随便起来。但他们很清楚，像老总赵新先这样的人，是绝对不会无缘无故地请他们来阳光饭店吃饭的。尤其是当漂亮的服务员小姐将一盘色泽鲜亮的生龙虾端上桌时，这顿饭就更显得不那么好吃了，因为谁都知道，生龙虾是阳光最名贵的菜肴。

果然不出所料，等到众人酒足饭饱，服务员小姐送来账单，大家不禁又吃了一惊，原来这一顿饭的花销高达一万元。这时，赵新先敛住闲话，对众人说："我想你们都看到了，这个地方一个重要的特点，就在于它的产品。因为它有高品质的生龙虾，才有资格开这么高的价。人家卖龙虾，一平方米能挣多少钱？你如果卖豆腐，一平方米能挣多少钱？一斤龙虾几百元，一斤豆腐才几毛钱，同样的一平方米，就看你卖什么了，你卖的东西不同，当然产生不同的经济效益。再加上它的独创名牌'阳光'，加上它的优质服务，就这3个条件，决定了它的高效益。"

赵新先非常平和地娓娓道来，却如重鼓敲击着人们的心扉。此时，人们才明了赵新先的良苦用心，餐厅里立刻转化为一种临战前的凝重，这实际上是赵新先的又一次扬鞭策马，他要众经理们尽可能地超越自我，把目光投向更远更远的地方。

对于这次在"阳光"请客，赵新先是经过一番思考一番斗争的。当时小平同志的南巡讲话还未发表，他如此铺张的举措，无疑是要冒一定风险的。因为这很容易让人联想到大吃大喝，但他想到企业的发展，想到如果他能通过这顿饭，把他的一些深思熟虑的经营思想灌输给他的总经理们，结果使企业得到更快的发展速度、产生更高的经济效益，那么，冒这个险是很值得的，花一万元也是很值得的。他从来都不吝惜必要的投资。赵新先说："请那顿饭的目的只有一句话，就是让大家知道别人怎么赚我们的钱，我们应该怎么学别人赚钱。"其实，由"阳光"所传递的有形的、无形的教益，远远不止这些。它的直接的产物，一个是新兴大酒店正式易名为三九大酒店，另一个就是月光俱乐部的诞生。

在赵新先所具有的种种才能当中，有一个非常杰出的本领，那就是他总能在杂乱无章、头绪繁多的现实生活中，准确地寻找到一个新的目标，并使之付诸实践。

当我在他的那间显得很宽敞，但却并不显得空旷的办公室里采访他时，他向我讲述了这许多年来他所养成的一个思维习惯。他说："1987年南方制药厂正式投产，当年产值1100万，那时，我就看到了5000万元应该怎么搞；当我们产值达到5000万时，我就看到了一个亿应该怎么搞；到一个亿时，我又看到了5个亿怎么搞。去年三九集团产值16个亿，我已经看到了50个亿怎么搞。为什么能这样，我想这是一个思维方式问题。"

这的确是一个思维方式问题。对于赵新先来讲，他所进行的经济活动是他个人与民族、国家交流的独特语言。他比别人看得更远。和别人从书本上得来的东西不同，他是用生命得来的。从他儿时的苦难和第一声叫卖，他就懂得了贸易和经济活动是中国最伟大的前途。他是用全部心灵来热切地企盼市场经济的，所以他具有别人无法企及的超前意识。他的超前意识来自他深刻的洞察力，来自他对事物本质准确的把握，来自他的哲学意识。他不是用某种具体的方法去管理和指导企业，而是用一种思想、一种哲学意味去笼罩它们。在三九集团的上空，到处飞翔着赵新先智慧的心灵。这是一种看不见的东西，但是，你却在离它几十公里远的地方就能感觉到它独特的呼吸。

有人说：目标是有最后期限的梦想。这不禁使我想起了一个名叫哈维·麦凯的美国人。他是美国麦凯信封有限公司的董事长兼执行经理，曾获得国际销售市场经理协会颁发的"市场优胜奖"，是一个国际闻名的演说家，一个劲头十足的赛跑和马拉松长跑选手，还是他所在州的一流网球选手。1983年，他曾在日本的一个有关的研讨会上，见到了日本最大的企业松下电器公司88岁的董事长，并同他有过一段有趣的对话：

问：董事长先生，你的公司有长期目标吗？

答：有。

问：长期目标的时限是多少？

答：250年。

问：那么你需要什么来贯彻它们呢？

答：耐心。

后来，哈维·麦凯将此事写进了他一本著名的书里，他说："这些听起来像在说笑话，但如果真是如此可笑的话，为什么我们每次和他们竞争，总是被他们击败呢？"因此他向人们呼吁：写下你的目标，因为这是你使它们具有它们所需要的实质性的唯一方式，迫使你去实现它们。

我不知道赵新先是否研究过哈维·麦凯，但他和这位成功的外国人实际是走在一条路上。而月光俱乐部，只不过是他的又一个新目标而已。

月光俱乐部原是三九大酒店的一个地下仓库，它的出口恰巧开在酒店左前方的一片空地上，面积有1500平方米。原来霍树荣只打算将它改成一个一般的娱乐场所，与酒店配套，但赵新先却对这个似乎并不起眼的仓库情有独钟，他要求月光俱乐部应该成为本地区第一流的歌舞厅，不仅要面向深圳，而且要面向一桥之隔的香港顾客。在他的亲自创意下，霍树荣经过半年多的精心策划和艰苦营造，完成了对地下仓库的改造工程。当我在三九大酒店陈林秘书的陪伴下，来到月光俱乐部参观时，我才明白为什么在仅仅半年的时间里，深圳就会流传起"吃在阳光，玩在月光"的佳话。

月光俱乐部完全采用华贵、古典的欧式风格设计装潢。长长的颇有情调的漫坡长廊，精致的西式装饰画，彬彬有礼笑意可人的服务生，这一切在你最初走进它时就构成了一种温馨典雅让人流连不已的氛围。它的中部是一个宽敞的公共歌舞厅，厅内除了做工考究、极有品位的桌椅陈设，富丽堂皇的立柱装饰和怀旧意味颇浓的房厅式舞台背景外，还配有一个圆形的升降歌舞台，以供那些特从北京、天津、广州、南京以及港台地区请来的名角演员登台献艺，顾客既能携舞伴入舞池自娱自乐，又能品尝着上乘的茶点，欣赏各种文艺节目。除此之外，"月光"内还另设有28个独立的卡拉OK包厅，可供不同的客人选用。其新颖的构思和高品位的投入，使得"月光"在深圳独树一帜。

"月光"竣工时，正值1993年元旦前夕，赵新先亲自出马，首先以集团的名义请来了深圳市市长及其属下的各方头脑主官，在月光俱乐部举行了一个军民座谈会。紧接着又以南方制药厂厂长的名义，举行了一个药厂业务关系单位联谊会。这两个会一开过，等于是为"月光"做了活广告，待到12月28日正式开业以后，尽管一张门票就是150元，消费水平很高，但仍然场场爆满，不仅吸引了本地区那些富有而浪漫的靓女俊男，还引来了许多香港的富豪阔贾，有的甚至专门在星期六携家眷朋友开车过来度周末。据霍树荣推算，就这一个1500平方米，其年利润可望在240万元以上。

如果按照原定计划，三九大酒店这个亏损企业，需要5年的时间才能盈利，但他们第一个季度就已扭亏为盈。1992年底，总营业额达到2072万元，创利755万元，可谓是"士隔三日，须刮目相看"。按这样的发展速度，1993年利税可达到1200万—1500万元，如此翻着番地上台阶，霍树荣也算是问心无愧了。

酒店生机勃勃，霍树荣的心境也十分愉快。然而，当他拿着他的各种指标去见赵新先时，赵新先不但未表示出他所期望的那份喜悦，反而劈头盖脸地问了一句："老霍啊，你什么时候能搞到一个亿啊？"

"什么？"霍树荣以为自己听错了，忙不迭地又问了一句，"你说什么？"赵新先十分平静地说："我问你什么时候能搞到一个亿的利税。"这一下霍树荣简直惊呆了，半天说不出一句话来。昨天他还亏本呢，现在也才有几百万，就是每年翻个番，也就是几千万，可赵新先却在向他要一个亿！

霍树荣知道赵新先本事过人，胆子也过人，但却没料到他的胃口如此之大。如果是别人向他霍树荣要一个亿，他会毫不客气地说："你拿一个亿出来让我看看！你凭什么向我要一个亿？"可这赵新先是有资格这样问的，因为他自己搞过一个亿，他在一片荒山坡上，借了500万，5年就搞了一个亿的利税。他给你树立了一个榜样，你还不能说你办不到，不然就只能说明你不如他。

霍树荣曾在酒店里提出过一个令人振奋的口号："让每一寸土地长出金子来！"但事实上这只能是一个口号而已，他就那幢楼，就有那么多客房，就是挖也挖不出那么多金子来的。这是赵新先对他的第二次将军。情急之下，他想起一个人来，那是集团里的一个总工程师，叫杨尚旺，是南方制药厂和三九大酒店基建工程的主要设计者，曾为南方制药厂工作了近10年，是目前集团中一位很有远见的建筑权威。早些时候，他曾提议对酒店后面16000多平方米的宿舍区进行改造，重新利用，以发挥更高的经济效益。这对霍树荣是一个启发，于是他对赵新先说："除非你让我炸掉后面的宿舍，重新起一幢大楼。"

赵新先说："如果我让你炸，你要多少时间拿下一个亿？"

霍树荣自信地说："5年，如果让我重新起大楼，5年之后我给你拿一个亿来。"这正是赵新先拿下一个亿的时限。

赵新先当即拍板说："你炸吧，我支持你！"

就这样，短短几句话就确定了一个将令整个亚洲感到吃惊的奇迹，再一次诞生在这片名叫三九的土地上。

一个新大楼的筹建班子，转眼之间就在三九大酒店后面一排极不显眼的平房里运转起来。总工程师杨尚旺和霍树荣是这个班子的副统帅，统帅则是赵新先。霍树荣告诉我："开始我们比较保守，认为盖上40层已经很高了，但没想到赵总胆子那么大，别人想不出来的东西，他想得出来；你不敢想的事，他能鼓励你想出来。结果我们越想胆子越大，一下子提出了81层和99层两个方案。后来经过对深圳地区土质等各方面情况的综合考察，肯定了81层的方案。"

这是一幢真正的高楼。81这个数字不仅是建军节的一个浪漫的象征，还意味着它将成为亚洲的最高。目前，亚洲最高的大楼，一幢在香港，78层；一幢在新加坡，76层。这幢高达81层的大楼，将以"三九（999）国际大厦"来命名，它的三分之一是五星级宾馆，三分之一是高级写字楼，另外三分之一则是商业楼，包括娱乐饮食在内。在它那幅彩色的图纸上可以看出，它的前方是一个宽阔的、同样令人吃惊的"三九广场"；它的最高处是一个旋转餐厅，当它启动之后，不仅可以俯瞰深圳全景，还可以遥对香港，"一览众山小"。

当霍树荣和杨尚旺一行以三九式的速度和效率，经过一系列细致而又严谨的科学论证，将81层大厦的图纸几易其稿，最后送达集团党委会的会议桌上，刚要松一口气，赵新先又不动声色扔出了一颗重磅炸弹，他向霍树荣提出了一个要求："盖81层大楼，我们自己不出一分钱！"

与会的人又是个个瞠目结舌。这是一笔16亿—20亿的巨额投资啊！霍树荣觉得他所面对的赵新先简直就是一座深不可测的迷宫，但他知道赵总不是毫无来由说这番话的。他的每句话都是一句重要的提示，倘若把他的思路和想法开发出来，就会使一切难题迎刃而解。

果然，他们按照他的提示走下去，很快发现不出一分钱盖81层并不是不可能，最起码有一条明摆着的出路，就是融资。也就是说用别人的钱来盖自己的楼，采取股份制的形式融资，三九集团将房地产做成股份入股，在一般股东多的情况下，只要占有30%左右的股份，就可以掌握控股权、管理权。就在我采访期间，关于81层大楼建设资金的谈判，正进行到关键阶段，据说国内外许多有眼光的大财东们，向三九表示了合作意向。不花一分钱盖81层大楼的设想指日可待。

霍树荣还告诉我："盖这幢大楼，要炸掉两栋宿舍楼，甚至是3栋，一般人会舍不得这样干的。但赵总决不会那样短视，他甚至想把现在这座酒店也搞掉，起双塔，也就是两幢81层。当然这是以后的事情。他就这样干事扯。"

我想赵新先是属于那样的一类人，他天生就不甘心做平凡的事，尽管他一生中曾经做过许多平凡的事，但他总能使自己的生活波澜壮阔并且生出奇迹，尤其是当企业具有了一定的规模之后，他在设计未来的时候，总是追求一种至高、至大、至善、至美的境界。面对着这幅气魄宏大的美丽蓝图，想象着它在不久的将来真实地耸立起来的景象，你会再一次感受到赵新先心灵的飘荡，它是一个真实的所在，但它更是一种精神，一种出类拔萃的思想的精灵，正像他当年固执地把厂房漆成天蓝色一样，这是他向世界的另一种宣言！

实现一个亿利税的另一个步骤，就是5年之内在国内外建成10个连锁酒店，平均一年两个。目前已在广东、上海、四川、海南、香港等地找到了合作伙伴，正在洽谈中。其中在广东淡水买下的一家酒店，经过重新装修改造后，已正式开始营业。后来，总后把由部队开创的国家一级旅行社太和旅行社，交给三九集团管理，赵新先又聘任霍树荣为该旅行社的总经理兼党委书记。

作为三九集团骨干企业的带头人，霍树荣深有感触地说："我们这些搞企业的，就是佩服有本事的。跟他在一起，我常常有一种感觉，好像他是立在世界之上跟人掰手腕，他就有这个气魄。"

四

刻骨铭心的记忆和一个新构想·实现梦想的地方·年轻也是资本·赵新先的人才培养策略·想干事业到三九来

我所了解的关于赵新先的那些极其简单的家族历史中，有一点是非常值得一提的，那就是他有一位当船长的祖父。因为这个缘故，童年的赵新先对海港、对舰船有着极深的印象。那印象除了对那些能在海上漂浮的小木屋，以及几点渔火和几支渔歌的古典意蕴外，还使他比别人更深地感悟到祖先沉重的历史。事实上，祖父船只下海的地方，正是西方列强的坚船利炮登陆的地方，他们带给中国的苦难过去，如今已被写在历史书上，成为一代代后来人所必须牢记的一部分。而作为一个船长的后代，赵新先所了解的那段历史远比教科书要更加生动感人。当他从童年成长起来，成为一个教授和学者，成为一位企业家时，那历史在他的思想里便被过滤成一个简单的事实：在上一个世纪，列强们实际上是用工业国家的科技实力，摧毁了一个农业国家的梦想，而如今，中国仍然在这个方面落后于他人……对于科技是生产力这句话，赵新先的理解比任何人都更加具有刻骨铭心的意义。

南方制药厂的产品现在已经基本上覆盖了全国。在国际市场上，它的部分产品已行销17个国家和地区，并初步建立了信誉。到国际市场上去竞争，这是赵新先为南方制药厂所制定的科技战略之一。为了使三九胃泰更具竞争力，他们克服了种种技术难题，经过无数次试验，终于使采用中药浸膏粉制丸的技术取得成功，推出了胶囊型三九胃泰。这种剂型不含糖分，其有效成分被制成绿色的小颗粒，包裹于半透明的胶囊中，如同普通西药一般，而且二粒就相当于一包冲剂，服用起来方便许多。国家有关部门进行检验之后，表示非常赞赏，认为这种剂型的诞生，提高了中药制药的档次，使先进的现代化制药机械引入中药生产过程成为可能。

三九胃泰胶囊推出后，立刻在国际市场上受到好评，很快形成旺销势头，由于这种剂型的出现，改变了外国人对传统中药原始落后的印象，也在国际市场上提高了南方制药厂乃至三九集团的企业形象和品位，这正是赵新先所期望的。

1993年，南方制药厂把专治消化道溃疡的第二代三九胃泰投放市场，并着手进行第三代三九胃泰的开发和研制，力图将其所含的8个药变成一两个植物有效成分，使其打入欧美市场。

配合新型换代产品及新药的开发研制，赵新先所采取的另一个重要举措，就是加快了对生产设备、生产手段的科技改造和更新，除了重新对中成药自动生产线进行现代化技术改造，使之基本达到自动化、管道化、密闭化、标准化的国际先进水平以外，还投资2000多万元，引进了制丸包装机、胶囊填充机、铝型包装机等大批先进设备。同时，一座12层的西药生产大楼已经竣工，也引进了目前世界上最先进的自动化生产线，按设备规模预算，投产后日产量可达到3000箱。

在加紧内部技术改造与开发的同时，南药还加紧了外向科技联系，先后与总后卫生部签订了优先向该厂提供科技成果的合同，与沈阳药学院、中国医学科学院、上海中医学院等医学院校和研究机构达成了协作开发新产品的协议，千方百计地寻求新的科技成果，甚至不惜花费重金去争取紧俏科技成果的转让，在短时间内就取得了单位和个人转让的高、精、尖产品20多种。

作为一个有眼光的科学家，赵新先早已看到，现在的国际市场已不是以资源为主的互通有无，而是以科学技术为主的高层次的竞争。在一次接受记者采访时，赵新先说："现在广州和深圳的饭店里时兴卖一种用绿豆制成的凉品，一小碗5元，所用不过一两绿豆，价格这样高，除了服务费外，主要是加工技术带来的附加值，光靠卖绿豆如何与其竞争？不用说更高级的产品，我们出口多少煤才换一台电视机？多少手工艺品才换一辆汽车？同是铁矿石，生产犁铧和刮脸刀片其价格差之千里。差别无非是科技造成的。"

在南方制药厂，一位颇有见地的科研人员这样对我说："赵总不仅是一个成功的企业家，他还是一个教授，一个学者，前者使他具有不同寻常的经济头脑和胆略，后者则使他的事业具备了科技上的延长性。南药的成功，除了高人一筹的经济管理之外，还因为他始终是重视科技的。"

南方制药厂的发展史，就是将科技成果转化成商品，并推向市场的一个成功的范例。如今，南方制药厂已功成业就，然而企业只有不断地发展和延伸才能保持永生。怎样才能使新产品源源不断地问世，使企业未来无后顾之忧？只有科技，只有牢牢地把握住科技这匹桀骜不驯而又魅力无穷的烈马。那么，一个规模庞大的企业集团，不能没有自己的科研机构。

1992年，小平南巡讲话之后，赵新先那活跃的大脑，又酝酿成熟了一个新的计划：成立三九企业集团医药研究院。

企业办研究院，在我们国家为数极少，而军队企业一般规模比较小，办研究院还没有先例。但事实上，企业办研究院有很大的优越性，这就是企业与科研可以互惠互利。企业有雄厚的经济基础，可以为科研人员提供充足的科研经费，并保证科技成果的及时转化和再生，而另一方面，因为企业不断地需要新的产品，科研又为企业继续发展提供了科技方面的坚强后盾，使科研人员有了用武之地。

赵新先对研究院的构思，则有着更远大的抱负。他认为这个研究院不应该仅仅是三九集团的一个研究机构，而是要延伸到全国，继而在全国大、中城市办20个研究所，隶属于研究院，加之与一些高等院校和科研机构的协作，在国内形成一个强有力的科研网络，不仅作为集团今后发展的一个保证，还要力争在5年之内成为国家研究开发新药的一个重要基地。因此，他要求研究院要具备3个一流水准，即人才一流、设备一流、成果一流。

在任何一种竞争中，人才竞争都是最大的竞争，没有人才，一切美好的设想都只能是空中楼阁，可望而不可即。研究院由赵新先兼任院长，最先受命于开办研究院使命的是来自第一军医大学的黄添友副教授和另一位老教授。前者年富力强，具有多年药品开发的实践经验，是研究院后来的院长助理兼基础所所长，也是研究院实际上的执行主官。后者资深学丰，德高望重，是研究院的技术顾问；医学研究和药品开发是一个多层次、多方位的系统工程，涉及到化学、生物学、生物化学、免疫学、药理学、药剂学和毒理学等多学科的理论和实验。这么多学科的一流人才自何处来？这是黄添友和老教授所要解决的第一个难题。好在赵新先给予他们非常优惠的人才政策，以及全权"钦差大臣"的权力，于是，自受命之日起，这二人便开始了从南疆到北国，千里寻贤才的漫长奔波。

在半年多的时间里，他们四处走访，八方游说，一方面通过公用渠道与众多的有关单位协商，一方面直接同科研人员进行交流，最后经过慎重的筛选，确定了首批入院的科研人员名单。这些人平均年龄不到35岁，其中95%具有硕士以上专业学历，还有多名是博士、博士后研究生，在原单位都是技术顶尖人物。值得一说的是其中相当一些人，被赵新先迷人的科研构想和优越的科研条件及待遇所诱惑，一旦原单位不放人，就毫不犹豫地毅然出走，有的甚至冒着被开除公职的危险，加入三九研究院。谁能说这不是市场经济朝向桎梏重重的科技领域，形成又一种强大冲击波的开端呢？这是一个警钟。"山雨欲来风满楼"，人为的力量是很难奈何市场经济这匹脱缰野马的。另外，他们还在军内外聘请了数十名著名专家、教授，他们将直接参与和指导研究院的科研工作。

1992年秋天的一个下午，尚未褪去暑热的深圳，沐浴在一片明亮的阳光下，黄添友他们宝贝似的带着他们的累累战果——20多个科研人员的名单，以及他们的一些立刻可以开展工作的科研项目，疲累而兴奋地从外地赶来深圳见赵新先。研究院说话就能开展起来，可一栋十分气派的实验大楼目前还仅仅只是一张图纸，短期内不可能建成，怎么办？赵新先说：不能等，要一边建设，一边开始工作。于是，马上打电话把房地产部部长和有关的工程师，召到厂办会议室，解决研究院的房子问题。

在拥有12亿人口的中国，房子向来是个十足敏感的问题。在南药那个日新月异的院子里，各部门都在不断地发展壮大，房子自然也显得十分紧缺。房地产部部长说："现在有一个28栋楼比较空，有两层楼正在维修，是准备做干部单身宿舍用的。现在单身干部五六人一间房子，条件很艰苦。"

赵新先说："单身宿舍先挤一挤，这两层楼先给研究院用。"又对黄添友他们说："你们一起去看一看，20分钟后，你们回来，我们在这儿定。"

黄添友他们和房地产部部长一行离开厂办会议室，直奔28栋而去，楼上楼下地看了一回。出来时，黄添友发现旁边有一座27栋，比28栋规模小，好像也在进行维修，就问房地产部部长，这栋楼是做什么用的。回答说也是单身宿舍。问是不是空的。回答说是空的。黄又问，我们能不能单独要这栋小一点的房子，独门独户工作起来比较方便。回答说行，除了两间洗衣房安装了机器，一时无处搬迁，其他都可以腾开。

用了不到20分钟，他们回到厂办会议室，把情况向赵新先做了汇报，赵新先当即拍板，将此事定了下来。并指示房地产部尽快按照研究院的实验需要，把27栋临时改建成实验室。就这样前后不到30分钟的时间，研究院的房子问题就有了着落。

当天晚上，两位教授就在所住的招待所里提出了改建意见。第二天交给房地产部，两天后就绘出了整栋实验楼的改建图纸。之后只用了一个月的时间，就完成了全部的土建工程。

1993年春节刚过，作为研究院执行主官的黄添友，就和几名科研人员先行到位，当时研究院的三层楼房粉饰一新，却是四壁徒空，连桌椅板凳都没有。他们一面打扫卫生、清理环境，一面派人外出购置科研设备、实验器材和各样办公用具，在不到两个月的时间里，就将研究院初步装备起来。这时，首批科研人员也都陆续到位。

1993年3月9日，这是一个具有象征意义的日子。这一天，三九企业集团医药研究院正式宣布成立。其时，研究院的中药研究所、生化研究所、消化药研究所、心血管病研究所、抗肿瘤病研究所、动物研究所6个研究所的十几个与新药开发有关的实验室，同时运转起来。他们经过充分的研讨和论证，以及对研究院现有条件的分析，将已提出的科研项目分为短期、中期和长期3个部分，其中12个科研项目已先后进入研究阶段。

每一个入选三九研究院的科研人员，在他最初跨入研究院大门的时候，他都会得到两样礼物，其一是一枚淡蓝色的三九徽章，其二是一本记载有南方制药厂创业经历的书籍。黄添友解释说："这样做，一是为了提示大家，你现在已是三九人了；二是让他们了解三九创业精神，继承创业者的光荣传统，全心全意地为三九效力。"

根据赵新先的思路，研究院依照三九企业管理的传统原则，建立了自己特有的管理机制，这个机制完全打破了以往科研管理上的大锅饭局面，它的出发点就是鼓励竞争，鼓励冒尖。不论你从何处来，过去职务高低、资历深浅、年龄大小，一旦你表现出过人的才能，你就可以成为某一课题的负责人，享有充分的组织、实施权力。全体人员的工资待遇，在保证一个基本水准的前提下，其升降沉浮完全有赖于你实际能力的大小和贡献多少。在这里，你绝不会被埋没、被排挤，也不用担心你付出的心血和得来的成果被别人拿去装点江山，假如你有了出色的科研创意，你也不会为烦琐的报批程序所累，并且你不会有科研经费之忧。毫无疑问，许多在别的地方所无法实现的梦想，在这里可以得以实现。研究院成立后，赵新先又拨出200万元作为第一期拨款，设立了"999"科研基金，主要面向集团内的研究人员以及同集团建立了协作关系的高等院校、科研单位的科技人员，重点赞助新药的开发研究。该项基金设立后，短短时间内，已受理院内外申请38份，其中19个科研课题通过考察而入选。

三九研究院像一个特殊的神经触手，将三九集团同国内外医药科技领域的联系，变得更加和谐，更加紧密，也更加具有科学的含义。自成立以来，研究院先后在上海、北京、天津成立了3个专家委员会。其中上海的专家委员会，由上海市卫生局、中华医学会上海分会牵头，集中了上海医学、药学界的知名专家达80人之众。各专家委员会设有专门机构，由研究院每年拨出专款做活动经费，对于为三九集团做出过贡献的专家们，根据不同的情况，给予固定或不固定的报酬。

研究院还分别同上海中医学院、上海医学院、上海药物研究所、天津药物研究所、第三军医大学等单位建立了科研协作关系。在沈阳药学院投资5000万元，取得了该院15年的科技成果优先转让权，也就是说该院1000多名科研人员，在15年之内研究开发出的所有成果，必须经由三九集团、南方制药厂优选之后，才能转让给别人。另外，还投资30万元，在沈药设立了"999"奖学金，沈药每年可有50名不同层次的学生，分别获得500元的奖学金，连续获奖者毕业时将被三九集团优先录用，旨在鼓励沈药学子为振兴和献身我国医药事业而勤奋学习，刻苦钻研。

据黄添友介绍，目前，研究院正着眼于如基因工程一类的高层次的产品开发，正准备引进国外现代化的大型实验仪器。他说，他和他的同事们对研究院的前途充满信心，正像那首由他们自己创作的研究院院歌《我们扬帆起航》中所说的那样：

奏出时代强音，
投身改革开放的浪潮，
三九大军将乘风破浪，
遨游那浩瀚的科技海洋。
求实、创新、团结、奉献，
三个一流理想辉煌（即人才一流、设备一流、成果一流）。
啊，我们年轻的EMPRA（三九〈999〉企业集团医药研究院英文缩写），
今天扬帆起航！

在南药人心里，对于年代和资历的划分，有一种特殊的把握方式。在1985年、1986年随赵新先一起来深圳创业的第一代人，被称之为"红军干部"；1988年前后进入南药的，属于第二代，被称为"抗战干部"；那些在90年代开始之后才进入南药的，则被归于第三代，称"解放干部"。

赵新先解释说："为什么叫'红军干部'呢？因为那时条件非常艰苦，冬天晚上，睡在军犬棚里，年轻人一个个都冻得睡不着觉。那年春节，正是深圳开发以来最萧条的时期，许多企业办不下去了，解散了，勉强支撑的，也都回内地过年去了，只有我们没有走。大年初一，我带他们去市里，大街上空空荡荡，几乎看不见一个人影，他们站在街上就哭哇……现在他们不会再哭了。"

在南方制药厂，"红军干部"无疑是一群特殊的"种族"，当年他们随赵新先一起创业时，大都才二十四五岁，现在赵新先已从一个药厂厂长，升为一个企业集团的总经理，其他人都已按照地域时尚，恭恭敬敬地改称赵新先"赵总""老总""赵老板"，而"红军干部"却与赵新先之间始终保持着最初那个亲昵的称谓：主任（指南方医院药局主任）。它意味着一种不容忽视的特权和经历。在那段相濡以沫共同奋斗的日子里，能跟着赵新先坚持下来，这本身就是一种最严格的筛选。能通过这种筛选，是荣誉，也是资本。

目前，三九集团人员总数为2045人，其中干部627人，平均年龄为26.3岁，其中具有大专以上学历的占79%。在它的核心企业南方制药厂的176名干部中，大专以上学历的占93%，研究生占22%。现任11个部长中，最年轻的1965年出生，只有28岁。当你进入三九集团时，它给你的最初印象就是年轻、漂亮、充满活力，令人赏心悦目的青春气息扑面而来。

采访期间，我特意抽出时间观看了一场由赵新先亲自出马的药厂部门之间的排球赛。在球场上，25岁以上的运动员，均被划归老年组。赵新先喜好运动，他的部下们自然都是一些挺不错的运动健将。在我看来，那不仅仅是一场普通的排球赛，那实在是一次令人慨叹的名副其实的青春展示。那些风度潇洒、英气逼人、在球场上奔腾挪跃的年轻人，几乎囊括了赵新先三九大军的基本主力。比赛间歇，赵新先同我一起坐在球场边的石凳上，指点着，一个个地介绍着他们的姓名、职务，以及简单的经历。他神情惬意，欣慰赞赏更溢于言表，如数家珍。毫无疑问，他们是使赵新先的事业不断取得成功的重要砝码。

还在创业伊始，赵新先就意识到人才对于企业发展的重要意义，因此，他非常注重人才的选拔和培养。在他的一系列人才策略中，一个突出的倾向，就是他喜欢任用年轻人。在最初，他尤其喜欢任用从军校出来的年轻人。他说："年轻人比较好调教，有很多从军校挑来的，本身就是党员，大学一毕业，在我身边调教三五年，增加一些经验，一放出去，就能独当一面。"

在三九，年轻也是资本。

在深圳6月里一个阳光灿烂的周末午后，我结束了采访返回住处时，在南方制药厂办公楼前遇到一位很青春很开朗的搭车女孩，她说她是深圳大学法律系的毕业生，现专门负责南方制药厂合同之类等法律事务。听说我从北京来，她就跟我有了很多关于雪的话题。她说她唯一一次去北京是她大学最后的实习期，和她同去北京实习的有十几位同学，他们在北京几乎没有多少时间去游览观光，但他们却赶上了下大雪的日子。她说那几天他们简直冻坏了，但她仍然认为自己是个幸运儿，因为那是她长这么大第一次看见雪。看她那溢于言表的喜悦神情，我很容易想象出她当时的心境，并能理解那种特殊的一生中不会多有的为自己的幸运而生出的快乐和感动。

她的另一种幸运就是她在大学毕业时，顺利地被分配到南方制药厂，这使她在最初步入社会时，有了一个极高极优越的起点。她告诉我，她刚分来时，什么都不懂，甚至不知道一件工作应该如何开始，但几乎在第二天时，她就被分派去单枪匹马地跟人谈判。你不可能指望有人会手把手地教你，你必须自己去闯，去尝试，去摸索，必须想办法克服掉你内心对"第一次"的胆怯和恐惧，因为在这里你将独自经历无数个"第一次"。正由于有了许许多多那样令人尴尬和难堪的经历之后，她才能在短短的一年多的时间里，就有了独当一面的能力和机会。那姑娘看上去顶多是二十二三岁的样子，但她说话时的神采透着那样鲜明的自信和成熟，却是一般与她同龄的女孩所难具备的。

我在采访中与之交往最多的，是赵新先的新任秘书，沉静而隽永的潘利斌。他今年29岁，也是从第一军医大出来的干部，那浑身上下掩饰不住的青春朝气和持重执着的工作状态，竟然就浑然不觉地融为一体，显得那么和谐自然。而那位集团宣传口的主管、党务部部长肖锋，也是29岁，却已是集团中的第二代部长，属"抗战干部"之列，因为有了5年的三九历史，更显得洒脱练达，游刃有余。当年他初到南药正赶上三九胃泰官司打到关键阶段，他第二天受命参与此事，第五天就被派去出差，奔波于广州、北京、海南等地，出入各级法庭及有关部门，为处于困境中的南方制药厂申明正义。在他之前就已受此重任的两位同伴，一个叫李红兵，比他大2岁，另一个比他还小3岁。当他们脸上带着与年龄毫不相称的一派凝重，初次出现在海南省的法庭上时，所有在场的人都惊讶不已，人们怎么也不敢相信赵新先竟然会把这个轰动全国的大官司，交给3个"娃娃"去运作。但事实证明，他们是当之无愧的，对手因为轻视了他们的年轻而吃了不少苦头。后来，李红兵成了三九集团第一代外国公司的总经理。

这就是说，进入三九，实际上是进入了一种境界，进入了一个具有极大引力的场，它会诱发你身上的能动性和创造力，甚至对你进行一次彻底的再塑造。而赵新先就是这个场的营造者。

赵新先关于人才培养的策略，一直是三九内外的人们所关注的。

赵新先的人才培养策略之一是：机会均等，但你要自己争取。

南方制药厂质检部女技术员朱峡说：

"我是1990年从南京中国药科大学本科毕业。那一年来我们学校招聘的企业、公司很多，他们都跟学校有约在先，所以我们很早就得到了一份由校方提供的一大串招聘单位的名单，当时名单上并没有南药的名字。谁知春节之后，最后一个星期刚刚开学，南药的人就来了，结果他们倒先于别人抢了个第一。因为深圳在我们学校是热门地区，同学中有很多人应聘，我挺幸运的，就到南药来了。

"那一年是南药发展盛期，非常需要人，也是南药第一次从地方院校招人，一下子来了60多个人，我的同学就有十几个，不谦虚地说都是那一届毕业生中最出色的学生，一来就一个萝卜一个坑地担起责任来，机会特别好。当然，竞争也很激烈。

"对我们来说竞争是平等的。老板用人非常公正，你有能力他就会用你，没有任何裙带关系和亲疏的因素。他经常鼓励我们要自己表现自己。比如，我们药厂每年要抽专门时间召开一两次专题研讨会，主要研讨解决一些对企业有重要意义的问题，像廉政问题、企业管理问题、提高效益、降低成本等等。这种会一般开一两天，非常务实，参加人员除了主管以外，还有一些由部长指派的一般干部。每次会上除了部长的发言、老总的总结发言以外，他总要留出一些时间让大家自由发言，各抒己见。开始，我们都不敢说，他就会鼓动你，说：这样的发言对你们来讲是个非常好的机会，老板平时没有机会了解你，下面那么多人，不可能看到每一个人，那么你就要自己表现自己，否则，就意味着你没有机会。他还告诉我们，他在年轻时，每次开会时都抓住机会讲，也许第一次讲得很不好，第二次、第三次就会有进步，他说他现在讲话不用稿，就能把他的思想清晰地表达出来，讲得很透彻，那也不是一朝一夕的功夫。他就这样煽动你。开始你心里很慌，看着话筒在身边传来传去，想接过来，但又胆怯，心跳得厉害。可听了他的话，你就会觉得也没有什么可怕的，就会去讲了。如果换一个环境，爱表现自己会被看作是年轻人致命的缺点，在这里你不必有这种心理负担。

"我们那一年一起来的，已经有十几个提了主管，有的还去了国外的公司，我现在还没有被提升，但我觉得这很公正。也许我们在学校时基本素质差不多，同样的情况下，我可能就错过了一些机会，而别人却抓住了，开始我们并没有区别，但慢慢地他的能力和水平就超过了你。这是公正的。我现在负责质检部的电脑化管理，这个机会就是我自己争来的。当时部里刚刚有一个引进电脑的意向，我从资料中发现了一个关于药检系统电脑管理的信息，非常珍贵，我就向部领导提出了建议，这个机会就给了我。总之，你必须自己去争取。"

赵新先人才培养策略之二是：用人不疑，疑人不用。

三九企业集团、南方制药厂总经理秘书胡国城说：

"主任对我的帮助，是他比较全面地培养了我。原来我只是一个心怀梦想到深圳来打工的高中生，1986年我来南药时还是一个临时工。那时，药厂人很少，是最锻炼人的时期，我又刚从家里出来不久，觉得一切都很新鲜，几乎每天碰到的都是新问题，一切要从头学起。但他从不怀疑你，哪怕你刚刚认识他一小时，他也会给你一种前所未有的信任，他甚至会把你自己都不敢相信能够胜任的重要工作交给你，并给你最大限度的自主权，让你在工作中自己培养自己。那是一种不容抗拒、不容逃避、不容失败的信任，不但信任你的能力，还信任你的品德，他会让你感觉自己是主人。你会有一种满足感，你会珍惜。最重要的是，他的这种信任能带给你极大的能量，能使你的创造力得到最大限度的发挥，你会自觉地、不遗余力地去学习，去摸索，去拼命地工作。"

赵新先人才培养策略之三是：敢于放手，适时地给你一点儿压力。

三九大酒店总经理霍树荣说：

"很多事情我不用请示报告。买上海那个酒店时，需要投资3500万，我请示他，他说你不要汇报，我相信你，你自己定。结果，他不管我，我压力更大了，每件事都要自己拍板，那就意味着你要自己承担责任，他不当你的保姆，所以，你就要反复论证，听各方面的意见，反复思考推敲。

"他总在前面引着你跑，原来你十分得意地以为自己已经跑得很快了，可是突然发现你并不是跑第一的，他赵新先远远地跑在你前面，他才是第一。他不仅仅带着你跑，关键的时候，他会适时地给你一点儿压力和推动，结果连你自己都感到吃惊，原来你还能跑得更快一些。他经常跟我们讲，打三仗，输一仗赢两仗就是好干部，他说谁也不可能总赢。但如果你干不了，他会毫不犹豫地撤掉你，这是有先例的，哪怕你是总经理也不例外。这就像在战场上，你老打败仗，他要你干吗？"

赵新先人才培养策略之四是：用你所长，避你所短。

三九集团（德国）有限公司、三九药物有限公司总经理左敏说：

"主任看人准，是出了名的。跟你相处之后，他能在极短的时间里抓住你的特点，他用你的特点，用你最好的地方。

"私下里，我们也在研究他。其实我们这些年轻人，也都有很多毛病，如果换一个老板，他不善于发挥你的长处，只看你的缺点，看你的毛病，就把你否定了，不用你了，那就等于把一个人废了。而主任是用你的长处，克你的短处，他能让他手下的每一个人都发扬光大。人家都赞扬左敏如何如何不错，我回头想想，自己也没有什么特别的本事，但我有我的特点。其实，我大学里有很多同学比我能干、踏实，但现在他们仍然默默无闻，而我是要事业有事业、要前途有前途。如果当时来药厂的是他们，而不是我，那我们的现状肯定也要颠倒一下，他们会比我干得好。也就是说，我们这些人在我们这代人中也是很普通的。现在干得比人家出色一点儿，完全是因为我们运气好，碰上了主任这样的老板。这是我的心里话，因为跟着他，我们才做成了一些事情。"

赵新先人才培养策略之五是：给你一种事业成就感。

南方制药厂质检部部长赵国杰说：

"1987年我来药厂时，老板手下只有14个人，我是第15个。我记得很清楚，我4月18日到药厂，19日他找我谈话，让我去负责软膏车间，说得很简单，有困难找他。

"我去了一看，其实根本没有车间，只有三间空着的大房子，有600多平方米吧，原来是生产部的仓库。其他什么都没有，甚至没有一个帮手，只有我一个人。我就从设计改造车间开始干起，买设备，采购原材料，到招工、培训，一共用了3个月的时间，7月20日我这个车间就开始出成品了。事后想想，我都不明白自己是怎么干出来的。

"这个车间就绪以后，老板又让我去筹备粉针车间，再后来又是搞三九胃泰胶囊。1992年初，老板让我到珠海一个分厂当总经理，开发三九矿泉水，他对我说：'你7月1日要把矿泉水放到我桌上来，否则你就不要回来。'我6月28日就把矿泉水拿回来了。

"我感觉这个企业所以具有诱惑力和凝聚力，主要是他总能让你感觉到一种事业成就感。尤其对我们这些在大学里耗费了不少时间的人来说更是如此。这不仅仅是一个科研成果、几篇学术论文的事情，主要是你能把你所学的知识用到你的工作中，而且得到最大的发挥，你感觉你所做的一切对药厂都是重要的，起码是有用的。这就是成就感。

"再就是你会感觉到这里充满了机会和前途。药厂的第一任部长们大都被派往国外开发事业了，年轻的接着被提升上来，还有不断发展的分厂，机会很多。你会感觉到一个辉煌的未来在等待着你，而这个未来正是由你自己创造的。"

这些年来，许多优秀的年轻人像宗教信徒朝拜圣地那样，抱着各种各样的梦想，千里迢迢地从全国各地来到遥远而陌生的深圳，投奔到赵新先蓝色的三九旗下。对于他们的到来，赵新先都会对他们说同一句话："如果你想干一番事业，你就来；如果你想发财，你就不要来。"这是忠告，也是三九精神的精髓。

当我坐在他的对面，听他侃侃而谈的时候，他的幽远的目光告诉我，他是复杂的，又是透明的；他是神秘的，又是坦白的，就像阳光和月光都发自同一个物体那样。他很轻松地谈论着当代许多经济学家、企业家的故事，名言和管理样式，他说每一个成功的企业家都是一本书，是一本让人反复咀嚼品味的书。而事实上，我感觉到赵新先本人就是一本书，是一本可以和艾柯尔、李嘉诚等人相媲美的书。他本人就是三九集团最卓越的人才。

赵新先说："我这个人一开始就是个学者、教授，一个业务科主任，企业的发展也培养了我。我是跟企业一起成长的，反过来我的成长又推动企业向前发展。这就像战争使一个战士成长为将军，而将军又推动战争走向胜利一样。"

据说，美国一位私立学校的校长，无论平日工作多么繁忙，他总是要求自己坚持记住千名以上学生的姓名。如果是新生，又没见过面，他就通过学生的照片记住他们的名字。每学年的第一天，把学生接到学校，当学生走下校车时，他就在门口迎候他们，并且叫出每个学生的名字。可以想象，一个手足无措的新生来到一个陌生的环境，立刻被负责他们生活的长者认出，这是多么大的安慰。同时这对那些为孩子付了5000美元学费的焦虑不安的父母来说也是如此。只要家长问起孩子在校的第一天怎样度过，他们会发现校长对他们孩子表示了他个人的兴趣。在那位校长在学校任职的几年中，学生人数增加了一倍多，学校越办越好，在那个地区名列榜首，捐赠的基金增加了6倍。当然这不仅仅因为他记住学生姓名的缘故，但显然这位校长深知一个道理：自己除了是一位教育者，一个真正关心别人的人，还是他的学校的推销员，自己的言行对学校的名誉和前途具有重要意义。

许多年来，赵新先正是这样，为了他企业的发展壮大而不断地塑造着自己，改善着自己。自从他离开第一军医大学，来到笔架山下，他就感到一个至关重要的改变，那就是他个人从此就同药厂拴在了一起，他们有着共同的命运。尽管他和他的企业远离上级，远离机关的约束和监督，但他始终严格地规范着自己的形象，从不让自己有丝毫的懈怠和放任。因为他知道，这直接关系到企业的命运，反过来企业命运又关系到他自己的命运。他必须为他的几千员工做出表率。

赵新先深有感触地说："这种带头作用完全不同于过去由党委、纪委监督执行的那种被动的带头作用，这完全是因为事业的需要、企业的需要。我赵新先并不需要天天穿西服、打领带，但药厂需要，三九集团需要。我根据这个需要来调整自己、约束自己。说白了，就是要求别人做到的事，我自己首先做到；要求别人不做的事，自己首先不做。必须用自己的行动去影响大家，让他们看到我是以什么样的精力、心血去为药厂、为三九集团工作的。"

南方制药厂效益好了之后，很多人想把自己的子女亲友安排到药厂来。赵新先的两个孩子都是大学生，一个是二医大药学系的毕业生，一个就读于深圳大学财务金融专业，本来完全有条件进南方制药厂，但他没有这样做。他在药厂明文规定，任何人不准把亲属安排进药厂。他在药厂的干部大会上讲："我不让你们的亲友进药厂，是为大家好，如果不这样的话，光我一个赵新先，就能带进来几百人，那样，你们部长还当得了吗？我的女儿、儿子你们哪个部长能管得了？"多年来南药的干部始终严格遵守着这条规定，没有一个人敢越雷池一步。

同时，赵新先手下那些精干出众的年轻人，也在给他施加着无形的压力。在工作上他是严格的、权威的，但在私下里，他和他们一直保持着一种和谐亲密的关系。他们会时常嘻嘻哈哈地挑剔老板头发长了、衣领皱了，如此种种。赵新先理解他们，知道他们常常将自己同其他老板相对比，他们希望自己的老板在各方面都出类拔萃，他从不会拂他们的这个心意，从不会让他们失望。他不断地去学习、去补充自己，每次出差到外地，办完公事以后，他唯一必须要做的事，就是逛书店。最近一次到北京出席全国人大会议，开了20天的会，他拉回深圳7箱书。他知道他必须保持自己在思维、意识、理解、追求、人格、观念，以及知识阅历、外在形象各方面的绝对优势，他才能把握住他的这支年轻的活跃的三九大军，并且将他们成功地轰轰烈烈地引向未来。

1992年，南方制药厂被授予全军唯一的模范企业称号，总后勤部傅全有部长亲自为赵新先颁奖。有人对他说："赵总，你现在已经是走到了军队企业的巅峰了。"赵新先摇了摇头说："我的目标是超过李嘉诚！"

李嘉诚是香港首富，现在已有几百个亿的资产，是亚洲令人瞩目的大企业家。赵新先说这话时的神情是不容置疑的，是自信的，是绝对的自然流露。我想这正是赵新先的精神所在，他的全部企业实践就是力求让李嘉诚等人看他自己这本书，让世界来看他这本书。三九人最大的财富就是拥有赵新先，他的风雨人生，他的事业经历，他的永不消竭的创造力，他的雄才大略，正是三九神话的最初版本。事实上他就是三九蓝色梦想的一个立体的不可替代的生命载体。

尾　声

在经济领域里，数字是最权威的演说家。南方制药厂1990年总产值38089万元，人均产值32万元，利税总额6376万元，在全国500家最大工业企业中排行第324位，全国医药行业最大50家企业第5位，广东省最大200家工业企业第29位；1991年总产值63898万元，人均产值48万元，利税总额9821万元，在全国500家最大工业企业中排行第288位，全国医药行业最大50家企业第3位，广东省最大200家工业企业第20位；1992年总产值101139万元，人均产值95万元，利税总额16382万元，在全国500家最大工业企业中排行第74位，是前200家企业中发展最快的一家；1993年6月，在全国医药行业最大50家企业中跃居第一位。

1988年以来，南方制药厂先后荣立集体三等功、二等功各一次；荣获军队百家明星企业、军队医药行业先进企业、全军先进企业、深圳市经济效益十佳企业、全军模范企业等称号20多项。

赵新先个人自1989年以来，先后获得优秀军队企业家、全国劳动模范、广东省优秀科技实业家、全国医药行业优秀企业家、深圳市首届商界风云人物等近20种称号，并获得全国科技实业家创业奖金奖。

三九集团成立后，加快了企业内外扩展的步伐。按照立足医药行业，向跨行业和跨国度经营发展的思路，集团先后在德国、美国、独联体、泰国、南非、马来西亚、中国香港等国家和地区建立了11个分公司。去年6月，南方制药厂又同泰国正大集团正式签订了合资联营协议。为了使医药产业成为三九集团的基础产业，同时带动军内外药厂的发展，南方制药厂先后同50多家药厂进行了合资联营的意向性谈判。在全军医药工业工作会议上，由总后勤部张彬副部长主持，同15家军队药厂签订了合资联营协议。集团还先后成立了三九运输公司、三九包装公司、三九工贸公司、三九工程发展公司、三九广告公司、三九汽车工业公司、三九北京经贸公司、三九海南公司、三九大连房地产开发公司9家公司。到1993年5月，三九企业集团总资产达16亿元，拥有直属企业51家，其所属企业的总资产达20亿元，有房地产50多万平方米。

根据赵新先的设想，1995年以前要将南方制药厂改造成股份制企业，并同30—50家军内企业、5—10家军外企业达成合作或联合，进一步增强集团制药工业的实力。还要在20—30个国家和地区建立医药公司，生产、销售三九集团的名牌产品，同时着手建立三九集团自己的医疗临床基地——医疗中心。

三九企业集团以一种巨大的激情在市场经济的大潮里超常规地发展着。这种速度，不管是韩国、台湾、香港、新加坡等四小龙，抑或是日本或者西欧都瞠目结舌。在他们看来，这是另一种极端行为。就像一个不明物体，在一个适合它生长的深海里无边无际地生长发展着。它的崛起，将会影响资深企业者们引以为荣的参照坐标。这个难以命名的特殊经济体将会改写亚洲，乃至世界经济史。

超常规发展的三九集团犹如一个待发的舰船编队，静静地停泊在南中国海的臂弯里，它正要远航。敏感的西方经济企业界已经准确地预测到它的恢弘的未来，而西方人关注的焦点都集中到这个舰队的最高司令官身上。这个如龙如虎的东北汉子，一点儿也不掩饰他的勃勃雄心，他说，他要使他的企业在10—15年之内跨入世界十大制药企业之列，成为世界药王！

许多人都啧叹三九的外部环境和优越条件，说它们极尽天时、地利、人和的便宜，它们的前途如日中天，未可限量。一年多来，三九集团先后接待了朱镕基、刘华清、田纪云、王平、吕正操、洪学智、迟浩田等党、国家和军队领导人的视察，接待军内外参观考察人员近千人。总后勤部首脑机关的将军们，更是把三九看作自己朝向市场经济的前沿阵地，这些从旧日铁马金戈的战场走过来的人，深知在如今拥有一个出类拔萃的企业，就如当年一位指挥员拥有一支王牌军队那样，可战无不胜，可所向披靡。傅全有部长、周克玉政委等首长曾多次为三九集团的发展和建设作重要指示。

赵新先谈起环境问题时说，在三九集团乃至南方制药厂最关键的危难之际，都是总后首长、机关和军医大学的领导们伸出关怀之手扶他走出沼泽地带的。没有他们，就没有三九集团、南方制药厂的今天。是上级机关的首长和同志们为他开辟了优于他人的外部环境，他说："古人云：'好风凭借力，送我上青天'，对我们来说，这些首长和领导就是'好风'，是他们送三九集团飞上青天的。"在天空遨游的最高处是九重天，三九三九，该是极高极高的去处，那是鲲鹏展翅自由飞翔的最好地方。

听完赵新先的话，我有个美丽的联想。我想起本文开篇中那个长者所说的百年约定。那个长者说的100年前就约定好的话实际上是一道谶语，这是难以解读和难以破译的语意潜流。它的秘密语言只有在一个特定的历史时期和一个特定的地域和很少的历史人物才能侥幸知道，一旦解读出来，小则富家富乡，大则富国富疆。毫无疑问，赵新先是知道这个秘密的人，他的三九机制全方位地感知着人们的感觉器官无法接收的那个神秘的信号。所不同的是，他超出了那个老者的想象，他不是在走，而是在飞，像鲲鹏一样振着无边无际的长翼飞翔着去赴世纪之约……

1993年10月于北京

永远的黑土地

当吉普车舟一样颠簸着掠过北方夏季的田野，我对总后嫩江基地第三农场的了解，仍是一个简单的概念：总面积47000亩，共有干部战士348人，一条叫门鲁河的小河从场界里蜿蜒而过……草甸上茂盛着杂草和鲜花，司机小徐一边小心地选择着路面，一边不断地讲述着在他跑过的另一条路上，有一种在这个季节里云一样开着黄花的植物，以及关于黄花的记忆和故事。不时有初生的羔羊在车前的路上雀跃着逗留、嬉戏，然后又循着阳光猝然逃去。我不知道我的采访会有怎样的结局。

最初的谈话是在场部的一间办公室里进行的。正值麦收大战的前夕，几个不同方面的基地检查组，已在我之前来到三场，走廊上不时地响着忙碌的脚步声。年轻的政治处主任杨希金十分客气，但说得仍然简单、平淡，不知是对一切已习以为常，还是受了那几个检查组的牵挂，连几个在基地乃至总后树起的先进典型听起来也极概念化，跟我知道的别的地方的典型大同小异。对话变得十分枯燥，我试着转移话题，让他随便地给我讲点儿场里的故事。他讲了，很勉强，也并不精彩，但10分钟后，我还是记下了两个陌生的名字，采访就这样开始了。

采访手记：三场一中队志愿兵段德坤，1958年出生，1978年入伍。

在我最初知道他是总后树立的学雷锋先进个人的时候，我曾有几分犹豫，怕雷锋式的荣誉标签，会妨碍我走进他的内心世界，然而在短暂的寒暄之后，他那自然而不加修饰的神情，一下子缩短了心与心的距离。

在一中队教导员那间办公室兼卧室的房间里，他坐在我的对面，却微微地将身侧向窗的外面。窗外有阳光和树，还有阴影。他那极温和的眼睛，就因为视线的悠远和光的效果，有了一份难解的沉重。

他是一个土生土长的农民的儿子。在湖北省公安县一个坐落在山区的村落里，他一直长到19岁。山区的孩子有着自己特殊的贫困，电影队好多天才来一次，放电影的日子，就如同节日了。1978年早春的一个晚上，就在一个露天的场子上，他和几个年龄相仿的伙伴冒着寒风和稀薄的雪花，拥挤在一起，看了一部叫《老兵新传》的电影。电影结束的时候，他们记下了片中那首在后来的很长时间里十分流行的短歌：北大荒呵，真荒凉，又有兔子又有狼……

第二天早上，他就走了，跟着来山区征兵的同志，告别了家乡。在许多同伴中，应该说他是个幸运者。可他并不知道他向往的那个地方，是个什么样子。就这样，他来到了这块叫作北大荒的黑土地上。伙伴们写信说，你硬是跟北大荒有缘分，可不是吗？电影队好多天才来一次呢！

毫无疑问，他最初得到的是失望。有哪个农家的孩子没有在心里做过跳出"农门"的梦呢？他这样坦诚地对我说，他也是做过的，并且一直做了许多年。就在那日他和伙伴们唱着"北大荒呵，真荒凉"回到家的晚上，他还做了那样的梦。那时他以为他的梦就要实现了，没想到他最终当的是个种地的兵。也许是因为血液里流着那一脉农民的血，所以就对土地有着一份与生俱来的亲情，况且是这样一种他从没见过的黑土地，就是在家乡用粪肥沤它几年也难以沤出的肥沃的黑土。他悄悄地掩去了那页破碎的梦，却将另一粒希望的种子埋进了心底，也埋进了黑土地，即便是种地的兵吧，或许也能种出一个新的未来呢！

我从他朝向窗外的眼中，看到了一片幻想的绿荫。那往日的理想从遥远的地方走来，给他早已变得如黑土地般持重成熟的面容，镀了一层很青春的光彩。这时，他停止谈话，看了看我，又很快地将目光沉到地上，有不安，也有对理解的期望。如果都曾经有过19岁这样的年龄，又有谁会嘲笑幻想呢？况且是那样一种实在的幻想。我很想告诉他，我虽然在年龄上小他几岁，军龄却长了他两年，在这不长也不短的岁月里，我到过许多地方，也做过许多梦，但我没说，因为他很快调整了自己。

这之后的事情，我已听说了不少。他甚至没能做成一个实实在在的种地的兵。新兵训练一结束，他就被分到三分队。那是全中队最辛苦却唯一没有技术的一个分队，负责粮食的摊晒、装袋和入库，几乎全是体力作业，又整天跟麻袋打交道，被老兵们谑称为"麻袋排"。但他仍然干得很出色，新兵第一年他就得了三次连嘉奖。第二年他当了班长，年底他带的班就立了集体三等功。然后是代理分队长时，他的分队又立了集体三等功，再就是他个人的两次三等功、三次优秀党员……荣誉沉甸甸的如粮食般垒在他心的殿堂上，然而，到了别人提干的时候，他却转了志愿兵，志愿兵意味着在5年的尽义务之后，再服役8年的无条件的奉献，也许就是因为伙伴们说的那种缘分，他在这黑土地上一干就是十几年！十几年，也就是十几个漫长的冬季，对他这个南方长大的孩子来说，那无疑是十几回严酷的考验，但他还是走过来了。当那粒希望的种子枯萎时，他已长成一个并不强悍的北方汉子。仍然是那份南方人温和的目光，仍然是那样一片心的土壤，如今却已有另一种东西，在那土壤上，在那目光中疯长成林。

他说：十几年了，我来的时候才19岁，觉得这儿就像个家一样，硬是有这种感情。他的口音中仍浓重地带着他家乡的山水色彩。他果真在那片凸凹不平的水泥场院的边上盖起了一间家样的小屋。

那是1984年，他代理了分队长之后，又兼任了场院的保管员。场院是在中队的边上，溜溜的一道矮墙仅有一人高。为了进出粮食方便，场院两边的库房又特地盖成大棚的样式，没有遮拦。一天夜里，刚进库的粮食一下被盗走了好几袋，幸好他和战友们听到了动静，在院墙外的地边上截了下来。粮虽没有损失，却终是个心病，坠得他心里发沉，夜里睡觉也不踏实。一日，中队来了一行施工的泥瓦匠，他特地跑去请了两个来，让他们就着简陋的围墙，盖起了一间小屋。那小屋就如他场院里凸凹不平的水泥地面一样，有着不规则的棱角和边幅，但他却住了进去，还找了张要散架的三屉桌，改了个花花搭搭的矮柜，放在墙角的地方，又当桌子又当柜。

到了冬天，那四面一砖厚的屋墙，只一夜寒风就吹了个透心凉。他就又去找了些施工队用剩的管子和暖气片，琢磨了几天，自己造了个土暖气。毕竟是一个自制的土暖气，毕竟那墙只有一砖厚，他盖着全部的被和羊皮大衣，仍常常会在冬夜里冻醒过来，就爬起来将暖气烧上几把火再睡。然而尽管如此，尽

132

管都是些旧的剩的东西，由于拼凑得还算好，又都各自归在自己的位置上，并且十分整洁，果真就有了家的味道。

妻来队探亲，他也没有搬回分队的宿舍，就带着妻一起住在小屋里。那时也是个麦收的季节，早上4点多钟天还没透亮，他就悄悄地从妻身边爬起来，出去看天，天好，便风风火火地叫醒他的那些场院兵，呼呼啦啦地将粮食满院子摊开，候着那北大荒夏日里难得几日不被雨隔开的火辣辣的日头。妻醒来时，他仍在忙着，忙着翻场，忙着扬场，忙着将库里的粮装上车运走，又将刚晒好的粮一袋袋码齐了，重新排满在库房里。到了晚上，妻睡醒了好几次，也见不着他回来。妻做好了饭，他总不能回来吃，妻就自己先吃，把他的那份盖好了，留在桌柜上，等着他。日子长了，他就不让妻做他的那份，忙完了，就去中队的食堂胡乱吃点儿。但妻还是坚持做着两个人的饭，她来了，这不真是个家了吗？尽管是个短暂的家，尽管他几乎从没和她一起坐在桌柜旁，像个家样地吃顿热乎饭。

妻也下了场院。在家总也见不着他，妻就也拿着木锨帮着扬场，翻场，帮着收粮扫场院。她是农家女孩，并不怕干活，只要能时时地见着他总湿漉漉漉透了汗、渍出了汗盐的身影。他说那时妻也像是他的一个场院兵。

妻就这样在小屋里住了两个月。两个月，是基地规定的志愿兵家属来队时间的最长期限。我去看他的小屋时，小屋新换了主人，他的妻刚走，又有战友的妻来队，他就将小屋让给了战友。新主人不在，小屋就静静地、殷殷地从许多角落里透出家的温情和甜意。已经有好多回了，他的分队中有的家属来队，再也不去挤战友们并不宽敞的大宿舍了。家属走了，他仍搬回他的小屋，仍一日一日地守他的场院，一年一年地在冬夜里听北风穿过场院，然后穿透他小屋的呼啸声。

妻是每年只能来一次的，因为纪律，也因为寒冷，可是无论妻来妻走，都始终将一只沉重的砝码，坠在他心的一处很敏感的地方。她没错，这都怪我。他这样说，目光在窗外那些深色的树上泻着对妻的一片歉疚和怜爱。他和妻结婚有8个年头了，却始终没能生养一个孩子，也去过医院，说妻也不是什么大病，只是需要好好调养，可他一次也没能陪着妻去认真治过。在家他是长子，老父一年一年地巴望着抱孙子，又一年一年地失望，就对儿媳有了许多成见，待到两个弟弟长大成人，成了家也有了孩子，妻在婆家的日子就越发艰难了。

他能偏袒谁呢？他是个孝子，他理解父亲。他知道因为母亲是独养女儿，父亲在年轻时，就去了母亲家做了倒插门的女婿。父亲是那种能吃苦又很坚强的老人，一生苦撑苦熬好不容易将5个孩子抚养长大，却在自己壮年的时候病亡了妻子。那时节正是北方的春播季节，父亲知道儿子在部队做着怎样的工作，便悄悄地将噩耗和悲痛一起，埋在了家乡的黄土中，却仍然一封封家信地向北大荒遥寄着平安。

北大荒就是这样的一块土地，似乎是春播刚刚结束，收获的季节就又开始了，他和他的场院兵才刚刚在打扫粮种和农药散落在库房里的尘埃，用来盛装收获的麻袋就已运到了场院。他们收着、晒着，等满视野的大田里只剩下油亮的黑土时，草甸子上的水泡子里已经结满了厚厚的冰层，他们还在装着，运着。终于到了库房里又空了、静了，场院里早已覆满了寂寞的白雪。这是农场兵唯一可以履行休假的时候了，就踏着寂寞的雪，随便搭上一辆车去几十公里外的车站。等不及卧铺票，就买个硬座或者站台票，在火车上急惶惶地颠簸上几个昼夜，回到那凹在山褶里的家，依然是往常的习惯，一脚踏进家门，便兴奋地喊上一声"妈"！一如他小时候每次放学后，从嵌在另一个山褶里的学校回家时那样，只要叫一声"妈"，就如同一只小船鸣着长笛回到了静谧的港湾，妈那温暖的怀抱就是他的港湾，不管有多少委屈和失落，全都会在这温暖的停泊中得到补偿。当他后来远远地独自一人生活在北大荒时，他也仍能感觉到身后有那样一个所在在等待着他，因此所有的苦寂和劳累他都能温和地承受下来。他只是期盼着在每年的假期时，他都会得到一次温暖的停泊。然而迎着喊声接出来的却是早衰的父亲。他觉得他生活中一个重要的东西早已坍塌了，而他才刚刚知道，他能怪谁呢？他明白，对父亲来说，这也是一种坍塌，甚至是一种比对他来说更为重要的坍塌。父亲的苦心写在他苍老的额头上。

6年之后，父亲又用同样的方式，送走了80多岁的外祖母。父亲已代他承受了太多的痛苦和责任，作为长子，对于这样的父亲，他还能要求什么呢？父亲仅仅是想要孙子。

他只好在那一年探亲假快要结束的时候，将妻送回了娘家。忍一忍吧，等我复员回来就来接你，他对妻说。好在妻娘家的孩子都大了，又都单有了家，妻就在家很下力地干活。妻的父母很疼女儿，又很通情理，可是再好的父母，这样收着长大的女儿，在别人眼里也像是收着一只没窝的鸟。他忙，他带着一个分队呢，他带的分队立过功呢，妻这样理解着他。也哭过，但哭完了，仍是安慰自己：不就是13年吗？等他服役期满了，就可以相守着了，就可以好好地治病，好好地生养一个孩子了。13年果真是等着等着就过去了，可是到了去年，妻等着他回家的时候，他却来了封信，告诉妻，他回不来了，场院里就他那份活、他那个角，没人能顶，领导上留他再干一年，只一年，他能说什么呢？他答应了……似乎是面子上的事情，可谁又知道他心里的那份东西呢？

他说：好多人不理解我们，好像我们傻，好像我们在这儿只是一种傻乎乎的奉献，其实我们对这片土地是有感情的。回去探家时间长点儿，也会想这儿……那么如果是一次永久的离别呢？我问他：今年呢，今年会走吗？他说不知道。可离别却是一定的。作为对他和另外几位超期服役的老志愿兵的回报，基地破例地在年初农闲的时候，办了一期汽车驾驶员学习班，预定在年底的时候，发给他们每人一份驾驶执照，那执照也许就是他们农场兵生活结束的一种标志。他早晚要离开这儿，回他那凹在南方山褶里的家。

1985年那时候，一个地方单位来调粮，首先将一台在那时的嫩江还很少有的小型计算器和一架120照相机放在了他的小屋里，言外之意是很明显的。他笑了，是那种北大荒的风霜雨雪所赋予他的真诚的笑。他将东西还回到对方手上，说我不会亏了你们，但也决不会亏了我们农场，战友们种粮食不容易。对方被激怒了，不是被他的廉洁，而是被他那种比党性原则还要朴素真实的情感。关于他的这样的故事还有许多许多，为了嘉奖他的公而忘私，场里又给了他"场院管理标兵"等等许多荣誉称号，却唯有他付出的那情感是任何荣誉和褒奖都不能抵偿的。

北大荒的房屋，即使在夏季也有着一种透彻的凉，我将进门时脱下的风衣重又穿上。他依然是微微地将身侧向窗的方向，依然不时地在说话时，将目光从我的位置上游离开去，投向窗的外面，也依然是那份温和目光中的那份沉重，但此时，我已读懂了那沉重的含义。

正值麦收大战的前夕，所有的准备工作都已就绪，只等着再有几个持续的艳阳天。狭长的走廊里不时有朗朗的童声穿过薄薄的门板响彻进来，向我，也向北大荒渲染着一种属于农场兵的季节性的节日。只有在这个季节，家属们才会蜂拥着来北大荒探亲。

我要走了，他站在几位比他军龄短，却当了他领导的中队干部中间送我，除了肩牌上的符号有所差异，并看不出什么别的不同来。我就想：他其实是个普通的北大荒人。

从一中队回三场场部，大约有一刻钟的路程，是一段极难走的土路，也是北大荒最常见的路。据说第一代农场兵来到这里时，这里还是一片未开垦过的处女地，一片无边无际的大草甸和水泡子，他们就将帐篷扎在泥水里，一点儿一点儿地开始创业，一直干了许多年。后来就有了这些路和几十万亩的粮田。几十年过去了，至今这些路一到雨天或者春季，仍会泛浆，将千百年来积淀下的大地的精血，顽强地穿越沙石和硬土，翻涌上来，向人们昭示着自然的永恒和魔力。可是良田却不得不将农场兵播下的种子生长出丰收来。我的心里生出了感动。我想起一次在农场的饭桌上，我碰到的一位基地的军务处长、一位老北大荒的开垦者。他显然是早已知道了我的身份和来意，所以才在冷漠的目光中，透出拒人千里的寒意。在很长的时间里，我们几乎没有任何交流，也许是啤酒积淀起了冲动，他突然将视线准确地对准我，生硬地截断所有的话题，说：你们现在来北大荒是可以避暑的季节，要真想体验生活，你到冬天再来，那才是真正的北大荒。年轮将垦荒的岁月那样清晰地拓印在他粗糙的肤色上，我觉得我一向敏感的心，并没有受到伤害，却有另一种情绪在心间缓缓弥漫，那是敬重。

北大荒，你到底有怎样的冬天呢?

采访手记：三场四中队战士霍宏伟，1972年出生，1991年入伍。

我曾写过一部中篇小说叫《棕色雪天》，很繁杂地讲了许多故事，其中有白的雪、蓝的天空、紧急集合、传染病和一些与棕色有关的人和事物。那是我对雪天的真实感觉。从没去设想过另一种雪天、另一种冬季、另一种对冬季对雪天那样令你感动的感觉。他说那是荒凉。

田野里除了几棵黢黑的秃树，就是苍茫的雪。树上一片叶子也没有，远远近近地立着，如一只只怪戾的布景。到处都是雪，到处都是! 你一眼看过去，绵绵延延的天空下只有雪，仿佛雪就是世界的尽头。偶尔，雪中也会有一两块黑色凸现出来，那就是北大荒的黑土地。在那样的季节里，在那样苍茫的雪原上，那黑色就如同一块块深色的创伤。那是一种从未有过的触目惊心。

就在这时，他来了。

那是1990年12月13日下午5点钟，这一点他记得十分清楚，如同记得自己的名字。

他出生在东北一个有着两代军人血脉的大家庭里，外祖父是抗战时的老军人，像许多当年在东北打过小日本的抗联军人一样，有着讲不完的令人咋舌的故事和传奇，因此舅舅也在年轻时步了外祖父的后尘。母亲自己没有过这样的历史，却嫁给了当兵的父亲，一度成了一个军人的妻子。小宏伟是父母的独生儿子，夹在一个姐和一个妹之间，显得更加金贵，自然就要多得一些老人的疼爱，于是，就耗了许多时光，去听那些当兵的故事。就这样长大起来，他的秉性里就常有一些"驾长车，踏破贺兰山缺"的浪漫情愫。他想当兵。

然而父母却对唯一的儿子寄予了另外的希望，他们希望他能考大学，念大书，将来能远远地跳出家住的那个小县城，出息成一个有大学问的人。他们忽略了小宏伟心里那颗由他们播下的浪漫的种子。一切都仿佛有天意撮合，7月份，小宏伟高考落榜，到了深秋的时候，县城里驻进了一队来征兵的军人，小宏伟想也没想，就自己跑去报了名。回去一说，一家人都没在意，哪一次征兵不是争得死去活来，既没有门路又没有关系，哪能就轮着他了呢？他们只是将希望寄托在来年的高考上。

名额是死的，只招30名，一报名却报了250多人，于是就先考文化课，考到前60名的参加体检，体检合格的再优选30名。没考上大学的小宏伟却很顺利地通过了这次文化考试，那天他排在60个跃跃欲试的年轻人中间去体检，医生一见他，就说这小伙准行，果真他样样指标都非常优秀，正正当当地就被纳入了30名之列。家人愕然。他是那种很机灵也很爱说话的男孩，报着名就跟征兵的人聊了许多情况来，隐约知道他们要去的地方是个农场，却说是一个全机械化的农场，到了那儿不是开汽车，就是开拖拉机；不仅能学到技术，两年后还能考军校。他就用这些情况说服了家人，终于如愿以偿，就穿着新得发黄的绿军装，背着一只暄腾腾的军被包，经了几天的车旅颠簸，来到了他理想中的伊甸园。然而，他所得到的全部感觉就是荒凉。那时，他还是个细细条条的高中生，满腔的热望几乎就在那一瞬间的感觉中降到了冰点。他寻思着：怎么会是这么个地方……

3个月后，新兵训练结束，他被分到三场四中队三分队。三分队，又恰恰是这个又累、又没有技术的麻袋排，那架支撑着理想与现实的美丽天平，顿时失去了平衡。

3月，漫天的飞雪还未落尽、僵硬的土地还未复苏，却已到了北大荒开始准备春播的时候了。180斤重的一袋麦种，要由两个人从库房里抬出来，再倒进拌种机里，在家连一袋面粉也没抬过的他，就硬着头皮去抬，谁知看上去也就是几步路的距离，可3袋抬下来，就再也挪不动步了。就这样干了一个星期，他躺倒了，腰痛，理由是名正言顺的，可谁都看出他心里有个病根。

春播完了，基地组织介绍先进事迹，说是邻场一位叫欧阳忠诚的战士得了病，因为农忙，一直不肯去医院检查，终于等到农忙结束去了医院，却诊断为癌症晚期。领导问他有什么要求，他说他什么要求也没有，就是想回农场。他回去了，比以前更加沉默，好像他并没有得上那种叫作癌症的绝症，好像他并没有因为农忙失去了一次等同于第二次生命的机会，他仍干着原来属于他的那份活，实在干不了，就干点儿轻的，干点儿别的。他为什么？他为什么会这样爱农场？宏伟觉得十分困惑，就如对他为什么会取了一个叫"忠诚"的名字一样困惑，同时也受到了震动。霍宏伟的心里充满了一种很复杂的情绪。

这时，教导员找了他。那位能写能画、能弹能唱、能摆弄得起中队各样家什的土生土长的中队干部，话说得十分干脆：要么你继续压铺板，3年以后回家当你的工人；要么你爬起来好好干，两年以后我送你考军校，当干部。利弊得失一目了然，宏伟心里越发矛盾了。他想起在家时，那些邻居的大爷大娘常聚在一起数落，谁家小子上了大学，当了干部；谁家小子在部队入了党，有了大出息。他出来不也是想出息，为父母争光吗？若就这样什么也不是的回去了，如何向父母交代，又如何向那些大爷大娘交代呢？看看人家欧阳忠诚，再看看自己的班长宋继红，谁不知道那些用来拌粮种的，叫什么多菌灵、固氮菌、福美双的农药毒性大，别人躲还躲不及，可班长呢，为了尽快地将药粉调匀，赶上播种的速度，就扔掉工具，挽起袖子用手去搓那些药粉。别人劝他，他却说这算什么，说现在采用湿拌药法，已经比过去好多了；当年他当新兵时全是用的干拌药法，将药粉和种子一起干着倒进拌种机，机器一转起来，满屋子都是粉尘，也有防毒面具，可戴上它憋得慌，还费事，一般都到上面来检查时才戴一回。戴口罩吧，就是弄上两层，一会儿也就透了，还老得换，于是就什么也不戴，一天下来呛得鼻子流血，嘴上起皮，一喘气火烧样地痛，可那又怎么样，过几天自己就好了。看人家那种劲头！还有好多老兵，人家也是城市兵，也都是埋头苦干的。比如六班长，那还是自己的同乡呢！一干起活来光着膀子，全场都有名的。而场长阎保国呢，是个蒙古族人，在21年的军龄中，已有过8次立功的纪录……跟人家比起来，自己算点儿啥呢？

他想了几天，果真爬起来了，正像他后来对我说的那样，人要有了目标，身上就有使不完的劲，他仿佛是换了一个人。当我在三场政治处主任杨希金的办公室里见到他时，我怎么也看不出半年前那个细细条条的高中生的影子，那黑黝黝的方方圆圆的面孔上，洋溢着朝气，远远地就向你辐射过来，年轻的身体明显地呈现出结实，目光真诚，俨然是一条北大荒黑土地上合格的汉子。他告诉我，昨天场院里来了一挂车准备麦收用的麻袋，一捆200斤，46捆，他们3个人一口气就卸下来了，还要摆齐，场院管理要求的，什么都要齐。

今年"七一"前夕，场里组织读书演讲，主题是关于青春和党的事业，班里选上了他。写讲稿时，他犹豫了好几天，写点儿啥呢？要光写写党的历史和光荣传统吧，似乎太枯燥了，也不生动，不如写写自己的切身体会，和大家朝夕相处的，能引起共鸣，他就写了自己那段思想过程。写得很真实，也很有文采，他先在中队讲了，他们中队是场里的教育试点，讲完了又被中队选到场里去讲。他说：领导说我讲得挺好，其实我算点儿啥呢？比我好的有的是，只不过班里数我岁数小，都让着我，就让我讲了。在整个谈话过程中，我始终都感受着他目光中的那种真诚。我去过他的中队，也去过他们班那间打着上下铺的整洁的宿舍，还见过他的班长宋继红和他另外的两位战友，听他们讲了一些场院里的故事。他们说，在那些下雨的云彩到来之前，几乎没有任何征兆，因此当你看见它们正在游移过来的时候，再去收拾那些摊在场院上的一二十万斤粮食，已经什么都来不及了，而等你好不容易将粮食全部收拢并遮盖起来，那云却又走远了，你只好再将粮食摊开。言语之间，流露着他们对农场生活的热爱。仅仅跟他们聊上一会儿，你就会觉得受到了净化和陶冶，而宏伟就生活在他们中间，更何况还有他自身对农场兵生活的亲身体验。他长大了，他明白了欧阳忠诚为什么会将自己生命的最后旅程选择在农场，他知道那其实是一种很朴素又很丰富的情感，因为他自己也拥有了那份北大荒所赋予的同样的馈赠。那的确是一种馈赠，一种必须首先付出才能得到的珍贵的馈赠。

说到未来，他很明朗地一笑。他说：你知道吗？我们的农场，能跟世界上许多先进的农场相媲美，有些方面甚至超过了他们，说心里话，我想考上军校以后再回来，我们这儿好多人都是这样的，从这儿上的学，又回到这儿来……这样说时，他那一双浓眉下的眼睛很自信，很充实，唯有几粒很稀疏地散布在眉宇间的青春痘，还在流露着他孩子的率真和稚弱。接着，他就说到了他的家乡，他告诉我，在松花江的北部，有一条饮马河，饮马河的边上有一座叫双阳的县城，那就是他的家乡。那里原来是盛产玉米和大豆的地方。前年春天，从省城来了一支出色的勘探队，在很深的地层下面发现了石油，据说是整座县城的下面全是石油，看来又要盛产石油了。还兴建着一个大水泥厂，说是要引进西德和日本的技术设备，完全现代化，一按电钮就行了，专门生产高标号水泥。他的好多同学都考上了这个厂子，被送到外地去学习了，等他们学成了，厂子也建成了，那时候，他们就是厂里的技术工人。他说他要是没来当兵，也肯定会考上那个厂子。再过几年，双阳那地方将会变成怎样的一座工业城啊！不过，他并不羡慕他们，因为他觉得，在这块黑土地上能更好地实现他的人生价值。

想想看，就我们基地这4000多人，种着44万亩地，最多一年能生产2亿斤粮豆，供多少人吃啊，这使我觉得很伟大。他这样肯定着自己的价值，也肯定着他所有的战友们的价值，使我感受到一种深深的震撼。就像我第一次在茫茫的北大荒，在海一样的麦田之间，看见一座粮食烘干塔时那样。它很突兀地从那些田野里拔地而起，悍然高耸如航标一般，仿佛是注释在田野里的一个巨大的警示。并且它有着怎样的牌子啊！当你一点儿一点儿地走近它，3个醒目的大字会蓦然地在你眼中定格：北大荒。北大荒牌！因为它是北大荒一家工厂生产的，又为北大荒所用，并赫赫然地以北大荒为名，就更加让人感动。谁能说她不是北大荒的一种象征呢？象征人抑或土地。

临别前，我跟宏伟有一个小小的约定：有一天我会再来北大荒，再来三场，到时我一定会循迹他的所去所归。他说：嗯！并使劲地点了点头。

送走宏伟，我已知道我将会有一篇怎样的文字，我将它讲给杨希金主任，他就有些激动，于是就很兴奋地给我讲了关于另一个人的故事。这次他讲得极好，也极有声色，我发现他其实是很会讲故事的。这时，我才有些明白，他原先的牵强和平淡是跟信任和情感有关的。这样，我就有了另一次采访。

采访手记：原三场卫生所医生梁勇，1966年出生，1982年9月考入重庆第三军医大学本科，1987年7月毕业。

我找到他，是在基地医院医务处的一间光线很暗的办公室里。他很抱歉地向我解释，他刚从科室调来医务处报到，几个小时前才拿到这间办公室的钥匙，还没来得及打扫收拾。一枚穿着线绳的单个钥匙，很局促地在他的手指上搅缠着。我打量了一下屋里的陈设，其实没什么好收拾的，一切都很简单。靠窗两张办公桌，两把靠背椅；两只颜色深浅不一的柜子，立在他身后的墙角处；另有一只孤独的单人沙发毫无目的地被放在门后的地方；一律有些陈旧，边边角角上被磨出暗淡的光泽。桌上的陈设也很简单，只是一台老式的黑色电话，使人记忆深刻，因为在整个谈话过程中，它不时地发出沉闷的响声，但没有一个电话是找他的。还不时有人进来找人或是问话，他一律很认真地回复，并且将他们送到要去的地方，自然也有人对我们的架势表示惊讶，这时，他长得很文气的脸上就会鲜明地泛出羞涩的红晕来。看上去，他是一个很腼腆的男孩，似乎很难将他和我听到的那些故事中的许多情节吻合起来。

故事中的男孩生活的调子很开朗很明快，甚至也很洒脱。不过他从小就是个好孩子，彬彬有礼。各门功课都名列前茅。16岁那年他参加了高考，走出考场的时候，他信心十足，几乎所有的考题他都做得十分顺利，老师也对他充满信心。但是在报志愿的时候，他却难以取舍。当时他父母全是工人，收入微薄，而且他上有未工作的姐姐，下有还在读书的小弟，若报地方大学，几年下来要花好多钱，家里肯定难以负担。父母就建议他报考军校。这期间还有一个重要的原因，就是父母早年都在西藏的一个部队工作过，虽然时光荏苒，但至今仍对那一段军旅生活存着一份怀恋。父母又都是有远虑的老人，尽管当时对越自卫反击战还打得十分紧张，却认为毕竟是和平年代，学技术比学军事更有作为，况且母亲本来是护士出身，就让他放弃了陆军学校而报考了医大。

5年之后，他以优异的成绩毕业于重庆第三军医大学，取得本科学位。那是1987年的7月，他刚好21岁。他是很推崇好男儿志在四方的，从家乡城市达县到重庆，不过5个小时的路程，仅仅是刚出家门的感觉。因此，知道自己被分配到几千公里之外的东北，也并不踟蹰，就很潇洒地收拾起行装，踏上了赴任的旅程。

并不知道嫩江基地是何等行当，在北京下了车换乘开往齐齐哈尔的火车，快到终点了，才听人说那基地似乎是生产尖端武器的。他心里奇怪：怎么从没听说过东北有个武器基地呢？在齐齐哈尔下了车，有基地的人来接，才明白究竟。事后有人问他感想，他说当然也很想能分到大医院去，以图发展；谁要说不想，那是虚伪，但生活不是想象，总有偏僻、艰苦的地方需要人去，既轮上我，就没什么好说的。

他先是被安排在基地医院的外科工作，然后就例行实习去了三场。这是男孩生平第一次出远门，北大荒的一切都令他感到新奇。他几乎是从一开始就很莫名地喜欢上了那些极朴素的农场兵，尽管经历不同，又有着不同的职业，就连肤色也呈现着很明显的差异。那时正是收豆的季节。北大荒的秋天，已有了许多冬的意味，夜霜也如雪一样苍茫厚重，而太阳又总在它灿烂的时候，将那些霜在豆田里融成一片片黑色的泥潭。那是些能如蛇一样，用触角将收割机坚实的履带死死缠住的黑原之魔，因此，陷车便成了这时节北大荒最常见的风景。为了赶在霜冻融化之前多收一些豆子，战士们每天早上三四点钟就摸着黑起床，在朦胧的黑原上开始一天的劳作，直到寒星升满夜空。而在随后而来的两个春季里，当播种机在刚刚复苏的冻土上轧轧而行的时候，他又亲眼看见那些北方的风，在掠过茫茫的田野时，如何将那些闲散的泥土张扬开来，如网一样结满他们深色的脸，只有在眸中还能看见一抹生动的白。即使有风，即使有泥潭和连续操作十几个小时积淀起的满身困倦，仍会在上不动楼梯的时候，唱几嗓很壮阳的歌，直震得满楼道里山响，这农场兵的风度就恰恰共鸣了他天性中的那份潇洒。

于是，不但给他们治病，还跟他们一起吃，一起睡，也一起干活。去大田里拔草，一颗一颗地趴在那儿选豆种，也扛麻袋，百多斤的粮食直扛得肩背红肿，连脖子也直不起来。干完了，就跟他们海阔天空地聊世界、聊生活。别人说：你大学生也来干这个？他说场长、政委都干这个，我大学生也不过是个医生，怎么不能干呢？就这样干着、聊着，彼此就成了知心朋友。

他还尤其喜欢那些播种和收获的季节，因为这样的季节很能共鸣他对生活的理解和诠释，播下种子，收获果实，土地如此，人亦如此，况且是那样一种能将任何种子都生长出枝丫来的肥沃的黑土。他甚至对这里的冬天也并不十分反感。那日在途中停了车，看一辆翻在路边的马车，车夫不知去向，马也早已被雪埋住，只留了几只马腿伸在雪上苍凉地指向天空。别人默然，他却笑了，不知是因为性格中那份天然的开朗，还是对苦难的一种蔑视，反正那笑很令同伴感动。也就在那年3月的一个中午，他和许多人一起抢救了一辆滑进水库的大卡车。他们跳进刺骨的水里，砸碎车窗将驾驶室中的两人救起时，已是40分钟之后。在医大那间洁净明亮的教室里，他曾听教员讲过关于人工呼吸的基本要领和做法，那时他感觉到的是圣洁和宁静，而当那些没有来得及消化的食物从被救人的腹腔里涌上来，充满了他的口腔时，他才真正领会了作为一个北大荒医生的价值和责任。并从此懂得了北大荒冬天的另一种含义。

其实我最先听到的关于男孩的故事，是一个很轰动的婚姻故事。故事中的女主角叫王芳，是基地一个老职工的女儿，从小就生长在嫩江。中学毕业后，王芳没有考大学，就在基地招待所当了接待室的服务员，是一个经历平平、性格单纯的女孩。一次偶然的机会，男孩结识了王芳，并一见钟情。他相信缘分，就将这份感情很认真地发展下去。有人说男孩：你一个本科生就找个工人？他一笑，说：本科生怎么？本科生不也是人么？又问：你就不想想将来吗？他说：将来吗，人会死的。答得简单而干脆，却将许多深刻蕴在话中，任你去想。对于父母，他有更合情理的说法，那就是"将在外，君命有所不受"，他最终无所顾忌地和王芳举行了婚礼，没有回他家的城市，就在基地王芳的家中。

绕开许多彼此生活中的盲点，他们早已在最初相识时，就找到了共同生活的谐音，因此就相处得十分默契和快乐。但蜜月结束后，他也并不常回去，仍花更多的时间住在三场。王芳想他，又知道他对三场人的那份心思，就不知所措，而岳母不但爱女儿爱得心切，也将他当儿子一样怜惜，就直接把电话打到三场政委那儿，说你们让我儿子回来看看吧。政委觉得奇怪，说他没跟我们提过呀，他什么时候请假我们都批的。放下电话就去问他，他就很脸红，而话说出来却又很干脆，说小夫妻那是天长地久的事，我在三场的时间只有一年。政委听了，许久无话，就默默地走了，一路上想着一年之后他们三场将失去这个真爱三场、真爱他们这些庄稼兵的大学生，眼里就有些发潮。

一年的时间转眼就过去了，可一年之后，男孩仍洒洒脱脱地在三场治病、干活，和战士们海阔天空地聊世界、聊生活。和他一起下分场实习的大学生都调回了基地医院，只有他还在三场。别人问他怎么不跟领导提一提，他说那是领导的事，与他无关，再说呢，在哪儿不是一样看病。就一直在三场待下去，他情愿，三场人更是高兴。就这样，他在三场干了两年，临走，他还是说他舍不得三场，因为他喜欢待在人群里，人群如海洋，能融化，也能扬善弃恶，对他来说，三场就是那样的海洋。那么基地医院就不是那样的海洋了吗？也是，但他跟三场人对脾气。三场人就很不舍地送他去了别的海洋。过了许久，三场人仍念着他。

最后一个关于男孩的故事，是他自己告诉我的，讲的是麦收。其实确切地说那不能算是一个故事。他说：你去过大田吗？我说去过。他说：你见过这么大的麦田吗？我说没有，从没见过。在这里，似乎是任何一个北大荒人都有资格这样问你，这是北大荒人的特权。故事就由此开始。他说在每年麦子快要成熟的时候，都要有人去到大田边，用些简单的材料搭起一个小小的窝棚，一般是两个人，就在那里住下来，要一直住到麦子收完的时候，这叫护秋。他也去护过秋。

那时麦子还泛着苍青的颜色，饱含水分，就那样苍青着无边无际地充满了整个视野。置身在麦田里，除了麦子，看不见任何别的陆地，那时他产生了一种神奇的感觉，那些麦子是没有尽头的，仿佛世界上只有麦子，只有那种千百年来，生于土地，又归于土地，贫贱如土，却滋养众生的纤纤瘦草。因为天就在麦子的那一边，而云则在天与麦子之间沉浮。窝棚极小，怯怯地趴在麦田边，如一只孤独的甲虫。他和同伴一起住在小小的窝棚里，吃着自己煮的半生不熟的饭和菜，却过得十分快乐。在大约一个月的时间里，只有风会在经过的时候，给他们留下一些悠长的关照，除此之外，陪伴他们的就只有麦子。但他们仍然十分快乐，因为那是他们的麦子。当那些麦子还是一粒粒微弱的种子的时候，他们就对它寄予了这样的希望，无边无际，充满视野。他们从来不怕劳作和艰辛，就怕会没有收获，尽管他们已经有了许多次殷实的收获，尽管每一次收获都会超出他们的期望，他们仍殷切地等待着。

那一次父亲来，就没能见着儿子。父亲从老远的达县带来许多家乡的特产和许久以来积攒起来的思念，知道儿子在那些看不见边际的大田里守着麦子，仍然不甘心地等了几天，最终还是没等上儿子，就很遗憾地走了。

终于到了麦子成熟的那一天，那些麦子就很慷慨地将一样的金黄铺展开去，一直铺展到世界的尽头。所有的收割机一起开来，渐次地排开在麦田里，隆隆地驶向天的那边，而麦子就在它们身后的地方叠成一排和许多排。没有麦子的地方，也有一样高的麦茬，齐齐地立着。到了夕阳西沉的时候，麦子和麦茬就一律如同黄金一样，放着使人沉醉的光泽。那时的大田，就有一种使人变美、使人变善的力量，也使人童心复萌，他和他的同伴们就在那一片光泽中，踩着那些金黄的麦茬乱跑，如一群快乐的孩子。那一天和那之后的所有收割的日子，真正是他的节日，也是所有三场人的节日。

在有了许多个这样的节日之后，他早已染上了北大荒一样的肤色和情感。关于未来，他说得很认真也很坦率：几年或者十几年之后，嫩江可能会像大庆一样，成为另一个新型的城市，会在冬天里多一些蔬菜，也会在街头巷尾的人群里多一些现代文明。而他自己，则会回到他的家乡达县，回到那个小重庆一样的城市。所谓"一方山水养一方人"，就是这个道理。但不会是现在，也许是10年、20年之后，也许更远，到时候北大荒会有更多像他一样的男孩，那时，他就会走的。

其实我早该在我后来的文字里，将"男孩"的称呼换掉，因为男孩早已长大；因为他告诉我，再过20天，他就要成为孩子的父亲。可我还是更喜欢称他"男孩"，为了他天性中的那份潇洒，为了他故事中那些极朴素极深刻的道理。相信他会永远是个潇洒快乐的男孩。

从三场走时，已是黄昏时分，一束诱人的光从办公室窗台上的花盆里折射过来，发现是一颗掌心大的玛瑙石，玫瑰红色，就很喜欢，有同行的人要代我去要来，想着只此一颗，又被放在花盆里常常能看见的地方，必是杨希金主任的心爱之物，就很不忍。谁知杨主任却很爽快，亲自去取了来送给我，并说这种石子在他们北大荒多的是，不但门鲁河里有，就连那些大田里也有，平时倒是看不见，一旦将地翻过，再经雨一淋，就如笋一样生出来，红红白白的满地都是。说的是石子，并且是一种在北大荒极普通极常见的石子，却觉得心里浓浓地生出了感动。那石子埋在土里时，本如泥土一样，被雨淋出来了，便是石子，而且是一种常被都市里的姑娘如珠宝一样系在颈项上的美丽石子。而那些被埋在下面、埋在深处的呢？就仍如埋着它们的泥土一样被埋着，做着泥土一样的东西。被淋出来的终是极少的。想着我的采访和我将要写在文字中的3个人物，正如那些石子和泥土一样的道理。他们不过是生活在47000亩大田上的348名三场人中的1%。而值得庆幸的倒是我最初采访时的那种盲目的进入方式，它使得我的文字具有了更广泛的意义和包容性。

车在来时走过的路上依然颠簸得如一叶小舟。路两边的杨树生得十分高大，我想那一定是那些最早来北大荒垦荒的人种下的，因为它们是我这次在北大荒所见到的最苍劲的植物。它们就那样苍劲着如图腾一样，在很广阔的地域上标志着路的存在，仿佛并不是先有了路才有了它们，而是因为有了它们才有了那漫漫的路。有夕阳的红光从遥远的天际辐射过来，染着我们，也染着前方的杨树，就有雾一样的光晕在那些树的背光处流动出活的景象。

司机小徐还在讲着他热爱的那种开黄花的植物。他说那种黄花的颜色十分醒目，只要它开在那里，你从多远的地方也能一眼就看见它，为此，他就很喜欢跑那条路，并且总是在那条路上将车开得飞快。我一直忘不了那位在餐桌上碰到的老北大荒人，一直在想象着这里冬天的样子，想象着那些杨树脱光了叶子，将高而密的枝丫裸露在旷野里的样子，也想象着那样一种彻骨的寒冷，一种很潮湿的情感充满了我的心。不知我是否有机会在冬天的时候来嫩江，可我知道我带走了北大荒的麦穗，带走了北大荒的彩色石子和对小战士霍宏伟的许诺，我也就拥有了北大荒人那千千万万种情感中的一部分了。我也就拥有了那些和播种和收获、和北方的风雪雷电、和思念、和场院边上的小屋有关的那些短暂而又漫长的岁月了。我就拥有了北大荒的黑土地，那永远的黑土地。

1991年9月于北京

146

锦州之恋

引子：震惊全国的新闻

7月酷暑，一条新闻震惊了全国——

> 据新华社锦州7月15日电：7月13日，辽宁省锦州市、朝阳市等地普降暴雨，大凌河洪水暴涨。14日凌晨1点多钟，中共锦州市委书记张鸣岐一行11人在勘察大凌河险段实情时不幸被洪水冲散，张鸣岐等3人至今下落不明……

张鸣岐失踪的消息，通过新闻媒介迅速在全国传播开来，中央电视台、中央人民广播电台、《人民日报》、《光明日报》、《解放军报》等等，都对此做了报道。一时间，国人瞩目，张鸣岐成为家喻户晓的人物。

第一章

从中午到现在，他只吃了一个豆沙包·大凌河是一条怪戾的河·
端坐在闷热的夏夜里，他把自己思索得像一座雕像·
不亲自到第一线看看，他心里不踏实

1994年7月13日。

正在沈阳开会的锦州市委书记张鸣岐，得知锦州将要受到洪水袭击的消息后，中午连饭也没吃，便急急驱车，向锦州飞驰而去。

晚8点20分，张鸣岐到达锦州，直奔他在锦州的住处——军分区招待所。

锦州淫雨霏霏，如网一样屏闭着城市，夜色如一片浓墨。

张鸣岐来不及同早已迎候在军分区招待所的锦州市委办公室副主任马德山和秘书徐立达寒暄，一溜小跑地进屋穿上一套配发的武警两件式防雨服，换上水靴，反身出来，说声"走"，就跳上那辆他经常乘坐的三菱吉普。

吉普车焦躁地吼叫了一声，载着张鸣岐一行，穿破雨幕，驶出了军分区大院。

在车上，马德山汇报说：现在的险情，一是义县的北关，大凌河的流量已达到每秒1.2万立方米，已经超过了河床负载的极限。全县已经行动起来，部队也开上去了；二是义县的张家堡，因为那个乡的领导在水利方面很有经验，行动得早，准备得较为充分；三是凌海市境内的大凌河，这里险情最为严重，省里电报要求，一定想方设法保住凌海市；四是小凌河也在威胁锦州市区。

张鸣岐当机立断，说："先去小凌河！"

小凌河发源于朝阳地区的卧虎沟海拔720米的小梯子岭，流经锦州地区的义县、凌海市、锦州市区，然后分两股南流入海，全长206公里，流域内水土流失现象严重，历史上多次与大凌河相协，水溢成患，为灾两岸。仅1949年8月的一次大水，小凌河决口数处，最大的一处长400米，洪水冲过锦州市内，曾造成极大灾害。

历史已经过去，只有水灾后发霉的气味还留在人们的记忆中。到锦州才7个半月的市委书记张鸣岐，还来不及对水利史上的风风雨雨做细致深入的研究，但有一点他是清楚的：锦州市决不能出事！历史悲剧决不能重演！

晚8时30分左右，张鸣岐来到小凌河桥的南大堤。这时，前来参加抗洪抢险的方方面面人马已基本到位，锦州市副市长刘守新、市政协副主席韩永山和小凌河流经地段的太和区领导也已先行到达。刘守新忙向张鸣岐汇报，说这里只留他一个人，其他市领导都去了凌海市。他们简短地碰了碰情况，就到小凌河的大堤上去查看。

此时，昔日羞涩腼腆的小凌河，已被洪水撕去温顺的面纱，浊浪拍岸，波涛汹涌，正以一种罕见的水势超极限地穿越小凌河桥，荡涤着纤弱的两岸长堤，向着下游奔泻而去。

转眼已是上午9时，时逢小凌河第一次洪峰到来，水位高达23.45米。张鸣岐他们先到大坝最低处，发现那里距水面只有五六厘米了。张鸣岐的表情严峻起来，说："这地方危险，水如果再大就防不住了，赶快下草袋，组织人把这里加高。"接着他又强调说："不能拖延！一定要抢时间，争取主动！"

刘守新说："我马上找人，立即落实。"

一行人巡视到小凌河桥的西北大堤时，如注的雨水击打着他们的雨具，噼啪地大声作响，张鸣岐的脸上已有不断的雨水顺颊而下。他随手抹了一下脸上的雨水，详细询问这一带居民的情况，叮嘱说："要是有居民，赶快挨家挨户通知，一定要安全撤离！"

在市防汛指挥部，张鸣岐得到了莫大的安慰。专家经过认真的分析，得出结论：如今小凌河水已涨到极限，两岸堤坝在超负荷地承受过刚刚那次洪峰的袭击之后，不会再出现更大的危险。至于西大堤上的那段低陷处，经过加高加宽之后，不会有大问题的。

专家们的意见具有权威性，张鸣岐心里松了口气，但他仍然不放心。他怕稍稍的懈怠，铸成大错。他告诫大家说："无论有多大的困难，也要千方百计地保住锦州城，保住凌海市。抗洪的同时，要抓好社会治安，不能防了水灾，再出人灾。这次雨过后，一定要彻底抢修小凌河的西护堤，要提高小凌河的防御标准，要对西岸十几万群众的生命财产负责！"

从早上张鸣岐在沈阳离开家门，又经过380公里的长途奔波，他已连续工作了13个小时。而从中午到现在，他只吃了一个小小的豆沙包，那还是他路过兴城，看望一位领导时匆匆吃的。饥饿很及时地在他放松神经的一刹那，开始咬噬他的胃。他的胃疼起来了。他的眼睛环顾了一下，发现在铺满各色图纸的桌面上有一只桃子，他不管是否洗过，便旁若无人地大口大口吃起来。

锦州军分区副司令员霍兰榜说："鸣岐书记到达凌海市防汛指挥部的时间是7月13日晚11时30分。当时我们已经勘察完大凌河现场，正在临时兼作防汛指挥部的凌海市水利局二楼会议室，研究组织两岸居民撤退的方案。"当时，关永光市长也刚刚从沈阳赶回。

霍兰榜作为一名军人,他对时间是特别留意的。在诸多的新闻媒介和众人传说得知的时间差上,我们十分倾向于他的时间追忆,把张鸣岐生前可贵的分分秒秒统一到这个军人的手表上,以他的记忆作为标准时间。

那天中午时分,锦州市防汛指挥部突然接到辽宁省防汛指挥部紧急汛情通报:当日午夜前后,大凌河中上游义县段流量将以每秒1.2万立方米的气势向下狂泻。凌海市段每秒将达9000立方米,最大流量每秒可达1万立方米以上。

这消息不啻于一枚重磅炸弹!

凌海市是隶属于锦州市的一个县级市。

谁都知道凌海市大凌河段两岸堤坝的设计标准流量是每秒6500立方米,若洪峰如期到来,那就意味着它将要承受一次历史上罕见的超载运行,一旦洪水漫堤决口,不仅沿岸7个乡会顿成泽国,凌海市也随时可能遭灭顶之灾。

大凌河在北魏时称狼河,义县以下称渝河;辽代时称灵河;金代时称凌河;元代时称凌水;明代时称大凌河。以后便沿袭下来,直到现在。

大凌河源出两支。一支发源于省内凌源县三十家子乡张家营子南沟,海拔1200米;另一支发源于省内建昌县要路沟乡王杖子村北沟,海拔853.9米。两条支流在喀左县吉利嘎营子附近相交汇后,经朝阳、北镇、义县,于凌海的南圈河和南井子之间注入渤海。

据历史资料载,大凌河曾是辽河右岸的支流,其下游河床曾有5次变迁。综合《水经注》《辽东志》《大清帝国全图》《奉天通志》的记载,明代以前,大凌河主流偏于三角洲的北侧,经右卫屯城东一里多处,东流入海。明代后期河身南移,从现在的王段村东南流向大有屯至元宝坻,折南入海。

清朝以来大凌河又北移,自王段村经古龙湾、狼坨子,至鸳鸯沟入海。中华民国时,大凌河主流北移到右卫屯南半里,经黄屯、龙王庙北,再折南入海。

今大凌河再次南移,自古龙湾以下,从明清故道之间,又另辟蹊径,奔流入海。

大凌河全长403公里,其中在锦州境内151.5公里,流域面积3124平方公里。

大凌河是凌海人的母亲河,然而它又是一条性情怪戾的河。历史上记载它最早发水的记录是北魏景初二年，即公元238年。那记载，是段令人不寒而栗的文字："闰八月，淋雨三十余日，城中粮尽，人相食。"其后，有关大凌河的记录也是："自春至夏逾时不雨，赤地千里。""大雨连月，河水泛滥，平地水深丈余，禾尽没。""七月大水，民削榆皮食，继而人相食。"

在大凌河制造的历次水患中，要以1930年8月3日的那次大水为最大，洪峰到来时，水流量竟达每秒1.3万立方米，致使两岸堤坝大面积决口，仅在当年的锦县（即凌海市）一段，就冲毁耕地65.85万亩，冲毁房屋28000余间，死伤多人，灾民达6万余众。灾情最重的义县复兴堡，全村118户，仅余杨姓3户，冲毁房屋467间。另一个受灾惨重的吴家屯村，全村96户人家，死93人，冲毁房屋820间，成为大凌河历史上灾难最惨重的一幕。

现在，面对河水暴涨的危急局面，如果省里的预报成为事实，那么，"7·13"大水，将会继1930年大水之后载入史册。

13日下午3时整，锦州市委召开紧急会议，与各有关方面制定部署抗洪抢险工作。3时50分，市委副书记胡占山、副市长褚光宇、秘书长张绍文、人大副主任赵显英、军分区副司令员霍兰榜、某集团军参谋长杨成等有关人员，分两路转进大凌河，将抗洪抢险的指挥中心转移到抗洪抢险的第一线。

霍兰榜说："开会时就下大雨，非常大，并且一直下个不停。"

锦州军分区司令员张如凯说："那雨来得很猛。早上我去沈阳开会，8点钟离开，那时大凌河一点儿险情也没有。晚上在沈阳，接到家里打来的电话，说锦州发大水了！我说早上还没有呢，怎么可能发大水呢？家里说从18点左右雨就开始下得大了，一直下个不停，那雨下得天摇地动，大极了。"

当霍兰榜他们到达凌海市时，凌海市委书记薛恒和他的下属已经迎候在防汛指挥部。在防汛指挥部的那间大房子里，薛恒几乎请到了当地所有的水利专家，连那些早已退休赋闲的"老水利"也振作精神，重返昔日的战场。然而勘测研究的结果却让人忧虑：无论如何设防，到午夜洪峰来临时，大凌河两岸大面积受灾将不可避免，人民群众的生命将会受到极大威胁，因此，决不能死守，死守是不明智的。如果根据最保守的预测来推断的话，最大一次洪峰通过凌海的时间，应在当夜11时至第二天凌晨4时之间，这就意味着一次大规模的居民撤退必须在5个小时之内完成。当时已是晚上7时，这是锦州市委召开第二次防汛工作紧急会议时将要做出的重大决策。

果真还会有洪峰吗？

果真会有那么大的洪峰吗？

若做紧急撤离，而且是大规模的撤离，群众愿意吗？他们愿意抛家舍业，丢下故园，仓促撤走吗？

要是兴师动众，劳民伤财之后，并无洪水来袭，那将怎么办？

倘若这样，谁能再听你的命令？那不是像"狼来了"那样的故事中撒谎孩子的角色吗？——群众会对你们投不信任票！

但狼真来了呢？万一洪水突来，铁北顿成汪洋，如果不及时撤出群众，人畜或为鱼鳖，那怎么办？这责任谁负得起？

指挥部里气氛达到了万分紧张的地步，分分秒秒都关系着人民的生命财产。大家众说纷纭，意见不一，且你说你有理，他说他有理，一时相持不下。

正在大家举棋不定的时候，握有重兵的某集团军参谋长杨成，一拍桌子站了起来，说："现在是你们大市长小市长下决心的时候了。我看，即使水没有那么大，搞演习也得演，宁可信其有，不可信其无，要马上开动一切宣传机器，动员老百姓自寻高地逃生。只要市政府下达命令，我可在两小时调一万名官兵上大堤！"

短短几句话，无疑影响了决策者们。大家的认识，便在瞬间得到了统一：立即组织大凌河两岸群众迅速转移；由集团军负责大凌河右岸抗洪抢险的一切事务，包括保卫堤坝、转移群众；另一集团军某师负责大凌河左岸；军分区则调动民兵和预备役部队。市有线广播、电台、有线台转播的12个电视频道，一律停止正常的播发工作，在特大洪水到来之前，只播发一个内容——《凌海市委告全市人民书》。

犹如一场战争即将来临。

犹如战争之前那种令人震撼、令人亢奋、令人紧迫得透不过气来的全民总动员。一时间，倾盆大雨中的凌海境内，只有一个巨大的声音在周天响彻，无论你把电视拨到哪个频道，无论你何时打开屋内的有线广播开关，你都只能看到或听到一个内容——《凌海市委告全市人民书》：

凌海市将要面临历史上最大的一次洪水袭击，为了保护人民群众的生命财产，请危险地段的居民马上撤离……全市人民行动起来，夺取抗洪抢险的新胜利！

......

在大街上，数辆临时搭置的广播宣传车，不断轧轧驶过，将那份《凌海市委告全市人民书》准确地、果断地传达给每一个面临水灾的人。

事实证明，指挥部的决定是正确的。如果没有这个决定的及时实施，就不会有几天之后遍播全国的新闻的诞生：凌海市遭受新中国成立以来最大洪水袭击，共有50万亩农田、2万多户居民、30个村屯受灾。然而大凌河主堤无一处决口，2万户受灾群众无一伤亡。这是一个奇迹。

当张鸣岐在小凌河的堤坝上，亲眼目睹小凌河第一次洪峰经过的情景，并嘱人加固险段时，大凌河也正以每秒8000立方米的流量，将它的第一个洪峰凶狠地推向正对着凌海市的大凌河桥。值得庆幸的是151.5公里长的两岸大堤经受住了这个已超标准的考验，大桥安在，堤坝也无恙。

这时，张鸣岐坐着那辆由司机顾野驾驶的三菱吉普，和刘守新、马德山、徐立达一行，风驰电掣般地跑完70多公里的路程，冲进凌海市水利局大院。此刻，已经过了水利专家们谨慎推算的那个最大洪峰可能到来的最近的时限——7月13日夜11点。大凌河水在一浪高似一浪地咆哮着，但没有漫上堤顶，越过长坝；那个据说最大的洪峰仍在它的上游的某个地方一分一秒地积蓄着冲击的力量，在寻找着最适合展示它暴虐威猛的时刻——此时，它还没有如预测的那样准时到达。

部队已经开始行动。《凌海市委告全市人民书》已家喻户晓。张鸣岐疲乏地拖着病体靠在指挥部式样过时的沙发上，听完了抗洪抢险的方案和各方面的汇报。这时，他已连续工作了15个小时。早上离家前他吃了点儿早饭，中午因为胃疼一口饭也没吃，后来匆忙间只吃了一个豆沙包，刚才吃了一个桃子，别的再没什么了。来自食物所补充的能量早已消耗殆尽，现在他只有靠意志和责任感来支撑自己。

面对着为人民群众竭尽忠诚的同僚和部属们他心怀感激之情。他用自己特有的肯定方式肯定了他们抗洪抢险的方案。他说："你们制定的方案很好。但要切记，千万不能死人，一定要保护群众的绝对安全。实在不行，淹一部分地也可以。一是要搞好责任分工，要落实到人，分工负责。"说到这时，他停了一下，看定因为拥挤而无处可坐、站在他对面的凌海市委书记薛恒说："每一个阶段是不是都有人负责？"

薛恒回答说："有，每个阶段都有市领导负责。"

张鸣岐又问："听说有的地方已出现漫堤，群众怎么样了？"

薛恒说："已经全部转移了。"

这时候，处于危险之中的大凌河镇北犬山子下游7个险段76个村镇的10万农户正在艰难地撤离。俗话说，穷家难舍，虽然是茅房土舍，鸡羊牛猪，却也是剜去心头肉一般地难舍。更有甚者，竟扳着门框不走人。群众的转移，绝不是一件易事。薛恒这样回答，不过是一个善良的心意。细心的薛恒自打张鸣岐刚刚进来的时候，就觉察到了他难以掩饰的困顿劳碌之苦。他知道，张鸣岐是一个患有严重糖尿病的人，但更是锦州市300万人民的书记，薛恒觉得，自己应该爱惜人民的书记，宁可等一会儿自己再去检查落实一回，也不能让市委书记分心，所以他说"已经全部转移了"。

窗外雨声依旧，指挥部里却十分闷热。那么多人聚在一起，体温加上高湿度低气压的作用，更让人觉得热得难耐。不少人索性脱去外衣，只穿一件贴身的背心，连霍兰榜这位一向很注意军容仪表的人，也顾不得那么多，竟也解开了短袖军装上衣的扣子，将两片衣衫大大敞开。张鸣岐却并没有感觉出热来，从一进屋，他的两件套防雨服就严严实实地穿在身上，不仅没有脱下来的意思，拉链也一直拉到脖颈下面，好像要随时走出门去。

后来，在回忆这段情景时，霍兰榜说："听汇报时，他曾把防雨服上衣的拉链拉开过一次，但几乎还不到半分钟的样子，他就又将拉链拉上了，而且又是一直拉严到脖颈下面。"当张鸣岐牺牲之后，在场的人都想到那件防雨服和张鸣岐拉拉链的动作。而当时，谁也没有意识到，这正是死神向人们的一次有意无意的暗示。

即使是霍兰榜，也只不过是凭着他军人的天性，记下了这个小小的细节。然而，笔者认为，这的确是一个启示，因为在"7·13"事件之后，几乎所有知情人都认为那套防雨服，是致张鸣岐于不幸因素中最直接的因素之一。

那是一套特殊的防雨服，极轻盈，极柔软，且防水性能极好，它的上下两件衣裤的袖口和裤脚都是松紧束口的。若是在那种和平安宁的雨天，它恐怕是最轻便最安全的防雨服了。遗憾的是，张鸣岐过去从没穿过它，这是第一次穿它。他并不知道这崭新的雨衣是在迎合那场蓄谋已久的洪峰。就在尤山子他被那汹涌的洪水击倒在浊流中时，那防雨服不但没有帮他，反而将水渗透进去，并且充盈起来，直到能够将他像沉重的铁锭那样沉沉地坠入水底。

在指挥部闷热的屋子里，有一瞬间，某种神秘的超然力量撞击着霍兰榜的好奇心，他悄声问张鸣岐："你穿那么多，不热呀？"

倘若张鸣岐重视了这句话，倘若他回味过来，猛醒此时是炎热的夏天，自己不该穿这么多衣服，他会把捂得严严实实的衣服拉开或者脱下来，事情或许就会向另一个方向发展，但是，张鸣岐竟对霍兰榜的话毫无反应。

张鸣岐目光如炬，神情专注地思考着什么。他端坐在7月闷热的夏夜里，把自己思索得像一座雕像。他的其他感觉已经全部消失，只有他的手和大脑还在紧张地感知。他的手仍在胸前紧紧攥着，就是那只右手，紧紧攥着，那就是他独特的身体语言。他的胃里已经没有食物，没有供给身体其他部分的能量，唯有的一点儿生命烛光，只能顾及着自己的手和大脑。那只手就是他的宣言。他每逢大事总是这样的，他在用手抓住向他袭来的滚滚灾难，向它抗争，向它搏击，于是那只手紧紧攥着，那是他意志的标志。这只手有8块腕骨、5块掌骨、14块指骨，用韧带和筋膜结缔相连，组成一个战斗集体，一个完美的拳头。过去，在每次重大事件中，凡是有过他的记录的，不管是电视或照片，都会发现他的这个惯常姿势，那是真正的勇士决斗的姿势。此刻，他的手就那样紧攥着。而他生命的烛光，同时还急切地在脑海里烛照着他亲爱的锦州。那是他的锦州，义县、黑山、北镇、凌海，那里的山川河流、村庄、土地、碧绿碧绿的庄稼、雪白雪白云朵似的羊群、大片大片的厂房，还有他亲爱的锦州人民……唯有他看见了那黑色的灾难扇动着巨大的翅膀正从遥远的天边翩翩而来，越来越近，越来越近……决不能有半点儿疏漏！不能！锦州正在上升，锦州正要飞起来，锦州正像一只大鸟，一只已经丰满了羽翼的彩色大鸟，冲天而起，充满自信地飞翔在环渤海经济圈明净的蓝色天空。因此，此时，锦州决不能有半点儿疏忽……

他也因此没有听见霍兰榜关于衣服多少的问话（以后，他也没听进去关于自己冷热生死的种种劝告），就这样，他匆匆离开指挥部，勇敢地去奔赴他的战场。人们无法得知，他当时是否想过：此去，也许是赴死神之约。

　　凌海的抗洪抢险工作，显然已经井井有条，一切都在顺利进行中，看来他可以不必多虑。因此，他自然而然地又想到了锦州城，想到小凌河西护堤上的那段险处——那是心腹之患，于是他对坐在他旁边的市长关永光说："老关，咱们俩不能都在这儿。你在这儿坐镇指挥，你们几个负责大凌河；我回锦州，那边也很紧张。"说完，他又对身边的刘守新说："守新，你也跟我回锦州。"接着，他又叫了锦州市公安局长徐慧超，边站起来边说："走，我们到大凌河桥上看一下。"那几个人就呼啦啦地跟着张鸣岐往外走。

　　张鸣岐一行走出指挥部，这时霍兰榜、张绍文、薛恒都站了起来。霍兰榜往前送了两步又回去了。薛恒和张绍文跟着张鸣岐走了出去。出了门，张鸣岐又问："出水位置在什么地方？"

　　薛恒说："就在城北，不远。"

　　刚才在指挥部听汇报时，大凌河镇方向报告说：尤山子段的河堤出现险情，但问题不大，已经派人去了，部队已经上去。说这话时，因有别的话题，就把尤山子河段的事放在了一边。谁知一出来，看着沉沉夜雨，张鸣岐重又记起了尤山子，便又重新提起了这个地方的情况。

　　既然说不远，张鸣岐就决定去看看，他觉得不亲自到第一线看看，他心里不踏实。

　　于是，他说："咱们去看看。"又对刘守新说："守新，你回锦州，我看过之后就回去。"又对张绍文说："张秘书长，我自己去，你就别去了。"

　　这样，张鸣岐便和他们分手，跟薛恒一同向大凌河进发。

　　这时正是午夜时分，天仍下着雨。凌海市内，经过刚才那一阵非常的喧哗和骚动之后，已在沉沉的夜幕中归于宁静。城市仿佛已昏昏睡去，只有如注淫雨还在无休无止地冲刷着城市。它似乎不准备有片刻的停止，就这样一直下着，下着，一直到城市漂浮起来。

　　大凌河是一条季节河。

枯水时节，河床尽数暴露，蜿蜒着沟沟坎坎的无水的发白的河道，也蜿蜒着纤若游丝的几缕清流。那些被深处河床挽留的水，则不再他流，就平静在那里，如一枚沉重孤独的眼睛，坚守着与河床的百年约定，执着地守望在那里，甚至干涸，也无怨无悔，一直等到来年的雨季，再重造自己新的生命。应该说，枯水时节的大凌河，不是什么河流，而是这片土地的一道苍凉的记忆。

然而，它现在突然变了脸色。

从时间上来说，现在已是7月14日0点10分，张鸣岐站在大凌河桥上，望着手电光昏黄的光柱。那光柱，就像一只瘦弱的触手，贴在不远处的河面上，那里，浊浪湍急。而光柱之外的别的地方，他再也看不见，但他却能感觉出情势的危急。那是一种摄人心魄的水声，似有壮大的马群踏踏而来，更有巨大的叱咤之声，轰鸣如雷，惊天动地。他站在桥上，便能觉得有东西砰砰撞击着桥体，大桥慌乱地吱吱叫着，那声音，使人头皮发麻。他只注意着水势，只关切地询问河水平面离堤顶还有多少距离。他看到受命参加抗洪抢险的指战员们已经到位，就像在壕堑里那样守护着大桥和堤坝，他的心里一阵感动。他走到战士们中间，紧握着他们年轻的手，把自己的关怀传达给他们。他问战士们吃过了没有，战士们回答说吃过了。他还告诉战士们一定要注意安全，千万要小心。

张鸣岐一路领先，匆匆沿堤坝查看了水情，又看了水文站。得知堤上部队来自驻锦的某集团军，便问该军抗洪抢险的总指挥杨成参谋长现在何处？黑暗中有人回答说：杨参谋长到尤山子了，听说那边漫堤了！

"尤山子"三个字，又一次敲击着他的心，他来不及多问，便匆忙上车，向尤山子赶去。这时，张鸣岐的车里除了他和马德山、秘书徐立达、司机顾野外，又多了3个人：锦州有线电视台记者杨晔和刘晶，《锦州日报》摄影记者朱大伟。原来，那天下午，锦州市委宣传部也向所属各新闻单位发出了一个紧急通知：派得力记者立即赶赴凌海防汛指挥部。

那天下午，锦州有线电视台新闻部的值班编辑是26岁的小伙子杨晔。他接到通知时，新闻部主任王东升正带领3名记者在小凌河堤坝上采访，新闻部只有杨晔一个人还在班上。杨晔想了想，先打电话叫来了已经下班回家的女记者刘晶，又用中文寻呼机向王东升做了报告："我和刘晶去凌海防汛，请回电话

468384，告知报道方式。"6点45分，在桥西防汛指挥部，王东升给杨晔回电话："注意别出什么问题，多带几块备用电池，必须带上便携灯，尽量多采用同期声，必要时你做现场报道。"

得到回复后，杨晔没顾上吃饭，也没来得及和父母打个招呼，就和刘晶一起，临时从台里抓了一辆客货两用的"大头宝"工程车，直奔凌海。

实际上，最早跟踪采访张鸣岐的就是有线电视台新闻部主任王东升和记者郜育新、张可夫一行。

记者郜育新在日后回忆说：

"……晚8点25分，从外地出差回来的市委书记张鸣岐驱车来到桥西防汛指挥部院内，与市政府副秘书长刘怀信，在西大桥中间，碰到巡视堤坝归来的副市长刘守新，他们一起冒雨来到小凌河桥南大堤，张鸣岐书记边走边部署抢险任务。为了采访到张书记的正面图像和同期声，记者张可夫手持话筒跪在了泥水里，王东升主任扛着20多斤重的摄像机站在了大坝的最边缘，他的背后就是汹涌咆哮的洪水，我们摄下了张书记在市内查看汛情、指挥抗洪抢险的最后一组宝贵的镜头和最后留给锦州人民的声音。然后，张书记等市领导驱车直向灾情最严重的凌海市。我们的新闻采访车紧随其后，在'八一'公园门前突然熄火，我们立即跳入已没膝盖的洪水中，等我们费力把车推到100米以外的高路石上，书记的车队早已不见踪影……"

而锦州电视台新闻部记者王天翔则是在凌海桥头北侧和张鸣岐不期而遇的，但最终仍没跟踪上张鸣岐。

王天翔说："回想13日那天的情景，颇多感慨。当天我和后来遇难的记者杨晔一样正值编辑班，晚5点半，新闻部副主任张晓昕找我，说到凌海采访抗洪抢险情况。7点钟赶到凌海市，我们已感觉到那里的紧张气氛。尽管如此，那时水还没有下来，我们就坝上坝下往返地抢拍镜头。晚上11点半左右，张鸣岐书记赶到了凌海市听完汇报后，他要到公路桥北侧去看看情况，记者都跟了出去。张书记在堤坝上走了一段，并看望了忙碌在抗洪抢险第一线的解放军战士，问了他们是哪个部队的，告诉战士们注意安全。随后他转身上车，直奔出事的尤山套堤方向。我和张晓昕当时一直想多拍几个镜头，但看见张书记已经上车走了，知道扛着机器无论如何也跟不上，只好回到防汛指挥部。此时距张书记他们遇险不超过半个小时，我们拍下的张书记查看水情看望官兵的镜头，也就成了张书记留给人们最后的珍贵镜头。"

当时，杨晔和刘晶却和张鸣岐书记不期而遇。他们先到凌海市防汛指挥部了解了一些情况，拍了一些镜头，又到大堤上进行实地采访。当他们再返回防汛指挥部时，他们见到了张鸣岐。凭着往日对鸣岐书记的了解和新闻记者的职业敏感，他们断定今晚张鸣岐书记肯定会到最危险的第一线去。于是，他们决定：不离左右地跟上鸣岐书记！

他们乘坐又笨又慢的摇摇晃晃的"大头宝"，先跟张鸣岐到大凌河桥。但他们的车也委实太慢了，在泥水中被张鸣岐他们的车远远地甩在了后面，怎么也追不上。好不容易跑到大凌河桥头，又被运送防汛物资的车队堵住不能前进。他们只好下车徒步跟踪张鸣岐，可是扛着摄像机的杨晔和举着闪光灯的刘晶，都几乎跟不上大步流星的张鸣岐。

大坝上泥泞如胶。由于走得急忙，杨晔没来得及换下脚上的皮凉鞋，此刻蹚着泥水，鞋被堤上的泥粘得走一步掉一下。刘晶倒是细心地换了水靴，可她那双鞋又是去年她17岁的时候买的，她原以为自己脚会随着年龄的增长再长大一些，就买了一双比脚大一号的鞋子，打了点儿提前量，谁知一年以后再穿时还是比脚大一号，这时走到大堤上，就越发地不跟脚了。但他们俩决心很大，还是稀里哗啦地追赶着张鸣岐，边走边拍摄。有一会儿，为了把镜头拍得更好些，刘晶就大着胆子请求张鸣岐：是不是把脸转过来配合一下？张鸣岐平时就不乐意在镜头前出头露面，此刻更不例外。他不客气地拒绝了刘晶："你们拍险情，拍我干啥？"

可是，后来起作用的仍是张鸣岐的恻隐之心。当张鸣岐发现杨晔脱了鞋子，光着脚在泥水里走，忙说："可不能这么走！泥里什么都有，扎了脚怎么办？进我的车里来吧！"就让杨晔和刘晶坐进了自己的车。

而《锦州日报》的摄影记者朱大伟接到同事侯义宝的电话时，正在凌海市自己的家中。侯义宝因和大伟同是摄影同行，他完全把这次大水看成了一次创作，一个绝好的题材，出于好友遇到好事，有着"见面分一半"的仗义，他觉得不能独占这个题材，便想让朱大伟一块儿"分享"，就拨通了大伟家的电话。几分钟后，在凌海防汛指挥部和朱大伟会面时，他还咬咬牙从自己带来的仅有的3个胶卷中，匀出一个给了朱大伟。

其实朱大伟本来就是一个干起工作来敢玩命的人。当他还是一个摄影爱好者的时候，有一次着山火，他听说后曾经单枪匹马地闯到山上，抢拍群众扑救山火的场面，结果他的照片成了那次山火的独家新闻照片，被一家报社要去在报上发表，这也是朱大伟首次见报的摄影作品。

当张鸣岐来到凌海市防汛指挥部的时候，朱大伟他们也听说了尤山子出水的消息，知道张书记来了，新闻肯定有"彩"了。侯义宝对朱大伟说："咱俩分一下工，我去坝上跟部队，你留下来跟领导。"谁都知道，部队去的地方最危险，朱大伟知道侯义宝的善良用意，只好答应了。

当时和朱大伟一同的还有《锦州日报》的文字记者邢广利，他们乘坐一辆小面包车，像杨晔和刘晶一样，在后面紧跟着张鸣岐。在大凌河桥头，他们的车也被堵在了后面，俩人也只好下车，追着张鸣岐的车往前跑。朱大伟跟着张鸣岐看了部队，看了大堤，又看了水文站，听说张鸣岐要去尤山子，他急忙转身就往自己的车那儿跑，没跑出多远，张鸣岐的车已经开过来了。恰好这时张鸣岐正招呼杨晔、刘晶上车，趁张鸣岐停车让他们上车的时候，机灵的朱大伟不等邀请便乘势挤到了车上，见车上已没有了位子，他只好蜷缩着身子蹲到了车座后面的空当处。他当时肯定有些庆幸：终于赶上了这班车，看来要有好镜头可拍了……

就这样，张鸣岐的三菱吉普里，拥挤着7个人，不堪重负地驶向尤山子。

他们都没有想到，在他们的前面，黑色的死亡之神，正悄悄地靠拢上来……

第二章

要是不砍树的话，张书记还不能没了呢·没人管的大堤·

我们是领导，再危险也得走·生命的最后瞬间·

于是他们一齐喊：张——书——记·最初的救援

当我们在"7·13"事件的半个月后，从北京赶来锦州，赶来凌海，赶来大凌河的时候，大凌河水早已退去，不仅仅恢复了它的平静，似乎又平添了曾经深刻思考过的理性模样，星星点点的水泊就是这个孤独者洒下的悔悟之泪。我们只是在河堤内高大的白杨林间，从那些至今还挂在它腰间、胸前的水草杂物上看出这里曾发生过一场大水，一次真正的浩劫。

那是个上午。也是三菱吉普。在某集团军宣传处上尉干事刘学超的导引下，我们径直驶向尤山子村。

我们在朱大伟拍摄照片的地点前停了下来。当然，他拍摄了许多照片，但唯有这一张照片最撼人心魄：画面上依次显示的是张秀和、薛恒、张鸣岐、陈宝秋。实际上应是5个人，还应该有凌海市公安局干警齐汉斌，只是他站在张鸣岐的身后，只露出一点儿白色衬衣。这就是以后被题为《生命的最后瞬间》的照片。

下得车来，我们便看到了那田野。

那些被尺多厚的淤积泥沙严严实实覆盖的田野，横横竖竖地开裂着一寸多宽的裂缝。玉米和高粱枯萎在地里，像被烧焦了一般，黑黑白白一片，成为一首哀怨的挽歌。原本已该收成的麦子，也软塌塌地倒伏在开裂的淤泥里，一片恓惶。农人们精心盖置的那些蔬菜大棚，除了几根东倒西歪的竹竿之外，已空空如也。洪水如此残酷地绝杀人类的本领，令人目瞪口呆。附近的房舍上，洪水爬过的痕迹还历历在目。我们曾从书本里承袭下来的"洪水猛兽""灭顶之灾"等词意，在这里得到了最明白的释解。

我们确信我们是来到了那条路上，就是张鸣岐一行去尤山子的那条路。

这是一条土路，约有七八米宽的样子，南北走向，到尤山子村口时再向右折，便到了大凌河堤。从地物地貌看，我们所在的位置是在最中间，同时也是最低点，它比海平面还要低6米。

这条路自南端铁路算起，到尤山子村为止，约有四五公里的样子。路的东侧2000米许，就是大凌河堤，两侧也有四五公里的样子便是山丘。北边尤山子村也是小山，尤山子和蔡家子村就逶迤依山而建，只不过尤山子在东，紧靠河堤，蔡家子在尤山子西。大凌河在这一段是南北走向，从尤山子旁边擦肩而过。这样一来，当水从蔡家子和尤山子中间冲下来时，这个方圆10多平方公里的地方瞬间就变成泽国……

现在我们就站在这个地方，这个张鸣岐他们曾经走过，又正是在这里被水冲散的地方。在这里，我们碰到了一位健康而开朗的老人，他姓徐。当他告诉我们他已经80多岁的时候，他那赤红的脸膛，稳健、结实的脚步，几乎把我们惊呆了。

我们走过来时，徐大爷正在张鸣岐曾经走过的那条路上，翻晒着他细心地从开裂的田里收捡回来的麦子。那麦子已经是灰白色了，确切地说应是麦秸，很少见到麦穗和麦子。这麦子完全是从洪水的牙缝里残留下来的，一副被蹂躏过的模样。徐大爷把白色的麦子，细心地翻晒着，弯着腰。这情形，让我们想起米勒的油画《拾麦穗》，只不过这是在中国。

话题自然说到张鸣岐书记。一说到张书记，老人立刻就停下了手里的活计，同我们交谈起来。他说："你问张书记？呵，知道知道，咋不知道呢？发大水那天，他不放心我们老百姓，他来看我们，就在这疙瘩被水冲走了。那是个共产党的好官呀！"

说着，老人的眼睛就有些湿，说不下去，拄着手中的家什伤心起来。

问他见过张书记吗？他说没见过。但他说他知道那是个心里装着老百姓的好人，那么大的官，还那么好。比他们好！我们不解，问："他们是谁？"他说就是那些不管老百姓的官。说着就转身指着土路的两侧让我们看，说："看到那些树桩子了吗？"我们顺着他的指引看去，见是一丛一簇的树芽，而树芽丛里，都掩盖着被砍伐的树的根部。苍白发黄的树桩就像一个失血过多的人的脸，在路的两侧就这样簇簇相拥着，一直排到尤山子村的方向。而再往南走，20米开外便有了树，老人说是那些树还没来得及砍伐。徐大爷又说："这些树原来都是那么高的大树哇（指远处那些几人粗的大杨树），年前的时候，都让他们砍了，要是不砍的话，张书记还不能没了呢！"

问：砍树干什么？

答：干什么？！卖钱呗！

问：卖钱？给集体？是给乡里卖钱吗？

答：这时候还有什么集体？

问：他们就敢公开砍树，卖了钱再往自己口袋里装吗？

这时，我们从太阳下走到树荫里，就是说，从北又往回返了20多米的样子。那里有3个农妇正在那里小憩。一个穿着红裤子，她个子较高，很壮的样子；她的右边坐着一个年纪比她大的妇女，约有50岁左右的样子，瘦些，个子也矮些，她穿着白底蓝花的半截袖汗衫。她说她是老人的儿媳妇，而穿红色裤子的女人则是她的妹妹。老人继续和我们对话。

老人说："那有什么不敢哩？现在干啥不敢？"

这时穿红裤子的女人插话进来。她说："他们是无法无天哩。张书记刚来锦州，还没顾得上收拾他们哩！"

穿蓝花衫的女人接上话茬儿说："他们连救济款还敢贪哩！"

穿红裤子的女人又说："这一次发大水，俺村子淹得可惨，庄稼全完了，房子里都进了水，老百姓哭爹叫娘的，可是，有的干部连面都没照过……"

我们问："这两天，市里不是一直往下边拨救济粮、救济款吗？部队也来慰问，听杨军长说，一下子就送几万斤粮食哩……"

穿红裤子的女人说："从发水后只给了几斤高粱米，一人6斤还不够秤，李家铺村支援我们，每人捐了5毛钱，可我们连毛也没见到。去领救济的时候，有的干部的脸拉得老长，像吃他们家的东西似的，我们宁可不领也不看那脸色。"

穿蓝花衫的女人说："救济款发下来了，听说不发给老百姓，给用到企业上了。那企业就是几个村干部的，那还不是给他们自个儿，这跟装自己腰包有啥区别？"

这时，围过来的人越来越多，尤山子村一姓杜的村民在一旁插话进来说："俺村大水后分了3回。每户分的有10多斤挂面、50公斤的粮食，房子倒的农户给400元，水进屋里的给一袋水泥……"

我们问："你们和他们不是一个村子的？"

姓杜的农民忙说："不是，我们是尤山子村的。这一次俺的王书记可表现不赖。他顾忙着全村老少爷们儿，却把自己的家给忘了。大水来时，他只把自己86岁的老母亲背出去了，别的什么也没带，结果大水把他的房子给冲倒了……"

穿蓝花衫的女人说："人家的王书记平时脾气挺大的，可是关键时刻对老百姓好，起了带头作用了，老百姓都说他好……"

听着老百姓的话，我们就很感慨，就在这条土道上，群众在自发地评议干部。所谓民心，确是不可欺呀！

我们的目光又回到那些现在已经被砍光的树桩上，由于没有把根部挖掉，又长出丛丛簇簇的绿苗。不久前，这条道路的两侧还是两排高大的白杨树，那些白杨树挺拔笔直，几可摩天。它们就那样绵亘不绝，一直排列到尤山子，既是这山村最美丽的自然景观，又会在炎夏撑起绿伞给农人遮阳乘凉，而更为直接的就是徐大爷说的那句话："要是不砍的话，张书记还不能没了呢！"

我们的幻觉中出现了洪水，那滔天的巨浪向张鸣岐一行袭来，可是他们是行走在这条道路上，这条道路有两排高大的白杨，它高大结实，即使是洪水也奈何它不得，于是这两排白杨树就成了洪水中的诺亚方舟，成了一排绿色的安全走廊。他们不必再拉着手，在黑夜中漫无边际地逐水漂流，而只需要转身到路的两边，扑到那些高大的树上，紧紧地攀住它们，不管多大的洪水，即使张鸣岐因为腹中无食，即使他有糖尿病，那也不打紧的，他的秘书徐立达，还有他身边的薛恒，都会上来保护他的，即使这几个人都攀在一棵树上，那粗壮的树也会承受得住的。可是，它却被人砍掉了，卖钱了。而这一切就发生在年前，就在"7·13"大水之前，这真的是一种意外的巧合吗？这不同样是人间的人为的"洪水猛兽"吗？事情就是这样简单，这样无情。那些人把树砍了卖钱了，张鸣岐、杨晔、张秀和便牺牲了。

徐大爷像大凌河的一道古老的褶皱，他的脑海里至今还存留些往昔的记忆。他是个老人，差不多活了一个世纪，他没有太多的记忆，但印象最深刻的还是毛泽东时代——就是毛泽东活着的那个时代。这种怀念经过时间的沉淀和堆积，已像岩石般坚硬，还有老百姓的特有的固执和善良的偏执。

他说生产队那会儿，年年秋后农闲的时候，都组织人去修大堤。大堤是什么？大堤就是大伙的命！那时大伙都清清楚楚知道这大堤是属于集体的，于是大堤就年年修，修成了现在的这个样子。那时，徐大爷是生长队里的一个组长，一个很值得骄傲又很自豪的职务。那时他就常常带领着自己小组的人去修堤，至少一有空就修。可是生产队一解散就再也不修了。那大堤已经被人淡忘了，那只是绵亘在大凌河边的一抹悠远的记忆。人们很快就忘掉了大堤，不知道大堤是大家的啦！这种淡忘首先就和那些不负责任的干部有关系，就是那种只顾往自己口袋里装钱的人,是他们告诉了人们什么叫自私自利!

徐大爷说:"每年上级都曾拨过款子的,是专门用来修堤用的,可是却被下边的人挪用办工厂了。这次出事的套堤就有专门的款项,可是却一点儿也没用在套堤上。"

那是一条小小的沙河。它东西走向,是山崖上山洪溪水流泻到大凌河的小小水道。它在尤山子的山后不远处,正对着大凌河的腰际。那小沙河也有堤的,人们就叫它套堤。1984年这里曾发过一次水,就是这套堤出的事,本来这教训大家应该铭记在心的,但不知为何却没人把它当回事。据说,拨来专用修套堤的钱被挪用了,用在了办企业上。他们可能认为这小小的沙河不会出事,套堤修不修无关紧要;当然,他们肯定认为,还是眼下干企业发财为最紧要。于是就把钱投进工厂里,修堤的钱、卖树的钱都投了进去。据说,后来所有的企业全倒闭了,而有些干部的腰包却鼓了起来。

穿红裤子的女人愤愤地说:"你们可以去查查,有的干部哪年不弄它几万块?你去看看他们的房子,看看他们的家里……"

套堤没修,大凌河的大堤也是同样没修。现在的大堤是10年前的老样子。在这10年里,乡人们便把大堤当了官道,可以在上面走车马。枯水季节,从此岸到彼岸,便可以不走桥,直接赶着牛车马车从堤上轧过去。天长日久,那大堤便凹陷下去,自然成了豁口,乡人们叫它"道口",连水文站的专家和城里的领导干部们也顺着叫它"道口"。这样一来,"道口"就成了大堤的组成部分了。据说张鸣岐来尤山子的原因,就是有人说这里漫水了,因为这里已经深陷了下去,洪水会从这里咆哮而出的……

没有人来管这个大堤了!不但不修,反而来破坏它——这种不修不管,其结果就是任其被破坏!

还有更令人痛心的事——

7月31日,锦州电视台晚间新闻:

屏幕上,一堆堆装着泥土的白色尼龙袋堆在河堤上。

近景:原本码得整齐的尼龙袋被人弄得七零八落,只剩下一堆堆松软的泥土,大堤露出豁口。

电视台节目主持人走进画面:连日来,偷盗防洪筑堤物资的事件屡有发生，有的险段的防洪物资，已经数次被盗……

汛期还没有结束，有预报说，锦州地区可能还要有更大的水患。可是，在这种时候竟有这样的偷盗行为，为了蝇头小利，而无视大家的利益。

无视大堤存在，不知大堤恰恰是属于自己的，这难道不可悲吗？

倘若尤山子河段没有凹陷，没有出水的说法，张鸣岐还能去尤山子吗？

在尤山子段的大堤上，我们见到了一位李姓农民。据乡人说，他过去曾是这个村的村长，而这个尤山子村从生产队那时起，就一直是先进集体。后来他不当干部了，正赶上政府号召合理地使用土地，利用荒地，他就同6个人一起，从河套管理处那里，包下了大凌河河滩上的荒地，开荒种起了玉米、高粱，几年下来，收入颇为可观。

他说，其实那天出水的地方不在这"道口"，也不是大堤，而是在沙河的套堤。平日，若沙河有水便汇入大凌河，然后再随大凌河水一道入海。套堤大约有5华里的样子，宽不到2米，最高处不过5尺，最低处只有2尺左右，而且是年久失修。因为它不在大凌河的主干道上，所以从未引起人们的重视。别说是这种历史上罕见的大水，就是一次普通的大水，也有可能让它决口。结果，那天洪水来时，大凌河水位暴涨，不但沙河水不能正常汇入凌河，大凌河水反而向沙河倒灌，纤细的沙河受不了大水的冲击，先是漫堤，继而决口。决口的洪水带着一种释放的激情，一路由东向南冲决而去，先是穿越了蔡家子，然后在蔡家子和尤山子两村之间的一座小旱桥处，循着一条荒僻的沟攀越上来，向南奔泻而下……而大水首当其冲的便是刚刚停车的地方，因那里是最低点。再往东南方向奔去，因那里是大凌河大堤，那里有一个泄洪闸，并且还有一条水沟。但是，那水闸那时是决不敢开启的，怕冲豁了口子。于是那水就又往回旋流，形成一个个巨大的旋涡状。因此，当张鸣岐一行往回返的时候，正是浊浪向回旋流的时候，他们是逆水而上。最后，决口的水一直把这个低凹的方圆10平方公里左右的地方灌成一个大湖，平均水深6米，最深处超过9米。

尤山子一段的河堤要比村前的那片旷野高出许多，这样一来，当大水从蔡家子和尤山子之间顺势而下，形成一个人工湖泊的时候，大堤又挡住了大水的去处，所有的水只靠大堤的南端一个泄水闸排水。可是，因为大凌河水位此时已经超过标准许多，倘若这时开闸，那河水便会咆哮而出，反而把闸冲坏。即使此时河内水位低，也不敢开闸的，这方圆10平方公里的大水同样也可以把水闸冲坏，于是这水闸便不敢开，只等河水水位降低才敢开闸。

那水因为没有去处便越聚越大，越来越深。

水闸不远处有一个小小的桥洞，因为水闸不开，它只能尽自己的一孔之力慢慢地向河里排水，但因势单力薄，无法完成泄水任务，于是便眼看那水一浪高过一浪，顿成汪洋……当以后张鸣岐一行遇到大浪盖顶在水中逐水漂流的时候，其水流的方向便是向这里运动。只不过那水是旋转变化的。

水闸前有一条水沟，这是平常下雨积水时向大凌河排水时留下的印痕。而这条沟的将尽处，离朱大伟照相的地点约2000米左右，这里，就是张鸣岐最后的殉难地。

在张鸣岐去尤山子之前，同行的人曾劝他不要去了，在附近高处看看水就行了。张鸣岐严肃地说："我是来看险情的，不是来看水的。"不容置疑地坚持要去尤山子，大家只好一同前往。

张鸣岐到达尤山子的时间大约在14日0点30分左右。那时路上已有不少积水，汽车在水中行走的样子，就像舰艇从水面划过，溅起的水花在车灯处亮得白花花一片。在日后那些关于"7·13"水难的记载中，都说那天随张鸣岐去尤山子的一共是两辆车、11个人。事实上，那天一共是3辆车、13个人，随张鸣岐去了尤山子。第一辆车，也是后来被人们在新闻中忽略的那辆车上，坐的是凌海市委秘书长张喜廷和他的司机国乃和。自从离开凌海防汛指挥部以来，张喜廷的车就一直是走在张鸣岐车队的最前面。到尤山子时也不例外。而且"7·13"水难的时间概念也不甚准确，因为水难发生时，准确的时间已是7月14日凌晨。只是囿于习惯使然，于是就统称之为"7·13"水难。

就在张鸣岐到达尤山子之前十几分钟，有另外两支人马先后到达尤山子，那就是某集团军参谋长杨成和某高炮旅崔龙洙部的200多名官兵。

还在市委召开第二次防汛会议之前，杨成就已经开始用他的对讲机调动部队，一个多小时后，已有50辆车1200多人经过70多公里的跋涉，到达凌海市公路大桥南侧的既定位置。因此，一开完会，杨成就离开指挥部去部署他的部队了。

后来的事正如人们所说，杨成正在大堤上调兵遣将，派他的1000多官兵或去沿岸乡镇村庄转移群众，或在各个险段抢修大堤。各部队领命而去，一时间，大凌河桥头车流滚滚，忙碌非常。待一切都井然有序，杨成仍抓住崔龙洙不放，随他一起在大凌河上上下下转了一遭，预防着再有险情，也好让崔龙洙调集部队。谁知他们刚转了一圈回来，就听说尤山子出水了……

杨成对我们说："我当时在大凌桥头上观察水情，每隔10分钟就下去一次，看水位是否上涨了。我一直没碰上张书记。因为这时有人说尤山子河段要决口，胡占山书记要我派人，我立即派了崔龙洙的高炮旅200多人去了尤山子。本来让凌海市刘孝斌副市长带路的，他这时去找车了，我们等不及，就先走了，去了尤山子。

"我和张书记一直没有碰到一块儿，他在指挥部时，我正在桥头；他到桥头时，我又去了尤山子；等张书记去了尤山子，我已经返回到凌海指挥部。如果我们俩能照上一面，我就会派战士保护他，因为部队毕竟是受过训练的，懂得地形地物，懂得保护首长的重要性……

"我们去了尤山子一看，见有10多个民工正在道口抢修，低凹处已摆好了沙袋。村里的人都说没事，我到河边量了一下，一看水位提高了，但还有2—3米才能到堤顶，我估算了一下，觉得没事，因为水流量每增加100立方米，水位才能长1厘米，这是我每10分钟测量一次得出的经验。我放下了心，就准备再往别的地方去。这时刘孝斌副市长上来了，我对他说，这里没事。就又问他，还有什么地方有险情？他说，蔡家子情况不好。我们就一起去蔡家子。走到半道，刘副市长的车又回来了，说前边已经有水了，进不去，我们就又折回，顺着尤山子那条道往回走。正在这时，在半道上碰到高炮旅的7辆车、200多名官兵，我对他们说，尤山子不需要人，你们跟刘副市长去吧。临走我还交代高炮旅的干部：一定要注意我们战士的安全。接着，我就赶回了指挥部……"

这时崔龙洙正在一片空地处查看地形。7辆车、200多人之所以在半道上停下来，是他首先感觉不对。他在行进途中突然觉得车体在渐渐下沉，向很深很深处滑去。军人的直觉告诉他，这是一处危险地段。崔龙洙是一个机敏而果断的军人，他没有放过这个不祥的感觉，立刻让车队停止下来，借着手电的光亮在军用地图上查对所处的位置，结果令他大吃一惊。等高线上显示，他和部队的位置竟比海平面还低6米。这显然是一个危险的所在，倘若洪水袭来，这200名官兵将会全军覆没。

崔龙洙正待下令车队掉转方向，撤离这片不祥的低谷时，这时杨成参谋长的命令也下达了，于是军队就在副市长的带领下，另择他路，向尤山子上游的大凌河段驶去……

前后相距仅十几分钟的时间：他们刚走，张鸣岐一行便来到了这里……

其实张鸣岐在尤山子大堤上停留的时间十分短暂。大堤没有决口，也没有漫堤，道口的低洼处已被加高，从守堤的民兵那里得知，附近的群众已转移到了山上的高处，张鸣岐就除却了一块心病。他又顺着堤坝向下游走了一段，见情况良好，就反身下堤，要回锦州。此刻最令他放心不下的就只有锦州，因为那里有同大凌河一样不安分的小凌河。

关于张鸣岐在尤山子大堤上的情况，一位名叫涂广成的农民，为我们提供了不少宝贵的素材。

原来那天晚上，张鸣岐他们到达尤山子时，大堤上除了几个看守道口的民兵之外，还有一个人也在紧张地关注着水情的变化，那就是涂广成，他是"7·13"水难的另一位见证人。

涂广成生得清瘦而又精神饱满，眉眼间透着精明、善良和热情，一看就是农村中拔尖的那一类人物。涂广成年轻时也当过兵，在部队开过车，也当过报道员。复员回乡之后，先是凭着一技之长包车跑运输，结果赔了本，这才横下心来从外乡跑来尤山子落户。他和那位李姓农民一样，在大凌河河滩上包了100多亩的滩头地，开起荒来。滩头地虽多年荒疏，土质却很肥沃，无论是种玉米还是高粱，都生得枝丰果硕，蓬蓬勃勃，几年下来倒也还清了债务，日子也过得丰盈起来。可是洪水一来，便只能望洋兴叹了。所以他特别关注大凌河的水情，因为这直接关系到他的100多亩庄稼。

那天下午，涂广成听说洪水要来的消息，就有些手足无措，他一直心绪不宁地在大堤上转来转去，看着雨不停地下，看着水不住地涨，还眼睁睁地看着自己那100多亩庄稼被水活生生吞没。

晚上，他又来到大堤上，在内堤一道一道用树枝刻划着印痕，看水上涨的速度，还企盼着水能迅速退下去，这样他的高粱、玉米也好能保住一些。但那水仍然顽固地上涨着，一寸一寸把他往上逼，眼看就要爬上堤顶，只差一米多了。他慌了，心想这100多亩地我也不要了，还是保命要紧吧，就想往回跑。

就在这时，张鸣岐一行人来了。

涂广成说："他们上了大堤就在我身后不远的地方停了一下，有一张照片就是在那儿照的。接着他们就往下游走，就停在那个窝棚那儿，从那个位置可以瞭望到大凌河桥。后来我在电视上看到，水来之前，就有张鸣岐书记在河堤上查看的几个镜头，我想一定是在这个地方。我看见他们来，看着他们像干部，我也没理会，老百姓嘛，只关心自己的利益。我看水过了道还往上涨，心想要决口我不死了么，我还是逃命去吧，就赶快下了河堤。"

涂广成走下大堤，走到村口那地方，看到张书记他们的车就停在那儿，车头还是来时的方向，冲着最靠村东头的那间房子，那间就是村部。这时正碰上涂广成的一个徒弟开着大卡车从镇上回来（他是发水之前回来的最后一辆车），徒弟说水马上要过来了，他得赶紧回家去。可那是一个三岔路口，几辆车堆在一起，徒弟的车怎么也过不去。涂广成一看觉得不好，要是水一上来，这3辆车同时掉头，肯定要发生事。出于职业习惯，涂广成走到最前头的那辆车前，对司机说："你得赶快掉头，往山上去。"司机说："不行，书记来了。"涂广成还以为是凌海市委书记薛恒呢，司机说："不是，是锦州市委书记。"涂广成听了就有些发愣，更有些感动，心想，锦州市委书记竟会来尤山子查看险情？会来这第一线？真是心系百姓啊！他就对司机说："那你掉个头，把车尾冲村部，到时候你左右都能跑。"那司机按他的说法掉了头，后面的两辆车也往前面动了点儿，大卡车就开过去了。

本来涂广成是从大堤上往回走的，听说市委书记张鸣岐都在这疙瘩，就没有走。

虽然张鸣岐只在大堤耽搁了一会儿，就往回返了，但水情却发生了很大变化。来时的那条路上已水过盈尺，并且还在不断地向上涨着。一种似乎还有些缥缈的水的激荡声，不是从旁边的大凌河，而是从一个更远的很难说清楚的地方，传过来又飘过去，盘旋在人们的头顶上经久不散。但张鸣岐似乎对这些征兆一无所察。

这时村口上聚来不少群众，熟悉地形的老百姓都说："水上来了，不能走了，上山吧。村后不远就是山坡。"老涂也说："现在太危险，把车开到高处去，水下去再走吧。"薛恒和张喜廷也劝张鸣岐等等再走。可张鸣岐说："我们不能困在这儿，外面还有好多事情要处理。"薛恒说："现在回去太危险。"张鸣岐说："我们是领导，再危险也得走。"

这时候，张鸣岐有点儿纳闷，既然尤山子道口没有出现险情，那么前面道路上的水从何而来？他想弄清楚，也想立即回指挥部，等弄个明白他才能离开凌海，所以他决定立即动身回指挥部。

因此，事后有人说，张鸣岐殉职的原因一是他没带军人，二是没带水利方面的专家。倘若身边有水文工作人员，他就会把尤山子村前积水的原委弄清楚，他就不会那么着急，因为这一带的群众已经全部撤离，只要没有群众，他就不会那样心急火燎地往回赶。

还有人说，薛恒是凌海市委书记，这一带的地形他熟悉，他根本不应该让张鸣岐上这样危险的地方来。

实际上薛恒和张鸣岐一样，他也是刚从外地回来。他11日和秘书张秀和去了河北三河市一家农场学习他们的养牛经验，接到家里的电话后，便急如星火地往家赶，到凌海后已是13日下午2时整。回来就直奔防汛指挥部。本来市委定下15日要召开市委全委扩大会，他回来后马上推迟了这个会议，布置全市的主要任务是防汛。而对尤山子一带的地形，说实在的他也不甚了解，一是它是个很小很小的小山村，二是即使了解，也只知通常来水之前的情况，而大水陡至，漫无边际，谁人知道水来自何方？即使尤山子土生土长的村民也未必知道水从何处袭来，因为村民大都在山坡上，而决口之水则是从蔡家子和尤山子之间冲下来的。

总之，张鸣岐就这样离开了尤山子。

3辆车又像舰艇似的冲进夜幕里……

3辆车开走了，一向心灵寡淡的涂广成觉得被什么打动了，他就反身爬上了房顶，他就瞪大眼睛去搜集远去的车灯。他是司机出身，他知道要是能看见灯光就说明没事，若是看不见灯光就是出事了。他第一次这样揪心地为这一群素不相识的干部们担忧。看着，看着，灯光闪动了几下就没了，就再也看不见灯光了，灯光闪动的地方，只是一片寂静的黑暗……涂广成心里沉了一下，他对仍惦记着书记安全的众乡亲说:"完了,灯光没了,完了,灯光没了……"他还说:"谁要这时候把市委书记救了,可就立了大功了,他为锦州人民救了一个好书记。"

转眼之间,洪水就漫了上来,很快就没了村前的小路,没了村部的院子,没了村部的窗户……众人就纷纷向山上退去。

后来,涂广成一连几天守候在电视机前,他想,只要能在电视上看到这位敬爱的书记,就说明没事,可是他没有看到。

那天3辆车在水中出发的时候,张鸣岐的车由来时的最后一辆变成了最前一辆车。越往前走,地势也就越低,水也就越深,很快就淹住了大半个车轮。水在车轮的前后左右阻滞着车轮的运动,尽管司机们都尽了最大的努力,他们还是无法让汽车跑得快些,更快些。最糟糕的就是凌海市委秘书长张喜廷乘坐的最后一辆车了,他的车没走多远,就熄火了,而且怎么也打不着。因为车再也无法走动,他们就没有跟上前面的车。后来那水已经上来,逼得他们只好往后退,一直又退回到了尤山子村的村部前。

从套堤决口处漫溢而来的洪水还在不断地上升,并且在极短的时间里就淹没了车辆,淹没了车灯。张鸣岐在车上不断地叮嘱徐立达:"看看后面的车跟上来没有?"终于,薛恒的217吉普车熄了火。而司机顾野虽然仍力不能支地前进着,但是他却无法分辨归途。不一会儿,在离尤山子村南300米处的一个地方,顾野的感觉发生了小小的误差,使三菱吉普的一只后轮滑了一下,陷进了路旁的水坑里,车身便歪斜着定在那里。车熄火了,就在薛恒车前不远的地方。

马德山和徐立达还不死心,就下去推车。车门开处,洪水一拥而入。他们无论怎样努力,那车都纹丝不动。

大家都不得不面对一个严峻的事实,只有弃车徒步涉水前进了。

这时,薛恒和张秀和、齐汉斌、陈宝秋也从后面赶了上来。

就在大家纷纷下车的时候,摄影记者朱大伟因帮助刘晶摘取卡住了的话筒线耽搁到最后,他下车时,水已涨到腰间。但他反而非常亢奋,这样的机遇,这样的场面,对一个摄影记者来说,并不是常常遇到的。他只是从后面抢拍下杨晔在齐腰的水中右手扛着摄像机、左手拉着刘晶的珍贵镜头，又连蹦带跳地拼命跑在张鸣岐他们第一排前面，摸索着调整焦距。他站在路的右侧，把镜头对准张秀和他们的手电，而只有手电的光源才能使他调清焦距，等他调好，便按动了快门……

这就是那张《生命的最后瞬间》照片的由来。

后来，凌海市委书记薛恒说："有人看了那张照片以后，说我摆阔气：为什么秘书穿警服，司机也是公安局的，好像是带着保镖的样子，其实是一个误会。司机是我那天晚上临时借来的，因为我的车是轿车，不适合防汛跑现场，我从公安局借了3辆车，而且那车上有车载电台，联络也方便，所以司机穿警服，至于秘书穿警服，是因为秘书张秀和是从公安局借调来的，关系还没正式过来，平时他并不穿警服的，那天我们刚从三河县参观回来，他是想着穿警服出门方便些，遇到问题便于处理，这才穿上警服的。回来后他连家也没回，就跟我上了现场。大伙说，他该穿着警服走的，平时他不穿的。有一次，就因为他穿着警服，还没戴肩章呢，还被我们一位领导给说了一顿，说，书记的秘书那是怎么穿的？跟个保镖似的。从那以后，他再也没有在机关里穿过那警服。他是个很谨慎的小伙子，平时对自己要求特别严格。那天在尤山子，就在那一刹那，我一下车他就把我的胳膊挽起来了，我们走到张书记跟前，书记正下车，我说得赶快走，就挽住了张书记的胳膊，齐汉斌、陈宝秋也马上从另一边挽住了张书记，我们5个人就蹚着水往前走……"

实际上《生命的最后瞬间》并不是张鸣岐生命的最后瞬间，在那之后，那个肩并肩、手挽手，面向洪水生死与共的队形，又有一次令人感动的组合。

当张鸣岐在被薛恒不容置疑地紧紧挽住臂膀向前走时，他依然没有忘记关照其他同志。司机顾野因为舍不得离开自己的车，迟迟不肯下车，张鸣岐一边叮嘱马德山和徐立达，赶快招呼顾野，一边督促着3位记者快点儿跟上来。他关照着别人，就得放慢步子。而此刻，生的希望和死的可能，都是以十分之一、百分之一乃至千分之一秒计算的。但张鸣岐却不会这样计算生和死，他只记挂着周围的人。薛恒这时显然已经意识到事态的严重性，他一个劲地催着大家说："快走，快走，再不走就来不及了。"同时赶紧用一直抓在手中的无线对讲机，向防汛指挥部发出紧急呼救："我们被困在化肥厂以北，赶快设法营救!"

这时是7月14日凌晨1时16分。

洪水正是由南向北肆流着。他们一行人这时是逆水而行。杨晔和刘晶一直手牵着手向前赶。开始,这种水中的行程还使他们颇感刺激,这是一种从未遇到过的独特经历,不管是对刘晶,还是杨晔,他们还都年轻,杨晔才26岁,刘晶刚刚18岁,他们这样的年纪正是对生活敏感的年龄。但他们此时感到十分得意的是他们一直"粘"住了张书记,并且只是他们有线电视台一家,无线台的记者们不幸被甩到了大凌河桥头。这就是说,只有他们有线电视台才能享此殊荣,他们拍摄的镜头将成为锦州乃至辽宁省的"独家新闻"。于是他们就很得意,并且很努力地走出很潇洒的样子。

朱大伟比杨晔和刘晶更潇洒,因为他背的相机要比摄像机轻巧得多。杨晔的摄像机重13.5公斤,就是再好的体格,也不能像朱大伟那样连蹦带跳地跑来跑去。有一段时间,张鸣岐看杨晔背着摄影包叮叮当当的,说要帮他背,他还开玩笑地说:"我哪敢麻烦书记大人哪!"那时,谁也没想到死神就在眼前。

但事情马上就严重起来。

刘晶个子矮,很快就被洪水淹至胸前,她的双脚几乎踩不住地面了,她毕竟是一个18岁的小女孩,她被吓得忍不住惊叫起来。张鸣岐本来就不放心这个既认真又执着的小女孩,听到叫声,立即停下脚步,说等他们上来一起走。

这时就又进行了第二次的排列组合,就是原来的5个人又加上杨晔和刘晶。张鸣岐右边是薛恒,左边是刘晶,刘晶的另一边是陈宝秋。张鸣岐拉着刘晶说:"别怕,别怕,没事。"大家就往前面走,往路的右前方的小树走。而这些小树,就是上边我们采访徐大爷时乘凉的小树。这时他们的位置离小树仅有20米左右。

就在等刘晶他们的时候,心急如焚的薛恒多想赶紧拽着鸣岐书记扑向那些树啊,可是他却不能,他不能阻止鸣岐书记等待那个弱小无助的女记者,他也不能阻止鸣岐书记等待比他强壮的司机顾野。他无法阻止,就像他不能阻止鸣岐书记去大凌河桥那样,他只能在一旁焦急地等待。但是他明白确实存在着巨大的危险。他们一次次错过了生的机会,使它交臂而过,却听任死亡一步步迈近。而死亡宛如黑色的巨兽卧伏在他们最后的20米之内,它在做最后的拦截。

倘若过了这20米，就是那排尚未砍伐的树，它就是张鸣岐一行的生命绿洲，是即使死神也奈何不得的生命绿洲，但是，他们失去了机会。

20米，即使是在水中跋涉，也不过是一二分钟的时间。

但是，它却在张鸣岐最后的顾盼中失去了。

先是顾盼顾野，并且让马德山和徐立达催促顾野下车。顾野不愿离开他的车，他在车内仍然很细心地关好所有的玻璃，关好车门，足足有一分钟才出来。只是他向前走了五六米就再也不走了，任凭马德山和徐立达怎么喊也不动窝，马德山无奈地对徐立达说，别管他了，咱们赶快走吧！

接着，又是顾盼小刘晶。张鸣岐平时走路极快，而且这时又走在最前头，倘若他不停下脚步，他无论如何也会走过这关键的20米，会在大浪打来之前走到树下，可是他没有走到，他在等弱小无助的小刘晶。于是他失去了机会。

这才是他生命的最后瞬间。

即使在这最后的瞬间，他仍想的是别人，他没有想自己。

终于，等到刘晶艰难地走上来，于是，在最后的组合中，他的身边右是薛恒，左是刘晶。如果仍是原来的排列顺序，如果仍是齐汉斌和陈宝秋，那或许又是另外的结局，但那样，他张鸣岐也就不是张鸣岐了。

薛恒在最后也没有离开张鸣岐。徐立达和马德山在他们身后20多米处的地方。这一行7人中薛恒最知道：最需要保护的应该是张鸣岐。他知道张鸣岐有糖尿病和心脏病，知道他已没有多少体力了。于是薛恒紧挽住他的胳膊，催促着大家往前赶。可是，已经来不及了。

这时，一个两米高的大浪铺天盖地而来，顿时把他们盖在了水下……

这时，大约是凌晨1时20分。

当马德山和徐立达就要赶上来的时候，他们看见就在他们前面，一个两米高的巨浪突然横卷过来，浪头过处，他们前面的人们不见了。还没等他们反应过来，他们自己也被洪水击倒了。

徐立达被水击倒后呛了一下，但他会几下"狗刨"，他就在水中拼命扑腾。这时，他发现有一堆麦秸漂过来，他赶忙抓住了麦秸，那麦秸是一捆一捆的，他捞摸了一下，想尽量多抓一些，但是不成，动作越大人就越往下沉，他就没有再动。这时他看见薛恒和马德山也抱着麦秸出现在他眼前。薛恒急切地问他："看见张书记了没?"徐立达和马德山都说不知道,这时大浪又一次打来,又把他们冲散了。徐立达连续抱着麦秸往下漂,漂到了树林跟前,他想抱住树,哪想一用力,脚竟蹬住了地,徐立达站了起来,但他不敢离开树,因为水仍呼呼往上涨,就在这时,他听见了刘晶喊"救命"的声音。

刘晶不会水,大水一来,把她盖在了水里,她就拼命喊叫,但是水不让她喊,只要她一张嘴那水就无情地灌进来,后来她即使不喊也得大口大口喝水。她就这样边挣扎边喝着水往下游漂去,到后来就什么也不知道了。

刘晶醒来时发现自己正在水里急促地打转,她感到奇怪,她不明白为什么打转,就像儿时坐旋转木马那样的感觉。这时她还想起了爸爸妈妈,想起了弟弟。但她更想起了水,一想到水她便恐怖起来,她以为自己已经死了。但她终于证实自己没有死。她发现身边有树,于是她就抱住了那树。她能在水里探出头了,而不再是横躺在水里了。她就喊:"救命……"

没想到竟有人应声。

这就是徐立达。

徐立达试试水,觉得这是个高地,便离开那树向刘晶蹚去。他把刘晶扶到一棵粗壮一点儿的树前,把她抱起来,把她尽量举得高一点儿,刘晶就把腿盘住树,就像蛇一样。但,蛇比刘晶先到,还有那些蚂蚁和虫子,还有牛蛙。自然界就是这般奇怪,原来它们也怕水!它们就与刘晶争夺地盘。那些虫子就往她的头上爬,它们觉得她的头发是个好去处,又温暖又舒适。它们把那里当作了它们的巢。还有那牛蛙,就那样毫不客气地爬在刘晶的背上,但刘晶不愿意这样,她在危急中腾出一只手,往后背上一摸,抓到软乎乎的一团东西,吓得她"哇"地叫了起来,但她还是把它安排到了更好的去处——水里。牛蛙并不怕水的。她看它很努力地蹬着腿走了,她能看到牛蛙努力地蹬腿,就觉得奇怪。她没感觉到,这时的天已经快亮了……

朱大伟一直是自己单行,他一直没加入7个人的排列组合。他直到大水灭顶之前都没忘记自己是个摄影记者,他一直在寻找最好的拍摄时机,直到大浪把他掀翻在水底。

他在水里觉得很奇怪,怎么就跌倒了呢?他想站起来,但脚却探不到地面。这下他慌了，他证实自己确实遇到了洪水，他就挣扎起来，他也开始喝水，尽管他喝得比较节制。他这时还没忘记他的相机，那里有他用生命换来的作品，它是最好的见证，是他有生以来见到的最好的书记——那里有书记为锦州老百姓鞠躬尽瘁的证明，朱大伟想，一定要保护好它。他就把相机斜背到肩上，就像背枪的姿势那样。他一有机会就大喊"救命"，他也不知道为什么喊，虽然他也知道在这夜半的旷野，在这数米深的大浪里，有谁会来救他呢？但他还是大喊"救命"，就这样边喊边挣扎，边挣扎边喊，就这样漂到了两棵树前，那里孤零零的然而却是并排的两棵树，他上了其中一棵。这棵树上已经先到了一个人，他是凌海市公安局的齐汉斌。

齐汉斌把朱大伟从水里拉出来。朱大伟便借着水的浮力同时也借着齐汉斌的力量一点儿一点儿往上爬。那树太滑、太直，不好爬，一些小的枝丫被他踩坏了。他终于爬到了白杨树交权的地方，把自己的裤带挂在树杈上，这使他的身体安全些，但却弓背缩腰，难以忍受。

等两个人都恢复了点儿体力，齐汉斌和朱大伟便一起冲着夜空喊起来："救命，救命……"

从不远处的一排树上传来了马德山的喊声，他在喊他们，他也得救了。

马德山在麦秸堆上和徐立达、薛恒被浪打散之后，顺着水往下漂，两只脚为了减轻浮力便一下一下蹬着，没想踩着了地，他站起来，但脚下滑得很，站立不稳，这时候他发现了薛恒的司机陈宝秋，马德山便把自己的衣服脱下来递给陈宝秋，两个人拉着站起来，又顺着水势往下走。这时水又大了，他们便漂起来，并且在一排树前被卡住了，他们便先后上了那棵树。

这时他们听到有人喊"救命"。

马德山就在黑暗中清点人数，先是问朱大伟，朱大伟说树上还有齐汉斌。然后又往下喊，又有人答应，是徐立达。徐立达说有线电视台女记者也在这儿。

清点人数完毕，马德山知道树上一共有6个人。而张鸣岐书记和另外的5个人却不知下落，于是他们就一起喊：

张——书——记——

凌海市委秘书长张喜廷在车熄火后，眼看着前面的两辆车越走越远，渐渐

177

地看不见了，可是司机国乃和却怎么也无法再让车发动起来。有一会儿工夫，张喜廷感到不知所措，书记们在前面走了，他秘书长怎么能在这儿抛锚呢？这算什么事！可是车子动不了，他就一点儿办法也没有。

就在他着急的那会儿工夫，洪水就已经漫上了车厢盖。水涨得这样快，这是他始料不及的。事情已不容他再迟疑了，他对国乃和说："赶紧下车，往回走。"二人下车蹚着快要齐腰深的水就向尤山子村跑去。

此刻，尤山子村早已杳无人影。洪水已经淹没了村前的那条小路，村民们大都已经转移到村后的山坡上了，只有村部的门还敞开着，只是里边一个人也没有。见桌上有电话，张喜廷抓起来试试还能通话，便立刻要防汛指挥部，可是却要不过去。洪水转眼就漫过了村部门口的12级水泥台阶，在院子里漫铺开来，接着就进了屋，没过了小腿，没过了大腿，没过了腰际，屋里显然不能待了。当时屋里有两张桌子，其中一张桌子的抽屉里装满了各种账本，张喜廷和国乃和将两张桌子搬到屋外摆在一起，并特意将装账本的桌子摆在上面，又踩着桌子爬上了村部的屋顶。临出屋时，细心的张喜廷也没忘了把电话一同带走。

洪水继续上升，上升。他们眼看那洪水执拗地顺着墙壁淹将上来，一直淹没到屋顶的下面。张书记和薛书记他们怎样了呢？这使张喜廷心急如焚。他抓起电话接着要下去，不通；他又接着要，要不通防汛指挥部，就把电话要到凌海市委值班室。当时正是办公室秘书杨红胤值班，他得知消息后，立即又给防汛指挥部打。情况紧急地传到了防汛指挥部。

7月14日凌晨1时16分，凌海市防汛指挥部的无线电台，突然接收到薛恒发出的呼救声："我们被困在化肥厂以北，赶快设法营救……"一分钟后，又收到一次同样的呼救声。可是，当防汛指挥部询问他的具体位置的时候，信号却消失了。"化肥厂以北"，这是个太大的范围！

指挥部里的气氛突然更忙碌更紧张，并陡然加上十万分的焦急。薛恒究竟被困在什么地方？都有谁和他在一起？谁都知道他陪张书记去了大凌河桥，他怎么又去了化肥厂以北呢？张书记是不是……

凌海市公安局局长史大泉是一个果断而敏捷的人，他说："赶快组织救援!"于是，最初的援救工作开始了。

几分钟后，驻锦81058部队指挥所，接到凌海市防汛指挥部打来的紧急求援电话，政委牛其林立刻找来保卫科长徐恒祥，命令他带领10名会水的官兵，赶赴现场救援。这时候，凌海市公安局长史大泉和副局长刘晓东已带着警车按着薛恒求救中指示的方向，直奔出事地点而去。

史大泉原以为可以开着警车冲进去救人的，可是一到现场，他们就呆住了。眼前一片苍茫一片混沌，尽是浊浪滚滚的洪水，谁也说不清水究竟有多深，更不知道薛恒他们具体被困在什么方位。有人说，张秀和身上原本应该有枪的，如果秀和在，我们可以用枪声取得联系。刘晓东立刻拔出枪来，连着对着天空鸣了两次枪，枪声在茫茫大水上回荡着，似乎传得十分遥远，可是却没有枪声回应。没有！只有滔滔水声。当时谁能想到，张秀和此刻已被洪水夺去了年轻的生命。在所有经历了洪水袭击的11个人中，他是第一个被大浪击倒的，又是第一个牺牲的。因为在最后那个7人的组合中，他被排在洪水袭来方向的第一个，他牺牲的地方，又距出事地点最近。

突然，有人听到远处水中似乎传来隐隐约约的呼救声。他们就开着警车往里走，可是没走多远，便退了回来，那水委实太大了。又用大卡车往里进，试了几次，仍是进不去。这时他们发现远处的高压线杆已被洪水淹没得只剩下一半多高了，才判断这里已是一片湖泊，任何车辆都是无法进去的。正在这时，81058部队保卫科长徐恒祥带着特别组成的救援小分队赶到了。史大泉一见他们，焦急地说："你们来得太好了，刚才听见水里有呼救声，可能是在那边的树上。"当时洪水仍在以每秒1米的速度上涨着，随时会有新的洪峰出现。史大泉说："必须赶在下次洪峰到来之前把人救上来，要不然水涨到电线杆以上，人就完了。"

这时候，从指挥部传来消息，张喜廷秘书长从尤山子村打来电话，被困在水中的人有锦州市委书记张鸣岐、凌海市委书记薛恒等同志及新闻记者一行11人。

徐恒祥不敢迟疑，立刻将小分队分为两组，一组由他带领下水救人，一组由81058部队指挥二连指导员孙海彦带领在岸边准备接应。史大泉对他的部下说："你们也一起去几个！"这样，一组精干的营救人员就下水了。

徐恒祥他们往里走了一段，就不得不游起来，可是尽管几个人水性都很好，没游多远，就被洪水卷了回来。怎么办？只有找船了。可是这里不是江南水乡呀，哪里能找来捕鱼捉虾的船？在这大东北的辽西走廊上，别说是船，就是要多找几个会游泳的汉子也是难的。因为气候，也因为习惯的缘故，这里的人们是极少和水亲近的，就是在防汛期间，连指挥部都没有配备船只。这一会儿半会儿的往哪弄船呢？有人说，公园里有船。对！一句话提醒了史大泉，立刻派人去公园找船。

干警们很快就在附近的一个公园里弄来一条游船。这时候，战士们和干警争先恐后要上船，可是船太小，上不了那么多人，史大泉略一思索，决定暂时不让战士们上去，只由凌海市公安局的治安大队长周宝带上于佩军、王景玉两名干警去，其他的人继续找船，这样也好空出位置，以便运送被救人员。可是所有的人情急之中都忽略了一个问题，这3个人是不是都会游泳？谁也没想到，治安大队长周宝就恰恰是一个不会游泳的"旱鸭子"。在这样的生死关头，他自己并没有说明真情，只是当船在洪水中打转的时候，他心里着实是有些发怵的。

也许这又是死神的一个恶作剧，它使援救的人们正处在洪水的下游位置，船要逆水而上，在冲击力仍然很大的水流中，要想使用一只精巧的小游船逆流而上，实在是难上加难。开始的时候，小船不肯前进，只是在水里直打转，并且随时都有被洪水打翻的危险。干警王景玉水性好，就索性跳入水中，在船边踩着水为船导向，这才使小船前进起来。

水涨船高，眼看着那些高压线就从他们头上很贴近的地方掠过，而那些黑色的民用电线杆，早已消失在水中没有踪影；水面上随处可以看见水缸、脸盆、木头、房架子和各种能在水中漂浮的杂物；一只老牛呼哧呼哧打着响鼻从他们船边艰难地游过，还有一些动物的尸体、活着的精疲力竭的蛇和青蛙。看着这样的情景，人人心里都难免会严峻起来。好在他们总算顺利，又开始听见呼救声了，并且越来越近，渐渐地，他们能看见水里一块小高地了，就使劲地向小高地划去，终于，他们在一根电线杆上看见了一个人影。

那是薛恒。

薛恒第一句话就问他们："看见张书记没有？"

在第一排浪头打来的时候，薛恒和张鸣岐都被打倒了。但这个时候，张鸣岐还在他的身边，他还拉了张鸣岐两把。但是紧接着又打来了第二排大浪，他觉得自己一下子就失去了重心，被翻滚的水流悬浮起来。薛恒是独生子，从小就被父母捧在手心里护着，下水玩耍是绝对禁止的，因此，他一直不会游泳。他不知手中的"大哥大"是在何时丢失的，他只记得他溺水中的第一个感觉就是四周一片昏暗，他什么也看不见，什么也听不见，非常的疲倦，他觉得从没像现在那样地想睡觉，想自由地沉沉地睡去。那正是死神对于人类的一种恶毒的诱惑。他知道不能这样，他不能睡去，他努力让自己保持着那一线缥缈的理智，他要与死神进行顽强的抗争。

结果，不会游泳的薛恒奇迹般地浮上水后，并抓住了一堆很大的麦秸秆，这时，他看见了在他之前抓住这堆麦秸秆的徐立达，又看见了马德山，3个人这样一起漂了一段，就被另一个浪头打散了。当时，他们各人都抓了一堆麦秸向下游漂去。在这片洼地偏向东南的地方，有两排呈八字形排列的白杨树。洪水到了这片洼地处变得更加湍急，水从那两排白杨树的中间，湍急地流过。徐立达和马德山还有其他几个人，都因在这片地方碰到了白杨树而得救。薛恒的运气却没有他们那么好，他也碰见了树林，但他只是远远地从树林的边上被洪水冲走，又继续向下游漂去了。麦秸上爬满了通常生活在野地里的甲虫、蚊子和各种小咬，它们不停地寻找着更高更安全的高地，这时候，它们就纷纷顺着麦秸秆爬到了薛恒的身上、头上，甚至聚集在他的腋窝下，一副生死与共的架势。但此刻，薛恒顾不得那么多了，因为他的麦秸捆开始下沉了，幸好又有一堆玉米秸及时地漂在他跟前，才使他再次得救。后来他感到脚下触到了一种东西，他确认那是一片被淹没的玉米地，他犹豫了一下，思忖着是抓住那些玉米秆停下来，还是顺其自然地漂下去。最后他决定停下来，一棵一棵抓那些玉米秆，顺着玉米地的走势，有目的地向一个地方移动着——那里有一根电线杆。顺着玉米秆，他漂到电线杆的斜拉线跟前，他终于抓住了斜拉线。幸亏薛恒抓住了电线杆的斜拉线，洪水还在很快地涨着，因为斜拉线有着足够的高度，他才没有被淹没。

在所有人中，薛恒被冲得最远，但也就离救援人员最近，因此第一个被救的人就是薛恒。薛恒说："张书记就在我附近，赶快找张书记!"

周宝他们把薛恒送到安全地带以后，又回去继续寻找，在那两片八字形的树林那里，他们又救出了徐立达和刘晶。

还在周宝他们最早划着小船走了以后没有多久，81058部队政委牛其林就亲自带人从公园里又扛来两条小船，徐恒祥他们就分成两组同时下水展开营救。这时候他们也先后从水中救起了陈宝秋、马德山和顾野、朱大伟、齐汉斌。

至7月14日早晨4时38分左右，11名失踪人员，已有8名获救。

他们被救上来之后，第一句话就是：

"张书记呢?"

是啊，张书记呢? 杨晔呢? 张秀和呢? 你们究竟在哪里?

第三章

救援日志之一，之二，之三……

救援日志之一：7月14日

△ 救援现场之一。

锦州军分区副司令员霍兰榜最初听说了张鸣岐被困在尤山子的消息时，他几乎不敢相信这是真的。当时，他刚刚从尤山子附近的化肥厂那边回到指挥部。

就在张鸣岐离开指挥部去大凌河以后没多久，霍兰榜见指挥部里的各项工作已基本就绪，就也带着参谋去了防汛现场。他们先是到大凌河桥看了一下水情，那时候洪水已经涨到距大凌河桥只有几十厘米高的位置了。不知怎么了，他就想到了凌海市铁北的那一片工厂，尤其是那个化肥厂和水泥厂，心里总觉得有点儿放心不下。洪水不决堤什么都好说，一旦决堤，这些工厂防患不足，被水冲了产品，自己造成损失不说，还会给其他地方带来极大的危害，于是他又转身上车去了铁北。

霍兰榜第一个就去了化肥厂。那时候化肥厂的门口已经有水了，厂里的工人正在用推土机从内向外地推土堵门。霍兰榜见他们有所准备，正要走，却碰上了两个部队干部和一个战士正从尤山子方向过来。就问他们情况如何，他们说群众都已转移了，来不及的都上山了。霍兰榜听了也就没再耽搁，又去了和化肥厂斜对门的木材厂。

木材厂的院子里山样地堆着各种圆木和板木，可是此刻霍兰榜看着这些珍贵的木材却皱起了眉头，他问留守的工人："你们知道不知道大水要来？"他们说不知道。他又问木头是咋放的？他们说板材都用铁丝固定了，圆木没有固定。霍兰榜说："那可不行，得赶快通知你们领导采取措施，万一这些圆木被洪水冲走，卡住桥或是到处冲撞那多危险！"

从木材厂出来以后，他又去水泥厂看了一下。这时候，洪水显然已经上涨不少，隐隐地已能听见远处的水声了。霍兰榜就和参谋又回到大凌河桥，见水位还是刚才的样子，他这才又返回指挥部。

霍兰榜一进指挥部就有人问他："张书记哪儿去了？"霍兰榜说："回锦州了。"那人说："不对，他可能给捂到水里了。"霍兰榜说："不可能！"那人说："我们接到信号了。"一听这话，霍兰榜就不再说话了，他心里清楚，对张鸣岐这样的人来说，这绝不是不可能的。他立刻就直奔现场而去。

由锦州市和凌海市两级党政领导组成的救险前沿紧急救援指挥部匆匆在现场组成，刚刚从洪水中脱险的凌海市委书记薛恒亲任总指挥。所有能够调动的救援力量、公安、武警、部队、机关干部，乃至当地群众，都行动起来投入救援工作。可是，在那8名同志被救上来以后，却始终找不到张鸣岐和另外2名同志的踪影。

天已经开始放亮了。事不宜迟，指挥部立刻向辽宁省委常委、常务副省长肖作福同志做了汇报，请求直升机支援。紧接着又同驻锦西海军某部取得联系，请求海军官兵前来援助。同时又紧急调集了近万名包括市直各部局工作人员和部分工厂企业的干部、工人赶赴现场，加入救援的行列。

常务副省长肖作福接到报告以后，马上从沈阳赶来凌海市，亲自在现场指挥救援工作。

锦州军分区参谋长王玉民得知消息后，立即赶赴现场。

驻锦州陆军某部队副部队长郝柏栋少将和杨成、周金奎大校带领1900名官兵赶来了；某部队徐维山上校带领1000多名官兵赶来了；锦州市武警支队队长李贵枕带领150名官兵赶来了。

驻沈阳空军某部队的直升机赶来了。

驻锦西海军某部的官兵们，在接到上级命令后，以最快的速度，准备好了所有的备用器材，潜水衣、氧气瓶、空压机等全部到位，并特别派出部队唯一的一辆通勤大客车，用它将14名海军官兵——其中包括9名潜水员，直接运送到救援现场。同时运送来的还有橡皮筏、救生艇和巡逻艇。

直升机在天空盘旋……

巡逻艇在水面不停地搜寻……

一场大规模的搜寻救援战斗，在十几平方公里的洪涝区拉开了帷幕……

△ 锦州军分区小食堂。

鸣岐书记调来锦州工作，才7个半月，就住在军分区招待所里。这样，那些走后门、送礼、拉关系的人就无法找到他。

炊事员张惠东像往常一样，在天刚蒙蒙亮的时候就已经起身，从他住的招待所宿舍，来到军分区院内的小食堂，开始他一天的工作。

小张必须在早上7时10分的时候准时给张书记开饭，这是规矩。张书记有糖尿病，他每天晚上因为睡得晚，总要饿肚子，所以，早上这饭对他特别重要。正因为如此，昨天晚上下大雨的时候，小张躺在床上想，要是这雨一直下到明天早上，那就得冒雨上班了。临睡着之前他还想，冒雨就冒雨，只是说什么也不能耽误了给张书记的开饭时间。

令小张高兴的是，早上醒来时，雨已经停了。

可是，当他做好早饭，眼看着过了张书记来吃饭的时间，却一直不见张书记的影子。他知道张书记昨天晚上已经返回了锦州，是食堂管理员告诉他的，可是书记怎么会不来吃早饭呢？

中午，他仍等张书记。这时有人说张书记失踪了。小张心里想，胡说，全锦州就一个市委书记，那么多人没失踪，他咋失踪了呢？他不信。他仍像往常那样，把书记常吃的苦苦菜、大酱、棒子面饼放好等着书记来吃饭。他想书记一定会回来的。他还想着书记进门的样子，他一定握着自己的手说：这两天一

184

直在下边转悠，可想吃你做的炖豆腐了，来，小张，给我弄点儿豆腐吃！

他等着，不管别人说什么，他都等着。在张鸣岐平常吃饭的位置，给他放着他的碗筷、苦苦菜……

他一连等了4天，直到开追悼会……

△ **凌海市委办公室。**

清晨6点，凌海市委办公室的电话铃声突然急促地响了起来。值班秘书杨红胤一下子就从沙发上跳了起来，扑到桌边抓起了电话。昨晚上他就在这单人沙发上迷迷糊糊将就了一夜。

电话是办公室主任翟福和从救险前沿指挥部打来的。翟福和告诉他：薛恒书记已经从洪水中救了出来，让他马上弄一些水、食物、衣服和棉被送来。并说，水和吃的越多越好。翟福和还告诉他，来的时候先奔铁北粮库，再顺着土墙往北走，那里的水比较浅，可以通向救援现场。

小杨放下电话，找来司机，又找来几个帮手，就上街买东西。他们在街上转了一大圈，挨家挨户地敲着大大小小食品商店的门，可是大部分商店都说昨天晚上直到夜里两三点才关门，商店里的东西全卖光了。他们好不容易才买了些香肠、10斤酥饼、60多瓶矿泉水和很少一些易拉罐饮料。后来，他们碰到两个卖早点的小贩，就将他们那天早上所有的烧饼尽数买上。

当杨红胤他们来到铁北粮店的时候，水已经很深了，他们根本无法按照翟福和指示的路线走了。他们只好下车按照一个过路人的指引，肩扛手提地翻过粮库的一道大墙，再从另一条路去现场。

上午7时30分，杨红胤他们到达救援现场。放下东西，见过办公室主任翟福和以后，杨红胤就不住地拿眼睛在人群中搜索着，忽然他的眼睛定住了，他看见薛恒书记正在不远处的地上坐着，跟其他领导在说着什么，薛书记还光着膀子，身上只披着一件警察制服，脸色苍白而憔悴，看上去是那样焦虑和不安。

是啊，薛恒身上原本穿着的雨衣，是在洪水到来之前，出于本能而匆匆脱掉的，当时他还扔掉了脚上的鞋子。这一些出于本能的动作，确实是在这场灾难中帮了他的大忙，而这些也正是他后来受到有的人责备的原因之一：你既然想到要脱掉自己的雨衣和鞋子，为什么不提醒张书记这样做呢？你甚至可以帮他脱掉那些倒霉的东西。这一点连薛恒自己也十分茫然，一切都是那样的突然。而在大水未来之前，不光是薛恒，几乎所有的人都没有想到后果是那样不堪，若是有先见之明的话，他们会像下水游泳那样脱掉衣服的。对于旁观者来说，大概永远也无法体会到人在那时候的绝望和不幸。

看着薛恒，看着从洪水中侥幸生还的书记老大哥，杨红胤禁不住一阵心疼，泪水顿时盈满眼眶。

△ 辽宁省公安厅政法部韩学军副主任办公室。

韩学军正在焦急地等待缪泽江的回音。他们都是张鸣岐的战友和朋友，听到张鸣岐失踪的消息，他们赶紧给对方打电话核实。一会儿又接到省人大副主任陈素芝打来的电话，他们交谈之后感到事态严重，根据张鸣岐一贯的作风，他们觉得凶多吉少。为了试探一下张鸣岐的爱人王桂香知不知道这件事，也为了进一步证实消息的可靠性，他们想了一个办法，让缪泽江装作不经意的样子给王桂香打电话。

一会儿，缪泽江来了电话。缪泽江说，她已经知道鸣岐失踪了，但她并没意识到问题的严重性。看来，鸣岐这次是真……

话筒里缪泽江说不下去了。

韩学军看着窗外乌云密布的天空，心里一阵疼痛。他还是不相信这是真的。他和鸣岐共事多年，鸣岐干过多少险事，可鸣岐是一员福将，再难再险的事他都能逢凶化吉，遇难成祥的，这一次也不会出事的！

不过，鸣岐到底去哪里了呢？

他在心里暗暗呼喊着张鸣岐的名字。

△ 沈阳张鸣岐家中。

张鸣岐只身前往锦州赴任。家——妻子、儿女，仍留沈阳。

妻子王桂香得知鸣岐失踪的消息，是沈阳市委秘书处处长沙伯涛告诉她的。沙伯涛在电话里说：鸣岐和另外两个人在昨天晚上抗洪时失踪了，现在正在找他。不过不要紧，对他来说这是常事，我估计没事，若有消息我再给你来电话……

王桂香比沙伯涛还镇静。她知道，什么意外的事都可能在鸣岐身上发生，比如他当市长的时候去站交通岗，比如他带头去抓歹徒，他啥事干得都出格，不像个当领导干部的样子。这一次他不知又到哪个偏僻的小山村了，在老百姓家被大水堵住了，不要紧的。在多年担心害怕的日子里，她已经不知道什么叫害怕了。

不过这一次等他回来得好好说一说他了，已经是快50岁的人啦，大小还是个领导干部，别有什么事就像当年"青年团"那样，冒冒失失地总往前冲，怎么也得有个干部样啊。听锦州的干部说，风灾、火灾，啥事都少不了他，而且一有事就跑在最前头，咋能总这样呢？王桂香想，这么说他，他保证不爱听，但这一次，说什么也得说说他，他再不爱听也得说。

但是，她绝对没有往那方面去想。

可是，到了下午，她就坐不住了。

电话越来越多，大伙都问："鸣岐回来了吗？"

王桂香在沈阳的几个姐姐妹妹也闻讯赶来了。

她每隔一小时给缪泽江打一次电话，询问锦州方面的消息，到了后来，缪泽江就不敢接电话了。

这时候，王桂香就开始哭泣，她觉得事情不妙。而一旦觉得事情不妙，她的心就像被什么东西揪着似的，一直把她往深渊里拖，拖……

特别是接到省政府副秘书长的正式通知，说锦州方面报告，鸣岐同志和另外两个同志在抗洪抢险中失踪了，现在正全力以赴组织军民寻找……王桂香接完电话就瘫在了客厅里。

晚上，韩学军陪同省人大副主任陈素芝同志来看望王桂香。陈素芝抱着王桂香边哭边劝说："桂香，你千万要挺住，你千万别倒呀，还有两个孩子，还不知道锦州方面的情况，你要坚强起来。"

为了弄清楚锦州方面的情况，陈素芝副主任当即决定委派韩学军、缪泽江代表她直赴凌海参与寻找张鸣岐的工作，一有情况，直接向她汇报。

与此同时，沈阳市委、市政府也派出一支4人小组，代表沈阳人民去参与寻找张鸣岐的工作，以表达关切之情。

△ 救援现场之二。

这片面积达10多平方公里的洪涝区，水最深处达十几米。由于地势低洼，洪水长时间聚积不退，其水域规模相当于一个中型水库，并且水底地形复杂，有草地、养鸡厂、树林、沟壑、高粱地、玉米地，以及蔬菜大棚等沉入其间，从附近油脂厂和农药厂冲来的21吨豆油和大量农药，也混合于水中，致使水面油花四溢，农药味刺鼻。

由于水域深阔，在最初的水、陆、空全方位的大搜索中，海军的潜水员们是一支尤其重要的搜索力量。驻锦西海军某部潜水队队长薄成是一位潜水技能十分高超的硬汉子，前不久还被评为锦西十大杰出青年。这次由他带来的潜水组，曾经先后800多次执行下潜任务，功绩卓著，号称"辽西第一组"。他们一到现场，立刻对水面、地形、水流方向等技术问题，做了仔细的观察和分析，然后制定了3个搜寻方案。

蛇们在草丛中游弋着，蚊虫们在水面上飞舞着。薄成和他的潜水员们一次次下潜，一次次上浮，连他们都记不清下潜了多少次。从下午1时一直到晚上7时，他们一直不肯上岸休息一下。

然而，仍然没有找到张鸣岐等3位同志的下落。

救援日志之二：7月15日

△ 救援现场之一。

就在张鸣岐他们遇险附近的一片高地上，已经支起了一顶草绿色的帆布帐篷，这里就是救援现场的指挥中心。蓝天之下，黄水之上，那顶简陋的帐篷，寄托了锦州人民满怀的希望，锦州市委副书记胡占山、副市长褚光守在高地上坐镇指挥，肖作福、关永光等省市领导则亲自到淤泥里，进行搜寻。

上午10时40分，中共中央政治局委员、国务委员李铁映专程赶赴凌海市视察灾情，并来到搜寻现场。他对正在现场搜寻的人员说："要千方百计把鸣岐等同志找到，拜托你们了！"并特别强调：新闻单位要大力宣传张鸣岐同志的事迹，不仅要让辽宁人民知道，也要让全国人民都知道。

△ 救援现场之二。

一大早，驻锦西海军某部最高首长王惠惢少将，专程从锦西赶来救援现场。这位经验丰富的老海军仔细地听过现场情况和头一天的救援经过，也不说什么，就径自脱掉脚上的鞋袜，利索地跳上巡逻艇，沿着洪涝区查看了两圈。上岸之后他立即同基地取得联系，命令迅速调集150名海军官兵、一个医疗小组、15辆军车，以最快的速度赶来救援现场。

下午3点多钟，150名海军官兵身穿银灰色救生衣排成一列长阵，随着一声令下进入水中，就这样整齐有序地、一个挨着一个地踹着泥水向前推进。其场面感人至深，在场的人，无不哽咽落泪。这时，洪水已退去许多，但很多地方仍深不见底，150名海军官兵，用自己的身体一米一米地向前搜寻着，一直搜寻了两个多小时。

同时由潜水队队长薄成带领的8名潜水员，仍然在洪水较深的水域，不停地下潜着。他们的搜寻重点放在出事地点下游800米左右的树林附近，因为救援人员曾在此救出了其他几名遇险者，薛恒也是经过此处被冲到下游更远的地方去的。在正常情况下，每下潜一次应休息半小时，然后才能再下水，可他们连续下潜都在2小时以上，超过正常作业标准5倍。但他们没有一个退缩或叫苦叫累的。

下午2时30分，有人发现一棵树干上新生出来的细枝像是被人蹬踩过，那部分的树叶已经有些干枯。潜水员们立刻在这棵树附近潜水搜索，很快找到了锦州有线电视台记者杨晔的遗体。

△ 锦州市杨晔家中。

杨晔的父亲叫杨大勇，母亲叫魏素云。杨晔是他们的独生儿子。他们还有一个女儿，是杨晔的姐姐。

13日那天，杨晔上班走的时候说是当天要去义县采访。见天下着雨，便在门口踌躇了一会儿，他是个在清贫环境下长大的孩子，很节俭、很仔细。他刚买了一双新皮鞋，平时穿得很经心。看这时候雨下得紧，又是去义县采访，便把新鞋脱掉，换上了父亲平时穿的旧皮鞋。穿的雨衣，也是旧的。这很符合他平时的简朴习惯。他对父母说："我走了!"就上班去了。

不知咋的,那一晚老两口都没睡好觉,连衣服也没脱,就和衣躺着等杨晔,一听见动静,就马上起来看看,是不是杨晔回来了。

左等右等,母亲魏素云就念叨:"难道出什么事啦?"父亲杨大勇就说:"不会,你看,晚上的节目还是杨晔的责任编辑呢,怎么会出事呢?"母亲魏素云也说:"是呀,不能呀,他可能是在台里加班了,这孩子干工作从来就玩命,这会儿准是又加班了。"

说着念着,想着说着,这一宿就过去了。到了第二天,听说张书记失踪了,同时还有一个记者、一个秘书,老两口也没往心里去。他们以为杨晔在台里加班,晚上就住在台里。他们知道儿子在台里放了一箱方便面,他经常就靠泡方便面顶着。既然有吃的有住的,他们也就放心了。这一天杨大勇照常上班,和往常没什么两样。

谁知到了晚上,台里的人和杨晔的朋友们都来了,说杨晔找不到了。杨大勇这才知道,原来那位记者就是自己的儿子。他这才心慌起来。

晚上,锦州有线电视台播出了张书记和杨晔、张秀和失踪的消息,播音员几乎忍不住要哭。杨大勇和魏素云心里没底了,便掉下泪来,边哭边喊:"杨晔,儿子,你快回来吧……"

但,他们的儿子再也回不来了。

此刻,杨晔已静静地躺在那棵树下。发现他的时候,他的右手还放在胸前,像平时他抱着摄像机那样。那摄像机就是他的武器,他一刻也不能离开。

他就这样走了,走了……

△ 救援现场之三。

当救援人员在现场苦苦搜寻的时候,已在那里守候了一天一夜的锦州军分区参谋长王玉民带着3个部下悄悄地离开现场,沿着大凌河的左岸,也就是紧挨出事现场这一侧的大坝匆匆向下游走去。

在此之前,王玉民接到一个朋友从沈阳打来的长途电话,说他们请了一位气功大师对锦州一带做了遥感和预测,说鸣岐书记还活着,他被冲到了一个类似高棚一样的建筑上,只是他现在已失去了自救能力,必须赶快去营救……

190

王玉民不是一个不切实际的人，应该说从昨天早上7点多钟到现场，看到了那无边无际的大水，他的心就凉了。他知道鸣岐书记有心脏病，也知道他不会游泳，可以说，面对眼前仍然茫茫无边的洪水，没有人能像他那样真切地体会到鸣岐书记遇险的状况了。因为再没有人能像他那样了解鸣岐了。他想到在洪水袭来的时候，鸣岐那有病的心脏一定会发生问题的，再说他穿着那样的防雨衣，即使他能够在第一个大浪之后再浮出水面，他也没有希望像其他人那样坚持得那么久。

可是万一出现奇迹呢？

万一他真的被冲到哪块地方，不能动了，咱要是及时找到他，把他抱起来救回来呢？不是3个人都没找到吗？打捞得这么细，打捞得这么久，都没有找到，能不能有点儿别的情况呢？比如，还活着！王玉民知道大凌河堤并没有决口，甚至没有漫堤，但他还是顺着大凌河往下走去。他要寻找鸣岐！他此刻宁肯相信那位气功大师的话，只要能把鸣岐找回来，就是一直走到入海口，也心甘情愿。

他们一路走着，一路搜寻着，不放过所有的树棵子，所有被洪水冲下来的麦秸垛、玉米棵。能走过的地方就走过去，遇到洪水漫出来走不过去的地方，就脱了鞋子蹚过去。希望，失望，希望，失望，就这样交替变换着，在充满希望和失望之间走着、走着。越过了铁路桥，越过了公路桥，一直走到大凌河下游十几公里远的地方，走到那个名叫赵家窝棚的地方。对于王玉民来说，那不仅仅是一段艰难的跋涉，那更是一种情感的、心灵的追寻。对着苍天，对着黄水，对着长风，王玉民多少次悲恸地在心里呼喊：鸣岐，锦州需要你，你可千万不要就这样走哇……

△ **救援现场之四。**

一辆小车"吱"一声停在凌海市公安局办公楼前。从车上跳下行色匆匆的韩学军和缪泽江。他们早上6时出发，10点20分赶到了这里。这时，从北京闻讯赶来的公安部政治部副主任祝春林夫妇已先期到达这里。祝春林是张鸣岐在团省委当副书记时的搭档。当时的团省委书记是王巨禄，张鸣岐和祝春林都是副书记，两个人在党校又是同学，脾气又合得来，因此友情十分深重。王巨禄本是河南卫辉人，大学毕业后分在了辽宁，一直在基层苦干，曾当过县委书记，以后才调到团省委工作。在他就任团省委书记期间，由于有了张鸣岐和祝春林的协助，工作颇有政绩，人们称他们为"黄金搭档"。由于祝春林和张鸣岐是好朋友，家庭间自然也常来往。如今已调至北京工作的祝春林，听说鸣岐失踪的消息，心急如焚，当即就和爱人乘火车来到了凌海。

从凌海市公安局出来后，他们一行来到出事现场。当时薛恒正在现场指挥打捞，一看到祝春林便痛哭起来，他握着祝春林的手说自己没有保护好张书记，太不应该了，哭得泣不成声。祝春林看到这样一片大水，原来存在的一丝希望一下子破灭了。他黯然神伤，对着这一片汪洋，也对着这么不公平的命运，默默流下了眼泪……

那天中午，他们谁也没有吃饭……

△ 救援现场之五。

下午2时，韩学军、缪泽江和去大凌河下游搜寻的王玉民见了面。王玉民上午一无所获。他们一行又开始在上游一侧寻找。

这时，沈阳方面又有一个气功大师经过遥感说，张鸣岐已经牺牲，此刻他正脸朝下趴在一处泥水里……

但是，韩学军一行拒绝了这后一个气功大师的预测。他们坚信鸣岐还活着，就像第一个气功大师所说的那样，他现在没有自救能力，他需要援助，他正躺在一处窝棚上或窝棚里，并且要马上援助，不能超过15日晚。气功大师说，若要超过今天晚上，张鸣岐便有生命危险。

他们简单议了议。下游已经看过了，已经去了于家窝棚和赵家窝棚，那里了无影踪。是不是往上游看看？俗话说兵无常势，水无常形，什么事都可能发生，循着左岸往上走也不是没有道理。于是他们就往上走。

就在北侧找了一段，果然找到一个窝棚，大家觉得那前一个气功大师的话真灵，鸣岐一定不会出事的！他们就议论着咋去这个窝棚，鸣岐是不是在里边躺着哩！就在这时，一个50多岁的老乡问韩学军他们："你们是找人吧，找到没有？"韩学军一行只顾几个人自己议论，没注意他的问话。等一会儿，那老乡又说："你们要是找人，我可以提供线索。"他一说，大家的眼睛亮了，莫非是这老乡把张书记救了？

大家轰一下就把那老乡围住了，请他提供线索。那老汉向窝棚那儿招了招手，原来那里还有一个妇人，那位妇人放下手中的活计走了过来。那老汉说："这是我老伴，那天晚上，我们俩正在这里看瓜，这里是我种的瓜地。大水来时，我老婆趴在窝棚上，我抓着窝棚的草席，半宿就在窝棚上过的。到了后半夜，水还不退，眼看水一点点儿上涨，眼看就淹住了，我老伴就哭起来，我给她打气说，你别害怕，命大咱就能过去这个坎。天蒙蒙亮时我们就喊救命，救命，这时，就听见旁边的树林里有人回话：'老乡，别害怕，天亮后就有直升机来救你们的，千万要坚持下去……'"

一阵长风吹过青青河滩……

大伙都听呆了。这话多像鸣岐说的，他平常就是这样的口气，他对老百姓从来就是这样好，这样关心。

老乡说得没错，就是张书记，鸣岐没有死，他就在那片树林里！

大伙把目光投向那片白杨林。在这个窝棚不远处，一片白杨树静静地立在水泊里，林间还有小鸟在啁啾着……

他们飞快回到指挥部，把老乡提供的线索告诉了大家。

薛恒显然了解那里的情况，他知道那是司机顾野被洪水围困的方位，他断定鸣岐书记不在那里，就说："那是顾野说的话，别去了。"

王玉民本来就对薛恒丢了张鸣岐有怨气，便大发其火："你怎么知道是顾野说的？现在有一点儿线索就得赶紧抓紧，你别瞎耽误，赶紧去！"

薛恒理解王玉民的心境，他是用自己赎罪的心去投入打捞工作的，只要能找到鸣岐，他承受什么样的委屈都行。于是薛恒不再说什么，立即派人去那里进行搜寻。

又是一回仔细得不能再仔细的搜寻，就按照那老大爷指示的方位，几乎不放过一个窝棚、一间树林里的草房，就连棚子里边也都被查看过了，结果仍是一无所获。

只有那片白杨树静静地伫立在人们的视野里，还有那树上的小鸟，还有那林间流淌的云彩，还有那低吟般的长风。但更有那句话："老乡，别害怕……"永远在人们心里萦绕……

从此，这片林间便会有一双彻夜不眠的眼睛注视着这方土地，它会说："老乡，别害怕！"它会静静地守候在有萤火虫的夏夜，为辛劳的庄稼人看护收获，为迷路的孩童指引归途，为庄户人挺腰壮胆。它还会睁着彻夜不眠的眼睛观察着大凌河的水涨水落⋯⋯

△ **救援现场之六。**

锦州市副市长王希鹍和九死一生的凌海市委书记薛恒昼夜坚持在救援现场。王希鹍副市长从13日到15日晚8时，只睡了一个半小时。而那个原本清瘦的薛恒，自从被救之后更是吃不下饭睡不好觉，为了维持虚弱的体力，连续两天来，他只是利用晚上时间去医院打一瓶点滴，便马上返回现场。

当日下午，国务委员李铁映守候在凌海，希望能看到结果。此时，救援工作进入决战阶段，参加打捞的部队、武警官兵、公安战士和自发参加的群众，布满了整个洪涝区，寻找船只达30多艘。一位老百姓自发地开来了个人承包的旅游船，连笔架山附近的一艘渔政船也开来参加搜寻救援。尤山子村的村民和那个敢在河滩上开荒种地的农民涂广成也在寻找。那个80多岁的徐姓老人率领着他的儿孙们也在寻找。那个尤山子村的党支部书记王守柱含着眼泪带领全村的青壮劳力也来寻找⋯⋯数以万计的老百姓终日聚集在岸边不肯散去。而锦州人民在电视机旁守候着搜寻结果⋯⋯

他们打捞的是一种精神！

他们打捞的是一段历史！

他们寻找的是民意，民心，民魂。

他们呼唤的是焦裕禄，是雷锋，是张思德⋯⋯

一位满身泥水、名叫黄武平的老大爷，他已经在现场待了两天了。他对现场记者说："就是拼上老命，也要把张书记找到！"

然而，直到当晚7点多钟，仍然没有找到张鸣岐和张秀和。这时，天已经黑下来了，茫茫洪涝区沉浸在夜幕里，给救援工作带来了障碍。指挥部决定，暂时停止打捞，好让疲惫的救援人员休息一下，16日早上5点整再继续进行。同时，指挥部还向救援人员通报了一个消息：16日上午9点，张鸣岐同志的夫人王桂香和孩子们将从沈阳到达凌海。要求救援人员要尽量赶在他们到来之前，找到张鸣岐同志。

救援日志之三：7月16日　7月17日

△ 救援现场之一。

清晨。凌海市寂静安谧的清晨。

在经受了洪水的袭扰之后，城市重又恢复了它日常的、经久不变的生活程式。4点钟的清晨，城市还在睡梦中。甚至当那些载着救援人员的车辆隆隆驶过的时候，它都没有醒来。

救援人员到达既定位置。

他们要在鸣岐书记的亲人到来之前，做最后的努力，于是，搜寻工作提前开始了。

也许是冥冥中真有神助，搜寻工作刚刚展开，还没来得及向深水区域搜寻时，就在距出事地点2000米的东南方向，离那片树林很近的一处地方，发现了张鸣岐的遗体！

这时是5点10分。

因为又过了一夜，洪水退得很快。洪涝区大部分区域的水只在膝盖以下，因此，人们可以排着队跳着水去找寻。

就在这时，凌海市公安局副局长刘晓东找到了张鸣岐的遗体。张鸣岐整整齐齐穿着那身两件式武警防雨服，安详地侧卧着，拥抱着他亲爱的土地……

△ 救援现场之二。

张鸣岐书记的遗体找到的消息，像风一样传遍了十几平方公里的出事现场。上万名群众、解放军、武警官兵、公安干警，伫立在凌海市凌北村东的高坡上，默默地注视着从远处洼地水中抬出来的张鸣岐的遗体。人们忍住极大的悲痛，把张鸣岐的遗体轻轻地安放在小船上，当小船靠岸后，有人轻轻地将一块雪白的布幔覆盖在他的身上，官兵们则无声地摘下头上的帽子，岸上的人们自动闪开一条道。人们看着自己的书记一身泥污，像是刚下乡回来的样子，都忍住抽泣，不忍惊扰他的睡梦。他太累了，太累了，让他安睡吧，睡吧……

然而，大悲大恸，终究是压抑不住的。

许多在场的群众，是摸着黑特地从十几里外赶来的。一些农民捶胸顿足地哭着说："张书记，你不能死呵，让我们替你死吧，你不能死呀……"一位花甲老人泪如雨下，哭喊着追赶抬鸣岐书记的担架，说："让我看看这位共产党的好官吧！"

凌海市委书记薛恒在昨天晚上离开现场后，又是一夜未睡。在医院打了点滴之后，一大早就去其他灾区组织救灾去了。当部下用"大哥大"通知他鸣岐书记的遗体已经找到了之后，他正在附近的余积镇，他飞也似的跳上汽车，让司机以最快的速度在泥泞的乡间小道上飞奔。到了救援现场，他跌跌撞撞地扑下车来，正赶上鸣岐书记的担架被送到岸上，他泪如雨下，连忙亲自接过担架，亲自将鸣岐书记送上救护车。这时，几天来陷入巨大悲痛和内疚自责的薛恒，再也控制不住自己的情绪，失声痛哭，一下子昏倒在地上。

△ 北京和辽宁。

7月16日，上午。中共中央政治局常委、国务院副总理朱镕基给辽宁省领导同志打电话，对张鸣岐同志在抗洪抢险中以身殉职表示哀悼，对张鸣岐同志的家属表示慰问。16日下午，辽宁省委副书记王怀远，省委常委、副省长肖作福，省人大常委会副主任陈素芝，在锦州北山宾馆看望了张鸣岐同志的夫人、子女及亲属。肖作福同志还看望了不幸遇难的锦州有线电视台记者杨晔同志的父母。

中共中央政治局委员、国务委员李铁映于7月16日发来唁电，唁电中写道：

中共锦州市委书记张鸣岐等同志在指挥抗洪抢险时，不幸以身殉职，特向你们并通过你们向张鸣岐同志及杨晔同志家属表示最沉痛的哀悼和诚挚的慰问并请节哀。

张鸣岐同志在锦州市遭遇暴雨袭击时，坚持到抗洪抢险第一线，坚持到险情最严重的地方，勘察指挥，直至以身殉职。张鸣岐同志是党的好干部，人民的好儿子。我们每个人都要向他学习。

电文还希望辽宁省和锦州市的同志，继续做好救灾工作，早日恢复正常的生活和生产。

△ 锦州火车站。

从沈阳至北京的12次特快列车驶进了锦州站。张鸣岐的夫人王桂香及子女一行到达锦州。这时是10点30分。

省市领导和韩学军、王玉民一行人前往迎接。

王桂香一见到韩学军就急切地问："小韩，你见到鸣岐后，他就不行了吗？"

韩学军含泪不敢作答。

昨天晚上，夜色降临的时候，韩学军一行决定第二天早7时再到现场。按前几天的经验判断，寻找鸣岐的工作全面展开的时间不会太早。谁知还没出发，就得到了鸣岐遗体找到了的消息。于是他们就赶快奔赴现场，而此时鸣岐遗体已被送至锦州市殡仪馆。

7时，韩学军、缪泽江、王玉民一行赶到殡仪馆时，工作人员正剪鸣岐身上穿的那件雨衣。鸣岐已在水中泡了52个小时，身体已经变形，连雨衣都脱不下来了。

之后，韩学军他们又强忍着眼泪，匆匆赶到火车站来接王桂香。

因此，韩学军无法回答王桂香的问话。

事后，韩学军说："我含着泪水，不敢把真实情况告诉她，怕她受刺激。鸣岐已在水中52小时，他的身体已经变形，已经不是平常人们看到的那个模样了。寻找到之后，我马上给北京的祝春林打电话，说，遗容变了，你要有精神准备。他，我可以告诉，可是王桂香我却无法告诉。"

王桂香非常刚强。实际上，上车时她就知道了消息，她仍强压着悲痛，泪在心里流。她已经几天水米没进，临来锦州之前，她说："我得想办法吃点儿饭，我不能垮，还有鸣岐的追悼会，我得挺下去。"鸣岐之死，对锦州人民来说，是失去了一位好书记；对她来说，却是失去了亲爱的丈夫，亲人之死是生者的不幸，她所经受的打击比任何人都要大。但是，她要用自己的形象维护鸣岐的形象，她一直控制着自己的情绪，甚至不敢在公众场合大声痛哭。

张鸣岐为人民奉献了自己的一生，和自己的一切。

△ 北京。

7月17日，中共中央政治局常委、书记处书记胡锦涛同志发来唁电，唁电中写道：

> 辽宁省委并转锦州市委：
>
>   惊悉张鸣岐同志在抗洪第一线不幸以身殉职，甚为悲痛。谨表示深切的悼念，并向张鸣岐同志的亲属表示亲切的慰问。

晚上10时25分，胡锦涛受江泽民总书记和李鹏总理的委托，从北京打来电话慰问张鸣岐同志亲属。

胡锦涛同志在电话中说：关于张鸣岐同志以身殉职的电报收到了，我受江泽民总书记和李鹏总理的委托，对张鸣岐同志不幸以身殉职表示深切悼念，并请转达对张鸣岐同志亲属的亲切慰问。也请转达对其他两位光荣献身的同志的深切悼念和对其亲属的慰问。

17日上午7时，中央军委委员、中国人民解放军总政治部主任于永波上将打电话给驻锦州某部队领导，对张鸣岐同志舍生忘死与部队官兵共同奋战在抗洪第一线深表敬意，对他的不幸以身殉职表示深切的哀悼，并请该部队政委曹惠臣代为看望了张鸣岐同志的妻子和子女，向他们表示亲切的慰问，同时向张鸣岐同志敬献了花圈，以表沉痛哀悼。

△ 救援现场之三。

张秀和的遗体被寻找到的时间是7月19日12时55分。

张秀和是被第一个浪打倒之后，再也没有浮上来的人。在《生命的最后瞬间》那张照片中可以看出，他的位置排在最前，这同时也是大浪打来的方向。那大浪先把他打倒之后，然后又依次盖去，于是他就成了第一个被浪击倒的人。

张秀和1965年9月23日出生在凌海市杏山乡安子山村的一个农民家庭。1985年考入辽宁省人民警察学校，1987年毕业后被分配到凌海市公安局。1990年12月加入中国共产党。1994年2月借调到凌海市委办公室。

凌海市委办公室秘书杨红胤说："张秀和不会游泳，不仅不会游，而且晕水。"有一次他们几个结伴出去游玩，正好有游泳池，人们都下去了，唯有他不敢下，他说他看见水就晕。

杨红胤还说："张秀和是个善良正直的人，对人和气，非常文静。"秀和与妻子刘玉梅是高中同学，两个人感情非常好。刘玉梅至今还是农村户口，张秀和在城里给她找了一份工作，因为离住的地方远，张秀和每天都去接她。他们没房住，是临时租住在城郊的普通的民房。一天晚上，妻子说好夜里12点下班，他就把闹表定在晚上10点30分，想到时候去接她。谁知他又困又累，闹表铃响后他没听见，呼呼大睡到午夜1点多才突然醒来，醒后一看表，惊出了一身冷汗，妻子这时候还没回来！他撒腿就往外跑，一出院门，发现妻子就在外边的门口站着，已经很长时间了。原来妻子回来后，发现门关着，她想敲门、想喊，怕夜里惊扰邻居。想翻墙，墙又太高，她试了几次都上不去，只得在门外等着，悄悄地等着……

只是这一次她再也等不来她的丈夫张秀和了。再也没有人去接她上下班了。她永远失去了亲爱的丈夫。

张秀和的妻子刘玉梅说："秀和随薛书记去三河参观回来之后，连家都没来得及回，就直接去了防汛指挥部。晚上10点多，他办事路过家门口，在司机的催促下才回来了一会儿，他就站在门口，看了一眼熟睡的5岁儿子，然后说，这次水大，你可小心点儿，如果发水了，你就带着儿子往高处跑。我有事照顾不了你们，你要多加小心。仅仅两分钟，司机师傅在外边的车连火都没熄。"

5岁的小儿子再也见不到亲爱的爸爸了。

张秀和的父亲张贵财哭着说："我是一个农民，一个农民啊，我供儿子供了14年，好不容易把他给供出来了，当了干部，没想到他却走了，没做多少贡献就走了。我57，他妈55，他爷爷80，他奶奶76，我们家四代单传，孙子才5岁，老的老，小的小，就他这么一个顶梁柱，老天爷也给俺抽走了，老天爷咋不让我死呢！我用我的命去换他不好吗？老天爷呀，你把俺的梁柱子抽走了呀！"

57岁的张贵财对着朱大伟拍的那张照片，眼睛直直地喊："儿呀，儿呀，大水来啦，你咋不快点儿往回跑呢？你咋不往回跑呢？"

是啊，秀和不会水，而且见水就晕，但他还是义无反顾地向前走着，走着，一直走到生命的尽头……

从7月14日至19日，"7·13"水难的打捞工作在进行了整整6天之后，宣告结束。

这场历史上罕见的大水灾没有淹死一个老百姓，却淹死了3个锦州人民忠诚的儿子，他们是：锦州市委书记张鸣岐、锦州市有线电视台记者杨晔、凌海市委办公室秘书张秀和。

锦州人民将永远把他们的名字铭刻在心上。

第四章

**他离不开电视机·张书记找不着，工人睡不好觉·几个小故事·
悲壮评论·这次不出事，下次还是他·永久的记忆·锦州之恋**

锦州陷入巨大的悲痛之中。

锦州已经寂寞了许久，已经冷清了许久。

然而它现在醒过来了。

是因为一个人，一个好人；一个党员，一个好党员。

是因为一个执火者，一个走在时代前面的执火者。

是因为一个市委书记，一个为人民鞠躬尽瘁的好书记。

然而，当他点燃了人们的激情，当他把一座城市推到起跑线上，当他亲爱的锦州已如彩色的大鸟即将一声唳叫冲入云霄，扇动着坚强有力的翅膀飞翔在环渤海经济圈的时候，他却走了，走于"7·13"那个沉重的雨夜……

锦州钢厂党委副书记丁福春当时正在湖南株洲出差，天热得不行，他平时一刻也离不开他的扇子。但他此刻最离不开的，却是电视机。

自从他打开电视机，看到张鸣岐失踪的消息，从那一刻起，他就再也不离开电视机了。他马上挂了长途回去，问厂长徐才善：张书记找到了没有？徐厂长回答他的只是秋风般的沉默。第四天，中央电视台报道了张鸣岐以身殉职的消息，他当时就哭了，哭得眼睛红红的。他逢人就说，就是刚才电视上报道的张书记，他可真是个好书记，是焦裕禄式的好书记，真是个好官呀，要是共产党的干部都像他那样，我们的国家就好办啦……

色织布厂高级工程师崔闯新的妻子在医院工作，听说张鸣岐失踪的消息后就给崔闯新打电话，从那以后，两个人几乎是一小时一联系。崔闯新说：你们医院消息灵通，一有张书记的消息就马上给我打电话，咱色织布厂的人都等我给他们传达张书记的信息呢，张书记找不着，工人们睡不好觉。这条电话热线牵动着多少人的心！

这条电话线同时又是人们的情绪线。电话里有时听人说张书记已经找到了，现在正在抢救，人们就欢呼雀跃，工人们的脸就像花一样开着。突然又听说张书记不行了，大家脸就阴下来，就说这消息不准确，张书记那样的好人怎么能不行了呢，好人有好报，他不会死的！崔闯新的爱人听说张鸣岐已经以身殉职的消息后，在电话里就哭起来，她说："这话我不信，你也不要给大家传，谁说这话我就恨谁，张书记会回来的……"

色织布厂只有几个女工程技术人员，记者要采访她们，让她们谈谈张书记生前如何关心科技人才的事，她们一听就火了，说："谁说张书记死了？你们去吧，张书记还躺在医院里，等你们给他救活过来，我们再谈……"

锦州色织布厂的干部职工不会忘记张鸣岐书记在厂里蹲点调查的情形。该厂是有名的亏损企业，欠债5600多万元，平均每人负债6万多，已有5个多月发不出工资了。工人们整天上访，领导们想躲都来不及。张鸣岐来锦州后却一头扎到这里，一连开了4个座谈会。他说，有人说市场经济就是个人经济，就是各顾各，那还要我们共产党干什么？我们要一起唱《国际歌》，全心全意依靠工人阶级，上下一心克服困难，走出低谷……他为企业想了很多办法，很快使企业恢复了生机。

锦州是座工业城市，可是，却有76%的企业亏损。锦州有一个"亏损一条街"，那条街上的工厂差不多全瘫痪倒闭了。过去，有些领导一天到晚泡在舞厅里，群众说他们"上午围着轮子转，中午围着盘子转，下午围着骰子转，晚上围着裙子转，就是不愿到工厂转"。张鸣岐在市常委会上说：锦州76%的企业亏损，工人们开不出工资，生活都发生困难，我们领导干部还天天往舞场里钻，大吃大喝，群众怎么能没有意见？怎么不发牢骚？于是，在张鸣岐的提议下，常委带头立下规矩：领导干部不允许进营业性舞厅，不允许大吃大喝，不参加开业庆典等礼仪性活动……在市委副秘书长刘广富同志办公桌的抽屉里，至今仍保存着邀请张鸣岐参加各种各样庆典活动的请柬20多张，这些都是被张鸣岐婉拒的。谁都知道，现在此类庆典活动的"含金量"是很高的。

张鸣岐关心着人民的疾苦。他说，他不相信上报的数字——锦州市区年收入人均1100元。张鸣岐说，我不看有多少多少钱，我要看看群众的饭碗。他让工会、劳动局下去详细调查，看看有没有特困户，连春节都过不去的有多少，结果查出来有1100多户特困户。张鸣岐带头拿出200元钱，号召机关干部捐款，最后共捐13万元，在春节前送到了困难户的手里。春节前，张鸣岐去市轮胎厂看望工人，他来到老工人侯春林的家，10点多钟，还没见家里生火，屋里冻得能结成冰。张鸣岐忙问：是不是没有煤烧了？侯春林大爷回答：有，有。其实他们真没有煤烧，他怕书记为他分心。可是老工人却没忘了向书记反映情况。他们厂是个老厂，当年是8个人创的业，侯春林就是8个人中的一个。可是现在这个厂却办不下去了，厂领导正筹划如何把设备卖掉……侯春林说："张书记，我们的生活你放心，再难还能比旧社会苦？旧社会冻死饿死谁管我们？现在还有书记来看我们，我们知足了；只是您得管管，千万别让他们再卖设备了呀！"张鸣岐再也忍不住了，眼泪夺眶而出。出了门，他对随行的人说："我们的工人太好了，我们这些当干部的做不好工作，咋能对得起父老乡亲？"

春天，省卫生检查团来锦州检查卫生，锦州顺利通过。团里一位成员对张鸣岐说，锦州的环境卫生搞得不错，看了几条街道都很干净。张鸣岐说，你上当了。他们带你看的都是主要街道，有空我带你看看锦州的居民区、小街小巷，那里可不咋的。我劝你们以后检查卫生，不要检查城市的大街道，那里只是表面的。关键是居民小区，那里是群众生息的地方，那才是最主要的、最应该检查的地方。

一次，鸣岐书记检查春播生产来到黑山县司屯乡水泉村。在田边，他看到一个10多岁的小男孩拿着小木棍在地头玩，正是上学的年龄，又不是星期天节假日，怎么能在地里玩呢？细心的张鸣岐就问在地里劳作的孩子父母是怎么回事。他们回答说，家里人手少，念到小学就不念了。张鸣岐看着英俊的小男孩，心里很不是滋味，他们是锦州的未来呀！他当即劝说这个叫王力的孩子回校念书，说服王力的父母支持孩子念书。张鸣岐对乡领导说：智力生产丢掉了，将来什么生产也上不去。他责成乡党委和政府采取措施，保证辍学儿童都上学。临走时，他拉着小王力的手说："今天，咱俩就是好朋友啦，以后你到锦州，打个电话给我，我就见你去，但一定要带上你学习的好成绩。"

驻锦武警某部营房股股长梅宝林一家在去义县的途中翻了车，车体倒立在路边的壕沟里，司机的脸也扎破了，梅宝林的外甥女右手骨折，全家在风雨中吓傻了。风雨中，前不着村，后不着店，梅宝林拦车请求救援，可是没有一辆车愿意停下来。他几乎要绝望了。就在这时，有两辆车停了下来，一个和蔼的中年男人走下车，看过司机和外甥女的伤势，二话没说，便让后面的人都挤到前面车上，腾出后面的车送他们上医院。事后梅宝林才知道，这个中年男人就是锦州市委书记张鸣岐。

这一天是5月14日。当时张鸣岐一行刚从凌海、义县两地看望受龙卷风灾害的人民群众回来，本来按计划这天要去工厂的，听说凌海、义县遭受龙卷风的袭击，他立刻改变计划，驱车赶到灾区。风灾给农民们带来了巨大的损失。道路两旁，几人合抱的大树连根拔起，菜农们投资数千元、数万元的塑料大棚被卷得无影无踪，眼看就要成熟的西红柿、黄瓜等荡然无存。农民们跪在泥水里号啕大哭，对着苍天泪水涟涟。张鸣岐安慰着大家，看着遭灾的群众，眼泪也止不住流下来。他为人民的苦难而哭泣。

回到锦州，他马上召集会议，要求把农民们最需要的塑料薄膜，马上按平价送到农民们手上，并且由市供销社独家经营，不许二道贩子染指。为了防止有人捣鬼，他们特派公安局专人押运……结果，灾民们得到了及时援助，很快恢复了生产。

今年3月27日下午，躺在救护车担架上从省医院"走后门"回来的张鸣岐，听说牛心山等4处发现山火，他不顾自己身患糖尿病，不顾自己腰部因痈疽开刀的伤口还没拆线，不顾医生的劝阻，立即冲到火场指挥救火。

他是个见危险就上的人。在沈阳当政法委书记时，有一次指挥抓获持枪歹徒，他冲得比刑警队长还靠前。开枪时，歹徒身上的血溅了他一身。还有一次，是辽阳炸药厂发生爆炸，当时身为省政府副秘书长的他，独身去浓烟滚滚的爆炸现场探查，终于弄清了原委，为省市领导指挥抢险下定决心提供了重要依据。

这一次他执意赶赴牛心山救火，几次被随行的人员死死拉住，才算没有发生大的危险，但是，他的腰部的刀口却渗出了一片血水，粘住了衬衣……

他是一个好人，一个善良的人。他的好不是用一件事去证明，而是用一生去证明。他住在军分区，按规定，应该给配公务员的，公务员可以帮他干干杂活、洗洗衣服、照顾一下日常起居。但是张鸣岐说什么也不让，军分区领导已经挑选好了公务员，也给公务员谈好了话，他仍不肯。在锦州7个半月期间，他一直是自己动手洗衣服。

他的一日三餐非常简单，一顿一个二两的棒子面饼，一盘野生的苦苦菜蘸大酱，有时再来点儿豆腐汤，这就是他最经常的食谱。他爱吃的大酱就是东北常吃的豆子做的一种酱，他最爱吃母亲做的，他认为他母亲做的酱是普天之下最好吃的酱。锦州军分区参谋长王玉民说，原来我们还怕照顾不好他而有压力，没想他生活这么清苦。

他对人好，不管职务大小贵贱高低。军分区小食堂的炊事员张惠东是个临时工，一天流露出想家的心思，张鸣岐特地给他父母买了一条好烟，又让他坐自己的车回义县农村看望父母。可是他自己的儿子从沈阳来锦州看他，军分区车子都准备好了要去车站接，却被他拦住不让接。他说，孩子什么东西也没拿，轻手轻脚的，让他坐公共汽车来。

他对自己要求严格，对家人要求也严格，严格得近乎绝情。他在沈阳就任省府副秘书长和市领导期间，家人来沈阳，没有一次坐过公家的车。他的小弟来沈阳，他让爱人王桂香骑自行车去接。他死后，他的妹夫流着泪说，我们都是工人，地位没法和他比，可是他每次回老家哈尔滨，我们都能保证让他坐小汽车，可是我们来沈阳，当市长的他却没给我们安排过一次车坐。王桂香的两个姐姐因照顾父母去了外地，求他帮忙调回沈阳，他坚决不吐口，直到现在也没调回来；而他的亲弟弟至今还是个马路工；他的两个孩子都已从学校毕业，他一个也没有安排工作；他们一家四口，在一间不足11平方米的小屋里住了16年。这16年期间，他当过万人大厂的常委、工会主席，当过团省委副书记，当过省政府副秘书长……

他对自己对家人太苛刻了，他真正是忧国忧民不忧家，忧道忧世不忧身。

为了解决锦州失业工人的饭碗问题，他想了很多办法：给他们发放三轮车执照，让他们搞第三产业街头练摊等等，但他觉得根本的还是要让锦州的经济腾飞起来，让锦州人强化市场经济意识，只有在市场经济里才能寻找到富民强市的前途。于是他在全市范围内掀起了富民强市大讨论，又树立了锦州钢厂"发挥共产党员模范带头作用，不找市长找市场"的先进典型，使锦州人看到了希望，看到了亮色。锦州经济经过千重万复的曲折，终于走到新的起跑线上……可是，就在这时他却"出师未捷身先死"，怎么不令锦州人民肝肠寸断、举城悲痛呢？

锦州在哭泣……

锦州是座不轻易哭泣的城市。从明清以来，每当时代变迁、国祚转折的时候，它就显露出它的重要来。锦州是个政治大舞台。耶律楚材、袁崇焕、努尔哈赤、皇太极、吴三桂、张作霖都在这里扮演过各自的历史角色。锦州又是打响辽沈战役第一枪的地方。它见得多了，所以，它不容易哭泣。

但是它今天哭了，是为一个真正的共产党员，一个共产党的市委书记……

锦州市委宣传部副部长杨作诗至今还清楚地忆得他和张鸣岐第一次会面时的情景。那天他正在办公室，张书记从外边走进来，第一次见面就像老朋友似的对他说：你叫杨作诗，作了几首诗？接着两个人就无拘无束地攀谈起来……

杨作诗红着眼圈给我们讲了张鸣岐去世后的几个小故事：

张鸣岐书记的遗体告别仪式马上就要举行，可是放大后的照片却没有镜框，而商店的镜框尺寸又不合适，报社的同志就来到一家做镜框的个体户门市部，请他按要求把镜框做出来。那位个体户问："干什么用？"报社的同志说："追悼会上用。""是谁？""是张鸣岐书记。"一听是张书记，那位个体户马上说："你们放心吧，保证又快又好，这钱我一分也不要，你们也给我个机会，让我们平民百姓也出点儿力纪念纪念张书记……"

中央电台驻辽宁记者张静来采访张鸣岐同志的事迹，因为没带车，本地新闻单位的车辆又忙，他只好去打的采访。有时候，一晚上要采访五六个人，他们都是张书记身边的工作人员。但是，他采访了几天，发了七八篇稿子，而出租车钱却一分也没花。出租车司机一听说他是来采写张鸣岐书记事迹的，都坚决不收车费。

锦州的出租车，包括三轮车"神牛"在内，都成了记者们的专车，只要他们说一声是来采访张鸣岐事迹的，保证一路绿灯，分文不取。

市委巡察室主任于国田，家里的冰箱坏了，他就去一家门市部修冰箱。师傅在交谈中问："你是哪个单位的？"他回答说是市委的。那位师傅说，市委工作的人光荣啊。于国田问为什么，那位师傅说："你们不是和张鸣岐书记一个单位吗？那还不光荣？"又问："上午你参加追悼会了没有？"于回答："参加了，去送张书记了。"那位师傅说："那好，你参加了，就跟我参加了一样，冰箱放这儿吧，我保证给你修好，不要钱……"

杨作诗说："像这样的故事多得很，市文联正要编一本书，以此来纪念鸣岐同志。"

与此同时，关于张鸣岐之死的种种故事也开始在民间流传开来。传说中，张鸣岐已经成为人们心目中的神。这是人们对好人的祝愿。

而锦州市的知识文化界，对于张鸣岐的死，却有着更为悲壮而深刻的议论——

白雪生（锦州市委宣传部文艺处处长）：

锦州是产生英雄的土地。我查了史料，锦州的第一任市委书记张士毅就是牺牲在这片土地上的。那时是1947年，锦州还处在刚刚解放的黎明中，在一次与国民党军队战斗中，他光荣地战死在朝阳松树嘴子村。但在和平时期，像张鸣岐书记牺牲在抗洪救灾第一线的还是第一个，在全省乃至全国可能也是第一个。对于鸣岐书记的死，锦州人比谁都悲痛。锦州受的苦难太重了，付出的也太多了。从近代史上看，锦州是个名声显赫的地方，它往往成了一个历史拐弯的地方，成了一个时代隆起时的支点，它因此也付出得太多太多。解放之后，它本来应该迅速发展，借助辽西走廊特有的地理优势，还有环渤海的得天独厚，创造锦州的辉煌，但是它却一次次失去机会。有时是天误人，有时是人误天，潮起潮落，日出月没，就这样过来了，锦州一直没有长大。张鸣岐书记来了，他使锦州人看到了希望，从他身上，人们找回了许多曾经失落的东西，人们觉得锦州有盼头了。谁知"出师未捷身先死，常使英雄泪满襟"，张鸣岐的死使锦州人悲痛万分，因此人们感叹锦州人没福气。对张鸣岐，人们寄托了很多东西，这些东西正是现在所缺少的或正逐渐失去的，也是大家呼唤的，于是大家就格外珍重他、珍视他、呼唤他，不仅仅是呼唤张鸣岐，而是呼唤时代精神重返人间……

高深（一级作家，《锦州日报》总编辑）：

鸣岐这样的人，他的正气是天地给的，是这片黑土地给的，是我们民族给的。他在党，就是我们党的福气。我们可以说，只有中国共产党才有这样真正坚持与人民同呼吸、共命运的领导者。

他的一生都在努力实践毛主席说的："全心全意地为人民服务，一刻也不脱离群众，一切从人民的利益出发。"他用自己的心和灵魂去尽情地爱戴人民，并由此为自己敬爱的党赢得了人民的无限爱戴。他值得我们学习的东西很多，但是最本质最重要的一条，就是他心里装着人民群众。

锦州人是重情义的，人民是最重情义的，你只要对她好，她会托着你，举着你，只要有了人民群众，再大的困难也不怕……

郑治国（锦州市委常委、宣传部长）：

张鸣岐是人们心目中的英雄，人们需要这样的英雄。人们对他这样英雄的需要，远远超过了他成为英雄本身的意义。这些年来，人们太多地看到了贪官污吏，腐化堕落，他们希望出现张鸣岐那样的英雄，他们期待他那样的英雄。当他出现时，人们不仅信赖他、记忆他、怀念他、热爱他，还凭着善良的心意、美好的想象，在心目中，在彼此之间塑造他，尽善尽美地极致地丰富他、神化他、弘扬他、美丽他，人们以此来慰藉越来越空虚的心灵，来丰富自毛泽东时代以来日渐苍白的信仰世界，来给自己身体增加些钙质，多一些革命英雄主义和大公无私的精神，人们还要以此来哺育后代。

张中福（锦州市委宣传部宣传处处长）：

社会就像人体一样，总是需要最缺乏的营养。英雄的产生是和时代背景紧密相连的。比如说，50年代，我们需要孟泰；60年代，我们需要雷锋和焦裕禄；70年代，我们需要张海迪；80年代需要蒋筑英。那么，90年代，我们需要张鸣岐。我们这个社会是需要英雄的汁液来滋养的。他们是我们民族精神的承袭者和发展者。社会就是这样向前发展，靠人民，靠走在人民前头、带领人民前进的人，体现时代精神的英雄，靠他们推动历史向前发展。

张鸣岐就是我们时代的英雄。

7月17日下午，辽宁省委组织部、锦州市委组织部在一起讨论起草追悼会上张鸣岐同志生平的文字。同时参加讨论起草意见的还有张鸣岐的妻子王桂香及他的父亲、弟弟、妹妹、妹夫，和鸣岐生前在辽宁省和沈阳市工作时的同事韩学军、杨军、沙伯涛等。

初时，由锦州市委组织部杨殿权副部长给在座的人念草稿，刚念个开头，他就泣不成声，无法控制自己的感情。后来便交给省委组织部市县干部处的赵处长念，赵处长好不容易控制住感情，才把它念完。

讨论时，追忆鸣岐的生平，大家百感交集。鸣岐夫人王桂香说："鸣岐活着时，我对他不理解，埋怨他从来不顾家，一心想工作。两个孩子，我，还有婆家、娘家两边的家庭，从没借他一点儿光。他就是这样的人，我们知道他的秉性，以后再也不难为他。一次有电影晚会，办公室给我们家发了几张票，我跟鸣岐说，咱们和孩子一块儿看看电影去吧，多少年全家没在一块儿看过电影了，算是我们娘儿俩求你啦。他说，不行，我今天有任务，要陪外宾看电影……从那以后，我再也不看电影，也不提让他陪我们看电影的事……他从来就是干工作不要命的人，他走的就是这条道。我姐就说，鸣岐这次不出事，下次还是他，要不，他就不是张鸣岐啦……"

会开到这里时，电视台记者来了，他们把话筒给了王桂香，王桂香说："鸣岐牺牲了，他走了，他以自己的英勇献身画了一个圆满的句号。锦州人民对他有这样高的评价，我十分感谢。我要以鸣岐为榜样，教育好孩子，像他那样学习和工作。希望锦州人民化悲痛为力量，把锦州建设好，也算了却了鸣岐的心愿……"

经过修改，张鸣岐同志的生平简介如下：

张鸣岐同志生平简介

张鸣岐同志，1945年10月出生于黑龙江省哈尔滨市。他青少年时期就受到了革命思想的熏陶，在思想深处开始形成了对党、对共产主义的朴素感情和立志投身革命事业的愿望，于1961年4月加入了共青团。1963年5月，他怀着献身祖国航空事业的雄心壮志，考入了哈尔滨航空工业学校。在学校读书时，他思想进步，学习刻苦，是品学兼优的好学生。

张鸣岐同志，1966年8月参加革命工作，1971年7月加入中国共产党。历任黎明机械公司车间团支部书记、厂团委组织部长、车间党支部书记、公司团委书记、公司党委常委、工会主席，沈阳市总工会副主席，共青团辽宁省委副书记，辽宁省政府办公厅副主任兼交际处处长，辽宁省政府副秘书长，辽宁省政府副秘书长兼参事室主任，沈阳市政府副市长，中共沈阳市委常委、政法委书记。1993年11月任中共锦州市委书记。为锦州市第十一届人民代表大会代表、辽宁省第八届人民代表大会代表。

张鸣岐同志对党、对人民、对建设有中国特色的社会主义事业无限忠诚。他始终坚定不移地认真贯彻执行党的基本路线，同党中央在政治上、思想上保持高度一致。心里总是装着群众，把全心全意为人民服务当作自己的神圣义务。他率先垂范，带领市委领导班子成员，分别深入到困难企业与职工座谈，帮助企业解决实际问题。在日常工作中，对于群众来信来访提出的事关群众生活的问题，他都十分重视，及时处理。他时刻把人民的安危冷暖放在心上，以为人民群众办实事办好事为己任，心里时刻想着群众的困难和要求，努力当好人民群众的勤务员。他身患多种疾病，长期带病坚持工作，并经常深入一线进行现场指挥。特别是在扑灭山火和抗洪抢险中，哪里最艰苦，哪里最危险，他就出现在哪里。他襟怀坦白，光明磊落，为人忠厚，作风正派，谦虚谨慎，平易近人，艰苦朴素，廉洁奉公，严以律己，宽以待人，对亲属、子女要求严格，从不谋取私利，在工作和生活中保持了人民公仆的本色。

张鸣岐同志的一生，是革命的一生，是战斗的一生，是全心全意为人民服务的一生。他的不幸逝世，使我们在社会主义现代化建设的征途上，失去了一位令人尊敬的好同志、好干部，是我们全市党的组织和全市人民的重大损失。我们缅怀张鸣岐同志的光辉业绩，要学习他坚定的共产主义信念和坚强的无产阶级党性原则；学习他深入实际，扎扎实实的工作作风；学习他开拓进取，勇于拼搏的革命精神；学习他为人表率，艰苦朴素的思想品德；学习他甘为公仆，全心全意为人民服务的高尚情操。

中国共产党锦州市委员会
1994年7月18日

薛恒在很长一段时间里，都无力平衡自己在那场大水中被颠覆的精神世界。鸣岐书记在他的辖区内，甚至就在他的身边被洪水吞噬了，还有年轻有为的记者杨晔，还有年轻英俊的秘书张秀和。一种难以言喻的内疚和遗憾像浓湿的迷茫的雾一样弥漫在他心里，经久不散。

事实上，薛恒所经受的打击和压力，是局外人所难以想象的，尽管他的部下们总是想方设法地阻止人们的种种说法和责难传到他的耳朵里，可他多多少少还是听到了一些，这使他有一种难以言述的隐痛。

他无法对人倾诉。即使他的家人，他也无法诉说。出事之前，他去三河时曾把自己的BP机和"大哥大"扔在了家。他的妻子杨玖英是锦州市凌河区副区长。出事时，她担心薛恒的安全，但无法与他联系，就呼了副书记赵海林。赵海林说："薛书记没事，如果你不放心，他就在我身边。"说着，就把"大哥大"给了薛恒。杨玖英问："吃饭了没有？睡觉了没有？你们那儿情况咋样？"薛恒刚从水里被捞出来，刚经历过一场生死考验，但他更惦记着张书记，知道张书记怕是凶多吉少。他深深作痛的心使他无法对任何人诉说，他只在电话里轻描淡写地说："睡了一会儿，也吃了饭，这里很好，一点儿事也没有。"实际上他从水中被救出来之后，就一直吃不下饭，睡不好觉，常常从噩梦中醒来，大汗淋漓。每天靠打点滴输液来维持生命。打点滴时，他常常一个人躺在那里静静地、孤寂地想着心事，有时眼泪不知不觉就顺着清瘦的脸颊滚落下来……

后来，他带着负罪的心去沈阳张鸣岐家中，他是去负荆请罪的。看着沉浸在痛苦中的王桂香和她的一双儿女，薛恒无言以对。他拿出自己的积蓄放在桌子上说："鸣岐书记不在了，我也不能帮你做点儿啥，家里有啥困难，有这救救急，这也是我的一点儿心意。"

王桂香说："这不行，你们遭了灾，我们还应该给你们帮助呢！这钱我不能收。以后有困难，我再找你。"话说得入情入理。王桂香看着消沉的薛恒说："你心上不要有压力，你还有一大摊工作，一天到晚总耷拉着脑袋，市里工作怎么办？"

王桂香的话是那样质朴，却又是那样感人至深。薛恒告诉笔者："听了她的话，我特别受感动。本来我是带着包袱和压力慰问家属的，结果人家把咱的包袱给卸了，把咱给安慰了。"

张鸣岐的朋友和老同事，也使薛恒受到创伤的心得到了一些慰藉。

现为司法部副部长的王巨禄，得知张鸣岐在洪水中殉职的消息后悲痛万分，他把战友和朋友鸣岐的不幸一股脑儿迁怒在薛恒身上。他本来回锦州是要向薛恒兴师问罪的。他说："我想狠狠骂薛恒，为什么没有保护好张书记？但是，到了锦州，到了凌海，我就清醒了，这事怨不得薛恒，鸣岐是薛恒的上级，鸣岐想办的事，薛恒是阻止不了的。鸣岐心目中人民的利益是高于一切的，就是我们在场，也阻止不了他，任何人也阻止不了他……"

从那以后，薛恒觉得自己有些振作了，他更加拼命地工作。他说："我无论如何也要挺住，如果这时候，我工作做不好，我就对不住鸣岐书记，对不起死去的几位同志。我必须振作起来，把工作做好，来告慰牺牲的同志。"

薛恒告诉我们，他们要在凌海找一个幽静一点儿的地方，建一座凌海"94抗洪纪念碑"，将在碑上记录下这场洪水的灾害，记下张鸣岐书记和另外两名同志的英勇事迹和20万军民决战大凌河的辉煌业绩。碑后将是鸣岐书记等3位烈士的墓地。同时，他们还要在凌海建一座以鸣岐同志的名字命名的小学，小学校里将设一个纪念馆之类的专用场所，来记载鸣岐的感人业绩，用来教育后人，留作永久的纪念……

7月18日，锦州人民永远难忘的日子。

这一天上午，将举行市委书记张鸣岐同志的遗体告别仪式。

尽管事先没有宣布张鸣岐遗体告别仪式的时间，可数千名群众还是得知了消息，自发地聚集在通往殡仪馆的马路两旁，冒雨来为张鸣岐送行。

锦州第二热电厂的职工们自发组织起来，出动1000名职工，手拉1000多米长的巨幅挽幛，披着雨衣，打着雨伞，静候在道路旁。

几百名三轮车工人，排在道路两旁，雨水和着泪水流淌。他们哭着说："张书记，坐我们的'神牛'走吧，让我们送送您……"

通往殡仪馆的士英街，这是为纪念在辽沈战役中牺牲的烈士梁士英而命名的。当年，为了解放这座城市，梁士英紧握着被敌人从火力点推出来的冒着白烟即将爆炸的爆破筒，用尽全身力气再次把它插入敌堡，最后和敌人同归于尽……锦州解放后，这里被命名为"士英街"，从此，锦州城流传着怀念梁士英的"五更曲"："……二呀二更里，月牙往上升，三岔河街道有个梁士英，他在前方立了大功。打开锦州府，炸开锦州城，打开碉堡，炸死中央兵，自告奋勇牺了牲，解放老百姓，中国留美名，你说士英光荣不光荣……"

而今天，为了建设这座城市，为了这片热土，又一个战士倒在了这里。站在士英街上，人们浮想联翩，历史，现实，未来，就像不断的雨丝萦绕在人们心头……

殡仪馆门前，几个青年人手擎几千枚团徽组成的巨幅团旗伫立在风雨中，白布黑字的巨幅横幅上写着："沉痛悼念人民的好书记——张鸣岐""张鸣岐同志永远活在锦州人民心中""忠魂与山河同在，英名与事业长青"……

殡仪馆大厅，哀乐低回。张鸣岐同志的遗体安卧在松柏之中，身上覆盖着中国共产党党旗。正面摆放着张鸣岐同志的夫人王桂香同志及其子女送的花圈和挽联。两旁摆着中共中央政治局委员李铁映、姜春云，国务委员李贵鲜，中央军委委员于永波等领导同志和中共中央办公厅，中共辽宁省委、省人大、省政府、省政协、省纪委，黑龙江省委，国家水利部，全国防汛指挥部，团中央，北京卫戍区，以及中共锦州市委、市人大、市政府、市政协、市纪委和辽宁省13个兄弟市市委、市政府以及中央、省直各有关部门、有关方面负责人及张鸣岐生前友好送的花圈和挽幛。

告别仪式由中共锦州市委副书记、市长关永光同志主持。中共辽宁省委书记顾金池等省委省政府领导；国家水利部部长钮茂生，司法部副部长王巨禄，公安部政治部副主任祝春林；驻锦部队领导；辽宁13个兄弟市的代表；锦州市委、市人大、市政府、市政协、市纪委的领导等及各界代表、机关干部1000多人，怀着沉痛的心情向张鸣岐同志的遗体告别……

只能容纳600人的殡仪馆容纳不下告别的人，人们只好冒雨在外边等候，分批进去向张鸣岐同志的遗像致敬，向他的遗体告别。有的默默流泪，有的低声抽泣，有的失声恸哭……

当哀乐一响时，倾盆大雨陡然自天而降，似是天公有灵。人们立在大雨中，风掀起他们的衣襟，雨打湿了女人的衣裙，孩子们披着大人的衣衫，老人们淋湿了花白的头发，但是他们一动不动，等着，等着，等着再见他们的好书记一面……

亲属们是在人们全部告别完之后，最后向遗体告别的。因为殡仪馆内温度太高，张鸣岐同志的遗体不能久放，只能在一小时之内告别完毕。王桂香此时扑在张鸣岐遗体前放声大哭，她再也见不着亲爱的丈夫了，她将要永远失去他，人们怎么劝她也劝不起，她就在那里一边看一边哭，一直到哭昏过去……

医巫闾山低垂下头颅，大小凌河号啕悲歌。风雨中，许多人身上早已湿透，有些条幅上的字早已模糊，可是人们还是驻足翘首张望，希望能最后看上张书记一眼。

《锦州日报》记者于培新、王彬在《洒雨飞泪送鸣岐》一文中真实地描述了锦城人民泪别张鸣岐时的情景：

> ……
>
> 车一辆接一辆疾驶而过，交警在风雨中笔直地站立，长时间地行着军礼。一位北京来的记者打一辆出租车去追赶车队，被交警截住。他把记者证高高举出窗外："我要最后看看张书记！"交警立即放行，同时向他行了一个标准的军礼。
>
> 市委外宣办主任许馥乘车参加告别仪式途中，看到群众自发冒雨前来哀悼张鸣岐书记的感人场面，想到鸣岐书记平日在机关平易朴实、联系群众的作风，抑制不住内心的激动，吟出这样几行诗句："甲戌仲夏最悲哀，洪峰肆虐吞英才。天地悲怆民叩首，痛呼还我张公来！"

沈阳飞龙医药保健品集团公司总裁姜伟听到张鸣岐书记殉职的噩耗，驱车专程赶来为鸣岐书记送行。他说："我与鸣岐书记认识时间不长，但他给我留下深刻印象，他是一名名副其实的好党员、好书记。"

雨越下越大，人越聚越多。人们越过人行便道，站到了马路中间。一条条宽阔的马路顿时变窄了，变成了"单行线"。

重庆路。红星市场旁的烤肉馆老板刘国有自动搭起了宽大的布篷让人们避雨。穿着制服的工商干部就站在跟前，却没有了往昔的责备之意。

人群里，站着一位又一位打着雨伞、抱着孩子的妇女。而这中间最引人注目的是31岁的男子汉王宏伟也抱着5岁的儿子王修宇。从早上8点多直到中午12点，父子俩就这么站着。他要让常念"骑大马、做大官"歌谣的儿子记住，什么样的官人民最满意。

"我不认识张书记，我得看他一眼。"一位穿着蓝花衬衫、60多岁、背微驼的瘦老太拉着一个五六岁男孩的手，身后站着位三十出头的妇女。一把伞遮不住斜来的风雨，路边停靠的一位货车司机连忙把孩子抱到驾驶室。

68岁的哈乃芬大娘冷得打了几个寒战。这位戴着"治安执勤"臂章的老人已经在风雨中站了3个多小时，泪花透过老花镜片闪亮。"好人啊，好人啊，可惜……"老人自言自语。

艾斌，从8点到9点30分，他在惠安街东方不夜城门前默默地等着送张书记。当好心的交通警察告诉他吊唁车队"改道"重庆路时，他连忙掉头跑到这里。"锦州刚有点儿变化，他就没了，我这心里头……"

重庆路是通往殡仪馆的必经之路。当听说"张书记的灵车从这里过"的消息后，石油街道、派出所、红星楼税务所的院子霎时空了。"鸣岐书记是为锦州人死的，锦州人不会忘记他。"一位派出所干部说到这眼圈红了；"这样的好干部难得啊，我不相信他会死……"从事计划生育工作的女干部刘秀珍说到这，泪水夺眶而出。

红星市场卖菜的"老板"们扔下菜摊，加入了默默肃立的人墙；

储蓄所、商店的女营业员们涌出来，在后排不时踮起脚跟；包装机械厂、车铃厂、炼油厂……此时，"华光"、"二热电"、辽宁晶体管厂……一群又一群互不相识的人听到了良心深处的命令，达成了震撼人心的默契：哪怕是看看遗像也好，我们要最后看一眼我们的好书记。

警笛撕心裂肺的长鸣声去了又来；腕上淋着雨的手表时针嘀嘀嗒嗒……10点，11点，12点，雨水顺着头发往下滴，雨伞渗水了；裙裤浇透了，箍住了身体，人们的期待化成疑问：

"为啥哪一辆车上都没有张书记的遗像？"

"我的好书记，我真的见不到你了？"

雨，急一阵、缓一阵。知情的和不知情的，人们在车队往返过后，还要向车翘首，望着，望着。

12点过了，百余人，几千人，还在路口、沿街恋恋不舍地肃立。

几乎所有的摄影、摄像记者面对这一切都举起了机器，可是举起放下，放下举起；泪水已经糊住了他们的眼睛……

把人民放在心坎上的，人民永远不会忘记。

风，依旧呜咽；雨，淅淅沥沥……

张鸣岐走了，在风雨中走了。

一场大雨，把锦州城洗刷一新。

按照薛恒的说法，张鸣岐的墓碑将建在凌海，因为这里是他献身的地方，还因为凌海是入海口。锦州地区，不管是义县、北镇、黑山，还是锦州市区，它们土地上的每一条河流，大都要经过这里流向大海。

老百姓说，锦州就是张鸣岐的家，他活着的时候，想着它，恋着它，死后也同样恋着它，他要找一个能看到全家的地方。在这里，他能看到小凌河、大凌河、女儿河等等河流的青青水色，能看到北镇的高粱红了，黑山的谷穗黄了，义县的大豆熟了——他就这样守望在这里，拥抱着亲爱的锦州，永远倾听着那首流传在辽西大地千古悠悠的歌谣——

河里开花河里流，

儿想母亲日夜愁。
母亲想儿一阵风，
我想母亲在梦中。
白天听见莺歌叫，
夜晚听见山水流。
有心要跟山水走，
又怕山水不回头……

1994年9月

北中国的太阳

——献给三北防护林体系的创业者和建设者

据说，从月球上回望地球，用肉眼能看到的唯一建筑是中国的万里长城。做这惊鸿一瞥的是阿波罗11号宇航员尼尔·阿姆斯特朗，美国人。时间是1969年7月里的一天。时隔28年的今天，倘若尼尔再一次登上月球，进行世纪回眸的时候，他应该会惊诧地发现，在那道著名的东方老墙旁边，又赫然崛起一条绿色的万里长城——它东起于黑龙江宾县，西至新疆的乌孜别里山口，包括新疆、青海、甘肃、宁夏、陕西、山西、内蒙古、河北、北京、天津、辽宁、吉林、黑龙江等13个省市自治区的551个县（旗），总面积达406.9万平方公里。这就是继美国的"罗斯福工程"、苏联的"斯大林改造大自然计划"、北非五国联合建设的"绿色坝工程"之后，在国际上被赞誉为"世界生态工程之最"的中国"三北防护林体系工程"。该项工程自1978年正式拉开帷幕，于今已整整18个年头。第一期工程是1978年至1985年，圆满完成了规划任务，累计造林1亿多亩。第二期工程始于1986年，到1995年，提前超额完成规划任务，累计造林2亿多亩。这些树木将来成林后，三北地区的森林覆盖率将由过去的2%提高到9%。

这是人类社会有史以来最大规模的自我保护活动，是经过惨痛教训后的深刻反省；这是由万千人众参加的带有忏悔意味的对树木的祭祀，是对盈盈绿意——对人类有无限恩惠的一种色彩的皈依和归附。

1987年6月5日，在第十五个世界环境日到来之际，联合国副秘书长、环境规划署执行主任穆斯塔法·托尔巴先生亲自来华为中华人民共和国林业部西北华北东北防护林建设局颁发了"全球环境保护先进单位"的奖章和证书。

同年夏天，前来中国考察的一位瑞典专家来到毛乌素沙漠南端，当她看到过去寸草不生的沙漠里竟然出现一片片林海时，她惊赞道：

啊，太阳，北中国的太阳出来了……

是啊，对于没有树木的地方，生命犹如浸入漫漫长夜。然而，一旦林木葱茏，每片叶脉就是一轮最美最美的太阳！

啊，北中国的太阳……

A章

沙暴来了·A连长的岳母·传说种种·沙漠与沙暴·
地球原本是绿的·古老的砍伐

1993年5月5日。

新疆准噶尔盆地。

这里曾是土尔扈特人的故地。当年，土尔扈特人就是从这里走出，20万部族骑着清一色的蒙古马像黄色风暴降临在俄罗斯的伏尔加河流域。几百年后，这股蒙古马队般的风暴又回来了。

这是一个蒙古老人说的。

一整天了，天出奇的好。这一天是立夏，纳木扎拉老人说，他看见春姑娘穿着绿裙子向北走去，走过草原，向沙漠深处走去。不一会儿，他便听见那种奇怪的声音了。那是成千上万匹马蹬踏大地的声音。

纳木扎拉说，他确实听到了马队的声音，箭镞啸响和刀斧砍杀的声音。老人已经84岁，他说，他年纪还小的时候，不曾知道部落当年在伊犁河畔驰骋的英姿，但他听老辈子的人讲过，那是蒙古人的圣主成吉思汗的军队，女真人的统治者努尔哈赤的军队，还有他们的土尔扈特人的军队，在准噶尔草原奔驰的声音一定是这样的。

他说他可以证明，当这种声音过去之后，你就会看到，一切的一切就全没了。纳木扎拉老人口中的传说得到证实。

1993年7月3日，由我国林业部部长徐有芬签发的《关于我国西北部发生强沙尘暴灾害情况及加强治沙工程建设的报告》中这样写道：

国务院：

今年5月4日至6日，我国西北地区发生强沙尘暴灾害，给人民生命财产和工农业生产造成巨大损失……

这次强沙暴主要发生在新疆的准噶尔盆地及东疆北部、甘肃的河西走廊、内蒙古的阿拉善盟和宁夏平原一带，总面积约110万平方公里，殃及18个地（市、州、盟）的72个县（旗、市、区）。

这次强沙暴主要是由于西伯利亚强冷空气侵入造成的。强冷空气前锋于5月4日8时进入新疆西北部，风速逐渐加大，在北疆地区和东疆北部形成第一片沙尘暴；5月5日8时在新疆哈密以东、猩猩峡至甘肃安西一带形成第二片沙尘暴；5月5日14时以后，在阿拉善盟、甘肃酒泉以东至宁夏北部形成第三片、也是最大的一场沙尘暴。

沙尘暴风力达8—12级，能见度多为200米以内，局部地区能见度为零。沙暴所到之处，地表土层风蚀厚度一般达10—30厘米，沙丘前移1—8米，每平方公里降尘量达160多吨。有的地区出现高达300—700米的沙尘暴壁，一公里以外都能听到轰鸣声。

这场强沙尘暴灾害造成的损失是巨大的。据统计，共死亡85人，受伤264人，失踪31人，毁坏房屋4412间；损失牲畜12万（只）头，草牧场和牧业基础设施受到严重破坏，受灾牲畜达73万头（只）；农作物受灾面积560万亩，其中绝收或严重减产的有164.4万亩；受灾果树面积24.5万亩，新育苗和新造林损失严重；刮断刮倒电杆6021根，一些地方的输电和通讯设施遭到严重破坏。大面积的土地被风蚀沙化，多处铁路、公路因风蚀沙埋运输中断，埋没水渠2000多公里，许多水利设施遭到损坏；这次强沙尘暴造成直接经济损失5.425亿元。同时，悬浮的粉尘污染大气，危害人身健康，甚至使日本、朝鲜、韩国等国家出现连续多天的降尘，引起国际上的关注……

一位朋友在文章里曾这样描绘这场举世罕见的沙暴：

春夏之交，腾格里沙漠东南的中卫县呈现出一派生机盎然、朝气蓬勃的景象，天气晴朗，微云淡抹，暖意宜人。但是，在下午6时许，沙漠东北部的天际突然竖起一道黑墙，越升越高，迅速向前推进。黑色的帷幕很快向两边拉开，帷幕后边窜起无数沙云，转眼将夕阳吞没。同时，地面上升起黑色的、灰色的、黄色的尘云交织在一起，翻滚着、变幻着，现出千奇百怪的现象。接着，帷幕四合，一声巨响，一瞬间白昼变成黑夜，强大的气流卷着沙尘横扫过来。室内尘土弥漫，呛得人喘不过气来，这就是黑风！沙暴！

而纳木扎拉老人则是用孙子的生命和300只纯种绵羊的代价认识这场沙暴的。

孙子才15岁。他走了。清晨放牧时，他骑着雪青马走了，谁知他这一走，就再也没有回来。

纳木扎拉老人，骑不动马了。他倚在土屋门口看着孙子的背影消失在山梁，孙子快活地吹着口哨，向北走去。

孙子的口哨声一直响在纳木扎拉老人的耳边。吃过中午饭后，当天空中滚过那种奇怪的声音时，他起初以为是孙子回来了。孙子的口哨声变成了彻天的长啸。他走出屋外，看到天空中出现黑灰色的云团，他就知道事情要坏了。孙子要去30多里的雪岭子一带放牧，因为那里有水，那是个几亩大的水泡子。一般来说，羊们隔一两天就要到那里饮一次水。羊们散漫地走着吃着，要到下午才能喝完水，带着滚圆的肚子回来。

纳木扎拉算算时间，这个时候正是羊群喝水的时候，孙子即使骑上最快的马也回不来了，他和羊群一定会被这场黑风给罩住的。他想找找别的人去前面寻寻孙子，但不一会儿便被黑风给堵回了屋子里。

那是一堵墙。是会活动、会走动的墙。人站在那里，那尘暴刮过来的时候，会把你撞得生疼生疼，你伸出手来甚至能摸到它粗粝的表层，只不过它像飞速旋转的砂轮，只要你的手挨着它，不多久，就会露出雪白的骨头。

220

纳木扎拉给堵在了屋子里，在极度不安中等待了两天。那尘暴不歇气刮了两天两夜。孙子一直没有回来。

到了第三天，风停了。纳木扎拉老人和邻近的牧人一起去寻找孙子和300只羊。他们向雪岭子方向走去。估摸着该到水泡子的位置了，却怎么也找不到。他们就在那里转悠着，却始终找不到那个水塘。

那个几亩大的水塘失踪了。

它被尘暴掩埋了。

被尘暴埋住的还有纳木扎拉的小孙子，还有那300只羊。据当地人推测，当沙暴来临的时候，纳木扎拉的孙子赶着羊来到这里，一定是想躲在地势低洼处，没想到却被沙暴掩埋了。

据亲临过尘暴的牧人讲，通常的情况下，人总是窒息而死的。因为在尘暴的中心，人无法呼吸，哪怕只是轻轻地吸一小口气，鼻子里都会注满沙粒，喉管都会像烫伤般火辣辣地疼。

1934年5月，美国纽约也曾受过沙尘暴的袭击。《纽约时报》以报纸特有的临变不惊的风格描述道：纽约一片朦胧，好像日偏食时投出的阳光一样。大气尘粒的计算表明为通常数量的2.7倍，大部分超额的尘粒，装进了流眼泪和咳嗽的纽约人的眼睛里和喉咙里。

可以说，1993年5月5日的沙暴，把一些超额的尘粒，装进了一个15岁少年的眼睛里和喉咙里，和59年前的美国人一样。唯一不同的是，那些纽约人可以回家把超额的尘粒清洗出来，而纳木扎拉的孙子却和这些沙子永远地融为一体了。

敦煌驻军某部A连长的岳母来了。岳母是个退休教师，因慕敦煌之名，加上闲着无聊，便只身来访。A连长自然乖巧，便领着岳母在敦煌地域着实狠逛了一通，不仅看了莫高窟，还游历了鸣沙山和月牙泉。等把名胜古迹看得差不多了，岳母就说我回吧。

岳母要回去了。这一天正是5月5日。

A连长的部队离敦煌市区大约有10多里路。因连队没有汽车，A连长就备了辆毛驴车相送。考虑到连队训练紧，人手不够，A连长便决定自己一人送丈母娘。

走的时候天气挺好的。

走到半道沙尘暴就来了。

当黑风把他们裹住的时候，A连长想，说啥也得把岳母保护好……可是这念头还没想完，那风便把他们刮开了。

A连长凭着军人的本能，抱住了一丛沙柳，把头埋在树丛里，躲过了这场灾难。

而他的岳母却被沙暴吞噬了。

一年后，当风把黄沙刮开的时候，人们发现了一具女尸，准确说应该是一具枯骨。沙暴像打磨一件艺术品似的，把人身上的筋肉剔得干干净净，只剩下白净净的一副骨架……

A连长闻讯去了。

他从假牙上认出了自己的岳母。

面对荒野白骨，A连长欲哭无泪……

关于沙尘暴的传说，更多的是它的邪恶和不可思议。比如宁夏某县一行人乘吉普车去银川，半道上遇到沙暴，人们赶快到附近住户家躲起来，只把吉普车停在路旁。等风暴过后，人们出来寻车，却见绿色吉普像被剥去一层皮似的，被沙子打磨得雪亮雪亮……

新疆吐鲁番是沙害最严重的地域之一，像1993年5月的这场沙暴，在这里已不足为奇。当地人说这里是"一年一场风，从春刮到冬"。一位在这里工作了近20年的林业干部说，1960年5月31日，一场大风刮了12小时，据气象台同志讲，风速为每秒34米。大风过后，一切都错了位，大树上挂满了150公斤重的棉花包，那是棉花收购站的棉花，大风把它们像水面上随波逐流的浮萍般吹来吹去。火车站上，滞留的火车被风刮得七零八落，载满油的油罐离开轨道，最远处能达几十米。还有那种用优质水泥加钢筋做成的电线杆，原本光滑如镜的表面被沙打得坑坑洼洼。不知谁家走失的一头骡子，被风窒息之后，沙子把它的毛全部打光，变成了白色的骡子……

关于沙漠的定义，1977年联合国第29届全体大会3337号决议关于国际合作开展对沙漠化斗争的文件中写道：

沙漠,降雨不足或土壤干燥,植被稀少或缺乏的地区。

关于沙漠化的定义是:沙漠状况强化或扩大,引起生物生产能力下降的过程。其结果是植物生物量、土地载畜量、作物产量和人类健康状况下降。

世界上最著名的沙漠是澳大利亚的维多利亚沙漠,印度和巴基斯坦的塔尔沙漠,阿拉伯半岛的鲁卜哈利沙漠,苏联的卡拉库姆和克齐尔库姆沙漠,以及非洲的撒哈拉沙漠,它们都是沙漠之王,其面积大都在30万平方公里以上。而真正的王中之王,则是非洲的撒哈拉沙漠。

撒哈拉沙漠位于非洲北部。

撒哈拉,是阿拉伯语"荒凉"的意思。它从大西洋之畔绵亘至红海海滨,东西长5600公里,南北宽1600公里,蔓延了北非11个国家和地区。由于这里终年吹着来自中亚和东南亚的干燥信风,因此,沙暴便成了撒哈拉最常见的风暴。

中国沙漠能够上世界级别的当数塔克拉玛干沙漠,它的面积是32.74万平方公里。除此之外还有古尔班通古特沙漠、巴丹吉林沙漠、腾格里沙漠、毛乌素沙漠、乌兰布和沙漠、库姆塔格沙漠、柴达木盆地沙漠和科尔沁沙地、小腾格里沙地。

全世界沙漠的总面积约600万平方公里。

中国的沙漠面积有63.7万平方公里。

地球原本是绿色的。即使是最著名的撒哈拉沙漠所包围的北非列国,根据考古记录,在湖底和泥炭沼泽等沉积物中也已查明,上溯4000年至6000年前,那里大部分都是高原草地,居民以狩猎为生,以蜗牛为主食,有"肥沃的新月形地"之说。印度西北部的拉贾斯坦和塔尔沙漠,曾经供养过古代的城市和乡村,而今那里也早已碧沙连天杳无人烟了。在底格里斯河和幼发拉底河流域,远古时期也非现在的模样,那时"河流两岸是一片片森林和草原,下游遍布着枣林,河边芦苇丛中翩翩起落着大群的苍鹭,草原上是一片片羊群"。甚至在100年前,全球陆地仍有42%是森林,34%是沙漠,24%是草原和农田。仅仅过了100年,森林只剩33%,草原和开垦出的农田为27%,沙漠猛升为40%。至今,人类向森林的砍伐之声仍不绝于耳。

一个研究黎巴嫩雪松的学者从雪松的命运看到了人类将永久性衰落的迹象。

黎巴嫩山曾经盛产高大挺拔的雪松。早在公元前3000年，腓尼基人占据了地中海东岸，并开始砍伐他们曾在传说中得知的这种乔木，并把它们运到大不列颠和西非。由于雪松木质坚硬，尺寸适中，常被人们用于造船和建筑宫殿，周边许多文明国家都纷纷订购这种优质木材，特别是古埃及的法老王，曾一下子进口40船名贵的雪松。

公元前3000年的美索不达米亚神话《吉尔加米什史诗》曾记载拥有这种神木的故事。美索不达米亚人将雪松一排排滚动放进幼发拉底河，然后流放到国内。《圣经》上也曾提到关于巴基斯坦进口雪松的事，以色列国王所罗门约在公元前950年写信告诉蒂尔国王希拉姆时谈道："像您和我父亲戴维打交道那样，把雪松送给他人盖住宅，请和我同样打交道吧。"成千上万的劳工，为了修建著名的耶路撒冷所罗门教堂而接力去黎巴嫩采伐雪松。600年后，马其顿的亚历山大国王曾派8000名劳工和送去1000对精选牲畜到黎巴嫩山砍伐雪松，在一连数载的砍伐声中，他的威震一时的幼发拉底舰队问世了。

对黎巴嫩森林最后的劫掠是在第二次世界大战期间发生的。此时，黎巴嫩雪松已经基本消失，正像研究雪松生物学衰退史的米克塞尔所说：现在黎巴嫩山的大部分"像撒哈拉沙漠中的山脉那样光秃"了。但英国军队仍然没有停止手中的斧头，没有雪松，那些冷杉和橡树也一样征用，被砍下用作修筑连接的黎波里和海法的铁路枕木。

黎巴嫩山上的雪松就这样永远消失了。

伴随着人类数千年文明史的雪松犹如一根燃尽的火柴，"哧啦"一声跌落在尘埃里，黄沙会很快将它的故事掩埋。即使地球再起劲转动，这种物种也不会重新出现在黎巴嫩山上了。

中国的西部，那众多的沙漠，也肯定掩埋过很多令人伤感的绿色故事。

"塔克拉玛干"维吾尔族语的意思是"进去出不来"，然而，这个令人心悸的死亡地带，在古代却有着大片大片的绿洲和丰富的水源，有繁华的城市和肥沃的土地。

倘若你沿着尼雅河向沙漠深处走去，在百公里处，便会发现一处城市的骨骸，这就是尼雅城的废墟。尼雅城已死去多年，在黄沙深处，埋葬着它的房子，它的街道，它的成排的树木的精魂。那是美丽得惊人的城市，它的建筑是中西合璧的，有土耳其斯坦式的客厅，有东北的火炕，有中原建筑中的飞檐斗拱，梁柱上嵌有二龙戏珠的雕刻，有精美的木制桌椅——虽然都是残骸，却能看出它的狮形椅腿和怪兽扶手。

这个城市曾经澎湃过中西文化的河流。它是见多识广的。

这里的河谷地带，曾经丛生着大片大片的胡杨林，尤其在塔里木河、叶尔羌河、喀什噶尔河、阿克苏河的交汇处，竟然有长达150公里、南北宽70公里的胡杨林。在这片茫茫林海中，栖居着许多飞禽走兽，有老虎、马鹿、野猪、羚羊等。100年前，从喀什到阿克苏的道路，就经过这片密林。

这里曾是古丝绸之路，汉武帝时的张骞就来过尼雅城，他和他的马队就是在这样的密林中孤寂穿行的，那时的空气是湿润的，路面上落满黄绿相间的树叶，双脚踏上发出"噗噗"的声响。虽然那是沙漠之行，但正是由于有这样的绿色驿站，给予沙海旅人憩息的最好场所，才有了张骞通西域的美谈，也才有了唐僧西天取经的可能性。

但是，今天的塔克拉玛干真正成了"进去出不来的地方"。

美丽的城郭消失了。逶迤百里的胡杨林枯萎了。河流干涸了。

倘使张骞活到今日，面对滚滚黄沙，他还敢率领他的马队西行吗？

中国对森林的砍伐是早在腓尼斯人定居以前就开始的。那时人们随着原始社会的黎明开始进入中国北部的黄河流域，而当时的黄河流域几乎全部覆盖着茂密的原始森林。自从人们进入森林，就再也没有停止挥向林木的斧头。不仅如此，人们还放火烧林，在灰飞烟灭中，千万亩森林毁灭了，一个农业文明呱呱坠地了。火能孕育文明，同样也衍生出焚毁大自然的罪恶。

仅仅几个世纪，黄河流域的森林就砍伐殆尽。由于山脉和河流盆地的森林受到滥伐，加重了土壤的侵蚀，使黄河成为世界上含沙量最高的河流，河床不断上升，变成高出陆地许多的"悬河"。这条孕育华夏五千年文明的河流由于洪水频繁而同时成为举世闻名的害河。

中国的陆地森林为封建社会的隆起提供了能源，由各种各样树种组成的古老的动力列车驮着人类社会忧郁上路，从这端奔向那端。

"蜀山兀，阿房出"，历史上著名的阿房宫建筑群出自湖南、四川的天然森

225

林，项羽一把火使其燃烧了两个多月。东汉时期，光武帝刘秀向西北大批移民，修建城郭和民舍大都从六盘山和子午岭采伐。董卓胁迫汉献帝迁都长安，建筑宫殿所用的木材来自陇山的森林。北魏统治者建都洛阳，聚千百工匠建设新都，大量木材均来自吕梁山。明朝时，为了建筑宫殿，皇家动用10万人众在湖广江浙一带采伐优质木材，那时内陆各省的山林已经所剩无几。1947年，长江流域的森林仅剩8万多平方公里，覆盖率竟不足5％。在四川境内的沱江、涪江、嘉陵江等长江支流流域，森林覆盖率竟为3％。解放后，除了兴安岭外，我们几乎没有像样的森林了。1956年，在一个公开场合，我们的林业部长无奈地宣布，我国拥有"世界上最多的光秃秃的丘陵"。

但是，我们仍然没有停止砍伐。

新中国成立初期，为了砍伐树木，国家成立了森工部。全国各地相继成立的林业局，最初的动因并不是植树造林，而是用于采伐木材的管理和审批。于是又有更多的人涌进森林，对森林进行20世纪最后的砍伐。

当时拥有40多亿立方米蓄积量的东北林区，经过掠夺性开发，如今，蓄积量仅剩20多亿立方米，砍伐量却仍以每年2000多万立方米的速度发展，照此速度，过不了多久，那里又会成为新的荒山秃岭。

与此同时，人们又把手伸向热带雨林。

从50年代开始，西双版纳的热带雨林就以每年平均20万公顷的速度锐减，与此同时，有500多种植物物种濒临灭绝。

热带雨林是人类的咒语，是制造神秘的地方。大自然造就了热带雨林，并把人类逐出其间是有一定道理的。在没有完全弄明白热带雨林之前，它应该是人类的禁区，是不应该冒犯的神祇。

热带雨林占森林总面积的46％，迄今为止，它是地球上物种最丰富、结构最复杂的生态系统，也是现存的森林类型中最复杂的一类。在一公顷温带林中一般有10种直径10厘米以上的乔木，而一公顷热带雨林中却有100多种高大乔木。在亚马孙河流域和马来半岛那样树种十分丰富的低林森林中，树种则高达200种以上。热带雨林中的动物物种也极其丰富，在马来半岛已知的660种鸟类中有440多种是热带雨林所特有的。热带雨林还是世界上最大的氧气制造厂，是伟大的"世界之肺"。但所有这些都难以描述热带雨林。人类目前的认知经验难以解释它，它是没有破译的谜团。千百年来，人类一直游离于它的领地之外，才得以安然无恙地生息下来，地球才相安无事。但是，自近代以来，人类开始开发热带雨林了，起初是试探性的，小心翼翼的，但转瞬便如发现金块的淘金者那样，对热带雨林疯狂采伐起来。

在亚马孙河流域，热带雨林以每年2.4%的速度在急剧减少。巴西每年约有250万公顷的热带雨林遭到砍伐。哥伦比亚17年前还有6450万公顷的热带雨林，现在只剩约3900万公顷。哥斯达黎加过去有580万公顷热带雨林，现在仅存130万公顷。在秘鲁、危地马拉、厄瓜多尔等国，热带雨林被砍伐得所剩无几，许多植物甚至已成为传说中的植物。

大量砍伐热带雨林的灾难性后果是无法预料的。最近，美国一部影片暗示了冒犯热带雨林后的可怕后果。该片讲述了一个热带雨林的入侵者，无意中带回一只猴子，谁知这猴子身上携带着一种人类陌生的病毒，它会给人类以致命的威胁。这种病毒实际上就是热带雨林的捍卫者，它在我们人类看来是病毒，在热带雨林的空间里没准就是滋养树种的营养源。扮演医生的美国著名影星霍夫曼以哲人的口吻说道：

> 那些病毒已经存世几千年了，而我们人类才开始接触到它们。这些陌生的病毒在世界上蔓延的原因是我们人类侵入了它们的生活空间，像雨林地区。是我们去了不该去的地方，并把这些病毒带到雨林以外的地区，而所谓病毒的蔓延，也只是这些病毒不断裂变复制自己的过程，但这种复制过程对于人类是致命的。

对于那些热衷于探索和发展的人，笔者认为霍夫曼说的话并不完全是戏言。人类这样匆忙是为了什么？现代化的生产速度已足够人类受用，人类还要怎样发展？正像一些学者说的那样，工业文明越高速发展，我们失去自然的机会就越大。他们呼吁：放弃那些无谓的探索吧，诸如热核武器的研究，地球极地的考察，接踵而至的竞相探险，把洁净的南北两极弄得垃圾遍地，污秽不堪……人类还是珍惜珍惜脚下的地球吧，它对人类生命是绝无仅有的唯一，在浩瀚的宇宙中，它是专门为人类设计的唯一星球，它和人类是相对应的，是密不可分的，是生死与共的。不要企盼有朝一日，当地球被损耗殆尽，人类会乘坐飞往太空的宇宙飞船着陆在别的新开发的星球上，不会的。

当地球完结，人类就会命定地走向绝灭。

绝灭的日子可能就掩藏在不可知的热带雨林里。而热带雨林里就可能掩藏着毁灭地球的类似核武器发射装置那样可怕的"按钮"。

任何理论都不能预测这个古老星球的命运，任何高精尖的科学武器都无法救助它的颓势。如果人类再不迷途知返，仍然疯狂地砍伐树木，砍伐热带雨林，没准就会触响那个毁灭的"按钮"……

醒来吧，人们。还是以古老的方式爱护我们的树木吧。

因为我们的树木已经所剩无多。

全世界森林覆盖率平均为22%。其中西德为29%，美国32%，苏联34.4%，南斯拉夫37.5%，奥地利38.8%，瑞典53.4%，日本68%，芬兰69.7%，朝鲜为74.4%。

而我们中国为12.7%，居世界第120位（1976年统计）。

华北地区为8.9%。

西北地区为2.6%。

黄河流域为5%。

长江流域为5%……

本世纪20年代，一位美国学者在考察过中国森林的现状后，以无比忧虑的心情说：再过200年，中国的华北地区，或者更多的地区，将成为新的沙漠……

这是危言耸听吗？

B章

土尔扈特人的后代·西尔巴拉与羊·草吃骆驼故事种种·
猎枪没有子弹·紧急报告与生态难民营

布音图前后错着腿，身子陷进泛着灰白光泽的麦田里。他在割麦。虽然时值8月，中国的南方也许正笼罩在暑热之中，而这里却刚收获春麦。

这是内蒙古西部阿拉善盟一处叫嘉尔嘎勒赛汉苏木的地方。在这片刚被驯服的102万亩农田里，布音图的10多亩土地仅仅是一点点，就像他本人一样毫不起眼。然而，从这纽扣般大小的麦田里相望东南，仍然可以看到贺兰山的青青山影。几百年或者几千年前，布音图的祖先们每当这个季节，哪怕是稍微瞥上它一眼，都禁不住怦然心动。在贺兰山东南方向，华北和中原等农业区，可爱的麦子已经收入粮仓，而此时，正是铁骑入关的大好时机。

布音图埋头割着麦子，左手揽着麦穗，右手挥动镰刀。他的动作有点迟缓，割麦的节奏很不均匀。一团不断抖动的黄色光尘罩住了他，他的鼻孔受到刺痒，于是他便放肆地打起喷嚏来。静静的田野被惊扰了，一只蚂蚱飞起来，吧嗒吧嗒拍打着带条纹的细翅向远方飞去。布音图的头顶是中国北方辽阔的天空，几朵白云正出神地注视着他。他赤裸着上身，被晒得爆了皮的脊背上，汗水冲出一道道沟沟。割麦时溅落的麦芒和麦壳撒在他的身上，由于刺激，他忙一阵之后就得停下来搔一下它们。这种真正农田里的遭际改造着这个蒙古汉子，也许再过一年两年，随着几茬庄稼青青黄黄之后，他便和真正的农人毫无二致了。

一个马背上的民族将要消失了。

布音图正是土尔扈特人的后代。他的家乡在腾格里沙漠深处。

阿拉善盟有巴丹吉林、乌兰布和与腾格里三大沙漠。布音图的帐篷就搭在一个叫"铜湖"的边上。布音图说这是个传说，这个铜湖实际上叫那仁努尔泉，离这眼泉水60多里处还有一个乌苏艾坑（泉），一天，一个牧人在那仁努尔泉用水桶打水，不小心桶掉了，转眼那桶就沉到深处，哪知道这只水桶却在乌苏艾坑浮出来了。牧人由此得知这片草地下是一个相连的大湖泊，于是这个秘密就成了土尔扈特部族的核心机密，这个水丰草美的地方便成了他们永久的居住地。

而真正土尔扈特的故事远比布音图的故事要壮烈惊心得多。现今居住在阿拉善额济纳和巴丹吉林沙漠等地的土尔扈特人原是新疆天山以北准噶尔盆地瓦剌部族的一部分。1628年，在新疆塔尔噶台山一带养足了精神，"形象犹如狂奔羊群的短尾苍狼"的土尔扈特部拔起5万毡庐，率领所属20万众，迁徙到沙皇俄国的伏尔加河下游的草原上生活。这股从中国西部骤起的黄色风暴很快就席卷了俄罗斯东南边地的诸多国家，由于沙皇此时正攻打波兰，没有精力关注土尔扈特人的入侵，使它逐渐壮大，一直深入到阿斯特拉罕地区，就此定居驻牧。土尔扈特人在长期的征战中锻炼得骁勇非常，驻俄期间，曾几次帮助沙皇参与战事，每次都大获全胜。

土尔扈特人的装备和当年的成吉思汗的蒙古军队大体相似。即使是他们的坐骑也是矮小短粗的蒙古马。这种并不雅观然而却坚韧异常的战马曾经驮过忽必烈、成吉思汗和拔都踏遍欧洲和亚洲的大多数国家，从成吉思汗开始，一旦这种粗颈壮腰的马队奔腾起来，世界便为之战栗。对蒙古人来说，马匹就是它们的船只，陆地便是海。

除此之外，别无长物。不管是宋廷还是金朝，不管是印度还是伊朗，不管是匈牙利还是俄罗斯，即使再强大的敌手，蒙古人也没放在眼里。两军对垒中，不管战役多大，蒙古人也能把它当作草原上的一次狩猎演习。

成吉思汗是草原上的帝王，更是十足的牧民，那埋在霸业深处的仍是一个普通牧民的价值取向。一种神秘莫测的力量驱使他疯狂地仇视草原以外的文明，并以自己的蛮勇和武力捍卫草原的利益。

土尔扈特人之所以能在俄罗斯立足，便是挟成吉思汗之余勇的结果，但它过不多久便衰落了。随着18世纪的到来，欧洲工业文明的萌芽已经破土，仅靠好马快刀黩武的时代结束了。土尔扈特人被文明挤压着，成了落后野蛮的部族备受欺凌。

他们怀念天山，怀念蒙古草原，于是就有了电影《东归英雄传》中那样的内容。

《东归英雄传》中土尔扈特人历尽千辛万苦，冲破沙俄的重重阻挠，终于回到魂牵梦萦的祖国。而现在阿拉善盟额济纳的土尔扈特人，则是回西藏礼佛的一支。

当时的额济纳河两岸，一定是草丰水美，绿树如云。那里有一眼望不到边的原始胡杨林，有碧波连天的湖泊，有"天苍苍，野茫茫，风吹草低见牛羊"般美丽如歌的风景。

那里就是曾在汉、唐、西夏建立名盛一时的居延——黑城绿洲。

居延三角洲北与蒙古国交界，南与河西走廊相邻。弱水（黑河）穿行其间。绿洲曾有土地面积31947.48平方公里，有林面积378万亩，有灌溉条件的草场林地250万亩。

据史载，黑河流域的开发历史很久，在出现以种植业为主的农业生产之前，黑河中、下游地区水量充足，河流水系属自然水系时代，在河流两岸，江水湖泊和洼地周围水草葱茏，林木繁茂，形成天然绿洲。

自汉以来，古人利用这里的自然优势，曾大面积开发屯田。据卫星照片测算，仅额济纳绿洲古代屯田区范围的面积就在65万亩左右。西夏和元朝时期大规模的屯田遗址，目前仍完整地留存在今额济纳旗纳林马苏、呼仁全吉、波罗浩特、乌兰乌素、额尔古哈拉等广大地区。

额济纳绿洲是阿拉善高原和华北地区数千年的绿色屏障，由于它的存在，来自西伯利亚的朔风才有所收敛，才不会像今天这样无所顾忌透彻而尖锐地吹遍西北和华北地区，它那强大而持久的生态防护功能伴随着此地居住的人民顽强地书写着自己的文明史，并执拗地走进20世纪。

然而，这西北边地古老的歌声现在喑哑了。

1994年春天的一天，布音图含泪宰杀了他的最后的53只羊，卖掉了瘦得如灰毛驴大小的两峰骆驼，随着逃难——被沙漠和干旱苦苦相逼而成为生态难民的人们来到了阿拉善盟孪井滩综合农业开发区——中国历史上绝无仅有的"生态难民营"。

西尔巴拉在小火车站等水已经三四天了。他的羊群跟着他，经过这些天的干渴，原来很有水分感的羊群变得轻薄如纸，一阵风刮来，似乎就能飞上天去。

小火车站很小，只有两间房，门上的油漆也掉得差不多了。小火车站上的工作人员朝格图实际上什么工作也不干，只是每三天一次面向南方迎来一列装满饮用水的火车，等把人畜喝美之后再目送列车倒退回去。

西尔巴拉问过朝格图，火车的水是从哪儿灌的？朝格图摇摇头说不知道。问得次数多了，朝格图就翻着白眼说：北京，咋，你还能去北京不成？

西尔巴拉就叹息一声说：要是能让羊们坐上火车找到装水的地方就好了，羊们就不用受这个罪了。

其实西尔巴拉和他的牧民兄弟们都受罪。这一带原来的名字叫响水洼，从叫的名字上就可以想见，这里原是流泉淙淙的地方。西尔巴拉记得小时候常赶着羊们到水泡子边饮水，天热的时候，几个小伙伴脱光了衣服跳进去，清凉的水能漫过头顶呢。他们打水仗，有时还摸鱼。那时的草原碧绿一片，能远到天边。不知从什么时候起，草不再绿了，变得灰灰黄黄的，羊的肚子也像填不饱的无底洞似的，它们把好端端的草场啃得癞疤头一样见了底儿，就是说露出了黄面皮——沙土地。再后来沙地越来越多，越来越大，有草的地方越来越少，那些水泉也跑了似的，一个接一个干涸了，再后来这片草原就连一个水泡子也没有了。没有水的日子，苦难就来了。

西尔巴拉觉得人和畜本来就是水变的，如果没有水，真比下地狱还难受。人没有水，还能忍着，可是羊们没水喝，便一刻也不受委屈，它们先是扎堆猛啃草，草啃得没有了，便啃草根，只要是带着水汽的东西，它们都能挖地三尺似的把它扒出来。看它们那种狠劲，西尔巴拉便想起"羊狠狼贪"这句话。

一天，西尔巴拉躺在一个土丘旁看羊吃草，看着看着就迷糊了。

睡梦中，见羊们突然变得如牛一样大小，铺天盖地而来，他一下子惊醒了。原来是一群羊正围着坡上的一丛蒲草猛啃，眼见得那草瞬间便没了，但羊们仍不罢休，恨不得把嘴伸进地里继续嚼吞草根。草根结实而又有韧性，一只羊便扯着，其余的羊便用前蹄猛踢土层，尖锐的羊角也触进土里拱着，白花花的草根扯出来，羊们贪婪地吞嚼着，不一会儿便把那丛草啃得干干净净。那神态真如攻击型的猛禽烈兽。西尔巴拉看得目瞪口呆，羊们在瞬间表露出的动物性情使他受到了足够的震撼，他觉得真是世界末日来了。在严酷的自然面前，羊们竟露出了狼性。

从此，西尔巴拉在看那些羊的时候，警惕的神情就不由自主地流露出来。他不再在放牧的时候睡觉了，因为他觉得危险，即使偶尔走神恍惚一下，都会梦见几只羊把他围住啃噬起来，惊醒之后，汗水能洇透衣衫。令人奇怪的是，他的心里疏远了羊，羊们也通灵性似的不再亲近他。有几次，西尔巴拉和熟悉的羊们目光相遇时，眼神都觉得怪怪的。

这种生分使他悲伤。

总有一个声音从很远的地方传来，那声音说：完了，一切都完了。

接着，又发生了一件更可怕的事情。

那天中午，天气热得出奇。没有水，也没有草。节省体力似的，羊们围拢在一起，似乎在"午休"。羊的习性也很奇怪，天气越热，它们越抱团，挤挤扛扛，密不透风。几百只羊聚拢在一起，场面颇壮观。

只是今天有点异样。

先是牧羊狗冲着羊群吠叫，好像里边躲着几条狼。西尔巴拉喝住了狗，那狗却呜呜叫着跑到另一端，又冲着羊群狂吠起来。

羊们围的圈子很大，西尔巴拉往里瞅瞅，见羊群中间似乎有什么东西在奔突，一团团土尖从那里冒出来，弥散着不祥的气氛。西尔巴拉抄起牧羊鞭驱散挡道的羊们，赶到那里一看惊呆了——

一只母羊倒在血泊里，几只羊正发疯般地啃吃着它……

原来这是只正在生小羊的羊，当它咩咩倒地，羊水流出，血流满地的时候，极度饥渴的羊们立时像狼一样窜上来争噬地上的血水，继而又争吃刚出生的湿淋淋的小羊羔，到最后，连母羊也未幸免……

从此之后，西尔巴拉对羊们更加恐惧了。

不仅仅是对羊，就是对植物，对人，西尔巴拉都开始怀疑了，怀疑自己受到攻击，受到伤害。草原已经不是草原，世界已经变化，由于每日生活在虚构的危险里，西尔巴拉果真发现了许多超常的现象，这些奇怪的事情反过来又印证了他对世界怀疑的判断。

首先他发现沙地上的草们起了变化。

西尔巴拉对草原上的草了如指掌，熟知它们的生长周期，春天发芽，夏天开花，秋天结籽，冬天也要"冬眠"。多少辈牧人和它们步调一致地厮守着过生活。

可是现在沙地上的草却乱了套，让人琢磨不透，就像一个人睡颠倒了个儿，又像一个女人乱了经期，弄不准受孕的日子。这些草由于缺水，一直贴着地皮长不大，可是，如果下了透雨，一星期之内，这些草就会抢命似的生长，仅仅100多个小时，就会开花结果繁殖后代，完成生命的全过程。

即使是一棵小草，竟也知环境严酷，用这等方法保护自己延续自己。

西尔巴拉很惊诧自己的发现。他为活在这样的环境里的小草而伤心，也为变成狼性的羊们伤心。可是西尔巴拉决不为安巴这样的人伤心，因为安巴不是人，他是畜生。

安巴是西尔巴拉毡房挨着毡房从小一块儿光屁股长大的兄弟，可是他却坑骗自己。

那天傍晚牧归时，西尔巴拉看见安巴骑着枣红马浮在尘烟里，西尔巴拉就问：兄弟啊，小火车站送水的火车又该来了吧？

西尔巴拉不识字，每次都是靠邻居安巴计算日子。

安巴说：西尔巴拉大哥，听青虎说送水的火车改成一星期一趟哩，不要着急啦。

西尔巴拉说：去小火车站要走一两天哩，还是早走吧，青虎说的话不知可靠不可靠呢。

安巴说：没问题，到时候我叫上你！

西尔巴拉这才放下了心，把羊赶进栏里，很安稳地睡了一觉。

第二天早上，他放出羊，正收拾损坏的羊栏时，看见安巴家的羊圈已经空了。问安巴的老婆，她说安巴已经走了，是昨天连夜走的。

西尔巴拉立时就傻了。

小火车站送水是有限量的。以前还能满足供应，可是如今却不行了，大旱几个月，方圆上百里的牧人都闻讯而来，弄得供水越来越紧张，甚至出现几次哄抢事件，打伤了好些人。

在与别人争水时，西尔巴拉和安巴一直是并肩战斗的，因此他怎么也想不明白，这次安巴为什么要这样做。

等西尔巴拉赶着羊来到小火车站时，才知道安巴刚走，赶着他的四五百只羊心满意足地走了。送水的火车也刚刚开走。朝格图说以后火车就要一星期送一次水了。

西尔巴拉的羊群已经四五天没有水喝了。若按朝格图的说法，他的羊群还得忍十来天才能喝上火车送的水。

天气热得要命，车站上挤满了没有赶上饮水的牧人们。他们的羊群散落在车站的周围，那是些饥渴难忍的牲畜，白茫茫一片连一片。

西尔巴拉的第一天是站着度过的；

第二天是躺着度过的；

第三天是哭着度过的；

到了第四天，西尔巴拉开始哭哭笑笑，他嘴里不停地嘟囔着，像是给谁说个不停。当真有什么人亲热地拍着他的肩头时，他又怒目相向，愤怒地喊道：滚开，你这可恶的安巴！

人们开始躲避他，像躲避瘟疫。

羊们也躲避他，像躲避野狼。

因为他总弓着腰，手握短刀，一只手搋着手指前后摆动，像是跟谁角斗似的盯着羊群。羊们被他这种陌生动作吓坏了，它们都齐齐聚拢着，把羊头对准他，不许他靠近。

西尔巴拉红着眼睛等到了第五天，他觉得再也等不下去了。他已不明白为什么到小火车站，不明白为谁等水，难道就是为了这群变成狼的羊？他觉得自己已经没有时间了，一个声音在他燃烧的血液里喊：

干掉它们！

西尔巴拉终于没等上一个星期。到了第六天，他已经开始宰杀羊们。他以疯狂的仇恨感和祖先传下来的特殊技艺来对付羊群。他飞快地干着，简单快捷，几乎一刀一只。整个小火车站的牧人都被西尔巴拉的疯狂所震撼，所感染。围观的人越来越多，人们慢慢被西尔巴拉的杀戮启发了，既然草原已经没有草，既然草原已不是草原而成为沙原，既然祖先流传下来的牧歌"嘣噔"一声断在今天里，我们还要这些每天要草要水的骆驼和羊群干什么？

一场比西尔巴拉更猛烈更疯狂的杀戮被真正引发了……

不到几天，上万只羊被宰杀，小火车站尸横遍野。牧民们宰杀羊之后把羊皮剥下，把羊的肉身掩埋在沙原。

这是它们祖先留传下来的土地。过去是一望无际的大草原，现在草原消失了。

把生死相依的羊们当作祭奠埋在地下，埋在逝去的草原深处，也埋在真正牧人的心里。他们在心里呼唤着：

回来吧，草原！

巴根是专门放牧骆驼的牧人，他有大小骆驼50多峰，是当地的养骆驼大户之一。

阿拉善盟是我国出产骆驼的重要地区，据当地人介绍，我国约有一半以上的骆驼是产自阿盟。这里的骆驼身高体长，由于生长在大西北干旱的环境里，性情坚韧驯顺，常被卖给青海、甘肃一带做驮盐运输的驼队。

本来，放牧骆驼是最省心的事情，只要给骆驼身上做好标记，以后就信马由缰了。骆驼喝水的时候，带它们去上一次饮水处，它们就会记住路径，到该喝水的时候自己乖乖去了。牧人只要记住骆驼喝水的日子，到饮水处——井边，或是水泡子旁数一数骆驼，看看它们有没有丢失，就算完成任务。遇到风调雨顺草丰水美的年景，牧人应该是全世界最幸福最自由的人，他们那时的主要任务不是放牧，而是去喝酒。不管是谁，不管相识与否，只要你路过牧人的帐篷或泥屋，好客的主人就会热情相邀，在悠扬的马头琴声中喝得不知今夕是何年，从日落西山到东方既白。

可是现在却不行了。

自从草原上来了那种草之后，牧民们平静的生活便被打破了。

那是几个月前的一天，巴根算好日子，到饮水点去约会骆驼们。

骆驼们如期而至。清点时，巴根突然发现少了两峰骆驼，又重点一遍，确实是少了两峰健壮的公骆驼。

巴根策马向东而去。

他知道骆驼这些天一直在东边吃草。

巴根骑着马跑了多半天，才在一片很茂盛的草地里找到了它们。

然而，这两峰骆驼已经死去多时了。

两峰骆驼肚子胀得滚圆，口吐白沫，眼睛暴突，从它们身下的一大片如碾石滚过的草地可以看出，它们死得非常痛苦。

巴根弄不明白骆驼的死因，回旗里请教有关单位的技术员，技术员说大概是吃了有毒的草啦。还说这种草可能是从国外传来的。

巴根这才想起了那片茂盛的草，茂盛得令人生疑。

巴根觉得天要塌下来了。

草原上出过不少稀罕事，每件事都透着牧民的艰辛。比如60年代曾有一场大旱，鄂尔多斯西部竟终年断草，政府紧急救助，从千里之外开来运草车。当汽车在草原上奔驰的时候，那些骆驼羊马竟凭着天生的直觉和求生的本能，跟在汽车后面穷追不舍。它们已多时不见绿色，腹内空空，平时饿得连站也站不住，可是追车时却奔跑如飞。一群一群的牲畜队伍跟在汽车后面，就像灾民难民看见粮食，边追边嚎叫着，有的竟没等到吃上草就栽倒在路边死了……因为久旱不雨，草原上湖河干涸，残留的一些水坑泡子也变成臭水，臭水里有各种各样的虫子。即使这样，牲畜们见到臭水仍趋之若鹜，争饮不止。臭水坑里有一种虫子俗称"羊脑虫"，羊喝水时，它便滞停在羊的鼻腔里，喝过这种臭水的羊，就成了"羊脑虫"的携带者和受害者。

"羊脑虫"在羊的鼻子里作祟，羊便痛痒难忍，有的挨不了多少日子，便被折磨死了。

这些故事听来让人心酸，但最令人心酸的该是这草原上疯长毒草的故事。巴根知道，草的世界和人类世界一样，优秀的草种往往很难培植和存活，而毒草类却能横行无忌，在草原上迅速蔓延。

据说原产于北美洲的豚草和三裂叶豚草已漂洋过海，在我国北方诸省登陆。这种草的再生能力极强，并且对其他有益的植物具有相当强烈的排斥性，它是草世界里的邪恶势力，就像烈性病菌，在它的身边，原本属于优秀草种的青草大量枯萎死去，毒草们则迅速扩展自己的领地。

巴根感觉到毒草如黑色的积雨云般压来，他已经清晰地觉出它那溅满汁液的触角正向他的骆驼群伸来。他不想被毒草包围，开始领着骆驼们东奔西跑。他的自由而散漫的日子彻底结束了，他成了最辛苦的人，成了骆驼们的"清道夫"，一个神圣草原的维护者。

他每天一大早就把骆驼放出去，自己带上干粮也随驼队出发。

骆驼们要去的草场他必须事先勘察，他要时刻警惕毒草的侵袭。

但他终于没有躲过毒草的黑手。

他的50多峰骆驼相继被毒草吞噬了。

多年来，都是骆驼吃草，今天却成了草吃骆驼。

B是个称职的护林员，他看的一片林子有几千亩大。他看林子的办法一是登高瞭望，二是骑马巡视。他的马是附近的扎木老爹"资助"的。扎木老爹今年70岁了，无儿无女，每天赶着二三十只羊来林中跟他做伴。他说他骑不动马了，说这马你就骑吧，只是这马性子皮，你得多催着它点。其实B心里很清楚，这匹雪青马一点也不皮，扎木老爹是想让他巡查林子时别耽误工夫，快点回来聊聊天，听说最近宁夏盐池一带偷挖甘草的犯罪团伙挺多。

甘草是著名药材，又是固沙植物。全世界的沙漠国家中，伊朗、伊拉克及沙特阿拉伯等国都是甘草的出口国。前些年，先是两伊战争，继而又是海湾战事，上述诸国均停止了甘草出口。美国和苏联也是有大面积沙漠的国家，但他们为了保护生态，制定了严格禁止出口甘草的保护政策。目前世界上仅剩中国还在独家经营甘草的出口贸易。这样一来，国际上甘草价格看涨，很快便引发了国内的"甘草狂潮"。

在北中国，尤其是西部贫困地区，一场轰轰烈烈的盗挖甘草活动便开始了。新疆、青海、宁夏、甘肃、陕西、山西、内蒙古、辽宁、吉林均有专门从事盗挖甘草的团伙，他们常常是一家一伙儿，一村一伍，不分男女老少，组成"甘草军团"，一旦发现哪儿有甘草，便除草务尽，寸草不留。他们所到之处，遍地留下壕堑战般的深坑，好端端的草场被挖得遍体鳞伤。专家们警告说，我国现今的甘草蕴藏量不及50年代的五分之一，照这样挖下去，我国甘草资源枯竭的日子不会太远了。

更为严重的是滥挖甘草带来的生态环境的恶化，大批的草木植被遭到破坏，随之而来的便是大面积的沙化。1986年3月，在国家气象局组织的一次研讨会上，专家们指出，在我国现有110万平方公里沙漠中，有16万平方公里是人为破坏造成的。

内蒙古鄂尔多斯草原西南部，有一处水草丰美的地方叫"伊金霍洛"，蒙语意为"君主的圣地"。当年，成吉思汗路过此地时，称赞它为"花角金鹿栖息之所，戴胜鸟儿育雏之乡"，并嘱部下待他死后，把他安葬在这个风景秀丽的地方。

成吉思汗是草原的帝王，他征战杀伐，使欧洲、亚洲诸国在他的马前战栗。但是，他并不羡念带有金顶的宫阙，不想让自己的骨骼灵柩停放在尘世纷攘的地方，他来自草原，最终仍归于草原。以他草原圣主的眼力，他选中的伊

238

金霍洛是不会错的。

但是他错了。

他的眼力不能穿透700年的历史。

如今的伊金霍洛已是满目沙丘，成为毛乌素沙漠的一部分，那里的"草场退化了，农田沙化了，风暴推移着沙丘埋掉民房，埋掉公路，十几米高的大树不见树干，只见奄奄一息的树梢如小草在沙丘上顽强地抗争着"。

陪伴成吉思汗的不是萋萋青草，而是大漠黄沙，一个如此深爱青青草原的人竟受此遭际，他若有知，在九泉之下也该圣颜震怒，怨后代不争吧！

B今天是骑着马去林子那边巡查的，他对扎木老爹说，林子那边有动静。那边有几百亩灌草，有许多甘草混杂其间，昨天他巡查时发现有新鲜的土坑，估计是盗挖甘草的人干的。

B说前几天，一个挖甘草的团伙袭击了新疆某地的一个护林员，他们把护林员脱得赤条条地捆在树上，用布团堵上嘴，让蚊子活活把他叮死了。由于护林员大都是一个人，人死后许多天才被发现……

B又说从宁夏盐池来了一伙人，他们开着拖拉机，好几辆排着，拖斗上载满了人，领头的都手拿大哥大，只要发现哪儿有甘草，就像当年日本鬼子进村一样，先派人把牧民们一个个堵到屋里，然后就肆无忌惮地扫荡一通，直到把草场挖得千疮百孔。由于牧民住得十分分散，通常都是三里一家，五里一户的，势单力薄，很难互相照应，即使被人封住，外人也难以知晓，因此，被这伙人屡屡得手。更甚者，他们看无人救援牧民们，便发展为抢劫杀人，成为土匪般的犯罪团伙……

扎木老爹听后很担心B的安全，B说不打紧，我有好马快刀，还有双筒猎枪，不行我就朝天放枪，你听见枪声就赶快回苏木（村）找人。

B说完就打马而去，把一串歌声甩在身后：骏马奔驰在草原上……

扎木老爹听着歌声就想起了草原，想起了草原就回到了从前，他闭着眼睛在从前的草原上游荡，直到日近中午才回到现实。B已经走了好几个小时了，算算时间，早该回来了。他想起了B说的那些话，心里就有些不安。他想攀上B的瞭望塔，那是B在两棵相近的胡杨树上用木棍捆绑成的木梯，B平时拾级而上，像张着翅膀的鹰般在树上瞭望。扎木老爹试了试，只把老腿晃了一晃，离地面最近的那一级还差老远。他明白自己上不去，这是B的瞭望塔，只属于他自己。

B还没有结婚，每日和树们草们厮守在一起，就像扎木老爹和羊们在一起一样，已经浑然一体。有一次，扎木老爹的羊啃了B的树皮，B用皮鞭狠狠教训了那只羊。B对扎木老爹抗议说：请尊重我的父亲。扎木老爹不明其意。B说，我的父亲是个身材高大的人，也是爱护树木的人，他说他死后会变成一棵树。B说羊啃的那棵树就是他的父亲，他甚至在树的顶部看出了父亲那慈爱的眼神。B边说边指给扎木老爹看那棵树上的眼睛——那是一处极像眼睛的疤痕。B说只有他才能懂得那眼睛里传达的内容。B说他没事常对那眼睛凝视，听它说话。他也跟它说话，如果说得对父亲的心思，树叶就会拍手，树身就会快乐得浑身颤抖。

B说你的羊怎么能这样对待我的父亲呢？

扎木老爹明白了，就对B说：请你也原谅我的父亲。我的父亲生前是个牧羊人，他平生最爱羊。他说爱什么不爱什么不是自己决定的，是命里注定的。我的来世就是一只羊。所以我这样善待它。

将来我死后会变成一只羊的，你小心看护你的羊群，那里边会有你的父亲，我找了许久，今天终于找到了。这就是你今天鞭打的那只羊。

两人说完哈哈大笑。

从此他们成了忘年挚友。

扎木老爹等到日落西山了，觉得有人在揪他的心。他突然看到了那棵树，看到了树上的那只眼睛。

夕阳里，那眼睛泪光闪闪……

扎木老爹明白了，"哇"一声哭出声来，他跌跌撞撞跑回苏木，叫了一帮人分头去找B。

B死了。

是被挖甘草的人用刀捅死的。

他的双管猎枪始终没响。

扎木老爹看到双管猎枪后哭了，因为猎枪里根本没有子弹。

1995年5月18日，内蒙古自治区阿拉善盟生态环境综合治理领导小组在给上级的一份紧急报告中这样写道：

近40年来，由于气候极度干旱，河水断流，湖泊干涸，地下水位下降，各类自然灾害频繁发生，加之不合理的人为活动，使生态环境急剧恶化。突出反映在以下几个方面：

——气候干热，极度旱化。自60年代以来，气候干热加剧，降水量明显下降，年降水量由60年代的40.7—200毫米降至80年代的21—180毫米，连续无降水日延长，年最长可达253天，历史上约5年一次的丰水期已经消失。

——河水断流，湖泊干涸。由于黑河上游截流、扩灌，用水量加大，使额济纳绿洲来水量锐减，由40年代的10.57亿立方米/年减少到目前的1.8亿—2亿立方米/年，而且来水季节错位，春夏无水，河水断流，使额济纳河变成干涸的沙沟。随着气候干旱，河水断流日益加剧，使居延海等近百处数千平方公里的水域、湖泊干涸，沦为盐漠。

——水位下降，水质恶化。全盟地下水位普遍下降，有近2/3的人工筒井干涸。地下水矿化度一般均大于1克/升，有的已上升到2—3克/升。除巴彦浩特外，全盟其他地区均属高氟区，古日乃、拐子湖一带含氟量高达22毫克/升，慢性氟中毒各旗频繁发生，水源碘含量低于国家标准，砷中毒已不少见。

——植被严重退化，生物多样性减少。横贯东西的800公里1700万亩梭梭林已沦为300万亩残林，额济纳绿洲正以每年2万亩的速度锐减，草场退化面积达5000万亩，植被覆盖度降低了30%—80%，原有草本植物由200多种减少到目前的80多种，可食牧草由50年代的130多种减少到目前的20多种。

——生态失衡，病虫害肆虐。草地生态系统严重失调，多种灾害连年发生。每次发生国标1—2级毁灭性虫害200万亩以上，鼠害1000万亩以上，毒草害4000万亩以上。

——沙漠化加剧，风沙害猖獗。阿盟是我国沙漠最集中的地区之一，沙漠面积达8.4万平方公里，占全盟面积的30%，近40年来，沙漠化面积以平均每年1000平方公里的速度剧增，目前沙漠化强烈发展区面积达3.3万平方公里，加上潜在区和正在发展区沙漠化面积达可利用草场的90%以上。全年8级以上大风日平均12—52天，沙暴日平均8—21天，风期长达五六个月。在风力的作用下，沙漠以每年20米的速度迅速向东南推移，风沙掩埋农田，吞没盐湖，阻断铁路，每年0.7亿立方米的黄沙倾入黄河，从1993年到1995年连续3年发生的沙尘暴，震惊中外，损失惨重。

生态环境的恶化给阿拉善造成深重的灾难，国民经济尤其是畜牧业遭到严重破坏，仅3次沙尘暴造成直接经济损失就达6000万元，间接经济损失达15亿元。从1981年到1994年，尽管投入巨额财力，采取多种措施，但仍挽救不了牲畜下降的趋势。全盟牲畜总头数由200万头（只）下降到130万头（只），骆驼由25万峰减少到9万峰。

许多地区已失去人畜生存条件，大多数牧民生活贫困，约1/4的牧民基本靠救济维持生活，有的已沦为生态难民，被迫搬迁转移⋯⋯

作为中国历史上第一例承办生态难民集中营的阿拉善生态环境治理领导小组负责同志说，约有三四万牧人成为事实上的难民，他们一无牲畜，二无草地。还有数万人正将沦为生态难民⋯⋯为了紧急救助他们，阿盟决定建立10个类似孪井滩这样的生态难民营，实施人工绿洲防护林建设和综合开发工程。

布音图、西尔巴拉、巴根等就这样相继走进了生态难民营。

还有更多的牧民放下手中的牧羊鞭，含泪告别昨天的草原、今日的沙漠，走入20世纪的生态难民营⋯⋯

不仅仅是阿拉善盟，在北中国的许多地区都将要失去大片大片的草原。

据有关资料表明，我国现在可利用的草地面积为3.12亿公顷，其中人工草地1053万公顷，草地累计退化面积6670万公顷。退化速度每年约130万公顷，草场产草量80年代比50年代下降了30%—50%。受沙漠化威胁的草场就达493万公顷。

东北诸省草场正受到严重破坏。辽宁省有草地5000多万亩，占全省土地面积的23.2%，现在草原面积已减少到新中国成立初期的1/2，而这1/2还不断被风蚀、沙化、碱化。朝阳地区草场资源退化严重，多年生豆科、禾本科优良草种逐年减少，一年生禾草，营养很低的菊科、蒿类、针茅类逐年增多，劣质草占据了大部分草场。草场有明显沙化碱化迹象，并有向旱生植被乃至裸地演化的趋势。草场产草低劣，全地区一、二级草场不足1%，而七、八级草场达65%。全区亩产草量仅50公斤左右，遇有干旱年份，则下降为35公斤左右，最低亩产量仅4公斤。

黑龙江西部草原退化、碱化、沙化面积达2000多万亩，约占草场面积的55%，平均亩产干草量由50年代的150公斤下降到50公斤左右。安达县50年代末期亩产干草160—180公斤，60年代末期亩产干草100—120公斤，70年代末期到现在亩产干草50公斤左右，与50年代末期相比降低了2/3。

由成吉思汗、忽必烈、帖木儿这些草原英雄创造的辉煌太阳一直持续了若干世纪，终于在今天坠落了。这是真正的坠落。

不管是土尔扈特人、匈奴人、鲜卑人、蒙古人、党项人、突厥人、蠕蠕人、契丹人、女真人、维吾尔族人、哈萨克人以及高原上最早的斯基泰人，都曾把自己部族的灵魂蕴藏在青青草原上，曾把自己成长为英雄的秘密系在每一棵纤细的草棵上。

然而，草原不在，草原不在了。

滚滚的黄沙将掩埋一切。

1995年夏季的一天傍晚，笔者采访途中，曾参观游览了银川市郊一个叫作水洞沟的地方。这里就是被考古学家们称之为"奥瑞纳斯文化"的发祥地。我们从断壁的上层中可以依稀看到埋葬的第四纪地层中属于奥瑞纳期文化类型的遗物，如有孔的海蚶壳、珍珠贝碎片、赫石块等。在旧石器时代，这里存在着一条最早的欧亚大道，一条时而细窄时面宽阔的草原之路，从那时候起，中国西北部的这片高原就注定了它的非凡气象，它最终孕育了众多全世界瞩目的草原民族。

"统治人的种族，建立帝国的民族为数并不多。能和罗马人相提并论的是突厥——蒙古人。"法国人勒尼·格鲁塞这句由衷的喟叹，可以看出中国的草原民族在西方学者们心中的地位。

然而，这块隆起的亚洲高原的盛世已经结束，像撒哈拉那样严酷的沙漠正向它步步逼近，一切都似命里注定。

草原上欢乐的节日将成为传说，就像第四纪奥瑞纳期文化类型的遗物，永不再来。

C章

罗斯福工程·斯大林改造大自然计划·绿色坝建设·世界上最伟大的工程

人类社会进入19世纪以后，地球几乎在一夜之间衰老了。

文明强大了。在文明和野蛮的角力中，野蛮在文明——一种神秘力量面前，开始大败而退。

这个神秘的力量就是如《失去控制：21世纪前夕的全球性混乱》一书的作者布热津斯基所说的三种力量：（一）识字的普及；（二）工业革命；（三）城市化。这三种力量聚集起来纠结起来就形成移山倒海的巨大能量，以往的野性之力和自然之力在它面前，就像一堆烈火炙烤的枯叶般微不足道。布热津斯基说20世纪是"大死亡"的世纪，死亡的动因便是由这三种力量引发的各种主义及纷乱的无序。布热津斯基推算，世界上由于战争和各种斗争而死亡的人数大约高达1.75亿。

实际上，真正的"大死亡"应该是针对地球而言，地球因为有了这三种纠结在一起的力，正在加速走向"死亡"。

1934年5月的一天，美国纽约等市受到来自西部尘暴的袭击。

城市上空布满从未见过的浓密的厚厚一层尘云。这是从远在半个大陆以外的大平原刮来的3.5亿吨尘土。现在，这种浮尘像雾一样弥漫在美国的东部城市。

风一停，尘粒就落下来，于是半个国家便铺上了一层薄薄的沙粒。芝加哥比纽约更靠近尘源，仅在5月11日那次尘暴中，就积满了1200吨土，或者说，每个市民分得4磅土。

沙尘来自美国西部，来自当年印第安人居住的平原。19世纪之前，那里是长满青草和森林的平原，印第安人和野牛是那里的主人。

印第安人和野牛的皮毛都是黄灿灿的。关于这一点，30年代的美国人，即使是少年儿童都有极深刻的认知。当手抚从天而降的黄沙，上了年纪的美国人都如睹印第安人灿烂的笑容，那些微尘，竟如随风而去的印第安人的肌肤。大部分人都认为这是印第安人的报复。

尘暴使人想起美国西部的百年变迁。

沙尘暴来自得克萨斯以北的广大地区，那里原本是半干旱草地。

缺水时草地稍微稀疏一些，到了雨水充沛的年景，它便变得丰盈起来。这样的自然环境和在此居住的土著如印第安人等非常合拍，倘若没有欧洲人的入侵，这里可能永远不会出现沙漠化的趋势。

南北战争之后，由于种种原因，政府及投机商开始关注该地区。

铁路公司为了开展火车业务，也配合宣传该地区的富庶和美丽的景色，报纸上的广告和文章为了吸引东部各州居民西迁，频频渲染茂盛的玉米地、蜜一样香甜的河流、富饶的牧场和完美幸福的家庭，他们还把这片草原故意称为"大平原"，说那里如花园一般美丽。

实际上草原被周期性的干旱和丰水期控制着，偶尔也有风调雨顺的时期。这种降水期连续几年延长的结果，使该地区原本肥沃的土地可以随意长出丰硕的果实和农作物。一些零星的拓荒者由此大为惊喜，于是他们开始奔走相告——主要是回美国东部四处传扬，说那里实际上存在着一个看不见的农业帝国，它就隐藏在青草下面，只要用犁铧轻轻一翻它就破土而出。政府的官员们对这个神话也深信不疑。

于是，许多人被吸引到大平原上来了。

涌入这片土地的大都是农民，他们都是种地的好手和侍弄种植园的人，他们纷纷竖起铁丝网，把本来一望无际的土地分割成若干，开始用公顷或英亩称呼它们。政府向每户移民提供160英亩土地，鼓励移民实现致富梦想。

早期的也可以说古老的牧牛帝国终结了。

新的农业王朝建立了。

当地的土著被跑马占地的欧洲人驱赶到更偏僻的地方，被铁丝网阻隔着。

他们像幽灵般游牧在铁丝网之外的山野。

在最初的日子里，移民们正巧赶上草原的丰水期的尾巴，地里的庄稼嗖嗖地长出来了，小麦和玉米都不可阻挡地完成了拔节抽穗结实的过程。当金灿灿的收获进入粮仓，小麦和玉米的可爱形象便成为这个农业王朝的图腾吸引着更多的东部居民涌入西部草原。

然而，丰水期轧轧驶过去了。

草原的干旱期来临了。

定居在大平原的人们第一次感到恐慌，他们眼看着油绿的庄稼日渐消瘦，心中不是滋味。只因粮仓里还存有陈年的小麦和玉米，这种恐慌还不太深刻。

可是，干旱仍没有退去的迹象。

一年、二年、三年……

持续不断的干旱终于使大平原露出了真相。农民们如滞留在海滩下的鱼一样，他们乘着潮汐来到海边，突然潮水退去，他们被甩下了，在沙滩上备受煎熬。

庄稼歉收，灾害频繁，但农民们仍然没有退去。他们只能用扩大生产和开垦更多的土地来弥补歉收。这个时候，工业时代的魔力再一次显现，一批新机器陆续投入使用，它们在某种程度上帮助了联邦政府，也解了农民们的燃眉之急。这些机器就是拖拉机、联合收割机和其他动力机械。农民们借债购买机器，为了取得足够的现金还债，不得不更大限度地去进行作物生产和超限开垦新田。农民们被牢牢拴在这片土地上，再也不能自由出入。加上这时正赶上第一次世界大战，欧洲农业几乎破坏殆尽，国际小麦价格暴涨，军火商和粮食投机商同时伸手欧洲，诱使西部农民越来越多地把牧场改为麦田。偌大的西部平原，此时已成为政治家和投机家手中的一张赌牌。有名的小麦机械化操作成为更新的神话吸引着华尔街甚至远至欧洲的投资，一些城市居民也加入开发西部的行列，他们被称为"拎手提包的农民"。秋天他们用拖拉机耕种大量占有的土地，冬天就回到佛罗里达或加利福尼亚，夏天再回来，迅速收割和出售刚收获的谷物。要是粮食价格太低，他们认为不合算，便索性弃之而去，宁可让庄稼枯萎或烂在野地里，他们和传统的农民并不一样。

就这样，美国西部的大平原随着世纪季风进入了20世纪。这时，几十个秋夏已过，昔日的大草原已彻底不见踪影，它已是饱经沧桑的农业帝国了。

30年代，周期性的干旱更加放肆地折磨大平原，人们盼望的丰水期却迟迟不见。土地开始变色——棕红色，这强烈的暖色调不仅炙烤着人们的视觉，还炙烤着人们的心理。大平原的强风也开始肆虐，由于植被破坏，如今它可以横行无忌，长驱直入地吹透10个州以上的农田。由于干旱而脱水的土壤，不再能维持植物的生命，土壤中较轻的颗粒反而变成大气中的尘土，而较重的颗粒则滚来滚去，直到形成像雪一样的沙堆，直到这些沙堆把农田和机械掩埋起来。

黑色沙暴从不可知的地方走来，开始注视和看好这片土地，在默默地等待。

一切都似命里注定。

大平原又连续两年持续干旱。

1933年，在两年颗粒无收的情况下，仍然大旱无雨。大平原此时已赤地千里，几百万英亩甚至更多的农田种上谷物后枯焦死去。

牛开始大批被宰杀，农民们开始真正绝望，在黑色沙尘暴来临之前，他们已经把希望转向政府为失业者提供重新就业机会的计划上。

然而，真正悲惨的日子还在后头。

1934年春天，干热风又一次吹透了大平原，亲临这次强劲长风的人们开始只是感觉有些异样，人们好像处在巨大的火山口旁，不祥的阴云掠过心头。

北面刮来的热风掠过堪萨斯和科罗拉多，大风过后，庄稼根部的表土被狠狠地刮去了一层，那些浮土被风裹挟着前行，集结成一大片黑云之后开始腾空，就像数万架黑飞机在轰鸣起飞。尘云的厚度足以使午后数小时内天地一片漆黑，街上的行人急忙贴近建筑物以防刮倒。

这次刮风的日期是4月14日。

人们普遍认为这次大风将是美国历史上最大最大的大风，曾经沧海难为水，经历过这次大风的人们，以后还会怕什么样的风呢？

然而人们又一次错了。

5月11日，也就是继那次大风一个月后，一股更为巨大的沙尘暴在美国的伊利诺伊、马里兰、北卡罗来纳等州刮起，形成东西长1500英里、南北宽900英里、高2英里的一个巨大的尘土带。狂怒的风暴卷着复仇般的黄尘，由西向东压来。几个小时之后，美国东海岸的所有海滨城市都被沙暴浓重的黑云所覆盖，城市陷入一片黑暗，路灯亮了，楼层内的灯亮了，但是，即使把所有的电灯全都打开，城市仍然灰暗无比。据当时纽约气象台测定，大气含尘量每立方公里达10吨。

大风整整刮了三天三夜。

大风使3亿吨肥力充足的表土卷落于大西洋，耕地被毁4500多万亩，占沙尘暴形成前60年新辟耕地总和的40%，西部大平原上的水井和河流几乎全部干涸，农作物大片枯萎，牛羊马渴死无数。

两个月后，沙尘暴再次冲天而起，飓风掠过堪萨斯、得克萨斯、科罗拉多、俄克拉何马等州，西部居民终于彻底绝望，他们开始纷纷逃离西部。

这一年，美国损失了102亿公斤小麦。

远比小麦损失更大的是美国西部的耕地，它们不再肥沃。它们的表土被风搬走了。土壤科学家断定，使云的色彩变黑是表土中含量高得异乎寻常的富含肥力的有机质。

几乎无人相信，黑风暴骤起的黑云竟是飘浮在空中的隐形国土。

当时美国、巴西等国的科学家发现，南美洲的亚马孙热带雨林是靠非洲的撒哈拉沙漠提供营养的，加勒比海的巴巴多斯、百慕大等相当一部分地区的地表土壤也来自撒哈拉。科学家们发现以前亚马孙大片地区土壤贫瘠，尤其缺乏磷酸盐——植物生长的一种关键性成分，而现在的情况完全改观了。通过先进设备观测后，专家们得知了亚马孙森林获得这种成分的过程：首先，大风卷起撒哈拉沙漠和撒赫勒地区的尘土，上扬的尘暴将大量土壤微粒带至空中，然后，尘埃云雾飘过大西洋，飞抵南美上空，此时亚马孙地区的暴风雨犹如一架巨大的真空机，将尘埃吸入盆地。据估计，非洲干旱地每年约有2亿吨尘土被刮走，其中1200万吨落在亚马孙盆地，使某些森林地带平均每英亩每年获得约100磅尘土，其中有1磅左右的磷酸盐，随着雨水降下，使当地的植物繁荣茂盛起来。

美国人是褊狭和小气的，将那样富含营养的肥沃表土吹进大西洋去做水类的早餐，他们是不干的。而国家腹地将变成贫瘠的沙漠，这铁的事实远比喋喋不休的科学家的警告更使政府要人怵然心惊。

1936年美国总统竞选中，罗斯福便把西部干旱问题作为他对国家首次"炉边谈话"的题目。罗斯福说：我曾和一些农户谈过话，他们失去了小麦，失去了玉米，失去了家畜，失去了井水，失去了家园，到了夏末还没有一块钱的现金来源，他们面临着冬天无粮无饲料，面临着播种季节没有种子等问题……

1932年，罗斯福曾在大平原进行竞选旅行，作为纽约州一个政绩突出呼声甚高的州长，他将和他的竞选对手角逐美国的最高权柄。

以他获得声誉的经验，他这次仍把目光落在基层平民和贫民身上。

他又一次选中了美国西部被干旱煎熬的农民们。

这是一次令人难忘的旅行。本来，罗斯福的目的完全带有技术性、象征性的意义，但一旦进入西部的农户，他便被震撼了。西部农民贫困的程度令他吃惊。他开始真的深入下去，访问了许多农民和农场主。当草原列车在大平原上缓缓行驶的时候，罗斯福看到被干旱和风灾折磨得奄奄一息的土地、庄稼、牲畜和人群。他的感觉如同这里刚刚经历了一场惊心动魄的战争，他的这次旅行则如战后清点和打扫战场。损失是惨重的。一个世纪前，他们的祖先在和当地土著的战斗中打了胜仗，占领了这片土地，如今，他们却遭到了自然的重创。大自然将会为印第安等土著部落复仇，将会把他们从这片土地上赶走。罗斯福感到事态的严重了。整个地区惊人的崩溃，将会动摇整个美国的经济。事实也是这样，全国至少有8000万公顷土地受到沙漠侵蚀的损害，有2000万公顷土地已经弃耕。任何一个政治家和领袖人物也不会对此熟视无睹。就从罗斯福乘坐草原列车巡行的那一刻起，一个大规模植树造林的构想形成了——这就是著名的"罗斯福工程"。

翌年，罗斯福入主白宫，他立即着手成立了土壤保持局，任命了"大平原委员会"。政府鼓励在大平原采取土壤保持措施，并命令每个州紧急行动起来，迅速扭转土壤退化的趋势，因为这是危及国家生存的大问题。

1936年，在认真深入地研究了土地的现状之后，"大平原委员会"针对以往对草原滥垦的做法提出了质疑和诘问：目前的耕作方法如此损害土地，即使在好的年景也大面积降低了土地质量，而在坏年头，则越来越多地沦为沙漠……我们总是希望美国的农村社会稳步前进，但现在却开始自行逆转……

1934年，罗斯福总统签署了一项命令，宣告"大草原各州防护林带工程"（即罗斯福工程）计划开始正式实施。国会拨款7500万美元作为工程费用。

这个正式称之为"大草原各州林业工程"的建设项目，就其规模来说，在三四十年代是世界首屈一指的。其工程范围包括北达科他、南达科他、内布拉斯加、堪萨斯、俄克拉何马、得克萨斯6州，南北长约1850公里，东西宽160公里，发动农户们在此范围内营造林带、林网和片林，以保护农田、牧场和防止土地沙漠化。与此同时，土壤保持人员力促农民采取多种措施，来恢复和保持土地的利用价值。数百万公顷易受灾害的庄稼地仍改为牧场，让青草重新覆盖那里的土地。另外，让一部分田地休闲，休闲时把一些作物的茬儿和残余枝叶留在地里，保存土壤里的水分，避免遭受风蚀。或者使农田轮种谷物和草等措施。

罗斯福工程从1934年始到1942年止，8年时间，大草原6个州共植树2.17亿株，营建林带总长度为28962公里，从而保护了3万多个农场的162万公顷农田。通过观测表明，小麦和玉米在林带保护下平均增产5%—20%，对其他作物也有一定的稳产增产效果。美国众议员斯提芬评价罗斯福工程道：林带已开始起到保土防风作用。

这种作用给本来想离乡外流的居民带来新的勇气和希望……

继罗斯福工程之后，苏联在1948年10月也开始实施"斯大林改造大自然计划"。

斯大林和罗斯福一样都是世纪伟人，他在"二战"中的卓越表现，给人们以深刻的印象。但是，在大自然面前，斯大林同样跌了不小的跟头。

苏联的欧洲部分的草原地带土壤肥沃，被称为"欧洲粮仓"。

然而，由于过度开垦，乱砍滥伐，植被严重破坏，灾害开始在这个地区相继出现，旱灾和干热风，成为这里居民的黑夜噩梦。

从"欧洲粮仓"到黑夜噩梦，这使斯大林大为光火。这位在战争中和罗斯福屡屡比肩的人，当他得知罗斯福工程在大洋彼岸获得成功，便也提出了一系列与自然抗争的活动的计划。"斯大林改造大自然计划"就是这一系列活动中的主体工程。

按照这个计划，在1949—1965年15年间，苏联将营建各种防护林570多万公顷，营建8条总长5320公里的大型国家防护林带，在欧洲部分的东南部，营造40万公顷的橡胶用材林。

为了推行这项工程，在头两年时间里，苏联建立了500多个防护林站，林业部门为此还建立了50多个草原林场，科学院专门成立了200多名专家组成的综合考察队。据有关资料表明，1949—1953年，该工程营建了多种防护林287万公顷。但由于工程缺乏严密的科学设计和管理，造林质量受到严重影响。造林保存下来的只有184万公顷，到了60年代末，保存下来的草原防护林面积只剩6万公顷。

这个名噪一时的生态工程——斯大林改造大自然计划，大约终止于1954年，原因是苏联最高领导人的更迭。

1953年，尼基塔·赫鲁晓夫掌握了苏联领导权。这个一生中都对田野风光和成熟小麦的清香气味感兴趣的人，却不得不对苏联当时的农业前景大伤脑筋。由于战争，由于过去领导人对重工业和国防工业的侧重投入，苏联国内的农业状况极差，粮食生产相当于40年前革命前的水平。粮食极度匮乏，饥饿的人群怨声载道，赫鲁晓夫目睹此景，下决心花气力抓谷物生产。

精明的赫鲁晓夫算计了一番，倘若用提高现有农地产量的办法，花费委实太大了，那样必须建设数十亿美元的灌溉设施和昂贵的肥料工厂，这样多的花销要在国库里支出，无疑是困难的。

这时，他灵机一动，想起了东部辽阔的草原。

这是远比欧洲部分更为宽广的草原，这些草原还从没被谁惊扰过。赫鲁晓夫想，是该叫醒它们了。在苏维埃这样急切解决吃饭问题的时候，它们也该做出点贡献。至于目前正在进行的"斯大林改造大自然计划"，尼基塔·赫鲁晓夫以一个农民式的果决口吻说：让它放在谷物生产后面吧！

于是，"斯大林计划"被束之高阁了。而一项与此相反，旨在向草原要粮的庞大方案开始轰轰烈烈实施了。

这片草原在哈萨克斯坦之北，西伯利亚以西和俄罗斯以东，在此之前，千百年来它们一直静静地躺在那里，像一个羞涩的处女。与她为伴的是白桦林，云一般的羊群，火一样的马匹。现在，它将一夜突变为新娘，人们企望把它变成母亲，好从她身上解决吃粮问题。

1954—1960年之间，数十万热情的拓荒者背诵着列宁的"星期天义务劳动日"那样滚烫的语录，用革命精神开垦处女地，很快达到4000万公顷，这一面积相当于英国国土面积的3倍多。苏联全国谷物产量比过去6年猛增50%，苏维埃以牺牲生态环境为代价，换来了共和国短暂的富足和平静。

但是，人无远虑，必有近忧。仅仅是眨眼工夫，这个地区便被无尽的灾害覆盖了。以哈萨克斯坦的一个专区为例，从1955年到1959年，每年有18万公顷谷物受到风灾损失。1960年，歉收达45万公顷，1961年为70万公顷，1962年为150万公顷，1963年为250万公顷以上……1962年到1965年期间，"处女地"总共有1700万公顷土地受到风蚀损害，其中有400万公顷颗粒无收。

1964年10月，尼基塔·赫鲁晓夫被废黜，他的灾难性的农业政策构成了人们对他的不满和愤慨。他东望草原，看到渐渐变成荒漠的原野，心里也怅然若失。他默默地退回到他的郊外的别墅，忏悔似的以种植树木花草消磨时光，直到去世。

继"罗斯福工程""斯大林改造大自然计划"之后，北非五国的"绿色坝建设"也为世人瞩目。这5个国家是阿尔及利亚、摩洛哥、突尼斯、利比亚、埃及。所谓"绿色坝建设"，意即建设一条横贯北非五国的绿色植物带，阻止撒哈拉沙漠的入侵和土地的沙漠化。

70年代初期，当科学家们惊呼撒哈拉沙漠向南移动成为不可置疑的事实时，它也同样慢慢向北扩大。本世纪初以来，北非干旱地区的人口增加了6倍，在这一时期，摩洛哥、阿尔及利亚、突尼斯、利比亚都加快了对植被的破坏，特别是30年代以后，这些国家的人口急剧增加，随之而来的过度放牧和毫无节制的开垦，导致了农业环境的恶化。每年约有10万公顷的土地变成沙漠。按照这个速度发展，过不了多久，北非五国将会被撒哈拉沙漠吞噬掉。

在沙质沙漠边缘直接造林的方案，有助于制止入侵沙漠的蔓延。

阿尔及利亚是首先倡导建设"绿色坝"的国家，这个有238万平方公里国土的国家，其中80%的面积属于干旱沙漠地带，占国土10%的北部地中海沿岸的平原和盆地，是它的富庶地区，但撒哈拉沙漠正一步步逼近这个黄金地带。为了国家的生存，阿尔及利亚于1970年规划设计了绿色坝工程，计划建设一条东西长1500公里、南北宽16公里的混交防护林300万公顷，以有效地遏止沙漠的进逼。

阿尔及利亚为推行此方案，甚至动用了军队。国家青年团和陆军紧急行动起来，将造林任务当作战斗任务一样下达。因为任何凶恶的敌人都不能完全征服阿尔及利亚人民，但沙漠却可能把他们逐出家园。这是有关"国家安全"的大事，也是战士们用另一种方式确保祖国的领土完整。

绿色坝建设汲取了"罗斯福工程"和"斯大林改造大自然计划"的经验和教训，采用了生态学的观点，大力保护现有天然林，营造人工林，改造草种，保护草场，用法律的形式限制过度放牧，在居民点建设农、林、牧三结合的生态工程，取得了明显的成效。到1984年，绿色坝建设已完成造林26万公顷，成活率均达到80%以上，有效地遏制了撒哈拉北行的脚步。

从"罗斯福工程"和"斯大林改造大自然计划"到"绿色坝建设"，表明人类已经有了痛失绿色的深刻忏悔，人类已经清醒。尽管平复自然的创伤需要漫长的时日和艰苦卓绝的奋斗，但人类思想中日益浓郁的绿意，将成为未来实现理想的保证。

我国在1993年5月的西北沙暴过后，林业部组织中国科学院、气象科学院、林业科学院、铁道科学院等科研部门的数十名专家、学者深入灾区进行考察。这支队伍让人联想起大战过后的收容者。他们将以不同的专业视点睃巡灾区，就像海啸过后第一批赶海者会看到许多残留在沙滩上的软体动物、藻类或贝壳那样，他们会真切地看到一个被沙暴颠覆的世界，一个远比例行报告等书面文字更真实因而也更触目惊心的事实。

但是，他们也发现了一份惊喜。

当考察队伍来到宁夏中卫县沙坡头铁路沿线时，他们看到了一条长40公里、宽200多米的绿色防护林带傲然挺立在蓝天黄沙的背景里。除了该林带前沿50米左右宽度的草障林受到流沙侵袭和部分掩埋外，其余竟完好无损。防护区内的铁道上，未出现过灾难性积沙，即使沙暴肆虐时铁路运行也没有中断，也没发生任何行车事故。

防护区内，7个火车站、7个养路工区、4条高压输电线路和国防铁道通讯线路、千座扬水泵站、数十公里渠道和灌溉系统除少数地段遭到一般性损失外，其余均状态良好，没有发生灾害性事故。沙暴袭来时，防护区内正在进行包兰线中（卫）甘（塘）段铁路复线和中卫至营盘水公路两项重点工程的施工，当时野外劳动的数千工人、民工和运行中的数百台车辆、机械均未受到伤亡和重大损失！

谁都知道，中卫县是这次沙暴中的重灾区，灾难波及全县16个乡镇20多万人口，直接经济损失1200万元，死亡24人，失踪10余人，其破坏性不亚于一次大的地震和洪涝灾害。然而，在沙坡头地区，似乎并没有什么大的损失，一切竟如没发生过一样平静。

专家们惊呆了。

窥一叶而知全貌。

专家们知道，这是防护林体系建设——一项迄今为止，远比"罗斯福工程""斯大林改造大自然计划""绿色坝建设"更科学、更完备、规模更宏大的中国生态经济工程的胜利。

沙坡头地段只是其中一段精彩的乐章。

于是，专家们由衷地赞叹道："真是名副其实的世界奇迹！"

创造世界奇迹的正是1987年被联合国规划署授予"全球环境保护先进单位"金质奖章的中华人民共和国林业部西北华北东北防护林建设局（简称林业部"三北"防护林建设局）以及在它领导下的千百万建设绿色万里长城的人们。

1978年11月25日，中国政府正式批准在"三北"地区建设大型防护林的规划。第二年，"三北"防护林建设局正式成立。

"三北"防护林建设局局址设在宁夏回族自治区首府银川市。

1995年8月，笔者采访"三北"局时，它已经18岁。

38岁的局长张建龙——这位从蒙古草原深处走出的大学生，大概属于共和国最年轻的正局级干部，他介绍"三北"防护林体系工程时说：

三北防护林体系建设，是一项举世瞩目的生态经济工程。这项工程的特定功能目标是：从国土整治和三北地区的实际出发，寓综合治理与综合开发利用于一体，在辽阔的三北大地上，建立起符合自然与经济规律、高生产力的自然与人工相结合的生物群体。这个生物群体的整体结构，由相互促进、相互依存、相互制约和有机联系的若干单元组成。在这一整体中，既包括农、林、牧、副、渔各个产业之间相互协调发展的数量与范围，也包括防护林体系内部各组成要素之间的相互联结和相互作用。因此，三北防护林体系建设是一个大的系统工程，既是广义大农业生态经济系统中的一个重要组成部分，又是以防护林为主体的独立的林业产业。这项工程全长7000公里，宽400至1700公里，总面积400余万平方公里，约占全国国土面积的42.4%，其规模比"罗斯福工程""斯大林改造大自然计划""绿色坝建设"工程量要大许多倍。这项生态工程是名副其实的跨世纪工程，规划期限从1978年至2050年，规划林地总面积从1977年的2314.1万公顷，扩大到6084.5万公顷，森林覆盖率由5.05%提高到14.95%。总体规划总任务量3508.3万公顷，分三个建设阶段：

第一阶段（1978—2000年）工程任务量2177.4万公顷，占总任务量的62.0%；

第二阶段（2001—2020年）工程任务量807.7万公顷，占总任务量的23.0%；

第三阶段（2021—2050年）工程任务量523.2万公顷，占总任务量的15.0%。

如今，第一阶段中的第一期工程自1978年开始到1985年结束已圆满完成任务，第二期工程正在顺利进行……

这位38岁的局长和18岁的"三北"局都很青春。

在这种极富青春的叙述中，我们眼前呈现出北中国铺天盖地的黄色，葱茏的绿意就是在这样的背景里顽强成长起来。从1978年11月25日那天算起——"三北局"这个注定至少要活72岁的生命便呱呱坠落在三北大地以及人民的心里。这是世界上最宏伟最持久同样也是最耐人寻味的工程。即使是这一年出生的人，到了工程竣工的时候，也已是古稀老人。而更多的人则看不到竣工的那一天。然而，这项充满民族精神和东方美感的工程，这项真正是"前人栽树后人乘凉"的工程，吸引了多少人为它前仆后继、呕心沥血甚至为之献身……

三北，一个存放民族魂魄的地方……

D章

三北局三人谈·传说之一：野人张候拉的故事·
传说之二：站着没有躺着高·传说之三：人和树的故事

对三北人来说，绿色是他们永远的原动力，是他们万世不灭的情结，也是他们共同的宗教。三北局没成立之前，三北人就曾热切地企盼和呼唤过它，并为之坚韧地奋斗过——

刘文仕原是三北局副局长，1978年10月10日奉命来银川组建三北局。10年之后从副局长位置上退下来至今。他是三北局第一代领导人之一。当时林业部郝玉山副部长兼三北局局长，张兴、陈宏、刘文仕等人任副局长。谈起三北局的成立，他说之所以有三北局，应该说是三北人民奋斗的结果……

刘文仕：三北地区占全国沙漠面积的98%以上，年降雨量普遍少于400毫米，尤其是西北地区，降水量仅在200毫米以下，在新疆吐鲁番盆地，年降水量仅16.4毫米，若羌17.4毫米，在极端少雨年1968年托克逊年降水仅0.5毫米。

在这样恶劣的环境下播撒绿色，简直就是创造神话。不仅外国人不信，就是我们中国的有关的科学家、专家们也认为不可思议。

1958年，甘肃定西县华家岭，10万人上山搞植树造林，只栽活了一棵树。当时一位专家曾去过定西，知道这件事，所以他以此为例，认为降雨量在400毫米以下的地区根本不能栽树。我曾就此事专门去定西做过调查，实际上定西是能栽树的。1958年植树时是从河南运来的白杨树苗，因为别的原因，这批树苗在火车站放了20天，成了死苗子，才有了10万人栽活一棵树的怪事。现在再去定西看看，那里的林子已经长起来了。

在一些专家看来，由于三北缺乏种树的气候条件和土壤条件，是不适宜开展植树造林的，因此，也反对成立什么三北局。我是做过一番调查研究的，从1978年到1995年，三北地区共551个县，我跑了400多个县，我认为三北地区是可以种树的，即使气候特别干旱的西北，也是可以种树种草的，当然也有特殊的困难。

　　我1945年参加革命，1960年曾当过承德行署林业局长，后又到围场县大脑袋机械化林场当场长，从1962年到1978年离开，16年人工造林57万亩，天然次生林封育恢复40万亩，共100万亩。种树是我的本行。以我的经验，我认为在西北栽树是难点，但也绝不像一些专家说的那样，绝对栽不活。我把我的观点写成材料，送到当时的国家农委……我认为今天的三北局是数千名乃至上万名林业、农业、地质、气象等方面专家学者深入万里荒漠考察后争取的结果……

　　彭庆光是三北局的高级工程师，湖南人，1955年毕业于西北农学院，到1995年11月8日，干林业已满40年，这40年中，他有21年是在新疆度过的。他在新疆一直搞治沙。

　　彭庆光：谈起治沙，世界多沙国家都在加紧研究，企望能找到一条好的路子。沙漠最大的问题是随风而动，因此，如何把沙固定，使它驯服，不再如流浪汉般四处为害就成了关键。固沙的办法很多，大体有以下几种：一是采用化学措施，就是在沙漠上喷洒化学药剂，使沙漠凝固。但化学药剂只能维持几年，失效之后沙漠仍恢复如初。

　　发达国家也有用沥青覆盖沙漠的，但要大面积覆盖，造价太高了。二是用插草方格压住沙地。比如新疆塔克拉玛干油田，就是用芦草方格固沙，把芦草插在沙漠里形成挡风墙，以削弱风力的侵蚀。具体施工时先在沙丘上划好施工方格网线，使沙障与当地的主风方向垂直，再将修剪均匀整齐的芦草横放在方格线上，用板锹等工具从芦草中间插入沙层内约15厘米，使草两端翘起，直立在沙石上，最后再将芦草根部埋牢。它的主要作用是增加沙地表面的粗糙度，削减风力，使之无力携走疏松的沙粒。宁夏腾格里沙漠南端的沙坡头就是用草方格沙障固的沙。这种草方格沙障的造价也很高，塔克拉玛干的芦草沙障，一公里便造价百万元，到油田的路要通过流沙300公里，真是靠人民币铺出来的。三是用黏土沙障，就是用黏土全面铺覆在沙丘上。但这种费用仍很昂贵，而且雨水很难渗到沙丘内，影响沙丘的水分条件。除此之外，就是用植物来控制和固定流沙，这是我们目前治沙最有效也是最根本的措施。

　　1977年，第一届国际沙漠会议在肯尼亚首都召开。有167个国家的治沙专家参加会议。中国是个沙漠大国，因此，大会组织者指定要中国出一篇关于治沙的论文。最后，这篇论文交给了中国科学院兰州沙漠研究所治沙专家刘恕同志来写。为了完成任务，刘恕和朱震达等专家便深入到新疆吐鲁番地区考察。

　　我曾在吐鲁番工作数年，对那里的情况比较熟悉。吐鲁番是沙区，面积约有一万多平方公里，相当于整个科威特国家的面积。我在吐鲁番县艾丁湖公社四大队工作过多年，那时我是治沙技术员。那里海拔低，比海平面还低154米；一年四季风沙不止，夏天气温一般都高达50多度；平时空气干燥得很，地表河溪极少。在这样的恶劣环境中，人们浇地只能用地下水，就是天山渗下来的雪水。当地人发明了一种叫作"坎儿井"的汲水方法。坎儿井是一种井、渠相连的汲水工程，由地下暗渠连通，一般长达几公里，最长可达30多公里。

　　生在沙区的人都知道，沙漠并不可怕，可怕的是没有水。如今有了坎儿井，当地人便用水浇灌沙地，这样水到草长，原来白茫茫一片的沙地就葱茏起来了。人们再选一些优良草种，多种一些灌草，便形成了阻挡外来沙暴的第一道壕堑，刘恕他们在吐鲁番农村最初的工作就是推广引水植草。

　　沙子能形成沙暴，和风有密不可分的关系。风小，沙子只会在地表流动；风大，沙子便会跳动；风狂，沙子便会飞动，造成悬浮。这是沙子被风作用下的3种不同形态，俗话叫作"三级跳"。

　　有了这种灌草的沙地，当大风起今沙飞扬的时候，90%离地面10

258

厘米运动的沙子都被灌草带阻挡了。每棵灌草都是一条坚毅而顽强的手臂，它们拽拉牵扯，使准备继续远足的沙子们无可奈何，使起飞的降落，使疾走的停止，让它们跌落在绿草棵里不再有别的念想。

但是，仍有一些沙子捷足先登，它们已经飞动起来，灌草们对它们是无能为力了。于是，第二道壕堑又构筑起来了。这就是防风林带。

飞动在空中约10多米的沙子便会得到第二次阻挡。防风林带的铁壁更加坚固，风沙很难再飞越过去。

刘恕他们又在农田内部种植林网，采取窄林带、小网格的形式，使原来空旷的原野遍植林木，使风不能一吹到底。这就是第三道防线。

有了这三道防线，风魔就不会施虐，沙暴就不会发生了。

刘恕、朱震达等治沙专家们在吐鲁番人民治沙的基础上，总结出了一整套乔灌草、带片网相结合的治沙办法，创造了防风林体系治沙的概念。

这是划时代的创造。在国际治沙史上也是创举。1977年，刘恕代表中国治沙界在肯尼亚宣读了关于体系治沙的论文，在会上引起了轰动。当时《中国沙漠》《国外沙漠》等杂志都予以报道。

这就是我们今天的防风林体系最早的萌芽。它是由三北人民和长年战斗在西北荒漠的科技人员共同创造的……

窦芳是三北局营林处的高级工程师，1965年毕业于甘肃农大林学系。毕业前夕，听了周总理、聂荣臻号召知识青年到广阔天地三大实践的录音讲话后，报名参加了甘肃农垦兵团第11师。当年和他一同分配到兵团的大学生有109人，比《水浒传》上的一百单八将多一个人。转眼30多年过去，窦芳已入知天命之年。在三北局，他是第一代创业者。

窦芳：实际上，关于三北防护林的理论探究从开始到现在从没停止过，不久前，我还看到一家刊物上登载了一篇文章，文中对三北防护林的做法提出质疑，说三北防护林直接受益的是北京，而当地由于种了大量长得快的树——杨树，每天得挥发大量地下水，现在防护林一带地下水消耗枯竭，树已出现大片枯死的情况。当杨树枯死之后其他任何植物都不长了，因为地下水已经没有了……我不知道这位学者何以得出"防护林一带地下水消耗枯竭"的结论。我认为关于三北防护林的理论探讨最有发言权的应该是三北人——包括我们这些生老西北的"守林人"。

三北防护林的理论问题应该属于尖端学科，它不仅仅是修一条长长的林带，像万里长城那样长，而是涉及天文学、气象学、地理学、植物学、生物学、历史学、社会学、遗传学、民族学、人类学等诸种学科的综合学科，没有多种知识的积累，是不敢轻言结论的。

以那位学者所讲的西北为例，造成水源枯竭的原因绝对不是种了那种"长得特别快的树"，而是那里的地理环境和恶劣气候。比如新疆的地理特点是"三山两盆"，它的南边是昆仑山，中间是天山，北边是阿尔泰山，两个盆地一是塔里木盆地，另一个是准噶尔盆地。这样的地理特点从而影响该地的降雨量。整个西北降雨量是从东往西递减，从南往北递减，唯独新疆北部由于阿尔泰山阻隔了北太平洋的水汽，反而形成降雨量从西往东递减。盆地的干燥度竟达16.00以上，地表土壤干燥如粉齑。而半湿润地区的干燥度仅为1.00—1.49。

因为没有树木和草被遮盖，这里的年蒸发量为2000毫米，整个地区如巨大的土耳其浴室。因此三北的主要问题并不是种树多了，即使是像那位学者说的"种了生长得很快的树"，它也只会对三北的环境起很大的保护作用。

搞了防护林工程，一是可以挡风沙，庄稼受到保护。二是树林可以蒸腾水分，使水位降低，改变土壤结构。没有林子时，水分被蒸发出来，水分里的盐碱成分却被留在了地表。如今有了林子，水位下降，盐碱便会吸入地下，土壤里的含盐量就会减少。

森林不仅不会使水源枯竭，反而会涵养水源保持水土。地球上大多数河流均发源于高山密林之中。一片10万亩面积的林子，其纷繁的根系周围蓄积的水量约相当于一个200万立方米的水库。

国外的经济学家和林学家曾对森林的公益效能进行计量调查，将其分为涵养水源效能，防止泥沙流失效能，防止泥沙崩塌效能，保健游憩效能，保护野生动物效能，供给氧气和净化大气效能等6个方面。而生态效益的经济价值与直接经济价值相比，生态效益的经济价值占93％，直接经济效益仅占7％。

看了那篇文章之后，我很想写篇文章和那位学者探讨一下，论证一下三北防护林并不会给当地人民带来"灾难性的后果"，只是抽不出时间。我给你说这么多，也是想让你先把我的陋见宣传一下，使越来越多的人认识到三北防护林建设实在是利国利民的事。

在三北，关于种树的奇闻轶事多之又多，它们通常都是以民间传说的形式流传的。

传说之一：野人张候拉的故事

追寻著名的"造林英雄"张候拉的踪迹时，当地人都对这个称谓很漠然。但一提"野人""树神"，不管是老汉还是娃娃，都可以绘声绘色给你讲一段他的故事。

然而，张候拉却故去多年了。

他于1900年出生，于1989年去世。

他是山西省保德县人，据说北宋著名的杨家将家族中的佘太君、穆桂英就是当地人。

张候拉出名很早，1955年，他在分得的山坡上种了2万多棵树，价值数万元，后来，他把这些树无偿地献给了国家。

1956年，张候拉当上了省劳模。当时，像他这样的种树典型很引人注目，他便受到省里领导的接见。省长亲自为他颁发奖状。当时，省长很高兴地和他握手，并且停留的时间也格外长一些，对着噗噗作响的镁光灯，省长笑容可掬。张候拉把奖状接了过去，一只手握住省长的手使劲摇晃，一只手翻动着奖状前后打量。当他确认这只不过是一张纸片时，便很急切地问省长：怎么也不奖给点钱？

省长显然被他的话问蒙了，仍不置可否地送给他一脸灿烂的笑容。

张候拉原以为省长忘了奖金的事，他是想给省长提个醒。哪知道一着急，便说出了这样没水平的话。他想省长肯定会给自己奖金的。他是过来人，过去民国时政府还给下边种树典范发奖哩，一次能奖励不少光闪闪的银元哩。但是，省长笑而不答。他从省长的笑声读出了危险：他此行很可能是两手空空了。

他仍然不死心，在那样庄严神圣的场合，他顾不得许多了，他以山野村夫特有的粗鄙和精辟，一针见血地说：少点也行，就给20块钱行不？

因为要钱心切，他的声音大了点，经过话筒的放大，响彻全场。

省长本来想对他说点什么，但终于没说。台下轰然而起的笑声淹没了他。

张候拉红头涨脸地下了台，低着头坐在特等劳模的位置上，听见背后的议论声潮水般溅过来：

嘿，好一个财迷老汉！

还劳模哩，怎么不讲一点身份……

张候拉那时已经是56岁的年纪了，一个老汉遭人白眼，心里的滋味别提多难受了。老汉的眼睛里涌出了泪水。

泪水终于没有溢出。老汉经历过的苦难和委屈多了，他能消解得了。他含着泪水默默地走出会场，默默地告别了省城，默默地走上归路。

没有人理解张候拉。从15岁起，每次出门远行，张候拉就给自己定下规矩，不管是何等情况，哪怕是乞讨化缘，也要寻几棵树苗种上。他一直坚守着这个约定，几十年来从没失约。然而，看来今天要失约了。

15岁那年父亲死了。父亲临死前对他说，人活一世，盖棺而安。

你爹这一辈子冤枉，死时连个棺材也没有捞着。后悔呀，咱这土疙瘩山连棵树都没有。娃呀，多种树吧，种树是积德行善的事，多积点德，给后代留下点念想……

张候拉记住父亲的话，从16岁起就开始种树。过了几年，他当上了货郎，手摇拨浪鼓，挑起货郎担，在附近的山岭中走村串户。等货担轻了，钱袋子沉了，他便用铜板换几棵树种。有时没有铜板，便把老白布扯几尺换树苗。栽树的时候，并不分自家他家，看着合适，或山间小路，或河溪岸边，或村旁田头，总之，只要是他走过的路径，他看着合适，就把树们栽下来。从此多一分牵挂，等再路过那里，看树芽飘绿几许，量树身长高几分，眼巴巴盼它们长大。

年轻时人们说他，候拉拉呀拉拉候，你把爱妹子的心给了树们啦。

年老时人们说他，拉拉汉呀汉拉拉，你把爱儿女的心给了树们啦。

张候拉的心事有谁知呢？他原算计着这次到省城领奖，领导起码得发给他一笔奖金。他来的路上就已经看好地形，在进山口的坡坡上得种上一棵箭杆杨，让它嗖嗖地向天上长，走多远都能望见它；他还想在清水泉边栽上一棵柳，那样清凌凌的泉水得配上一棵依依可人的树，俗话说没树不成景；他还想……想来想去都是种树的事。

可是棵棵树苗都得用钱买啊。

多年之后，张候拉说起这事还后悔得不行，他后悔不是自己丢了人，而是那是他一生中唯一一次出门远行却没有栽树。

1958年，张候拉当上了公社林场的一名临时工人。这是他梦寐以求的事，他成了职业植树者。虽然是"临时"的，但他认为只要天天能和树们厮守在一起，并且名正言顺，就是大幸事。年终时，林场给每个职工分了3斤6两肉，可是他却把这些孩子做梦都够不着的肉给了别人，换回一些树棵子栽下来。第一次发"工资"，才6块钱，张老汉回到家又从家里抽走了12块钱，加在一起跑到邻县买了一斤水柳籽，然后又把这些宝贵树籽分发给街坊邻居，求他们好生把这些树籽播撒在自己的庭院屋旁，好好呵护它们长大。

1966年的一天，张候拉的老伴张改子突然发现家里的80块银元不见了。这80块银元是她从娘家带来的，是她的镇家之宝。她连夜突击"审讯"，果然是"死老汉"拿走换了人家几车树苗。现在，这些树已经种在山沟沟山梁梁上了，生米已成熟饭，泼水难收了。

张改子压抑在心头的火终于爆发。自打跟定张候拉，她一天好日子没过过，为了种树，弄得全家倾家荡产，孩子们没有一件像样的衣服，家中从没见过100块以上的钱。这银元是娘家陪送的，是娘家人的祝福。睹物思亲，张改子也把它们当作"娘家人"看待，再穷再难，也舍不得动它。可是，这种树种疯了的死老汉却把它换成了树！

见老伴动了怒，66岁的张候拉觉得很内疚。他这一辈子谁也不欠，就欠娃他娘。罢罢罢，还是别拖累家里了，让自己一人去完结和树的不了情吧。于是他背起铺盖卷，悄悄出走了……

张候拉只身一人进了山，在离村几十里的一处叫葫芦头的地方安顿下来。他的居室是一个深2米、宽4米的山洞。石洞背靠山坡，下临水沟，洞前青石如镜，坐卧皆可，若上到山顶登高远望，可以看到青山外许多景致，心事便飘得满世界都是。

张候拉一住就是5年。

5年来，眼见得山梁梁上的树多起来了，秃头山变得漂亮了。人们都知道山上住了一个"野人"，那是个白发盈尺、赤身裸体的"种树仙翁"，是个"树精树怪"，他是个谁都难以理解的怪人。

当了5年野人的张候拉，在葫芦头山上种了3万多棵树。

1972年，瘫痪多年的林场又恢复了。张候拉又回林场继续当临时工。72岁的老汉每天挥锹舞锨地种树种树，竟然把昏昏欲睡的林场弄得上下不得安宁。领导嫌他烦，便借故把他辞退了。

张候拉哀求领导说，我不当临时工了，让我义务种树行不？我一分钱不要林场的，你把林场的九塔山给我，我都给你种成树再还给你行不？

林场领导无法理解这个白发人，他又好气又好笑地白眼相向：你都这样一把年纪了，别折腾自己了，回家吧！

见场领导剥夺了自己的种树权，张候拉急了，他上县里告状去了。

去县政府告，去公安局告，去林业局告，还去信访办申诉……

大家都当笑话去对待。一个要求种树的人，人家不让种，他反而去告官，世上哪有这种人？莫不是老汉神经出了毛病？

于是都嘻嘻哈哈地劝他：老汉老汉，回吧！人家不让你种树是关心你哩。

张候拉不回，不让种树死也不回。

他终于在县府门前拦住了一个干部。

听完他的申诉，那人不解地说，在荒山上种树有啥不好？栽去，谁不让栽，就说我说的！

你是谁？

我是刘忠文。

哎呀，张候拉差点跪下来，原来是县委书记——县太爷哩。他连忙从口袋

264

里掏出红皮日记本，恭恭敬敬地说：刘书记，你给俺写个字吧。

刘忠文就给林场领导写了封信，让他们准许老汉种树。

张候拉得胜而归，从此便拉开架势在九塔山上栽起树来。

九塔山是座光秃秃的山，由于常年雨水冲刷，山上裸露着一些白花花的砾石，表层的土被剥光了似的。要想种好树，就必须保护好土壤，不让水土流失。于是候拉老汉就决定先治理山东边的臭水沟。

没有钱买水泥石料，怎能筑坝修堰？候拉老汉便想起了用芦苇根筑坝的方法。他打算先用土垒起坝来，然后再栽种上芦根，芦根密密麻麻的根须就会把坝子包得严严实实，就像铁丝网包得那般坚固。

于是老汉背上草绳，扛着挠钩，挎着干粮袋走20多里路到黄河滩上挖芦根。一天来回40里地，背负百十斤重的芦根，水淋淋的，在春寒料峭的时候，全靠老汉的热脊背才不致结成冰。

张候拉背了3个春天，跑了1000多里路，才把土坝修成了。芦根发芽了，土坝变成草坝了，老汉又在坝两边栽上柳树，这条沟治理好了。

他在九塔山一住又是5年。5年里，他种了一山树。县林业局的几位同志费了好几天的时间，才丈量计算过来他到底在九塔山种了多少树——九塔山成林面积310亩，树30.75万余株。

候拉老汉一生种树100万株。九塔山林木只占总数的1/3。

老汉种树爱树养树育树，他视树为有生命的活物。大凡所植之树，皆栽贫瘠之地，老汉心颇不忍。俗话说人生如苦宴，苦尽方曲终人散。树有何罪，生在西北便来受苦，他便想方设法善待树们。种树前，他用黄连水浸泡树秧，很像医生们为人们做消毒防疫之事。刨坑时，尽量周正深挖，让树们的根须舒展从容。西部多旱，栽后必须浇透水，候拉老汉长年累月上山下山到几里之外的河里挑水浇树……

30多万株树，每株树都是他邀请到这个世界的"客人"。树虽无言，其情性若人，候拉老汉皆能和其交谈。他看不得树们受苦，便竭尽全力为树们效劳。5年来，挑水的扁担坏过多少根？他记不清了，然而他却清楚地记得凡是经他手栽的树，没有因旱致死的。

1989年，张候拉无疾而终。

他种够了100万棵树，离开了这个世界。死后人们才悟道：像张候拉这样的老汉，一辈子种了100万棵树的老汉，500年怕是才能出一个，他是真正的种树圣人，是树神树仙……

传说之二：站着没有躺着高

他叫李志远，宁夏彭阳人。他在传说中拄着双拐向我们走来，在有阳光的背景中幻化成一片山林……三北局宣传处的同志特意为我们放了他的事迹录像。

李志远初中没毕业就辍学了。他长得高大壮实，小小年纪，胳膊上的肉就鼓得红薯块似的。他想，他完全可以凭力气挣饭吃，可以靠种庄稼养活年迈的父母。

1980年冬日的一天，他到一截土崖下挖土，土崖突然坍塌，把他砸在了里面。等人们把他救出来时，他的一条腿已经没有了。

他每天躺在窑洞的土炕上，真想一死了之。日复一日，他觉得比年迈的母亲和柔弱的妹妹还软弱了。他的胳膊已经变得纤细而无力，身上的蛮力早已消退，他已经不是以前的李志远了。

妹妹给他找来许多刺绣的图案，母亲给他使过的针扎子。为了使他解闷去愁，亲人们想方设法让他注意陌生的东西。他已经失去了一条腿，作为男性世界的平衡点已经没有了，她们想让他到女性世界里去寻找，一是为了他的痛苦，二是为了将来的生计。

他果然学会一手好刺绣。他能绣五谷丰登、年年有余、鸳鸯戏水、春桃秋菊、兰花红梅，还能绣哪吒闹海、刘海砍柴、红楼西厢、封神故事，他的巧手曾吸引多少大姑娘小媳妇来他的窑洞求做嫁妆物什，使他失去平衡的岁月里平添了另外的生活乐趣。

一天，他突然绣出了一幅翠鸟踏枝图。绣着绣着，他似乎听到了那鸟的鸣叫和树枝摇动的声音，他很长时间没有走出窑洞了，没有再见到那动人的绿色和啁啾不已的鸟类了。想着想着，他的眼泪出来了。

他拄着双拐找到村长，要求承包家门前那块近百亩的大荒坡，他说：我要在荒坡上种树。

谁也没把他的承包当回事。虽然村长答应得非常庄重，但完全是为了怜恼。这话说完就过去了，大西北，荒山野岭多的是，哪能说绿就绿？

可是李志远却当了真。

每天一大早他就拄着拐杖和娘上了荒坡，娘给他拿工具。他便按着事先的规划付诸行动。李志远又开始进入男子汉的世界，干力气活曾给他带来过乐趣。在他健康的时候，每当此时，他便叉开双腿，将腰间的力气聚拢一起，然后分给他健美的双臂，鼓起每块肌肉，使不完的力气便喷涌而出。那时他一个人就是一台动力机车。可是现在他却举步维艰，离开双拐，身体难以平衡，举起镢头，拐倒人也倒。倘若用一只手，难以使劲，一镢头下去只刨出一点白印印。

一天下来，他的断腿因不停扯动使断裂处的钢板撕裂了肌肉，他住进了医院，还没好，他就又拄着双拐来到荒坡。

站不住，就索性躺着干。用男人们拥抱爱人的姿势拥抱大地，用下巴颏儿支撑着大地，用别人看不到的视角去审视大地，他不停挥动手臂去挖去刨，在他坚毅前行的身后，一行行鱼鳞坑整齐地排列着……

他要把父母为他娶媳妇的钱拿出来买树苗。父亲已经去世了，母亲含泪把攒了一辈子的钱拿了出来。母亲通情达理。母亲知道要是这山前山后都是个绿，娃子娶媳妇就不作难了。要是这疙瘩总是个黄，再好的媳妇也得跑了。

几年下来，整整80亩荒坡地变了模样，3.6万棵树齐刷刷长起来了。

这时有人写信告状了，说他"开荒破坏植被"。县上感到问题严重，专门派人下来调查李志远"破坏"事件。

李志远不明就里，以为县里官员视察来了，便拄着双拐，和家人一起陪同他们参观几年辛劳栽下的林木。干部被震撼了，一个残疾人，竟然靠躺着卧着把80亩荒坡绿化了，这真是人间奇迹。他们原准备罚李志远的。看到这种情景，他们激动地对李志远说，你是一个躺着比站着高的人！

一封举报信推出一个造林英雄。从此，李志远的事迹传遍了彭阳，传遍了宁夏，也传遍了三北……

传说之三：人和树的故事

他叫郑宗武，河北平泉县人。

1954年东北林学院学成归来的郑宗武在为全县林业干部讲课时，侃侃而谈，讲到了森林覆盖率，他说加拿大森林覆盖率为59％，美国的森林覆盖率为32％，瑞典为53.4％……这些都是资本主义国家。而我们中国则不到10％。

课讲完了。过了几天，县人事局长找郑宗武问：你说过资本主义也重视林业的话吗？

说过呀，这是林业杂志公布的材料……郑宗武回答说。

不几天，一纸令下，郑宗武被取消候补党员资格，并开除公职。

领导对此的解释是：连林业都是帝国主义好，我们的社会主义还有前途吗？说这种话的人难道不该从革命阵营里清除出去吗？

就这样，郑宗武带着破碎的心回到了老家圣佛庙村。这时，老家已经闹过土改。他老婆儿子、一家老小，没有土地，没有农具，只好投奔了在内蒙古呼伦贝尔草原上干活的哥哥。

接纳他的是一个边境林场，这使他很高兴。只要有树种，有林子伺候，管他反革命不反革命呢。他来内蒙古时啥也没带，只带了满满一箱林业书。郑宗武很有些自负地想，平泉不要我，是它没福气，我会在这里干出名堂的。

谁知他接到手的工具却是一柄锋利的斧头！

林场让他去伐木。

郑宗武在林学院学习的昨天浮现出来，他知道这片高大的次生林，生满白桦树、山杨树、樟子树、榆树，还有贝加尔针茅等。一片又一片，可以连接到大兴安岭。这些林子是中华民族的宝中之宝，砍伐一片就会少一片。等一片一片林子砍完，真实的危险就会露出头来。

一个林学院出来的人，怎么能砍伐森林呢？

头一天，郑宗武转悠了一天也没动一斧子；

第二天，郑宗武只砍了一棵被雷火烧了一半的死树；

第三天，郑宗武说心口疼，怕是胃着凉了……

林场领导劈头就是一顿臭骂：你当来这里是玩闹呀，不行你趁早滚蛋！

郑宗武突然觉得危险又一次向他逼近。这是一种巨大的力量——人的破坏力。郑宗武突然明白，千百年来，并不是没有爱树的人，而是爱树种树的人力量太弱小了。他觉得自己手持利斧相向林木实在是一种象征，它说明中国知识分子的实际处境。学林业的人去砍树，这说明驱使他拿起斧头的力要大于他许多倍，他太脆弱了，原来书本给他的知识太微不足道了，还有多少如他这样的知识分子像他现在这样手持利斧，砍向本该用生命护卫的东西。

郑宗武终于向亲爱的树们挥动了利斧。唯有他能清楚地听到耳边传来的那一声声低低的呜咽，那是树木哭泣的声音，同时也是他心中血泪溅落的声音。他还是不能忍受这种折磨，最终，他放下了砍伐的斧头，捏起了粉笔头。边疆扫盲需要人手，他就站在了黑板前。不种树也不要伤害树，这使他心灵得到了暂时的平衡。他开始把注意力集中到了人身上，这是比种树更首要的问题。要教育他们，要使他们成为有知识有文化的人。所有的愚昧和愚蠢都是因文化素质太低引起的。

虽然那些树影一天天远离他而去，但郑宗武心里边想，有了人还怕没树吗？

可是，他的梦想又一次破灭了。他被查出来是一个暗藏的"反革命"！被五花大绑，游街示众。参与斗争他的人有些就是他的学生，那些学生念着他教的文字写成的发言稿，声明决不上他的当，从此坚决和他划清界限。

更多的人扔下书本操起了斧头……

他的家人因此受到了连累。大儿子体弱，不久得病死了；二儿子受到惊吓，疯了；妻子得了抑郁症，一天到晚面壁而泣……

"四清"运动开始了，家里来信说能否回去申诉一下，把"反革命"帽子给摘下来。他心里的火花又闪亮了。于是他又携全家回到了故乡平泉。

搬家时，他仍然没有家当，仍然把那一箱子书给带回去了。

材料递上去了，几乎就要平反的当儿"文化大革命"来了。郑宗武不但没有被平反，反而又被扣上了"反革命翻案"的帽子。似乎他千里归来，就是为了配合这次政治运动，他又被揪斗游街，而且比过去的几次批斗都重。

他的二儿子被吓死了。

一向跟他默默忍受的妻子哭着叫着，发疯般地跑回屋里，把那一整箱子的林业书籍搬到院里，一把火点燃！她恨这些书！恨那些树！

郑宗武看着火光中的林业书，泪如雨下，他跪在地上，为这些书磕头送别。

当郑宗武从地上爬起来，转过脸时，他已经变成另外一个人……

1979年，平泉县圣佛庙第五生产队的社员们自发起来，给蒙受冤屈25年的郑宗武平了反——一致推选他为该队的生产队长。虽然这可能是全世界最小的官，但也说明郑宗武的政治地位变化了。

人们不再歧视他，并且从心底接纳了他，把全队几百口人的信任给了他。

郑宗武泪眼婆娑地站在圣佛庙第五生产队全体群众面前，一时百感交集。失去了多少年的尊严和自信，如今在故土找到了。是家乡人把他在25年前丢失的东西又重新给予了他。

面对着那样信任他的老少爷们儿，郑宗武的血性又一次冲决而出。

25年后，人们仍和25年前那样穷，满目仍是苍黄的贫困底色，这说明自己没有错。他又想起了他的森林覆盖率，想起了他的林业，想起了他曾被风暴摧毁的理想。他在群众大会上脱口而出，老少爷们儿，我们要想治穷变富，还要造林种果呀！

这啼血之声使全场静寂。

25年前，就是眼前这个人因喊出了这句话而沦落为最不幸的人，25年后，他仍痴心不改，又一次喊出血泪之声，人群里爆发出雷鸣般的掌声，只是掌声还没完，便被郑宗武的家人打断了。二哥指着他的鼻子破口大骂：你是什么狗记性？你忘了你为树吃的苦头了吗，你的两个儿子咋死的？

郑宗武突然噤声了。是呀，时下是什么年月，平泉是农业学大寨的典型，县上仍强调"以粮为纲"，你这时候提出造林种果不是找死吗？你已经搭出去25年了，你还有几个25年？郑宗武无言泪下……

关键时刻，是妻子郭述兰给了他支持。

妻子郭述兰原是个漂亮的姑娘，她也有一个灿烂的前程，她曾是妇女干部，区里和县里的培养对象。自从认识了郑宗武之后，认定他是个不同凡响的人，是个好人。她不相信他是"反革命"。虽然郑宗武厄运缠身，她仍一往情深地跟定了他，从没半点后悔。她曾恨过给家庭带来不幸的树们，恨过那一箱子林业书籍。但是，当她一把火烧掉了那一箱书之后，她发现丈夫实际上已等同死了。他不再有生活的激情，他似乎只剩下一副躯壳，灵魂已追随毁灭的理想而去。

只有树木才能救他，才能恢复他的生命光彩。既然他又一次喊出"造林种果"四个字，就随他去吧，于是她对丈夫说：你干吧！

1981年，郑宗武带领乡亲在圣佛庙村山前山后种了3万棵树，还办起了一个8亩面积的苗圃，开辟了好几个果园，使家乡终于迎来了迟到的春天。

县上知道了郑宗武带领家乡群众造林种果致富的事迹，也知道了他的遭遇，决定给郑宗武安排工作，让他当上了凤凰岭乡的林业协助员。虽然这协助员只是个临时工，但郑宗武不嫌弃，只要和林业沾边，都是神圣的工作。25年积蓄的对林业的炽热感情喷发出来了，满山遍野都是他思想的碎片。他又像当年那样，举办林业知识讲习班，搞苹果剪接技术讲座，培育苗圃，对全乡林业发展进行总体规划等等，忙得不亦乐乎。他又开始大谈森林覆盖率，谈中国林业的差距……

他忘记了自己，也忘记了家。

他的身后还有一个因他而郁郁致病的妻子，有一个双肾坏死的女儿，开始上班的时候，郑宗武每天早早起来，把中午的饭菜弄好，给母女俩放在锅里，中午让妻子撑着病身子把饭菜热热，晚上等他回来再做上一顿热乎饭。凤凰岭乡离圣佛庙村有10多里路，郑宗武就这样来回跑着，随着他工作铺开的摊子越来越大，一个点发展到一大片，全乡的林子果园都需要他指导，有时遇到虫灾或季节关口，竟像军情般火急，他顾家的日子越来越少了。

1983年大年二十九，正利用农闲给乡亲们上果树修剪技术知识讲座的郑宗武，被二哥喊回了家，妻子已经处于弥留之际，3天后就走了，没有留下半句话。和母亲同样垂危的小女儿也奄奄一息，不久，也追随母亲而去……

郑宗武悲痛欲绝，几乎泣出血来。他在年少时太书卷气了，竟敢轻言什么森林覆盖率，这该需要多大的代价才能换来那生命的原色呀。现在他知道了，深切地知道了，一个正直的林业工作者，只要他真正把祖国的林业事业放在心上，同时就意味着风险、奉献和牺牲。

在中国，森林覆盖率哪怕上升一个小小的百分点，一个微小的刻度，都需要多少生命来做祭奠啊！

为了心中的绿色，郑宗武先后献出了4个亲人的生命！

郑宗武家已不家。家中还剩下唯一的小儿子，他的最后的根。

他索性把小儿子送到已出嫁的大女儿家，自己全身心地投入到全乡的林业工作中。

仅仅一年，凤凰岭乡就新建果园210个，植树造林2500亩。凤凰岭乡已是满眼新绿，一片秀色……

1986年后，郑宗武当上了平泉县政协副主席，但他的主要工作仍是乡林业技术员，仍然在凤凰岭乡跋涉着，辛劳着。如今，凤凰岭乡的森林覆盖率已达58％，离当年"加拿大覆盖率59％"只差一步之遥。虽然仅仅是一个乡，但毕竟圆了他个人的一个梦。倘若由无数个郑宗武这样的人和这样的梦汇聚在一起，中国的森林覆盖率就会大大上升……

像张候拉、李志远、郑宗武这样的林业英雄在三北地区可谓数不胜数。但三北更多的是些默默无闻的无名英雄，他们像草木般无言，只求繁茂春秋，不图名垂青史。正是这些千千万万的无言者，才创造了世界称奇的伟大工程——三北防护林工程。

E章

榆林和树有关·榆树帮助了中国革命·"实事求是，不尚空谈"·
植树书记赵兴国·幸运的郭涛·靖边林草双百万事件·不争的事实

如果说，三北防护林可以喻为北中国一棵庇佑华夏各民族的渐渐长成的参天大树，那么，陕北榆林地区就是一条深长的根须……

榆林——一个令人产生联想的地名。

榆林，毫无疑问是和榆树有关。榆树是个古老的树种。据说榆科中的榆属物种目前尚有45种，其中有高大浓密的美洲榆、英国榆、荷兰榆和西伯利亚榆以及亚洲榆树。说榆树古老，是因为早在1亿年前的白垩纪，榆树就已基本上进化到现在的形态了。榆树是一种女性树种，它具有浪漫情怀和脚踏实地两种品性，这主要表现在它那独特的别的树种所没有的繁殖方式——能飞的碟状翅果上。就像受孕的女人，这一粒粒精巧的树种，靠扁平而又干燥的翼翅驾风到处飘荡，飞累了便任意着陆，只要合适，就生根发芽长成枝繁叶茂的大树。

正是这种生殖力和适应性，使榆树经受了气候的考验，甚至跨越冰河期，成为5000年以来地球上最常见的典型的森林树木。

榆树当然也历尽沧桑。它是何时从亚热带或别的温热带飞来，在中国西北部落脚，发达蔚然，并使一地区被冠之以"榆林"之名，已不可考。据说，榆林城在明代以前只是一个小小的居民点，叫榆林庄，后来在陕北沿长城兴建城堡，才依旧址建了榆林堡。到了公元1472年，由于榆林堡位于当地交通要冲，遂升为榆林卫。此后又在公元1492年、1515年前后进行了3次扩建，方完成了今日榆林城的基本轮廓。

榆林地区位于毛乌素沙漠边缘，自然环境极其恶劣。毛乌素沙漠学名应该称为毛乌素沙地，面积3.21万平方公里，占三北地区沙漠面积的4.5％，历史上曾是水草茂盛的广阔草原，后来天然植被遭到破坏，才成为茫茫沙海。这里是温带半干旱草原和荒漠过渡地带，陕西北部的榆林地区7个县份就逶迤散布在这片沙地里。由于自然环境恶劣，土壤贫瘠，人民生活苦不堪言。历史上这一带曾出过不少风云人物，如明末农民起义领袖张献忠是定边县郝滩柳树涧人，李自成是榆林米脂人。还有革命领袖刘志丹等当年就常在这片土地上活动。

榆树对人最大的贡献在于它全身可食。在陕北，关于榆树人们有种种吃法。春天榆树的嫩叶和榆钱，还有榆树皮，都可果腹。正是有了榆树的帮助，陕北人民才度过了千百次的灾荒，一直生活在这片充满苦难的土地上。

1935年10月，当中共中央及红一方面军主力到达陕北之后，这个具有锯齿形树叶和会飞翔的碟状翅果的榆树，同样也帮助了中国革命。

1935年，刘志丹率领陕北工农红军，攻克了榆林地区7县之一的靖边县城，同年8月20日，在青阳岔召开了苏维埃代表大会，组建了中国共产党靖边县委员会，李子厚为县委书记。

这是榆林地区第一个革命政权。

如果说，对三北防护林工程的呼唤曾经诞生于遥远的历史深处，那么，就可以追溯到这个陕北地区最早的工农革命政府。

惠中权是靖边县第八任县委书记，他接任时正值国民党封锁陕甘宁地区的时候，鉴于国民党企图把根据地军民困死饿死的形势，毛主席向边区人民发出了"自己动手、丰衣足食，把陕甘宁边区建设成模范抗日根据地"的号召，于是一场生产自救的活动在靖边大规模开展起来。

靖边位于榆林地区西部，其北部与内蒙古自治区相邻。历史上著名的无定河横贯该县东西。

靖边以环境险恶、生态低劣而闻名。大漠为邻，黄沙侵袭，丛草不生。加之多年的灾荒饥饿、盗匪、战乱使靖边人民如浸漫漫长夜，饥寒交迫。

然而靖边却有着悠久的历史和灿烂文化，其境内褡裢沟、祁家园、小桥畔等地，就先后发现仰韶文化遗址。靖边在夏商周时期，为古雍州地，春秋时为晋、魏地，靖边的名字见于宋哲宗元符二年，所谓"靖边"，意为绥靖、安定边关之意。明为靖边道，兼管榆林、定边等地，清为镇靖堡。

靖边多沙，自古至今，不管官府或是下民，无不以殷殷树木为刻骨之念。浏览该县县志，所记得心之举，莫不与树有关——

    苑馥桂，贵州人，进士，嘉庆末年（1820年）道光初年任知县。尝捐产，买树秧10万株，给民分种，未几浓荫普遍，万民感哉。

    刘青黎，字乙观，山西大同人，光绪十六年（1890年）任知县。捐俸数百余，购桑苗数千株，刊布蚕桑书，力懂其事。惜限于地势，卒无成。亲临四乡劝种。

    丁锡奎，字辅臣，甘肃泰安县人，进士。光绪二十二年（1896年）任知县，举凡兴利除弊、因地制宜、力能为者，悉人筹划，无松弛。到任后，亲自考察北部沙区，冒风雨以劝农桑，提倡种树。立约章，亲历植树。规定每天栽植成活200株以上者酌赏。

    牛庆誉，山东人，民国十八年（1929年），任靖边县长。在任两年，提倡植树造林，民国十九年（1930年）春，牛县长亲率军民植树，在河东湾植高柳杆三四百株。在北门洼沙地上植树2200株……

靖边人以树为旗，以树为碑。但给靖边人以最深感动的还是共产党人惠中权带领大家植树造林的故事。

惠中权是清涧人，当年这位头上扎着白羊肚毛巾的汉子出现在靖边城的土道道上时，谁也没有在意，他就是日后新中国的林业部副部长，并且以自己脚踏实地的作风，影响着无数个共产党人。

在边区诸县中，靖边的自然环境和地理条件最差。在最初掀起的大生产运动中，靖边一直是榜上无名，并且经常受到毛泽东同志的批评。

毛泽东同志本来是不善于数铜板的，但是，蒋介石对陕甘宁边区苦苦相逼，使他不得不认真对待经济问题。然而，陕北的自然条件恶劣，想要创造奇迹，谈何容易。在1940年以后的几年里，戴着八角帽脸呈菜色的瘦削的毛泽东，多么希望有人能在这片贫瘠的土地上先走出一条丰衣足食的路子来……

这个被毛泽东企盼的人出现了，他就是惠中权。

惠中权初到靖边时一直默不作声。他总是带领大家到沙漠地带调查，就像打仗查看地形一样，然后又深入群众，向有经验的植树农民讨教。老汉们说：一棵柳树，5年长大，第一年可砍小枝叶约4斤，第二年可砍枝叶约8斤，第四年可砍约15斤，第五年便可砍树枝约18斤。羊的添草时间是春天正月二月，每只羊除白天放牧在山里外，夜里另添一斤树叶就吃饱了。60多天，一只羊有80斤树枝叶是绰绰有余的……

惠中权把农民们的话谨记在心，一幅以树为纲、围绕植树造林、改变靖边贫困面貌的蓝图渐渐在他脑中成熟。不久。在动员全县群众大力开展植树造林种草大会上，他响亮地提出了"多种一棵树，多养一只羊，多积一斤粪，多打一斤粮"的口号，得到了靖边人民的热烈响应。

植树造林活动开始后，靖边县政府又制定了一系列措施，以提高群众的植树热情，保护群众的利益。

他们提出：有公树的地方，可以无代价地把树秧送给农民种；另在张家畔设摊公开买卖树秧，每株7元钱，以便无树的区乡来买；群众可以互相调剂，拿二升糜子可换3棵树秧，也可拿变工换，有亲戚朋友关系便互相赠送……

在惠中权为首的共产党人倡导下，靖边人对树的认知达到前所未有的深度。人们真正洞悉了共产党提倡植树造林的深意。古往今来，或许有些开明官吏号召植树种草，但大都浅尝辄止，头脑中偶尔闪现良善冲动而已。当年蒋介石到甘肃兰州时，看到城外南北两山荒凉如此，也曾请来德、英等国林业专家考察，研讨改善计划，结果专家们仅留下两个字：可怕，便拂袖而去。1942年，国民党甘肃省建设厅，规划造林面积10000亩，到新中国成立初，两山上仅栽活了240棵"小老汉"树。而共产党号召人民群众植树造林，是从根本上改变人们的生存状况去考虑，是从生死存亡的迫切需要去实行，因此得到了人民群众最广泛的响应。

靖边，有关植树造林的神话就这样开始了。

惠中权广泛发动靖边人民种柳树榆树沙柳柠条，引水拉沙，打坝淤地，并且在农业、水利、畜牧、运盐等方面都取得很大成就，使靖边一下跃上边区诸县生产工作之首，使毛主席欣喜异常。善于抓典型做总结的毛主席立即意识到惠中权不仅仅是抓了植树种草问题，而是闯出了一条根据地革命政权如何站稳脚跟的大问题。在毛泽东看来，延安革命政权也是一棵大树，它的根须扎在陕北贫瘠的黄土地上，如果没有足够的水分和营养供给，这棵树就会枯萎下去。而今，惠中权提供了很好的经验，抓种树种草，改变当地的生存环境，以此为基点，再发展养殖业、农业，这样，根据地就会获得源源不断的供给，就会突破敌人的经济封锁，使中国革命立于不败之地。

对于惠中权个人，毛泽东给予了极高的评价。1943年，毛泽东专门接见了他，并赠词："实事求是，不尚空谈。"

在毛泽东伟大目光的笼罩下，惠中权一生也没离开过林业，直到1965年任共和国林业部副部长，直到"文化大革命"中他受辱致死。他是上吊自杀的。在那个特殊的年代，一个一生致力"实事求是，不尚空谈"的人，选择洁净的自杀，也算是对自己信念最忠实最坚定的固守。

继惠中权之后，靖边一天也没有停止过植树造林的步伐。

1975年，靖边县又出了一个实事求是、不尚空谈的县委书记——赵兴国，由于他的出现，靖边人掀起了更大规模的植树造林活动。

赵兴国是靖边县解放以来第21任县委书记。在他接手靖边县委书记时，靖边人正处于"文革"飓风之中。由于人为的破坏，靖边的生存环境更加恶劣。

赵兴国感到沉重。一个有30多年光荣历史的革命老区，现在仍被风沙所苦，这是共产党人的耻辱，应该发动大家，像当年毛主席在延安号召边区军民搞大生产运动那样，再一次为生存而战，为信念而战。

靖边人又一次被赵兴国激动起来。

对未来幸福的渴望和对绿色的希冀是靖边人永远的动力。共产党员发动起来了，共青团员发动起来了，群众发动起来了，像当年唱着那支信天游那样：三十个马队两杆号，一对对红旗朝北摇，刘志丹的队伍上来了……一支绿化大军像闹江春汛在靖边大地激荡着，一支支仅仅靠信念而顽强战斗的植树队伍红火火地布满了靖边的山梁沟壑……

这次植树高潮带着那个时代的印痕。当我们和许多靖边人谈起这个绿色往事时，人们都以不可解的口吻追忆那时的激情。

那是被称为"大会战"的植树运动，具有典型的中国特色，即是规模大，投入大，人海战术。领导们事先必须做好全面规划，将主攻方向、战场位置、如何实施等，都如打仗那样一一研究确定。在劳力方面，主要以民兵拉练形式进行，编成民兵连，配备好领导干部，成立临时党团支部，由各公社武装干部亲自带队。全县划分为若干战区，分别由所在地公社、国营林场、民兵组织负责人联合成立战区指挥部。

会战中，一边造林，一边军训，劳武结合，并在班、排、连和个人之间开展竞赛。会战结束后，总结评比，表彰先进。

赵兴国同志任造林指挥部总指挥。

当我们来到靖边追寻赵兴国的故事时，往昔那样宏大的场景已经退隐在山野之中。满眼尽是葱郁的宛若苏东坡诗句的豪放的柳树林和白杨林。陪伴我们的靖边县林业局的同志说：这些树林就是赵书记留下来的……

当时任靖边县王渠则乡党委书记，如今任三北局副局长的郭涛回忆赵兴国时说：

大会战时，各公社书记亲自带队，他的身后就是各村的民兵营或民兵连。我们向赵书记报告。赵书记既是党政领导，也是武装部政委，他往队伍前一站，就把靖边的政治、经济、文化中心带来了。

全县民兵在赵书记的带领下钻到沙漠里，带着干粮和铺盖，一干就是一两个月。机关干部全部参加，只留老弱病号唱空城计。全县分两个造林基地，各单位定植林面积，定成活率，自己栽树自己拉水浇，公社与公社之间竞赛，村与村之间展开竞赛，大家都像疯了一样拼死拼活干。

赵书记有胃疼病，经常呕血。他背着大家，吞吃些药片片，但都不管用。他的胃病很重，乡干部从粮站弄了点白面，交给一户群众，让她给赵书记做碗面条，还不够一碗，上面还掺了洋芋块。赵书记接碗吃时，看到孩子们也在吃饭。他问孩子们：吃的啥？孩子们回答：洋芋面。赵书记说：让我看看。接过饭碗一看不吭声了。最后赵书记把那碗面条分给孩子们吃了。一个星期后，赵书记的胃病又发作了，吐血不止，送到西安，胃切除了2/3，差点把命丢了。出了院，赵书记拄着一根棍子继续领着大家干……

就这样，以赵兴国为首的靖边共产党人，经过7年大会战，使靖边形成了一条长75公里、宽2公里的防沙林带，锁住了滚滚南移的沙龙，开辟了"人进沙退"的新局面。靖边人在五台山建成了19000亩的防风林，堵住了这个危害县城的大风口。烟墩山种柠条13000亩，改变了那里风沙侵蚀、水土流失的状况。在公路西侧又栽了乔、灌、草三结合的水土保持林与防风固沙林3600亩，营造了110框护牧林网，造林面积2500亩，保护牧场41250亩。在五台山林的杨树行间又补植油松、沙棘8000亩。现在，新植的油松已是郁郁葱葱……

7年来，靖边人共砍沙柳种苗90万斤，起各种苗151万株，搭障蔽52000米，造林174300多亩。仅机关干部、职工、市民就义务植树32000多亩。

1983年，赵兴国衣锦还乡——被平调至榆林地区任宣传部副部长。他的全部家当还不够一卡车。如果不是他的妻子力主把全部家具拉走的话，他可以说是两袖清风了。因为那些所谓的家具——箱子、柜子，竟全是纸糊的。

1983年，幸运的郭涛被任命为靖边县县长。

郭涛是定边人。1965年高中毕业时，学习董加耕当了回乡知青，先是当生产队长，后又当了大队长。正干得起劲时，"文化大革命"来了。他的家乡离县城很远，是那种天高皇帝远的小泥巴村。大队没有人晓得啥叫"文化大革命"，于是让郭涛去县上打听。郭涛到了县上，见到一向令人敬重的人都被打倒了，整天被造反派戴高帽子游街，便觉得心里不是滋味，心想说啥也不能把这股邪风刮到村子里。

回来后，干部们都问啥叫"文化大革命"，郭涛就顺口说，就是下大劲学文化，唱戏。乡亲们一听都拍手赞成，说还是党中央英明哩。郭涛就挨村办起了识字班和宣传队，郭涛亲自上台唱起了戏，戏文都是他编的。这样，家乡一直歌舞升平了很长时间。到后来，郭涛借着部队来接兵的时机，于1968年参了军，当上了炮兵。

在部队，他很快证明了自己的优秀，仅当了11个月的兵，就被提升为干部，成为全师最年轻的参谋。

郭涛70年代末从部队复员后，先是在靖边县水利局当文书、会计，后来被选拔为公社副主任、党委书记。1981年去陕西省委党校学习两年，回来后被任命为县委书记。任内，郭涛又干了一件惊天动地的大事。这就是闻名全国的"靖边双百万林草事件"。因为此事惊动了当时的中央领导人，引来众多调查人员，笔者故称之为事件。

郭涛上任不久，即在全县开展了一场有史以来的大讨论，题目是：如何认识靖边县，怎样发展靖边县。在讨论的基础上，制定了发展靖边的三步曲。

曲一：发展种植业，大力造林种草。靖边面积5000平方公里，全县人口21万，每平方公里才30多个人，有的农户人均耕地50亩，因此形成广种薄收的耕作模式。以郭涛为首的县委一班人认识到应该把大面积的土地退下来，退田还林，造林种草。

曲二：发展畜牧业。靖边地多人少，退耕还林后，林草繁茂，便可有计划地开展养殖业、畜牧业。比如引进一些牛羊的优良品种，办细羊毛基地等。这就叫"林草起步，畜牧致富"。

曲三：发展乡镇企业。

三步曲中，郭涛认为首先要下气力抓第一步，因为造林种草是关系到第二步能否发展下去的问题。根据靖边的地理特点，他又提出"黄河沿岸一条线，定、靖山区一大片"的种植方针，把农民的注意力吸引到沙漠地带和贫困山区。

这时，榆林地区也开始狠抓造林种草，召开全地区动员现场会。

现场会就在靖边开。会上，地区领导亲自号召各级干部立即行动起来，集中力量打一场造林种草的攻坚战。为了表示地区的决心，当即拍板，不管哪个单位和个人，只要造林种草一亩地，就补助2元钱，你如果完成100亩，就给你

200块，1000亩就是2000块，1万亩就是2万块！

这话像火一样把靖边人的心给烧着了。郭涛问，这话当真？领导说，都在大会上宣布过了，咱共产党啥时候说过瞎话？

郭涛大喜，回转身就又连着召开了县里的三级干部会。

会上，郭涛像账房先生一样摆弄起算盘珠，让各公社、大队，一层层往上报退耕还林的数目。他只算加法，不算减法，结果把诸多亩数一加，竟是270多万亩！

郭涛想：270万亩，每亩2元钱，上级就得补540万！天啊，咱靖边县啥时候见过这么多银子？别想好事了，给100万也行啊。只是咱先别管上级奖励不奖励，这种草造林是咱自己的大事，就是上级不补助，你不是照样得种？得，咱还是先把自己的事情弄好。

郭涛在会上说，咱靖边人有个传统，打惠中权老书记那就讲究"实事求是，不尚空谈"，咱也不能瞎吹牛皮。咱保守点，不能先对外吹，先干起来。记住，"实事求是，不尚空谈"这8个字就是从咱靖边土地上诞生的，咱可不能给这精神抹黑。

会上，大家认真核实了一下，都觉得能完成上报的数字。郭涛为了心里有底，把各公社上报的计划一一落实到每个干部的头上，让他们回去再把任务落实到村，到户，到人头。

1984年，靖边人疯干了一年。

靖边人说到做到，内部统计数字果然达到270万亩。

郭涛说，可别瞎说，再全面统计一遍，把造林种草面积算准确，谁多报浮夸，我找谁算账！

结果还是270万亩。

郭涛心里有数了。

郭涛揣着数字向地区汇报了。地区领导一看这数字就傻了眼：乖乖，200万（余头让郭涛给削去了）！谁有那么多的钱补哇？

这真是人们始料不及的。

陕北多沙，多山，多荒漠。少水，少人，少树草。种一亩树草，难哩。谁能想到，种树草的政策这样深入人心？陕北人的干劲这么大？

原想一个县一年下来弄个10万20万亩树草就不错了，哪承想一搞竟是一二百万！

郭涛说：群众的火烧起来，那可是比天还大。200万是少的，不信你们去核实核实。

地区领导说：那当然要核实。

谁知一下去调查了解，竟发现很多感人至深的植树种草英雄。

靖边县东坑乡金鸡沙村的张加旺、牛玉琴夫妇就是其中一例。

靖边县委、县政府提出"决战林草、建设林草双百任务"之后，张加旺夫妇率先响应，决定承包万亩黄沙。起初，人们以为这两口子只是一时冲动，怕冷落了县上的决议，未必就能建成万亩林。金鸡沙村正好在毛乌素沙地边缘，整天被黄沙的舌头舔着，那里可是寸草不生。要想在那里种草种树，而且一包就是一万亩，真不是儿戏！

谁知靖边人无戏言，张加旺夫妇说干就干了起来。夫妇俩与村委会签了承包万亩黄沙的合同书，在上面郑重地写下了自己的名字，按下了代表自己决心和信誉的手印，转身就走进了沙漠深处。

夫妇俩将万亩沙地规划为3个治理区域，第一区为北部纯沙区，第二区为中部油蒿自然覆盖区，第三区为南部小沙丘区。他们根据不同的区域，采取了不同的治理方法，大沙地以沙蒿、沙芥为主，自然覆盖区以柠条为主，小沙地带以种植杨树、榆树和沙柳为主。

承包的沙区离家有10多里远，他们每天天不亮就去工地，天擦黑才能回来。去时每个人得背上百十斤重的树苗。这些树苗都是经过特殊处理的，每棵树的根须上都用胶泥糊上，可以保墒。人手不够，他们又雇了16个劳力。每天都像驼队般跋涉在沙地，又像黄牛般劳作在沙地。一个月下来，竟栽下高杆柳100亩、沙柳365亩、杨树470亩、榆树300亩，种沙蒿1000亩、杂树66亩，加起来2000多亩呢！

后来，张加旺病了，并且是绝症，骨癌，在银川锯断了一条腿。但病魔并没有阻挡住这位植树英雄，他带领全家继续在沙漠鏖战。调查时，万亩林已完成了近一半的工程……

笔者这次采访牛玉琴时，张加旺已于1988年逝世，年仅40岁。

夫妇俩承包的万亩林场已全部栽齐，实际亩数是11027亩。

非常巧合的是，现任三北局局长的张建龙同志，当时正在东坑乡代职当副乡长。张建龙1982年从内蒙古林学院毕业，由于品学兼优，便直接分配到三北局。1986年，张建龙带职去靖边东坑乡当副乡长，分管林业，经常去张加旺承包的万亩林地察看指导，和张加旺成了好朋友。

张建龙并不把自己当作外人，他一踏上靖边的土地，便被靖边人民战天斗地的激情所感染。靖边是个老区，这里的人民最早用自己生产出的小米养活过革命，可直到现在，有的群众却连温饱问题都未解决。但他们仍然对未来抱着坚定的信念。陕北民歌天下著名，只要这里歌声不断，人民的激情就不会消失。

你听：

> 高骡子大马叫得欢，
> 耐不过灰毛驴"滚沙滩"。
> 敢闯那九曲十八弯的黄河还不算，
> 敢走那鹰不飞羊不踩的荒沙滩才是好汉……

很快，张建龙便加入这充满激情的合唱，并在这澎湃激越的歌唱中显示出不凡来。他根据东坑乡的土壤特点，建议乡里在种植自然林的同时，也要注意种植经济林，让农民们从中尝到甜头，迅速脱贫致富。乡政府很快采纳了他的意见。张建龙回三北局联系了一批优质果苗，在东坑建成了20万亩的苹果园。现在，这些果树早已挂果结实，当秋天苹果红了的时候，东坑乡的乡亲还会念想着他们当年的张乡长……

张加旺承包万亩沙地之后，曾遇到过各种各样的困难，甚至有人说他承包万亩林是为骗取造林投资款。实际上国家根本没有一分给个人的造林投资款，张加旺家中投入几千元，贷款几千元，加起来近万元的投入，都靠他个人偿还。树种上了，有的人放羊群啃他的树苗，有的人故意利用地界纠纷为难他，在村里孤立他。每当这时，张加旺就会找到张建龙，把心中的委屈向他倾诉。而张建龙就用手中的笔为张加旺排忧解难。在张建龙代职期间，他一连写了数篇内参，比如《承包大户的苦恼》等，反映农民的困惑。另外，他在深入农户调查的基础上，写了不少学术论文和调查报告，如《浅谈家庭承包适度规模》等，发表后引起很好的反响。东坑乡农民觉得这个三北局来的年轻书记质朴实在，和他们没有二心，都愿意和他交朋友。即使张建龙离开东坑乡很多年，乡亲们还会到银川市看望他，并捎去经他手栽培的应时鲜果……

张加旺患病后动手术就是找的张建龙。截肢后，张加旺的断腿就存放在他的家里。陕北农村习俗称，人截肢后不能扔掉，死后还要安放在一起，不然到阴间就永世残废……这条断腿一直在张建龙家放了好几个月，最后才由张加旺的妻子牛玉琴背回靖边。

张建龙回到三北局后，仍然没有忘却靖边的乡亲们。他仍不断地写材料写文章报道宣传靖边人民植树造林的事迹。

牛玉琴获得联合国粮农组织的拉奥博士奖的材料就是张建龙撰写的。

当笔者见到牛玉琴时，牛玉琴正坐在一辆驴车往家中赶。她是搭别人的车。这时，她已经是闻名全国的劳动模范了，但她仍普通如常，一脸汗水，衣服上印满汗渍。在张加旺死后，她又默默地挑起了造林的担子，并且一直栽满了11027亩，现在仍然没有停歇的意思。

那片林子现在已经长大，走入其间，满耳灌进好听的风吹树叶哗哗响的声音，许多不知名的鸟儿在鸣啭啁啾。10年前，若是没有那次郭涛领导的全县造林种草会战，这里怕仍是一片瀚海呢。

诸如张加旺夫妇这样的植树英雄还有许多，他们织就了靖边的一片云锦，使靖边瞬间绿意融融，成为新的神话。

地区查看了许久，认定靖边不是虚言。

但要钱却仍没有。

靖边因造林种草欠债累累。林业局曾四处寻觅树苗，没有现钱，由县委县政府出面作保，人家才给树苗救急的。哪知日后地区也没钱，县里更拿不出来，一时债主云集靖边，吵得沸沸扬扬。有一新华社记者见债主如黄世仁逼杨白劳般催债，心中不忍，便写了一篇文章，题目叫《靖边县为造林种草太多而发愁》，登在内参上。

文章一出，震动朝野。对大西北绿化工作一向甚为关注的胡耀邦，看后立即批示道：

转启立　杨钟同志一阅。

靖边造林很好，请绿化委员会同志考察一下。

如属实，我主张大奖一下。

胡耀邦

1985年6月22日

胡启立阅后批示道：

请杨钟同志落实胡耀邦同志批示。关于"大奖"问题，请杨钟同志把情况了解清楚后，向有关部门提出报告，报国务院审批（作为特殊地区，特殊情况，大奖容易解决。作为贷款会引起连锁反应，不好办，所以提出大奖）。

6月22日

于是，国务院绿化委员会、林业部三北局组成联合调查组，由国务院绿化委员会办公室主任任远寿同志担纲，前去陕北靖边了解情况。

调查是在保密的情况下进行的。

靖边方面只提供全县造林种草规划图，别的一概不许涉及。调查组所去考察路线、单位，一律保密。

经过近一个月的调查，证明靖边县一年造林种草双百万情况属实。

1986年2月5日，中共中央办公厅致函靖边县委——

林业部三北防护林建设局转中共靖边县委三北防护林建设简报（1986年第一期）上登载的《鼓实劲，干实事，靖边县一年造林百万亩》一文，已收阅。祝贺你们团结全县人民努力奋斗所得的成绩，希望你们再接再厉，实现"尽早把靖边县建设成绿色宝库"的目标。

中共中央办公厅

1986年2月5日

为了表彰靖边人民植树造林的热情和干劲，中央决定给予靖边县200万元的奖励，另外200万元由陕西省、榆林地区奖励。

靖边县双百万林草事件风波终于平息。回忆这次风波，郭涛说：靖边一年双百万林草事件，说明人民群众中蕴藏着极大的能量，这种能量正是目前三北工程的动力源泉。靖边只是三北的缩影，靖边人也是三北人的缩影。而三北工程正是靠"靖边精神"和千千万万个像靖边这样的人民支撑的。

1986年，三北防护林一期工程结束。

三北局在北京举行表彰大会。

靖边被评为造林先进县。大会指定靖边县委书记郭涛作大会发言。

郭涛全然没有思想准备，没有带任何文字材料。这些天，靖边突然热闹起来，许多参观的人纷至沓来。郭涛召开会议决定，如果省以上来人，由自己亲自出面讲解，如果自己不在，由刘述兴副县长讲解，他是造林种草办公室主任。关于对外报道，一个字也不许发，谁发谁负责。出面讲解时，郭涛讲了四条教训：

第一，为什么要搞造林种草，因为想得钱，这是实在话，靖边人泡在沙窝窝里，老百姓穷得连吃盐的钱都没有。为了种树，有的老人把棺材卖了，有的人家把牲畜卖了，有的人把家产卖了，有的小孩把少得可怜的零钱攒起来去买树苗。靖边人知道，靖边穷，但是不种树更穷。趁着上级支持造林种草的机会，能种一点是一点，大伙是拼了命去种树。作为靖边县委负责人，郭涛非常想要上级拨给的每亩林草地补助2元的款项，这样，靖边的200万亩林草补助就是400万元，这是笔不小的数目，靖边县政府可以用这笔钱办很多事情。作为老百姓，如果有了每亩地2元钱的补助，他们的经济负担或许会减轻一点。据了解，三北防护林工程建设中，个人造林的比重逐渐加大。据内蒙古对一期工程造林比重调查，国营造林占18.6%，集体造林占25.4%，个体造林占56%。防护林从1978年的37.7%上升到60.8%，这就是说，工程成了个人造林为主体。个人造林越多，亏损越大，而搞的却是整个国家和中华民族的生态工程。事实上三北地区许多造林大户都背上了沉重的经济包袱。如靖边全国劳动模范牛玉琴，承包万亩林后欠债2万多元；定边全国劳动模范石光银，带领9户乡亲治服了6万亩黄沙，建了长达33华里的绿色防沙长城，他们个人投入近12万元。1985年，他献出25万杨树苗子，1987年，又贡献出10万多棵杨树苗、8万多棵柠条、15万棵沙柳。他们共投入劳动力4800多个，买树苗100多万棵，买林草种子3500公斤。承包户们卖掉骡子13头，驴20头，马8匹，羊80多只……连续被选为"九大""十大""十一大"中共中央候补委员，中共中央第十二次代表大会代表的陕北著名人物李守林，种了一辈子树，把一辈子的钱都投到了植树上，自己却家徒四壁，家中最值钱的是一台14英寸的黑白电视机……

第二，没有量力而行。这样大规模的植树种草活动，任何单位都不可能不投资。而靖边则是靠发动群众、发挥群众积极性和靠"打白条"来完成的。当"白条"无法兑现时，群众的负担就格外沉重。为此，郭涛觉得无法面对靖边的老百姓，每念及此，他的心情就难以平静。

第三，这样大规模造林种草，有违背科学的嫌疑。没有时间去充分考察和论证树木的立地条件、树种的搭配、林木和农田的协调等。

第四，造林种草和其他方面的发展不平衡，如和畜牧业平衡协调等。

总之，郭涛讲的都是老实话、大实话，但是来访者仍然从中体味到了真正的含义。

没有思想准备，没有文字材料的郭涛，在大会上侃侃而谈，竟然赢得了阵阵掌声。

1986年年底，郭涛调离靖边，被任命为林业部三北防护林建设局副局长。

陕北的榆林已经成为三北防护林工程的骄傲。经过多少代人的艰苦奋斗，毛乌素沙地已有600万亩得到治理，到1994年，沙区人工造林保存面积已达1475万亩，草地已达1000万亩（其中人工种草276万亩），林草覆盖率达到40.2%。总长为1500公里的4条大型防风固沙林带，已基本达到设计规模；沙区造起了159块万亩以上的成片林，固定流沙400多万亩；受风沙危害的150万亩农田，已基本实现了林网化。整个沙区已形成了一个带、片、网相结合的防护林体系。所有这些，不仅大大改善了生态环境，保护着数百万亩农田和大批的村庄，而且显著提高了经济效益。沙区粮食产量增加6倍，大牲畜增加6倍，小牲畜增加4倍。榆林如今已是林茂粮丰，花果飘香，成为名副其实的"陕北江南"。三北防护林体系工程建设的深意尽蕴其中了。

一个不争的事实随之出现。

全国人大、全国政协曾数次派代表去三北地区考察防护林建设情况，他们惊喜地发现了下列一组数字：

经过三北地区广大干部群众的艰苦奋斗，一期工程和二期工程共造林3.1亿亩（人工造林2.3亿亩，封山封沙育林7843万亩，飞机播种造林758万亩），零星植树55亿株。其中二期提前一年超额完成了规划任务，造林2亿多亩（人工造林1.35亿亩，封山封沙育林6500万亩，飞播造林600万亩），零星植树40亿株。通过防护林建设，有1.65亿亩农田实现了林网化，有1.34亿亩草场得到了保护和恢复，治沙造林7800万亩，12%的沙漠化土地得到了治理，10%左右的沙漠化土地得到了控制，营造水土保持林3675万亩，30%的水土流失面积得到不同程度的治理。二期工程取得了两项重大突破：一是突破了建设单一生态型防护林的模式，走上了建设生态经济型防护林体系的路子；二是突破了年降雨量200毫米不能飞播和400毫米以下不能大面积人工造林的禁区。

北中国的太阳就要冉冉升起了……

F章

形势依然严峻·诸多问题·觉醒和忏悔·尾声

但是，形势依然严峻。

首先，地球的火星化趋势越来越明显。在相当长的一段时间里，人们关于火星和金星是死去的星球的论证越来越多。苏联科学家尼古拉·里宾契诃夫曾在比利时布鲁塞尔的一个人类环境问题研讨会上谈道：根据本国无人宇宙飞船的发现，金星上曾有两万个城市的遗迹，这些城市散布在金星的表面，呈马车轮状，中间的轮轴可能曾经是繁华的大城市，有一个庞大的公路网将这两万个城市连接在一起，条条大道直通中央。科学家由此论定说，毫无疑问，金星上曾有生物，出现过文明社会，是可怕的"温室效应"破坏了生态环境，使金星文明消失了……

姑且不论这位苏联的科学家所言确否是事实，但是，确实有根据证明，地球正在成为类似火星和金星那样的星球。

人类进入工业社会以来，全世界消失了大约40％的森林。特别是20世纪以来，仅1950年至1975年的25年间，世界森林面积就由50亿公顷减少到26亿公顷了。以埃塞俄比亚为例，在过去40年间，将林地所占面积由40％降到了1％之后，这个国家迅速变成了一片荒漠，于是，干旱、饥馑、灾难、死亡便接踵而至……1968年至1973年，非洲大陆几乎滴雨未下，久旱使庄稼颗粒无收，至少有150万人活活饿死；1968年至1984年，长达16年的撒哈拉大旱使200多万人死亡，2500多万人挣扎在死亡线上。

1996年4月29日16时40分，我国内蒙古阿拉善再一次陷入深褐色沙尘暴中，风轰隆隆咆哮着由远而近，片刻后转为刺耳的尖叫，瞬息之间，沙尘暴遮天蔽日，能见度不足50米……这是1993年以来沙尘暴第四次袭击这片生态环境日益恶化的大地。

沙暴过后，阿拉善仅存的9万平方公里可利用草场全都受灾、24万平方公里已经日趋沙化的土地更加荒漠。沙暴将草场表土刮走10多厘米厚。常识告诉我们，在植物覆盖的自然条件下，自然界每隔100至400年或更多的时间才产生厚达10毫米的有机土层，需3000至12000年才能产生相当于200毫米的土壤深度。地球之所以孕育出世间万物，主要是得益于这层土壤，一旦失去这层表土，就像人扒了皮一样，很快就会失去生命。

阿拉善历史上并不缺水。清人任万年曾有诗曰：巨浪滔天大石浮，龙形滚滚向古流。这是形容该地区的黑河情状的。兰州大学冯绳武教授写《河西黑河水系的变迁》中也说……黑河流量丰沛，超越走廊北山深入蒙古高原，造成由居延海盆地东北缺口直达黑龙江上游现已不相连的呼伦贝尔盆地间的古河道。阿拉善不仅有河，还有"海"。这一地区的古居延海面积达720平方公里。虽说到了宋代河水改道，"海"势渐微，但新居延海仍有300平方公里。仅在1950年前，黑河水仍四季常流，年泄水量均在10亿—20亿立方米。到了80年代，黑河水年泄水量竟减少到5亿立方米。而到1992年，黑河下游再也没有流下去一滴水，居延海也完全干涸了。

没了树，没了草，没了水，等待阿拉善的只能是越来越坏的恶劣环境。

不仅仅是内蒙古的阿拉善地区正在火星化。位于河西走廊中部的甘肃民勤也正在受到类似厄运的侵扰，不久就会成为真正的荒漠。

河西走廊一直是人类的奇迹，尤其是民勤绿洲，曾以丰饶和富足养育着那里一代又一代人。这是人类镶嵌在大漠深处一块璀璨的绿色宝石，它的周身闪烁着人类文明的光芒。但是，它现在却再也无力支撑下去了。

另有消息说，塔里木下游长达186公里的绿色走廊也濒临毁灭。

据林业部最新发布的《中国荒漠化报告》透露，目前，我国的荒漠化形势已非常严峻，荒漠化土地面积已占国土面积的27.3%，而受荒漠化影响的范围则更大，在干旱半干旱和亚湿润干旱地区，荒漠化土地所占比例已近80%。

我们无法得知火星和金星当年死去的遭际，然而我们却在不到100年的时间里，看到了一片片正在死去的草原。

我国还有多少像阿拉善、民勤绿洲、塔里木绿色长廊这样正在走向死亡的区域？

中国已成为世界上最大的沙暴出口国。

当大西北的沙暴过后，远在日本的北海道、韩国的汉城，甚至美国的夏威夷均会收集到降落的粉尘，取样分析，他们会准确地判断出这些粉尘的出产地——中国。

中国西部，地球的一个黄色疤痕！

三北地区，一个被逼入绝境而产生希望的地方，一个被置之死地而寻求新生的地方，一个决定中国生态环境平衡与否的重要支点，它的振兴和失落，它的腾飞与失败，在某种程序上决定着未来中国的命运，决定着中华民族的生死存亡！

但是，这项世纪工程，这项世界之最，并没有引起国人足够的关注。

"城门失火，殃及池鱼"，善于联想和举一反三的中国人，偏偏在三北防护林工程建设上似乎有一种隔岸观火的疏离感。

中国有各种各样的捐款，比如为希望工程捐款，为夕阳工程捐款，为三峡工程和京九工程捐款，但是却还没有人为三北防护林工程捐款。与此相对照的倒是许多外国人，瑞典、挪威、加拿大、日本等国的团体和个人有些慷慨之举，捐款给这项世界生态工程之最。

值得大书一笔的是一个日本人，他的名字叫远山正瑛。

远山正瑛曾是日本农学教授、日本沙漠实践学会会长、世界著名治沙专家。日本本土内的24万公顷沙丘就是他治理完毕的，为此，他曾受到天皇的表彰，日本人民曾为他立碑。

远山正瑛早年留学我国，他对沙漠的认知始于中国。年轻时，他曾在内蒙古买下一片荒漠，决心把沙漠变成绿洲，只是"七七事变"的枪声惊破了他的梦境，他只得快快回国。1960年前后，毛泽东主席曾通过日本友人邀请他来华指导治沙，因种种原因未能成行。

1990年，已经84岁的远山正瑛闻说中国鄂尔多斯高原的库布齐沙漠里有一个"治沙部落"——恩格贝，便不远万里来到这里，当了一名"志愿者"，以践平生治沙的夙愿。

恩格贝原是风吹草低见牛羊的好地方，仅仅20年前，这里还绿草如茵，牛羊成群。到了80年代，由于盲目垦荒，过度放牧，终于变成茫茫沙海，被人遗弃。

1989年春天，某羊绒集团为了确保原料来源，决定在恩格贝买下30万亩荒滩，计划治沙种草，建一个培育新品种山羊的基地。在这种情况下，集团副总裁王明海率首批志愿者踏上进军沙海的征程。

5年之后，王明海和志愿者们在恩格贝站住了脚。然而，这个羊绒集团却由于经济效益等原因，决定撤出恩格贝。

王明海没有离开恩格贝。他放弃了副总裁（相当于副厅级的待遇），和他的志愿者们义无反顾地留了下来。他们身上背着150万元的债务，从此没有了政府的计划和拨款，失去了资金雄厚的企业集团的经济支持，他们成了"自然人"，成了一个"治沙部落"。他们虽然不再年轻，但仍然血气方刚，他们啸聚大漠，要用自己的生命去和恩格贝豪赌一场。

远山先生就是闻听这些才来到了恩格贝。一是他的内心使命在召唤，二是他为王明海们所感动。他和王明海约定，今生今世，再也不离开恩格贝！

远山在日本有很大的感召力，他专程回国宣传恩格贝的绿色事业。他在日本影响颇大的NHK电视演播厅发表演讲，呼吁日本国民与中国人民携起手来，在库布齐来一个治沙大会战！

远山的演讲震动了日本全社会，即使是白发老人，即使是上学儿童，他们也会知道在中国的伊克昭盟，有一个叫作恩格贝的地方，它在库布齐沙漠腹地。库布齐是蒙语弓弦的意思，弯曲的黄河是弓，库布齐是弦。过去，这根弦是绿色的，现在它变成了沙漠，这沙漠还在逐年扩大，每年以一万亩的速度逼近黄河，照此下去，中华民族的母亲河就会被流沙湮没，中国西北部就会荒沙万里，它不仅是对中国人民的威胁，也是对日本和全人类的威胁……

远山先生的话像火焰一样灼热了人们的心，许多日本人立即行动起来，纷纷捐款资助。老人孩子采集草籽，将1000多公斤的葛藤种子送到远山先生手上。

在远山先生的呼唤声里，一个由志愿者组成的"中国沙漠日本绿化协力队"成立了。他们自己出钱，放下手中的工作，抛妻别子，跟随远山先生来到恩格贝植树造林。从1990年到现在，这支异国绿化协力队从没中断过劳作。几年来，已经有3000多名日本人自费来到这里，植下了200万株树木。

日本青年泉彦智报名参加了协力队，还没成行，先被病魔夺去了19岁的生命。泉彦智临终之前嘱告父母，要把自己的骨灰安葬在中国的库布齐沙漠腹地，他要守望在那里，看恩格贝一天天地绿起来……现在，泉彦智的骨灰就安葬在恩格贝葱郁的树林里，那是一片年轻的树林，就像泉彦智清秀俊朗的身影。对于恩格贝人来说，泉彦智并没有死，他的生命存在于每株树木的年轮里，存在于窸窣作响的叶脉里，存在于林木梢头飘着岚烟的一抹秀色里……

远山正瑛说，此地甚好，也正是他的归宿。

他说，他早看中了自己的墓地，这就是恩格贝，他要和泉彦智君做伴。倘有来生，他还要在恩格贝治沙。只要有智慧的人出智慧，有金钱的人出金钱，有生命的人拿出你的生命，世界的沙漠是可以绿化的。

写到此，笔者叹息，中国人知道恩格贝的人还太少太少，据统计，目前到过恩格贝的中国志愿者仅有1000多人。那么，对整个三北工程，全社会又了解多少呢？

1995年夏季，应林业部邀请，全国政协农林界的8位委员分四路深入到辽、蒙、晋、陕、甘、宁、新七省区对三北防护林体系建设情况，特别是二期工程建设情况进行了全面考察。

委员们在充分肯定成绩的基础上，也对三北防护林体系建设潜在的问题深感忧虑——

委员们认为：

三北防护林体系工程建设是我国国民经济和社会发展的151项重点项目之一，是一项跨省区、跨行业、跨部门、跨世纪的重点工程，被誉为世界生态工程之最。自1988年国务院在清理非常设机构，撤销了"国务院三北防护林建设领导小组"后，在一些地方出现了领导力度减弱，思想认识淡化，政府行为弱化，工程建设滑坡的严峻的局面，一些地方的机构撤了，队伍散了，投入少了，造林面积小了，管护放松了，毁林事件多了。我们认为：三北工程是一项功在当代、荫及子孙的事业，对于改变三北地区贫困落后面貌、振兴经济有极其重要的意义。中国的希望在三北，本世纪增产1000亿斤粮食的重点在三北，下个世纪开发的重点也在三北，三北地区的经济振兴了，中国也就腾飞了。而三北地区的生态环境是发展的关键和根本，三北防护林体系建设的意义怎么估计也不过分，它的地位和作用远远超过了古长城。

委员们还认为：

投资不足一直是困扰三北防护林体系工程建设发展的一个重大问题。主要表现在：一是二期工程以来，实施范围大了，立地条件差了，造林难度大了，任务重了，而投资却没有按规划到位。两期工程国家原定投资17.3亿元，实际到位8.26亿元。二是受物价上涨因素的影响，造林成本逐年提高。目前造一亩乔木林的成本100元，灌木林50—60元。其中苗木费分别为60元、30元。而国家每亩平均补助仅3—4元，高的只有7—8元，低于长江防护林补助水平。三是三北地区大多为贫困地区，地方财政困难，配套能力弱。四是群众承受能力差。因此，在继续贯彻自力更生为主，国家补助为辅，群众投劳，多方集资的投入机制的前提下，建议国家（包括国家计委、财政部、省财政）在安排三期投资时，按照国家补助苗木、群众投劳的原则，按乔木、灌木每亩分别补助60元、30元。

正如政协委员们所说，困扰三北工程的最严重的问题是投资不足。一个世界之最的生态工程，从1978年到1995年，历时18年的两期工程，实际投资只有8.26亿元，实属杯水车薪了。1994年北京市兴建三环工程，总投资近50亿元，工程全长48公里，每公里投资达1亿元；而三北工程横穿551个县，总面积406.9平方公里，用8.26亿元来除，按100米宽的草地林带计算，每公里投资只有2元钱。

实事求是地说，三北防护林建设局是在极其艰难的条件下，努力支撑着那一线绿色，因为他们知道，他们没有退路。

幸喜社会有识之士的呼吁，已经引起了国家领导人的重视。

1997年春天，国务院副总理姜春云同志在有关人员的陪同下考察了陕北地区，特别注意到榆林地区在沙区造林的可喜成果。6月26日，一份题为《关于陕北地区治理水土流失建设生态农业的调查报告》呈到江泽民总书记和李鹏总理的案头。

江泽民同志阅后批示道：

> 看了这个调查报告，感到很高兴。陕北地区治理水土流失，改善生态环境的措施和经验是好的。
>
> 我国是一个有几千年历史的文明古国。包括甘肃、陕西在内的黄河流域，是我们中华民族的主要发祥地。陕西曾经是周、秦、汉、唐等13个王朝的建都之地，在古代历史上相当长的时间内，陕西、甘肃等西北地区，曾经是植被良好的繁荣富庶之地，所谓"山林川谷美，天材之利多"就是古来描绘陕西一带的自然风物的。司马光的《资治通鉴》中描述盛唐时期陕、甘的发展情景是"间阎相望，桑麻翳野，天下称富庶者无如陇右"。后来由于历经战乱的破坏，加上自然灾害和滥砍滥伐造成的损失，导致了陕、甘等西北地区的严重沙化、荒漠化，经济文化的发展也因此受到极大制约。
>
> 历史遗留下来的这种恶劣的生态环境，要靠我们发挥社会主义制度的优越性，发扬艰苦创业的精神，齐心协力地大抓植树造林，绿化荒漠，建设生态农业去加以根本的改观。经过一代一代人长期地、持续地奋斗，再造一个山川秀美的西北地区，应该是可以实现的。
>
> 江泽民
>
> 1997年8月5日

在本文即将结束的时候，笔者仍然为三北工程的前途深深忧虑。

那些沿荒漠化边缘地区的551个县，大都是贫困地区，在某种意义上讲，那里的人们正如守卫在国境边防的三军将士一样，也在为保卫祖国的领土而战。人进沙退，抵抗沙漠化对国土的吞噬，是一场更为艰苦而长期的战争。那些战斗在治沙前线的三北防护林建设局的领导和职工，那千百万农民兄弟、牧民兄弟、林业工人……他们所固守和保卫的恰是内地的肥田沃土、锦绣山川，包括沿海发达地区耀人眼目的建设成果。社会发展至今，生态意识的觉醒，人们已不该只把他们的艰苦奋斗仅仅看作他们个人的生存抗争。三北工程需要全社会的支持，正如最前线的将士已深感弹尽粮绝的威胁，他们需要后方的支援。

共同书写的历史，共同居住的家园，生态失衡的苦果应该由全社会来共同承担。每一个纯净的心灵就是一片绿洲，而地球上的黄色疤痕，正是人类心灵的疾病——愚昧、自私、褊狭、贪婪、急功近利等等所导致的。我们这一代人已经是在用有些无奈的心情，面对前人也许并非有意的破坏而造成的生态恶化，那么面对后人呢？我们除了亡羊补牢式的挽救还能做什么吗？拯救自然就是拯救人类自己。

因此，三北防护林体系工程实际上是中华民族一次大规模的拯救心灵的行动。只有全国上下万众一心，一同伸出森林般的手臂，北中国的太阳才能真正升起来！

让我们共同来托起这轮沉重的北中国的太阳……

1998年三稿于北京

人民生命大于天

引　子

2008年5月12日14时28分，四川省汶川发生8.0级大地震，顷刻间山河破碎，同胞罹难，强烈的震感撼动了大半个中国。正在第三军医大学考核调研的解放军总后勤部政委孙大发，当即决定将考核调研组改为前线指挥组，率领工作组原班人马在重庆坐镇一线组织指挥，第一时间对总后驻渝部队开展抗震救灾工作做出紧急部署。当天下午，他在第三军医大学中心广场紧急搭建的指挥帐篷里，向第三军医大学校党委下达了前指的第一个命令：启动平转战机制，立即组建医疗队，以最快的速度奔赴灾区，抗震救灾！

与此同时，总后勤部迅速成立抗震救灾领导小组，中央军委委员、总后勤部部长廖锡龙亲自担任组长，并指示各部队做好抗震救灾中各类物资、车辆运输、医疗救护保障等工作。

当晚11点40分，由三所附属医院38名专家教授组成的第三军医大学第一支联合抗震救灾医疗队，以副校长赵先柱为总指挥，携带价值30多万元的药品和部分急需医疗器械，从重庆校本部出发，风雨兼程，连夜奔赴重灾区四川德阳抗震救灾。

5月13日、14日，该校又先后派出两批共6支医疗队，分别以校长王登高、副政委张朝宁为总指挥，一支增援德阳，5支赴映秀、理县、汶川开展医疗救援工作。前期总计派出医疗队员270人，使第三军医大学在随即展开的举国大救援中占据了五个第一：

第一个抵达一线灾区的医疗队;

第一个抵达震中灾区汶川县映秀镇的医疗队;

第一个抵达震中灾区汶川县城的医疗队;

第一个抵达震中灾区的军队医疗队;

向灾区派出医护人员最多的医疗队。

2008年5月23日采访手记

德阳是三医大第一批医疗队所在地。

到德阳之前,我在重庆短暂地停留了一个晚上。

那一晚,一下飞机见到第三军医大学宣传处处长刘胜江,我的大脑就开始超负荷地接受各种有关医疗队的信息。从机场到高滩岩第三军医大学招待所"瑜园",感觉时间并不太长,他一直在不停地跟我说医疗队的事。到瑜园以后,见到医大政治部主任任景敏,他跟我说的也都是医疗队的事。一时间,我的思维就像北京上午9点的交通一样,不时地塞车。我只好一边听,一边拼命地进行梳理。

关于德阳,我只记住了两个关键的情节:大地震后9小时,第三军医大学就受总部之命派出了第一支抗震救灾医疗队,那支医疗队就去了德阳;德阳医疗队是救治伤员最多的医疗队。于是,我采访的第一站就定在了德阳。

第一章　德阳

救医院就是救德阳

赵先柱说,他的医疗队到德阳,是四川省卫生厅的意见。

当赵先柱带领医疗队出发的时候,绝大多数国人还处在震惊中不知所措,他们对灾区的情况也所知甚少,也就不知道应该去哪儿,哪里需要医疗队,路该怎么走。所以,医疗队已经奔驰在成渝高速路上了,赵先柱还在不停地跟地方有关部门打电话了解情况，请求任务。

最后，四川省卫生厅说：目前四川省内想要到汶川救灾的各路人马，全部聚集在都江堰，但是因为道路不通去不了。现在得知德阳也是重灾区，它不仅本身有灾情，重灾区什邡、绵竹汉旺的大批伤员聚集在德阳，希望他们把医疗队部署在伤员最多的德阳第一人民医院。

天上大雨瓢泼，能见度只有几十米。一路上他们遇到的都是从四川方向逃往外地避难的车流。尽管他们对灾区的情况已经做了充分的估计和想象，但是当医疗队在雨中开行了近7个小时，于凌晨6时20分赶到德阳第一人民医院时，眼前的景象还是令他们震撼不已。

几百名伤员挤满了医院的急诊门诊大厅，广场上、草坪上、屋檐下、走廊里，几乎所有的空地上也都躺满了伤员。肆虐了一夜的暴雨，已将医院的广场变成了泽国，天上还在不停地下着小雨，大多数伤员就停放在无遮无拦的雨地里，殷红的鲜血在泥水中肆意流淌，呻吟声哭喊声不绝于耳。警察和志愿者在拥挤的人群中搬运着伤员。到处都是人，几乎连走路的空地都没有。救护车和各种大小车辆还在不停地从什邡、绵竹汉旺运来伤员，急救灯蓝光炫目，警笛发出刺耳的嚣叫，四处一片混乱。与此同时，有人正用卡车向外搬运死难者的遗体……

德阳市第一人民医院是当地唯一的"三甲"医院，此时已经面临崩溃：因为地震警报没有解除，病房与手术室停用了；短时间内大批伤员蜂拥而来，急救药品和器械告罄；所有的医务人员疲劳已极，情绪低落，工作几近瘫痪……

在门诊急诊室的一个角落里，赵先柱见到了医院分管业务的副院长，只见他坐在那里已经连说话的力气都没有了。旁边的人解释说，我们院长从昨天下午到现在一刻都没有休息过……

赵先柱曾经担任过医大临床管理处处长，有着多年的临床管理经验。眼前的情况勿用多说，他已经明白了自己肩负的责任：作为德阳主要的医疗力量，如果这个医院瘫痪了，失去了功能，那就意味着整个德阳地区将失去医疗保障。在这种情况下，他们要救的不只是伤员，还有濒临崩溃的德阳人民医院。此时，救医院就是救德阳，救了德阳就等于救了半个灾区。

医疗队立刻投入救援。他的38位队员平均年龄在38岁左右，都是正、副教授，其中绝大多数学历为博士和博士后，除了一个博士麻醉师和3个护士以外，其余全部是胸外科、骨科、心外科、创伤科、急诊科、神经外科以及普外科的专家。

眼前当务之急是建立秩序，稳定局面。医疗队迅速运用战伤救治理论展开医疗救治。首先对伤员进行快速地检伤分类。全体医疗队员按建制分成3个组，对所有伤员进行拉网式地排查，按照伤情的轻重缓急，安排检查项目和手术顺序。40分钟后，1000多名伤员完成检伤分类。

因为手术室已不能使用，大手术在门诊一楼只能展开3个手术间、6个手术台。赵先柱决定首先把德阳人民医院的人员全部换下休息，由医疗队员顶上。

8时30分，全体队员迅速进入3块主要阵地。

主力部队分成3个大组，分别进驻门诊一楼的3个手术间，确定了"空人不空台"的原则，手术、麻醉和护理人员实行轮台制，采取车轮战术，以保证手术进度。一部分外科医生加强到门诊治疗室，完成简单的清创和小型一期手术。小部分队员继续负责新到伤员的检诊工作，以使其能以最快速度到达相应治疗区域。

救治工作很快进入快速有序状态，伤员和家属逐渐安静了下来。

手术室里的生命保卫战

伤员一批接着一批，手术一台连着一台。

在最初的24小时内，医疗队就完成救命手术106例。

他们在和死神进行一场场生命争夺战：骨科博士王序全，30个小时完成手术48台；硕士副教授程晓斌、姚元章，心外博士何勇，3个人完成检伤分诊500余人；博士后副教授李龙坤，24小时完成清创手术60余例；麻醉博士鲁开智，一人参加和组织各种麻醉近百例。

生命保卫战1：超大型血肿

23岁的卿小红是队员们从死神手里硬抢回来的。

卿小红是在那天下午4点多被送进手术间的。当时神经外科主任杨辉和麻醉科副主任鲁开智，一口气做了3台颅脑手术，已经连续32小时没有合眼。他们实在是太困太累了，正想利用手术间隙下去休息一会儿，卿小红就被推进来了。

卿小红是什邡人，大地震发生时她被垮塌的房梁砸中头部，并被埋在废墟中20多个小时。当救援官兵把她挖出来时，她满脸是血，但还能说话，可是很快就陷入深度昏迷，失去了知觉。

经检查，杨辉发现她颅部受到严重挤压，不仅有严重的脑外伤和颅骨骨折，颅内还有血肿，必须马上开颅手术，否则血肿继续扩展，造成脑干压迫势必导致死亡。

不可能休息了，又是一场艰苦的战斗。几天来，杨辉和鲁开智已经是手术台上的老搭档了，他看了一眼鲁开智说："马上手术！"

麻醉给上了，消毒，清创，一切准备就绪，正当他要开颅的时候，卿小红的心跳突然消失了！杨辉明白，这是伤者颅内的血肿在作祟，必须尽快清除血肿，否则就来不及了。但是伤者心跳消失，需要马上实施心肺复苏，否则也是性命难保。

然而，心肺复苏需要按压伤者的心肺部位，这样必定导致伤者身体的震动，在这种情况下做颅内手术，不仅难度大，稍不小心还可能危及生命或伤及神经造成终生遗憾。但心肺复苏却不得不做。

时间在一分一秒地流逝，容不得丝毫犹豫，二人对视了一下，果断地选择了开颅手术与心肺复苏同时进行。

他们在与时间赛跑。杨辉凭借他在神经外科的精湛技术，大胆地放弃了传统的稳妥的手术方法，直接向血肿部位开刀以争取时间；而鲁开智则带领助手全力以赴进行心肺复苏抢救。

现场的气氛紧张到了极点，除了抢救生命的努力再没有了别的声音，人们几乎能听见彼此的心跳声。所有的人都在关注着那台心脏监护仪的动静，默默地期待着奇迹的出现。

时间似乎变得漫长起来。不知道过去了多久，护士惊喜的小声惊呼起来："有心跳了！"

又不知过去了多久，杨辉眼前一亮，血肿找到了！只轻轻一刀，那几乎致命的鲜血顷刻间喷涌而出……杨辉如释重负，在场所有的人都跟着松了一口气。据杨辉事后对记者说，那个血肿足有100多毫升，就是在他这个见多识广的神经外科专家的眼里，那也绝对是个超大型的血肿了。

可就在大家刚刚松口气的时候，卿小红的心跳再一次消失了。于是，又是一轮紧张的抢救……在手术的3个小时中，垂危的女孩三度出现心跳停止。直到杨辉完成手术，将刀口缝合起来的时候，她的生命体征才渐趋平稳。

一场极具挑战性的生命争夺战结束了。杨、鲁二人习惯性地相视一笑，为他们又一次携手成功地挽回了一个年轻的生命……

生命保卫战2：求求你们，我不截肢

随着救援时间的后延，伤员的情况发生了很大的变化。伤员的数量在大幅度减少，但伤情却越来越重，需要进行大手术的患者比例也越来越高。最让人痛苦的是需要截肢的伤员大幅度增加。

高二男生小田就是其中之一。

在废墟中被压了一天多的小田是18日中午被送到德阳的。推进手术室的时候，他已经出现了休克的前期症状，但嘴里还在不停地嚷着："我被压了一天多了，我周围全是死人……求求你们，救救我！"

小田恐惧而又绝望的喊叫，让所有的人为之心酸，而他的伤情却更加糟糕：双下肢挤压伤，肢体已缺血性坏死，必须马上截肢，否则必有性命之忧。

一听说要截肢，小田的喊叫声几近声嘶力竭："我不截肢！求求你们，我不截肢！我明年还要参加高考呢，没有了腿我怎么参加高考啊！"

救治被迫停下了。再耽搁下去，坏死的肢体毒素被身体吸收，势必引起严重的休克和多器官功能衰竭，到那时小田就没救了。

万般无奈之下，队员们一边安抚小田，一边与他父母反复沟通。在取得了家长的授权之后，他们只好编了一个善意的谎言，他们告诉小田，不会截掉他的双腿的。小田终于安静下来。

接受了麻醉的小田很快地进入了梦乡。等他醒来的时候，他已经永远地失去了自己的双腿。尽管队员们在术后多次去探望和开导小田，小田也终于能够接受这一悲惨的事实，但队员们依然难过了好多天。

最多的一天他们一个手术组就截掉下肢12条、上肢2条，整整装满了4个麻袋。那天所有的人都变得沉默了。直到6岁的小女孩陈红被送进手术室。

小陈红是被人从绵竹汉旺镇一个幼儿园的废墟中挖出来的，全园120余名小朋友只有3人幸存，她是其中之一。但不幸的是她的上肢被砸压长达30个小时，被送到德阳人民医院的时候，情况已十分危急：昏迷，血压很低，右上肢已呈乌黑色，触之冰凉，X片可见右肱骨骨折。诊断为骨折、挤压综合征、休克、肾衰竭，弱小的生命危在旦夕。

怎么办？残酷的现实摆在医疗队员的面前：如果先抗感染，小陈红必须截肢；如果先行手术，休克可能无法控制，并且截肢的可能性依然很大。最后还是医疗队队长郭继卫拿的主意：尽一切力量，既要保住生命，又要保住胳膊！

医疗队立即成立了一个由4名博士教授参加的阵容强大的8人救治小组，制定出了边抗休克抗感染、边手术的救治方案。

没有骨钳，就用钳子代替。没有药品，就挨个地搜罗自带的急救药品。没有血源，就从志愿者身上临时采集……随着充分的补血、补液、利尿、扩容、纠酸、脱水、支持和激素保护等强有力的综合治疗，小陈红的血压逐渐趋于平稳，肾功能逐渐恢复。

这时候，胳膊保卫战也在同步进行。

骨科博士王序全果断切开了张力较高的上臂、前臂和手掌，顺势切开所有筋膜，小心翼翼地搜索并捡出了所有碎裂的骨片，又仔细查看了所有肌肉的色泽和供血情况，确认无误后，用止血钳咬除了多余的骨刺……经过一个多小时的奋战，小陈红的手臂肌肉颜色开始恢复。

手术成功了！小陈红苏醒了，小陈红的手臂也保住了！

生命保卫战3：孩子别怕，我们一起努力

像这样的肢体保卫战，创伤外科副主任沈岳和他的同事也做过不止一次。

沈岳已经做了近30年的创伤外科军医，可是一到德阳他所有的经验和积累就受到了严峻的挑战。首先是伤员之多、伤情之重、其状之惨，让平时见惯了死伤的他，大感震撼；然后是大量的伤员需要截肢，将这个颇有阅历的外科博士的心理承受力推向了极致。

什邡县洛水镇12岁的小学生张家志，被倒塌的教室砸断双臂，送到医疗队时肢体已经坏死。通常情况下，肢体完全缺血超过8小时就得截掉，小家志的手保不住了。

在小家志父母长流不止的泪水中，沈岳硬着心肠为他做了截肢手术。手术后，每次他去查房，小家志总是回避他的目光，而且说什么也不肯叫他一声"叔叔"。这让沈岳心痛不已："我猛然发现，我们为救命所做出的一切，此刻显得是多么的冷酷无情！"

于是他暗下决心："要挑战极限，突破常规，尽最大可能保全伤员的肢体！"

第二天下午，他们接收了一名10岁的小女孩杨璐，她在废墟中被埋了20多个小时，右臂严重肿胀，冰冷僵硬，动脉消失，部分皮肤发黑坏死。按照常规，这无疑是要截肢的。

"叔叔，留住我的手吧……"小女孩柔弱的哀求声，让沈岳的心一阵绞痛：是保还是截？这种情况下，如果做保肢治疗，必定会有一定的风险。

此时，在旁边的手术台上，心外科博士何勇正和几个同事做着另一台手术。对于35岁何勇来说，世上再没有什么比截掉一个人的肢体更残忍的事了。他就一个劲地鼓动沈岳说："别截啊，想想办法！"其他几个同事也随声附和。

看着眼前这个生命如花的小姑娘，沈岳毅然做出决定："只要有一线希望，就要做出百倍努力，奇迹是创造出来的，常规也是可以突破的！"

他俯下身子，轻轻地鼓励着小杨璐："孩子，别怕！我们一起努力！"

然而，手术遇到了意想不到的困难，当沈岳把小杨璐受损的肱动脉暴露出来以后，才发现血管已经闭塞、变硬，完全没有了反应。

"需要热敷，需要热敷和保温！要热水，快拿热水来！"

平时随手可得的东西，在此时却成了难题：手术室没有热水！

"快找热水！"

"找热水，快找热水！"队员们和伤员家属相互高喊着，四处寻找着。

热水终于找来了。热敷。再热敷。时间一分一秒地过去了，但杨璐僵硬的手臂不见好转。大家的心都揪紧了。

沈岳决定往她的血管壁上注射麻醉剂。还是无效！

他快速地转动脑筋，思索着可以采取的各种措施，同事们也在不停地给他出主意。最后，他决定尝试往她的血管里注射抗痉挛药和抗血栓药。但是医院的药品已经消耗殆尽，一时半会儿找不齐这些药。怎么办？是放弃，还是继续？如果时间拖延得过久，保手不成，反而会危及小杨璐的生命安全。

可是大家不愿意放弃！手术室外所有的医护人员——无论是德阳医院的，还是三医大的，都跑去找药了。最后大家把所有能找到的药都找来了。

队员们相互鼓励着，反复尝试。

10分钟过去了。20分钟过去了。30分钟也过去了……

原本需要半个小时就能搞定的截肢手术，已经做了2个半小时了。

突然，杨璐伤肢上的肱动脉跳了一下。又跳了一下。而后就持续地跳动起来了！肌肉开始软化，苍白的皮肤一点儿一点儿地氤氲出了血色……

活了！这只差点儿被判了"死刑"的小手臂被救活了！人们惊喜万分。

沈岳激动地挥着拳头大喊："太好了！小姑娘的手保住了！她美好的一生也保住了！"

生命保卫战4：我是党员，我主刀

最危险的一次手术，是那天在德阳人民医院12楼的手术室里做手术。危险的不是手术本身，而是手术的地方。

那天，医院接收了一名中国国际救援队的队员。他在绵竹汉旺镇搜救出4名学生后，再次进入楼内搜索，这时发生了强余震，他从楼上摔到了楼下，受了重伤必须立刻手术。

可是展开的手术台上躺着正在手术的伤员，怎么办？一时急坏了刚从手术台上换下来的黄显凯教授，黄教授立即找到医院的领导，要求上已经暂停使用的医院12楼手术室救治这名队员。

可是医院领导不同意："不行，那太危险了，现在还余震不断呢！"

"战士们搜救人民群众不危险吗？难道只有我们怕危险吗？"听了他的话大家都不说话了。

"那谁主刀呢？"有人问道。

"我是党员，我主刀！"黄显凯面无惧色地说。

医院的人们被感动了，当即就有医生护士要求参加手术组，要与黄显凯等党员军医一起去完成这台把自己的生命做赌注的特殊手术。

手术过程中果然遇到了余震，在12楼的高度感受余震更是惊心动魄，但是在黄显凯的带领下，手术组无一人退缩，硬是坚持把手术做得完美无缺，成功地挽救了那名队员的生命。

生命保卫战5：战地日记

以下是大坪医院政治部干事刘远桥用战地日记的形式记录下的亲身经历。5月13日中午，为缓解赵先柱医疗队的压力，第三军医大学又派出第二支医疗队，由大坪医院副院长朱锡光带队，赶赴德阳长一人民医院增援。刘远桥就是队员之一。

2008年5月13日　22:30

我们抗震救灾第二支医疗队35名成员于13日晚9时到达德阳市人民医院。专家们顾不上旅途劳顿，立刻从第一支医疗队战友们手中接过一个手术间，两台手术同时进行。骨科专家沈岳教授说：他们从凌晨到达至现在，大家只轮休了半小时，做了18台手术。他声音低沉地对准备上手术的第二支医疗队的专家说："现在成千上万的人在死去，而我们仅仅做了18台大型手术，你们要加油！"

2008年5月14日　09:15

今天上午是伤病员到达的高峰期，常常是一连几卡车地送来。等待手术的伤者一度排满了走廊。午夜0点时分，一个女孩被抬进手术室。女孩叫刘红丽，16岁，是东汽中学所有师生中得以生还的3个幸存者之一。她相当平静地说，地震时她们正在四楼上课，顷刻间垮到二楼，她与另外两个同学埋在一起。随着时间的流逝，周围的哭喊声越来越弱，渐至悄无声息。在无尽的黑暗里，她们3个紧紧手握手，相互安慰，抗拒着死亡的折磨，直到5月14日凌晨被挖出来。整整35个小时，3个同学都坚强地活了下来。医生们深感震撼，她们弱小的躯体竟然蕴含如此不屈的能量。刘红丽是左下肢挤压伤，手术医生王子明、张安平做出决定：一定要保住她的腿，保住这残留的希望。专家很快实施了清创，减压、引流术，及时控制了伤情，为下一步手术创造了条件。

2008年5月15日 13:08:09

在非手术重症区，一个正在熟睡的婴儿吸引了我，询问后，得知她叫沈天琦，5月2日刚满一岁。孩子的奶奶不停擦拭眼泪，断断续续告诉我：地震时，天琦的父母正在东汽主机一分厂上班，父亲侥幸逃脱，母亲只差一步逃出来，被厂房大门砸死了。而小天琦正由外婆带着在家里玩耍，家属楼瞬间倒塌，外婆拼命用背、用头死死顶住废墟，为天琦保留出最后的空间。瘦弱的老人就整整坚持了56个小时，直到昨天晚上才被挖出来，所幸婆孙平安。小儿科主治医师赵锦宁双手微微颤抖着为小宝贝做检查。结果发现小天琦除了脱水严重，身体并无大碍，他这才放下心安慰几位老人说："宝宝没事，一定会茁壮成长的。"太惨了，好多孩子都成了孤儿，大家都为人父母，难受的心情无以言表。孩子们哇哇大哭，一声声让人心碎。离开病房，我们都拿出手机，到僻静处给家里打电话。

2008年5月16日 22:56:12

今天以来，病人收治已过高峰，医疗队分成3组，轮流上阵，大家利用这难得的间隙，补了一觉，也终于洗了4天以来第一次澡。晚饭后，大坪医院胸外科主治医师林一丹在查房时，发现一位不停呻吟的待诊的老人呼吸时有胸壁反常运动，已神志不清。老人的儿子看到了军医，扑通跪倒在面前："救救我妈吧，她痛了4天了，不能让她痛死啊。"林一丹当即检查，初判老人有多处肋骨骨折，胸壁无支撑，造成呼吸功能不全，如不及时治疗，将导致呼吸衰竭引发死亡。老人12日在地震中受伤，被送入镇医院后仅服用了止痛药，就这样被剧痛折磨到现在。

林一丹对身旁的德阳医院外一科张主任说："老人家生命力太顽强了，我们一定救活她！"仅5分钟，老人家就被送入手术室，林一丹和胸外科副主任谭群友联手实施了胸壁外固定手术。一个小时后，手术立竿见影，老人呼吸困难明显改善，血氧饱和度升至100%，当他们完成手术走出手术室的时候，老人的儿子喊道："跪下跪下，都给我跪下，我们一家三代感谢恩人！"顿时，一堆人齐刷刷跪在面前。

2008年5月17日 10:33:50

凌晨2时，沉入梦乡的队员们突然被一阵呼救声惊醒。一位中年妇女冲进帐篷，神色慌张地哭喊着："解放军，救救我的妈妈吧！"伤者是76岁的老人张玉书。不到1分钟，朱锡光副院长赶到现场，通过拍片检查诊断为脾破裂、肺挫伤、血胸、左股骨骨折。2分钟后，胸外科、骨科、普外科、麻醉科各科专家教授已在手术室集中。胸腔壁室引流、脾切除、股骨清创等手术有序地进行，各科专家冷静地轮流手术。经过紧张的一个小时的手术，老人各项体征逐渐恢复正常。早上8时，当队员们去查房的时候，老人的两个女儿将一包鸡蛋硬往他们怀里塞，大家连忙推让。这时老人轻轻挥手示意，用微弱的声音说："家里就剩下几只鸡了，都是自己的鸡下的蛋，拿回去吃，补好身子，多救几个人。"

……

就这样，赵先柱和他的医疗队员们在德阳创造了一个又一个的奇迹：前24小时，打通"入院分类、急诊手术、现场清创"3个快速通道，创造单日手术106台的纪录；前72小时，全面恢复德阳人民医院医疗功能。医疗队连续工作100小时，基本完成了原来预计需要10天左右的应急救治任务，所有经手伤员达到零死亡率。

2008年5月24日采访手记

昏睡中好像做着什么梦，很纷杂，很忙碌。突然就被一声近在耳畔、短促有力的断喝惊醒了："起床了！"

陡然地睁开眼，帐篷里还黑乎乎的，从门帘的缝隙看出去，外面也还昏暗着。天还没亮呢。和我同帐篷的3位女队员已经动作很快地爬起来穿戴了。其实已经没有什么衣服需要穿的了，因为大家整晚都是和衣而眠的，只需穿上鞋子就行了。我看了看表，刚刚6点，我顶多睡了4个小时。后来知道这个负责每天早上叫起的人，是西南医院医教部助理员罗旭。

使劲地让自己清醒了一下，也赶忙起身。匆匆忙忙地跟着姑娘们一起去洗漱，又随着哨音三步并作两步地和队员们一起排着队去吃早饭。

早饭后，先随医疗队的一支小分队去什邡县医院做指导性的巡诊，然后跟陪同我采访的三医大宣传干事郑国风一起，乘坐他从德阳一位战友那里借来的小车，先去什邡，然后去绵竹汉旺。我想看看这两个险些把德阳压垮的小城究竟发生了怎样的灾情，居然制造出如此巨众的伤亡。

什邡与绵竹隔河相望，同为德阳的一个县级市。

什邡古为方国，是蜀中名城，素以资源丰富、环境优越而有"川西明珠"的美誉。后来我查资料得知，什邡与绵竹都处于龙门山断裂地带，在地质上有一个很长、很拗口的称谓叫"龙门山地槽边缘凹陷带中南段之什邡—绵竹复式褶皱带"。远古地壳的强烈运动，曾给什邡留下了从数十公里以外漂来的飞来峰和深逾千米的大峡谷等诸多地质奇观。

"5·12"大地震，什邡属于极重灾区。全市辖区面积864平方公里，严重受灾面积达500多平方公里，43万人口中受灾人数达41.2万余人。其中遇难5924人，受伤33000人，失踪202人，18.14万户城镇居民房屋倒塌或严重破坏。在山区、沿山区重灾镇，严重受损和垮塌房屋超过95%，几乎夷为平地。

城区内，房屋虽无大面积的倒塌，但也都有不同程度的毁损。在什邡市中心对面一片开阔的广场上，一大片颜色不一的帐篷，密密麻麻地铺陈开去，竟然一眼看不到尽头。避难的人众随处可见。一些政府及服务性机构的帐篷也夹杂其间。在什邡中学的门口，悬挂着"欢迎洛水中学师生入住什邡中学"横幅，在闭合的铁栅门外，可以远远地看到校园深处有一片规模不大，但很整洁的帐篷群。就是说，这所中学在自救的同时，还在帮助别人。

从什邡出来去绵竹汉旺，一路向东北而行，大约也就半个小时左右的车程。可是情形却大为不同。先是道路两边倒塌的房屋急骤增多，继而连公路上也出现开裂和缺损。及至到达汉旺镇的时候已经让人惊愕得说不出话来。

"天哪！天哪！"这大概就是我和郑干事在最初时刻所能表达出来的，最无奈却是最准确的内心感受了。

在接下来的几天里，我都在想，如果用"废墟"这样的词来形容汉旺当时的情景，似乎是不太准确的。在字典里，废墟的意思是指那些曾经有人住过，而现在已经荒废的地方。可汉旺与荒废完全是两种概念，它不是被荒废的，它是被摧毁的！甚至是被粉碎的！

整条整条的街道、整栋整栋的楼房像被实施了定向爆破一样地坍塌在地上，有的甚至看不到一根像样的长梁或断柱。最不可思议的是汉旺中心幼儿园，它的招牌似乎是悬挂在别人家的楼墙上的，因为招牌和悬挂招牌的楼房还在视线的尽头摇摇欲坠地竖立着，而真正的幼儿园只剩下一大堆两三米高的建筑碎块。"建筑碎块"——只有这个词才能准确地表达那一堆曾经是楼房的东西。那些碎掉的东西看上去是那样的怪异，你无论怎么想象都很难把它们和一个幼儿园联系到一起。然而就在那些碎掉的东西的下面，埋葬着无数个孩子的生命，无数个尚未来得及盛开的祖国花朵。那一刻心中的感受十分复杂，说不清是愤怒是心痛还是悲哀……

汉旺古镇，因东汉光武帝刘秀曾流寓于此而名，又因"依龙山作枕，据绵水为襟"而物华天宝，山川秀丽。如今，昔日的美景已烟飞灰灭。

很多街道都被部队封锁了。一种难闻的腐败气味充斥着空气，隔着口罩仍然强烈刺鼻。随处可见穿着防护服正在喷洒消毒药水的防疫人员。据说在汉旺救援的铁军，每天都有100多个战士在负责喷洒消毒液，每个人每天规定的任务是100公斤。

东方汽轮机厂前的广场上全是帐篷，简直就是一片帐篷的海洋。厂区里驻扎着大批的救援部队和各类救援人员。沿着深入厂区的大道一路上坡，可以走到离那两栋垮塌最严重车间大楼很近的地方。从外面看过去，那巨大的车间大楼似乎没有什么异样，但工人们告诉我，大楼的房顶塌到里面了，当时只在一栋大楼里就有几千名工人在开会……

没有了痛苦的呼救声，也看不到死难者的遗体，那灾难时刻的喧嚣、血腥和恐惧，也早已随风而逝，成了永不可追的传说。可只要你到过那里，只要你面对汉旺，面对不能完全称作为"废墟"的汉旺，你就会知道那一切都在这里发生过，以及在那里发生过的一切……

尽管我一直没有查到在这次大地震中，绵竹汉旺死伤人员的具体数字，可一切尽在不言中。

什邡位于德阳和成都之间，距成都60公里，距德阳20公里。绵竹一面与什邡隔河相望，另外三面分别与德阳、绵阳、阿坝州毗连，其中距德阳市最近，只有31公里。从地理距离上来说，德阳是什邡、绵竹汉旺能最早到达又具备一定救援能力的地方。德阳为什么会聚集那么多的伤员？这样的问题也就不言而喻了。

返回德阳的途中，我们都变得沉默了。

这时候语言是苍白无力的。

有三医大在，就等于有全国战创伤的最高水平在

不知不觉中雨已经停了，天也开始放晴了，蔚蓝的天空隐约可见。

24小时过去了，德阳人民医院院长赵鲁平跟赵先柱说：我现在可以松了一口气。

两天以后，赵鲁平脸上的愁容就已经完全展开了。

德阳人民医院的人们仿佛搬走了压在心头上的一块巨石，眼睛里开始有了轻松的笑意。

可是医疗队员们却累惨了。一位队员和妻子通电话时不知不觉睡着了，妻子以为他出了什么事，在电话那头急得大哭；大雨中队员们坐车去吃饭，只有200米的路程，两名手术护士竟然倒在车上睡着了，而且怎么也叫不醒。有的队员靠着墙就睡着了；有的坐在手术室的地上睡着了；从不吸烟的沈岳，找人要了一支烟，本来想提提神的，结果嘴里含着烟就倒在一副担架上睡着了。

5月18日凌晨1时，德阳发生强烈余震，队员们竟然睡得浑然不觉，还是早晨由友邻的地方医疗队相告才知道的。对方略带惊慌地说："你们解放军太厉害了，晃得这么厉害，你们居然一点儿动静都没有。"其实大家心里清楚，这些昼夜不脱迷彩服的军人夜以继日地工作，实在是太累太累了。

赵先柱已经好几天没有真正睡过觉了，这个57岁的少将本来身材瘦削，此时眼睛也塌陷了，嘴上爆起了皮，颧骨成了脸上最突出的部位，整个人看上去除了骨头就剩下那点儿精气神了，可是脚却肿得连鞋都穿不进去了。好不容易能够小睡片刻，一起身竟发现枕处落下一大片头发……

事后，当赵鲁平院长在全院大会上说到三医大医疗队舍生忘死的火线救援时，这个刚毅的山东大汉刚说出"恩人三医大"五个字，便泣不成声了。

这时候，赵先柱真想倒下来好好睡一觉，随便倒在哪儿，哪怕是地上，哪怕是泥里水里呢！但他不能，他没有权利让自己停下。

此时，他正在思考一个新的问题。

经过48小时应急救治，一些急、危、重的伤员已经得到初步的医疗救治，那么，他们离开手术台以后的情况怎么样呢？15日上午，赵先柱带着医疗队几名没上手术的专家做了一次病房巡查。不看则已，一看吃了一惊。

随着援助物资陆续抵达德阳，医院的广场上开始搭建帐篷病房，安置伤员。帐篷里，上千名伤员绝大多数只能住在地铺上，每一个帐篷都人满为患。由于空间低矮，光线不好，加之潮湿，通风不畅，以及伤员陪护拥挤其间，看上去混乱而又污浊。

而且病人伤口的情况也不容乐观。由于地震伤多为复合伤、骨折和脑外伤，许多伤员的伤口暴露时间较长，在灾害现场一般都受到不同程度的污染，因为时间紧迫，条件有限，初期处理也很难达到绝对无菌，后期发生感染的几率本来就高。而此时，很多伤员已经出现了感染症状。

赵先柱的心一下子揪紧了。这时候大家的心思还集中在伤员的紧急救治上，在这种情况下，一旦发生败血症、气性坏疽等恶性感染，处置不当定会引起爆发性流行，后果不堪设想！

他立刻知会医院领导，召开联合指挥部紧急会议。

在会上，他郑重地向各医疗队负责人发出警告，让大家高度警惕医院感染的爆发性流行。他提出要立刻采取紧急预防措施，要腾出单独的隔离场所，用以隔离创面大和感染比较严重的伤员，特别是疑似病例，要提早隔离集中管理。隔离场所一定要远离外科病房。而且要每天做涂片监测。还要腾出单独的手术间，不同伤员要分开处置。如果发现疑似病人，要直接报告业务副院长知道，任何人不能擅自处理。否则稍有疏忽，一旦发生交叉感染，必定是灾难性的后果。那就不是天灾，而是人祸了。

开始，赵先柱的话并没有引起大家足够的重视。待他说完，所有人的表情都严峻起来。医院方面当场决定，把医院传染科拿出来做隔离病房，其他一应事项，按赵先柱的意见办。

仿佛是为了验证赵先柱的预感，当天晚上，一名叫张正国的伤员被推进手术室。

65岁的张正国来自汉旺。他的小腿被滚落的山石砸成重伤。他一进手术室，一股特殊的臭味立刻引起了沈岳的警觉。沈岳仔细观察，只见他的患肢皮肤红得发紫，伤口组织已经大片腐败，而且不停地冒着气泡。

"不好，气性坏疽！"就是那种传播速度快、致死率很高接触性传染病，必须停止手术，马上隔离。

很快，检验结果出来了，沈岳的判断得到了证实。他的心一下子提到了嗓子眼：这么多的伤员，感染一旦扩散，后果不堪设想！

这时赵先柱得知消息，立刻通报联合指挥部，整个医院响起"红色警报"！手术是在实施了特殊的消毒后进行的。术后，参加手术队员的所有衣物和手术室的全部物品予以焚烧，手术室在严格消毒后暂时封停。病人停留的地方，甚至路过的地方都进行了彻底消毒。同时，立刻对全部开放伤伤员进行检验筛查，发现并隔离了30多名可疑伤员，有效地保护了院内上千名伤员的安全。

德阳人民医院的领导感慨地说："感谢三医大的专家啊，不然我们的伤员又要遭受另外一场灾难了！"

幸好他们从学校请调的一台野战手术车已经赶到德阳，及时地替补了被封停的手术室，没有贻误后续伤员的救治。赵先柱说："这种时候，任何疾病在医院的流行都会造成灾难性的后果，哪怕是一个流感发生，这个医院都会瘫痪。"

在他的建议下，医院还加强了对院内感染的控制，包括流行病的控制。要求医护人员立刻恢复正常的操作规范，严格洗手等操作制度，防止交叉感染。医院预防保健科还专门请重庆医科大学为他们制订了系统的疾控计划，迅速在医院内全面实施，甚至医院的食品卫生问题、安全管理问题，也都在短时间内得到了恢复和改善。

但是，在赵先柱看来，这还不是根本的解决办法。

跨省大转移

几天来的连续征战，不仅德阳人民医院消耗严重，就连赵先柱的医疗队也处于极限状态。尽管学校又派了一支35人的医疗队赶来支援，工作强度有所减缓，但是新的问题仍然接踵而至。

由于事发突然，伤员在毫无准备的情况下大量涌入，德阳人民医院一直处于超负荷运转状态，床位、药品、手术器械严重短缺，就连市区内经销商库存的急救耗材也很快告罄，许多后来的伤员连术后起码的抗生素都使用不上。

这时，还有二三百名闭合性创伤的伤员在等待手术，若放在这种条件下进行手术，显然不是明智之举。况且，所有的伤员都收治在帐篷区，院内驻扎人口众多，食物、饮水、帐篷等生活物资已也严重匮乏。最重要的是，如此之多的开放性创伤的伤员长时间地聚集一处，终究是一个隐患。必须尽快想办法彻底把德阳人民医院解脱出来。

在赵先柱他们所熟悉的战伤救治理论中，有一个"逐级后送，分类救治"的原则，眼下最有效的办法就是尽快把一部分伤员转移到后方医院去。但是，在灾区目前的条件下，是没有能力组织后送的，那么又该用什么方法后送呢？

经过反复考虑，赵先柱他们萌生了一个大胆的想法：由第三军医大学率先将一批适合转送和能够迟后手术的伤员转回学校的3所附属医院，而且是由

3所附属医院自己出钱、自己安排车辆、自己组织医护人员，到德阳来把伤员接走。

这是一个前所未有的大胆而又新奇的想法！

他把这个想法报告了学校。消息传开，一时间，跨省行动、路途安全、伤员与陪伴的生活安排等等难题一下子被提到桌面上，立时招来一片反对声。但是学校党委经过慎重考虑，果断拍板：同意赵先柱医疗队的意见，由学校牵头，第一批组织60名伤员加家属共计200人向学校转运！并且决定，所需运输车辆由各医院向地方租用。

5月16日晚上，天气晴好，墨蓝的夜空上星星显得格外醒目。就在这晴朗的夜空下，一个主要由豪华卧铺大巴组成的近20辆车的庞大车队，由重庆高滩岩第三军医大学出发，沿成渝高速路浩浩荡荡地向德阳进发，经一夜颠簸，于次日凌晨抵达德阳人民医院。

当德阳这座历经磨难、在短短几天中目睹了众多人间悲剧的南方小城，在晨曦中醒来的时候，它又目睹了一个感天动地的时刻。

在这个时刻，在德阳人民医院的广场上，上至将军、院长、专家教授，下至战士、职工、普通志愿者，乃至伤员家属、偶遇的路人，全都自愿地加入到这场意义非凡的伤员大转运的壮举中。有抬担架的，有扶伤员的，有喊号子的，有端茶送水的，不管认识的还是不认识的人们，众人齐心协力，将62名伤员平安地转移到豪华大巴车舒适的卧铺上（有2名计划外伤员是自己挤上车的），其中年龄最小的伤员只有7个月大。

一位叫刘利强的矿工正满含眼泪送别难友刘刚军。他告诉记者，他原本与刘刚军素不相识，12日大地震时，他侥幸从矿井下逃生后到家中。13日中午，村民高永兰找到他，说她的丈夫刘刚军被困在一辆公交车内，无法逃生，请他帮忙救助。刘利强二话没说，和几个邻居火速赶到现场。只见公交车被巨石砸扁，刘刚军右膝以下已被压成肉泥，但被死死地卡住不能脱身。刘刚军要求大家砍掉他的右腿帮他逃生。其时形势危急，没有别的办法可想，刘利强只好硬着心肠用钢纤将刘刚军右腿的骨头砸断，又用钢锯切断尚未完全断离的肌肉和皮肤，将刘刚军救出，保全了他的性命。分别时刻，刘利强握着刘刚军的手："大哥，到重庆好好养伤，有亲人解放军在，你就放心吧。"刘刚军笑着说：

"兄弟，你救了我，我们都是亲人，不过砍腿真是痛啊！"

周到细致的转运安排和服务，让伤员们感动不已，许多人流着眼泪拉着队员们的手说："你们真是功德无量啊！"

当重庆市卫生局局长听说赵先柱的医疗队一次就转走了62名伤员的时候，他大吃一惊，问："你们用的什么车？一辆救护车只能装一个，62辆救护车从哪来的？"

赵先柱告诉他："我们租用的地方大巴。"

第二天，重庆市委、市政府就做出了一个重大决策，要求重庆市各大医院，腾出5000张病床接收地震灾区伤员。并且，当天就由市卫生局长带队到绵阳，一下就接走了300个伤员，几天后又用火车到德阳接走了一个专列的伤员。此后，各有关医疗机构纷纷效仿，拉开了伤员向全国各地大转运的序幕，为成千上万的罹难同胞打开了新的康复之门。

对此，国外媒体大加赞赏，称：这是军队救援"极富创建性的有效之举"！

在我到达德阳的前一天，德阳人民医院最后一批需要转送的171名伤员也被火车接走了，曾经喧嚣纷攘的德阳人民医院，突然间变得宁静下来，是真正属于一所医院的那种宁静。道路宽阔了，草坪变得舒展了，就连那些大大小小的帐篷也变得洁净而有秩序。

赵先柱说，我们并不是想解决局部问题，我们就是想做一个示范，让大家知道，这还是一个很好的办法。

在德阳，他们做的另一个示范，是在医疗秩序恢复后，以"小汤山模式"建立了德阳地区"野战医院"，成为稳定德阳受灾群众的另一个重要医疗模式。

在灾区重建中，他们将医疗重建纳入"军民共建"，增派多名骨干专家开展帮带，初步实现了"一期恢复震前水平，二期实现特色发展"的目标，德阳人民医院主动将医疗队的10名专家教授，正式任命为该院相关科室副主任，具有业务指导拍板权限，这在三医大的对外交往史上还是头一次。

《人民日报》专门撰文报道了这一示范性模式。

第三军医大学医疗队在德阳坚守了55个日日夜夜，是在灾区战斗时间最长的医疗队。他们在德阳人民医院先后收治伤员2694人次，开展手术3958台次，护送伤员1136人次。

听到这些数字，你是否觉得难以想象？虽然他们没有穿越过任何布满滑坡和塌方的"死亡之路"，没有经历过断水断粮的艰苦日子，没有在废墟里将双手扒得血肉模糊，没有在烈日下将脸上的皮肤晒出可怕的灼伤，他们没有被山上的滚石砸过，没有被残垣断壁的砾石和钉子扎过，甚至没有被救援直升机卷起的旋风吹乱过头发更没有在旋风中丢失过头上的迷彩帽。可是他们用精湛的技术拯救了数千生命，用精诚的医道呵护了半壁灾区，如此的贡献和大义足以让他们成为2008年最杰出的救援天使和抗震英雄！

对于英雄，德阳有它特殊的表达方式。德阳市委、市政府除了专程送去了感谢信、表扬信，还特地为医疗队出具了一份盖着大红公章的工作鉴定：救治死亡率0%，全市民意调查满意率100%，总分：720。

众人不解，问为什么是720分？

四川省人大党组书记甘道明解释说：这是地震后高考答卷中的满分，最高分，破纪录分！

德阳市女市长宋玉华则用一句极其简单的话，总结了他们的德阳救援：德阳不相信眼泪，最相信三医大医疗队！

2008年5月26日采访手记

今天去映秀。

出发的时候，我问三医大负责给我们带路的小伙子罗洋到映秀需要多长时间，他说要看路的情况，如果遇到交通管制就不好说了。他最长走过6个多小时。交通管制通常是因为出现了新的塌方，只能单边放行的缘故。

罗洋头一天晚上带车送几个身体较弱从映秀提前撤回的医疗队员回学校去了，为了赶在今天上午带我们进映秀，同时给映秀的医疗队送一批物资，他只在学校停留了几个小时，又连夜返回都江堰，因此他几乎一夜没睡。

映秀是他跑得最多的一条线，也是他最熟悉的一条线。在公路还没有打通的时候，他曾经和一个叫游建萍的护士长一起徒步护送5个在映秀旅游被困的韩国留学生出映秀，这件事被很多媒体报道过。

同行的有三医大心理救援队，还有三医大电视台台长张远军。张远军最早是跟王登高校长一起进映秀的，此后为了把一线的电视新闻及时地发出去，他就不断地往返于映秀、都江堰和成都之间。我见到他时，他已经在这条危险的路上来回跑了9次了。

去映秀的公路显得十分拥挤，在这里你能看到各种各样的运输车、道路工程车，你能看到来自祖国各地的车牌，所有这些车都是为救灾而来的，车身上悬挂着各种标志和条幅。

一进入山区公路，情景就大为不同。路是沿江而行的，一侧是陡立的山崖，一侧是水流湍急的岷江。先是不时地看到刚刚清理过的塌方的痕迹，新鲜的沙砾、残缺的路基、路边耸立的房屋大小的巨石，继而就不断出现那些被滚石砸扁的、被泥石流掀翻的、推下路基跌落江中的大小汽车。罗洋说，他们第一次进来的时候，那些遇难者的遗体还留在车里来不及清理……

路边不时有正在作业或者等待作业的道路工程车、挖掘机，维护道路的有穿迷彩服的部队，也有穿橘红色工作服的路桥工人。经常能看见临时设置的士兵观察哨，他们毫无保护地站在公路临江一侧的某一个高地上——或者高出路面的一片石崖，或者是泥石流堆积形成的高坡，全神贯注地观察着对面山体的情况，随时准备向过往车辆发出警报。而他们自己站立的地方恰恰就是最危险的地方，稍有不慎，不是失足跌落江中，就是被山上垮塌的飞石击中，可他们的神情显然早已将个人的安危置之度外，全然没有半点惧色或畏缩之意，仿佛他们早已超然物外，死亡的威胁于他们并不存在……要有怎样的勇气和胸襟才能支撑起这样无所畏惧的血肉之躯啊！那一刻真的很想让车停下，恭恭敬敬地走到他们面前，为我的同胞、为我的祖国向他们献上一个神圣的军礼……

第二章　映秀

在灾区吵架的将军校长

当王登高校长带领着69人的第三军医大学第二批医疗队，和50多万元的急救药品和医疗器械，于那天中午12点从重庆校本部出发的时候，他是要去汶川县城的。

等晚上到了都江堰，遇到了四川省军区的夏司令和成都军区军交部的藏部长，他才知道汶川县的映秀镇也是震中地带，而且，那里的情况十分险恶，不仅公路中断、通讯中断，由于天气原因直升机也无法飞行了，现在只有岷江这一条水路可以通行。目前还没有任何部队进入映秀，谁也不知道那里的情况究竟如何。

那就去映秀！王登高当即做出决定。

当时要进映秀，只有在白天先乘冲锋舟走一段水路，在阿坝铝厂上岸，然后徒步10多公里的山路赴映秀镇。但是这条路在大地震之后变得非常险峻，被当地人称作"死亡之路"。

只要知道怎么走就行！王登高说："我有军令在身，就是走路也要进，爬也要爬到映秀去！"

王登高今年56岁，是将在今年8月1日由军委主席胡锦涛亲自授予少将军衔的将军之一。

此时，已是深夜。

回到医疗队，他一面派人去渡口查看地形，一面立刻组织大家轻装。要求队员的背囊里除了雨衣等简单的必需品以外，每人只带3天的水和干粮，其余一切物品全部卸下，留出空间装急救药品和医疗器械。就这样，价值50多万元的急救药品和器材化整为零，装入队员们的背囊和携行袋，平均每人负重30多公斤。同时，他要求大家做好开进后应对各种危险和困难的思想准备。

那一夜，几乎无眠。

第二天一大早，王登高就带着医疗队赶到了都江堰渡口。尽管头一天已经查看过地形，可眼前的情形还是出乎意料。

所谓的渡口，只不过是紫坪铺水库大坝旁边的一个临时的简易码头。从岸上下到河堤边可以登船的地方大约200多米的距离，根本就没有路，加之头一天的大雨，坡面泥泞不堪，旁边陡峭的山崖上还不时有碎石滚落。

这时，大坝上已聚集了不少身着迷彩服的部队，铁军的部队也已在坝上集结待命，还不时地有部队陆续开到。狭窄的码头上，已经有两支部队在紧张地登乘，显得十分拥挤。而传说中的15艘冲锋舟实际上只有8艘在开行。每艘冲锋舟最多只能载9个人，照这种阵势，就是等上一天也轮不上他们医疗队。

王登高当机立断，先派了一个10人小分队下到江边，试图跟救灾部队联合进入，可是人家一看是医疗队，二话没说就把他们挡在了一边。王登高又亲自找到渡口指挥员，说明情况，请求过渡。指挥员看了一眼他的大校军衔，想都没想就回绝了他：我们救援部队先上，医疗队往后排！

无奈，他们只好回到大坝上继续等候。

这时候有灾民不断地从映秀方向逃亡出来，他们一个个衣衫褴褛、满面污垢、脚步踉跄，无助的目光中充满了惊恐、悲伤和绝望。听说医疗队要进映秀，有人好心地劝告说：里面太危险了，没水没电停气断粮，余震不断，有不少人在逃出来的路上被山体塌方给理了或砸死了，你们别再往里走了！也有人眼巴巴地拉着他们的手跪在面前，把自己亲人被埋的地点告诉他们，哀求他们到了映秀一定要去救他们的亲人……其情其景让王登高和队员们心痛不已，禁不住眼中含满了泪水。

不知什么时候，下了一夜的雨已经停了，湿漉漉的空气因过多的水分显得滞重不堪，给人一种窒息的压迫感。突然间几块汽车大小的山石，从大坝旁垮塌的山体上跌落下来，轰隆隆地砸向山下的公路，所幸公路上没有人车经过，不然一场悲剧在所难免。一时间，大家惊悸无语，气氛变得更加压抑和沉郁。

时间在不知不觉中流逝，眼看着救援的部队已经被送走不少了，王登高又派人去渡口交涉，可指挥员还是那句话：救援部队先进，医疗队往后排。

如此几次三番，医疗队过渡依然毫无希望。时间已近中午，想想自己近70人的医疗队从通知、准备、上车出发至抵达都江堰，所用的时间还不及在这里眼巴巴地等候的时间长，他心里开始发毛了：灾区群众在等着呢，受伤的同胞在等着呢，有这些时间，他的医疗队能救治多少伤员啊！他不能再这样等下去了，他的医疗队必须马上进映秀！

他再一次亲自找到渡口指挥员，要求立刻安排医疗队过渡。可人家还是不肯通融：现在当务之急是从倒塌的房屋中往外救人，救援部队必须先上。

王登高火了，心中积郁多时的复杂情绪刹那间转化成愤怒，冲着渡口指挥员轰然爆发："救援部队是应该先上，可是现在部队已经上去那么多了，却没有一个医疗队跟进，救出来的伤员谁来管，谁来救治？没有医疗队你们就是把人从废墟里救出来又有什么用？难道你想让他们躺在那等死吗?!"

他越说火气越大，嗓门也越来越高，脸涨得通红，脖子上暴起了青筋，一向温和的眼睛被焦躁被愤怒也被彻夜不眠改变了模样，看上去有点儿吓人。大家的目光一下子都聚集在这个情绪激动的大校身上。

渡口指挥员也不例外。他先是被王登高突然的暴怒吓住了，继而不知是被他急于奔赴灾区的真情感动了还是觉得他的话有道理，在僵持了片刻之后，终于同意安排他们过渡了。

上午11点，医疗队得到了第一艘冲锋舟。规定只能坐9人的小舟，他们一下子就上去了11个人，不光是人，还有11只一米多高的迷彩背囊和男队员每人一只的装满医疗器械的携行袋……

队员们乘舟沿岷江逆流而上，经过40分钟的水上颠簸，在阿坝铝厂登陆之后，又沿着岷江边上一条被山民踩出的崎岖的小路徒步向映秀镇挺进。那就是人们所说的"死亡之路"——一边是随时可能垮塌、悬在头顶上的陡峭的石崖，一边是水流湍急的岷江，脚下是不时被塌方和泥石流淹没的泥泞小路，稍有疏忽，不是被飞石击中，就是跌入滔滔大江。七八公里的路程，常常是手脚并用，连走带爬，差不多每一步都是生死关头……

经过2个多小时的艰难跋涉，11名队员于14点25分先期到达映秀镇。余下队员也陆续搭乘冲锋舟相继抵达。

随后，由三医大西南医院副院长吴军带队的第三批医疗队的39名队员，完全徒步开进46公里，于第二天晚上8点赶到映秀，与先期到达的69名队员会合。至此，第三军医大学医疗队不仅是大地震之后第一支抵达汶川县映秀镇的医疗队，也是大地震后第一支到达震中灾区的军队医疗队，同时还是在映秀人数最多的一支医疗队。而第三军医大学校长王登高，则是大地震之后第一个到达地震中心的后勤将军。

一定要尽快把伤员送出去

映秀镇坐落的岷江边上，距离汶川县城40多公里，是一个群山环绕、风景秀丽的小山镇。它是汶川县的南大门，也是成都到旅游天堂九寨沟的必经之地，据说"映秀"这个名字就是因它一江碧水，满山青翠，山水相映成趣而得。可想而知，那该是多么美丽的一个地方。

然而，当王登高带着他的医疗队跋山涉水到达映秀镇的时候，他们却被眼前的景象惊呆了：

四周的山体成片成片地垮塌下来，昔日满目青翠的植被，仿佛被一只巨手撕裂了，裸露出一道道黄白的伤口。所有的房屋都被不同程度地摧毁了，小镇上的标志性建筑、漩口中学六层的白色教学楼，就像一堆被釜底抽薪的儿童积木，或是一摞被人压扁的华夫饼干，倾斜着坍塌在地上，两个鲜红的"中学"字样，依然支离破碎地悬挂在摇摇欲坠的楼体上，看上去宛如一个流着血的巨型墓碑。

最凄惨的是漩口中学的前面的坝子上，聚集着五六百名从镇里逃出来的受伤群众，他们有的躺在门板上，有的蜷缩在脏污的被褥上，有的就直接睡在地上，一个个残肢断体、满身泥血，哭喊声、呻吟声不绝于耳，空气中弥漫着一种血腥和腐烂的气味……

那就是你想象中的人间地狱——一个医疗队员这样描述当时的情景。

一看到第三军医大学抗震救灾医疗队的旗帜，看到肩披红十字的医疗队员，饱经创痛的灾民们就像看到救星一样，蜂拥而上："救救我吧，解放军！""救救我家人，医生！"

面对这凄惨的景象，队员们顾不上路途疲劳和饥饿，甚至连水都来不及喝上一口，把背囊往地上一扔，立刻开始救人。

王登高到映秀，最高兴的是正在现场组织救灾的阿坝州抗震救灾总指挥、州委书记侍俊。由于地处汶川大地震的震源地带，映秀镇首当其冲地成了这次地震的重灾区。全镇常住人口1.3万余人，就有4800多人死亡，4100多人失踪。整个映秀镇只剩下一片废墟。

而王登高他们是第一支到达映秀镇的医疗队，那是全镇人民的希望啊！所以一见面，侍俊就激动地拥抱着王登高泪流满面："太好了！你们来了，映秀镇就有救了！受伤的群众就有救了！"

侍俊说："王校长，我这一块的卫生防疫工作就交给你了，由你全面负责！"

经过抗震救灾指挥部一个简短的会议，王登高被任命为映秀镇抗震救灾医疗防疫总指挥、映秀镇抗震救灾副总指挥。

作为一个军医大学的校长，作为当时映秀所有医疗救援力量中官阶最高的人，对这样的重托，王登高不敢懈怠。为了及时有效地展开医疗救援，他迅速地把69人的医疗队分为两路，一路进废墟搜寻幸存者；一路坚守坝上救治伤员。

由于坝上伤员众多，加上大批伤员家属争着让队员抢救自己的亲人，一时间，场面十分混乱。为了提高效率，王登高指挥医疗队按战时救治原则组织救治。

队员们迅速分为检伤组、重伤组、轻伤组、手术组。检伤组一排排拉网式地对伤员进行检伤排查，按伤情分类采取相应的救治措施。清创缝合、消毒包扎、骨折外固定。没有手术台，他们就跪在地上，在无遮无挡的露天里做了3台包括截肢在内的大手术。伤员们的情绪立刻稳定下来。

这时距离大地震发生已经两天多了，加上天气炎热，多雨潮湿，很多伤员的伤口已经开始出现腐烂坏死的症状。特别是一些颅脑外伤、腰椎断裂等危重伤员，在现场的条件下只能做一些初步的医疗处置，如果不及时转送到正规医院进一步救治，必定会有生命之忧。况且，这时候空中运输航线已经开通，运送救援人员和物资的直升机就在不远的地方频繁地起降，每每狂风骤起，沙尘满天，巨大的冲击力让人睁不开眼睛，连呼吸都十分困难，致使现场的环境对伤员更加不利。

必须尽快把伤员送出去！而此刻唯一能把伤员运送出去的途径，就是那些直升机。

王登高没有多想，也没有时间多想，指挥着队员们抬着伤员就往刚刚降落的直升机跑去。可是到了跟前，他们却被拦住了。一个地面指挥员说：我们没有接到运送伤员的命令，直升机不能随便载人。无论王登高怎么解释，那指挥员就是坚持原则不肯让步。

他们说得也对，直升机不是闹着玩的，没有命令是不能随便带人的——这是王登高事后说的话。但当时他可不是这样想的。事实是王登高当时就火了，他又疲惫又愤怒，他觉得不可思议：这么多伤员等待救治，要不及时送出去，就前功尽弃了，早送一分钟就多一分活的希望啊！怎么能让直升机空着机舱就走了！怎么能眼睁睁地弃他们于不顾?！

他冲过去手把着机舱门就是不让人家关门，在三医大几十年从没跟人吵过架的他，此时竟像个毛头小伙子似的不管不顾地瞪着眼睛跟人家大吵，非要把伤员往直升机上送，而且越吵越凶，以至于伸手就去抓人家的衣领子……

后来王登高说："我不是要打他，我不会打人的，我就是想抓住他跟他讲理呀，他就往后退……"

幸好这时候对方的一个领导及时赶到，才把王登高劝住了。那领导说：我们马上向上级报告！

王登高不再吵了，他放下了那双想要去抓人家衣领子的手，但是他实在是太冲动了，他彻底地失控了，他哭了。他不是一个人哭的，在现场跟他一样着急一样痛心的阿坝州人大的王主任，也像个孩子似的抱头痛哭……

此后的事情毫无悬念，那机场领导的报告很快就有了结果：直升机可以运载伤员！而且，从此之后，作为一项正式任务，每一架飞往灾区的直升机在返航的时候，都要拉载伤员，没有一架空机返航……

我的伤员急等着用药

到映秀镇的当天，王登高的医疗队就救治了300多名伤员，还做了3台包括截肢在内的大手术。按他的推断，再有一两天的时间，坝子上所有的伤员就可以全部处理完了。但是，他很快就遇到了一个简单而又十分棘手的问题：他们带来的急救药品和器械已消耗殆尽。

尽管出发前，队员们最大限度地往背囊里塞药品和器械，有的队员为了多带药品甚至连配发给自己的御寒被褥都没有带，但依然是杯水车薪。绷带没有了，固定夹板没有了，抗菌素没有了，抗破伤风药没有了，就连一个酒精棉签也恨不能撕开来分作两次用……

于是，队员开始自己想办法了。

没有绷带，就用从废墟里找来的一些被单、床单替代；没有夹板，就用废墟里捡来的木板和树棍替代；医疗器械没有灭菌条件就用碘伏擦拭消毒；没有冲洗伤口的盐水，就用自己背来的宝贵的饮用水加食盐冲洗。他们甚至把输液管掐头去尾修剪了一下，做成了相当不错的导尿管。可是没有抗菌素、破伤风药怎么办？那可是别的东西无法替代的！

而这时候，还不断有新的伤员被官兵营救出来……

夜幕降临了，月亮还没有升起来，黑暗像一口漆黑的锅，笼罩着没有灯光的小镇，和小镇上饱受苦难的人们，仿佛要把天灾的一切血腥和痛苦都抹杀在暗夜之中。然而伤员们还在忍受煎熬，每个医疗队员的身边都簇拥着焦急的人群，他们担心医疗队员会离去，担心自己的亲人会失去救治的机会，队员们只好一边好言相慰，一边打着手电继续救治伤员……

临近午夜的时候，几个战士抬来了一个刚被营救出来的伤员。这是一位40岁左右的男子，双下肢挤压伤，虽然神志还清醒，但是由于被压的时间太长，生命体征已十分衰弱。他的手很凉，脉搏几乎摸不到了，呼吸也越来越困难，生命正在一点儿一点儿地离他而去……

队员们很清楚：他需要立刻补充大量的液体，最好是血液、血浆或者代血浆来补充血容量。但是，他们带来的代血浆早就用完了，他们只能给他输一点儿盐水加上一些简单的急救药，剩下的就只能靠他自己了。他们拉着伤者的手，强作微笑地鼓励他：坚持就是胜利！而他们的心却在流泪，因为他们面对苦难无能为力……

第二天上午，就在王登高一筹莫展的时候，从机场那边传来了一个好消息：有一批急救药品和医疗器械刚刚运到映秀，正在卸载呢！

王登高紧蹙的眉头一下子就舒展了。他马上叫几个派来帮忙搬运伤员的战士，立刻去机场搬药品。

可是，过了没一会儿，战士们空着手回来了。

王登高问他们："怎么回事儿啊？药呢？"

战士们说："一个管物资的州领导不让搬。"

"为什么?"

州领导说所有的物品到了以后都要先清点入库，等统计完数量才能分发使用。

"什么！我这边等着救人呢！等他们弄到那边再清点入库、统计数量，再弄过来，至少要半天的时间！"王登高招呼着几个战士就冲过去了。

我想那州领导当时一定是忙得晕头转向，完全忘了眼前的形势，所以当王登高气冲冲地找到他时，他还是不让搬药。

因为人家是地方上的人，王登高强压着火气跟他解释："我们带来的药品已经全部用光了，现在我的伤员急等着用药，你先把药品给我们，否则会耽误救人的。这样吧，数量由我们来替你清点，保证不给你出差错，这样行吧?"

"不行，必须按规矩办！"

王登高急了，瞪起眼睛冲战士们一挥手："把他给我捆起来！"

……

王登高自然是不会真的把人家捆起来的，但结果是他如愿以偿地将药品直接从直升机上搬回了医疗队。

事后，王登高再三跟人解释："其实那时候跟人吵架是情急所致。再说人家也有人家的道理，航空部队非比寻常，理应按照命令行事；救灾物资事关重大，理应清点之后再行分配。正是非常时期，大家都是为了一个共同的目标……"

所以，事后王登高就几次跟人家赔礼道歉，尽管他们早已在共同的战斗中成了非常亲密的朋友，以至于每天都会打打电话，通通情况，有时也不为工作，纯粹就是一种关心，一个问候……

直升机可以往外运伤员了，却又出现了新的问题。由于医疗队和直升机的到来，漩口中学前的坝子就成了映秀群众的集中地。要离开这个满目疮痍、浸满泪水的伤心之地，要么像医疗队那样徒步穿越10公里危机四伏的死亡之路，要么就乘直升机。

于是，直升机一来，一些家属多的伤员和轻伤员不管不顾地往上挤，甚至一些身强体壮的年轻人，也拼命地往上爬，重伤员反而上不了直升机了。而伤员不走，守护伤员的亲属就不会走，一时间，逃生欲望被放大了，坝子上的气氛变得紧张起来。

这样下去，不仅贻误了伤员的救治，还会引发新的问题，必须保证伤员先走。王登高当机立断，让指挥部从救灾部队要来了100个战士，在医疗队和停机坪之间拉起两道人墙。一道人墙把轻伤员和重伤员分开，另一道人墙把没有受伤的群众拦在外面，辟出一条绿色通道，以保证伤员按轻重缓急顺序登机。

一天，王登高看见一个小伙子为了把并没有受伤的妻子和还是婴儿的孩子送上直升机，情急之中，抽出一把一尺多长的尖刀冲人挥舞，便做出一个新的决定：在直升机运送伤员的时候，只要里面还有一点儿空位置，哪怕能站着能蹲着，就把妇女和儿童带出去。这样他们又送出去100多个妇女和儿童……

3天之后，映秀镇的560名伤员，全部由直升机安全送出。伤员走了，家属和其他群众也相继离去，喧嚣的坝子终于恢复了往日的平静。

2008年5月27日采访手记

在映秀。

昨晚睡的是地铺和睡袋。

睡袋是当天回撤的几个医疗队员留下的。

这是我有生以来第一次住睡袋。

睡袋里很潮，但还算柔软，否则直接睡在铺着一床薄被的木板上，会更难受。而十几天前，医疗队员们曾经睡在只铺着一层雨衣的地上。

我们这个帐篷住了9个人，因为空间有限（是8平方米还是6平方米我说不准，有一部分还要用来堆放各自的背囊），大家只能裹在狭长的睡袋里，一个挨着一个排成两排脚对脚地交错而眠，看上去就像是9条簇在一起作茧冬眠的虫子。据说这个帐篷里最多住过13个人。

都说睡袋是防潮的，但是当睡袋本身潮了以后，湿气很难散出，那就成了保湿的了。半夜醒来，我感觉自己身上水淋淋的。

厕所其实是一个巨大的深坑，周围用木桩和塑料布圈成围墙，坑上面横竖架着十几块从废墟里找来的粗细不一的长条木板，每一脚踩上去都颤颤悠悠很像是走在独木桥上的感觉，倒是空间很大，能容纳十几个人同时方便。另有一块像帘子一样可以撩起来的塑料布就是厕所的门了。

我第一次被姑娘们带去方便的情景就可想而知了。我不敢踩那些木板，好不容易踩上去却不敢挪动半步，是姑娘们牵着我的手，硬把我带到一个合适的位置上的。可是我刚刚蹲下就被一股强大的刺鼻的气味，冲击得几乎跳将起来。那是消毒水的气味，或者说那是消毒水的气浪更为贴切。

不只是那里，整个营地都充斥着消毒水的气味。人们在用一种并不十分科学的办法扼制着那些在大灾之后随时可能肆虐的疫情。

用我们的生命守护你的生命

在全力抢救坝子上聚集的大批伤员的同时，在映秀镇的废墟中搜寻幸存者的医疗队员们，也在创造一个又一个的生命奇迹。

生命奇迹1：阿姨，我要出去……

"最难忘的就是小春梅的那双眼睛，她那双眼睛啊，看了让人……太心疼了！"这是三医大政治部宣传干事张远军对小春梅的第一印象。

小春梅是第三军医大学从现场搜救出来的第一名幸存者。

那天下午5点多，到达映秀镇不久的三医大医疗队，一边在坝子上救治伤员，一边安排人兵分五路，到废墟中搜寻幸存者。

突然听说在映秀镇中心小学垮塌的废墟中，发现了一个活着的小女孩，医疗队总护士长鲜继淑，立刻和队友们赶了过去。可是正在现场救援的消防官兵拦住了她们："太危险，余震随时都可能把你们砸在里面！"

鲜继淑急切地说："我是护士，我必须知道孩子的生命体征是否平稳！"没等对方答应她已经趴下身子，沿着狭小的洞口艰难地爬了进去。

借助手电筒微弱的灯光，她被眼前的景象惊呆了，只见一个小女孩满身尘土地蜷缩在一个由垮塌的房梁和折断的楼板构成的狭小的空间里。她的双腿被一层层的水泥板死死地压住，静静地趴在冰冷、黑暗的废墟中，她的身边，是她同学的遗体。

鲜继淑的心一下子悬了起来，她立即爬了过去，用手抚摸着小女孩，安慰她："孩子，叔叔阿姨救你来了。"

小女孩转过头，大大的眼睛望着她："阿姨，你抱抱我……我要出去……"她一边说，一边把她的小手伸了过来。

"那一瞬间，我想起了自己的儿子。像她这个年纪，应该拥有的是快乐、幸福和温暖，而她50多个小时在黑暗的废墟里，独自承受着恐惧、痛苦和寒冷。我再也控制不住，眼泪止不住地往外流。我跟她说：孩子，别怕！你要坚强，等叔叔把你腿上的石头搬开，阿姨一定抱你出去！"

经过映秀中心小学幸存的校长谭国强辨认，这个活着的孩子是该校四年级（2）班的学生、11岁的张春梅。

"她身上压着5块水泥板，推不动，没法救呀！"谭国强哭了。大地震发生后，学校师生473人，跑出来或自救生还的只有21人，其他师生全部被埋在了垮塌的教学楼里，开始还听得到呼救声，后来就没有声音了……

所幸的是，小春梅只是两腿被死死地压在水泥板下，身体的其他部位没有太大的伤情而且神志清醒。

时间就是生命！医疗队总指挥、第三军医大学校长王登高得知消息后，也赶到现场。"一定要救活这个孩子！"他对参加救援的医疗队员下达了死命令。

此时小春梅已经在废墟下被压50多个小时，虽然营救人员想尽办法全力救援，可是因为没有专业救援设备，要挪开压在她身上的5块水泥板，全靠人力进展缓慢。

天渐渐黑下来了，没有电，没有照明，加之余震不断，这时候，如果再贸然进行挖掘，随时有可能给小春梅造成新的伤害。大家商量后决定，等天亮再进行救援。

这一夜，尽管刚刚经过长途跋涉，非常疲劳，但很多人都无法入眠。谁也不知道小春梅还能不能挺过今晚。鲜继淑，更是其中的一个。她说什么也不肯离开孤独无助的小春梅，一刻不离地在现场守护着。

夜深了，小春梅突然变得烦躁起来。她说要喝水，鲜继淑爬进洞里，给她喂水，可她突然发起脾气来，说什么也不肯喝，她甚至不肯安静地听她说话。鲜继淑的心隐隐作痛，她明白，这说明小春梅的身体状态越来越差了。

她从废墟里找来一些衣物垫在小春梅的脸下和身下，又找来毯子盖在小春梅的身上，然后伏身在小春梅的身边，像母亲一样地拥着她，轻轻地跟她说话，给她讲故事，鼓励她。

"孩子，别怕，阿姨会一直陪着你。"那一夜，她和小春梅生死相依，10多个小时不离不弃。

凌晨5点多钟，天刚蒙蒙亮，一直牵挂着小春梅的官兵们，再次展开了救援行动。

这时公路终于疏通，大型专业救援设备运抵现场，上海公安消防总队地震应急救援队和四川、安徽等地的救援专业人员也先后赶来，他们用液压钳、冲击钻等专业设备，将大块的水泥板一点儿一点儿地切割开来，救援进度大大加快。

然而小春梅的情况却越来越危急。开始，看到天亮了，小春梅也充满了希望，她说，等她出来了，她要好好梳梳头。可是没一会儿她就说她困了，想睡觉。大家的心再一次悬了起来，谁都知道这意味着什么。

上午9时许，救援人员切割开最后压在小春梅双腿上的水泥板，然后用两台起重机合力吊起，被埋压了68小时的小春梅终于获救了！现场一片欢呼声。

可是由于长时间被压，小春梅的双腿已经严重坏死，截肢已不可避免。鲜继淑和队友们含着眼泪给她采取了清创、上夹板、建立输液通道等急救措施，然后在最早时间用直升机把她送往成都做进一步的救治。

6月8日，已经撤回学校的鲜继淑奉命前往成都接小春梅回三医大接受治疗。

临行前，她想给小春梅买几件漂亮的衣服。小女孩都喜欢裙子，但听说小春梅已经失去了双腿，她犹豫了，最后，她还是买了几件T恤和一套裙子。

她激动而又忐忑不安地来到病房，小春梅一眼就认出了她，亲热地要和她拥抱。

她问小春梅："阿姨给你买了衣服和裙子，你喜欢什么？"

小春梅轻轻地说："裙子！"

328

鲜继淑说："当我帮她穿上漂亮的裙子的时候，她的小脸上露出了开心的笑，那一刻，我一下子感觉轻松了许多。在她的笑容里，我看到了小春梅的坚强，看到了她对未来的向往，也看到了生命的希望。"

生命奇迹2：你一定会被救出去的！

在手术室麻醉护士长吴英的记忆里，映秀的紫外线实在是太强了。

在毒日下工作久了，每一次蹲下后站起时，都觉得头晕目眩。迷彩帽不能保护耳朵，口罩也不能保护耳朵，晒了几个小时，就觉得耳朵疼。当她看见总护士长鲜继淑的耳朵起了水泡的时候，没想到其实自己的耳朵也是会起水泡的。

再就是直升机。

直升机每一次降落和起飞都带来大量的风沙，直往鼻子、耳朵和脖子里钻。每次抬伤员上直升机，来不及撤到安全地带，直升机就起飞了，强大的气流吹得人站立不住，只有双手护头原地蹲下。双手护头是为了躲避风沙，也是为了保护帽子，很多队员的帽子都被直升机旋起来，落到了岷江里，想找都找不回来。

有一次她亲眼看见气流把一块抬伤员的门板旋起来，从一位队员的头上飞过去，吓得负责搬运伤员的战士说不出话来。自那以后，每次直升机起飞的时候，他们都把门板紧紧地抱在怀里不敢松手。

一天下午，她在医疗所值班，一个战士跑来说，他们发现了一个幸存者，需要医生和护士现场救护。她和神经外科副主任朱刚提上急救箱就往外跑。刚跑到桥头就看见6个战士抬着伤员过来了，立刻就地抢救。可是已经晚了，伤员的胸骨柄凹陷，颈动脉没有了，瞳孔也已经散了。但他们还是做了努力，做胸外心脏按摩，建立静脉通道，可无济于事。

战士们沉默地低下了头。

她把输液针头拔掉，把死者的手轻轻放下，合上那不肯闭合的眼睛……她能做的只有这些，这让她心里很难受。好在她的心情很快得到了补偿。

17日那天下了一夜的大雨。上午9点钟传来消息，映秀水厂职工宿舍发现了一名幸存者，医疗队派肝胆外科教授杨占宇带着吴英和几个队员立刻赶到现场。

幸存者叫沈培云，男性，今年53岁。

12日那天，在汶川映秀镇卧龙稽征所工作的沈培云吃过午饭后，像平常一样到二楼的休息室去午休，结果大地震发生了，一阵剧烈的震颤之后，稽征所的7层楼瞬间倒塌，沈培云在睡梦中被活埋，这一"睡"就是146个小时。

17日中午，沈培云同事的哥哥从都江堰来寻找自己的弟弟。他已经来了两天了，来了就不停地在废墟上喊他弟弟的名字，喊得声音嘶哑了也没有人回应。

别人告诉他，搜救队已经来搜过了，说已经没有生命迹象了。但他就是不信。今天一大早他又来了，想再试试自己的弟弟是否还活着。他大声地呼喊着弟弟的名字，可废墟里就是没有一点儿动静。他彻底地失望了。正当他准备离开时，他听到了一个微弱的呼救声。

"这里还有人活着，快救命！"

不到半小时，救援人员赶到了，接着，三医大的医疗队也赶到了。

来自上海的武警消防救援队采用手工作业，进行了4个小时的艰苦营救，但因废墟体积过大，幸存者被埋的位置过深，虽然打开了一条可以接触到沈培云的通道，还是无法把他救出来。

这时沈培云已经在废墟里待了140个小时，没有东西吃，没有水喝，身体已经极度虚弱，情绪也变得十分焦躁。一直在外守候的杨占宇，立刻沿着那条勉强能通过一个人的4米深的狭长的通道爬了进去。

杨占宇是唐山大地震的幸存者，曾经被压在废墟中9小时，对于伤者在黑暗中的痛苦感同身受。这次他主动请战参加医疗队，一是为回报社会，二是希望自己当年的经验可以帮助他人。

杨占宇问沈培云："你的脚能动吗？"

"下面麻了，不能动，只有手能动。"沈培云说。他气息微弱，精神也很差，似乎已经放弃了生的希望。这让杨占宇心里很难受。他想用吴英他们事先准备好的可以输送营养液的软管为沈培云补充能量，可是发现他满头满脸包括嘴里全是泥沙，就一点点儿地帮他把嘴里的泥沙弄出来，然后才把管子放进他嘴里，让混合着急救药物的营养液顺着4米长的管子一滴滴地流入他的嘴里。

"我在这里待了多久？"沈培云问。

"才第二天，你要坚持住！很快就会把你救出去的！"为了不吓着他，也为了他不失去信心，杨占宇说了谎。杨占宇告诉他："我当年就是被解放军从废墟里救出来的，我很理解你现在的处境和心情，救你的都是专业人员，你要相信他们，你一定会被救出去的！"他的话，给了沈培云莫大的安慰。

之后，杨占宇又一次冒着自己被埋的危险，下到通道里观察沈培云的生命体征，鼓励他坚持求生。直到18日下午3点30分，几方救援力量采取联合行动，沈培云才最终获救。

沈培云被抬出来的时候，吴英她们早已准备好了各种急救用品：3组配好的输液用药、保护眼睛的纱布，甚至棉签都事先蘸好了消毒液，放在无菌包装袋里备用。这时，立刻给他检伤、清创包扎、建立多条输液通道，然后，一手举着输液瓶，一手护着伤员扎着针头的手，跟在担架两边一路小跑着转移至医疗所。

这时候，她和同伴们早已是脚步踉跄，几近虚脱了。但是她心里却感到很欣慰。

50分钟后，由王登高亲自协调的直升机，将沈培云送往成都接受治疗。

后来，杨占宇在接受记者采访时说："我救他，除了医生的职责之外，更是对救过我的人的一种感激。"

生命奇迹3：救我是不是难度很大？

已经是大地震后的第六天了，当人们对废墟中被埋群众的生还都不抱希望的时候，突然传来消息，在湾水电总厂倒塌楼房的废墟中，发现了活着的幸存者，所有人心中为之一振！

新桥医院医教部主任、医疗队队长徐剑铖，立即把队员分成两组，一组由神经外科副主任周政率领到现场协助救援，一组由骨科副教授王卫东、麻醉科硕士黄河率领在医疗点准备所有急救事宜。

幸存者是位女性，叫虞锦华，44岁。挖掘工作进展得十分艰难，队员们到达现场后，为了尽早给伤者补充能量，通过救援人员打通的一条狭窄的通道，不断地给她送水和牛奶。但是由于被压时间太久，她的双腿已经严重缺血性坏死，最后只能在通道里截肢后救出。

这时，已是18日的晚上8点多了，6天滴水未进、肢体严重坏死，以及精神上的创伤，加上严重失血，虞锦华已经虚弱得几乎测不到血压和脉搏，生命体征极度衰竭。

在废墟旁守候了30多个小时的医疗队员们马上冲上前去，进行现场急救。护士李晓琴、黄敏跪在地上，迅速在几乎没有末梢循环的手臂上，建立起静脉通道，同时紧急采取抗休克、止血、止痛、保持呼吸道通畅等急救措施，并快速转移到医疗点。

虽然救护条件有限，但因为事先做了充分的准备，整个抢救工作进行井然有序。5分钟测一次血压，半小时一次对话，大剂量的抗感染、抗气性坏疽治疗。经过5名专家教授整整一夜的不懈努力，虞锦华终于在第二天早上苏醒了，所有生命体征恢复正常！

19日上午10时，当虞锦华被3名医疗队员乘直升机护送到成都时，前来迎接她的后方医院的专家连连称奇，说："想不到你们在没有适用的血液、没有大型检测设备的情况下，凭着临床经验、基础药物，就把一个被埋149小时、双腿截肢的危重伤员，从死神手中夺了回来！奇迹！真是奇迹！"

就在大家为虞锦华的成功救治感到欣慰时，医疗队总指挥王登高又给大家带来一条让人更为振奋的消息：在距离虞锦华垂直距离3米多的深处还有一名幸存者！让他们立刻派出医疗分队到现场参加救援。

但是这一次，救援工作遇到了更大的难题。幸存者叫马元江，被困时间超过178小时，没有进一点儿水，频频的余震、过多的障碍、过深的位置，都令挖掘工作困难重重，危险万分。但是虞锦华的成功获救，却让已经坚持了7天多的马元江充满希望，他的顽强和勇气让队员深受感动。

可是这时候，一条误传的消息，差点儿让指挥部放弃了对马元江的救援。

虞锦华获救时被高度怀疑为气性坏疽，不知怎么被误传为烈性传染病——炭疽病！为顾全大局，保障灾区安全，指挥部准备下令将映秀湾水电总厂划为疫区，暂停搜救行动。挖掘人员沉默着满怀内疚地准备撤离救援现场了。

时间一分一秒地过去，队员们焦急万分。不能放弃马元江，不能让一个鲜活的生命一个充满希望的生命，就这样消失在废墟中，一定要把马元江救出来！

队员们立即兵分三路展开行动。一路留守废墟，现场监护马元江；一路赶往指挥部，澄清事实；一路在医疗点待命，随时准备急救。

救援现场的突然安静，让敏感的马元江感觉到了什么，他用微弱的声音问道："救我是不是难度特别大？"一直守护在废墟口的胸外科教授张国强心里咯噔一下，他坚定地回答："你放心，无论有多大的困难，我们也一定要把你救出来！你一定要坚持，你的爱人、孩子都在等着你！"

由于被埋的位置太深，没有条件建立生命通道，给他补充能量，身体极度虚弱的马元江出现了昏睡症状，张国强和队员们以及热心的志愿者一起，不断地、轮番地跟他说话，鼓励、开导他，让他不要在最后关头放弃希望。他们还向废墟喷洒白酒，用各种方法促使他保持清醒。

经过队员们的努力，谣传被澄清了，搜救行动继续进行。经过救援人员的多方合作，硬是向下挖出了一条10米深的救援通道，20日0时52分，在废墟中没吃没喝生存了178小时22分的马元江终于被救了出来！

几十支手电筒，汇聚成现场抢救的照明灯，医疗队员们立刻清污、消毒，剪开他的裤管进行减压和检伤。医生发现，他左前臂缺血性坏死且已发黑发硬，右侧多处软组织损伤并感染，血压低、体温低、严重饥饿和脱水、体内酸碱值和电解质严重失衡。

技术娴熟的护士黄敏一针见血，在第一时间建立起颈静脉、股静脉、肘正中静脉3组救命通道，确保了最短时间快速补液，纠正休克状态，同时保证了药物和能量的有效注入……

那一夜，许多人彻夜未眠，守护在医疗所的帐篷里，守护在命悬一线的马元江身边，直到夜色褪尽，直到曙光初照……

早上的时候，几天粒米未进的马元江，用依然微弱的声音向队员们提了一个要求："我想喝稀饭……"

想喝稀饭？好啊！队员们高兴坏了，这说明他的身体机能正在好转啊！队员顾不上连夜的疲劳，拿出医疗队从废墟里扒出来的、自己都舍不得吃的一点儿米，为他熬了一碗热腾腾的米汤，跪在地上端到他的面前，一勺一勺喂进他的嘴里。

在废墟中被埋7天7夜都没有掉过一滴泪的马元江，此时再也忍不住自己的眼泪，哽咽着说："谢谢你们，看见你们，我就知道我有救了！"

正在映秀一线视察的总后勤部政委孙大发，得知马元江的情况，立即决定改变行程，用自己的专机送马元江到成都。20日下午2点40分，在三医大张绍祥副校长的亲自护送下，马元江经成都转道重庆，安全抵达第三军医大学新桥医院。

医院院长王卫东在对马元江进行了全面的身体体检后，感动地说："现场救援和医务人员将他的身体状态保持得如此之好，是一个伟大的成就！"

那真的是一个伟大的成就！经过25天的生命大接力，特别地治疗、特别地护理、特别地保障，马元江终于脱离生命危险，再一次创造了生命奇迹！当奥运会圣火传递到山城重庆的时候，正在逐渐康复的马元江被心肠像辣椒一样火热的重庆人民邀请为特殊观礼嘉宾，出席在盛大的吉庆仪式上！

奇迹，生命的奇迹！——这是在那些日子里，映秀的人们念叨最多、感叹最多的一句话！

在映秀，第三军医大学医疗队，先后协助救援人员从废墟中解救出41名被困群众，其中受困100小时以上的9名，包括多次在媒体上出现过的被埋102小时的董凤强、104小时的陈晏、105小时的袁艺、146小时的沈培云、149小时的虞锦华，以及179小时的马元江，一次又一次地刷新着拯救生命的纪录！

学历最高的门诊部

第三军医大学医疗队的第一个野战门诊部是在5月16日开设的。地点就设在漩口中学前面的广场上。

叫它门诊部，其实是有点儿夸张的。那不过是3张课桌、两把旧椅组成的一个简易工作台而已。而且上下左右没遮没拦的，完全露天，直升机一过，风沙四起，各种物品天上地下地乱飞。

虽是这样，却不可小视，因为第一天出门诊的医生护士一共5个人，却是两个博士、3个硕士，学历之高就是在京城的大医院门诊里恐怕也很少见到。

门诊部的主要任务是救治灾区群众和一线官兵中的轻、中度伤病员，进行卫生防疫知识的宣传教育以及心理健康辅导。结果门诊部一开张就门庭若市，从清晨到日落，来门诊就诊的伤病员络绎不绝，日最高门诊量可达200人次。

就在门诊部开张的第二天凌晨，其实也就是当天夜里的12点多，忙累了一天的队员们刚准备回驻地睡觉的时候，突然发生了余震，虽然说不上有几级，但是感觉还是有点儿大。结果不到10分钟，就有三四个战士相互搀扶着走了进来。

仔细一问才知道，是余震时正在睡觉，惊醒了赤着脚就向外跑，结果被钉子和玻璃之类的东西扎破了脚。最严重的一个险些被钉子扎穿了左脚的大拇指。队员们赶紧给他们处理伤口，清创包扎，整整忙活了一个小时才算完。临走时，战士们一个劲地说谢谢，还有一个胆大的竟然忍不住说了声："你们是这个地方最美的人！"乐得姑娘们把一天的疲劳全忘了。

其实即使没有余震作祟，来就诊的战士中，受伤最多的也是脚伤。有些是脚上血泡磨破了，有些是在废墟中救援时被铁钉子扎穿了脚掌。每次给他们做破伤风皮试时，手臂上厚厚的一层黑泥，用四五根棉签都擦不干净。这些战士大不过二十二三，小的只有十八九，常常一连几天不能休息，日夜奋战在废墟里。这些都让队员们心疼不已。

因为都是徒步开进的，后勤补给跟不上，战士每人每天只有一根火腿肠、3片饼干、半瓶水。一天下午，来了一个小战士说他胃疼，护士长吴英问他以前得过胃病没有，他说没有。吴英怕他是吃坏了肚子，就问他都吃了什么东西，他低下头半天不说话。吴英再三追问，他说他已经十几个小时没有吃过东西了。

"他哪里是胃疼，分明是饿的！"吴英翻了翻自己的军用挎包，里面有一块压缩饼干和一块巧克力，二话没说全塞在他口袋里，又把自己的半瓶水倒了一半给他。小战士没有说话，冲她点了个头，转身飞跑而去。若他知道那差不多是吴英半天的口粮，他可能就不会接受了。

"没有橡胶手套，战士们戴着线手套就去抬尸体。休息的时候，把手套一摘，拿起发的3片饼干就往嘴巴里塞。我赶紧去阻止，告诉他们，这样做很危险，容易患传染病。战士说，他实在是饿坏了！"

"很多战士出现了拉肚子、发热的症状，这样下去是不行的，搞不好整个部队都会病倒。利用他们整队的时间，我给他们讲解一些我所知道的卫生知识；在他们回来时，我们配好消毒液，让每个战士都把手放在消毒液里泡一泡。最后，我把他们的卫生员找来，给了他一瓶含氯制剂泡腾片，告诉他配置方法，让他监督战士们消毒。"

战士们都是初次参加这种特殊的救援行动，面对伤员和死难者遗体，心生恐惧。吴英和队员们就给他们讲解一些消毒隔离的知识，帮他们排疑解惑，消除顾虑。

某师炮团一营部分官兵担任空运现场的伤员运送任务，所有人员都被直升机螺旋桨旋起的风沙打伤了眼睛，每天任务结束后，医疗队都派出队员为战士们进行眼部冲洗。

医疗队还每天派出小分队为映秀镇及其周边驻扎的部队进行巡诊，为了不影响部队正常工作，小分队总是在官兵收工回营或休息的时候进行巡诊，深受部队欢迎。

道路开通以后，进驻映秀抗震救灾的官兵增至一万多人，其中医务人员有1000多人，但是据说官兵们如果需要看病，首先想到的还是第三军医大学的医疗队。

5月19日的那天上午，也就是医疗队门诊部开张的第3天，一个衣衫褴褛的灾民来到门诊部求医。当队员们打开他绑在手上的毛巾时，他们惊呆了：他的伤口已经严重感染，感染程度让人难以想象。经询问，他说他来自一个很偏僻的山村，那里还有很多比他重得多的伤员，因为道路不通无法搬运，一直得不到救治。

医疗队立刻组织小分队，采取巡诊的方式，每天翻山越岭地深入山村为伤员治疗。那些村庄都在海拔千米以上，队员们每天要顶着强烈的紫外线，往返步行几十公里的山路，挨家挨户地为伤员送医送药。自然是辛苦倍增，但是他们一直坚持到医疗队撤离映秀，才停止这种特殊的巡诊。

随着道路的开通，野战通讯车抵达映秀。5月19日上午10点半，第三军医大学校本部，与映秀医疗队之间的远程会诊开通，成功实现医疗对接，为救治灾区伤病人员创造了更好的有利条件。

也就在这天上午，在三医大映秀医疗队的手术室里，经过队员们半个小时的急诊手术，随着一声婴儿的啼哭，当地居民陈秉权家一个新的小生命来到了世上，给看了太多痛苦与死亡的人们，带来了莫大的安慰和新生活的希望……

第三军医大学映秀医疗队，于5月29日圆满完成在映秀的医疗任务，奉总部之命撤出映秀，一部分返校，一部分则由校长王登高率领转战理县，继续执行医疗保障任务。

在映秀15天的时间里，医疗队共诊治伤病人员5600余人次，其中灾民4100余人次，部队官兵1500余人次。开展各类手术110余例。成功组织后送重伤员540余名，无一例死亡。先后派出医疗小分队36支共150人次到周边村庄和驻地部队巡诊；重点派出6支应急医疗小分队共7人次，乘直升机赴卧龙、桃关、草坡、耿达、银杏、三江等交通中断的周边偏远乡镇实行孤岛救援，受到当地政府和人民的高度评价和信任。

在道路不通，后勤保障进不来的时候，医疗队每人每天只能靠几口干粮抵抗饥饿，进映秀时每人背进来的3瓶水要喝好几天。驻地群众为了表达对医疗队的感激之情，自己缺吃少喝，却自发地把宝贵的大米熬成大米粥，送来给队员们喝，还把家中自制的腊肉、香肠拿来给队员们吃。当地盛产樱桃，怕医疗队不肯接收，有的群众干脆把整根树枝直接从树上砍下来，扛着送到医疗队的帐篷前放下就走。阿坝州人大的王主任，每次说起三医大救护伤员的感人事迹，都忍不住泪流满面。

阿坝州委书记侍俊，多次对前来视察慰问的党中央、国务院、中央军委和总部领导褒奖第三军医大学医疗队，他说："我们永远不会忘记三医大在映秀镇抗震救灾中做出的巨大贡献，我们不会忘记王校长做出的巨大贡献！他们不畏艰险、不怕牺牲，用心血和汗水换来了灾区人民的生命和健康，灾区人民会永远铭记在心的！"

5月25日，解放军总政治部主任李继耐，在看了一线记者编发的《第三军医大学校长王登高深入汶川救治伤员》的国内动态清样后，十分感动，在上面批示道：

王登高同志视灾区人民利益高于一切，不顾个人安危，全力组织救治灾区伤员，值得学习。

李继耐

2008年5月29日采访手记

根据上级指示，第三军医大学已完成在映秀的医疗救治任务，将全体撤出映秀，卫生防疫工作交由军事医学科学院防疫队接管。

我将随同撤出，之后和三医大心理救援队一同去理县。

车队于早上8点半离开映秀营地，踏上归途。但是还没出映秀就被堵在了百花大桥边。

几天前进映秀的时候，我们还从残缺不全摇摇欲坠的大桥下通过，此时，被爆破的大桥已完全坍塌在河道上。有许多车被阻在爆破后的一个高坡下，我们也不例外。这时传来命令，所有人下车等待通过，我们就都聚在一处视野宽阔的地段远远地看工兵们作业。

一辆马力强大的推土机一边平整着道路，一边往坡上拖着一辆军用卡车。等那车通过以后，又传来命令，所有人下车快速步行穿过百花大桥爆破地段。

快！快！有人不停地催促着，我们就在新鲜松软的泥土和砖石上跳跃着穿行着，直到离开百花大桥很远了，直到只能看到百花大桥最后的一段了，我们才停下来等候我们的车。大家都有点儿气喘吁吁了。

原计划中午要到都江堰李懿的抗震救灾后勤保障分队吃午饭的，结果吃饭地点却临时改在成都了。

我已经两次经过李懿的保障分队了，分别是在去德阳和映秀之前。

当时他的分队驻地家徒四壁。整个营地十几个人，只有一顶帐篷，帐篷里只有一张简易的折叠桌和4把折叠椅，剩下的就只有车了。大卡车和大轿车，好像还有一两辆依维柯。所有队员包括他自己都睡车上，吃方便面和盒饭、喝瓶装水。没有开水可喝。

他们十几个人保障着从德阳、映秀，到汶川、北川、理县等地8支医疗队，经手300多人的衣食住行和医疗救援物资及装备，自己却连一棵青菜一头蒜都舍不得留下。有一次，别人送给他们一瓶啤酒，结果他们翻遍了所有的车，竟然连一包下酒的花生米都没有找到。

后来听说领导批评了他，说现在不是初期了，条件好多了，该建设的要建设了，而且不仅给了他人还给了他不少装备和政策，我很想看看他的小天地如今变成什么样了。

既然不去都江堰了，我想我这次是见不到李懿了。

可是一下车我就看见他瘦削的有点儿驼背的身影。

李懿，43岁，第三军医大学教保处处长，7年前做了一次大手术，胃部切除2/3。

他还是那样随意地开着玩笑说：拥抱一下吧！话音未落，就有一位男队员开玩笑地朝着他拥抱上去。

上一次见面时，他的腿受了伤，走路一瘸一拐的，我问他腿上的伤怎么样了，他说好点儿了，但是手又受了点儿伤。他说他现在条件好多了，有3顶帐篷、一辆炊事车、一台笔记本电脑和一台打印机，最主要的是学校还采纳他的意见给他配了一个政治教导员和一个副站长。他说他还在营地那儿立了块很醒目的大牌子，上面写着第三军医大学抗震救灾医疗队物资供应站。如今他可以坐在那儿打打电话，发号施令了。可在我看来他还是原来那一副事必躬亲的样子。

计划第二天一早出发去理县。

从德阳去理县大约只有几十公里的路程，因为道路不通，只能绕道雅安、天全、泸定丹巴、金川、马尔康，再到理县，全程大约850公里。

其中有很多危险路段。从马尔康到理县有一段最为险峻路段号称"死亡地带"，即使是无风无雨的日子，也会不时地有大小不一的石块从天而降，当地村民形象地称这一段路为"满天星"，更不要说大地震后许多巨石就在头顶上悬着，随便一块都比汽车大。

途中，我们将在马尔康住一夜，第二天上午赶到理县。不仅因为路途遥远，主要是"满天星"那一段上午时候相对比较安全，过了午后两点，经过阳光的暴晒，水分蒸发，石质的山体会变得更加脆弱易裂，危险性成倍地增加。

第三章　理县、汶川

千里绕行救汶川

5月15日上午，从铁军得知西线有一条到汶川的路可能已经打通了，正在都江堰请求任务的第三军医大学副政委张朝宁开始有了绕行赴汶川的念头。正是这个念头，使他的医疗队成了第一个到达汶川县城的医疗队。

张朝宁带领的第三军医大学第三批医疗队，是5月14日晚上9点从学校出发的。经过一夜奔袭，于5月15日凌晨4点32分到达都江堰。他的医疗队员分别来自于学校的3所附属医院，总计122人，是3批中规模最大的一支医疗队。

按照与抗震救灾指挥部的事先约定，他的医疗队将有一路人马，从都江堰徒步进入汶川县映秀镇。经过再三斟酌，他把这个任务交给了西南医院副院长吴军和由他带领的医疗一队，理由很简单：包括吴军在内，他这个队的人员最年轻。

从都江堰到映秀镇，一路沿岷江峡谷而行，就等于一路与山体滑坡和塌方相伴，那分明是一条用生命做赌的救援路。听说铁军的第一支部队走了一天才走进去，因此送别吴军和队员们的时候，他流了泪。

接下来，就是绕行赴汶川了。

最初由铁军提供的绕行路线，是成都、雅安、泸定、康定、小金、马尔康、理县、汶川。本来张朝宁他们是要随铁军的部队下午一起走的，可是一听说是这条路线，他就感到一阵轻松，因为到泸定的路他去年刚刚跑过。于是，就迫不及待地决定不等铁军了，医疗队自行出发。

张朝宁的庞大车队由13辆车组成，其中3辆指挥车。因为王登高校长从映秀传回的消息说，灾区无水无电，十分困难，学校建议他多带装备，所以他让学校保障分队队长、学校教保处处长李懿，把先期滞留在都江堰的手术车、电源车、炊事车都调来了。

学校校务部部长、医疗队副总指挥黄骥带着一辆指挥车先行探路去了。其实从一决定绕行开始，张朝宁就产生了一个抄近路的想法。原定的路线是走泸定、康定，然后北上到小金。可是从地图上看，可以从雅安直接北上，走宝兴到小金。所以他有意叮嘱黄骥让他了解一下还有无别的路线可走。

张朝宁的想法很快就得到了证实。还未到雅安，黄骥就打来电话说，据当地人讲，走宝兴要比走康定近100多公里，而且雅安到宝兴的路况也不错。

那就走宝兴！从地图上看，从雅安到汶川也就400多公里，按张朝宁估算，就算路烂一点儿，16日中午12点左右也该到了。那时候，他胸有成竹，怎么也想不到他的医疗队将在最后的路途中遭遇一场生死劫难。

此时，随行的医疗队员分别来自新桥医院和大坪医院，按建制列为医疗二队、医疗三队，分别由副院长孙汉军和院长黄旭东带队。

车到雅安的时候，因为不断有车掉队，影响了行进速度，张朝宁把车队分为了两组。指挥车、面包车等速度快的为前组，他自己带一辆指挥车随保障车走在最后。

结果张朝宁带的保障车，很快就和两个医院的车队拉开了距离。

开始还算顺利，两个小时之后，车队就到了宝兴。虽然已经入夜，车过县城的时候还是受到了群众的夹道欢迎，看人们手举着"人民感谢你"的标语横幅，他心生感动，更增加了一份早日赶赴灾区的急切。

车过夹金山的时候大概已是深夜了，反正当车灯中跳出夹金山的路标时，他一下子兴奋起来：这是当年红军走过的地方啊！

出发前，在大家为他送行的酒桌上，他发自内心地说了一段话："这次抗震救灾让我去，我非常高兴，因为穿了一辈子军装，都当上将军了，可就是没有打过仗。这次救灾，算得上是一场准战争，有了这个经历，我这兵当得才算圆满。"张朝宁的父亲是1939年参军的老革命，他本人是2004年授衔的少将。作为一个军人的后代，在这种特殊的旅途上，与老前辈的足迹不期而遇，他有一种承前启后的荣誉感。这是一个意外的收获。

尽管道路很差，车速只有每小时十几公里，他还是亲自开了一段车，一则是让已开了20多个小时车的驾驶员休息一下，再则就是为了一种纪念：自己开车翻越夹金山。

过了夹金山，天已经亮了，再往前是小金、海拔4100米的梦笔山、马尔康。

车过米亚罗的时候，张朝宁让他的几辆车加了油。随行的人问他是否在这儿吃饭，他说咱们离前面的车队太远了，就不吃饭了，大家吃点儿方便食品吧。于是就每人开了一袋牛奶，吃点儿饼干。他很快吃完了，然后拿出相机让人给他在车前照了一张相，接着车队就出发了。后来他看那张照片上的时间是12点54分。也就是说他们离开米亚罗的时候是12点54分。

虽然已经超出了他预计到达汶川的时间，但总的来说之前的路程还是很顺利的。

可是，情况很快发生了变化。

离开米亚罗没多久，前面的车就停下了。一问，说是山上的落石把路堵了。

见他们是军队的医疗队，一个小伙子自告奋勇地骑着摩托车到前面去探路。几分钟后，他转回来说，可以走了，张朝宁他们就驱车前行。走了一段又走不动了，小伙子又到前面去打探。

如此这般地走了一阵子，当车再次被迫停下时，张朝宁突然发现前面的山谷里腾起一片浓密的沙尘，转眼间整个山谷都被淹没了。张朝宁惊愕不已。

有人说，又发生余震了。沙尘是山体垮塌所致。

张朝宁的保障车队被困住了，这一困就是18个小时。

人民生命大于天

孙汉军带领的新桥医院医疗队，于16日中午12点30分到达317国道米亚罗至理县段的峡谷地带，这里距理县县城5公里，距汶川县城约60公里。听说离汶川已经很近了，大家都兴奋起来，有点儿摩拳擦掌的意思，谁也没有想到一场灾难正悄然临近……

应该说，从成都到马尔康基本上是一路坦途，通行无阻。可是自从进入古尔沟，道路突然变得险恶了。山势险峻，道路狭窄，周围全是陡立的峭壁，巨石阵如积木拼凑的一般悬在头顶，仿佛说话的声音都能把它们震落下来。山体塌方随处可见，公路旁的河道里不时有被沙石推下河的汽车残骸。

特别是这个叫一颗印村高家庄的地方，在这里，通往理县的317国道必须经过一段高近150米的大片裸露的岩壁，此处壁立千仞，巍峨无比，公路在岩壁下形成一个S形的大转弯。由于大地震后经过多次垮塌，岩壁上疏松的岩石不时滚落下来，如同流星雨一般，卷起阵阵沙尘，这就是传说中的"满天星"。这是一道通往理县的鬼门关。

当孙汉军的车队行进到S形大转弯的入口处时，岩壁上掉落下来的石块再次阻塞了道路，大批的车辆被迫滞留在公路上。下午1点15分，前方道路指挥员通过对讲机传来消息：道路已经疏通，车队可以通过。

孙汉军一心急着去汶川，就下车协助交警指挥车队快速通过。

"这段路要加快速度，一辆车过去以后，下一辆再跟上，保持距离！"他一边打着手势，一边大声地指挥着。

大坪医院过去了，轮到新桥医院了，载着11名女队员的第一辆车刚刚进入峡谷，1点25分，随着一声沉闷的轰鸣声，一次5.9级的强余震发生了。大地剧烈震动，眼前的山体像瀑布似的倾泻而下，发出震人心魄的轰响。铺天盖地的沙尘，顷刻间淹没了山谷，天空一下子昏暗下来，所有的车辆和景物都消失在滚滚的尘埃之中。空气令人窒息。

最为恐怖的是，那片裸露的岩壁，就在公路左侧不足10米的地方，正在大面积地滑坡，山崩地裂的声响震人心魄。

11名女队员乘坐的面包车仿佛被吞噬了一样，失去了踪影。

孙汉军来不及多想，本能地扑向正准备继续前行的第二辆车，他挥舞着双手边跑边喊："赶快停车！往后退！"随着刺耳的刹车声，一块巨石就在前方不足5米远的地方砸了下来，车内的队员们顿时目瞪口呆。

根本来不及后怕，孙汉军立即冲上去拉开车门，指挥队员迅速后撤。

突然间大地又颤抖起来，两次余震接踵而至。

此时，通讯已完全中断。公路上人群四散奔逃，惊叫声、哭喊声响成一片。人们纷纷用衣袖和湿毛巾捂住口鼻，而头上、脸上和身上早已积起厚厚的尘土，活像是从某部科幻电影中走出的虚构角色。

孙汉军迅速地冷静下来。此时，医疗队的车队已被斩成了3段。走在前面的大坪医院医疗队和11名女队员生死未卜，副政委张朝宁的保障车队被堵在后面，失去联络。而眼下当务之急是他们自己目前的处境。

他环顾四周，发现他们正处在一片凹地之中，是3座大山之间的一处三角地带，位于3座大山的包围之下。而3座大山都在滑坡。车队离前方的陡峭悬崖不足百米，右侧的大山山体严重破坏，泥石俱下，山脚下是一个水电站，石头击打在金属管道上发出当当的脆响。

最危险的是车队左侧那片裸露的岩壁，上面的石头还在不断地崩落。经过3次余震之后，周围已聚集了五六百人，有抢修通信电缆的，有疏通道路的，还有不少水电工，他们都是"5·12"地震发生后赶到这里救灾的。如果此山垮塌，现场的几百号人无人能有生还的机会。

无处可逃，短时间内也不可能有外援，要想生存，只能自救。

这时，他发现有一面山体暂时还没有发生大的滑坡，在高出公路四五米的地方有一块菜地，相对平坦。他从车上找出了一支扩音器，向群众大喊："快往菜地里撤，那里安全!"

可是惊魂未定的群众没有一个人敢往上爬。

孙汉军对身边的几个骨干队员说："要当烈士，先当壮士!两个人先上去看看情况，其他人跟我带着群众上!"话音一落，已有两名队员爬上了菜地。经过查看，确定相对安全后，孙汉军立即带着队员们组织群众向菜地转移。

趁着塌方和沙尘消散的间隙，孙汉军赶紧把医疗队员集合起来清点人数。22名男队员一个不少，唯独缺了那11名女队员。她们怎么样了，冲过去了吗？她们是不是被埋在下面了？担心和焦虑像一把铁钳撕扯着他的心……

余震还在持续，1点41分、1点50分、2点21分……

这时第二次大塌方又开始了，人群再次慌乱起来，哭喊声、惊叫声不断，而且骚动不安。

看着周围一张张惊恐无助的脸，孙汉军告诉自己：必须马上控制局面，让群众镇静下来，否则可能导致不必要的伤亡。他再次集合医疗队员，喊着口令让大家列队，大声报数。

队员们显然明白孙汉军的意思，他们表情严肃，报数时的声音镇定而又洪亮!

孙汉军说："我们都是军人、党员，现在考验我们的时候到了!我们一定要表现出坚强的意志力，要镇定!等一会儿，我们可能要抢救很多伤员，现在我们有一车东西，药品、绷带、盐水都在上面，还有几个帐篷，只要抢救出来，我们就可以救援了!"

他说："我们成立一个临时党支部，我任支部书记。所有的医疗资源统筹调配使用。从现在的情况看，我们将持续一段时间出不去，会困在这儿。因为与外界联系不通，一时半刻靠外界的救援很难。地震灾害现在主要是强调自救。作为人民军医，我们三医大人要在危难时候显身手，大家有没有决心？"

大家齐声高喊："有！"坚定而无畏的声音，响彻山谷。

孙汉军说："那一刻，有一种悲壮的责任感，和神圣的军人的荣誉感在心中升腾，觉得自己很有力量！"

惊慌的群众，逐渐安静下来，用期盼的目光注视这些身穿迷彩的军人。

孙汉军及时地鼓励大家："乡亲们，现在我们被困了，但是大家不要担心，我们决不会丢下大伙不管！我相信只要我们军民联手，团结协作，就一定可以渡过难关！"现场响起了热烈的掌声和喝彩声。

这时，刚好也被堵在这里的理县常务副县长伍连才，闻讯赶来会合。

二人互相通报了各自的身份情况，当即决定成立应急指挥部。由大校军衔的孙汉军任指挥长，也在现场的县委常委、政法委书记王运寿和伍连才为副指挥长。

孙汉军立刻行使职权，将在场的人员统筹起来，分成四组：一组以民兵为主负责下山从被困的车辆上抢运物资，包括医疗队伍的医疗设备、药品等，将各种物资集中起来，统一调配；二组以施工队的工人为主，在医疗队队员的指导下搭建军用帐篷，以便安置群众；三组以医疗队员为主，即时就地展开救治受伤群众的工作；四组以有经验的当地百姓为主，负责采摘菜地里的莴苣，作为储备口粮。

孙汉军部署完毕，大家立即分头行动起来。好像一下子有了主心骨，人们最初的茫然无措消失了，对各自的工作积极而踊跃。

这时候，有人高喊："有人受伤了！"

一名受伤的群众很快被抬到菜地里。

这是一名正在抢修电缆的工人，余震发生的时候，他被飞石砸中，造成多发性骨折，多器官损伤，还伴有严重出血。伤员已经出现休克症状，生命垂危。

短短5分钟的时间，一块菜地就被清理出来了。帐篷很快搭建起来。药品、食品也被抢送上来。第一个帐篷搭好后，伤员被推进了"手术室"。

没有手术台，队员们只能跪在地上进行手术；没有手术灯，就用6支手电筒照明；没有呼吸机，就用手捏气囊替代。就这样，他们依靠过硬的野战救治技术，成功地抢救了4名危重伤员。

手术正在进行的时候，山体又一次发生大面积的坍塌。11名女队员还没有消息，不知道这次的坍塌会不会伤害到她们……

孙汉军悄悄地走出帐篷，独自站在菜地边，看着前方还在哗哗滚落的山石，心中又是一阵绞痛。他不停地拨弄手中的对讲机，期望里面会突然传来她们的声音或消息，可是他听到的只有阵阵刺耳的杂音。

"11名女队员，都是二三十岁的花样年华，她们有的离别刚新婚的丈夫、放下待哺的孩子，有的忍着家中受灾、父母音信全无的伤痛，翻山越岭、长途跋涉地跟我来抗震救灾，可是我作为一队之长，生死关头，不能在身旁给她们一点儿保护，如果她们有个三长两短，我怎么对得起朝夕相处的战友！"

出发前，他曾经对她们保证过：我带出来的兵，我会完完整整带回去！可现在，她们在哪里？她们是否已经……孙汉军不敢想下去。

眼泪无数次涌上来，但他不敢让它们流出来。因为他是指挥长，几百双眼睛在看着他，他必须镇定从容，不能有一丝的软弱；他必须充满自信，不能有半点儿犹疑。他必须让人觉得，有他在，就是天塌下来也没有什么了不起，大不了找根柱子再把它撑起来！

他说："这时我只有一个念头，人民生命大于天，为了救群众的命，豁出我们的命，也在所不惜！"

冲出"满天星"

两个多小时后，现场干警的对讲机里断断续续传来了山那边的消息：现场人员初步勘察，前方塌方路段没有发现人员被埋。

孙汉军迫不及待地立刻拨打女队员的电话，当电话接通，里面传出女队员的领队、新桥医院协理员周利容的声音"大家都很平安……"时，孙汉军再也控制不了自己的情绪，禁不住失声痛哭："感谢大家，感谢大家都还活着，活着就好……"

然后，他一下子从地上蹦了起来，冲着人们大声喊道："她们都过去了！她们都活着！"

　　在场的人顿时欢呼起来，掌声响成一片。队员们彼此相拥着，流着泪，笑着，互相庆贺这一喜讯。一时间，人们忘却了自身的处境，只顾为他人的平安而喜悦。

　　同时被困的四川电视台的女记者何慧柔，此时用衣服蒙着脸哭出了声。这个一直在现场坚持跟踪报道的年轻姑娘，用她记者的敏锐和勇气关注着孙汉军的一举一动："如果能平安出去的话，我愿意跟他们一起留下来，我要对他做专访。我觉得他很了不起！在大家都非常无助的情况下，他的镇定、他的指挥，使现场这600多人都有信心、都感到安心！他的每一个举动，都让我感动！"

　　孙汉军是太高兴、太兴奋了，赶上人们向他询问抢救伤员的情况，他就借机向人们炫耀起他的专家团队。

　　"幸好把药品和器械都抢救出来了。"他说，"我带来的这些医生那可都是宝贝，他们绝大多数都是博士、教授，你别看他们现在灰头土脸的，平时在医院里都是大牌教授，那技术可都是没说的。"

　　说着，还怕别人不信似的，从迷彩服的口袋里掏出了一份队员花名册，一个个地指着上面的学历栏让人家看，说："你看，博士、博士、博士、博士，都是博士。所以手术才这样顺利、这样成功。"他强调说："他们确实是我的宝贝啊，伤一个不得了啊！"

　　夜幕降临了，依据有限的几顶帐篷，所有人都在菜地里驻扎下来。夜幕降临了，同时降临的还有寒冷和恐惧。

　　余震还在持续，大地还在颤抖。山体垮塌的巨响震撼着夜空，远处电站传来的山石撞击金属管道的声音，显得更加夸张和刺耳。没有人知道明天等待他们的是什么；没有人知道何时能够突出这大山的重围；也没有人知道离他们最近的这面山体，是否会借助黑夜的掩护，给这片小小的高地顷刻间带来灭顶之灾……

　　和外面的联系又中断了，绝望和恐惧像毒草一样在人们的心头蔓延。

　　为了驱寒，也为了鼓舞人心，孙汉军组织大家点起了6堆篝火，不论军民、

347

不论男女老幼，人们围篝火而坐，在医疗队员的带动下，高声唱起了《咱当兵的人》《团结就是力量》，歌声激情豪放，荡气回肠，响彻山谷。歌声中，大家不知不觉地把手紧紧握在了一起，泪水在脸上流淌着，但他们微笑着，表情中写满了坚强和无畏……

17日清晨6点，经过救援官兵一夜的努力，塌方的路段终于打通了，在孙汉军和医疗队员们的带领下，600多名被困的群众在度过了惊心动魄、不离不弃的18个小时之后，带着4名从死神手中抢回来的重伤员，有组织地分批利用塌方、滚石的短暂间歇，成功地突出了大山的重围，突出了传说中不可战胜的死亡地带——"满天星"。

他们活着！曾经暴戾的不可一世的死神没能从他们手里抢走一条性命，他们没有丢弃一个人，600多人全都活着！

"我们成功了，我们胜利了！"孙汉军这个果敢坚强的汉子，这个大难当头沉着冷静、充满智慧的军人，挥舞着拳头向大山宣告着他满腔的自豪与骄傲！

张朝宁是17日中午12点钟左右在进入理县县城的路口上，见到孙汉军的。

那里有一个小土坡，车一停，他就看见孙汉军从土坡上向他跑过来，然后一把抱住了他，眼泪直在眼圈里打转转，弄得张朝宁眼睛也湿湿的。事后，为了这个细节，两人一直互相推诿，都说是对方先流了泪，才把自己招出泪来的，谁也不肯承认是自己先流了泪。

此时，一直走在队伍前面、侥幸避过余震之祸的大坪医院的黄旭东院长，已带领该院的几名队员经理县抵达汶川。根据汶川、理县当时医疗资源的分布情况，报经请学校批准，确定由张朝宁带领大坪医院医疗队赶赴汶川，与先头的黄旭东会合；新桥医院医疗队就地展开，在理县开展医疗救援。

17日下午4点46分，张朝宁所部抵达汶川。自14日晚9点从第三军医大学校本部出发，历时67小时46分，绕行近1300多公里，第三军医大学医疗队，继首支抵达德阳、首支抵达映秀之后，又成为第一支抵达理县和汶川的抗震救灾医疗队！

当张朝宁的医疗队抵达汶川人民医院时，该院已经弹尽粮绝，就连外伤换药的纱布都已经用光了。风尘仆仆的医疗队，到达的当晚就做了5台手术。此后的三天三夜，共做了97台手术。自医疗队抵达，汶川人民医院收治的伤员再没有一例死亡。

在理县，孙汉军的队员们当即投入到救治工作中。

理县全县4.2万人，除县城7000常住人口和近3000流动人口外，其余3.2万多人分散居住在高山和半高山的村寨之中，是一个典型的藏、羌、汉民族混居的山地县城。大地震将水、电、交通等基本设施全部毁损，那些地方山高路险，即使是正常光景，外人也难以到达，大量的群众被困山中得不到救治。

可经历了死亡考验的队员们说："连死神都缴械投降了，我们还怕什么！"

在理县的28个日日夜夜，他们穿越无数条"死亡之路"，进藏乡、入羌寨，走遍了理县13个乡镇，深入10多个救灾部队驻扎点，共救治灾民6780多人，巡诊和治疗一线官兵1520多人。

后据国家地震局报告：5月16日下午1点25分在四川灾区发生的余震为里氏5.9级，震中在理县。

2008年5月31日采访手记

你不是孤单的，黑暗中我们来了，你的亲人来了。

你安全了，来，让我紧紧拥抱你……

——摘自第三军医大学《灾区民众心理救援手册》

第四章　让心中的太阳照常升起

最早到达地震中心的心理医生

戴琴和她的老师冯正直是全国最早到达地震中心的心理救援医生。

那天从都江堰徒步进映秀的时候，戴琴差点儿被留下来。

30岁的戴琴是第三军医大学护理学院心理学教研室讲师，是原本定在5月下旬答辩的硕士研究生。5月14日，她和教研室主任冯正直被学校定为第三批医疗队员，配属西南医院医疗队奔赴汶川。这一来答辩的事，就要耽搁了。可是她毫不介意。

因为道路不通，西南医院副院长吴军要带领36名医疗队员背着30多公斤重的医疗急救用品，徒步开进映秀。见戴琴瘦弱，吴军想让她留下来，可她坚决不肯，哭着喊道："我是农村孩子，2003年参加过小汤山抗非，我能吃苦！"就这样，她和老师冯正直成了全国最早到达地震中心的心理医生。

刚到映秀的时候，戴琴并没有马上开展自己的工作。

看到破碎的小镇和满地的伤员，谁都明白，这时候抢救生命才是第一位的。面对鲜血和死神，无影无形的心理工作显得那么不合时宜，弄不好还会影响战友们的救援工作，于是她就四处跑着给人当帮手。

帮人拿药品器械，帮着搬运伤员。她在学心理前是当过护士的，对护士的活儿并不陌生，所以有时也给护士们打打下手。她甚至给大家做过饭。只要是她能做的，不管干什么，她都干得尽心尽力，不遗余力。似乎只有这样才能弥补职业带来的缺憾——那时候她真的对自己的职业产生了抱怨。直到她在伤员中看到了那个叫袁艺的女孩。

21岁的女孩袁艺是交通局的收费员，刚刚参加工作没多久。地震时房子塌了，她和另外两个女孩同时被压在了水泥板下。两个女孩扑在她身上，口鼻被压在她的大腿上，很快就没有了呼吸。她活着，一个人守着同伴的尸体坚持了100多个小时。但她的两条腿双膝以下已经坏死了。从医生的谈话中，她知道她就要被截肢，永远地失去自己的腿了。她躺在担架上，紧闭着双眼，可是泪水却顺着脸颊不停地往下流。

看到袁艺的时候，戴琴不记得自己正在做什么了，反正她一下子就被袁艺吸引了。女孩看上去是那样的惊恐无助，她情不自禁地赶上前去，想要帮助她。

听到身边有人，女孩突然睁开双眼，一把抓住她的胳膊，苦苦地哀求说："求求你们，不要锯我的腿！没了腿，我今后怎么办啊？"女孩的脸上写满了痛楚和绝望。

戴琴心中一阵悸痛，眼泪就涌上来了。

接下来的十几分钟里，女孩不停地述说着自己那终生难忘的恐怖遭遇。

"小妹妹，你在废墟里坚持了100多个小时，了不起呀！只要活下去，一切就有希望！一切都会好起来的。"她强忍着泪水，跪在担架旁握着女孩的手，静静地陪着，认真地听着，不失时机地安慰着、鼓励着。

看到女孩在自己的陪伴和帮助下，渐渐地平静下来，她一下子意识到自己的职责所在："用我们的心去承受伤员的苦，帮助他们重新建立起生活的信心和勇气，那才是我们第一位的工作啊！"

从那以后，她开始全身心地投入到心理救援工作中。

一天，她和主任冯正直走在巡诊的路上，只见一个披头散发的女人，一边撕心裂肺地哭着，一边跌跌撞撞地迎面走来。他们连忙迎上前去询问原委。可那女人泣不成声："我的女儿！我的女儿！太惨了……"

原来，女人叫王群，今年39岁。她5岁的小女儿在学校的废墟中刚刚被挖出来，在被埋了整整9天之后，女儿的小模样已面目全非，她是从那只红色的小皮鞋认出女儿的。还不止如此，在这次大地震中，除了女儿她还有12位亲人不幸遇难。

她已经几天几夜没有合过眼了，她绝望了，她觉得整个世界都坍塌了，毁灭了。她不想活了，她几次想了结自己的生命，身上有好几处用玻璃片自残留下的伤痕。

看着这个悲痛欲绝的女人，戴琴心痛不已，她像对自己的姐姐一样久久地拥抱着她，安抚着她，直到她止住了那痛彻心扉的哭声。

第二天，他们再次来到王群的帐篷时，只见她手里攥着小女儿的照片，正坐在角落里发呆。见他们来了，她就一边翻着女儿的相册，一边描述着女儿可爱的样子，说着说着就又哭了起来。他们就陪她坐在那儿，认真地听着她的述说，不时地给她一些点拨和启发。两个小时之后，王群的情绪已经好了很多。

此后，他们先后4次为王群做心理辅导。当他们最后一次去她的帐篷看她时，她正在帐篷边烧火做饭，见到他们，脸上竟然露出了难得的笑容……

你不是孤单的，黑暗中我们来了

当别人一批批地满怀报国之情奔赴抗震救灾一线的时候，第三军医大学护理学院政委寇晋却坐在自己的办公室里犯愁。

5月12日下午，大地震发生后，他和几个系领导刚把惊魂未定的学生安顿好，就在护理系的广场上召开了干部紧急会议，商议能为灾区做点儿什么。当时大家只有一个心愿：一定要到灾区参加救援！

短短一天的时间，教员们的请战书像雪片般飞到系党委，学员们的决心书把校园主干道的两侧都挂满了，性急的同志甚至把迷彩背囊都准备好放到了办公室里，就等着一声令下奔赴灾区了。

尽管5月13日学院党委就向校党委递交了请战书，可是，除了心理教研室主任冯正直和即将硕士毕业的年轻讲师戴琴被编入别人的医疗队外，护理系再没有领到别的任务。这让寇晋实在感到不甘心。

45岁的寇晋，是宣传处长出身。多年的工作养成，使他具有一种特殊职业敏感性。他知道，在整个护理学院中，最有可能上一线的就是他们的心理教研室，可是目前这种情况下，人们关注的都是鲜血淋漓的生命救援，心理救援一时半会儿很难引起人们的重视。而且他想要的绝不是出一两个专家配属别人，他要专门组建一支心理救援队，到抗震救灾最前线，专业地、系统地、深层次地开展心理救援工作。

当然要想做到这一点，他们不能坐等，他们要用实际行动证明自己的实力。

听说重庆受灾最严重的梁平县，有两所小学在大地震中倒塌了，寇晋决定先去那里做点儿事情。经学校批准，5月17日一大早，寇晋就和教研室的李敏教授带着两个硕士研究生出发了。

到了梁平县，他们先去找了有关部门，可人家说现在工作太忙，希望他们一个月后再去。显然地，人家并不认为心理救援会对孩子们真的有所帮助。他们没有气馁，一路打听一路找，硬是沿着山路找到了在地震中被毁严重的文化镇小学。

他们到达小学那片废墟的时候，是下午2点钟，老师们正在进行着灾后的清理工作。为了保证孩子们的学习，他们已经租借了安全的房舍给孩子们复课。

据说这个学校的老师很了不起，地震的时候，没有一个老师是不顾孩子自己逃跑的，所有的老师都是在帮助孩子们有序地疏散以后，才最后离开的。地震之后，老师们一直在学校守候着没有回家，很多人几天都没有真正睡过觉。说起那些不幸遇难的孩子，几位老师难过得说不出话来。

根据老师们的指点，他们见到了已经复课的孩子和那些受了伤在县医院正在接受治疗的孩子，和他们在一起整整待了两天。

12岁的小女孩丹丹和表哥是同班同学，两个孩子从小一起长大、一起上学，感情胜过亲兄妹。大地震发生时，孩子们一起从教室里往外跑，关键的时候，懂事的表哥推了她一把，结果她跑出来了，表哥却没跑出来。而且，她目睹了表哥和其他同学遇难的悲惨景象。

从那天起，她吃不下饭，睡不着觉，终日哭泣不止。因为她常常处于恍惚状态，本来在地震中没有受伤的她，震后却不时地在平地上失足摔倒，还扭伤了脚。

当寇晋和李敏他们见到小丹丹的时候，小丹丹眼睛红肿，精神萎靡，目光中的神情茫然若失。

李敏是一个非常有经验的心理学博士。从见到小丹丹的那一刻起，李敏就像母亲似的把她拥在怀中，用她那极富感染力的声音循循善诱地疏导着孩子那颗受伤的心。小丹丹很快就向她敞开了心扉，把自己内心的痛苦和悲伤尽情地倾泻出来。两个多小时以后，在李敏的鼓励下，小丹丹已经可以和同学们一起做游戏了。经过两三次的悉心疏导，当他们离开梁平时，小丹丹的脸上又出现了久违的笑容。

五年级的男孩小强，本来是一个乐于助人的好孩子。

大地震的时候，大家都从教室里往外跑，他也不例外。在走廊里他们遇到了低年级的小同学。小同学年龄小，动作也慢，善良的小强不肯跟他们抢道，就让他们先走，结果耽误了自己逃生，被砸伤了腿。躺在医院的病床上，看着不知能否彻底痊愈的腿，他懊悔了。他认为自己不该在生命攸关的时候让别人，他甚至开始仇恨那些妨碍了他逃生的小同学。

第一次见到小强时，他的神情阴郁而消沉，他不肯理人，不愿意交流，甚至不愿意接触别人善意的目光。

功夫不负有心人。经过他们几次耐心地心理辅导，小强的脸上终于又出现友善的笑容。

在文化镇小学，他们甚至还为一些遇难孩子的家长做了心理辅导。当他们准备离开的时候，老师们不停地问他们，下次什么时候再去给他们做疏导。

两天的心理救援工作，卓有成效。

与此同时，教研室留在家中的人也没有闲着。

心理学教研室副教授杨国愉是5月16日从外地出差赶回的。

听说教研室有可能到抗震救灾一线做心理救援，想到前线一定很需要心理辅导资料，他一回来就忙着组织全室教员、研究生加班加点编写了《心理救援人员培训手册》《救援人员心理自助手册》《灾区民众心理救援手册》3本手册。

3本手册涵盖了灾区可能的三方面人群，以问答的形式款款道来，内容简明扼要，通俗易懂。且每本手册只有巴掌大小，小巧精致方便携带，可以随意揣进随身的口袋里。

3本手册分别以红、蓝、绿3种颜色做封皮。翻开其中那本绿色封皮的《灾区民众心理救援手册》，小小的扉页上，几行隶书的小字赫然映入眼帘：

> 你不是孤单的，黑暗中我们来了，你的亲人来了。
>
> 你安全了，来，让我紧紧拥抱你。
>
> 你看到、听到、触到的痛苦和危险，我们非常难过。
>
> 这不是我们的错，不要悔恨，也不要反复回想。
>
> 不要去克制自己的情感，哭吧，说吧，倾诉吧。
>
> 别害怕，孩子，我们会爱你，照顾你直到永远。
>
> 你所有的反应是遇到灾害时的自然表现，我们深深理解。
>
> 你的坚韧、你对生命的渴求震撼着我们每个人的心灵。
>
> 能够活着，还有什么可怕吗？朋友。
>
> 让我们为离去的人们深深地祈祷！
>
> 让我们为生命的奇迹真诚地祝福！
>
> 要相信党和政府，相信解放军，相信每一个想念你们的人。

当你耐心地读完这段真诚体贴的文字，你是否心生感动？你是否感到心灵犹如受到了春风化雨般的抚慰？在每一本小册子的扉页和封底上，都有一段类似这样的文字或诗句，在感动着你、诱惑着你继续翻动书页去读完他们希望你知道的内容。小册子是简装的，可他们的苦心和诚意却是精装的。

3本手册他们一下子就印制2万册。

5月19日从梁平县一回来，寇晋就把他们开展工作的情况向学校领导做了汇报，同时向学校提出了带领心理救援队，奔赴四川灾区开展心理救援工作的请求。

5月20日，他们的请求得到了批准。

5月21日上午，由心理学教研室8名教授、讲师、心理咨询师和研究生组成的"第三军医大学心理救援队"，在护理学院政委寇晋的带领下，带着自编的15000册心理救援手册，带着各自的迷彩背囊，沿着成渝高速公路，向着四川灾区一路飞驰而去！

用在读硕士研究生宋新涛的话说："在等待了漫长的9天后，我们出发了！"

爱让我们在一起

"我不希望地震给我们留下物质废墟的同时，还给我们留下精神废墟，我知道我所做的一切都是有限的，但我会随时准备去帮助那些需要被援助的人。"这是心理救援队员、在读硕士研究生韦美写在日记中的一段话。

出发的时候，寇晋就说，他们一定要走遍三医大医疗队所在的每一个地方，要让每一个接受过三医大医疗救援的地方，也同样能接受到心灵的救援。

于是，他们就有了这样一条出征路线：德阳——汉旺——都江堰——映秀——理县——汶川。

德阳是他们征程的第一站，在4天的时间里，他们辅导部队官兵90人次，培训心理骨干人员191人次，访谈受灾民众229人次，发放心理救援手册2000余册。

36岁的护理学院教导员、心理咨询师罗玉容，是唯一一名入选心理救援队的学员队干部。她是救援队的大管家，虽然年龄不大，却像个大姐姐似的照顾全队所有的人，照料管理着全队数十种工作生活用品，还主动负责记录全队近

355

20天开展工作的时间、地点、单位和内容。

在她的工作手册上，记录着心理救援队在德阳4天的工作内容：

第一，对德阳市第一、第二人民医院受灾民众进行排查和访谈；

第二，两次赴绵竹汉旺镇对救灾人员进行心理辅导；

第三，分别在德阳市人民医院本部和旌南分院，对医疗人员及志愿者举办心理辅导；

第四，为旌阳区国税局17名在灾区被困的老干部进行心理辅导；

第五，与旌南分院的青年志愿者进行座谈和辅导。

一天晚上，当他们工作了一天，拖着疲惫的身子回到驻地——旌南分院的帐篷的时候，他们听到临近的志愿者帐篷里传来了哭声，他们顾不上疲劳连忙赶过去探问。

正在哭泣的是女大学生志愿者铅铅。铅铅告诉他们，她服务的一位老大爷震后情绪一直不稳定，今天竟然把一碗稀饭泼在了她的脸上，这让她感到非常委屈，以至于开始怀疑自己工作和付出的意义和价值。

在铅铅的身边，陪着一群和她年龄相仿的志愿者，大家一个个都有点儿垂头丧气。

铅铅的遭遇，让他们发现了一个新的需要帮助的群体——志愿者。

在灾区，志愿者随处可见，他们在每一个需要帮手的地方任劳任怨地工作，不讲条件、不计报酬，不仅在体力上备受辛劳，还要承受许多心灵上的压力。他们是最无私、最纯粹的奉献者。而他们的付出又常常受到忽略。

铅铅说："在这次地震发生后的短短10天里，我做了以前十几年从来没有做过的事情，也体验了二十几年来从来没有体验过的心酸。"

连续3个晚上，当他们各自完成了一天的工作，终于可以回到自己帐篷的时候，他们——心理救援队员，开始关怀他们——20多名在旌南分院服务的青年志愿者。听他们倾诉，帮他们认识自己奉献的价值，教给他们一些调节情绪、排解压力的方法，鼓励他们总结自己的收获和进步，甚至教他们如何成为别人的心理辅导员。渐渐地，这群80后的年轻人脸上又露出了自信的微笑。

"在灾区难，最难的不是生活，而是工作。"这是心理救援队员们共同的感受。

在灾区，最苦的是受灾群众，最累的却是部队的救援官兵。

看到救援官兵没日没夜地扒废墟、救伤员、掩埋遇难者遗体，灾难的血腥和极度的疲劳轮番摧残和消耗着战士们年轻的身体和心灵。有的战士几天不想吃饭、不想说话，满脑子都是"救人、救人"，一停下来就为死难的同胞感到难过，不由自主地流泪……

队员们看在眼里，急在心里，特别想用己之所长，帮助他们解除一些心理压力。可是，跟部队联系时，却常常被婉言拒绝。

面对这种尴尬的困境，寇晋总是鼓励队员们说："没关系，我们主动出击！再难，我们也要为战士们做点儿事儿！"

于是，每到一地，队员们都是兵分几路，到每个指挥所自我介绍、发放资料，一次又一次地向人们宣讲心理救援的作用和意义。

最让他们高兴的一次，是在映秀。

那天下午，他们例行去为在映秀执行救援任务的武警成都支队发放资料，联系工作时，正遇上该队政委李丕金大校。听他们说明来意，李政委立刻爽快地表示欢迎："你们来得正好啊！我们战士太辛苦了，心理压力很大，我正准备去成都请心理专家来帮助他们呢！"

李政委的话，让队员备受鼓舞。当即约好第二天就去给战士们做心理辅导讲座。

队员们连夜收集该部队的基本情况、光荣传统、先进事迹以及官兵心理现状，并把它们融合到辅导内容中。第二天，就在散发着刺鼻异味的废墟作业现场，和官兵们一起席地而坐，由杨国愉副教授和两名硕士讲师主讲，分3组展开了大规模的心理辅导。

就这样，他们在废墟旁、卡车上、帐篷里，甚至消、杀、灭的现场，艰难地开展着工作。

有一次下部队时，他们看到特种兵部队的一名战士正拿着他们分发的手册，打着手机一字一句地读给他在北川执行任务的战友听，他们感动得眼眶都湿润了：那无疑是对他们辛勤工作的最高奖赏啊！

通过队员们不懈的努力，第三军医大学心理救援队逐渐扩大了影响，打开了工作局面。先后在驻渝某集团军特种兵部队、某师109团、铁军红军师、71782部队、武警成都支队、8651部队、武警理县中队、理县人民武装部、驻渝某集团军防化团、阿坝军分区等20余个部队单位，开展心理健康讲座和心理辅导，有效地维护一线官兵的心理健康。

六一儿童节到了，这是灾区的孩子们在大地震后遇到的第一个节日，而且是他们自己的节日。于是，正在理县工作的心理救援队，把孩子当成了重点关注对象。

他们带上了精心准备的文具、糖果等礼物，来到理县朴头村小学和孩子们一起过节。他们和孩子们一起唱歌、一起画画、给孩子们讲故事、一起做游戏，把礼物分送到每一个孩子的手中，让经历了无情灾难的孩子们，感受来自人间的温暖关爱。

这时候，正在给孩子们讲故事的队员汪涛，接到了7岁女儿的电话：

"妈妈，你忘了今天是儿童节吗？"

"宝贝，妈妈没忘，可是灾区的小朋友更需要妈妈，等我回来给你补上，好吗？"

"你去灾区了，爸爸也去灾区了，我好想你们！"

汪涛的爱人唐万能，是第三军医大学组织处副处长，最近他跟随医大政委高福锁带领的学校慰问团一直在各个医疗队之间奔波，离开家也有好多天了。

本来就很思念女儿的汪涛，声音哽咽了："乖女儿，我们也想你，等爸爸妈妈完成任务就回来陪你，好吗？"

女儿却懂事地说："妈妈，我只要听到你的声音就好了。"

还没来得及跟孩子说完"节日快乐"，汪涛的眼泪已夺眶而出……

6月4日，对于心理救援队队员韦美、赵晓晶、张夔来说，是一个特殊的日子。

这一天，第三军医大学心理救援队在汶川县城的一处废墟上，举起了火红的党旗，为他们3人举行了庄严而又独特的火线入党宣誓仪式。

面对党旗，3个年轻的心理工作者，举起右拳庄严宣誓：我们是光荣的中国共产党党员，我们一定不辜负党的希望和重托，始终牢记入党誓词，维护党的形象，遵守党的纪律，冲锋在前，以共产党员的先进性标准严格要求自己，发扬我军听党指挥、服务人民、英勇善战的传统，为党旗增光添彩！

第三军医大学心理救援队，在一线灾区实施心理救援24天，行程3500多公里，发放心理救援手册15000余册，举办各种讲座27场，团队辅导群众及官兵3500余人，为灾区群众和伤病员开展个别辅导1200余人次，其中重点干预73人。

正像队员们喜欢的那首《爱让我们在一起》的歌中所唱：

> 这是对我们的又一次考验
>
> 爱让我们在一起　迎接明天初升的太阳
>
> 爱让我们在一起　让孩子笑得更加灿烂
>
> 爱让我们在一起　让鲜花盛开在这个春天
>
> 爱让我们在一起　共同奔向美好明天
>
> 心心相通　血脉相连　携手并进　奋力向前
>
> 兄弟姐妹　心手相牵　齐心协力　共建家园

让心中的太阳照常升起——这是第三军医大学心理救援队的队员们最真诚的理想，无论是大地震，或者是别的什么灾难和不幸，相信都不会让他们有丝毫改变。

需要补充的是：经学校批准，戴琴等一批因为抗震救灾而错过了答辩的在读研究生，可在完成抗震救灾任务返校后，另行安排毕业答辩。

后　记

5月19日至21日，总后勤部政委孙大发在总后政治部主任郭旭恒、干部部长袁安升和三医大张绍祥副校长的陪同下，赴四川灾区指导抗震救灾，并代表总后党委、总后勤部部长廖锡龙看望慰问一线官兵。在看望三医大医疗队时，他在简短的讲话中连用了5个"最"字，可谓是对三医大抗震救灾行动最精辟的概括：

"这次抗震救灾，三医大反应迅速，在短时间内就组建了一支精兵强将的医疗队。最早进入灾区的医疗队是三医大；接收病人最多的是三医大；自我保障最好的是三医大；出去医护人员最多的是三医大；后送伤员最多的也是三医大！"

自2008年5月22日从北京出发，我经重庆、成都，先后抵达都江堰、德阳、什邡、绵竹、汉旺、映秀、理县等地采访12天，和医疗队员们同吃同住同忧乐，所经之事，所感之情，终生难忘。尤其是我在德阳听到的医疗队女队员乐冬梅的故事。当时，她刚刚火线入党。听说医疗队出发时，乐冬梅患晚期癌症的父亲已报病危，本来她是想要回家探望父亲的，可是却接到命令跟随医疗队赶赴灾区。工作之余，这个人们印象中十分爱笑的姑娘，常常会躲在没人的地方为父亲哭泣……

回到北京不久，一个不幸的消息尾随而至，乐冬梅的父亲在她到灾区抗震救灾的第43天去世了。弥留之际，父亲在电话里对女儿说的最后一句话是：

安心救灾。多救几个人。不要请假回来。

女儿说："爸爸，女儿不孝了，等我完成任务后，女儿一定会捧着胜利的花环来给您老人家磕头！"

感念天地间如此大爱！陡然间，禁不住心中潮涌，为我众多罹难同胞，也为我十几万舍生忘死赴国难的英雄战友，再一次涕泪纵横……

2008年7月二稿于北京

耀州故事

耀州这个地名我是听说过的，那是跟一种闻名天下的古陶瓷连在一起的，那就是耀州青瓷。

相传五代时，国王责令耀州瓷窑烧造御用瓷器，工匠请示瓷的款式，周世宗柴荣略一沉吟，批曰：雨过天晴云破处，这般颜色做将来。于是，便有了雨后青天般颜色的天青瓷，也叫青瓷。到宋代时，耀州青瓷已登峰造极，以"青如天，明如镜，薄如纸，声如磬"的无二品质，与定、汝、官、哥、钧五大名窑齐名并著。后来，更是被学者们誉为世间"最美的青瓷"。在不久前的一次国际拍卖会上，一件稀世天青釉的仿品就拍出600万美金的天价，青瓷之美之珍贵可见一斑。

青瓷因耀州而得名，耀州因青瓷而声名远播。朝代更替，岁月荏苒，千年时光，转付流水，人们对耀州的记忆却还是青瓷。

但是，在这个风雨无常、变幻莫测的秋天，我与耀州遭遇，却和美轮美奂的耀州青瓷无关。

这是一个和国家财政有关的故事。

1 未来风雨飘摇

国家财政系统有一级行政机构叫财政所。

财政所设在乡镇上，是国家财政的最基层。也就是说，财政所的工作人员是直接跟农民打交道的人。不仅如此，甚至于他们本身就是边缘化的农民，家住在农村，父母家人妻儿老小都是农民。他们自己虽为"公家人"，但是闲暇之时，还是要回到自家的地里做些农活。

大概在2002年以前，财政所的主要职能就是收税，收农业税、特产税、耕地占用税、契税等等。纳税人就是农民。

现任耀州财政局副局长刘光辉，当年就是这样一名财政所的征收员。

刘光辉毕业于延安财经学校，一工作就被分到当年的耀县石柱乡财政所，那时候他一年到头的主要工作就是收税。那是1995年。

石柱乡是个瓜果飘香的地方，是当地苹果和西瓜的主产区。而西瓜和苹果都在特产税的范围之内。一年的税收工作就是从普查苹果面积开始的。

春节刚过，乡人们还没有从年下的喜兴中回过神来，苹果树还没开花呢，刘光辉和同事们就开始下乡了。他们拿着尺子挨家挨户地到农民的果园里去量面积，去一棵一棵地点棵数，因为这两个数据是征收苹果税的主要依据。

偌大一个乡镇跑下来，差不多需要两个多月的时间。

到了5月，就要开始准备收农业税了。

先是测算麦子的产量，然后下达公粮指标，等到6月农民把收获的麦子拉到粮站，他们就把收税的桌子也摆到粮站里，粮站收粮，他们扣税。最后农民拿到手的是一张税票和已被扣过税的卖粮钱。

交公粮的队伍大概要在粮站的门前排到7月份，然后是结算、上缴国库，一直忙到8月。接下来要征收西瓜税和苹果税。

在刘光辉看来，最难收的税就是西瓜税和苹果税。

西瓜和苹果是农民自行销售的，不知道收益多少，如何计税？

像春天那样挨家挨户地去量面积是必不可少的一道程序，可瓜果的收益不仅和面积有关、产量有关，还跟品种有关，跟培育技术和管理水平有关，甚至跟年景和气候也有关……计税就成了一大难题。

为了解决这个难题，刘光辉他们还苦思冥想地发明出一套计算苹果税的方法。这种方法把关系到苹果产量的诸多因素全部兼容在内，然后按百分比测算，看起来比较科学也比较公正，农民们也比较认可，后来还被当作经验介绍到周围的县区和外省份，成了财政所的一项工作业绩。

计税难，收税更难。

西瓜税和苹果税都是要上门入户收的。全镇16000多农民，财政所只有四五个人，如何忙得过来？特别是苹果税最集中的时候，镇上干部、村上干部全都搁下手里的活，下去帮财政所收税。这样一直忙到过年。有一年直到腊月二十七，刘光辉和同事还奔波在收税的乡路上。

"其实农民收入也低，卖两个钱也不容易。有的人家卖完西瓜也就折上十几块钱的税，那也得往回收，这是政策。"刘光辉说。

这样一来，在农民眼里，财政所的人就有点儿像高玉宝小说中的"周扒皮"了。

"我们一进村，农民就锁上门跑了，躲着不见你。"

"那你们怎么办？"我问他。

"那咱也躲他，咱也躲到谁的家里等着他。他一回来，村干部就来报信，我们哗地就过去了。还有等到半夜的，一直等到他回来。见着人了他也不一定缴，为了收税各种办法都采取了。农民就很敌对，吵架的事经常发生，那也是没办法。先是要求村干部、党员带头缴，否则就处分你。然后靠这种带头作用带动大家缴。再有个别钉子户，那就拔钉子。所以干群矛盾很尖锐。即使这样，也收不到多少税，一个西瓜税，一个乡镇收下来也就收到两三万元。"

刘光辉他们并非是铁石心肠，如此收税，一是职责使然，二是迫不得已。

当时国家实行地方财政包干制，一级财政养一级政府。财政有了收入，才能发工资，而地方财政的主要收入就是税收，也就是说，税收基本上等于工资。你收不回来税，今年的工资可能就发不出来。不光他们的工资，还有全镇干部和教师的工资。所以，他们收税是为了养活一级政府，也是为了养活自己。

据说有的财政干部见一些困难户实在缴不上税，就自己掏腰包为他们垫付。即使这样，税也是要收的。

"农民可怜哩！"刘光辉这样说。

我听好多在乡镇财政所干过的人都这样说。

其实税收员又何尝不可怜呢？

好在国家及时地发现了农民的可怜，从新世纪开始不久，就开始实行税费改革。先是取消了特产税，接着又取消了农业税，后来连公粮也不用交了，只保留了两个小税种：耕地占用税和房屋交易契税。

刘光辉说："国家这个决策英明得很，特产税已经到了非取消不可的程度了。也收不了多少钱，对农民的伤害很大，对咱党的形象也影响很大。"

农民们终于可以站直身子长长地舒一口气了。

可这样一来，财政所的人没事干了。用官话说，这叫职能弱化。

过去一年忙到头的人，忽然没了事干，财政所的人茫然了。人心开始涣散，各种传言沸沸扬扬。据说有的南方省份甚至撤销了无所事事的财政所。

陕西省的财政所倒是没有被撤销，可是财政所的未来却无人知晓……

2 外面的世界更精彩

2007年元月，铜川市耀州区董家河镇镇长杨磊被区委一纸调令调到区财政局当局长。在当时的耀州，这是一个爆炸性的新闻，是那年春节耀州人茶余饭后的一个话题。

之所以"爆炸"，原因有二：

原因一，杨磊是非业务干部，一个没有任何专业资历的乡镇干部到财政局当局长，从无先例。

原因二，一个乡镇镇长，直接到政府重要部门当局长，跨度太大。

来看看杨磊的简历：

1968年1月出生。

1990年从煤炭工业学校地下采煤专业毕业，到县办照金煤矿采煤队当技术员。

一年以后，被调到镇上当了唯一的一名司法员。

1995年7月，被提升到镇经委当主任。

2002年元月，升任主管企业的副镇长。

2005年6月，镇改办事处，任办事处副书记兼纪委书记。一个月后，调任董家河镇镇长。

从杨磊的简历中，果然找不到一点儿与财政有关的线索。

已经是21世纪的第七个年头了，一个外行如何领导得了内行呢？所有人都心存疑虑。

2007年元月的耀州。

从城北的佛教圣地大香山吹来的寒风，在掠城而过的时候，似乎还带着尚未散尽的袅袅烛香，但依然让人感到寒彻骨髓。

在这样的季节走进区财政局那座四平八稳的办公大楼，杨磊感到一种从未有过的城市的清冷。

从杨磊的履历中可以看出，之前他有过两次大的转行经历。

一次是从煤炭技术员转行当司法员，一次是从司法员升任经委主任。可以说，每一次工作变动，对他来说都是一次脱胎换骨的改变。

脱胎换骨是会痛的。

当初，为了尽快完成从煤炭技术员到司法员的转变，他利用业余时间参加了全国法律专业自学考试，以一年考2次、一次考4门的速度，用最短的时间考完了全部13门课程，并且门门成绩都在七八十分以上，顺利取得了法律大专的文凭。

那时候，他一心一意地要当好这个镇上唯一的司法员。他把法律专业的书背得滚瓜烂熟，雄心勃勃地正准备要去参加刚刚开始实行的律师资格考试，领导却再一次变动了他的工作方向，调他到经委当主任。

毫无疑问，又是一次脱胎换骨的痛。

至今他都不明白，领导为何会做那样的工作安排。

但是，杨磊是一个不甘示弱的人，这种痛在他那里时间不会很长，是真正的阵痛。而且，每一次他都能很快地完成角色转换，在经历了短暂的阵痛之后，他总是会为自己赢得一片如鱼得水的新天地。

从镇长到财政局当局长，可能会是一次比较大的痛。

这会是一种怎样的痛呢？

杨磊到财政局上任伊始，很快发现一个问题。

财政局的人都很自大。因为不管哪个部门或单位，但凡要做点儿事，没有财政的支持都是做不成的，所以大家都要求着财政局。因为自大，财政局的人都很安于现状，觉得自己这方小天地是世界上最好的，甚至于就是整个世界。所以财政局的人没有一个是愿意调离的，他们根本就不相信世界上还有比财政局更好的地方。因为安于现状，财政局的人便无所用心，很是知足常乐，他们并不觉得这世界上还有什么是需要他们去努力、去争取的。

其实这个问题也不是上任以后才发现的，早在乡镇工作时，他就已有感觉。在杨磊看来，这是一个很大的问题。这个问题是他不能容忍的。

新春伊始，杨磊以新任局长的身份召开了一次财政局全体干部大会。

在这次会上，他语出惊人。

杨磊说："财政业务我不是很懂，我是外行，但是在地方上工作多年，对于识人用人我还是有一点儿常识和经验的。我会人尽其才。"

据说，当时很多人对他这句话不以为然。

他接着说："我知道你们绝大部分人，从参加工作就在这儿，退休就在这儿，你干得最好的也就是一个好会计，有啥出息！"

他继续说："在财政方面，你可能比别人知道得多一点儿，但只能说明你是一个在某一方面有点儿特长的人，你仅仅能干好你现有的工作。你还算不上一个优秀人才，甚至根本谈不上人才这两个字！所以大家没有必要骄傲自满。"

他说："我是从外面来的，我来这儿就要把外面的思想带进来！我想告诉你们，你坐在这个房子里，觉得这个房子特别大、特别漂亮，岂不知你隔壁那个房子比这个更大、更漂亮！我来就要给大家在天上开天窗！我不想让大家一辈子只当一个好会计，不想让大家只做一个某方面有特长的人。我想让大家成为人才，让大家做一个丰富全面的人！我告诉你们，你只要把窗帘拉开，打开窗子看一下：外面的世界更精彩！"

当我记录下杨磊这番讲话的时候，我既佩服，又惊讶。佩服他的勇气，也惊讶于他的勇气。据说杨磊的就职演说，在财政局一度引起轩然大波，反感者有，排斥者有，像我这样佩服兼惊讶的也有。

那么，杨磊究竟为耀州财政局打开了怎样的天窗呢？

事实上，他真正大刀阔斧地开始实施他的工作理念，却不是在机关，而是在财政局的基层单位乡镇财政所。

3　一个关键性的症结

五十出头的丁升印从1995年开始当乡镇财政所所长，一当就是12年。说起财政所的历史如数家珍。

他告诉我，他1982年刚参加工作时，他那个财政所就两个人，一间办公室。那时候还没成立所，叫财政组。财政组没有任何交通工具，自己也买不起自行车，下乡要步行。到1987年，财政局才给每个乡镇所配了一辆自行车。可是他当时所在的庙弯镇那地方是个山区，只有一两个村可以骑自行车，大多数时候还是靠跑路。当时也没个办公的地方，是在农民家里租房子用，那房顶是用纸糊的，晚上睡觉上面老鼠跑得腾腾响。

后来镇政府的楼盖起来了，也成立财政所了，就给他们盖了6间平房，条件就相对好一点儿。从那以后，快20年了，财政所的办公条件都没有啥改进。

20年没改进，那是个什么景象？

还有比这条件更差的。

小丘镇财政所是20世纪80年代初建的一溜儿平房，当时房子里面是用泥抹的墙，然后涂了一层大白粉，一共7间。

小丘镇财政所所长杨焦涛说："我是2006年到小丘来的，我来的时候，那房子后面的一面墙已经跟这三面墙有裂纹了，裂开有两三厘米。那时候是办公住宿在一起，一般是两个人一间，每个人是一床一桌一椅、一个柜子。平时是你管的东西放到你柜子，我管的东西放我柜子，工作起来有很大的局限性。"

他的话，说明了大多数财政所的状况，可他看到的只是冰山一角。

杨磊在乡镇工作多年，对那片田野有很深的感情。刚上任不久，他就把全区14个财政所都跑了一遍。这一跑，让他心里难过了好几天。

在他看来，财政所的问题大概有四个方面：

一是我们大部分财政所办公室房子老旧，有几个所的房子都成了危房。

367

二是办公条件不行，乡镇所是睡觉和办公都在一个房子里，宿办合一。办公的设备、桌子、椅子破破烂烂，有的有柜子，有的没柜子，账本、资料、档案凭证，纸箱子一装都在墙角和床底下塞着，严重违反财务和档案管理的工作要求。

三是大部分干部精神面貌差，许多干部年龄偏大。财政所的人员构成有三部分，一是公务员，二是事业人员，三是临时助征员。这些人员年龄大小不一，学历、文化程度、个人素质参差不齐。有的是一个人兼着几项业务，而且职能交叉、业务交叉，起不到相互制衡、相互监督的作用。

四是管理比较混乱。账务不健全，业务水平也比较差，许多事情安排下去以后，根本得不到落实。

长此下去，乡镇财政所岂不荒废了？

但这依然不是问题的全部。

有一个关键性的症结，似乎在局机关的管理层面上。

农业税和特产税取消以后，国家开始实行会计集中核算制度。它的基本做法就是，由财政部门成立一个会计集中核算中心，统一接管各单位、各部门的会计、出纳工作，各单位和部门不再设会计和出纳，只有一个报账员，所有的经费开销由报账员统一拿到核算中心来报账。所有权不变，但是核算权变了。目的就是要加强财政资金的监管。

核算中心从上到下统一建制，最基层的一级建制就设在财政所。所以财政所是一套人马、两块牌子，一个叫财政所，一个叫会计集中核算中心。

那么，这样一个单位是如何归属的呢？

财政局有一个二级局叫农税局，是财政所的主管领导。另有一个二级局叫会计局，负责管理乡镇会计集中核算中心，指导会计核算业务。财政所还有一些其他业务又分别归属于局机关的各个科室。实际上，是两个二级局，加上局机关，3个婆婆来管理一个财政所。而它所谓的"一套人马"，多则六七人，少则只有三四人。

这样一来，财政所是谁的话都得听，既要听农税局的，也要听会计局的，还得听局机关的。

杨磊说："我当镇长的时候，乡镇财政所经常是这个来检查，那个来检查，我就说你都来检查，财政所也不知道该跟谁汇报了。所以，当时我的想法是，一个事不能有几个人管，这样上面不好决策，下面也不好执行，不知道该听谁的。谁都管，结果可能是谁都管不好，管理上比较混乱。"

杨磊经过慎重考虑，专程向市财政局张耀民局长做了请示，经市局党组研究决定，同意他们把"农税局"改为"农村财务管理局"，简称"农财局"，并且，重新调整农税局的职能和组织结构。

农财局有一个专管两税征收办公室，负责管理财政所的税收业务。过去由会计局分管的会计集中核算业务，由农财局成立一个乡村财务管理科接管。另外成立一个综合办公室，负责管理财政所的其他业务。也就是说，把过去由3个婆婆分别管理的财政所业务，统一归口到农财局，由农财局直接向下管理财政所。

简而言之，就是把对乡镇财政所的所有管理权，统统划归农财局了。

"这样，对基层财政所的管理，在县局这个层面上就彻底理顺了！过去是几只手抓，但是都没有抓住、抓牢，现在我们是一只手来抓，管理更加有力了。过去局机关的几个科室，谁都可以给财政所下任务，现在不行了，你就有天大的事必须通过农财局。就是我这个局长说的话，也必须通过农财局才能下达！更重要的是我们把它的职能完善了！

"乡镇财政所也感觉到有爹有妈了，过去都是爹都是妈，其实又谁都不是，不知道该听谁的，现在就听一个人的。我们要求农财局每一个月要开一次乡镇财政所所长例会，而且给他们定了许多的规章制度，定期考量你、监督你。所以把人心也拢起来了，他们也觉得不能像过去那样干好干坏没人管、没人问了，工作起来也有方向、有目标了。这样一来，财政所的工作就逐步走向正规了……"

杨磊这样说时，情绪有点儿激动。

他是有理由激动的。看起来只是一个简单的名称变更，其实他是完成了一次不大不小的机构改革！

"理顺我们的管理体制，这是我抓基层乡镇的第一把火。"杨磊说。

4 信息化的诱惑

杨磊当镇长的时候，在董家河做了一件开先河的事情，那就是他办了一个"农业信息服务中心"。

这个中心由三部分组成，他说是"三合一"。

一个农民书屋。镇上本来有文化站，文化站有个图书室，但是图书室设在镇政府的楼上，群众去不方便，而且图书量也太少，大都是当年上面配发的一些陈年老书，几乎没有多少人看。怎么才能让大家来看你的书呢？他想到一个好办法。他让人去跟区上和图书馆签了一个合作协议，由图书馆提供图书，在董家河建立一个服务点，每个月来更换一次新书。镇上的干部也好，农民也好，只需办一个借书证，就可以随意借阅，只收取一点点儿服务费。来看书的农民群众一下子骤增。

一个电教中心。电教中心有各种农民需要的知识性光碟，有播放器，你可以任意选择，然后交由工作人员进行播放，免费为农民提供技术服务。

一个网络服务中心。里面有电脑，有打印机、复印机，农民群众可以自己在电脑上查询资料，如果需要，服务中心可以为你打印、复印，让你带走，而且一切免费。

当时镇政府一楼有一排门面房，就腾出3间装修了一下，把书屋也从楼上搬下来，一间书屋，一间电教中心，一间电脑服务中心。门楣上就挂了一个醒目的牌子："董家河镇农业信息服务中心"。

服务中心办起来以后十分红火，几乎成了农民到镇上来的一个必去的场所。特别是那个网络服务中心，当时在全省也是一个新鲜事，省农业厅厅长听说后，还专门带领相关人员到他们镇上去调研了一次。这让杨磊很受鼓舞。

杨磊说："电脑网络就是我们通向外面的一扇窗户，也是一个学习的平台，可以开阔我们的视野。乡镇本来就闭塞，接触外面就少，你怎么来了解外面的政策，怎么了解外面的变化？这是一个最直接、最有效的途径。"

从那以后，杨磊对所有跟网络跟信息有关的事情，一直情有独钟。

杨磊到财政局上任不久，陕西省在全省大力推行财政部倡导的"乡财乡用区监管"的管理模式，旨在加强对乡镇财务的监督管理。这个管理模式的关键环节，是要实现县乡联网，电脑记账。对于当时的耀州来说，这是根本办不到的。

　　首先，他们没有网络。其次，他们有电脑，但是远远不够。除了杨磊当过镇长的董家河镇，一个乡镇只有一两台电脑，而且配置也比较低，如何联网？再则，就是有了电脑，有了网络，也没有人会用。

　　大家都感到很为难。

　　省市领导也了解下属的难处，所以给出了一个很宽容的要求：一个区县可以先搞一两个试点，待试点成功，再全面铺开。

　　可杨磊有自己的想法。他说："从我到财政局的第一天，我就有一个理念，要用信息化来提高我们的管理水平，来为我们的财政管理、财政改革服务。"而眼下正是一个天赐良机。

　　他想，在区县中，耀州不算太大，只有14个乡镇财政所，要做就一起做，一次做成。

　　他把各层领导召集起来开了一个局务会，然后大家分头下去调研，最后得出一个结论：根据我们的资源情况、人员情况，如果我们采取一些措施的话，还是有能力一次到位的。

　　思想就这样统一了。

　　思想是统一了，可是难题却得一个个解决。

　　"网络、电脑、人，3个难题中，最难解决的是什么？"我问他。

　　"拉网络不是问题，电脑也不是问题，钱我不愁，上面有扶持资金，另外我还可以跟区上申请一部分资金。再说，也花不了多少钱，租一条线，一个乡镇一年1000多块钱，14个乡镇一年也就1万多。电脑过去所里有一两台，按要求每个所再配两台，一台电脑当时就是四五千，一个所1万块就能配起来。最难的问题是人，你不会，应用不起来。就好比路修通了，车也买了，可你不会开，这是我们当时最大的难题。"

　　在局领导这一层，很多人听杨磊说过这样的话："我们领导就像父母一样，自己的孩子不能说你不满意，你就不要了，你没有选择的余地，不管满意不满意，你只能接受。"

那么就要量体裁衣，人尽其才。

他们根据各所人员的专业水平和业务特长，重新进行了分工。一些年轻的对业务比较精通的人，通过针对性的业务培训，放到前台把业务做起来。一些年龄较大操作不了电脑，但是熟悉农村工作情况的人，就派出去做两税征收和配合镇上的中心工作。然后，又从社会上聘用了一批财经专业的大学生，分别充实到相应的岗位上。

就这样，网络通了，电脑配齐了，人员也上岗了，尽管多少显得有些勉强，局面就这样撑起来了。

"娃生下来了，谁来管？"

这个问题猝不及防地就撞到了杨磊的面前。

之前局机关只有几位领导和几个业务科室有电脑，大部分科室都没有，已有的也是配置低、速度慢，跟网络难以配套。于是，在武装乡镇财政所的同时，杨磊捎带着把局机关也武装了一下。问题就这样出来了。

局里会电脑的人本来不多，即使会，也只会操作，不会维护。稍微出点儿问题就傻眼了，就得去找外面的电脑供应商，可是人家今天给这家装电脑，明天给那家装电脑，技术人员也有限，不能保证在你最需要的时候及时到场。

机关业务科里倒是有两个干部还称得上是局里的电脑高手，大家有了问题，外面的技术人员一时又来不了，就都去找他们俩。但说到底也是业余水平，没法跟人家专业的比，有的问题能解决，有的问题解决不了，电脑就经常闹罢工。

业务上的电脑，一要方便，二要高效，三要安全。万一把数据丢失了，没法恢复怎么办。

况且，那么多电脑要联网，没有指挥中枢怎么行？

"那我们就成立一个信息指挥中心！"

于是，杨磊就跑到区政府去找区长李志强，极力建议区上给财政局增加编制，给他们补充一两个电脑专业的大学生。

在说这一段经历的时候，杨磊连用了两次"极力"这个词，想必那是一个很艰难的过程。

不管怎样，"信息指挥中心"成立了。

杨磊的局长办公室在财政局三楼北侧，三楼南侧的半边楼都给了"信息指挥中心"。一共5个人、8间房，建制上由局里直管。

说到这里，我想有一件事是不容忽略的，这个信息指挥中心的成立，还是一种标志，它标志着古老的有些落伍的耀州，在被青峰翠色、宁静深远的天青瓷幽幽地庇护了千年之后，就这样不经意地、步履蹒跚地一步跨进了流光溢彩的信息化时代。

而杨磊和他的同事们，正是推动耀州隆隆向前的人。

5 第一个吃梨子的人

在耀州采访的过程中，我的脑海里时常条件反射出一句话："摸着石头过河。"

因为没有路，因为有风险，因为不知前方在何处。这样想来，那些在没有路的地方冒险过河的人，就是毛泽东当年所倡导的"第一个吃梨子"的人了。

杨磊他们正在做着这样的事。

因为推行"乡财乡用区监管"的管理模式，走在了全省的前面，省里就决定在耀州召开一个现场会，让全省的其他市县来学习、借鉴耀州的做法。

这时候，杨磊总觉得有点儿不妥。

"我们的网络建设可以了，业务也做起来了，但办公条件还很差。如果让别人来看，看到我们还是在宿舍里办公，怎么也不雅观，这不行！所以我当时就产生了一个想法，宿办要分离。住宿就是住宿，办公就是办公。再说，电脑必须要在一个比较干净的环境里工作，当时乡镇都没有暖气，许多房子里还打着火炉子，一到冬天到处都是煤灰，不干净，也难看。"

可怎么分呢？他就想，人家国税、地税系统都搞服务大厅呢，咱也搞个厅，把记账会计、资金会计都放在一起，集中办公，再挂个门牌，让大家一看就知道这是财政所办公的地方，省得农民群众来办事这个房子找、那个房子找的。

杨磊是个说干就干的人。"我比较了一下，觉得孙塬镇财政所的条件相对好一点儿，就让他们把宿舍改一下，住宿集中，然后腾出两间房子，搞了一个厅，把办公都放在厅里。"

"房子改造以后，我一口气给他们配了4台电脑，打印机、复印机都给配齐。因为房子里不能再打炉子，就给他们装个了空调。另外，又建了个档案室，把原来胡乱放着的档案整理出来，统一存放。"

那个用两间房子改造出来的厅还散发着新鲜的涂料味呢，省市领导来了，其他市县的同行也来了，熙熙攘攘地站了一屋子。

区乡可以视频，各个乡镇也可以网通，彼此只需要轻点键盘和鼠标，就可以在电脑屏幕上看到对方，就可以说话交流，而且报账程序规范了，业务工作效率大为提高。

整个观摩时间，大家眼神里透着新鲜，透着好奇，也透着赞赏和肯定。

这是杨磊当财政局长以来，迎来的第一次省级现场会。

后来省里、市里来耀州开了好几次会，什么现场会、座谈会、研讨会，每一次会都少不了要看他们的信息化演示，把分管信息中心的王景文副局长忙得是不亦乐乎。

不过，他印象最深的一次会却不是在耀州开的。

那是省里开的一个会。那个会的主会场设在宝鸡市，耀州是分会场，任务是当杨磊在主会场的大会上做经验介绍时，信息中心要把耀州全区联网工作的视频画面，通过远程连接，发送到主会场的大屏幕上。

这无疑是一次考试，受考的不只是信息中心、王景文，或者杨磊，也是耀州区、铜川市，以及省里那些一直对他们寄予厚望的各级领导。换句话说，如果演示失败了，丢得可不只是耀州的脸。

那该是怎样的一种压力啊！

可是这些王景文都没有说。他只是告诉我，那天会开完了，中午吃饭的时候，他接到杨磊打来的电话，电话一通，他就听到杨磊兴奋的声音说："哎呀，反响相当好！咱是这样，等我回来以后，咱把所有参与的人员全部做个奖励！"

孙塬所改造的成功，使杨磊受到了鼓舞，也得到了启发。

"现场会之后，我就想，孙塬所的条件还不是太好，因为它受房子条件的限制。我们能不能把所有的财政所都改造一下，每一个所都实行宿办分离。"

这只是一个设想，而且这个设想有点儿大。

或许是上天有意要给杨磊一点儿动力，正在这时，铜川市财政局局长张耀民在一次会上明确提出，乡镇财政所不但不能取消和削弱，反而还要加强。因为中央已经明确表示，公共财政要反哺三农。反哺三农的任务最终肯定还要由乡镇财政所来落实。

对于张耀民局长的话杨磊印象很深："他在会上安抚我们，说，乡镇财政所这块大家不要担心，以后只能加强，不会削弱，这个队伍不会散，机构不会烂……他的话是给我们吃了一颗定心丸。"

杨磊开始放开手脚去实践他的设想。

"我的原始想法是，要有一个综合服务大厅、一个档案室、一个综合办公室兼所长办公室，我给它起了个名字叫两室一厅。"

他要在全区乡镇财政所实现"两室一厅"。

既然要在全区推广，就得有个名目。

"咱把它叫个啥呢?"

有人说，咱不是要统一标准嘛，那咱就叫标准化财政所建设吧。

杨磊想了想说："标准化太大，人家上面才能制定标准呢，咱就说自己是个标准化，不合适。咱也就是规范一下，不敢说标准，咱还是叫规范化财政所建设吧。"

事情就这样定下了。

思路出来了，怎么做?

杨磊说："我们一算账，可是一大笔钱。按照这个思路，一个大厅最起码要有两间房子以上的面积，而且空间要高才能行。其他房子好说，但是不能东一间、西一间，楼上一间、楼下一间，要相对集中。"

杨磊就定了个原则。一、出发点是为了方便群众，不能乱花钱，要勤俭办事。二、财政所不能离开乡镇，因为财政所本来就是乡镇的一部分，依靠乡镇也有利于资产管理的安全，有利于监督，人员也便于管理。

他们把区里14个财政所一个一个地排了排队，哪个所属于危房，要拆了重建；哪个所通过改造可以达到要求。重建的哪个是财政局独立重建，哪个要和乡镇整合在一起建。差不多是一个所一个办法。

但总的思路不能变，必须保证两室一厅，必须实现宿办分离。

杨磊悄悄地告诉我，其实他当时另有私心。

杨磊说："财政所不能搞得太漂亮，不然，大家会说财政局有钱，所以建得房子当然漂亮。你有钱你就管你亲娃，其他娃你不管，你光管你的所，其他所也破破烂烂你不管？这事不能这么办。咱财政是个大财政，是为政府理财的。乡镇建设，归根结底也是咱财政的事。

"当时正在搞新农村建设，所以我就跟区上领导极力建议，财政要建，咱们新农村建设的指挥部——乡镇机关，也应该改善面貌。周围农民的房子建得漂漂亮亮的，咱们乡镇机关还在烂房、危房里办公，干部也不安心基层工作，看着也不协调。我们区上的马秉寅书记和李志强区长很支持我，就把我的意见采纳了。说，那机关建设就由财政来牵头，一方面干好你们自己的事，另外协助乡镇搞好机关建设。"

杨磊的"私心"实在是一种很可爱的私心，而且是一种完全不必背人的私心。其实我知道，杨磊上任局长以后，还是做了一些比较"私心"的事。

因为杨磊在乡镇工作多年，他就很知道那些乡镇长的日子过得有多艰难。

他们手里钱很少，那些可以由他们做主支配的钱，有时少到连自己机关的日常办公都维持不了，有时少到交不起机关的水电费。他们一个乡镇只配有一两辆车，而且都是地道的"老爷车"，经常出故障，维修成本又很高。有的乡镇车不够用，没办法就去租私人的车，或是凑点儿钱买一辆别人的二手车。个别乡镇跟上级部门关系好一点儿，可以捡个退下来的旧车用。杨磊当镇长的董家河镇条件不错了，买了一辆新的桑塔纳，可是下乡公干的时候，人多就只能超载，最多的时候他一车拉过8个人，好在桑塔纳车比较皮实，没有出什么状况。

于是，杨磊上任以后，就利用"职务之便"，极力地——这个词他用过多次——去跟区上领导建议，为乡镇争取待遇。比如说，改善交通工具、提高公用经费的补助标准、提高转移支付资金的额度、增加办公设备等等。他甚至还在每年预算的时候，为乡镇争取了一笔取暖费。

而他做这一切的出发点，除了情感因素以外，有一个很硬的理由：要让乡镇有更多的精力干事业，带领农民增产增收，强镇富农，就不能让乡镇用更多的精力来要钱。现在没钱，啥事都干不成。

"因为我当过镇长，我知道！"杨磊这样说。

关庄镇财政所的房子是20世纪80年代盖的，面积有100多平方米，头两年就发现已成了危房，没法再改造，就决定拆了重建。而镇机关办公的地方是20世纪70年代盖的一溜儿瓦房，如今也是破烂不堪，区里正在考虑给重建。

这样，杨磊就亲自带人去跟镇上协商，把镇机关、财政所、计生办、土地所、司法所等"七站八所"一并整合起来，统一建办公楼。

这件事很快就促成了。

新建的楼是幢4层楼，在乡镇来说，标准已经很高了。财政所有大厅，宿办分离，而且是一人一间宿舍。办公楼里有暖气、有机关灶，连干职人员的洗浴都有地方了。

这座楼建成后被市、区领导当成乡镇建设的一个亮点，向外介绍，弄得十分有名。

特别是它的机关灶。因为财务上一向有规定，单位不能超额报销招待费，有了这个机关灶，不管谁下来公干，就一律都在机关灶吃饭。就连省委书记赵乐际、代省长赵正永下来公干，也被安排到这个机关灶上去吃饭。

后来，这个灶就被大家叫作廉政灶。

再后来，区上就在全区推广关庄镇的建设模式，要求每个乡镇都要想办法解决干职人员的吃饭、洗浴和取暖问题。

前面说到那个后墙裂开两三厘米的小丘镇财政所，也属于没法改造的危房，拆了以后盖了一座独立的小楼。小楼一共两层，500多平方米。楼下是一个67平方米的办公大厅和一个会议室，楼上有一个可以搞培训的教学厅和9间宿舍，除了财政所7个工作人员一人一间，还余下两间做客房。

小丘财政所2009年被区上授予了"青年文明号"称号，如今正在争创市级称号。2010年国家财政部预算司在全国确定了94个"联系点"，铜川市只有一个，就是小丘所。所以来此调研的、考察的、政策宣讲的各方人士越来越多，有这两间客房，来了就随时可住，工作也就方便许多。

至于那个会议室和教学厅，用市财政局张耀民局长的话说，叫"资源共享"，镇上有个什么会可以放到这儿开，有个什么培训也可以放在这儿办，产权是财政所的，资源却大家分享，实在是一件利人利己的好事。

宿办分离改造完成之后，他们跟进了一系列规范化措施。

那是一个很复杂的过程。

比如，根据财政所的职能，统一设置了所长、资金会计、记账会计、惠农资金专管员、两税征管员等业务岗位。

比如，硬件配置实行"六统一"：统一中心门匾，统一办公设施，统一人员服装，统一服务车辆，统一视频监控，统一监督服务电话。就连账务参数、财务核算流程也都统一起来。

如今办公大厅足够大了，可是看上去空荡荡的，怎么办？就把多年没有变化、早已过时的各种规章制度，重新加以补充和修订，一共整理出十几种，也都镶在统一的镜框里，悬挂在大厅的墙上。

14个所的档案室，也全是统一的配置，一样的档案柜、一样的档案盒。为了规范档案管理，他们还专门把各所的人集中起来，请了档案局的专家，手把手地教大家如何编制、如何装订管理，最后干脆把各种财政票据也统一格式，统一印制。

如此种种。样样件件都体现着一种品质的提升和服务的用心。

6 耀州式的骄傲

寒来暑往，草长莺飞。一个普普通通的基层财政领导，由最初的"两室一厅"萌发出的最朴素的事业理想，转眼间，就这样一处处地在中国西部贫瘠的乡镇小院里，如庄稼般蓬蓬勃勃地生长起来，将国家财政的末梢神经，顽强地覆盖到国家的远山僻水、乡里民间。

你能想象这样的景象吗？

秋天的时候，当你乘车离开城市，离开喧嚣与繁华的街市，在高速路上以120迈的时速疾行一小时、两小时，甚至三小时，再沿着一条乡村的硬化路上上下下、左拐右弯地向前行驶，最后在某一个路口或开阔处驶进一处整洁的院落。然后，你走下车，环顾四周，你看到的是普通的乡村小镇的建筑和风景，看到的是房前屋后悬着挂着、摊着摞着的只有乡间才会有的秋天的收获。这时候，你走进院中那座悬挂着某某镇财政所、某某镇会计集中核算中心、某某镇农村财务服务中心——这块牌子是杨磊提议挂上的，因为他说税改之后的财政所有一个最重要的职能，就是为农民提供各种乡村财务服务——你走进那座挂有这3块牌子的房子，走进服务大厅，你知道你会看到什么？

你会看到柜台的后边是一群朝气蓬勃的年轻人，他们穿着统一的职业装，彬彬有礼、笑意盈盈地接待着被田野的风雕刻得形容朴素的父老乡亲；

你会看到大厅里陈设简洁，窗明几净，在高度适中的便民台上摆放着印着国家各种惠民政策的宣传彩页，可自行取阅；

你会看到柜台内摆放着崭新的打印、复印一体机，可为来办理业务的农民，免费复印需要存档的各种证件；

你会看到一台现代化的惠家补贴自动查询机，静默在柜台一侧，等待着为你提供贴心的查询服务；

你还会看到，在柜台的对面有一排深色的可供休憩的沙发椅和可以自己取用的饮水机……

眼前的一切周到而又温馨，你会想到这是在中国西北的一个乡镇吗？

"过去因为乡镇条件比较差，大家都不愿意在乡镇待。现在条件好了，每人一间宿舍，有机关灶吃饭，还能洗澡，在哪儿工作都一样，大家安心多了，工作也比以前给劲多了！"如今无论你走到哪个财政所，你都能听到这样的话。

值得注意的是，随着国家税费改革进程的深入，国家的农村政策，开始发生根本性的变化，由原来向农民收钱，转为向农民发钱。一系列惠农补贴政策，纷纷出台。

举例为证：

原来农民种粮，不但要交公粮，还要缴农业税。以一亩地计算，在耀州这样的西北小城，一亩地可产粮450斤，需要交公粮27斤，农业税约18.9元。税费改革以后，农民不但不用交公粮，还能得到每亩8元的粮食直补和每亩49元的农资补贴。如果你种的是玉米的话，还可以得到每亩10元的地膜玉米补贴。要是种小麦，而且是良种小麦的话，可以得到每公斤种子1元的小麦良种补贴。除此之外，你购买大型农机具还可以得到30%的农机补贴。

或许这些补贴仍不算太多，但是说明了一个问题，中国社会这个最庞大却一直处于最弱势的群体，开始受到前所未有的国家关怀。

不仅如此。

2007年，国家为了保证把各种补贴及时地发放到农民手中，在全国推行惠农补贴"一折通"。

所谓"一折通"，实际上是一张存折，每个农户一个。之前的各种惠农补贴，是由农业、水利等各个口通过"七站八所"以现金的形式一级一级发放的，中间环节多，有很多不确定因素。实行"一折通"以后，大多数惠农资金，不再以现金的形式发放，而是统一纳入"一折通"，直接打到农民的账户上，为的是最大限度地保障农民的利益。

这应该是国家对农民的另一种关怀吧。

而所有这些国家关怀，正是由遍布中国乡村各个角落的乡镇财政所来实施的。

来看几个事例吧。

这年盛夏时节，陕西省全省普及惠农补贴"一折通"。

耀州区小丘镇是个半塬半山的地方，意思是一半平原，一半山区。镇上有个白瓜村就是在山区，那个地方山大沟深、地广人稀，村民们住得也分散，常常是这面坡住几家、那面坡住几户。为了尽快把"一折通"发放到农户手中，财政所的人就一面坡一面坡地、挨家挨户地跑去给村民送。村民们见了他们就感动，就奔走相告，说："哎呀，财政所的干部都给咱把存折送到家来了，咱这地方，多少年都没人来过啦！"

还有一个孟虎村也在山区。2009年夏天下大雨，造成山体滑坡，要移民搬迁。正常情况下移民搬迁是要提前立项申报的，可是，区委马书记去了一看，那个滑坡地带已经很宽了，下面住着十几户人家，实在太危险了，立马就下令先把人都搬到帐篷里，同时组织人员另外建房。财政所的人二话不说，用最快的速度办齐了移民搬迁补贴所有的手续，报到上面。等补贴款一拨下来，又是二话不说，骑着摩托就进了山，一个帐篷一个帐篷地把补贴发到村民手里。村民们就又感动，说："雨下得这样，路又不好走，你们财政上真是及时哩！"

2009年8月，耀州区开始实行国家提出的"一事一议财政奖补政策"，这时候，董家河镇石凹村正在为"人畜饮用水工程"的资金犯愁。消息传来，村干部们欢欣鼓舞，按照政策要求，立即召开村民大会，就这件事让村民来进行民主商议。

所谓"一事一议财政奖补政策"，是国家为了推行社会主义新农村建设而实行的一项新政策。原则是，在村民自主决策的前提下，由村民筹劳筹资先行建设，事后由政府以资金进行财政奖励补贴。奖补的比例是1:3。

然而，因为有相当一部分村民对政策心存疑惑，不予认可，第一次村民大会没有通过。

村干部们很泄气，跑到财政所找所长赵革平，告诉他这件事泡汤了，石凹村还得靠喝雨水过日子。

石凹村是个严重缺水的村子。

听说过"母亲水窖"这个词吗？那个由著名演员出任形象代言人的公益广告，曾经在相当长的时间里频繁地出现在央视的各个频道。

石凹村的人就是靠水窖过日子的。每当下雨的时候，人们想尽一切办法把雨水留下来，存放在水窖里，在不下雨的日子里，就以窖水为生。村子里房前屋后，甚至房顶上到处都是为收集雨水而建的小水渠。每年村上的人因为喝窖水拉肚子看病都要花掉好几百元钱。

这是奖补政策在耀州区实行的第一年，在董家河镇是第一件，万事开头难。为了开好这个头，赵革平带上财政所的3个同事和镇上的两名包村干部一起进驻到石凹村。他们走家串户地去跟村民们讲自来水的好处，去帮他们算花钱治病和花钱治水的经济账，告诉他们有一天当他们不再需要用那些沟沟汊汊的水渠蓄水的时候，他们的村子将会是怎样的一番景象。

……

那天夜里，当他们走完了所有的村户，在凌晨3点钟驱车返回的时候，疲劳已极的他们居然把车子开进了路边的一条水沟里，好在无人受伤。

几天以后，当村里召开第二次村民大会的时候，这件事获得了全村人的一致通过。

石凹村的"人畜饮用水"工程，村民共筹集资金57280元。工程验收合格后，由财政所兑付政府奖励资金46960元。也就是说，石凹村人在自己筹劳的基础上，总共集资一万多元，就解决了老几辈人都解决不了的吃水难问题。

财政所的人告诉我，过去农民看到财政所的人一来，把门一关就到外面逛去了，都不见你人。用农民的话来讲："你给我个纸，就要我的钱哩!"——那个纸就是税收发票。现在政策好了，农民一看到我们就说："哎，你又下来发啥钱哩?"

2009年，仅小丘镇一个财政所就下发各种财政惠农补贴资金891万多元。

就在我到耀州的第一天，杨磊曾经用这样一句话来形容财政所的工作职能，他说："我们的财政所，就是把党的温暖直接送到农民手上的人。"这个比喻实在是恰如其分。

有人说，新中国成立后的第一次土地改革运动是中国农民的第一次解放，20世纪80年代的"家庭联产承包制"是农民的第二次解放。那么，在我看来，今天的国家农村税费改革政策，则让中国农民第三次获得了翻身解放。

而财政所——这个国家农村政策最前沿的执行者，也因此迎来了它历史上最蓬勃的发展时期。

2010年7月，国家财政部开始向全国财政系统提出了"加强财政基础工作和基层建设"要求，简称"两基建设"，其中一个主要的内容就是乡镇财政所建设。而且，一经提出，就在全国从上到下地启动了行政推动机制，力度可想而知。

袁辉是经过改革后的耀州财政局农村财务管理局新任局长。说起这件事，难抑兴奋之情。他说："国家是今年提出来要加强'两基建设'的，实际上我们2007年就开始做这个工作了。我们原先不叫这个，我们杨局长把这个叫作'规范化财政所建设'，其实就是国家提出的这两个方面的内容。"

在耀州财政局，我不止一次听人说过这样的话："也不知道是不是我们做的事让省里知道了，然后省里又说给了部里（指财政部），部里觉得这个做法很好，就提出让全国都要这么做。"然后又补充一句，"不知道是不是这样的，这都是国家的事，我们也说不清楚……"

听了这样的话，我不由得肃然起敬。

一群身处偏隅，远离国家中央权力机构，却在努力行使政府职能的基层财政人，因为自己做的事与国家所想的事不谋而合，这让他们是那样的开心，那样的自豪。可他们又是那样的谨慎，那样的谦逊，生怕自己那份抑制不住的荣誉感和一点儿小小的虚荣心，会被人看作是贪天之功为己有。但他们又不能不感到骄傲。

这就是耀州人的骄傲！或者说就把它叫作"耀州式的骄傲"吧！

7 软实力好比空气

听说过只要肯学习，就给你发奖金的事吗？

在耀州财政局就是这样的。这是杨磊的专利，也是耀州财政局的专利。

财政所改造建设完成以后，市里在全市推广他们的经验，转眼之间，几十个基层财政所都照着耀州的模式哗哗地建了起来，杨磊就有了新想法。

杨磊在局领导会上说："我们不能停滞不前，我们要不断地创新，要不断地当领头羊！"

怎么才能当领头羊呢？

硬件建设谁都可以做到，你盖两层楼，人家可以盖三层，比你还高一层。可是这个不能再比了。

杨磊说，即使人家现在比我们条件好，也不要跟他比，我们够用就行，群众来办事方便就行，在这个方面我们再不要花钱了。我们现在的钱是要花在人身上！

他这样说自有他的道理。

原来别人没有，你有。现在别人也有了，那你还比什么？那我就和你比我们有、你们不一定有的东西。那就是软实力。在杨磊看来，这个软实力就像空

383

气一样，你能感觉得到，但是你摸不到。它是一种无形的东西，但它又是实实在在存在的东西。除了那些可触可感的东西之外，它几乎包罗万象。

而软实力的核心就是人。

杨磊常在大会上说一句话："事是要人干的，没有人任何事都干不成！"而人的素质高低，决定了事的成败与否。他要从提高人的素质着手，打造出一个别人无法超越的、可以永远领先的、以人为核心的软实力高地。

那么，怎么提高人的素质呢？学习！

他太想让大家学习了。

如今财政所的房子改造完成了，电脑网络也都建起来了，他付出了那么多的努力，全局的人付出了那么多的努力，打造了那么好的一个平台，可是人呢？

他说："税改以前，财政所的业务比较单一，主要就是收税，所以对人员的业务素质要求不高，税改初期，又基本处于荒废状态，加上人员来自方方面面，很多并非是专业人员。多少年就这么过来了。"

尽管经过了人员调整，但在他看来，那些娃娃现在的水平勉强能够维持正常工作，仅此而已。前面还有那么多的事等着他们去做，未来的财政局还有那么好的前景等着他们去实现，可他们呢？还实在是差得远！

眼下唯一能够改变现状的办法只有一个：学习！

怎么学呢？这是另外一个难题。

过去大家的工资是和职称挂钩的，有一个会计师职称一年可以多拿一两千块钱。实行了公务员体制以后，职称的高低跟工资已经没什么关系了，大家的工资都是一个标准了，只是在职务和工龄上有一点儿区别，其他的基本上没区别，所以大家对学习考职称也就没有积极性了。

怎么才能把大家学习的积极性调动起来呢？

为了这个问题，班子成员多次开会商讨，然后把科长们、财政所的所长们也找来一起讨论。最后，统一了思路。

"一方面大力提倡学习，鼓励学习。另一方面又要让大家不得不学，你不学都不行。怎么才能让大家不得不学呢？我们决定设定一个岗位任职资格。"

杨磊说，平时大家都想到重要的岗位上去，都想到红火的地方、有钱的地方去，那行，那就拿出你的实力来大家比一比，你有实力才能给你这个位置。

这就相当于设置了一个门槛，每一个岗位都有一个要求，而且这个要求很具体。

开始杨磊的想法主要是针对乡镇财政所，后来他想应该把这个要求扩展到全局，局机关不能拿着手电筒光照别人，不照自己。于是，根据全局的人员情况，一共设置了4个基本任职条件。

1. 具有大专以上学历；

2. 具有会计从业资格证书；

3. 具备相应的会计专业技术资格；

4. 具有全国计算机等级证书。

其中会计从业资格证书、全国计算机等级证书，需要参加全国统考，是每一个业务干部必须具备的基本资格。除此之外，科长、所长们还必须要具有财经专业大专文凭和中级以上专业技术职称。一般业务人员则须具有初级专业技术职称，就是说，你起码得是个"会计员"。

局机关也好，乡镇财政所也好，都是一样的标准。

门槛一划，大家自己对照。

同时，又专门从局里的正常经费中挤出一些资金，设立了一个财政干部专业职称奖励办法。明文规定，凡是在全国统一考试中取得专业技术职称的在职干部，每年给予1000—3000元不等的奖励；取得全国计算机等级证书的给予500—2000元不等的奖励。

这些政策是以耀州区财政局红头文件的形式发布的。

消息传开，全局震动。许多人就问，如果不符合条件怎么办？杨磊说："你现在不符合条件没关系，我给你时间，给你机会，我们还组织针对性的突击培训，帮助你参加考试，但如果你考不上，那就怪不得别人了。"

杨磊说："当时，我们统计了一下，全局260多人，只有几个人有计算机等级证书，其他人都没有。会计从业资格，机关多、基层少，而且后来新进的人差不多都没有。有职称的人就更少了。看到这种情况，我当时心里很担忧，这么大一个局，后继无人啊！我们过去的一些业务骨干，这一两年基本上都让局里提拔了，后来的人青黄不接，而且是阴盛阳衰，女同志多、男同志少。能干的业务精通的男同志特别的少。"

杨磊是个言既出、行必果的人。他没有想到，有人居然公开向局总支的决定发出挑战。

全国计算机等级考试一年一次。到了报名的时候，杨磊正在外地出差，他不放心，专门给分管的局领导打电话，嘱咐一定要通知到局里每一个应该参加考试的人。

等他出差回来，报名的情况也反馈回来了，他一看，有几个应该参考的干部没有报名，其中有两个财政所的所长。

你连名都不报，你肯定就取得不了资格，你根本都不参赛，怎么会有比赛成绩呢？既然你不想取得资格，就说明你不愿意当这个所长。杨磊二话没说，立刻通过行政程序，免除两人的所长职务。

局领导里有人心软了，就出面来说情，说这个所长平时工作还是挺优秀的，就因为这件事你把人家撸了？

杨磊说，怎么能说明他工作优秀呢？首先他在政治上就不成熟，我们大会讲，小会讲，我还到他们所里又去讲，局里还专门发了文件，他连总支的决议都不执行，连下级服从上级这个基本的原则都不遵守，怎么能说他优秀！如果说他这样也算优秀，那衡量优秀的标准是什么？尺度是对大家的，要求是统一的，要是大家都向他学，那局里的工作还怎么搞！要我说，他就不是优秀！他根本就不称职！

两个所长一时慌了神，急忙写了检查送到局里，跟着又跑到局里来找杨磊当面检讨。可是在这件事上，杨磊很固执。

杨磊说，你们什么都不要说了，全当这是一次教训，下去你就好好地学，按照局里的规定执行就行了！

另外几个干部，就是他们所里的人，因为看所长都没报，以为不报也可以过关，没想到结果是接受处罚。

其实杨磊并非真的是一意孤行，他实在是用心良苦。

在后来的一次干部会上，杨磊说，我不管你平时能力怎样，但是在这件事上，我就必须这么要求。可能我做得过分了一点儿，可能我有点儿不讲情理，不管是对是错，这件事，我都要这么坚持。我坚持了，以后受益的是你们，这一点你们以后会明白的。

因为免了两个所长，处罚了几个干部，大家犹如被人猛击了一掌：原来还真是不得不学，不学不行啊！

后来，耀州财政局就把他们这套鼓励大家学习的做法，概括为"推、拉式学习促进法"。

这次全国计算机等级考试，铜川市一共报名340人，耀州财政局的人就占了近一半，其中也有杨磊本人。因为他本人也在必考范围之列。

考试那天，监考的老师们都很诧异：怎么考场里都是耀州财政局的人？

在此期间，耀州财政局干部从上到下，被分期分批地送出去参加集中培训。

他们把干部分为两类。基层干部主要是针对财政所的业务内容，进行基础性的工作培训。机关干部旨在开阔视野，提高整体素质。两类培训一概被拉出去，集中一处做全日制封闭式脱产学习，大家同吃同住同学习，过集体生活。

机关干部的培训，由陕西交大东方国际管理学院牵头，特别邀请了陕西一些知名的财经方面的专家学者来开讲座。据说，开始许多干部自我感觉良好，认为自己水平还可以，以为培训是走过场，结果学了一期回来，居然感觉还没听够，还想蹭着再听一期，被同事们传为笑谈。

农财局办公室主任杨军伟是从部队复员回来分到财政所工作的，原先并没有任何专业学历，全凭自学干到所长的位置，后来又调进局机关。

就是因为财政局有了这样声势浩大的"学习浪潮"，原本底子很薄的他，就一级一级地考专业职称，如今已经拥有了中级会计师职称，每年能领到2000元的奖励。还正在准备参加高级职称的考试。

因为局里要求大家注重综合素质培养，要提高基本公文和新闻写作能力，杨军伟还在自学写作，不时在局办的《财政月刊》上发表一些新闻稿件。

他说，学习报名考试费、培训费都是单位统一给出的，学到的知识是自己的，考了职称和证书单位还给奖励，为啥不学哩！

如今财政所的年轻人平均年龄都在30岁左右，平时除了业务工作，大家都开始抓学习。一方面这是今后进步的必备条件，另一方面，也是形势使然。

比方说4个人在一个办公室坐着，人家3个都在看书学习，你还能去干其他事？别人参加考试都考过了，你没过，脸上也不光彩，那还不如你追我赶地学哩。

在耀州这样的深秋季节，所到之处，皆是红的黄的，满目金硕，果实累累。心中越发觉得那些年轻的娃娃们真是幸运得很，他们生而逢时，赶上了耀州财政局这个发展的黄金时期，赶上了这么好的一个大家长——尽管杨磊一再说他是班长，不是家长。

"我坚持了，以后受益的是你们，这一点你们以后会明白的。"

我相信娃娃们终会体悟他的这番苦心的。

8 只要你在这片蓝天下呼吸

3年前，杨磊接受任命到耀州财政局当局长，是经过长时间的内心挣扎的。

尽管之前他曾有过两次转行的经历，但是这次却有所不同。

当时杨磊当镇长的董家河镇是铜川市的明星乡镇，是全市乡镇的排头兵。杨磊在董家河镇待了一年零八个月，这期间，镇里的各项工作都在全市名列前茅，弄得市里连着在他那儿开了几次现场会。

而且，杨磊从1991年开始到乡镇工作，已有15年，他对乡镇工作实在是太熟悉了。用他自己的话说："躺在床上我都知道什么事该怎么干。"

特别是当了镇长之后，他之前多年以来关于乡镇工作的许多想法和思路，都已接近成熟。镇上的企业，下一步如何转产、人员怎么安排。董家河镇是全市小城镇建设的重点镇，新的镇区建设怎么规划、绿化怎么搞、机关办公楼怎么改造……他有很多宏伟的蓝图正在描绘中，等待着他去一一实现。在这儿，凡是他想干的事，他就能去干，只要他干，他就能干好。

换句话说，当镇长，他已进入一种境界，而这种境界非一日之功可以抵达。

再说，因为董家河镇在市里的特殊地位，前几任镇长、书记都顺利提升，到县里当了领导。有这么好的发展平台，他有什么必要再折腾一次呢？

况且，他知道财政局长是一个很重要的位子，可自己是个外行，要是干不好，不仅影响了自己的前途，也把领导辜负了，对上对下对自己，都不好交代。

但杨磊终归是一个懂得组织原则的人，思量再三，他还是服从了组织决定。

那么，他会怎样来完成这一次事业的"华丽转身"呢？

杨磊是个外行，对这一点他从不避讳。也是他第一要解决的问题。

他会坦诚地跟大家说："我就是一个新兵蛋子，行政上我是领导，业务上我是学生。"然后，他就坦然地做一个真正的学生。

"我向许多老同志学，向班子里的其他领导学，向部下学。我们的一些科长已经干了十来年了，能到科长这个岗位上，不是专家也是行家里手。我不会就问。而且，我这个人有个特点，我要做的事情必须要弄清楚。我不一定所有的事情都要清楚，但是一件事情，你让我做决定，那你先把这个事情的来龙去脉跟我说清楚。你说清楚了，我才能做判断。随着时间的推移，方方面面的事都接触。这样在经常性的工作中一点点地学，有时市局开会，也留心向市局领导学，我再自己看书学一些。而且我发现在工作中学得更快，而且记忆可能更深刻。"

他告诉我，过去他认为乡镇工作干的是面上的事，财政工作就是一个点上的事。但是干了几年财政以后，他发现财政也是面上的事，而且是一个更大的面，全区的事有多大，财政的事就有多大，它几乎涉及全区的方方面面、角角落落。你要干好财政的事，必须熟悉方方面面的事，要熟悉别人的事，只有这样，你才能干好自己财政的事。

对杨磊来说，这无疑是一次更大的阵痛，想必过程艰难。

阎军，耀州财政局副局长："杨局长2007年元月到财政局上任，到年底搞财政决算时，我感觉无论是他在安排工作时说的一些财政用语，还是所提的一些工作要求，都已经很专业了。业务工作上一些大的事情，他已经理出了自己的思路。"

他那套被逼出来的思维模式，也得到大家的认可。

"一项工作下来了，他不会说一切按他的想法来，他是按政策来，政策要求怎么做，咱们的实际情况是什么，咱们应该怎么做，你的意见是什么，然后再综合起来定出一个工作思路。"

而且，杨磊雷厉风行。有了一个想法，不管是谁的，他觉得好，马上就把班子成员叫来，大家一起讨论，然后就到基层去看行不行。行，大家方方面面都接受，说这个方法好，那就开始干。如果大家说不行，哪个地方还要完善，那就完善了以后再干。

但他工作起来决不迁就，他不会"哪里黑了哪里歇"，干到什么时候是什么时候，那他不允许。干事之前他必须先设立目标，这个目标可以不必十分明确，但也不能太笼统、太抽象。他说，咱就是落实的，就是干实事的人，你就跟我说，这个事，你怎么干，把你的思路说出来，然后告诉我什么时候能完成。

这种行事作风，除了让大家觉着痛快，还透着一个人内心的磊落和坦诚。而具有这两样品质的人，是可以建立真挚情感，可以做朋友的。

寇爱平，财政局原纪检组组长、党总支副书记，是当时班子里唯一的一个女性。在我去采访的几个月前刚刚被提升到耀州区文化局当局长。在财政局她主要分管机关，对杨磊的为人处世有很深的感触。

在她眼里，杨磊是那样一种人：你有多少才能你发挥出来，只要你是正确的，是为工作的，他都支持你！然后你做出成绩，他就肯定你。他不会把权力看得那么重，他给予副职的权力和责任是等同的。就是说，他放手让你干，你干这项工作有责任，也有权力。所以，大家工作起来，心里没有那么多顾虑，你有能力你放开干就行了！

所以这个班子很和谐。领导层很团结，一般干部也很团结。他有时出差半个月、一个月不在家，但是他在或不在，大家都会各尽其职。

"你看，他把队伍能带成这样！大家在一起就跟一家人一样，说一句不好听的话，就是父母领这么一群孩子，也不一定做到这样。从他来了以后，区委组织部年底考核，连着几年我们都是甲等班子。"

最让大家赞赏的是杨磊为人豁达，他能从每一个人身上发现亮点。

比如说，这人的业务强、文字功底好，或者说这人有文艺才能，或者是这人的组织协调能力比较强。全局200多名干部，每一个人的长处他都能看到，然后他就把这个人放到适合他的位置上，发挥他的长处。

我听说了这样一件事。

有一个干部，对新的形势不适应，对杨磊有意见，跑到上面把杨磊告了。

杨磊知道那人把他告了，了解到那人平时跟同事处得也不好，但是那人有特长，就跟寇爱平说，这人好像在某个方面还行，不然就调他去那儿吧。他说的那个岗位刚好是能发挥那人特长的地方。那人去了新岗位，果然如鱼得水，就觉得工作得心应手了，自我价值也实现了，结果心情顺畅了，和同事的关系也和谐了，对杨磊自然是口服心服再无异议。

这是不是很精彩？这个故事说的不只是一个人有胸怀，更是说明他有智慧，一种澄澈透明的智慧，一种有品质的智慧。

还有一件事。

平时局里谁家里有了红白喜事，单位的工作忙完了，他就说，大家都到那人家里，能帮忙的都去帮忙！大家呼呼啦啦地就去了那人家，一下子人家里就都是财政局的人了，亲戚朋友们看着就羡慕，就觉得这人在单位里人缘好，有面子。这人心里就暖融融的，就感动，再回来工作就更加地努力。

日子久了，财政局的人不知不觉地就有了一种荣誉感，去到外面就会说：我是财政局的！因为大家都觉得做财政局的人是一种荣耀。

虽然杨磊一再跟班子成员说，我们不是家长，我们是班长。但是，局机关还是越来越有家的味道了。

他上任不久，就在办公楼里建起了机关灶。有了机关灶，单位补助一点儿，个人再交一点儿基本伙食费，工作日在单位一日三餐有饭吃，不但节约了时间，而且大家都吃得十分满意。

财政局四五层的办公楼，大家除了工作、开会能聚到一块儿，平时真正能在一块儿交流的时间并不多。他就想，大家应该有一个活动场所。

办公楼顶层的一侧原来是个空旷的、闲置的大露台，空着也是空着，2009年就在露台上加了个顶，再顺势而为稍加改造，就成一个错落有致、相当不错的文化体育活动中心。里面设了羽毛球场、乒乓球室和健身厅。正好赶上"全省财政文化建设年"活动，就由每个二级单位组建一个队，搞篮球赛、羽毛球赛、乒乓球赛，每个队还允许有一到二名女同志参加，打混合赛。

一到财政局，杨磊就觉得大家没有精神，看上去没精打采的。怎么办？那就把机关干部拉到几十公里外的玉华宫拓展训练营，进行拓展训练，给大家提精神。

阎军告诉我，其中有一个叫"与你同行"的拓展项目让大家感触颇深。

那个项目把所有的人分成两队，一队人用红布巾蒙上眼睛，扮作盲人；另一队人扮作聋哑人，双方可以自由选择合作伙伴，然后由聋哑人牵引着盲人，踏上艰难的旅途。旅途中或是匍匐着钻行，或是吃力地攀越，或是翻山，或是涉水，整个过程中双方不能说话，只能用肢体语言引导伙伴如何通过一个又一个复杂多变的难关，最终抵达目的地。

后来我在网上查到了那个拓展项目的现场视频，感觉它的启示，就如同我们在岁月中走过漫漫人生。说不定什么时候，你就会遇到突如其来的困难和挫折，这个时候你需要有人来帮助你，需要有人来扶持你，需要有人来充当你的向导和引路人，来帮你照亮你自己无法战胜的黑暗和难以预知的前程。当你经历了这一切之后，你所要做的就是怀着一颗感恩的心，善待你周围的每一个人。因为他们之中就有那个说不定什么时候就能给你帮助的人。

阎军说，他觉得通过这些活动，不仅身体素质得到了锻炼，增强了大家的自信心，人和人之间也彼此更了解了，更亲近了，工作时也更容易沟通了，局机关的工作面貌都有了一个很大的变化。

的确，一个机关的品行和风貌犹如一个人的品行和风貌，是可以培养，可以转变的。

以往冷冰冰的机关大楼开始变得温暖起来。

原先5点半下班，大家4点多就收拾停当坐在那儿等着回家了。可如今都6点多了，办公楼上好多灯都亮着，好像人都不想回家了。

在寇爱平看来，机关最大的变化就是大家工作的热情高了："因为有了机关灶，大家吃完饭，没事的人到活动中心去活动活动，大多数人是，我手里的事没干完，我就不回家，吃完饭我再接着干。不像过去，到点我就回家，事干没干完我不管。"

最让寇爱平感到骄傲的是："如今上级领导不管是市里的、省里的，或者国家的，到局里来调研或考察，人家都是用肯定和赞许的眼光在看我们！有一个中央科学发展观检查指导小组，按道理跟我们距离很远很远，可是他们到陕西来，陕西就指定到铜川，铜川就指定到耀州区，耀州区就指定到我们财政局。那是中央一级的！"

杨磊也在变化。

他又找到了在乡镇当镇长时的感觉：他知道每一件事该怎么做，他知道这件事做完，下一件事该做什么，他知道每一件事的重点是什么，应该如何突破……

而最大的变化，是他对财政工作的认识有了质的飞跃。

他跟我说："到财政之前，我以为财政只是一个业务部门，跟大多数人没什么关系。现在我的感受完全不同。财政是什么？可以这样说，只要你在这片蓝天下呼吸，每一个人，每一个行业，不管你是工人、农民，还是商人、学生，或者军人，都和财政有关系。这就是财政的意义和重要性。"

事实上，耀州财政局的变化远不止于此。

财政局的人好像忽然间焕发出了惊人的才华和能量，一个个都成了多面手。

如今在耀州，区上有个大的节庆什么的，都是由财政局牵头出节目办晚会。他们自编自演的节目，屡屡在各种省市级大赛中得奖。

2009年，省里举办财政文化建设年活动的时候，一个地市出一台晚会，100多个县，11个地市，轮番上演，然后进行评比。

他们请了北京的作家，把财政业务和这么多年来党的各种惠民政策，编成音乐快板和小品，又从省里请了有名的导演，由自己的干部做演员，排练出来就拿出去演。结果总共26个奖项，被他们一下子拿回来5个。有的节目后来成了市里的保留节目，只要有演出活动就让他们上。

寇爱平告诉我，那个由28人集体出演的群口快板《为国为民管好钱》，人家导演就帮他们排了一个白天、加一个晚上就出来了。"你想想看，我们一个区财政局呀，又不是专业的文艺团体！"作为局里文艺活动的组织者，寇爱平的言语之中充满了自豪。

我看过他们演出的光碟，她说的那个快板节目，舞台队形丰富多变，台词朗朗上口，给人感觉欢快热烈，风趣感人，让人过目难忘。

如今，就连政府接待一些大型的会议、举办一些大的文艺活动，也是由财政局的干部职工唱主角的。

财政局怎么了？耀州的人这样想。

这些常年跟数字打交道、一向有些刻板的财政人，怎么一下子就变成了地方上最时尚、最前卫、最能引领城市潮流的人！

还记得杨磊说过的"打开一扇天窗"的话吗？

还记得那句话吗："外面的世界更精彩！"

9 有一种精神取向叫作从善如流

耀州财政局的人都快忙死了。

好像所有人都忙得不行。

农财局局长袁辉从6月以来，直到我去采访的10月下旬，才刚刚休了一个双休日。

国庆节7天假，杨磊说：1号是国庆呢，我不耽误你们过节。就给大家放了一天假。之后从2号开始天天上班。

上礼拜刚刚在市上开完一个全省市、县局长座谈会，耀州区又是经验发言，又到乡镇财政所现场观摩。总算忙完了，想想一时没什么事了，他跟袁辉说："好了，不打扰下面了，你跟大家说，都休息两天，我感觉你们都累了！"

袁辉连连说："好好好！"

这下大家总该能够喘口气了。

谁知道，转天一上班，杨磊一个电话把袁辉叫到了他的办公室。

他问袁辉："咱们现在通过'一折通'发放的惠农补贴有哪几项？"

袁辉说："各个乡镇不一样，有的是9项，有的是10项。"

"除了这几项之外，给农民还发放哪些补贴项目？"

袁辉想了想说："从目前来说，除了社保上一大块，一个是新农村合作医疗补助，是现金发放的；二是农村低保，是民政部门发放的，也是现金发放的，还有老党员生活补助……涉及其他科室的，我还不太了解。"

"尽快下去把凡是给农民发放的项目，给我拿个清单！"

袁辉不知道他是什么意思，他也没说。

第二天开局务会的时候，袁辉按照统计清单，一五一十地做了汇报：目前"一折通"发放的有多少项，涉及全区多少户、有多少钱。没有进"一折通"的有多少项，都涉及局里哪个科室的什么钱……

完了袁辉说："涉及其他科室的具体数字我不清楚。"

会议结束的时候杨磊说：哪个科室、哪个科室你们都留下。

待其他人散去，他第一句话就说："为什么把你们留下，由农财局统计的这个数据，我有个想法，既然咱能把其他发给农民的补贴纳进'一折通'，我想，这几个方面也应该能纳进去。"

当时就有科室提出来，那些不是我们部门管的，是什么什么单位管的，可能难以纳进来。就说了好多为难的理由。

他就说："你别说难不难，我只要你说能不能纳进来？"

那人就犹豫了一下说："那今后……应该也能纳。"

杨磊说："我的想法就是，扩大'一折通'的发放范围。为什么这么做呢？咱们的平台已经建设好了，农民的所有基础数据也都有了，咱们资金的流程也规范了，资金本来就是由财政部门来管的，关于发放条件的认定，是由部门来管的。今后部门只能提供册子和发放的标准，咱们管资金，这样没有中间环节，就能确保一分钱不少地发到农民手中。"

最后杨磊说："你们几个科室赶紧拿个方案出来。"

如今这个方案正在制定中。

又一天，是财政所所长例会的日子。

财政所所长例会，一个月一次，也是杨磊定的规矩。例会由农财局牵头，所长们要汇报本月的工作，农财局要安排下月的工作，并且要以所为单位按照上岗情况、业务工作、税收任务等几大项指标进行考分，排出名次，连续3个月排名后三名的，本年度不能评为先进所。

有重要事情的时候，杨磊他会全程在场，通常是由农财局自行把握。

这天例会快结束的时候，袁辉去请示他有没有什么事要强调的，他就过来了，坐下就说："咱前一段时间，在咸阳财校、交通大学封闭学习了几期，通过这几个月实践，业务都有所提高了，为了检验每一个工作人员是否真的达到了咱们的要求，农财局立马制定个方案，咱月底进行业务知识大竞赛！"

第二天，袁辉拿了个初步的方案去找他，他也不说行与否，就把所有的班子成员叫到一块儿，让袁辉把方案宣读了一遍，然后说："谁还有什么问题，对这个方案？"

袁辉告诉我，这两天他们正在制定详细方案呢。大致确定要笔试，还要像电视上那样进行现场抽题问答，现场有评委，最后要进行评比。杨局长要求，每个人除了必须参加本岗位的竞赛，同时还可以自愿参加其他岗位的竞赛。就是说，一个人可以参加两个岗位的竞赛。

几乎所有的人都这样跟我说，他工作上点子太多了，今天说你把这个工作怎么做一下，明天又说那个工作应该怎么做一下。而且他还经常征求你的意见，这个事看这样行不行？如果你提出自己的想法，他觉得好，他就会采纳……

袁辉说："我跟杨局长没交流过，从我的感觉，我想是这样的，从一个乡镇的镇长，提拔为财政局局长，他有乡镇工作的经验和阅历。当镇长的时候，他就在镇上发现了财政所一些需要改进的问题，上来以后，就把在基层工作的那个思路拿上来，又站在财政管理的角度加以完善，就有了后来改造财政所的设想。从我的角度是这样感觉的。"

还说，他平时讲话很少拿稿子，一般只有那么大一张纸，写几个要点，有时记两个字能讲好长好长时间。他第一次见杨局长拿稿子，好像是他刚上任的那年春天，开年度工作会，财政局全体人员参加，他那个讲话好像是关于干部队伍建设方面的……

用自己的想象去体会杨磊，去体会他那些仿佛泉水一样不停喷涌的工作思路，体会他面对难题时简洁有效的处理方法，以及为人处世的心路历程，据我所知，袁辉并非是财政局的第一人，或者唯一。

这起码说明一个问题，在耀州财政局，杨磊已经成为榜样。而且，这个榜样并非是某个行政命令人为树立的，那是一种自然的人心所向，是那种可以被叫作从善如流的精神取向，在耀州财政局人们的心中自然流淌的结果。

10 思想究竟有多远

采访快要结束的时候，杨磊跟我说了好多他们正在做和准备要做的事情。

他说，要把所有对农民的补贴都放进惠农"一折通"，其实并非是他的创意，是上面领导到耀州考察时无意间的一句问话启发了他，使他产生这样一个大胆的构想。

他说，国库集中支付改革，本来上面要求今年在县级先试点，明年才全面铺开的，但他们局要求今年一级单位全部搞完。

他说国家财政部谢旭人部长今年提出的"两基建设"，他们乡镇已经搞完了，机关正在搞。这几天机关的档案规范化正在验收，要求是档案管理做不好，科长一律下课。现在所里做得比局里好，这不行。

他说耀州是水泥和煤炭的重要产区，这两项都是国家税收的重要来源，可是计量监测却一直都是个难题，现在他们正在进行的两个大的项目，就是在做这方面的尝试。做成了，有可能在全省乃至全国都是领先……

很显然，杨磊又开始设计他的宏伟蓝图了。

尽管直到现在他还是会说，在财政，他是个外行。

从外貌上看，生着娃娃脸的杨磊时常会有一些孩子气的表情，特别是他笑起来的时候，那种纯粹透彻的感觉，很像是一个心底透明的孩子。看着他，我不禁产生了这样的想法，有时候，让一个外行领导一下内行，似乎并非全是坏事。

杨磊是个外行，可能正因为这一点，他才能没有定势，不受束缚地把那些鲜活的思想和动力带进来，让暮气沉沉的财政局焕发出前所未有的朝气和活力。

让外面的风吹进来，这或许是给事业注入生机和活力的最好办法。

当然，有一点非常重要，作为一个外行，他必须具备一些特殊的品质。他需要对事业忠诚，要潜心使命，足够敬业。他还要足够大度，懂得包容，行事磊落，以及由此而来的绝对阳光的领导艺术。他对自己的职责要有足够清醒的认识和彻悟，当事业需要时，他会全力以赴，调动自己所有的经验和所长，甚至会付出百分之二百的努力和投入。而且最重要的一点，他必须善于做学生。

这样想想就颇受启发，一个单位其实也犹如一个国家，即使再小，要领导起来也是需要领导智慧、管理机制，需要内部规范、岗位责任，也需要亲情温暖、情感关怀。当然更需要领导者有好的品质和秉性，好的天赋和素养。

耀州原本是一个县，位于铜川市西南部，2002年因为城市扩建，市政府迁到了耀州，按规定市级政府是不能设在县上的，于是就撤县设区，改称耀州区。但至今，耀州人仍然习惯称自己为耀县。

其实耀州不只有青瓷，耀州历史上有5位名人也像耀州青瓷一样闻名遐迩。他们是西晋哲学家傅玄、唐代医药学家孙思邈、大书法家柳公权、史学家令狐德棻和北宋著名山水画家范宽，后人称作"一圣四杰"。

但是，青瓷也好，先贤也好，都已是过去的荣耀。

今天的耀州像大多西部小城一样并不发达。它的外观看上去，依然存有浓重的县城的影子。它的很多乡村依然贫困。那些望子成龙的父母，仍然要千辛万苦地把孩子送往并不太远的省城西安去就读，为的是未来的希望。

杨磊跟我说，他特别喜欢中央电视台播放的一个广告中的一句话："思想有多远，我们就能走多远。"

那么，在杨磊，在古老的耀州，一个人的思想或者一个城市的思想，究竟能够走多远？

我满心期待。也满心祝福。

2010年11月于北京

灿如阳光

灿如阳光——我用它来形容一个人的笑容。说的是他笑时的样子，也是他笑起来给人的那种感染力。这个人叫卢加胜，31岁，是解放军某部装甲A师的一名四级军士长。

2001年4月13日，《解放军报》"文化周刊"刊登了一篇文章：《穿军装的英雄，你们在哪里?》。这篇压有大幅题图照片的文章发在头版头条，目的是帮助武汉铁路分局寻找在一起颇为轰动的特大列车抢劫案中，与火车乘警携手同心勇斗歹徒，之后却悄然离去的几位军中英雄。文章最后列出了一个寻找名单，排在名单第一位的就是这个卢加胜。但是直到这件事在国人的记忆中渐渐淡去，卢加胜也没有在人们的视野中出现。

当我带着任务从北京出发去卢加胜所在部队采访的时候，距这篇文章的发表时间已过去整整9年。其间，他先是在销声匿迹了多年之后，意外地被人发掘出那一次被他隐藏多年的英雄义举，让大大小小的媒体着实地宣传了好一阵子，感动了无数国人的心。接着又在2009年被评为"新中国成立后为国防和军队建设做出重大贡献、具有重大影响的先进模范人物"和"第二届全国道德模范"。就是说，此时我所知道的卢加胜已是一个轰动华夏的名人。

第一次见面，他叫我首长，并恭恭敬敬地给我行了军礼，从军阶上说，这是没错的。可我知道，一个面对持刀歹徒毫不畏惧的人，必定是有大勇气的人，尤其是一个身高1米62、体重不到100斤的川娃子，在这样的人面前，所有的人都应该向他举手致敬。

不管怎样，我首先喜欢上了他的笑容。我不知道9年前他笑起来是什么样子，反正我见到他时，他的笑就给我这种感觉。

一

9年前，卢加胜还是一个二级士官。

那年春节刚过，在四川老家休假的卢加胜给部队打了一个电话。电话是打给他的直管领导、团车管站站长周斌的。周斌告诉他，部队很快要到福建参加海训了，这次出动的车辆比较多。当时卢加胜是车管站的检查员，负责全团车辆的技术检查。按规定他有40多天的探亲假，此时刚刚休了不到一半。他决定中止假期，提前归队。

他要乘坐从成都开往武昌的K148次列车到武汉转车。那趟列车晚上9点多到达他家乡的县城小站，停车2分。那时候正是春运，他自然没有买到票。他在站台上遇到另外3个穿军装的小伙子，大家一样急着归队，也一样没买到票，而且一样是到武汉下车，于是，他们就商量着大家互相帮忙先挤上车，到了车上再补票。

上了车也并不轻松。外面大雪纷飞，车厢里却如同煮着一锅热气腾腾的饺子。人很多，多到你把一只脚抬起来就放不下去。多数时候，卢加胜就用一只脚站着，热得满身大汗。好在几个人都是当兵的，虽然各自部队天南地北，但有共同语言，多少也可以互相关照一下，就见缝插针地这里站一会儿、那里靠一下地挨着旅程。

大约10点多的时候，一个身穿警察服装的人如同红军过草地般地艰难地穿过杂乱的人丛直奔他们而来。走到近前，那人轻轻地拉了拉卢加胜的衣袖说："解放军同志，请到8号车厢来一下。"那人的胸牌上赫然写着三个字：乘警长。

8号车厢是餐车。卢加胜他们到达的时候，已经有了十几个军人和几名警察等在那里。

乘警长叫刘鸿，他向大家通报了一个让人难以置信的情况：据乘客报告，4号、5号两节硬座车厢有一群不明身份的人在闹事，他们强行买卖座位、殴打乘客、调戏妇女，为非作歹。他们身上大都带有刀具，已经有多名乘客被砍伤。刘鸿说："必须要制止他们！但是我们警力有限，请你们给予支援。"

卢加胜一听，神经立刻就绷紧了，居然有这种事！他当即站出来说："警长，你放心，我们全力配合你，需要怎么做你说吧！要不现在就过去把他们全抓了！"他的话一下子把大家的情绪都带起来了，纷纷表示赞同，这让乘警长刘鸿十分感动。

经过简短的商议，在场的24名军警临时分成4个小组。在军人中，卢加胜是个老兵，又最积极踊跃，就由他、刘鸿和另外一名叫王维江的来自湖北咸宁的警官做第一组，率先前去与闹事者接触，其他人随时接应。同时，由列车长疏散餐车的旅客，以备后用。

因为车厢里有大批乘客，刘鸿要求大家保持冷静，尽量稳住局势，一定要保证无辜旅客的安全。最后他向大家了通报他的全部警力：加上他一共4名乘警、两副手铐、一支短枪。

此时，列车已驶近四川达县。

一走进5号车厢，卢加胜就有点儿按捺不住了。

这是一群真正的歹徒。十几个衣着怪异、满脸匪气的汉子，几乎霸占了整节车厢，而原本拥挤不动的旅客都被赶到了车厢的一头，像摞白菜似的堆在一起。那伙人有的三五成群地聚在一起喝酒划拳，啤酒瓶扔得到处都是；有的以卖座位为由，正在恶声恶气地从旅客身上搜罗钱财，还不时地对女乘客动手动脚。

卢加胜告诉我："看到我们去了，很多老百姓都往我们后面躲，那是真的害怕。实在让人看不下去！"

一个满嘴酒气又高又奘的家伙显然是这群人的"老大"——后来听他的同伙就是这么叫他的。在卢加胜看来，那家伙起码有1米8多高，体重得有200多斤，长得虎背熊腰的，在他面前的茶几上还摆着一把明晃晃的大砍刀。这时候，他正志满意得地清点着从旅客手中搜罗的钱财。见卢加胜他们进来，他毫不在乎，一副懒得正眼瞧的样子，其他人也十分嚣张，冲卢加胜他们大声嚷嚷：

"别没事找事，识相的离远点儿！"

"当兵的，一边待着去！"

卢加胜觉得血往上涌，拳头不由得攥紧了。可是乘客们眼里期盼的目光反而让他冷静下来。他是一个勇敢的人——这一点有很多事实可以证明，但他也是一个非常机智的人，这一点后面我将会说到。为了稳住局势，避免伤及无辜，他和乘警长互相交流了一下目光，就走上前去对那个"老大"说："兄弟，这里人多，你们在这儿不方便，你有什么要求，咱们去餐车商量，我们会尽量满足你。"

见卢加胜说得很客气，也很有礼貌，有人就不知天高地厚地挑衅起来："有好酒吗？有好菜吗？有小姑娘陪吗？"

或许是被卢加胜的态度迷惑了，也或许是听到餐车的字眼肚子真的有点儿饿了，"老大"犹豫了一会儿，就站起身来，吆三喝四地叫了几个同伙跟他一起去餐车。

据卢加胜观察，这几个人居然都带着刀，除了拿在手上的，有别在腰上的，还有插在靴子上的。

到餐车以后，卢加胜依然以理相劝，话也说得苦口婆心，意在劝他们遵纪守法，好好坐车，不再骚扰其他旅客。他甚至将心比心地说："假如你老爸老妈、弟弟妹妹在车上，你这么干能行吗？"可歹徒们一直骂骂咧咧地根本听不进去，还威胁说："没那么多废话！赶紧把好酒好菜拿出来，小心砍你们！"

卢加胜说："你们光天化日之下为非作歹，不要说老百姓不同意，我们当兵的也不会同意的！"

"当兵的怎么了？当兵的我又不是没砍过！"说着有人抓起餐桌上的花瓶就砸过来。

这一下军警们可就忍无可忍了，大家就毫不客气地动起手来。歹徒们手里的武器主要是刀，长刀、短刀还有匕首。卢加胜他们没有武器，但餐车里有酒瓶子，有厨房做饭用的大锅铲和煤钩，甚至连桌子椅子都用上了，反正也不论什么操起来就是武器，就和歹徒们打斗起来。

川娃子卢加胜身高只有1米62，这一点让我感到很担心，更何况他选择的对手恰恰是那个身高超过1米8的"老大"。据说那家伙极其凶猛，一拳打下去，眼前的餐桌就从中间断为两截，连桌腿都折了。可卢加胜机智地笑笑说："我打不到他上面，可以打他下面啊！我一打他下面，他就蹲下了，那我就可以打他上面了!"我眼前立刻就出现了小巧机敏的卢加胜和虎背熊腰的对手周旋搏斗的场面,那应该和电影里的精彩画面不相上下。

卢加胜说,那"老大"手里的刀有1米2长——这是事后武警们用尺子量过的,那把刀就被那家伙抢着在卢加胜的面前呼呼作响。可卢加胜又说了:"我们的大锅铲和煤钩比他的刀长啊!再说我们当兵的里面,有野战军的,有武警的、空军的,还有海军陆战队的,加上我们人多,可以两三个对付他们一个。"结果几个歹徒很快就被拿下了。

可接下来的事情,却让他们大吃一惊。

在这几个歹徒中,有他们的"老大"和"老二",据他们交代,在这趟列车上,一共有他们七八十个同伙!

"啊?!我的妈呀这么多!"不光卢加胜被惊住了,在场所有的人都被惊住了。

4名乘警,20名乘客身份的军警官兵,加上两副手铐、一支短枪,要对付这么多持有凶器的歹徒,力量之悬殊显而易见。一旦餐车里的消息传到其他车厢,歹徒们串联起来,他们二十几人暂且不说,车上1000多名旅客的人身安全将难以预料。

乘警长刘鸿和王维江是两个十分老练的警官,他们当即向所属武汉铁路公安指挥中心汇报案情,请求支援,同时决定封锁餐车,阻断人员流动,关闭窗帘,这样即使遇站停车,外面的人也很难知道里面的情形。

指挥中心很快有消息反馈回来,鉴于案情重大,铁道部联合公安部做出决定:为保护旅客生命财产安全,紧急调集防暴警察在前方宣汉站登车支援,坚决将歹徒绳之以法!

这个消息对军警无疑是一个巨大的鼓舞。此时距宣汉站还有一段距离,大家不打算无为地等待。他们将一片狼藉的餐桌椅简单地清理了一下,堆在车厢的一角,然后继续采用同样的方法将另外几个歹徒头目分批引至餐车,一一制服。

就这样到行动结束的时候,军警们从火车上共清理抓捕歹徒76人,收缴各种刀具凶器240多件。而卢加胜和不少同伴都挂了彩。

卢加胜对我说:"事后想想,当时很冲动,如果真的在客车厢里直接跟他

403

们冲突起来，后果不堪设想。"但他们胜利了！当他们把抓获的歹徒移交给赶来接应的防暴警察，卢加胜组织官兵们整装列队，豪放地喊着"一二三——四！"准备登车继续旅程的时候，车上的旅客们纷纷鼓掌向他们致谢，有的还高呼起："解放军万岁！解放军万岁！"这让他感到非常自豪。

这种自豪感是否会与他今后的生活始终相伴呢？我想会的。

火车继续向武汉开进。再次回到火车上，他们受到了英雄的礼遇，列车长专门为他们安排了卧铺车厢。至于后面的旅程，铁路部门向他们承诺，他们要到哪里，就送他们到哪里，决不许他们花一分钱。旅客们也纷纷涌向他们，把自己带的各种吃的喝的塞到他们的手里，堆在他们的茶几上、床铺上。卢加胜身上的伤也经随车医生尽可能地做了处理，包扎起来。

这时候，卢加胜开始头晕了。他流了太多的血。他身上一共4处伤，头上和小腿上是刀伤，手上是咬伤，唯一一处不流血的伤口是右眼。那只眼睛挨了极重的一拳，此时乌青乌青的已经肿得睁不开了。而最明显的一处刀伤，在额头上，那是在到达宣汉站之后留下的。他记得让他挨了这一刀的是个黑乎乎的胖子。

当时列车抵达宣汉站，站台上全副武装的防暴警察包围了列车，警笛声响彻夜空，分散在硬座车厢里的歹徒们知道事有变故，已无路可逃，便开始骚动起来。

就在这时，那个黑胖子在人群中大声呼喊，企图再起事端。卢加胜急忙冲过去跳起来抱住了他，想堵住他的嘴，不想却被他一口咬在手上，死不松口。另一名歹徒趁机赶过来抽出砍刀，照着卢加胜的头抡起来就砍。好在他反应灵敏，好在他及时地将头向旁边一偏，那刀尖就从他额头上一扫而过，划开了一条4厘米长的口子。即使在过去多年之后，卢加胜依然能清晰地感觉到那刀尖从他额上划过时带出的那一声轻响。

那会是一种多么惊悚的记忆！英雄并不是无所畏惧，知道畏惧，并且能够战胜畏惧、忘却畏惧的人，才是真实的英雄。卢加胜应该属于这样的人。他觉得浑身都在疼，钻心地疼，唯有手是麻木的。这双已经没有感觉的手是如何把那些高大于他、强壮于他的歹徒按倒在地的，连他自己都很费解。

车到武汉后，卢加胜被送到离火车站最近的武汉大学附属医院治疗。10天后，伤势刚有好转，他就悄然离开了医院。他没有接受铁路部门真诚的许诺，也没有留下通信地址和联系电话，他甚至自己付清了2000多元的医药费，然后自己买了一张返回部队的火车票，独自消失在初春料峭的寒风里。那个后来登载在《解放军报》上的姓名和部队番号，是按铁路公安的要求，作为证明人签名写在一份记录事件经过的证明材料上。

回到部队，卢加胜很快随部开赴东海，参加了为期4个月的全封闭式海上集训，对此事却只字未提。

这起事件，后来被公安部定名为"211特大抢劫案"，中央电视台《焦点访谈》栏目和《中国国防报》《光明日报》《长江日报》《杭州日报》等数十家新闻媒体，纷纷报道了这起新中国成立以来国内最大的列车抢劫案，以及军警们勇斗歹徒的英雄事迹，在社会上引起强烈反响。《解放军报》那篇寻找英雄的文章，也在其列。当卢加胜结束集训返回驻地的时候，他看到了那些热闹的文章和报道，也知道和他一起参加战斗的军警战友，大部分荣立了一等功、二等功，有的被评为全军见义勇为先进个人，有的成为《感动中国》、全国道德模范候选人，还有的当选为人大代表，但他还是选择了缄默。

在此后6年的时间里，当年的那场战斗，除了在他身上留下了4处永远无法消除的伤疤之外，仿佛从未发生过。即使在两次提干未果的情况下，他也从未提及此事。直到2007年3月，师政委白吕到连队检查工作，偶然发现了他额头上的伤疤，担心有什么重大隐情，反复追问伤疤的来历，卢加胜不得已才说出了事情的全部经过。

为了慎重起见，白吕政委专门派出一个5人调查小组，前往有关单位和部门进行调查核实，终使一切真相大白。正像乘警长刘鸿在6年之后再次见到卢加胜时说的那句话："老兵，你终于出现了，我们找了你6年啊！"一时间媒体哗然，国人哗然。

"动手反击那群歹徒的时候，他是第一个站出来的，他是真正的英雄！"咸宁警官王维江作证说。

记者不解，问卢加胜："立功受奖是你应该得到的荣誉，你为何不声不响就放弃了呢？"

他笑了笑说："当时看见歹徒霸占座位，抢夺财物，我脑子里想的就是怎么把这帮家伙拿下，根本没去想可能获得多大荣誉。"

这样的回答无疑是过于简单了，简单得让人有点儿失望。卢加胜究竟是一个什么样的人呢？我这样想。

二

卢加胜在部队的职务是高级装甲修理工，专攻装甲底盘修理。

装甲底盘相当于一个人的腹腔，除了战炮以外，它囊括了装甲车的所有重要系统，是装甲车的灵魂所在。那么卢加胜就是专门给这个钢铁巨人的庞大腹腔疗伤治病的人。不过卢加胜的工作远没有医生那么优雅。甚至可以说底盘修理工是整个装甲部队最不优雅的人。不光是他们工作起来爬上钻下的又苦又累，工作时的样子很不雅观，他们的衣服也永远是最脏的。据说修理工的衣服因为被油浸透了，下雨天可以用来当雨衣穿，而那些机油、润滑脂之类的东西是根本洗不掉的。

可这并不妨碍卢加胜把他的修理技术修炼得出神入化。他的战友罗辉告诉我，只要是装甲类战车，没有哪个底盘是他对付不了的。他有一些保障"绝活"很是出名，比如，闭着眼睛，对装甲底盘的每个部件能一摸就准；靠耳朵听，就能准确判断装甲车运行时的故障点。

有一个小故事很说明问题。

一次，一辆两栖装甲车从他面前轰隆隆地驶过，卢加胜急忙让驾驶员停车，说这辆车油路有毛病。驾驶员不信，下车仔细一查，果然发现是高压油泵喷油嘴供油角度错乱，如不及时排除，将导致马力不足，甚至会造成发动机损伤。驾驶员跷着大拇指对他说："老兄，你真神了！"

卢加胜本来就是作为技术骨干调到A师的。在此之前，他是S师非常有名的技术尖子。就为这个，他的调动颇费了一番周折。

当时，A师要由摩托化步兵改制为装甲步兵，在配装之前，急需装备和人才组织集训，A师就通过集团军向装甲S师借用装备和人才，并且指名道姓地就要修理工卢加胜。可S师不同意。他们说装备和其他人员都可以给你，但卢加胜不行，因为人抽不出来，并且真的就找了个差事把卢加胜派出去了。

但A师很固执，坚持要卢加胜，就一遍遍地找集团军跟S师做工作。因为换装是大事，集团军也倾向于A师的意见。S师没办法，就提了个条件，借调可以，但集训结束后立刻把人还回来。A师很痛快地答应了。

等卢加胜出差回来，A师的集训已经开始了，由于训练强度大，训练场上已经有两辆装甲车趴窝了，把集训队长唐新春急得团团转。卢加胜到A师报了到，放下行囊就开始修车，用了不到一个下午，就把两辆车全修好了。这把唐新春乐坏了，当即亲自下厨炒菜为他接风。

到集训队结束的时候，A师不但不放人，还一纸报告打到集团军，坚决要调卢加胜。可S师不干，说什么都没用，就是不同意。结果是A师不放人，S师就不放档案，就这样卢加胜在A师没名没分地干了两年，直到集团军再次出面协调，才正式调入A师。

这是2000年底。

卢加胜到A师以后，颇有建树。他在A师先后调了4次岗位，每个岗位都跟装甲有关。基本上他每到一处都是从零开始干起，传授技术，理顺管理，建立规章制度，到他走时，已是各方运转正常，秩序井然。

在A师1团修理连，是他时间最长的一个岗位，一干就是10年。10年里，他从班长干到代理排长，不但自己成了A师无人能比的底盘修理专家，还带出了一批修理能手。

他经常带着他的兵参加各种技术比武，有师里的，集团军的，还有军区的。他喜欢比武，喜欢跟高手同台竞技，尤其喜欢那种高难度的对抗赛。战友们都知道，只要他一上场，"第一名"犹如探囊取物。比武是为荣誉而战，为师里的荣誉、团里的荣誉，也是为了修理工的荣誉！当他带着他那些满身油污的战友出战在各级比赛场上的时候，他表现得坚定自信而又充满豪气！那时候他的内心比一般人更加热爱部队，更加热爱为他提供这片展示才华和光荣天地的团队。

2007年10月，集团军在皖南地区组织了一场近似于实战的"红蓝"对抗演习，扮演红蓝军的正是A师和卢加胜的老部队S师。演习期间，双方将举行一次专业技术比武。A师装备部长亲自点将，由卢加胜组织比武训练，要求是只能第一，不能第二！而这时距离比武还有一周时间。卢加胜说，那没关系，我上！

比武科目叫"同步器与7216轴承精度调整"，要求精确到0.01毫米。

7216轴承由两个锥形轴承组成，其精度调整主要靠之间的一个基准垫和若干个调整垫。

以往这个课目的训练，主要强调调试时的手感和力度，调试过程没有标准，只能边调边试，具有很大的不确定性。几代修理工全是这么干的。能不能找到一个既节省时间，又精准到位的方法呢？

基准环的厚度是变化的，如果先测量出基准环的厚度，再选择相应的调整垫，是否能一步到位呢？他发现在基准环和调整垫之间，是有规律可循的。一连几天卢加胜终日泡在训练场，觉也很少睡，连饭都是战友们帮他带的。经过无数次推倒和测算，他终于得出一个简单明了的测算公式。

比武那天，他采用了这种新的调试方法，只用了13分钟就高质量地完成了通常需要四五十分钟才能完成的比赛课目。在现场监考的军区坦修大队的何高工感到十分费解，问他是怎么做的。他就把原理毫无保留地讲给高工听，高工非常惊讶，当即向在场的军区首长赞扬道："小卢绝对是动了脑子的，在我们坦修大队能调到他这个精度都比较少！以前还没有人像他这样去思考的！"高工还找卢加胜要了一份测算公式，说要带回军区好好看看。

卢加胜是当之无愧的冠军，A师就是当之无愧的冠军！装备部长非常得意："这可是我们小卢的专利哦！"

年底的时候，A师特别嘉奖卢加胜，给他立了个二等功。这一年也是卢加胜收获荣誉最多的一年，他同时还获得了四总部颁发的"士官优秀人才一等奖"，被军区授予"爱军精武标兵"，所带排荣立集体三等功。

在高级工程师周斌眼里，卢加胜是一个不但肯动脑筋，而且很善于动脑筋的人："他不是说你交给他什么事，他就干什么事，而是你交给他一件事，他在干这件事的同时已经干了好几件事，远远超出你的期望。"

2008年，卢加胜的一项技术革新的确超出了众人的期望。

这件事，跟海训有关。

卢加胜是部队海训不可或缺的人物。每次海训回到驻地，他的神经都会被一种刺耳的声音所折磨，那是从车炮场传来的"咣当！咣当！"的敲击声。那是战士们在用大铁锤和钢钎拆解履带板发出的声音。

每次海训之后，战士们都必须做一项烦琐而又艰苦的工作，对装甲履带进行维护保养，就如同机枪手每次实弹射击之后都要擦拭保养他的枪一样，那是他作为枪手的必备功课。尽管装甲步兵们的"枪"体积过于庞大了，但是程序却是一样的。在对整车进行保养之外，他们要对被海水浸泡过的装甲履带的所有部件，一节节地进行分解，逐一清洗、擦拭、润滑、组装，以防生锈。

在所有的环节中，最难的就是拆解履带板。通常是一个战士扶钢钎，一个战士抡大锤，将一块普通三角铁揳进关节里，将履带端连器强行解开。这叫作断履带。于是，每到这时，车炮场就形同一个巨大的铁匠铺，金属的撞击声不绝于耳。

看到战士们一个个抡着大锤砸得满身大汗，稍有不慎，或是砸在手上，或是对履带造成损伤，卢加胜就有点儿心痛。而且每次做保养，装备部门都要事先买回一大堆三角铁，事后砸坏的三角铁又是一大堆，十分浪费。

卢加胜想，能不能做出一件这样的工具，它一可以使战士们免除高强度的体力劳动；二操作方便；三便于携带，不但陆地可用，海上也可用。

他又想，用大锤敲打三角铁用的只是一个力，如果能使几种力同时作用，岂不轻松？他开始按照这个思路构思，于是，一个能够将平衡力、推力、拉力同时作用于一个物体的手动机械体在他的脑海里初具雏形。

设计图纸很快就完成了。可是他揣着图纸跑遍驻地所有加工厂，却没有一家愿意跟他合作。原因是他的设计工序复杂，制作起来误工误时，若是成批生产还可以，只做一件样品，不干！最后，他好不容易才在距驻地几十公里的一个地方找到了一家私人加工厂。

他开始一趟趟地跑加工厂。因为履带板新旧程度不一，大小内径也不一样，为了找出一个可以通用的中间值，每次去他都要挑出几块不同的履带板，装在麻袋里带到工厂去做试验。一个人拿不动，就找个助手抬着去，两人每天早上去，晚上回，一天下来累得筋疲力尽。这样整整跑了两个月，终于把样品做出来了。

那是一个一尺多长，2公斤重，一只手即可携行而去的小家伙。卢加胜给它取名叫"多功能履拨器"。用时将履拨器固定到位，只需轻松地旋转一下把手，以往牢不可破的履带销，如同中了魔法一般，轻而易举地就被分解开来。

师装备部很快认可了他的小发明，立刻去工厂联系定做，为每个作战单位配发了10套。同时上报总部参评"士官优秀人才奖"，在评奖会上引起强烈反响，最终获得一等奖。如今这项成果正在申报全军科技进步奖。几代装甲人用大铁锤、钢钎和三角铁拆解履带板的历史，在一名军士长的手上画上了句号。

而卢加胜在一年前的另一项科研成果"中心线快速校正和拆装架"，则大大缩短了修理时间，提高了战场修理效果，获得全军"士官优秀人才奖"。评奖时，当专家们得知这一成果出自一位普通军士长之手时，亦是举座惊叹。

卢加胜不但修理技术炉火纯青，他还自学了装甲车驾驶、装甲通信全部课程，考取了等级证，是团队少有的全能人才。他入伍15年，革新发明了15件保障器材，4次在军师抢修专业比武中夺魁。他先后写下了10多万字的工作笔记，编写了《野战车场规范设置》《底盘故障分析手册》《海训车辆检查手册》《新装备常见故障排除方法》等多种实用手册，参与编写了装甲修理专业102个课目近120万字的教案材料。在他的履历表上，自入伍那年起，所获优秀士兵、优秀党员、优秀士官、先进个人、标兵等各种表彰、嘉奖一共25次。

写到这里，我就有些感动，为这位军士长所做出的骄人的贡献。卢加胜跟我说，15年前他当兵离开家乡的时候，曾在区里欢送新兵入伍的会上发过言，他至今记得他当时说过的一句话："请家乡父母放心，我们一定在部队好好干，决不给家乡人民丢脸!"或许可以说，这正是他用来回报家乡父老的一种方式吧。

"决不给家乡人民丢脸!"这一点，毫无疑问他做到了。

这就是他15年军旅生涯的全部注解吗?

三

从字面上看"爱军精武标兵"，起码有两层意思，一个是爱军，一个是精武。把这个"标兵"授予他，实在是恰如其分。

结婚前，卢加胜曾经交过两个女友，两个都以失败而告终。

第一个是他少年时的同班同学，可算是青梅竹马之交。姑娘很爱卢加胜，但是她不满意卢加胜对她的爱。她先是抱怨他信写得少，写了也是寥寥数语，后来他随部队去演习了，因为纪律，不得已不辞而别，而且一去就是几个月没音信，她崩溃了。她给卢加胜写了两封信，一封说："这哪是谈恋爱，我们还是分手吧，我想你也回不来！"另一封说："没有你的回信，我知道该怎么做了，我要结婚了……"

第二个女友也是川妹子，漂亮，而且是个搞艺术的大学生。她也很爱卢加胜，为了离他近点儿，她应聘到卢加胜驻地附近的一个美术学院当教师。学校离部队很近，可是却不能经常见到他。即使是在她遇到困难，最需要帮助的时候，他也不能及时赶到，因为部队有纪律。姑娘舍不得他，就劝他退伍，憧憬着双宿双飞的幸福。可卢加胜说："如果你爱我，就让我留在部队，因为这里是我理想的栖息地。"姑娘绝望了，最后给他留下了一篇文字《永远无法跨越的桥》，含泪而去。

仔细想想，两次分手似乎都与他的军人身份、他的职业性质有关。

后来经大哥大嫂介绍，他结识了现在的妻陶英。

他是个军人，做他的妻需要担更多的责任、吃更多的苦，他希望妻能有所准备。结婚前一天晚上，他对陶英说："我们签一份协议吧。"起初陶英以为他在开玩笑，说："你一没房子，二没票子，签啥协议？"卢加胜就把一份早已准备好的协议书递给她看。

结婚协议

甲方：卢加胜（军人）　　乙方：陶英（社会青年）

协议宗旨：在一起好好过一辈子

协议有效期：九十年

第一条：乙方要全力支持甲方在部队的工作，由于甲方工作原因常年不在身边，须由乙方承担起照顾家庭的一切重任；

第二条：甲乙双方尊重孝敬双方父母，关心体贴对方；

第三条：甲方决定休假和来队时间，两人在一起时，甲方要主动承担起工作的85%；

　　第四条：遇特殊情况，如战争、抗洪抢险、演习对抗等活动，由甲方说了算，乙方必须积极配合……

　　看完协议，陶英笑了："你不就是要我支持你工作，不拖后腿嘛，我签!"但是，很快陶英就明白那份协议的分量了。

　　卢加胜一年回不了一趟家，家中的老人和所有家事全凭她一人照料。她去部队探亲，没住几天，卢加胜就急着送她走，因为部队有任务了。女儿出生时，她难产，险些送了命，可卢加胜因为参加集团军装甲专业示范教学任务，直到一个月后才回到家。

　　可她没有责备卢加胜，因为她是签了协议的。

　　卢加胜也很遵守协议。只要两人在一起，他总是想办法给妻补偿。每次休假回家，他都使劲地干家务，洗衣、做饭、带孩子，什么都干。妻到部队探亲，本来要赶那趟车的，可是没买到票，该到的时候没有到，他就不停地打电话，问妻走到哪里了，车上乱不乱，担心妻也像他几年前那样遇到坏人。妻有一天说头痛，好像感冒了，他很快地就跑去给妻找来一包板蓝根冲了水端给妻喝。妻怀孕的时候，反应得厉害，什么都吃不下，就想吃虾，他就去给妻买了，做熟了，然后蹲在床边一个一个地剥给妻吃，自己却一个也舍不得吃，尽管那是很小很小的虾。妻就感动，就说他好，说他懂感情，说到哪去找这么体贴这么细心这么好的男人呢！跟妈妈说，跟妹妹也说。以后再遇到困难的时候，就情不自禁地想他的好，想他对自己的细心照顾，再大的困难就自己挺过去了。

　　卢加胜用协议坚强着妻的精神和意志，也用爱和关怀温暖着妻的心，就为自己能毫无羁绊地做一个好军人，就为让嫁了军人的妻可以义无反顾地和他一起牵手走过90年的约定……

　　战友们都知道卢加胜没有钱。他们还都知道卢加胜轻易不外出，原因是他怕外出花钱。卢加胜之所以怕外出花钱，是因为他有太多的地方需要花钱。

　　2006年，师里的调查组去他的老家走访。听说了他见义勇为的事，村支书就说，他那儿留着一些东西，不知是否有用。说着就去抱出了一摞灰仆仆的旧账本，翻给他们看：

五组郭开能100元；五组陈新民100元；四组罗玉珍100元……一共5位，每一位名字上都按有红手印。支书说，这是卢加胜委托村里转给孤寡老人的慰问金。

卢加胜的老家在四川营山一个偏僻的小山村，那里经济比较落后，家里经常入不敷出。入伍前，家里有两间木架土坯房，后来年久失修成了危房，又无钱盖新房，父母只好住到哥哥家。入伍后，卢加胜除了要攒钱接济父母外，每年还要省出500元钱，寄回家乡，资助同村的贫困户。至今已坚持了12年。那账本上，还记着他几次为村里修路捐来的钱。

除了家乡，卢加胜的钱还有许多别的去处。比如战友得了癌症，他送去1000元。偶尔走在街上遇到肢体不全的残疾人，他必要给上5块、10块。汶川大地震，第二天他就捐了2008元，后来特殊党费他又交1100元……

因为卢加胜很少外出，所以战友们就说，这使他火车上见义勇为的壮举具有了偶然性。那么必然性是什么呢？

卢加胜至今记得少年时的一件事。那时他上小学二年级，因为中午要在学校吃午饭，每天家里就用搪瓷缸装一点儿米，再用玻璃瓶子装一点儿咸菜给他带到学校去，中午在学校的食堂把米蒸了，就用咸菜下饭吃。一天下雨，路很滑，他不小心摔了一跤，装咸菜的玻璃瓶子摔碎了，菜也撒了。到中午吃饭时，他捧着蒸好的米饭，却没有菜了。这时候，一个父亲过来给自己的孩子打了1毛钱的菜，他在一边看着，难免有点儿眼巴巴地，不想那位父亲看了看他，顺手又拿出1毛钱，对食堂的师傅说：给他也打1毛钱的菜。那一刻，他好感动，他感觉自己太幸福了！

一个原本只能看着别人吃菜的孩子，因为在无助时得到的那一次关爱，从此铭记不忘。

随着他的渐渐长大，他对"1毛钱的菜"的理解也渐渐长大：当一个人需要帮助时，哪怕是1毛钱1分钱，那都是一种力量。这或许可以算作必然性之一吧。

后来有了妻，他就常跟妻说：我们吃干饭，也不能看着别人家喝稀饭。妻很赞同他的想法。

其实，妻也是一个很节俭很要强的人。结婚后，上有老人，下有小孩，家庭开销加大。为了贴补家用，孩子刚满5个月，妻就外出打工了。为了从工资中多省一点儿，妻每天早饭是馒头和白开水，连碗5毛钱的稀饭都舍不得买。如今妻带着孩子临时住在师部照顾的家属房里准备办随军，每天早上把孩子往幼儿园一送，自己就出去打零工。或是到药店帮人家卖药，或是到肯德基店做钟点工，到水饺店当服务员……结婚4年，卢加胜没给妻买过几套像样的新衣服，送妻最贵的礼物是一个900元的结婚戒指。但妻还是赞同他。

就在我采访他的那天上午，部队组织给南方旱灾区捐款，数额没有规定，捐多少都行，他就跟妻商量了一下。他说，你看别人水都没的喝的，我们捐点儿钱给别人买几瓶水吧。妻说，好啊。他说，因为要给父母寄一点儿，小孩子要用一点儿，那我们这个月就吃差一点儿吧，原来小孩一天喝一次牛奶，现在改成两天喝一次也可以嘛，我们就捐个"110"吧。妻说，好吧。他就又捐了1100元。

妻总是赞同他，因为在妻心目中，他是个好丈夫，也是个了不起的军人，嫁给这样一个军人，她觉得再苦再累也值得。

成为"全国道德模范"后，几位军委首长分别接见了他。军委首长关心他，总是会这样说："有什么困难可以跟组织上说……"

他也总是这样回答："首长，我没有困难！"

"我才30多岁，有什么困难，什么都可以用自己的双手干出来！"这是他后来跟我说的话。我想，这或许可以算是他15年军旅生涯的另一种注解吧！

卢加胜出名以后，不断地有人这样问他："同是见义勇为，人家都立功受奖了，你除了几道伤疤，一无所获，难道一点儿都不后悔？"后来，妻也问他同样的问题，他没有直接回答，而是反问妻："你现在幸福吗？"

妻说："幸福。"

他说："我也幸福。"

在他看来，幸福其实很简单。他总是会在一些别人不经意的时候，感受幸福。比如给别人倒杯水，削个苹果，握一握手，让人家感觉暖洋洋的，自己心里又很舒服，他就觉得很幸福。

一个战友因为脱肛住院，卢加胜去看他，见他刚动过手术，坐立不方便很

414

难受，他回去后，就找了块泡沫板，把中间掏空做了个小凳送过去，看那战友坐在上面很舒服的样子，他觉得很幸福。

他探亲回家，路上碰到一个老乡，七八十岁了，大冬天拿着镰刀到山里去采野生的鱼腥草卖钱，他就拿出50块钱把价值几块钱的鱼腥草全部买下。老人为了感谢他，回去把自家鸡下的蛋拿来送他，他又花钱买下，老人感动得流泪了。这时候他也觉得很幸福。

其实感知幸福也是一种能力，是一种并非人人都有的能力。一个只有高中文化程度的人在部队做出如此不凡的成就，自然会有他不同寻常的努力和天赋。但我觉得他最重要的天赋，就是他感知幸福的能力。因为这种能力，他总是积极的、快乐的。而他的积极和快乐，又影响着他身边的人。

卢加胜不但专业技术好，军事素质也好。他在连里跑5公里、跑障碍射击，基本上不用训练，拉出来就能跑，而且他打着大旗跑，跑在全排最前面，只要能跟上他，跑下来绝对是优秀。在连里，他年龄最大，比最小的兵大出十几岁，他就调侃说：体能你跑不过我，射击你打不过我，搞专业你又搞不过我，这是不行的！他鼓励他们不要怕吃苦，说现在吃苦苦一时，否则可能苦一世。

有一个三级士官在排里是个老兵，因为体能素质比较差，工作老也提不起精神来，每次考核都拖连队后腿。后来连长把他调到卢加胜的一排，说让他换个环境熏陶一下。卢加胜像对其他兵一样，从不歧视他，天天陪他跑步，聊天。半年后，身体素质上去了，人也开朗快乐起来，连他本人都觉得自己好像变了个人似的。

他的积极和快乐甚至影响了年幼的女儿。

卢加胜很少有时间和女儿相伴。女儿在老家时，他靠电话和女儿交流，如今女儿近在身边，他也只能两周见一次。但他天性乐观，喜欢开玩笑，尤其会逗女儿开心，所以女儿喜欢跟他相伴更甚于喜欢妈妈。爸爸不在家，有时她会突然就不说话了，妈妈问她怎么了，她眼泪就流下来了，说："我想爸爸了……"

妻陶英说，有两种事卢加胜是非管不可的。一个是看到别人痛苦难受的事，他是必管的；还有就是看到无理和不平的事，他也是必管的。

一次在东莞到惠州的长途汽车上，几个彪形大汉半路拦车，以查票为名上车敲诈勒索乘客。全车的人都噤若寒蝉，甘愿交点儿钱自保平安，坐在车厢尾部的他却站起来质问道："你们凭什么查票？你们有工作证吗？"那些人毕竟做贼心虚，见有人干涉也就骂骂咧咧地下车走了。有人好心提醒他，驾驶员都不管，你何必得罪人？有人还庆幸说："还好，就拿了我20块钱，花钱免灾啦。"卢加胜说："要是我们大家都站起来一声吼，看他们还敢不敢！"

卢加胜"管闲事"也有管出郁闷的时候。

那一次从外地出差回来，刚走出汽车站，他就看见前面走着一对相拥的情侣，一个小偷则在后面趁机伸手去掏女孩的兜，他急忙走上前去照那小偷的手上就打了一下，小偷赶紧把手缩了回来。可那小伙子知道了事情的原委非但不站出来支持他，反而胆怯地说："算了算了，没关系，反正东西也没丢！"卢加胜心里恼火，就一个人把小偷扭送到派出所。到了派出所，他对值勤的民警说："他在汽车站偷别人兜，你把他管一管。"不料那民警却说了一句更让人气愤的话："他脑子有问题！"卢加胜说："他动作那么快，脑子怎么会有问题？"民警不置可否，那小偷就趁机溜掉了。那是卢加胜当兵以来最沮丧的一天，他说："遇到这种事，当一个人站出来的时候，要是大家一声吼都出来帮他，那些不良的社会现象就会被压住！要是都装老好人，邪恶势力就会更加嚣张！"但他相信那样的民警绝对是少数，因为他亲眼见识过像刘鸿和王维江那样勇敢无畏的好警官。

他很赞赏与歹徒搏斗英勇牺牲的杭州22岁的大学生杨济源说的那句话："男人可以没有才、可以没有钱，但是不能没有责任。"他说像这样的人要多一些，社会风气肯定会好起来！

他说他很想发出一种倡议：当一个人伸张正义的时候，全社会都要站出来帮助他！

他说："为什么那些见义勇为的人会有那么多人牺牲，他们本来可以不牺牲的，就因为没有人帮他！我一个人的力量是有限的，我只能竭尽全力去做！但如果全社会都能这样，那就大不一样了！"

这不禁让我想到我曾听人说过这样的话：卢加胜得到的荣誉太多了。

他评上道德模范，上了中央电视台，在万众瞩目下接受领导人颁奖；他被邀请到北京参加"建国60年大庆"，在人民大会堂吃国宴，在天安门和国家领导人一起观礼祖国60华诞大庆；春节的时候他会收到中央领导人发来的新年贺卡……他得到的荣誉似乎真的很多了。

但我想，我们至少还欠他一枚军功章。这枚军功章可以不表彰他的见义勇为，也可以不表彰他出色的专业成就，但我们不能不表彰他奋发自立的强者精神，不能不表彰他正义勇敢的人生态度，不能不表彰他真挚坦荡的生活信念和阳光流水般自然天成的善良秉性。因为这样做，不但有益于我们澄澈心灵，传承美德，也有益于我们纯化信仰，福泽未来！

灿如阳光——其实我要形容的不只是一个人的笑容。

2010年5月16日 于北京

极度威胁

名词解释：埃博拉

埃博拉（Ebola virus）又译作伊波拉病毒，是一种十分罕见的病毒，1976年在苏丹南部和扎伊尔（即刚果民主共和国）的埃博拉河地区发现它的存在后，引起医学界的广泛关注和重视，"埃博拉"由此而得名。

埃博拉是一个用来称呼一群属于纤维病毒科埃博拉病毒属下数种病毒的通用术语。它是一种能引起人类和灵长类动物产生埃博拉出血热的烈性传染病病毒，有很高的死亡率，在50%至90%之间。其引起的埃博拉出血热（EBHF）是当今世界上最致命的病毒性出血热，感染者症状与同为纤维病毒科的马尔堡病毒极为相似，包括恶心、呕吐、腹泻、肤色改变、全身酸痛、体内出血、体外出血、发烧等。

埃博拉病毒的传播方式是与患者体液直接密切接触，如血液、汗、呕吐物、排泄物、尿液、唾液或精液等，目前并无飞沫感染的证据。其中患者的血液、排泄物、呕吐物感染性最强。

埃博拉病毒，生物安全等级为四级（艾滋病为三级，SARS为三级，级数越大防护越严格）。病毒潜伏期可达2至21天，但通常只有5至10天。2014年非洲暴发此病毒疫情为有记录以来最严重的埃博拉疫情。

目前，医学界对埃博拉病毒所知甚少，尚无可用的已获正式许可的特效治疗方法或疫苗。

——代题记

引　子

2014年9月12日下午，临近傍晚时分，位于京西的解放军第三〇二医院突然接到一道上级命令。命令说，根据国家统一部署，中国军队积极参与援助西非国家抗击埃博拉，为此中央军委、总后勤部正式抽组解放军第三〇二医院31名队员，成立中国人民解放军援塞医疗队，赴塞拉利昂执行抗击埃博拉疫情的任务。出发时间定在3天后的9月16日。

三〇二医院是我国最大的传染病专科医院，也是我军唯一的传染病医院，对于39种法定传染病、新突发传染病的诊治及研究水平，处于国内领先地位。在抗击"非典"、"甲流"和禽流感等历次重大传染病疫情的国家行动中，它都是冲锋在前的主力军，是我军卫勤战线上一支独一无二的"特种部队"。

但是出国执行任务——而且不只是派一两个专家，是成建制地组建医疗队出国执行烈性传染病疫情防控任务，在医院的历史上前所未有。事实上，这也是我国首次整建制抽组卫勤力量前往西非执行国际人道主义救援任务。

这个国家在哪儿？

医疗队会抽到我吗？

突然空降的命令犹如一颗凭空掉落的炸弹，在北京夏末秋初的这个傍晚，在三〇二医院井然有序的院落里迅速地辐射开来，使原本秋高气爽的季节陡添了莫名的温度和焦躁……

第一章　前程未卜

一根松弛的弹簧突然间被绷紧了·当时的神情，好像永别·
我一定把兄弟姐妹们都平安地带回来·行进在陡峭的悬崖边

王姝在三〇二医院医学信息中心工作，主要职责是编辑一本面向国内外发行的名叫《传染病信息》的杂志。在当编辑之前，她的本科专业是英语，大学毕业后，她一直在解放军军医学院当英语老师。后来单位整编，她被分流到三〇二医院，先是在图书馆工作了几年，然后就被调去主编这本杂志。

这天是中秋节后的第一个周末。

晚上一回到家，王姝就跟爱人和女儿说起了医院要组建医疗队的事，这是医院里的大事，也是重要新闻。爱人听了就跟王姝开玩笑说，不会叫你去吧？王姝说，怎么可能，我去能干吗？爱人继续跟女儿说，真让你妈妈去了，你舍得吗？女儿说，妈妈都说了，根本不可能去！

是的，王姝压根儿就没有想到会让她去医疗队，能去医疗队的一定都是一线的医护人员，一个杂志编辑在医疗队能干吗？这时候她差不多是整个医院里最事不关己的一个人。

42岁的王姝皮肤白皙，身形纤长，一头没有烫过的柔顺短发，看上去比实际年龄小很多。我采访她的时候，她穿着一件宽松的浅灰色厚毛衫和一条颜色略浅的紧身打底裤，素色的薄绒围巾上恰到好处地跳跃着内敛的果绿色块，就那样轻盈地挂在脖子上，为整个人平添了几分书卷气。这样的女人似乎天生就适合坐在办公室里编杂志。

但是，她的事不关己很快就被科主任的一通电话给颠覆了。塞拉利昂是个英语国家，为了便于工作，上级要求医疗队带一个英语翻译，而全院上下学英语出身的人寥寥无几，综合考虑她是最佳人选。科主任说，我就是通知你一下，有这个可能性，你做好准备吧。

科主任的语气是毋庸置疑的，可话又说得不那么确定。王姝马上追了一句："那您再给我问一下，到底是不是让我去呀！"

科主任的电话很快又打回来，他说院领导是这么说的，即使只有李进副院长一个人去，你也得跟着去，因为去塞拉利昂英语翻译是必不可少的。李进是三〇二医院分管业务的副院长，也是首批援塞医疗队的队长。科主任在学领导话的时候，多少有点儿玩笑的语气，但事实却是明白无误的，她真的要跟医疗队去塞拉利昂了。

放下电话，王姝好一会儿回不过神来。

就像一根松弛的弹簧突然间被绷紧了，王姝开始各种忙。她觉得有好多事情要办，要准备这个，又要准备那个。实际上她根本不可能专心准备自己的行装。医疗队需要用中英文提前制作一些标志性的横幅和旌旗，英文的部分需要她翻译。国家卫计委有一些需要由医疗队递给塞国政府的文件，也需要她翻译。而且不知道什么时候，她就会接到院里打来的电话，让她几点几分赶到什么地方去参加传染病防护培训。

其实这时候王姝最担心的还有一件事。自从到了三〇二医院，她就没有多少机会再用英语了，这一生疏就是10个年头，这个翻译的工作她能胜任吗？

出发时的情景，王姝终生难忘。

医院里给每个队员配发了一个野战手提箱和一个野战背囊，里面装满了各种在塞国可能用到的应急防护和生活用品，什么应急灯、手电、防蚊喷剂等等，王姝自己准备的东西，倒有些装不进去了。

背囊很长，有半人多高，而且很沉。送王姝走的时候是爱人替她拿的背囊，爱人说这背囊很沉，王姝也没在意。等到了机场登机的时候，王姝自己背上了背囊，才知道那背囊原来那么沉，沉得她几乎背不动。她有生以来从没背过那么沉的东西。但她还是背起来了，因为她看见那些身材比她瘦小的女队员都一声不响地背起来了，她没有理由背不动。那时候她并不知道，将会有很多个生命中的第一次正在前面的路途中等着她。

操场上聚集了很多人，后来才知道那天除了留在岗位上值班的人，差不多全院的人都来送行了。或许是因为大家的精力都放在了物资筹备上，最后的出征仪式倒显得仓促而简单，很快队员们就开始登车了。

有人开始哭了，然后很多人都跟着哭起来，王姝没有哭，这时她心里没有要哭的感觉。可是突然间，她看见医院综合门诊的李琳主任就站在离车窗很近的地方满眼热泪地仰望着他们，李琳主任离她太近了，那满眼的热泪格外醒目，王姝的泪水一下子就出来了。

王姝说，李琳主任当时的神情，好像永别。

飞机起飞了，很快就攀上了万米高空，攀上了云端。接下来的行程将近18个小时。当机舱开始暗下来的时候，她却始终无法入睡，她觉得自己好像置身于一个巨大的黑洞，一个无边的黑洞，那黑洞深不见底……

和王姝一样无法入睡的，还有很多人，尤其是医疗队队长李进。

"我们一定会不辱使命，把任务完成好，为祖国增光，为军旗添彩；我一定把兄弟姐妹们都平安地带回来，如果有一个回不来，我就留在非洲和他做伴！"这是出征前夜，李进在医院举行的壮行宴上当着全体医院领导的面，当着全体医疗队员和家属的面，许下的诺言。

这是诺言，无疑也是军令状！

当我几个月之后在采访中听到这句话时，依然觉得感动。

可是，在世界卫生组织（简称世卫组织）公告中说，埃博拉疫情在造成大量普通民众死亡的同时，并有大量医护人员感染和死亡的时候，他许下这样的诺言是否有些冲动呢？

从简历看，李进很优秀。

李进1968年生于四川巴中。中学毕业后，他报考了中专卫校。上了卫校就有户口了。在当时，一个山村的孩子只要能不当农民，就很了不起。这一点他很轻松就做到了。

卫校毕业后工作了两年，他又考大学，不是考成人高校，是跟普通高中生一起参加全国统考，考的时候还要通过预选考试。高考之前，当他脱产两个月到学校复习时，没有一个人相信他能考上大学。但是他考上了，而且成绩优异。除了协和医大以外，他考过了全国所有医科大学的分数线。

李进上了华西医科大学六年制本科。那是1987年，医科大学最后一届六年制本科，和五年制的八八级同一年毕业。毕业时，两个年级保送3个研究生，他是其中之一。不仅如此，他还是四川省优秀大学毕业生、优秀学生干部，四川省21世纪后备干部。

然而李进放弃了保送，选择报考了自己心仪的解放军第二军医大学，从此穿上了军装。

1996年李进硕士毕业，调入解放军第三〇二医院。

李进的硕士专业是流行病学，博士专业是传染病学，在三〇二医院18年，从医务部科训科助理员，一直做到医院副院长兼医务部主任。曾参与和组织过医院担负的历次军事任务，获得过2003年首都防治"非典"工作先进个人和总后勤部优秀共产党员的称号。

很显然，让李进担任首批援塞医疗队队长，上级是经过慎重考虑的。

李进也是医疗队中唯一一个去过塞拉利昂的人。

就在这个月1日到8日，李进受国家卫生和计划生育委员会（简称国家卫计委）调遣，去塞拉利昂考察。考察任务来得很仓促，直到上了飞机他才被告知考察的内容。

这次考察由中国疾病预防控制中心（简称中国疾控中心）一位主任带队，同行9人中有8人是为在塞拉利昂建立针对埃博拉的国家生物检测移动实验室选址，只有他一人负责为考察医疗队选址，原因是国家还没有确定是否要向塞拉利昂派遣医疗队。很显然，让他参加考察也是临时起意，是出于有备无患的考虑。

回国时赶上中秋节放假两天，9月11日考察组成员集体向国家卫计委做汇报，仍然没有定医疗队去还是不去。

可是仅仅过了一天，第二天下午命令突然就到了。

上面说，31名医疗队员，要随行携带半年的医疗和生活物资。这下全院几百号人全忙起来了。各部门各司其职，战备库房里有的，直接封装打包，战备库房里没有的，就出去采购。31个人半年的物资是多少？没有人能做出准确的预算，或者说没有人愿意做出准确的预算，他们是要去非洲，去抗击埃博拉！再多的物资也不够！

他们采购的量太大了，据说那时候三〇二医院的人不分昼夜分批分组地奔赴各大商场和超市，经常会把超市里的某一种商品一扫而光。

3天，只有3天的时间，三〇二医院总共筹备了150吨物资！从医疗设备、防护消毒用品、药品到后勤的吃喝拉撒睡，甚至连一块肥皂、一管牙膏都想到了。

看着堆积成山的物资，李进心里感动。他明白，那是医院的战友们对医疗队的一片心。

其实对于应对突发情况，李进并不担心。

作为全国最大的传染病专科医院，三〇二医院平时接诊来自全国各地的病人，同时又是我军野战传染病医疗所，常年担负着总部的战备任务。抗震救灾、抗击"非典"、援非抗疟、亚丁湾护航、赴海地、巴基斯坦、印度尼西亚、菲律宾等国执行人道主义救援等历次军事任务，都有三〇二医院参加。

医院每年都会有大型的战备拉动和演练，就在当年3月他们参加了首都联合防空实兵演习。7月总部对野战医疗所野战拉动能力考核验收，拉动规模120人，展开床位100张。在医院的战备库房里常年配备着装满全套医学防护和后勤用品的野战背囊，以供野战医疗所的队员随时取用。让王姝几乎背不动的就是那种野战背囊。

这批医疗队的31名队员大都是野战传染病医疗所的成员，命令如山，紧急响应，随时出动，对他们来说已成为一种习惯。

队员王冶42岁，是三〇二医院综合门诊部副主任，曾经参与过包括"非典"在内的多起突发公共卫生事件的处置工作。接到任务的时候，他只回答了8个字："服从命令，听从指挥！"

队员秦玉玲38岁，三〇二医院门诊部急诊科护士长。几天前母亲因为突发肺栓塞被120送进医院抢救，本来她已经买好了回家探望母亲的火车票，命令来了，她只能给在母亲身边的姐姐打电话，说姐，我有任务了，回不去了。

队员王新华42岁，医院妇产中心护士长，是女队员中年龄最大的一个。王新华是家里唯一一个学护理的人，而且她把护理工作做到了峰巅，已被三〇二医院和总后勤部推荐为国际护理界最高荣誉奖"南丁格尔奖"的候选人。三〇二医院参与过的历次军事任务，都有她的参加，经她亲手照顾过的病人遍及世界多个国家。此刻，她患有严重心脏病的母亲正躺在医院病床上等待手术的最佳时机，随时会上手术台。可命令来了，她这个家中唯一能给母亲最好的专业护理的人，却开始打点行装，准备随医疗队远征非洲……

在31名队员中，医护人员分别来自感染性疾病科、重症医学科、感染管理科、临床检验科和感染护理科等学科专业，其中有5名博士，6名硕士，5个科室主任、副主任。他们不仅是三〇二医院的顶梁柱，也是国家和军队的宝贵人才。现在，他李进就要带着这样的战友到万里之遥的西非去抗击埃博拉，当着他们满怀期待、忧心忡忡的亲人的面，他能说什么呢？

"我一定把兄弟姐妹们都平安带回来！"这是此刻唯一能让他自己心安、让所有人心安的话。

但是，他真的能把所有的兄弟姐妹一个不少地都带回来吗？他李进——誓言铮铮的医疗队长，还能问心无愧地再回到祖国吗？

国家为医疗队安排了宽大舒适的民航包机，女队员甚至可以一人占据4个座椅躺下休息。机舱里一片静默。不是祖国午夜时分常有的那种静默，是无言的静默，是沉默中的静默。

出发前夕，总部首长亲自交付给医疗队的4项任务不时地在李进的脑海里回荡：第一，用行动贯彻习主席"军队要走出去"的指示；第二，要向世界展示负责任大国的形象；第三，为国家防治埃博拉积累经验；第四，要深化中非友谊。

静默之中，李进恍惚间有一种幻觉，在茫茫的黑夜里他正带着一队人马，行进在陡峭的悬崖边……

第二章　建一座传染病院有多难

西非的花园山城·埃博拉被称为"非洲死神"·
复杂的改造方案·一串千奇百怪的钥匙

塞拉利昂共和国位于西非大西洋岸，北部及东部与几内亚接壤，东南与利比里亚交界。首都弗里敦，意为"自由城"。

塞拉利昂拥有近500公里的海岸线，自由城弗里敦就栖息在这条海岸线上。浸润在大西洋的碧海蓝天之间，弗里敦终年绿树成荫，鲜花盛开，成为西非洲一座美丽的花园山城。塞拉利昂拥有丰富的矿产，其中最为著名的塞拉利昂血钻石，十分昂贵。

但是，美丽的自然风光和昂贵的血钻石并没有给塞国人民带来相应的福利。

塞拉利昂，曾经是英国的殖民地，也是欧洲奴隶的来源地。现今是联合国公布的世界最不发达国家之一，人民生活水平低下，无论是购买能力、国民健康或是受教育程度都在世界后列。

根据联合国开发计划署公布的《二〇一二年人类发展报告》，塞拉利昂的人类发展指数在187个国家中居第177位，之前曾连续4年位居世界末位。53.4%的人口生活在贫困线以下。2012年人均寿命48.1岁，约有19.2%的儿童在5岁前夭折。疟疾、肺结核、伤寒、霍乱和拉沙热等疾病流行。

最糟糕的是国家建设严重不足，大部分的经济活动都因内战而崩溃。直到21世纪初战争趋近尾声，大量的外国援助随之涌入，塞拉利昂才开始了艰难的重建。

抛开抽象的概念，一些具体的现象似乎更能形象地说明塞国目前的状况。

塞拉利昂国土面积7万多平方公里，全国唯一一条不到1000公里的等级公路是我们中国援建的。殖民地时代的铁路40年来从未运营过，最后被卖给了废品收购公司。首都弗里敦有100万人口，但是这座城市没有红绿灯，没有地下污水管道，大街上明沟排水，逢到雨天整个城市污水横流。当地最好的办公楼、最好的体育场、最好的宾馆也都是中国援建的。

塞国的卫生条件更为匮乏。整个国家缺乏基本的医疗卫生防控体系，全国640多万人口，只有注册医师140多人，护士2200多人，以及6辆救护车。眼前的这次埃博拉疫情，已经杀死了一半的医生，报废了两辆救护车，护士也损失惨重。

在这样的国家如何对抗埃博拉？

秦恩强是三〇二医院感染性疾病诊疗与研究中心副主任兼二科主任。他从大学一毕业就被分到这个医院，硕士、博士读的也都是传染病专业，用他自己的话说，就是一直和"这玩意儿"打交道。

这一次，他被任命为援塞医疗队医疗组组长。

对于秦恩强来说，任务同样来得太突然了，突然得让他这个在传染病院身经百战的人都措手不及。

作为一名传染病专家，自从埃博拉在非洲由点及面地蔓延起来，他一直在通过各种渠道关注此事。就在前一天，他还和李进副院长一起到总后卫生部和分管局长探讨了埃博拉疫情的进展情况。

秦恩强曾经两次去非洲执行任务，一次是到坦桑尼亚和马达加斯加协助两国建立国家抗疟中心，一次是伴随海军"和平方舟"医院船出访吉布提、肯尼亚和塞舌尔，对非洲的整体状况、人民的生活水平和医疗条件有大致的了解。

但是，关于埃博拉，他的全部知识储备来自网络和媒体。

1976年，埃博拉病毒病首次在非洲发现。在此后的30多年里，它就间歇性地在中非热带雨林一带小范围的流行，主要以偏僻的村庄为主，先后共发生过27次。

因为烈性传染和高死亡率，埃博拉被称为"非洲死神"。

这一次，"非洲死神"是在光顾了几内亚和利比里亚之后，于2014年5月侵入塞拉利昂。

据美国有线电视新闻网和英国《每日邮报》的报道，研究成果显示，此轮在西非暴发的埃博拉疫情很可能源于一名生活在几内亚、已经去世的两岁"小病人"，这名"小病人"生前曾被感染埃博拉病毒的果蝠叮咬。

分析称，在受果蝠叮咬后，这名两岁的幼儿开始发烧，排出黑色的粪便并且呕吐，研究人员认为其是"零号"病人。此名幼儿在发病4天后死亡。研究人员事后追溯了这名幼儿的家族，发现了一系列埃博拉感染病毒的连锁反应。

在这名幼儿死去后，孩子的母亲出现出血症状，并在一周后死亡。然后幼儿3岁的姐姐也随后死亡，继而幼儿的祖母死亡。幼儿一家所在的村庄位于几内亚南部靠近塞拉利昂与利比里亚的边境地区，几名村庄外部的人员在参加了幼儿祖母的葬礼后，陆续出现了感染症状。由于埃博拉病毒随着前来参加葬礼的人越传越远，疫情范围越来越大。

"对于埃博拉病毒，医学界所知甚少，尚无可用的已获正式许可的特效治疗方法或疫苗"，来自世界卫生组织的定义，权威性是毋庸置疑的，作为专业人员，其中的分量秦恩强自然知晓。

2003年"非典"时期，他亲身经历了对北京最早的"非典"病例那一家三口的抢救，就在那场抢救中，他的十几位同事被感染，他自己也被查出抗体阳性，所幸并不严重，让他逃过一劫。10多年过去了，当年急诊室里那惊心动魄的一幕幕抢救场景，至今仍历历在目。

同样是"医学界所知甚少"，同样是"尚无可用的已获正式许可的特效治疗方法或疫苗"，同样是大量的医护人员感染和死亡，今天的埃博拉，多像是当年"非典"的翻版！

所不同的是埃博拉生物安全等级为四级，高于"非典"。

还有一点不同，也是最让秦恩强感觉沉重的，那就是抗击"非典"是在我们自己国家，是在我们拥有完备的医疗防疫体系和国家动员能力的基础上进行的，而这一次却是在陌生的异国他乡，是在贫穷落后的西非塞拉利昂。

从机场到医疗队住地有4个小时的车程，车窗外的情景让秦恩强的心瞬间沉到谷底。大街上依然熙熙攘攘，人来人往，人们并无半点儿防护，甚至连一个戴口罩的人都看不到，好像人们对"非洲死神"漠然无知。几块写着"埃博拉就在眼前！""把埃博拉踢出去！"的宣传牌零零星星地竖立在街边路口。

坏了！这是职业的敏感让秦恩强产生的第一个条件反射。

在一个发生了严重疫情的国家，百姓如此缺乏防范意识，后果不堪设想。

作为医疗队医疗组组长，在20多年的职业生涯中，秦恩强第一次觉得心里空落落的。

医疗队的工作地点，设在弗里敦市郊的"中塞友好医院"。从医院的名称就可以看出，这是一家中国援建的医院。塞拉利昂的人们叫它"塞中友好医院"。

塞中友好医院由4栋二层小楼组成，供医疗用的3栋楼在一条轴线上依次排开，中间有修长的走廊相连，是一个典型的王字结构。这种医院造型也是我国20世纪五六十年代医院的典型造型。

这是一片黄白相间的建筑，若是在国内，它或许并不起眼，但是在贫瘠破败、百废待兴的塞国首都弗里敦，在西非辽阔的蓝天白云映衬之下，它漂亮得让人赞叹！秦恩强在第一眼看到这座医院的时候心里就充满了赞美。

此时，医院处于关闭状态。关闭的原因是之前医院接收了一名重症病人，接诊的护士就戴了一个口罩、一副手套给病人检诊。几天之后，那个病人去世了，确诊是埃博拉。整个医院都吓坏了，所有的医护人员顷刻间消失得无影无踪，只剩下一个看门人，医院就关门了。

医疗队到塞国的首要任务，就是要把塞中友好医院改造成一座能够接收埃博拉病人的传染病医院。但这并不容易。

塞中友好医院是一家综合医院，医院的布局也是按照普通综合医院设置的，比如它的第一栋楼是医院的门诊，第二栋楼一半是病房一半是包括X光在内的各种仪器检查室，第三栋才是纯粹的病房楼。

这种医患混杂格局，严重违背了传染病的收治流程，必须加以专业改造。

那么，怎么改呢？

在对医院进行了一番考察之后，以李进、秦恩强为首的几位专家提出了一套改造方案。

在这套方案中对医院"三区两线"进行了重新划分。所谓"三区"就是污染区、缓冲区（也叫潜在污染区）和清洁区，"两线"就是病人通道和工作人员通道。首先把第一栋门诊楼改为病房楼，即污染区；第二栋楼为缓冲区，用于医护人员从污染区出来以后的消毒和清洁；第三栋楼为清洁区，是医护人员在不穿防护服的情况下值班、办公和临时休息的地方。区与区之间打上隔断，设立门禁。就连院子里也用栅栏按区阻断隔离，把病人严格地限制在污染区。医护人员进污染区走一条通道，出污染区走另一条通道，两条通道互不交叉，不走回头路。每条通道都要依照从清洁到污染的顺序打几道隔断，设几道门，每进一道门应该穿什么，应该放什么，在哪个地方脱手套，在哪个地方洗手，都要有明确标志……

这实在是一套很复杂的改造方案。方案一出就产生了分歧。

分歧的主要原因在于是否要对医院进行大动干戈的改造。塞方的卡努院长迫于日益严重的疫情压力，希望能简化程序，使医院尽早开诊，收治病人。医疗队的同事也因为所攻专业不同，在认识上存有不同看法。就连我驻塞大使也提出了疑问，因为这样改造下来，只能展开40张床位。大使说，为什么第二栋楼不能收病人？大使对塞国人民的关切之情，显而易见。

但是秦恩强们不肯让步。

他们的理由简单而又充分。

根据塞国政府的安排，他们将要展开的是一个埃博拉病毒病留观中心，所谓留观中心就是把一众有明显症状的疑似病人集中在一处，进行观察和检测，确诊为埃博拉就转去治疗中心，排除了埃博拉就返回社区。也就是说所有被送来这里的疑似埃博拉病人很有可能就是真的病毒携带者。如果不严格按照传染病医院的正常流程设计、改造病房，病人之间的交叉感染、医护之间的相互感染，必然无法控制，那么这个埃博拉留观中心就将成为一个十恶不赦的病毒传播中心。已经频频发生在各国医护人员身上的感染病例，就是先例。复杂的改造方案就是为了最大限度地保证对留观病人的监护，同时也确保医护人员的安全。

各方的意见最终达成一致，改造工程很快由我驻塞大使联络正在塞国援助建设的中资企业予以实施。

后来的事实证明，李、秦二人的严谨和执着是有先见之明的。

其实到了塞国以后，还有一件事一直让他们耿耿于怀，那就是他们得知在塞国是实行土葬的。这个国家既没有殡仪馆，也没有火葬场。如果真的有队友牺牲在这里，那他就要永远留在异国他乡了。所以有一个信念在他们心里坚定不移，决不能让队友们遭遇感染，决不能让同事们回不了家！为了这个信念，宁可做得过一点儿，也不能留下半点儿的疏忽和遗漏。

至于这个过一点儿究竟过在了哪里呢？后来我得知，在设计医护人员通道的时候，他们多设置了一个缓冲区。

这个预备的缓冲区不久就派上了用场。

改造的过程依然艰难重重。

医疗组医生李志伟在医院改造过程中，负责监工。这位三〇二医院肝胆外科一中心副主任，在监工过程中遭遇的难题是他以往在工作中绝不可能遇到的。

举一事为例。

因为医院的人们匆忙逃离，他们找不到开门的钥匙，施工的时候只能将所有的门硬性撬开，然后再重新配锁。出乎意料的是，这却成了一个大难题。原有的门锁是十几年前中国援建的施工队安装的，要配到合适的锁芯真是难乎其难。当地的锁匠也是十分的难请，今天推明天，明天推后天，一直到医院改造全部完工，所有的准备工作就绪，医院第二天都要开诊了，锁匠还是没有露面。无奈，塞方的卡努院长只好亲自出马去找，这才把锁匠找来了。但是锁芯还是没有配齐，只能有什么用什么，于是各个门看起来就是千奇百怪，有的门是暗锁，有的门是挂锁，有的干脆就在门上直接开一个洞，用自行车的环形挂锁勉强锁上。于是整个医院就有了一串大小不一、长短不齐、千奇百怪的钥匙。

尽管改造的过程很艰难，尽管改造后的塞中友好医院算不上一个理想的传染病院，但是已经符合了作为一个埃博拉留观中心的基本条件。李志伟说，根据世卫组织当时提供的数据和资料，埃博拉并不通过呼吸道传染，一般也不通过消化道传染。但是，我们的改造方案还是兼顾到预防呼吸道、消化道传染的可能性，所以从理论上说，我们的设计更加严谨。

医疗队还为医院特别安装了两套现代化的保障系统：视频监控系统和体温连续远程监测预警平台。视频监控系统不但能对医院所有重点部位实施全方位立体监控，还能将污染区的病历资料通过专用摄像头传输并储存到清洁区的电脑上，以便值班室随时调取整理，确保了病历资料的清洁完整。而那个体温预警平台，可以24小时连续不间断地对留观患者进行远程体温监控。

从设计方案到完成施工，一共用了7天时间，一所可以收治各类烈性传染病的专科医院建成了。

第三章　培训，艰苦卓绝

当务之急·辛苦不言而喻·仓促开诊就等于自杀·"中国速度"的传奇

由解放军援塞医疗队主持的埃博拉留观中心预计展开40张床位。40张床位需要配备4名医生，40名护士，40到60名保洁人员，这是世界卫生组织提出的埃博拉留观中心医护人员基本配置。

李进的医疗队有4名医生，8名护士。塞国政府竭尽所能为留观中心调配了47名护士和40名保洁员。

而这87名塞方人员的到来，却给李进他们出了一道大难题。

原来这些护理人员大都没有经过正规的护理专业的学习和培训，多数只接受了由教会提供的基础护理培训，一般也就是几个月的时间。他们缺乏对传染病的基本防护知识，对于传染病、隔离、消毒、防护这些单词的概念差不多是一无所知。用医疗队员们的话说，就是口罩不会戴，手套也不会戴，甚至不会洗手。所谓的洗手，是指国际上通用多年的标准洗手程序。也就是说，他们的传染病防护知识几乎为零。

要想在短时间内，让这些塞方人员投入工作，谈何容易！

于是，对塞方人员的培训就成了当务之急。

护理组组长刘丽英和吴丹带领着护理组的姑娘们是最早投入培训的。

培训工作是从如何洗手，如何戴口罩、手套开始的。但是很快就变得难以推进。

在针对烈性传染病的防护流程中，有一个至关重要的环节就是穿脱防护用品。防护用品从头到脚共11件，却有36道穿脱程序，每一道程序都事关生死，不可小觑，不可有半点儿疏忽。

可是面对11件防护用品，塞方人员先是好奇，等看到刘丽英她们演示了两遍穿脱程序，个个产生了畏难情绪，更不用说亲自操作了。

为了提高效率，医疗队可谓想尽了办法。先是示范教学，由刘丽英她们边演示，边讲解。然后是把演示的内容拍成录像，反复播放。最后干脆把分解程序制作成图片，一幅幅粘贴起来，悬挂于左右，以期加深印象。

王姝也是最早投入培训工作的。

就在培训开始的头一天晚上，先是交给她一沓文字材料，说是第二天培训要用的，务必在当天晚上翻译成英文，王姝看了一下，都是关于穿脱防护服的具体步骤，有很多条。然后就由刘丽英和吴丹两位护士长现场演示了一下防护服的穿脱流程，告诉她第二天培训的时候，两位护士长带着护士们边演示边讲解，王姝的工作是要把她们讲解的内容现场翻译给受训者。

王姝，这个10年前的英语教员、10年后的杂志编辑，就这样毫无准备、毫无过渡地一夜之间就成了一位现场同声翻译。

塞拉利昂属热带季风气候，高温多雨。全年只有两个季节，5至10月为雨季，11至4月为旱季。眼下正是雨季，也是当地最凉爽的季节，但是非洲的所谓凉爽和在祖国的概念是不能同日而语的，那是和非洲旱季的40多摄氏度高温相比而言的35摄氏度左右的凉爽。瓢泼大雨，无止无休，高温湿热的空气腻滞难耐。

在这样的环境里，刘丽英她们一遍遍地穿脱着防护服做示范，一遍遍地讲解着。做示范不同于工作时的正常操作，每一个动作都要进行分解，都要反复强调，有时一个动作就要讲上许久，正常情况下10到20分钟就能完成的穿戴流程，往往需要一个多小时才能完成，而脱的流程更为复杂，时间更长。这样每一轮演示下来，不仅嗓子哑了，整个人也被憋得满面通红，大汗淋漓。

刘丽英们的辛苦是不言而喻的。

有一天，刘丽英体力严重透支，几近虚脱，队长李进见了就让她先退下休息，可刘丽英不肯，说这个时候退下，有种临阵脱逃的感觉。

王姝看在眼里就很心疼。跟着翻译了几轮之后，她已经基本熟悉了其中的要点，就有了些行家里手的感觉，有时候不等刘丽英她们讲解，直接就用英语讲给塞方人员听了。有时候见塞方人员一遍遍下来仍是不得要领，索性就亲自动手帮他们纠正。

有一次，医疗队政工干事黄显斌正好抓拍到一张这样的照片，王姝一步上前正在帮塞方人员整理袖口的细节。后来这张照片被传回国内，多家媒体争相采用。

刘丽英们的辛苦随着时间的推移与日俱增。

培训过程的辛苦也就算了，最让人无奈的是塞方一些受训人员散漫，没有时间观念。

比如，说好了这天上午到医院来培训，可是刘丽英她们来了，塞方人员却没有来。刘丽英她们就只好在那里等，眼看一个上午就过去了，塞方人员还没来。急了就去问塞方的卡努院长和艾丽丝护士长，回答要么是不知道，要么就是说再过半个小时吧。可是这半个小时其实是一两个小时。有时候就是有人来了，也总是到不齐，不是缺这个就是缺那个。

塞拉利昂是一个信教的国家，60%的居民信奉伊斯兰教，30%的居民信奉基督教，每逢礼拜日，教民们便会放下一切事情去教堂做礼拜。所以遇上礼拜日，培训肯定是要落空的。在留观中心开诊之后，他们甚至会为了做礼拜而不来工作。

这样一来，培训就只能一轮接一轮地做，循环地做，反复地做。

可是，一个星期培训下来，一考试，竟然多数都不合格。

培训工作一度陷入僵局，而埃博拉疫情却在"突飞猛进"。

2014年9月17日，世界卫生组织官员称，西非地区已有超过2500人因感染埃博拉病毒死亡，病毒感染人数超过5000人。

2014年9月25日，世卫组织发布数据称，截至9月21日，在西非5国共有6263人感染埃博拉病毒，其中2917名患者死亡。

2014年9月26日，世卫组织发布最新数据，截至9月23日，几内亚、利比里亚、塞拉利昂3国累计发现埃博拉病毒确诊、疑似和可能感染病例6574例，其中至少3091人死亡。

美国总统奥巴马在白宫举行的一场国际卫生高峰会议上说，埃博拉疫区国家的"卫生系统濒临瓦解"。

自2014年9月19日起，塞拉利昂开始实施为期3天的戒严，以期阻止致命病毒埃博拉的传播。

2014年9月22日，塞拉利昂政府官员表示，全国"闭户"3天之后，医护人员已查出数十起感染埃博拉病毒的新病例，但由于没有查遍全国的每一个人，因此可能延长封锁行动……

这时候，病房改造已经完工，塞拉利昂政府和我国大使期望中国留观中心尽早开诊的心情更加迫切。

怎么办？

李进知道，只有保全自己才能有效地消灭敌人，如果光靠我方的4名医生和8名护士是无法承担起一个40张床位的留观中心的重任的，可是如果塞方人员的培训不能达标，就这样仓促地投入工作，开诊就等于自杀。

培训，再培训。

医疗队经过紧急商议，最后确定改变之前的培训方法，采取人带人的方法，重新对塞方人员进行培训。

刘丽英她们变得更加辛苦了，一个人带3个，或者更多，从穿脱防护服开始，然后直接带到病房走"三区两线"。大家流水作业，沿着一条用红色标志的单行线路，从清洁区到污染区，再从污染区到清洁区，一批批带进去，一批批带出来，从哪条线进，从哪条线出，进了这个工作区以后该做什么，一定要注意什么细节，什么地方穿防护服，又在什么地方脱，全程跟进，一路监控。

这时候，有更多的医疗队员加入到培训工作中。或者说，差不多所有的医疗队员都加入到培训中。

就这样，中塞两国的护理工作者，犹如流水一般倾泻在塞中友好医院新辟的"三区两线"上。

因为培训方法的改变，王姝这个翻译就显得有点儿分身乏术。好在医疗队的几位医生都在国外深造过，英语听说能力相对较强，护士们虽说要弱一些，但也都有一定的基础。于是王姝就鼓励她们："不要怵，大胆地说，不要觉得我必须得说对了，说漂亮了，其实口头表达只要你说的意思别人听懂了就行，哪怕你蹦单词呢，不必在意语法什么的。如果单词也说不上来，那就加上动作表情……"

王姝的鼓励和提点非常有效，护士们很快就有了状态，即使没有王姝在身边，也能够独立地和塞方人员沟通交流了。

新的培训方法果然效果显著，3天下来，87名塞方人员竟然全部达标。

塞中友好医院解放军医疗队埃博拉留观中心可以开诊了！

据说一个也在弗里敦的外国留观中心，已经筹备半年了，至今没有开诊，而李进的医疗队自9月17日凌晨抵达塞国，从改造病房、培训塞方人员到开诊，只用了短短的13天。

在辽阔无垠的大西洋的岸边，在苍凉而又美丽的西非，在西非的花园之都弗里敦，解放军医疗队用智慧和汗水谱写着"中国速度"的传奇，顽强地追赶着"非洲死神"的脚步。

第四章　极度威胁

生与死的屏蔽门·第一次遭遇·21天隔离期·死亡清单

在2014年国庆节的前夜，李进在工作日志上写了这样一段话：医疗队决定，在国庆65周年之际，塞中友好医院埃博拉留观中心正式开诊。

10月1日，祖国的生日。

这天早上，医疗队举行了两个仪式。一个是面对党旗重温入党誓词，一个是在住地宾馆的门前，庄严地升起中华人民共和国国旗。

当国旗在中华人民共和国国歌的伴奏下，在西非洲雨季阴霾密布的清晨，缓缓地升起在塞拉利昂首都弗里敦的上空，好多队员都哭了。

刘丽英说，当国旗升起来的时候，大家都很激动，可能因为是在国外吧，为祖国庆生，就是觉得很温暖，很感动。

刘丽英是医疗队确定的第一批进入病房工作的4名护士之一，将要和她一起进入病房的还有医疗组的孙娟，防控组的王新华、秦玉玲。当国旗升起之后，她们就要沿着那条用红色箭头标志着生死界线的单行线进入病区，和"非洲死神"埃博拉进行一场短兵相接的生死较量，那一刻，当看到国旗升起的那一刻，她们内心除了温暖和感动，是否会有别样的情绪掺杂其中？比如担心、害怕，甚至恐惧？

其实当病房改造工程完工，培训工作接近尾声的时候，一个非常现实的问题已经摆在医疗队所有人的面前。那就是：我们的医护人员，要不要进病区？换句话说，我们的人要不要接触埃博拉疑似病人？

这个问题有多种选择。

第一种选择，塞方人员进，我们不进。我们的任务是什么？出发时，上级的命令很明确，我们的主要任务是协助和指导塞拉利昂医护人员抗击埃博拉。我们协助和指导他们改造了病房，建起了一座可以接收烈性传染病的专科医院，我们培训和指导了87名塞方护理人员，使他们具备了可以接诊和护理烈性传染病的专业技能。我们是不是已经完成了上级交给我们的任务？出发前国家有关部门明确要求我们一定要确保医疗队员自身安全。怎样才能安全？不接触病人最安全。况且就连塞方的卡努院长和艾丽丝护士长也是不进病房的。

可是反对意见似乎有更充分的理由：我们为什么来塞拉利昂？我们是代表国家、代表中国人民解放军来抗击埃博拉的，我们不能为了自身安全瞻前顾后、畏首畏尾，否则的话岂不有损国家形象、军队形象，继而有辱使命？

第二种选择，如果我们进病房，我们一天进几次？进多长时间？我们是进一次就行了，还是进两次、三次？是进去一下就出来，还是跟塞方人员同进同出？

围绕这个问题队员们众说纷纭，相持不下，迟迟得不出一个让大家都能认可的答案。

在这个过程中，队长李进始终保持沉默，缄口不言。直到开诊的前夜，直到开诊前的最后一次全体工作会议，李进很平静地对大家说："明天咱们要接收病人了，收病人的时候我第一个进病房。"

五星红旗已经在塞拉利昂的土地上高高飘扬，《义勇军进行曲》的乐曲声刚刚落下，那种面对国旗犹如与祖国相依、与亲人同在的温暖感觉还在心中回旋，李进已经将11件防护装备一件一件地穿戴起来。他的动作娴熟而又沉稳，每一个环节都精准到位，一丝不苟；他的表情严肃而又沉着，举手投足坚定果敢。然后，他走向了清洁区最深处的那道门——那道隔离清洁与污染，也隔离生与死的屏蔽门，率先推门而入，第一个走进了病区。

在他身后，一群同样穿戴严密的医疗队员紧随其后，哗哗地跟进了病区……

那天进去的人最多了！好多人都进去了！差不多所有的医护人员都进去了！

我采访的时候，每一个人都这样跟我说，他们一遍遍地反复说，给我的印象重重叠叠，以至于我没法搞清楚那天到底进去了多少人，或者是医疗队所有的医护人员都进去了？

但这已经不重要了，重要的是，在祖国生日的这个清晨，曾经让队员们无比纠结的那个难题，就像弗里敦上空的一袭阴霾，随着一缕清风的到来，转瞬间消散得无影无踪。

在救护车刺耳的警笛声中，第一批埃博拉疑似病人被送到塞中友好医院，病人一共7个，最小的8岁，最大的28岁。这是医疗队员们和"非洲死神"埃博拉的第一次遭遇。

牟劲松，三〇二医院重症监护中心副主任，也是医疗队医疗组的副组长。

第一次接诊，他遇到一个病重的病人。

救护车门打开，病人躺在救护车上没法自己下来，尽管事先已经有过种种思想准备，但依然有点儿意外。这是牟劲松第一次接触埃博拉，他本能地犹豫了一下：我要不要扶他？但医生的职业本能马上就占了上风：他是个病人，赶快把他扶到病房里，赶快做你的接诊工作！大概也就是不到一秒钟的耽误，他把手伸出去，第一次接触了病人。

牟劲松说，从那天开始，你就每天接触病人，也就开始了你的正常工作，只不过要比你平时的工作要求更严格，你要更认真更严谨而已。

说这段话的时候牟劲松显得很平静，平静得好像在说一件微不足道的事，可我却被深深感动。

也是第一次接诊，秦玉玲她们从车上扶下来的是一对母子，就是7名病人中最小的那个8岁男孩和他的母亲。母亲很年轻，8岁的儿子很瘦小。这是所有塞国孩子的普遍特征——与实际年龄不相符的瘦弱矮小。母子俩看上去是那样虚弱，虚弱得几乎无法站立。大概也就是一秒钟的犹豫，秦玉玲她们伸出手把母子二人从车上接下来，然后又把瘫软在地上的他们搀扶到病房。

就像牟劲松说的那样，从那天开始，医疗队的4名医生和8名护士开始了他们职业生涯中最艰苦、最不寻常的"正常工作"。医护人员每天分为主班和副班，24小时轮流值班，除了接诊病人处理意外情况，主班人员每天至少要进病房3次，每次要工作一到一个半小时左右。

这还只是正常情况下的工作状态，秦玉玲的另一次遭遇就有些凶险了。

秦玉玲是三〇二医院门诊部急诊科的护士长，从她在我的对面坐下来，她就不停地说着别人的先进事迹。从李进队长一直说到后勤组负责开车、做饭的小伙子。整个采访过程中，她眼睛里都含着泪，泪水一会儿汹涌上来，一会儿潮落下去。汹涌上来的时候，她就稍稍地扬起头轻轻地翕一两下鼻子，把泪翕回去，于是眼泪始终就漾在眼眶里把眼睛都浸红了。分明是眼睛里存着泪水呢，脸上却一直笑着，是那种经历过而且胜利了的安心的笑，多少掺着些许荣耀的笑。她就那样一边不时地翕着鼻子，把泪水翕回去，一边笑意盈盈地跟我述说着她的同事们。

在说了一通他们防控组的组长贾红军的时候，她突然停住了，好像在努力地下一个决心。她说："有一件事，我不知道该不该说。"

"你说说看。"我说。

她说我在那做了一件事，这件事我可能做错了。

她说这件事我跟谁都没有说。跟着很快又纠正了一句："之前他们好多人来采访，我都没有说。"

那你做了什么事？我很好奇，她好不容易说到自己了，结果说的却是自己可能犯了一个错误。

等我听完了她的讲述，我才明白她的纠结是有道理的。

那天是10月5日，医疗队开始接诊的第五天，轮到她值班，她刚从病房工作完回到清洁区，负责病区监控视频的人就惊呼了一声："哎哟，那个病人吐血了！"她赶紧过去一看，果真是，两大摊血，就吐在病区的分诊台旁边。这是病区里出现的第一例病人呕血。

防控组的职责之一，就是带领塞方的保洁人员清理病人的呕吐物、分泌物、排泄物和垃圾，而这些东西是传染性最强的。按照分工，我方人员只需要指导塞方的保洁人员去做就行了。

她马上找到塞方的保洁员，告诉他们病人吐血了，吐在什么位置，请他们马上去处理，然后就在监控视频前守着。

等了一会儿，不见有人进去。又过了一会儿还是看不见保洁的人影。她忽然明白了，他们是不敢去。

世卫组织在最新通报中强调指出，埃博拉病毒的主要传播途径是体液传播，其中血液感染性最强，每一毫升受感染者的血液中，含有多达1万到100万个埃博拉病毒。那简直就是病毒中的原子武器。因此在培训塞方人员的时候，曾经专门强调过：一旦发生病人吐血，必须及时处理，尽量减少血液在公共环境下的暴露时间，否则很容易造成病毒扩散。

血还在地上摊着，此刻不知道有多少病毒正在地板上四处弥散。特别是分诊台那里，平时是病人喜欢聚集的地方，也是医护人员进入病区的必经之地，不及时进行消毒处理，不仅会导致病人之间的交叉感染，对过往的医护人员也是个极大的威胁。

秦玉玲急了，其实顶多也就几分钟的时间，她感觉好像已经过去了很久，她不能再等了，她腾地一下跳起来，穿上防护服就进去了。

我一向以为，很多特殊职业和岗位是需要特殊品格的，医生和护士就属于这一类。只要是对医院稍有了解的人都会知道，医院急诊科的护士长一定是这个医院里所有护士长中最拔尖的人物，这个人不仅技术要好，还要有胆有识，要具有应对任何复杂局面的魄力和勇气，要能处变不惊，而且绝不会临阵退缩。秦玉玲就是这样一个护士长。

清理，覆盖，消毒，每一个环节每一个步骤，秦玉玲都严格按照她所熟悉的专业操作流程去做，一举一动做得不慌不忙，一丝不苟，有条不紊。

做完一切，回到清洁区，医疗组的李因茵护士正在问同事：哎，那个病人的血是谁去处理的？秦玉玲玩笑似的搭话说，你看像谁呀？李因茵说看不出。秦玉玲说你看像我吗？李因茵说不像啊。因为穿着防护服在镜头里根本分不出谁是谁。秦玉玲就没再说什么。

突然地，秦玉玲开始不安起来。

出发之前，急诊科的姑娘们眼圈红红地围着她依依不舍。姑娘们说，护士长，你知道我们最担心你什么吗？

什么？

你什么事都往前冲！

噢，那我尽量克制吧。

不是尽量，是一定！

嗯，好吧！

很显然，刚才她又犯老毛病了。但这不是问题的关键，关键的是，她刚才做得对吗？她应该那样连几分钟的耐心都没有而鲁莽地冲进去，亲自动手去做这种本该由塞方保洁人员来做的最基础的清洁工作，而让自己身处险境吗？

最重要的，她违反了纪律，医疗队规定，医护人员进病区至少要两人同行，以便在穿戴防护服的时候可以互相帮助，互相检查，有遮挡不严密、佩戴错误的地方可以互相纠正。她刚才那样匆忙地冲进去，她的防护服穿好了吗？会不会有什么疏漏？那是最具有传染性的埃博拉病毒携带者的血，她会被感染吗？

就在开诊的前一天，李进院长曾经问过她，你怕吗？

她想了想说，有压力，但是我不怕。

那个时候，她是自信的，坚定不移的。对于传染病来说，她是专业的，而且不是一般的专业，她来自于国家顶级的抗传染病的专业团队，她所具有的专业技能也是顶尖的。她和她的几个队友都是参加过"非典"、"甲流"和抗震救灾防疫工作的，那是近年来中国最大的卫勤防疫国家行动了，所以，对付传染病她们是有足够经验的。有了这些，即使是"非洲死神"埃博拉，她也无须害怕。

但此刻，她犹疑了，她不再像先前那么自信了，她甚至有了些害怕的感觉。

她记得刚到塞国的时候，李进队长就跟大家定了规矩。医疗队不仅要防埃博拉，还要防疟疾、防伤寒、防霍乱，所有当地的传染病都要防。为什么？李进说，因为我们是专业的传染病防治队伍，我们是传染病防治专家，我们搞的就是这个专业，如果你被传染了，那你就不配称为传染病专家！

如果她被感染了，就意味着他们医疗队突破了零的防线。那么之前他们在塞国所有的努力——他们竭尽所能地改造病房，他们倾其所有地培训塞国医护人员，他们不舍昼夜地赶制出来的一套套的操作流程、规章制度、防护措施，一切的一切都将付诸东流！

不仅如此，如果她被感染了，她的30名队友也有可能被感染！因为虽然大家在工作之余各居一室，处于相对的隔离状态，但吃饭的时候，在医院清洁区工作的时候还是有很多共处的时间，在这些时间里他们彼此之间是没有防护的……

根据世卫组织的最新报道，自埃博拉疫情暴发，到他们抵达塞国前的8月26日，已经有超过240名医护人员感染，造成至少120名医护死亡。难道她和她的队友们也要加入到这样的名单里，就因为她的一个鲁莽而又草率的举动？

她真的做错了吗？

她是医疗队防控组的成员，防控组的职责之一就是要保证环境清洁。多年的职业养成，使她对职责和使命具有极强的捍卫意识，用她自己的话说，就是看到生命受到威胁，第一时间就会冲上去抢救，这已经成为一种职业本能。所以当她面对那样的情景，她怎么可能坐视不管，无动于衷？

那么她做对了吗？她不知道。

这是38岁的秦玉玲平生第一次无法对自己的行为做出确切的判断。她仿佛陷入了一个循环往复、永无终点的悖论，单独看起来每一个答案都是正确的，可是一旦相互叠加，彼此印证，所有的答案又都是错的……

那一日，她少言寡语。

回到住地，她找到防控组组长贾红军。

她说，我今天做了一件事，可能有点儿不太合适。

贾红军说，你做什么了？

她说，我去处理病人呕的血了。

贾红军有点儿吃惊，你自己动手处理的？

她点了点头。

你为什么要亲自去做？为什么不安排保洁人员做？如果养成了依赖习惯，以后这些事情他们可能都不去做了，那我们走了以后怎么办？

秦玉玲申辩道，我叫他们了，但是等了很长时间没有人进去。他们肯定是害怕，这是第一次出现病人呕血嘛……

贾红军说，好吧，那你是怎么处理的？

秦玉玲就把她处理的过程仔细地说了一遍。80后的贾红军虽然在年龄上小她几岁，却是医院感染控制科技术实力很强的主治医师，是从事医院感染预防控制和病例监测方面的专家。他参加过2009年甲型H1N1流感的防控工作，还参加过2014年5月的首都联合防控实兵演习，被任命为防疫组组长。在传染病防控和消毒方面他具有丰富的实战经验，并因此受到多次嘉奖。这个时候，她需要得到贾红军的认可。

听完了她的叙述，贾红军轻描淡写地说了句，啊，应该没有问题。末了，又想起什么似的回头叮了一句，哎，姐，没事啊，放心！

秦玉玲嘴硬地说，我不担心这个，我就是想让你知道一下这件事。

这时候，已经是10月5日的晚上。

此后的日子变得好慢好长。

那之后，贾红军没再提起过这件事，好像他已经忘了。可秦玉玲却始终没有摆脱掉那个关于对与错、是与非的悖论的纠缠。但是，每当自责和不安占上风时，一个声音就会从内心深处挣扎着升腾起来：我不会被感染的，我是专业的啊！我怎么会被感染呢！

我是专业的！——这是那段日子，她内心里最坚实可靠的精神支柱。

又是一个晚上的时光，在大家从食堂吃完晚饭各自返回宿舍的路上，贾红军追上了秦玉玲。

哎姐，明天是最后一天了啊，解除了！没事儿了啊！

秦玉玲愣了一下：啊？什么解除了？

但是没等贾红军答话，她已经明白过来，噢——埃博拉病毒的潜伏期是2至21天，通常情况下，接触过病毒感染者的人要被隔离21天，也叫21天隔离期。而这一天是25日，距离她贸然冲进病区亲手处理病人呕血已经整整20天啦，明天就是第21天，是埃博拉潜伏期的最后期限！

她的眼睛瞬间就被泪水遮蔽了："哎呀，红军，你真是的！你还记着呢……"

是的，贾红军记着呢，他没有一天忘记过。其实秦玉玲也记着呢，她每一天都在数日子，数着那个可以致命，也可以让她得到大赦的21天。

这21天真的是好长好长啊……

随着疫情加重，病人的数量开始急剧增长。

这天下午，医疗队突然接到塞国埃博拉疫情指挥中心的紧急通知，一小时后，将有12名埃博拉疑似病人被转运过来，请他们做好接收准备。自留观中心开诊以来，还从没有一次接收过这么多病人，靠现有的值班人员肯定无法承受，李进闻讯后马上带领正在轮休的两名医生和3名护士急速赶往医院驰援。

护士陈素红手脚麻利地穿好防护服第一个冲进了病房，眼前赫然的一幕把她惊呆了：两名刚入院的重症患者瘫倒在病床上，掺杂着血液的呕吐物和排泄物喷溅得到处都是，散发着难闻的恶臭。这是埃博拉患者的典型体征！或许也就是一秒钟的犹豫，十几名医护人员马上兵分两路，各司其职，医疗组接诊、安置病人，防控组消毒清理现场。

接诊工作从下午5点开始，等到一切安置就绪，队员们筋疲力尽地走出病房，已经是晚上7点多了。

随着重症病人越来越多，病房里种种触目惊心的场景，几乎每天都有发生。

而且，死神早早地降临了。

这一天是10月3日，留观中心开诊后的第三天。第一个去世的就是留观中心开诊第一天和妈妈一起入院的那个最小的8岁男孩卡比亚。

塞中友好医院没有太平间，卡比亚去世前一直和妈妈在一起，这时候医护人员只能将他从妈妈身边带走安置在一个单独的病房里，等待政府的收尸队来将他带走。

在埃博拉之前，因为宗教原因，塞拉利昂一直实行土葬。其时，族人们要聚在一起举行盛大的安葬仪式，在一番载歌载舞和宗教仪典之后，亲人们要按照古老的习俗逐个地跟死者拥抱吻别。人们万万不会想到，恰恰就是这个古老而又温暖的习俗成了"非洲死神"埃博拉的帮凶，往往因为一个亲人的去世，进而招致更多亲人随之而去，有时一个家族甚至一个村庄，就在这种周而复始的循环中被灭绝。

为此塞国政府刚刚制定了一套强制性措施，其中之一就是在此期间所有死亡的病人，民众不得擅自安葬，需由政府组建的专业收尸队统一处理，如果确定是埃博拉，将被拉到政府指定的地点进行焚烧；如果不是埃博拉，才可由家人选择自愿带走自行安葬。

可是，在首都弗里敦总共只有6辆救护车，在医疗队开诊之前因为超负荷运转已经报废了两辆，剩下4辆车由塞国卫生部疫情指挥中心统一调度，不仅要运送病人还要收尸，其紧张程度可想而知。

卡比亚去世的第一天，收尸队没有来。

第二天下午4点钟，收尸队来了，却因为门卫没有及时给他们开门，又走了。

门卫由政府派遣的军队负责，军人们在上岗之前普及过简单的防护知识，知道埃博拉的厉害，虽然不用直接接触病人，但每次开门的时候也是要穿防护服的。之所以没有及时开门，是因为值班的士兵刚刚为运送病人的车辆开过一次门，已经穿过一次防护服了，他要半小时以后再工作，就让收尸队在外面等。可收尸队5点钟就要下班，他们不肯等，于是开着车就走了。

444

这一切，医疗队是在收尸队的车来了又走了之后才知道的。因为病区的大门和医护人员进出的门在两个相反的方向，二者之间相距几百米的距离。

这时候在安置小卡比亚的房间里，已经又多了一具尸体。

埃博拉病人的遗体本身就是最可怕的传染源，加上天气湿热，尸体很快会膨胀腐烂，长时间存放在病房里，无论对病人还是医护人员都是极大的威胁。

这下子不仅队长李进着急了，整个医疗队都着急了，连塞方的卡努院长也着急了，病人们也开始骚动不安起来。李进当即让后勤组工程师高磊在能看见大门的地方安装了监控摄像头，又给门卫配了一个对讲机，再三嘱咐门卫如果收尸队的车再来，一定要向院方及时通报。

当天晚上例会的时候，李进又做了两项安排：一是让医疗队教导员孙捷第二天一早就带着翻译王姝去塞国卫生部协调，请塞方务必及时安排人转运尸体；二是让医疗保障组组长郭桐生次日早上一上班就和卡努院长一起在医院里守候收尸队。

卡努院长是一位外科医生，在塞国医学界拥有很高的威望，大致相当于我国一个院士的地位，是塞国极少的著名外科医生之一。而卡努院长是在中国读的大学本科和硕士。换句话说，这个塞国医学界的重要人物卡努院长是我们中国培养的，所以卡努院长不但对中国有很深的感情，还说得一口比较流利的中国话。

而保障组组长郭桐生是三〇二医院临床检验医学中心门诊检验室的主任，曾经到美国进修过一年，在医疗队里他的英语水平是数一数二的。跟收尸队打交道英语是必需的。

第三天早上一上班，又有两个病人去世了，这时候小卡比亚的房间里已经有4具尸体了。

这一天，李进也一直在医院里守候着。

4具埃博拉病人的尸体，停放在留观中心的病房里，最长的已经整整停留了3天，李进的心里仿佛压着一座大山，随着时间的推移这座山变得越来越沉重，几乎让人崩溃。其实这座山何止是压在李进一个人的心上，此时在留观中心所有的医护人员都被这座大山压得透不过气来。

就在李进和大家几乎要绝望的时候，下午临近下班时分，通过医院大门口的监控视频，他们看到有救护车正在驶近，一干人等赶紧向楼下跑去。

因为办公区和病区之间有隔离栅栏，他们只能远远地看到病区大门的地方。确实是收尸队来了，可是不知道什么原因，又看到他们在跟门卫交涉，李进急了，一时顾不上斯文冲着门卫大喊起来："让他们进来！一定要让他们进来！"

"恨不得用手拉住他们不让他们走！"事后李进这样说。

郭桐生也急了，说院长别着急，我去！他来不及穿防护服，只戴了个口罩就跑到大门口，把差点儿又要离开的收尸队给拦住了。

收尸队队长说："你们没有给我们死亡清单。"

"什么清单？从来没有人告诉我们需要清单。"郭桐生一头雾水。

自从医疗队抵达弗里敦以来，塞国政府只是不断地催促留观中心尽早开诊，却从未将有关的医疗政策和埃博拉时期相关规定和医疗队沟通过，因此医疗队一直以为只要打一个电话，就会有人来把尸体收走。

队长说："就是病人的死亡证明，需要有一个清单，我们要有那个清单才能把尸体拉走。"

队长说着就又要走了，下班的时间又快到了，毫无疑问，缺少手续，他们是不可能把尸体拉走的。郭桐生快要哭了，他知道他决不能让收尸队走掉。

郭桐生说："我们从中国不远万里来到你们国家，我们是来帮助你们的，但是现在的情况是我们需要你们来帮助我们。现在病人的尸体已经在病房里放了好几天了，如果你们不肯帮助我们，尽快把尸体拉走，那我们又怎么能更好帮助你们呢？"

队长其实一直很友善，见郭桐生急成这样，就表示说他很理解，但是他也有他的难处，他只有拿到清单才能把尸体拉走。

郭桐生说："你们的这些程序没有人告诉我们，你说的清单什么样子我们都没有见过，你现在把清单给我，我马上去填，麻烦你们进去收尸体，我很快就把清单填好交给你。"

这回收尸队队长同意了。

郭桐生拿到清单，赶紧跑去找卡努院长把死亡清单填上。可是，有一个病人刚入院就去世了，没有人知道他的名字，收尸队队长说："那这个不能收。"

一共4具尸体，再留下一具，那不是跟没收一样吗？然而队长态度坚决。

郭桐生快要气馁了，他觉得他把好话都说到头了，不知道该说什么才能让收尸队队长改变主意，这时候他脑子里突然跳出了两个字：小费！对，塞拉利昂是个小费之国，或许小费能帮上忙。可是医疗队到塞国以后还从来没有使用过小费，郭桐生就跑去请示队长李进，李进想了想就同意了。

可是，当郭桐生拿着20美元去给队长的时候，队长却不肯收，当然也不肯带走尸体。郭桐生自然不肯罢休，想想或许卡努院长能说服他改变主意呢，他们毕竟是自己同胞，就说："那你跟我一块儿上去见见卡努院长吧，卡努院长很想见见你。"

卡努院长毕竟是有威望的，队长没有拒绝。结果是卡努院长跟队长聊了一会儿，队长收下了20美元小费，然后把4具尸体全都拉走了。

郭桐生终于松了一口气。事实上，这时候留观中心所有人都松了一口气。

郭桐生说，我印象特别深，尸体拉走之前我们队长脾气特别大，整天脸上紧绷绷的，特别严肃，等看到最后一具尸体拉走了，他脸上一下子就有笑容了。那是3天以来，第一次看到他笑。到塞国以后，因为大家天天在一起，界线也没有在医院时那么严格了，我就跟他开玩笑，我说李院长，这3天第一次看到你笑了！

是的，3天来李进第一次笑了，压在他心头的那座山被收尸队队长带走了，被收尸队那辆说不定什么时候也会因超负荷运转而报废的救护车带走了。不知什么时候，弗里敦多日阴云密布的天空竟然也开始放晴了。

后来李进就跟郭桐生说，你把收尸的事情管起来吧，这个得专门有人管，看来收尸还是一件大事。

李进说得没错，收尸的事情果然是一件大事。

解放军医疗队第一批队员总共在塞国60天，开诊46天，接诊埃博拉疑似患者274人，死亡86例。这在正常医院根本是难以想象的。

埃博拉——"非洲死神"真正是当之无愧了。

第五章　生死一线间

死亡和恐惧像一对孪生兄弟·脱防护服比穿防护服更重要·英雄主义·
清洁区比污染区更危险·唯有痛惜·简直就是一种酷刑

2014年10月1日，世卫组织发布的情况报告中显示，截至9月28日，几内亚、利比里亚、塞拉利昂和尼日利亚4国累计发现埃博拉病毒确诊、疑似和可能感染病例7177例，死亡3338人。

10月10日，世卫组织在日内瓦发布埃博拉疫情最新报告，埃博拉病毒病造成的死亡人数已达4033人，确诊、可能和疑似病例达8399人。其中几内亚、利比里亚、塞拉利昂3国为重灾区，死亡病例为4024人。

3天后，世界卫生组织警告说，埃博拉病毒的蔓延威胁到了社会的"根本生存"，并可能导致出现"垮掉的国家"。世卫组织总干事陈冯富珍表示，这是世界和平和安全所面临的危机，她同时警告说，人们的恐慌感比"埃博拉病毒本身散播得更快"。

与此同时，关于医护人员感染数据的报告，也令人震惊。

8月26日，世卫组织公告说，埃博拉疫情暴发后，已经有超过240名医护人员感染，并造成至少120名医护人员死亡。

到10月16日，世卫组织全球预警与防范干事伊莎贝尔·纳托尔发表声明说，埃博拉疫情已导致427名医护人员感染，236人丧生。

世卫组织同时指出，医护人员的高感染率来自于医护人员的防护措施短缺或是不正确使用；医护人员严重不足，导致他们必须超时工作也是主因。世界卫生组织估计，在3个疫情严峻的国家中，每10万人仅有一到两名医师，而这些医师多半集中在城市地区。

死亡和恐惧像一对孪生兄弟，在西非充满野性的美丽原野上四处游走，恣意妄行，所到之处，势不可挡。继几内亚、利比里亚之后，塞拉利昂迅速成为西非疫情的中心，牵动着全球的目光。

解放军医疗队在弗里敦的抗埃之旅，危机四伏。

医疗组组长秦恩强也是10月1日第一批进入病区的人员之一，他是这一天的主班医生，负责接诊病人。此时，他的心事比所有人都要沉重。

改造后的病房是否完善？有无安全隐患？经过培训的塞方人员虽然都通过了考核，在实战中是否能熟练操作？在改造病房和培训塞方人员的同时，还有一项重要的前期工作也在同时进行，那就是队员们集全体智慧研究制定出了68类、243条针对埃博拉的收治流程规范和规章制度。这些流程和制度又是否实用？

一切的一切都有待检验。

秦恩强说，第一天，真是去探路的，那时候你没有任何经验可以依循，会不会一进入病区，就栽在里头了，谁也不知道。秦恩强跟我说这话时，我依然感觉到了他当时所承受的压迫感。

留观中心收治病人，是由塞国政府的一个转运中心统一调配的。转运中心通常会在早上电话告知当天将要送来的病人人数，但是具体送达时间，很难精确。

这时候，医护人员已经浩浩荡荡跟着队长李进入了病区，但是病人还没有到，一干人马就那样全副武装在病区里等病人。后来他们意识到，这是一个错误。

第一批7个埃博拉疑似病人到达了。按照预先设定的收治流程，病人由分诊人员接到分诊大厅，佩戴口罩，测体温，采集病史，根据病情轻重进行分诊，然后分别送入病房，最后再到病房分发药品对症治疗。这样一个个地看下来，每一个病人至少需要15到20分钟。

看到第四个病人的时候，秦恩强开始觉得心慌气短，呼吸困难。其实在30多摄氏度的湿热中，刚一穿上防护服他就开始冒汗了，这时候已经从头到脚都是汗，稍一起身，汗水哗地就灌进了靴子里。他坚持着继续接诊，但他开始头疼，视线逐渐模糊，他知道自己要虚脱了，等到第七个病人一送走，他带着护士们就离开了病区。

按照世界卫生组织的标准，医护人员穿着防护服在病区工作的时间一般不能超过一个小时，最长不能超过一个半小时。而他们已经工作了近两个小时。

脱防护服的时候，他的手不住地颤抖，几乎无力自行脱下防护服。

第一天工作下来一总结，发现有几个问题，需要重视和改进。

第一，医护人员不该在病人未到之前，提前进入病区等病人，这样使医护人员增加了无谓的体力消耗。

第二，病人分诊环节要改进。

首先，之前按照在国内医院的惯例设计的病历表格太过烦琐，致使分诊环节过于复杂，需要优化和改进。

其次，根据双方人员特点和业务分工不同，把中塞人员同时进入病房，改为由塞方护士先进入病区进行采集病史、分诊等工作，然后我方医护人员再进入病区对病人进行用药治疗等后期工作。这样可以有效地缓解我方队员对非洲高温湿热气候耐受力差、队员体力消耗过大的问题，确保后期工作顺利进行。

第三，脱防护服比穿防护服更重要，必须特别重视。

这是一个听起来简单可实际操作却很复杂的技术问题。

秦恩强告诉我，11件防护装备，36道穿脱程序，是由国家疾控中心制定的，是一套非常科学的操作规范，其中对穿脱防护服的每一个环节每一个步骤都有明确规定和要求。但是在实际工作中他们发现穿防护服的时候，人是在清洁区，防护服本身也是干净的，只要把11件防护用品按规定的3个层次穿戴到位，保证没有皮肤黏膜暴露就行了，先后顺序不必太苛求。而且医疗队规定，医护人员进病区至少两人同行，这样可以互相帮助，互相监督，有遮挡不严密、佩戴错误的地方可以互相纠正。

可从病区出来时，身体的外部已经被污染，脱防护服的过程就显得格外关键，而且为了避免交叉感染，只能一个人操作，不可能有人帮你，这个时候先脱什么，后脱什么，就成为生死攸关的大事，方法错了，步骤错了，任何失误都有可能导致感染。

所以说，脱防护服才是真正的考验。

那么，怎么脱才能杜绝感染呢？

他们设计了一套由外到内、逐层分区脱防护服的流程。

所谓由外到内，是说3层防护服，必须一层层轻轻向下卷，外层绝不能碰到内层，脱下之后，不能随便乱扔，要将防护服卷成一小团，轻轻地放到指定位置，然后进行下一个步骤。整个过程要求动作要慢，要缓，要轻柔，其意义是要防止病毒在空气中"进溅"，造成二次污染。

所谓逐层分区，是说11件防护装备要按照内外层次和先后顺序分别脱在缓冲区的3个缓冲间里，在脱第一层防护服之前要先进行喷淋消毒，之后每脱一层都要用消毒剂洗手，然后再进入下一个缓冲间。而我们这个三重缓冲间的设置则是一个创举，它突破了世界卫生组织及国家疾病控制中心有关传染病病房设置的规范，大大减少了传染病传播的可能性。

从污染区出来，脱掉全套防护装备，洗澡、换上干净的衣服回到清洁区，这个过程大概也需要20分钟。

那么，当秦恩强第一天从病房出来时几乎处于虚脱状态，又如何做到控制好每一个步骤，把防护装备安全地脱下来呢？那个不容半点儿差错的过程究竟需要多强的毅力和怎样的专业修养才能做到万无一失呢？

秦恩强说，严格遵守防护规定，这绝对是一个苦功夫，不是所有人都能耐住这个苦功的。

第一个耐不住苦功的，就是在留观中心工作的一些塞国的护理人员。

尽管在开诊之前我们对塞国的护理人员进行了艰苦卓绝的培训，也进行了严格的考核筛选，但是一旦脱离管控开始独立工作，种种违规行为频频发生。

比如，他们很难做到单向行走，经常在清洁区和污染区间来回穿梭。他们脱防护服时动作太大太快，潦草随意，毫无章法，脱下的防护服随手乱扔。他们甚至做不到把防护装备脱在规定的区域里。而这种种行为都有可能给留观中心带来致命的灾难。

其实早在留观中心开诊之前，在对塞方人员进行培训之初，医疗队就有一个共同的认识：安全，不取决于我们，而取决于塞方人员。所以他们才会那样不遗余力地拼命地投入培训。

当李进和秦恩强又一次从监控视频里看到塞方人员在缓冲区里的潦草行为，他们做出了一个决定：和塞方人员分道而行。

本来我们设置的三区两线是一个大循环，所有工作人员从二层的清洁区出发，经过二层的缓冲区进入二层和一层的污染区工作，工作结束再从一层的污染区，经过一层的缓冲区回到清洁区。这是一条没有回头路的单行线。要分道而行，就要把这条单行线改成两条线。

如何改呢？

塞方人员仍然按原来设计的路线从二层到一层走大循环的单行线，而我方人员在从污染区回清洁区的时候沿二层出发路线原路返回，也就是说我方人员要破例走回头路。再进一步说，就是我们把危险留给了自己，把方便和安全给了塞方人员。

写到这里，我心里浮现出一个闪光的词汇——英雄主义，我发现我竟然不能够随口说出这个词的确切含义。为此，我特意上网搜索了一下，按照《辞海》的解释，"英雄主义"就是：主动为完成具有重大意义的任务而表现出来的英勇、顽强和自我牺牲的气概和行为。《辞海》进一步解释道：英雄主义固然要通过具体的事件和人物来体现，但其价值内核显然又是具有跨越历史、穿越时空的永恒魅力。

那么我想，李进和他的医疗队在塞拉利昂、在塞中友好医院的埃博拉留观中心所做的这样一个决定和选择，原本是为了保护自己的队员不要为他人的错误行为付出惨痛的牺牲，可这种保护行为的本身却将另一种更有意义的牺牲蕴含在其间了，那么，这也应该是"英雄主义"的一种吧。

需要特别强调的是，由中方人员使用的这个设置在回头路上的缓冲区，就是他们当初在改造病房时，"宁可做得过一点儿"的那个"过一点儿"——他们事先预留的那个缓冲区。事后，秦恩强对当初的此举十分得意，他说，当时设计的时候我就说一层二层都得打隔断（即缓冲间），万一碰到什么事呢。现在想想真是太有先见之明啦！

道路分了，但是队员们对塞方人员的监控却更加严格了。一同工作时发现违规行为随时纠正，单独工作时通过监控视频须臾不离地跟踪盯防，发现问题立刻请出病区，纠正了以后再继续工作。同时跟卡努院长和艾丽丝护士长也是百般地沟通、强调，甚至是"碰撞"，但是塞方人员依然有很多问题让人头疼。

塞方一些人员天性散漫，喜欢热闹，喜欢各种聚会。每周在各个教堂举行的礼拜是非参加不可的，就像当初他们会为了做礼拜而不来培训一样，只要是礼拜日，他们就不来上班了，有时晚上值班也是想来就来，不想来就不来，也不请假，完全随性。而这一切在卡努院长和艾丽丝护士长看来都是合法合理的，所以"碰撞"就不可避免了。

除了宗教的聚会，医院的办公区也是他们喜欢聚集的场所，甚至下了班也不走，就聚在办公区聊天，同时等待着由政府配送的只有医院才有的那顿免费的午餐。说来让人心酸，因为无处不在的贫困，塞国人一天最多吃两顿饭，有的家庭甚至一天就吃一顿饭，所以医院的免费午餐就显得格外重要。免费午餐甚至还吸引来许多无关的社会人员。后来，一些无国界医生组织的人员慕名来留观中心参观，也没有正式申请，自行进入，也是长时间滞留不去，一时间办公区里人来人往，几乎成了自由市场。

这时候，一位世卫组织官员的到来，给医疗队提了个醒。

到塞国后，医疗队员们实行封闭式管理，工作之后回到住地，队员们各居一室，跟外界也没有交往。在秦恩强的建议下，医疗队还实行强制性体温检测，早晚各一次，然后各自发布在微信群里。因为我们不能保证自己不会感染，因为我们在病区，在一线。这个制度一直持续到医疗队回国。

那么塞方人员呢？

这天，这位世卫组织官员到留观中心来参观，参观结束的时候他向秦恩强提了一个问题，他说：你们怎么监测他们？

他指的是塞方的护理人员。

秦恩强说：测体温，询问症状。

世卫官员沉吟了一下，说：还差一点，你们询问他们的流行病史吗？

就是说这些塞方人员家里有没有得埃博拉的，他有没有参加过埃博拉逝者的葬礼，他生活的环境有没有危险因素？

哟！秦恩强像被人猛击一掌，霍然警醒。这项内容之前并没有进入他们的监测范围。他立刻向医疗队做了报告，从即日起将这项内容也纳入监测。

秦恩强忽然意识到问题的严重性，这还只是留观中心的工作人员，那么这些每天聚集在办公区的外来人员里会不会有埃博拉病毒携带者？他们之前有没有接触过埃博拉病人？因为办公区是清洁区，医护人员在此工作是不穿防护服的，像这样人来人往，难免会有近距离接触甚至直接的身体接触，只要有一个人、一个角落发生感染，整个留观中心就有可能全盘失控。

秦恩强的担心立刻在李进那里得到了共鸣。第二天一上班，就对办公区进行了"清场"，要求塞方护理人员下班后必须离开医院，不到上班时间也不能提早进入医院，社会人员更是不得擅自进入医院。并对清洁区进行全面彻底的消毒。同时在门卫处设立体温检测制度和出入证制度，出入人员必须持有相关证件，体温在38摄氏度以下方可准许进入医院。

好险哪！

当一切就绪之后，秦恩强和李进不约而同地长吁了一口气，所幸什么都没有发生，否则之前所有的努力都将付诸东流。

这可真正是步步惊心啊。

自此，医疗队又提出了一个新的防护理念："清洁区比污染区更危险。"道理很简单，因为在污染区，你知道病人在哪、病毒在哪，你会有意识地防范。但是清洁区如果受到污染的话，你可能不知道，你不知道病毒在哪，那么任何一个无意识的动作都有可能使你招致感染。所以，清洁区必须每天例行消毒，而且要重点消毒。

"清洁区比污染区更危险"和之前提出的"脱防护服比穿防护服更重要"，后来一并被确立为埃博拉防护工作的两个重要原则，得到了当时在塞国抗击埃博拉的国际同行的广泛认可和借鉴。

事实上，医疗队在办公区实行的"新政"，对塞方的护理人员在情感上是有伤害的，就连医疗队自己的队员出于一种善良的心愿也有些不忍，这样做是不是有点儿过分？毕竟一顿温饱的午餐对于贫困饥饿的人来说，往往具有非凡的意义。

但是随后发生的一件事，立刻打消了人们的疑虑。

用秦恩强的话说，这时候出了一件事，把塞方的护士吓坏了。

塞拉利昂卫生部有一位协调官是一个30多岁的年轻人，他的职责是协调塞国和外国所有留观中心的各项事宜。为了掌握留观中心的情况，他会轮流到每个留观中心工作几天，而且是像一个普通的医生那样进病房工作的。凡是和他一起工作过的人，都对他赞不绝口。就是这样一个出色的政府官员、优秀的医生，当他在塞中友好医院工作的时候，当他在病房工作了两个小时之后，在没有做任何消毒处理的情况下，就当着秦恩强的面，突然用手穿过防护屏摸了一下口罩，几天之后，卡努院长传来了他的死讯。

这件意外的事，震动了整个塞国的抗埃一线，震惊了在塞工作的来自世界各国的医护人员。

塞方的护士们吓坏了，卡努院长和艾丽丝护士长也吓坏了，而李进、秦恩强他们唯有痛惜。秦恩强说，他不只是用污染的手摸了一下口罩，他在防护的各个环节都犯了错误。

协调官或许不一定是在塞中友好医院染上的病毒，但有一点毫无疑问，他是死于防护意识严重欠缺，死于违反操作规程，死于自己随意潦草和散漫的习性。

秦恩强告诉我，当时"协调官现象"在弗里敦普遍存在。刚到塞国时，医疗队到一个英国的留观中心参观取经，秦恩强是这样跟我描述的："你看人家那医生，也没有什么防护就和病人一起走来走去，一帮人围在那儿，该怎么交流还怎么交流，我看着心里都发慌。当时我就说，我们不能这样，我们别这样做。"

有一次，秦恩强带着世卫组织的官员和古巴的医生到塞中友好医院参观，秦恩强把医疗队的防护理念、流程和工作模式做了介绍，其中特别强调了脱防护服的重要性，结果出来的时候，秦恩强还没怎么脱呢，人家一众人等已经脱完了。

脱得太糙了！秦恩强说。我一再跟他们说别着急，跟着我脱，可是不行，都脱得太糙了，有些人超级自信。

事后不久就有一个古巴医生感染了。美国、英国、法国、西班牙的医护人员先后都出现了散发的感染。

协调官之死是一个教训，对所有人的教训，尤其是对塞方护理人员的教训，人们在默默地接受和消化着这个教训，这未必不是一件好事，只是它的代价也太过沉重了。

热，极度湿热，汗如雨下，憋闷，头疼，呼吸困难，窒息，虚脱……所有这些词汇描述的是在同一种状态下人体的感觉：穿戴上全套防护装备时的感觉。

防护装备从头到脚是11件。依次是帽子、口罩、护目镜、防护面屏、连体防水隔离服、外层防护衣、两副手套、鞋套、橡胶防水靴，加上一套贴身内衣——队员们称它为"二道防线"。

11件防护装备环环相扣，层层叠加，将队员们身体的每一寸肌肤包裹得严严实实，密不透风。

因为会大量出汗，所以每次进入病房前不管渴不渴，队员们都要强迫自己喝大量的水。其实从开始穿上第一层防护服的时候，人就已经开始出汗了，这个过程要一直持续到他们完成工作走出病区脱下防护服为止。

央视《军情解码》做了一期解放军医疗队的专题节目，有一段关于医疗队员工作状态的描述十分生动：

> 在塞拉利昂的这段日子，正是当地要逐渐热起来的时候，户外温度经常达到32摄氏度，而套在几乎与外界隔绝的防护服里，防护服内温度会达到47到50摄氏度，穿着层层防护服在病房里工作，按照惯例，一般在40分钟左右，可每个医护人员都在病房中坚持一个小时以上，更有的队员在里面持续工作近两个小时。

那么，在47到50摄氏度的环境中工作，队员们会是什么样的情景呢？

> 进入病房后，医疗队员们在厚重的防护用具包裹下，平时很简单的动作都显得很费力。大家要时刻注意保持匀速工作状态，这不仅是为了节省体力的需要，还是防护的需要，避免因动作幅度过大出现皮肤暴露而被感染的危险。尽管如此，队员们的衣服很快就湿透了，护目镜也随之模糊起来，呼吸加快，缺氧、憋闷的现象出现，队员们要在身体能够承受的有限时间内，完成对病人的问诊、观察、生命体征采集、药物发放等诊疗工作。这些平时医护人员得心应手的工

作，在穿着11件防护用具，在30多摄氏度高温的情况下，显得异常艰难。

再来看队员们怎么说。

有一次，一个队员摘下面罩时，她脸上的每一个毛孔都顶着一颗汗珠，那些汗珠晶莹剔透仿佛镶在脸上一样。贴身穿的"二道防线"都能拧出水来，一脱掉靴子，里面沉积的汗水哗地洒了一地。由于长时间汗水的侵蚀，加上护目镜的压力，当他们脱下面罩和护目镜时，面容都有些变形了。因为长时间的持续出汗，队员们从病房出来第一件事，也是喝水，大量地喝水，以缓解身体的脱水状态，有时甚至能一口气喝掉3瓶矿泉水。

负责监工改造病房的李志伟主任说："防护服不透风也不透水，那么热的天气，一戴上口罩和面屏就呼吸困难，稍微动一动就气喘。在病房一个半小时已经是体力极限了，穿戴着这么多东西，不要说干复杂的事情，就是拧一颗螺丝钉也费很大力气。有一次病房的门坏了，我们去修门，呼出的水汽凝在面屏上，什么都看不见，又不能用手去擦，只能减慢呼吸让水汽自己慢慢干。越着急就越看不见，减慢呼吸又喘不过气来，只能强忍着。脱防护服的时候，经常可以看到同事的脸已经变成紫色，全身都被汗水浸透，几乎是用尽最后的力气才能把防护服脱掉。"

队长李进说："刚开始的时候，我们像在国内一样查房治病，后来发现几个小时都做不完。有些体力差一点儿的队员中间不得不出去休息一下，然后还得花几十分钟穿防护服再进去。所以后来我们就一起研究了新流程，把所有不穿防护服就能做的工作都留在外面做好，再进病房。"

出了病房之后，队员们还要经过0.5%的含氯溶液喷淋消毒，因为长期大量接触高浓度的消毒液，许多队员身上都出现了过敏性的红疹，迟迟难以消退……

如此种种，在我看来这简直就是一种酷刑了，一种你甚至不需要亲身体验，只要想象一下，就能感同身受的酷刑，而这其中的精神价值和意义又岂是一个"技术问题"这样简单的词汇所能承载的呢？

队员们都知道，自从到了塞拉利昂，防控组组长贾红军的睡眠就成了大问题，他老是睡不好觉，有时整夜整夜地睡不着，实在没办法就吃安眠药。其实，在塞拉利昂睡不好觉的不只是贾红军，差不多大部分队员睡眠都出了问题，每天晚上都要靠安眠药才能入睡，而且用的都是那种药力很强很强的安眠药。可他们中大多数人都还那么年轻，好多人是有生以来第一次服用安眠药……

然而，队员们在病房里工作的时间却越来越长了。

每天晚上李进睡觉前最重要的一件事，就是要确认在留观中心值班的医护人员是否已经从病房出来了，如果没出来他的心就一直悬着放不下来，他就会一遍遍地打电话催促，直到队员们出来为止。

防控组组长贾红军有一个著名的公式，在医疗队里尽人皆知：

31-1=0，0+0=100

意思是说，我们自己的31名队员只要有一个人感染就是零分；我们自己队员和塞方人员都做到零感染，就是一百分。

在弗里敦，共有20多家本地和世界各国援建的留观中心、治疗中心。在那段时间里，在塞拉利昂参加救援的各国及本地医护人员总共有128人感染，102人不幸去世，死亡率高达70%。而我们解放军首批援塞医疗队，在创下了"日均收治病人最多，日均在院病人最多"两项纪录的同时，还创造了另一个奇迹，那就是中塞双方医护人员零感染，也是塞拉利昂做到零感染的两家大型诊疗中心之一。

在塞拉利昂，解放军医疗队是名副其实的抗埃勇士！而当时人们并不知道，就在改造病房的时候，医疗队不仅预留了一个缓冲区，还预留了一个第四病区。这个病区是医疗队准备留给自己队员的，但是那悲壮的一幕始终没有发生，直到医疗队全体凯旋，回到祖国母亲的怀抱。

第四病区就像一个静止的符号，无声地伫立在西非、伫立在大西洋的海岸边，向世界昭示着中国军人的勇气和智慧。

第六章　活着的和死去的人们

有关生死的故事·大眼睛男孩卡比亚·随爸爸而去的小男孩·
雅尤玛·埃博拉时期的爱情

在塞拉利昂，在埃博拉肆虐的日子里，几乎每天都会有意想不到的事情发生，医疗队员们几乎每天都要面临新的挑战。在一个人的一生中，60天的时间其实很短暂，短暂到有时候完全可以忽略不计。但在塞拉利昂的60天，他们所经历的磨难和历练，却足以刷新绝大多数医疗队员的职业生涯。

其中病人难管，可以说是队员们以往的职业经历从未有过的。

在塞国，塞中友好医院的硬件条件是比较好的，加之医疗队从国内带去了充足的医疗和生活物资，给病人提供了一个较好的医疗环境。为了最大限度地保护病人，避免交叉感染，给病人安排的都是单人病房，入院时，也都讲了单人病房的必要性和传染病房里的各种规章制度。可是第二天查房一看，这个房间里没有人，到另一个房间里一看，四五个人围在一起聊天呢。

有一天，一下子来了很多病人，所有的床位都住满了。可第二天查房一看，病房里的人不见了，床垫也不见了，队员们赶紧找，结果发现这个角落里睡了一个，那边走廊里躺着一个，有的睡在台阶上，有的找遍整个病房也没找到人，最后发现居然睡在院子里的大树底下呢。

更奇怪的是，有时候病房里的病人突然就少了一个，哪里都找不到，查遍监控视频也找不到，弄得大家惊慌失措。结果第二天再查房时，发现病人又出现了。

还有一次，病人莫名其妙地多了一个，可是在队员们看来非洲人的面孔大同小异，怎么也查不出到底多出来的是哪一个。过了几天以后，发现病人又不多了，队员们很纳闷，甚至都怀疑是自己数错了，不然有那么高的墙，大门又是锁着的，病人怎么会多了然后又不多了呢？后来从塞方护士那里得知，原来是一个小伙子翻墙进来看他弟弟，和弟弟一起住了几天又翻墙出去了。

最让队员们难以接受的是病人们经常半裸甚至全裸地到处游荡，哪里凉快就赤条条地睡在哪里，而且多数人没有在厕所方便的习惯，随地大小便。

秦恩强告诉我，他最难忘的是第二次进病房的经历，那是开诊后的第四天早上，他一进病房就看见病人全身赤裸地躺在走廊里，连床垫也没有，就直接躺在光溜溜的地上，呕吐物、排泄物满地都是。等不及保洁人员进来清理，他和护士们就在这些污物中穿行查房。最让他们感到震撼的是当他们走进一间病房的时候，迎面看见一个病人大睁着眼睛仰面躺在地板上已经去世了，而在另一个房间里，一个女病人一丝不挂地死在了远处的床底下……

死亡，不是队员们在国内的医院里司空见惯的那种死亡。"非洲死神"埃博拉制造的死亡看上去是那样的惨烈，那样的血腥，那样的张牙舞爪，惊心动魄。

在弗里敦，在塞中友好医院那片因为漂亮而醒目的黄白相间的建筑里，队员们每一天都在经历着有关生死的故事，都有令人难忘的有关生死的经历。

故事之一　大眼睛男孩卡比亚

这是护士长刘丽英讲述的故事。

他叫卡比亚，是跟妈妈一起来的，是10月1日那天第一批到达留观中心的那个年龄最小的8岁男孩，也就是秦玉玲她们从救护车扶下来的那对虚弱得无法自己站立的母子。

8岁的卡比亚很瘦小，但是所有队员都说卡比亚有一双大眼睛，那双大眼睛真的是好大好大，那样大的一双眼睛放在他瘦小的身躯上，有一种头重脚轻的感觉。那天来医院，当队员们把他和妈妈搀扶到病房门口的时候，本来已经虚弱得连眼睛都快睁不开的卡比亚突然站住了，惶恐不安地看看病房，又看看像蚕茧一样包裹在防护服里的队员们，那双大眼睛里满是疑惑和无助，让队员们心疼了好久好久。

卡比亚的大眼睛感动了队员们，但是却感动不了"非洲死神"。

"非洲死神"很快带走了他。

那天早上，刘丽英一走进卡比亚的病房，就被眼前的一幕惊呆了。她看见妈妈在床上，卡比亚在妈妈床边的地板上，过了好一会儿她才明白，卡比亚去世了。妈妈怎么忍心把死去的孩子孤零零地弃置地上，而自己却在床上安卧？刘丽英忍不住问道，这是你的孩子吗？妈妈点点头，依然就那么躺着，眼睛看着刘丽英却空洞般没有内容，没有焦点，仿佛魂魄已离她而去。也做了妈妈的刘丽英一下子就理解了她，妈妈不能将死去的孩子留在身边那该是怎样的一种痛，可她自己也已经命在旦夕，不但无力顾及，甚至连表达的力气都没有了……

卡比亚是留观中心第一个去世的病人，他小小的遗体在病房里放置了3天才被拉走……

故事之二　随爸爸而去的小男孩

这也是护士长刘丽英讲述的故事。

还有一个小男孩，是跟爸爸一起来的，爸爸很快就去世了，5天之后他也去世了，没有人记得他的名字。

小男孩是在夜里死的，就死在和爸爸一起住过的病房的地板上。刘丽英在第二天查房的时候看到他，就忍不住地想，非洲人不喜欢睡床，连死都不愿意死在床上。那男孩就那样在地上蜷缩着，如果不是嘴角上有血流淌下来，看上去就像一只睡着了的深色的小兽。他死得一定很痛苦，很孤独，他一定挣扎过，那蜷缩的姿势就是一种挣扎，他用最后的挣扎向埃博拉抗争，可是他失败了，他还那样小，他如何有力量去抗击"非洲死神"呢？他又是怎样独自面对死亡的呢？他一定会害怕吧？如果是在我们自己的国家，这个时候肯定会有亲人在身边陪伴，可是他却没有……

刘丽英心里很痛很痛。

刘丽英的手机里一直保留着卡比亚的照片，每次看那张照片，她的心都会很痛。她说，很多死亡都是发生在夜里，你都不知道，即使知道了，你也救不了他。

回国以后，有人问刘丽英回来之后有什么感想，她说，我觉得人的生命真的很脆弱，能活着其实就很不容易。

故事之三　雅尤玛

这个故事有所不同，它是队员们共同讲述的，它的结局比较温暖。

雅尤玛是个9岁的小姑娘，她也是和妈妈一起来的。她妈妈病得很重，到留观中心的第二天就去世了。

9岁的小姑娘也是长得又瘦又小，看上去就像是国内五六岁的孩子那样大小，但是她也有一双非洲人特有的大眼睛，刚来的时候她很活泼，大眼睛很机灵地看看这，看看那，好像很好奇。

妈妈死了以后，雅尤玛没有怎么哭闹，也许她还不明白死亡是怎么回事。她只是显得有点儿忧郁，不肯待在病房里，时常站在走廊里，看着长长的走廊发呆。

医疗组的医生王冶，人长得高高大大的，心却很柔软。他经常在视频监控器里看到小小的雅尤玛在走廊的背光里被拉得很长很长的小身影，看上去很孤独，就觉得很揪心：妈妈没有了，9岁的孩子不知道该怎么办，她也没有意识到自己的今后会怎样。

因为去世的妈妈有典型的埃博拉症状，雅尤玛又一直跟妈妈在一起，所以队员们就给雅尤玛做了检测。

在等待检测结果的日子里，队员们发现雅尤玛很自立，而且很懂礼貌，队员们每次去查房的时候，她都会跟着你走，看到哪里脏了她就会拿起保洁人员留在那里的小扫把帮你扫地。看到被风吹落掉在地上的纸张，她会帮你捡起来放回原处。有人扔掉的空矿泉水瓶子，她都捡起来放进垃圾桶里。勤快而又懂事的雅尤玛很快赢得了大家的喜爱。

几天以后，检测结果出来了，雅尤玛是阴性，她没有被感染，队员们都很高兴，就想赶紧联系她的家人，把她送出去，怕她在留观中心发生感染。因为一直联系不到她父亲，也联系不到她其他的家人，又必须把她送走，就给她联系了一家孤儿院。

临走的时候，队员们都很舍不得雅尤玛，也很替她担心。医疗队里8个护士，有7个已经做了妈妈，看到雅尤玛自然就联想到自己的孩子，牵挂的心情无法表达，大家就买了很多零食和玩具送给她。雅尤玛似乎不知道怎么表达，就一直看着大家笑，笑得很甜很灿烂。刘丽英说，在这么一个疫情严重的地方，在留观中心的病房里看到那样一种天真无邪的笑，就像一朵盛开的向日葵，可以灿烂一个世界，心里面觉得好温暖啊！

是啊，没有父母的雅尤玛需要温暖，远离祖国远离亲人终日与死神相伴的医疗队员们又何尝不需要温暖呢。

但是谁也没有想到，大概过了一个星期，雅尤玛又被送回了留观中心，因为雅尤玛有症状了。

这次见到的雅尤玛像是变了一个人，衣服很脏，脸上、身上到处是呕吐物和食物汤汁留下的污迹，多数已经结成了厚厚的痂。头发也是又乱又脏，看上去就像是一只脏兮兮的小花猫。刘丽英她们都觉得好心疼，也就一星期的时间怎么就变成这样了？

雅尤玛的症状很典型，发烧，呕吐，腹泻，不但人没有精神了，连说话都含糊不清了，王冶判断雅尤玛感染埃博拉的几率应该在90%以上。

检测结果证明了王冶的担心。

刘丽英她们全力以赴地照顾着雅尤玛。每天上班后的第一件事、下班前的最后一件事肯定都是去看雅尤玛，她们给她洗澡、梳头、喂饭、剪指甲，就像对待自己的孩子一样无微不至。

但是雅尤玛这次病得太重了。她依然不肯一个人待在房间里，不过她离开房间不再是去帮助队员们打扫卫生，而是跑到一个很阴凉或者很隐蔽的地方，她就躺下了，然后就在那儿蜷缩着一动不动。王冶觉得那就像是一只受了伤的小动物，要自己找一个地方躲起来，独自疗伤。

有一天查房的时候，王冶看见雅尤玛在流血，鼻子还有下体都在出血，这是埃博拉的晚期症状，王冶就想，这一次雅尤玛可能真的是过不去了。

可雅尤玛对自己的境况茫然无知。

王冶说，她的眼神里有无助，有渴求，但是没有绝望。

也许是雅尤玛太小了，她根本就不知道自己会死去，也或许她根本就不知道什么是死亡，就像妈妈离去了，她也不会太悲伤，因为她根本不知道妈妈的离去意味着什么。这让王冶他们心里就更为难过。

按照惯例，雅尤玛应该被转到治疗中心接受治疗的，但因为当时疫情很严重，治疗中心已经没有空余的床位了，不少已经确诊的患者只能留在留观中心进行治疗。雅尤玛也只能留下来。

被埃博拉摧残着的雅尤玛，变得更加沉默不爱说话。

有一天，刘丽英给雅尤玛喂药，她不肯吃，这是以前没有过的事。刘丽英就很着急，因为语言交流有障碍，一时间情不自禁就俯过身去把雅尤玛拥在了怀里，一同进入病房的阎涛医生赶紧过去拉她，说刘丽英你不能这样，太近了！你喂她药可以，但这样太危险！

埃博拉是通过患者的体液传染的，而体液中又以血液最危险，雅尤玛已经有出血症状，这时候任何近距离的接触都是很危险的，更何况是拥抱。这些刘丽英自己又何尝不知道呢？

不管怎样，刘丽英的拥抱起了作用，懂事的雅尤玛不再任性，勇敢地把药吃了下去。从那以后，雅尤玛跟队员们就更亲近了，她甚至开始用China和Good向队员们表达感激之情了。

都说人与人之间的关爱是可以疗伤治病的，想必这是真的，因为雅尤玛的病情竟然奇迹般地开始好转了。

雅尤玛还在继续康复，可是，首批医疗队员却要回国了，临走前他们依依不舍地把雅尤玛托付给了前来接替工作的第二批队员。

回国后的刘丽英心里一直牵挂着雅尤玛，隔离期还没有结束，还没来得及跟自己的亲人见面，刘丽英就又把电话打到了遥远的塞国。同事明白刘丽英的心事，就故意跟她卖关子，说虽然疫情没有缓解，但还是有好消息。

什么好消息？刘丽英问。

雅尤玛痊愈了！

雅尤玛痊愈了？真的?!

刘丽英好高兴，她说雅尤玛是我们中塞友谊的见证者，她希望雅尤玛能够一生平安健康长大，她说等雅尤玛长大了一定会为中塞友谊做很多很多有益的事……

故事还在继续。

出院后的雅尤玛又回到了孤儿院。不久，第二批医疗队也要回国了，队员们放心不下雅尤玛，就专程跑到孤儿院去探望她。可是孤儿院的人说，雅尤玛已经不在这儿了，被她舅舅接走了。队员们都觉得很失望。

谁也没有想到，几天以后，雅尤玛却在舅舅的陪伴下突然出现在大家的面前。原来孤儿院把队员们去探望雅尤玛的消息转告了雅尤玛的舅舅，雅尤玛的舅舅不忍拂队员们的心意，专程带着雅尤玛从塞拉利昂东部城市凯拉宏赶来弗里敦和队员们告别。

这实在是一个意外的惊喜，大家高兴坏了，在短短的几天里，队员们竭尽所能地为雅尤玛做各种事。他们专门跑去买来蛋糕，点燃蜡烛，为战胜了"非洲死神"的雅尤玛庆祝新生。他们把雅尤玛带到弗里敦最大的超市给她买了新衣服、玩具和好多好多零食，他们甚至在医疗队里专门为雅尤玛举行了一次募捐活动。而雅尤玛呢？她跟队员们学会了写两个重要的汉字——中国。

当刘丽英从同事们发回来的照片上看到雅尤玛时，刘丽英说："雅尤玛长高了！"刘丽英的眼睛里泪光闪闪。

写到这里，故事似乎可以结束了，可是我的思绪却还在延续。

我一直在想，当刘丽英像妈妈一样照顾雅尤玛的时候，因为穿着厚重的防护服，雅尤玛甚至都看不清她的模样，但是我相信雅尤玛一定会记住那个因为她不肯吃药，而冒着生命的危险给了她温暖拥抱的人，那个像妈妈一样给过她生命希望的人，而且，她一定会记得那是一个中国人……

在这次疫情中，医护人员是一个主要的感染人群，医疗队先后接诊过不同的医护人员，其中有3位让队员们久久难忘。

故事之四　护士娜娜

护士娜娜原来就是塞中友好医院的护士，她是塞国2200名正式注册护士之一，是塞国的宝贵人才。

培训时，刘丽英是娜娜的带教老师。那天晚上正好刘丽英值班，娜娜从家里打来电话，她说她发烧了，她想来医院，问可不可以。

娜娜是个30岁左右的年轻妈妈，她有一个可爱的小女儿，刘丽英想她一定是怕感染孩子。

因为是自己医院里的护士，医疗队当时就回复她马上来医院，而且专门为她安排了一个相对僻静的病房。娜娜一到医院，第一时间就把所有对症的药物都给她用上了。这是当时对埃博拉病人唯一有效的方法——对症治疗。

因为娜娜有症状，必须要进行埃博拉检测。队员们都很心切，焦急地等待着检测结果，因为如果娜娜感染了，那么所有的队员、塞方所有的护理人员都有可能被感染，那将是留观中心毁灭性的灾难。

但是队员们对娜娜毫不嫌弃，尽心尽力照顾她、治疗她。每天查房的时候，队员们都会到她的病房跟她说说话，聊聊天，给她带去小女儿的消息，告诉她女儿很想她，告诉她家里一切都好，帮她舒缓心理压力。

到了第三天，娜娜的结果出来了，是阴性，可以排除埃博拉。娜娜安全了，意味着大家都安全了，大家高兴得像是过节。

后来确诊，娜娜只是一个普通的感染，几天以后就康复了。

在塞拉利昂，在埃博拉肆虐的日子里，留观中心就是一个生与死的中转站。每天有新来的，每天有转走的，每天有死亡的，队员们几乎每天都在经历着这种亦惊亦喜、冰火两重天的心理和精神的磨难。

我想在大多数队员的一生中，这样的人生经历注定会是空前绝后的。

故事之五　乔治院长

乔治院长是一个省立医院的院长，他是塞中友好医院卡努院长的朋友，跟卡努院长一样在塞国医界的地位很高，是一位受人尊敬的医学专家。

乔治院长是牟劲松副主任接诊的病人。那时候留观中心刚开诊不久。

牟劲松第一眼看到乔治院长的时候，就感觉到他很虚弱，当时乔治院长有点儿站立不稳，需要靠在床边上才能保持身体平衡。或许是出于对中国医生的尊重，他依然坚持站立着，保持着一个职业医生特有的镇定和沉着，很专业地述说着自己几天来的症状和情况。乔治的自述更加确定了牟劲松的直觉，他认为乔治已经是一位埃博拉病人了，而且他的症状已经非常严重，甚至可能已经严重到接近于休克和多器官损伤衰竭的阶段。但是乔治很坚强，他一直在极力控制自己的身体，并且尽可能地让自己的语言表述既简明扼要又不失精准。

作为一名优秀的医学专家，乔治院长对自己此刻的状况应该是很清楚的，那么是什么在支撑着他，让他不肯像一个真正的病人那样躺倒在中国医生的面前？是他不想在一位外国医生面前失去作为一位优秀的塞国医生的尊严和体面，还是他不肯让外国同行看到他在"非洲死神"的淫威下已经濒临崩溃，或者他压根儿就是以这种方式与"非洲死神"做着最后的角力，而坚强是他此刻唯一能向敌人抛去的"白手套"？

究竟是什么，牟劲松不得而知，但是有一点牟劲松可以确定，那就是他一定参加过抗埃一线的血腥搏杀，他一定不遗余力地救治过自己的同胞，他一定是为了拯救自己的祖国不要沦为因埃博拉而"垮掉的国家"，不但竭尽智慧和所长，还正在竭尽自己的生命。

不管怎样，坚强的不肯轻易躺下的乔治院长，让牟劲松和他的同事们肃然起敬。

在接下来的几天里，牟劲松和同事们竭尽全力地救治着乔治院长，给他用对症的药物，给他补充盐水，给他足够的营养，他们为乔治院长做了所能做的一切。遗憾的是他们能做的依然十分有限，而且无济于事，5天以后，乔治院长去世了。

乔治院长是医疗队在塞国救治过的级别最高的医界同行。

牟劲松说，即便他不是我们自己的同胞，但他是一个优秀的医务工作者，他也是在抗击埃博拉这样的前线工作战斗的人，你会觉得很惋惜很痛心。

应该为乔治院长深深地鞠躬。

故事之六　协调官之死

Timothy——这是他的英文名字，那个死去的塞国卫生部的协调官。在队员们的讲述中，他没有中文名字，或许是因为他在队员们的视野中出现的时间太过短暂。但我采访过的每一位队员都跟我提到了他。

后来，我从商务印书馆《译名手册》上，查到Timothy的中文读音应该是——蒂莫西。

第一个跟我说起蒂莫西的是翻译王姝。

那天，王姝和医疗队教导员孙捷到塞国疫情指挥中心，因为接诊病人和收尸的事，和指挥中心的联络官艾玛进行面对面的沟通。艾玛是一个英国人，虽然指挥中心是塞国政府的一个派出机构，在其中工作的却有很多外国人，除了英国人，还有世卫组织、无国界医生组织等等。

艾玛当时就把塞国卫生部专门负责留观中心事务的协调官蒂莫西介绍给他们认识。

作为塞国卫生部的一名高级官员，30多岁的蒂莫西似乎过于年轻了。他是当地人，但是他的肤色并不像多数西非人那样黑，他人长得很帅，看上去非常干练。这是王姝对蒂莫西的第一印象。

协调官蒂莫西的主要工作就是负责协调、指导各国留观中心的所有事务，他的工作在疫情指挥中心是举足轻重的。

蒂莫西对来自中国医疗队的教导员孙捷和翻译王姝非常友好，按照惯例他会轮流到每个留观中心去工作几天，他说过两天后他就会去塞中友好医院，他还跟王姝交换了电话号码，还给了王姝一些在和塞方工作交接的流程中需要用的各种表格。

蒂莫西在塞中友好医院一共工作了4天，秦恩强是在最后一天见到他的。

之前，他已经听同事们说了太多夸蒂莫西的话。这个协调官不但人长得很帅，而且非常敬业，他一到留观中心就跟队员们一起进病房工作。每次进病房查房，我们队员一个重要的工作就是找人，不是找不着，就是找着了也很难分清谁是谁。可他不同，他能清楚地分辨每一个病人，对病人的信息也是了如指掌，不但能说出这个病人从什么地方来的，是男的还是女的，年龄、症状、体征他都能说得一清二楚。即使是新来的病人，他也能很快把各种信息梳理得明明白白。而且他很渊博，什么都懂，对目前国际社会跟埃博拉有关的各种信息他也是了然于胸。

这个人太厉害了！队员们甚至这样称赞他。

等到一起工作以后，心里也是禁不住赞叹。蒂莫西不仅非常敬业，工作起来头脑十分机敏。更重要的是他对同胞的关爱之情溢于言表，无处不在，令人动容。

但是，秦恩强也有点儿担忧。因为一同进出病房时，他发现蒂莫西动作太快，整个操作过程都显得很草率，显然对防护的重要性缺乏认识。据说他在其他诊疗中心工作的时候，也是这样。他甚至敢只穿着一件一次性隔离衣，戴着一个口罩、一副手套就去拉尸体。在秦恩强看来，这简直就是自杀行为。蒂莫西是塞国卫生部的高级官员，连他对防护都这样不经意，也就难怪塞国会有那么多医护人员受到感染了。

当天晚上6点，救护车送来了4个病人，蒂莫西又是第一个穿好防护服进入了病房，秦恩强一再招呼他慢一点儿，才能勉强同步。这一次，他们在病房里连续工作了两个多小时。

等工作结束回到接诊大厅，几个人停下来交流了几句，就在这个时候，蒂莫西一个意外的举动一下子把大家都吓住了，他的一只手突然从半开放的面屏下面伸进去扶了一下口罩。他的这个动作太突然了，突然得让人猝不及防，秦恩强禁不住脱口喝道："蒂莫西，你小心点儿！"

但是为时已晚。

他的那只手已经在污染区里工作了两个多小时了。

在场的队员们都有点儿不知所措，唯独蒂莫西显得有点儿木然。

秦恩强担心他受到污染，就催促他结束工作赶快离开病房。

等秦恩强一众人回到清洁区时，一直盯着监控视频的护士说，蒂莫西出去得太快了，她都没有看清蒂莫西是怎么脱的防护服！但有一点可以肯定，蒂莫西没有洗澡就出去了！

洗澡——这是医疗队制定的防护流程中一个至关重要的环节。这个环节的设立来自于秦恩强在"非典"时的经验，他曾使秦恩强成功地避免了一次危险的感染事件，从那以后，洗澡就被他视为防护程序的最后一道防线。

蒂莫西就这样离开了留观中心，这是他和队员们一起工作的第四天。

蒂莫西走了，医疗队每一个见过蒂莫西的人，都对他赞不绝口。

在贫穷落后的塞国，在几近毁灭的塞国医学界，蒂莫西的出现和存在似乎成了一种象征，一种希望，一种让人们想要竭尽全力来挽救这个国家和这个国家人民的最有说服力的理由。因为有蒂莫西这样优秀的医生、杰出的协调官，塞拉利昂又怎么会向"非洲死神"屈膝投降，怎么会成为被埃博拉"毁灭的国家"？

决不会！

然而，一个星期之后，蒂莫西死了，他被"非洲死神"埃博拉带走了。

得知蒂莫西的死讯，第一个反应就是震惊。

蒂莫西死了?! 怎么会呢? 这样一个活生生的人，这样一个优秀的人，怎么会死了呢? 怎么会，又怎么可以死了呢? 大家都有点儿接受不了。

但是，优秀的协调官蒂莫西真的离开了这个世界。

队员们的手机里至今保存着蒂莫西的照片。从照片上看，那是一个标致的非洲美男子。他标致的面孔几乎挑不出任何毛病，阔而挺的鼻子，浓而长的眉毛，深深重叠的双眼皮，最重要的是他眼睛里那一种神情，专注、友善，还有……是忧伤吗? 我说不清楚，当时，他正站在一间半开着门的病房门口，我想那应该是在清洁区，因为他没有穿防护服，当他冲着镜头看过来的时候，他分明是想传递一个笑容的，可是那个笑容竟然没能遮蔽住他神情深处的那一抹暗色。

这就是我从照片上认识的协调官蒂莫西。

蒂莫西去世已经有些时日了，可是怀念还在继续……

故事之七　埃博拉时期的爱情

最后一个故事很短，但是我不能舍弃，因为我叫它"埃博拉时期的爱情"。

恋爱的人是一对塞国的年轻人。

男的是药师，女的是护士。

药师很帅，护士很漂亮。

护士有多漂亮呢? 队员们说，她的眼睫毛很长很长，而且天然就是向上翻翘着的，每当她戴上护目镜的时候，她那长长的睫毛就在镜子后面一下一下地忽闪着，连女人看了都要心动呢!

护士每次进病房，药师必定陪她去，无论自己是否当班，义无反顾。药师进去了，不光陪着护士，还帮护士工作，两个人你侬我侬的，好像他们不是在埃博拉的病房里，好像他们在做的并不是一件危险的事。队员们看了难免心生羡慕和感动。

药师和护士的爱情，就像阳光一样明媚着埃博拉时期的天空，明媚着每一颗阴霾重重的心。

队员们开玩笑地说，好想跟那个护士搭班哦，为什么? 因为可以多一个人干活嘛!

好美啊,埃博拉时期的爱情!

好温暖,埃博拉时期的爱情!

第七章　全力以赴

同样无处不在的是贫穷·例行工作·古董似的"拍立得"·

垃圾桶也要回收·有时候一两个单词就可以解决问题·蜕变和升华

在塞国的日日夜夜,医疗队员们要承受巨大的精神压力,时刻准备应对突发事件和非常的考验,因为"非洲死神"的威胁无处不在。同样无处不在的是贫穷,以及贫穷带来的种种意想不到的难题。

突然的停水停电,是开诊之初队员们的普遍遭遇。

开诊以后,医护人员一天3次例行查房、给病人发药。大概是开诊后的第二天晚上,值班医生牟劲松带着护士们进入病区开始例行的查房、给病人发药,工作刚刚开始,突然停电了。

牟劲松后来回忆道:这是在埃博拉的病房里,四周都是埃博拉的病人,脚边可能就是病人的呕吐物,甚至一摊鲜血,这时候黑灯瞎火的你什么都看不见,是很危险的。

那么,怎么办呢?

后来我们在各个地方,都摆上我们的应急灯,一旦停电,我们第一时间到最熟悉的、最近的地方,比如说药房,比如说通过间去找这个应急灯。如果没有特殊情况的时候,我们会让大家先退出来,有电的时候再进去处理。

可是这种情况几乎每天都有发生。再后来,医疗队就想了一个彻底解决问题的办法:自己安装了发电机,用柴油发电。

队员们每次脱防护服的最后一道程序是淋浴,然后换上新的"二道防线"才能回到清洁区办公室继续工作。可是,有时队员们正在淋浴的时候,突然就停水了。这种事也是经常发生。后来医疗队就去购买了3个大水罐,安装在医院的后院里，又去联系了弗里敦市政管水部门，每天用水车把水运来提前储存在水罐里，保障工作的时候不断水。

而负责解决这些难题的是医疗队的教导员孙捷。

39岁的孙捷是三〇二医院政治部副主任，是一位做干部工作出身的干部。平时在医院里下属都有些怕他，因为他总是绷着脸，不苟言笑，要求特别严，给人感觉又冷又硬，政治部里的年轻人甚至说，见到他心里就打鼓。

可是在医疗队里孙捷却得了两个彻底颠覆以往形象的绰号，一个是"暖男"，一个是"中央空调"。因为他不仅改变了过去总是绷着脸的冷硬表情，还经常在医疗队的微信群里发平安短信关怀和激励大家。逢到医疗队有人过生日，哪怕跑遍整个弗里敦他也要想方设法订上一个生日蛋糕，再带上一束在当地仅能买到的塑料花，送给队员以示庆贺。有队员说，他甚至把家访带到了前线。

说起塞国的穷，孙捷感触颇深。

有两个例子应该很能说明问题。

刚到塞国的时候，他们要在首都弗里敦买50双拖鞋，就去了当地最大最好的购物中心，可是把整个购物中心都跑遍了，不论尺码才凑了45双。

还有一次，他们到电信局要给31名队员每人办一张20美元的电话卡，结果窗口的营业员算不清该收他多少钱，就叫来同事帮他一起算，5个人算了40分钟才达成一致意见。因为他们从来也没有一次性卖过这么多电话卡。

在塞国，孙捷的一个主要职责就是帮助大家解决各种后顾之忧，说白了，就是队员们缺什么，就保障什么。在那些日子里，他带着翻译王姝为了给医疗队采购各种急需的用品，几乎跑遍了弗里敦的大街小巷，所历所感，可谓终生难忘。

自从留观中心开诊以后，王姝的工作重心发生了转变。

因为不需要进病房工作，王姝就没有必要每天去医院了，但是有两项工作是她必须按时完成的。

一个是每天早上8点半之前，有一个工作电话，要跟塞国埃博拉疫情指挥中心沟通联系病人接转信息，向对方通报留观中心的收容情况，有多少人已经确诊，需要转到治疗中心继续治疗，有多少人已排除疑似可以回社区，有多少去世的病人需要拉走，以及当天还可以接收多少病人。这些都需要指挥中心安排救护车进行接转。

这也是一件听起来简单做起来却很烦琐的事。

当时在弗里敦有好几个留观中心和治疗中心，而政府仅剩的4辆救护车，指挥中心根本协调不过来，就需要王姝反复地电话联络。

有的时候，王姝已经告诉他们我们还能接收几个病人，可是过后对方又会打电话来问可不可以再多接收几个，说因为病人太多，别的地方已经接收满了，实在没有办法了。这样王姝不但要向队长李进请示，有时候也要跟值班医生进行沟通。

有的时候，王姝很想知道当天要收治的病人什么时候能送到，好让医护人员事先有个准备。这种在国内很简单的事情，在弗里敦根本没有可能，而且对方的解释也让人哭笑不得，说是我们要先去社区接疑似病人，而且前提是先要找到那个病人，因为很可能我们去了而疑似病人却不在那儿了，因为他不想接受治疗，他走了，他逃了，我们就得到处去找他，这样就会耽搁一些时间，所以没有办法保证什么时间送到。当然，对这些王姝也只能表示理解。

事实上，到塞国以后，身为医疗队翻译的王姝遇到的第一件难事就是语言障碍。塞拉利昂曾经是英国的殖民地，它的官方语言是英语，但是它的英语中带有浓重的当地土语克利奥语的口音，十分难懂。

王姝说，有时候一个很简单的单词，也会被说得很奇怪，等到你弄明白了，你会感到很意外，噢，原来就是这个词啊，那和你预期的实在是不一样。

所以，多数时候，王姝只能是连听带猜的，明白了之后再跟对方确认一下是不是这个意思，若是关键的时间、地点，就要反复确认。

这样一来，一个电话打下来，就已经是口干舌燥了。

王姝必须做的第二项工作，是每天晚上要收集核对当日在院病人收治情况及各种数据，然后以表格形式，用中英文两种文字分别报送国家卫计委、塞国卫生部和中国驻塞大使馆。

通常情况下，当天值班医生下班回来时，会把这些内容填在一张表上交给王姝，但是经常也会有些数据需要反复核对。比如说清点人数，常常是上次清点和这次清点就不太一样，王姝就要打电话到医院跟值班医生再次核对。

有一天晚上，王姝给值班医生王冶打电话要核对一个数据，电话接通了，她听到王冶那边呼哧带喘的，就说你干吗呢？王冶说，有一个病人跑了，我正在追呢！这让王姝觉得实在好笑。

另外还有一项工作，差不多是王姝自己承担的。

那天，教导员孙捷跟王姝说，你搜集一下埃博拉的最新信息吧，让大家都了解一下，不能太闭塞了。王姝就把网上最新的有关埃博拉的研究进展、特殊的病例报道、世卫组织的最新公告，以及美国疾控中心一些比较有价值的指南和意见之类的资料，进行了整理汇编，做成一个大概四五页的小辑，然后发到队员们的邮箱里，供大家浏览。

结果这件事受到了大家的一致好评。王姝就觉得这是一件很有意义的事，进而就想，如果能在上午把跟指挥中心联络沟通的事做个差不多，下午就会有一些空闲的时间，那不如每天都做一做。

就这样，王姝把"埃博拉信息快递"也当成了每天的例行工作。

不过，王姝有一个重要的任务，就是她要跟教导员孙捷以及后勤保障组的队友们一起外出采购。

通常情况下，他们去购物的地方是弗里敦最好的一个超市，在弗里敦一个最大的购物中心里。尤其是采购食品，主要是出于保障食品安全的考虑。后来王姝打听了一下，这个购物中心在当地就相当于咱们国内商场了，除此之外，弗里敦再没有其他的商场了。在这个购物中心里，他们给医疗队买过一个挂钟和一个装病历夹的柜子。

除了这个购物中心，他们还要经常去的是一些普通的超市。

有一次，要给医疗队买40个病历夹，他们首先去了最大的那个超市，病历夹倒是有的，售货员把库房里所有的病历夹都搬来了，却只有30多个，他们只好再去其他超市。可是一连跑了几个超市，还是凑不够40个。因为医疗队急等着用，不可能等待超市重新上货，最后只能用一些类似的夹子勉强当病历夹用。

把超市里某一样东西买空，这是他们常遇到的事，不是他们的购买量太大，是超市里库存量实在太小。

这还算好的，有些东西购物中心没有，普通超市也没有，那就只有去集市上找。比如当时医疗队迫切需要的"拍立得"。

为什么要买"拍立得"呢？

之前说过，因为在队员们眼里非洲人的面孔大同小异，难以分辨，加上病人不服管到处乱跑，查房的时候经常查不准人数，由此产生很多麻烦。

后来有队员就想了一个办法，咱们买一个"拍立得"，病人来的时候，给每个人拍张照片，然后把照片贴在病历本上或者挂在床头上，这样不就行了吗？

于是，"拍立得"就成了当时最急需的物品。

于是，孙捷带着王姝就紧急外出采购"拍立得"。

二人照例先去了那个最大的超市，没有。

又去其他的超市，也没有。

他们打听到弗里敦有一个专门卖照相器材的地方，过去找了一圈还是没有。他们只好去集市碰运气了。

塞国的集市有点儿像国内的批发市场。

他们先在集市里找到一个既卖照相器材，也照相的店铺，老板是个十分热情的人，王姝告诉他，我们要买"拍立得"。他听懂了，当即做了手势很爽快地说，跟我来，让我带你们去！

看他的样子，还以为是在很近的地方，就像在咱们国内，有人说我带你去，或者给你指一下路，那一定都不是太远的。

结果他带你去，能走一条街你知道吗？王姝用强调的语气说。

集市上人很多，摩肩接踵的，一片市井之声，很嘈杂。孙捷、王姝二人跟着热情的照相馆老板在人群中穿行，前进，也不知道究竟是要去哪儿。

走了很久很久，他们已经大汗淋漓了，终于在另一家店铺前停了下来。

这也是个卖照相器材的店铺，看上去各种相机有不少，好像应该会有"拍立得"的样子，结果一问，还是没有。

你知道哪里有吗？带他们走了一条街的照相馆老板问这个老板，完全是一副不帮他们找到"拍立得"就决不罢休的样子。

这个老板想了想，然后也很热情地一挥手说，跟我来，我带你们去！

于是，他俩就又开始跟着这个老板走。

就这样，像接力赛似的走了一条街又一条街，最后终于找到了一个有卖"拍立得"的地方。

一听说要"拍立得"，老板很高兴，乐呵呵地就跑到后面去拿货，过了好一会儿，老板抱着一样东西出来了，他俩一看当时就呆了。

王姝说："他抱出来一个这么大、这么高、这么厚的东西，特别像个古董！"

按照王姝给我比量的大小，那应该是一个比咱们在国内通常见到的"拍立得"要大十几倍的东西。

但那确实就是一个"拍立得"，跟他们在国内见过的"拍立得"一样，按下快门，很快就出片子，甩一甩就成像了。只不过它拍出来的照片也是很大的一张，而且最有趣的是一张片子出来的不是一张照片，而是同时出来4张照片，当然你也可以自己设定只要一张照片，那出来的也是4张，一张是照片，另外3张是空白的相纸。

就这么一个十分奇葩的"拍立得"还是一个二手货，而且价格也不便宜，经过讨价还价还要900美元，可是，除此之外，在弗里敦已经不可能再找到别的"拍立得"了，最后二人只好决定将它买下来。

不管怎样，也能起到作用了。在回医疗队的路上，孙捷这样说，像是安慰王姝，也像是安慰自己。因为队友们实在是太需要"拍立得"了。

当我坐在王姝的对面听她讲完这段经历，我就想，等到埃博拉结束了，等到三〇二医院后续的第二批、第三批医疗队完成任务凯旋的时候，等到医院的人们开始总结和回顾这一段非比寻常的援非历史的时候，或许有一天，这个古董似的"拍立得"会成为一件真正的文物，被郑重地陈列在医院的院史馆里，日复一日、年复一年的，用它那奇葩的外貌和奇葩的经历，向世人讲述解放军抗埃援塞医疗队的故事……

我想，果真那样的话，那该是它极好的归宿了。

在塞国，除了医疗队从国内带去的物资，所有的需要都得自己保障，要采购的东西也是五花八门。

因为埃博拉是烈性传染病，垃圾需要严格分类处理，医院原有的垃圾桶不

476

够用，急需补充。可是他们所需的垃圾桶比较大，而且必须是脚踏式开关的，购物中心和正规的超市里都没有，孙捷就又带着王姝去集市里找。

集市里普通的垃圾桶倒是有的，可是都太小了，也不是脚踏式的，不符合医用垃圾桶的要求，他们就指着店里摆放的垃圾桶告诉老板："这个太小了，我要大的，比这个更大。"

对方很爽快地说："行，你等着，我去给你找一个。"

过了很长时间，老板回来了，可是，他拿回来的竟然跟店里摆放的那个一模一样。

是对方没有听明白吗？不是。他们知道对方听明白了，也真的是去找大的了，因为没有找到，又舍不得放弃这单生意，就只好再拿个小的过来。在弗里敦，像他们这样的大主顾可不是经常能碰到的。

这一天，孙捷和王姝跑了很多地方，也没有找到合适的垃圾桶。正当无奈的时候，他们无意中发现就在集市的路口上，摆放着一个正在使用的垃圾桶，正是他们想要的那种，够大，而且是脚踏式开关。两人不约而同地说，哎，这个合适！就连忙向周围的人打听，这垃圾桶是从哪儿来的。

对这两个满市场找垃圾桶的中国人，塞国人既好奇又热情，不但帮他们找到了垃圾桶的出处，还帮他们找来了联系电话。

一通电话之后，对方派了一个小伙子专门过来跟他们商洽垃圾桶的事。原来对方是一个专门为这种公共场合提供垃圾桶的公司，但是人家只出租，不销售。就是说，这垃圾桶可以租给你用，你用完了，我还要回收，然后再租给别人用。

垃圾桶也要回收？这怎么可以。他们就如实相告，说我们要的垃圾桶是在埃博拉医院里使用的，使用之后不适合再回收利用，否则是很危险的。所以如果你要出租，而将来桶不能回收，那你们会吃亏的。就希望能把垃圾桶买下来。

可是，解释了半天，对方还是固执地坚持只能出租，而且租金一个月一结，还不肯还价。二人没办法，只好先把垃圾桶租下来。

不管怎样，可以保证医疗队有足够的垃圾桶用了。

三十出头的邹庆伟，原是三〇二医院汽车队的一名士官，到医疗队以后，既是司机也兼大厨，因为他生得高高大大的，大家都亲切地叫他大邹。

　　有一天，大邹来找王姝，说医疗队从国内带来的猛士军用越野车有一根水管坏了，需要去外面更换。

　　那么到哪里去换一根汽车用的水管呢？王姝不知道，大邹也不知道，两个人就开着车边走边找。然后照例是被热情的塞国人从一个地方指引到另一个地方。好不容易找到地方了，结果刚把车停下，警察就过来了。

　　弗里敦虽然没有红绿灯，警察却很多，而且行人和车辆都很守秩序，逢到交叉路口也是互相礼让，决不会抢行。警察过来以后，让他们摇下车窗，然后示意他们这个地方是不能停车的。

　　这个时候，还没等王姝开口说话，大邹就用英语说了两个英文单词：China（中国），Ebola（埃博拉）。

　　那个警察听了大邹的话，就冲他们摆了下手，然后就走了，那意思是说，那你们走吧，或者你们停吧，反正就是他不管了。

　　大邹极富创造性的做法，对王姝很有启发。回国以后，在培训后面的医疗队员的时候，她就把这件事当成例子讲给大家听，告诉大家，有时候一两个单词就可以解决问题。

　　王姝告诉我，到塞国以后，她在记事本上自己做了一个小日历，从周一到周日，分别写上两个月的日期，过一天就划掉一天。开始的时候，那是有点儿数着日子过的意思。但是几天之后，就发现日子过得挺快的，也过得很充实。

　　事实上，在数日子的时候，王姝却在迅速地成长。

　　自从到了塞国首都弗里敦，王姝很快就发现了自己的诸多潜力。

　　首先，她的英语口语迅速得以恢复，并且渐入佳境。其次，她独立生活的能力也在飞速提升，差不多也是前所未有的提升。

　　回想一下，那个曾经终日与电脑和办公桌为伍的杂志编辑，如今已俨然成了一个名副其实的外交官了，不但要跟上到一个国家的政府官员，乃至世卫组织官员商讨国计民生，还要穿行在一个世界上最贫穷落后国家的大街小巷跟市井商贩讨价还价，真正是三教九流无所不及。

478

随着记事本上的日子一天天被划掉，王姝不知不觉地完成了她生命中一次重要的蜕变，一次将影响她整个人生的从身心到精神乃至灵魂的蜕变和升华。

这种虽然短暂却足以辉映一生的经历，不是谁都能有幸遇到的。

王姝在成长。

医疗队的每一个人都在成长。

成长，是生命以一种向上的姿态孜孜以求的过程。成长，不仅仅是长大，也不仅仅是成熟，就像一棵树的生长，每一个年轮的累积，成就的不仅仅是枝干的高大茂盛，它是内在品质和日月精华不断水乳交融，聚合嬗变，从而将一种生命的景象，从弱小稚嫩，不断日新月异，到日臻辉煌的历程。

因此，从某种意义上说，成长更是一种境界。

成长是艰难的，也是美好的，是痛并快乐的。

第八章　大国形象

挑剔和质疑·中国声音·示范作用·国家的底气

相比起王姝从记事本上划掉的日子，李进的每一天都要更沉重，更漫长。

作为医疗队主帅，总部首长在出发前夕亲自交付的4项任务时刻铭记在心。那么，如何才能展示一个负责任大国的形象？

正像李进自己说的那样：当医疗队从首都机场一上飞机，全世界的眼光都在盯着我们呢。因此，他要求所有队员必须树立一个信念：在塞拉利昂，我们每一个人的形象，都代表我们国家！

此时的塞拉利昂，犹如一个偌大的国际竞技场，为了围剿"非洲死神"埃博拉，国际上各方医界精英不约而同地会聚而来，仅在首都弗里敦，就有世卫组织、无国界医生组织、英国"救救孩子"慈善组织、世界儿童基金会、美国疾控中心，以及古巴、南非等20多个国家和国际组织，在以不同的形式抗击埃博拉。其中以英国的力量最为强大，除了英国政府卫生机构的派出人员，另有3个非政府医疗救助组织，同时在塞国工作。

这是一次真正意义上的同台竞技。

起初，国际上对于埃博拉的认识存在着很多误区。

由于对埃博拉所知甚少，一些国家的医生在最早进入西非的时候高度自信，根本不把埃博拉当回事。正像我们的医疗队去各国的诊疗中心参观时，让秦恩强深感惊愕的那样，他们疏于防护，甚至在几乎无防护的状态下和埃博拉病人亲密接触，从心理上根本不把埃博拉当回事。

随着大量医护人员被感染，他们又迅速地走向另一个极端，从盲目乐观一下子变成极度恐慌，转而制定出过于严苛的规则，甚至出于对医护人员的保护，禁止给埃博拉病人输液，致使大量病人因严重脱水迅速死亡。结果死亡人数急骤增加，反过来又加剧了人们对埃博拉的恐惧。

如此恶性循环不断叠加，恐怖的气氛逐步升级，再通过各种记者招待会、发布会，由各方媒体不断放大，埃博拉立刻就被妖魔化了。

某国一位著名疾病评估专家面对媒体镜头这样描述埃博拉：

埃博拉疫情大多从单一病例开始，村里有人生病了，把病传染给照顾他们的人，最后有人被送进医院，然而非洲医院没有手套、手术衣或者口罩，正是散播病毒的绝佳环境，疾病会这样传下去，直到医院里的人死光离开为止。

在世人的眼里，塞拉利昂乃至整个西非无异于现实版的人间地狱。

与此同时，某些国家的援助，声势浩大，但盛名之下，其实难副。一座帐篷医院要建几个月，开诊半年的医院只接诊过几百人次。

在这种情况下，解放军医疗队的抵达，真正是万众瞩目。

一周时间改造出一座相当严谨规范的传染病院，不到两周时间，从零开始培训出87名合格的传染病护理人员，这是医疗队向国际社会交付的第一张考卷，这是一份成绩相当优秀的考卷。

但是，一些西方国家甚至包括世界卫生组织，对这支来自中国的专业队伍，起初是戴着有色眼镜来审度的，有的甚至以专业考评的名义到塞中友好医院指手画脚，提出各种质疑。

难道我们的专业水平真的存在差距吗？这是解放军医疗队第一次问鼎国际竞技场，不能不承认我们对外部世界的了解的确有限，"知己知彼，百战不殆"，是中国军事思想的精华所在，竞技场亦如战场，李进决定带着我们的专家也出去走一走、看一看。

他们先后去了英国、南非以及塞国当地的几家留观中心和治疗中心，参观之后，李进非常自信地对美国疾控中心的官员和英国同行说道："你们在传染病基础研究方面，确实是走在世界前列，但是我认为近几十年，你们没有遭遇过大规模的烈性传染病，你们缺乏实战经验。而我们中国经历过'非典'，经历过禽流感，在这方面我们也是走在世界前列的！"

当时一个以老大自居的外国机构，用红灯、绿灯、黄灯作为评判标准，在弗里敦给各留观中心和治疗中心挂灯打分，当他们要给塞中友好医院挂灯时，李进很不客气地拒绝了。

李进说，在弗里敦任何人没有资格给我们挂灯，如果你们是来参观交流的，那么我们欢迎，但是按照国际准则你们要提前预约，否则恕不接待。

挑剔和质疑甚至会发生在具体的病例上。

10月8日，留观中心开诊刚过一周，从某国疾控中心传来消息，说一个从我们留观中心出院的确认为阴性的病人，到了另一家外国留观中心检查后，却被确认为阳性。若果真如此，那么这将是整个西非抗埃战场上的一个丑闻。李进带领医护人员立刻展开核查，结果发现，我们留观中心第一批出院的病人是10月6日，而对方10月8日就做出了新的确诊，这显然是不可能的，因为埃博拉最快的检测周期为3天。所以只能是对方搞错了，绝不可能是我们误诊。

国际竞技场，竞技，也竞智慧、竞谋略。

专业流程——在采访中，我不止听一个人说到这个词，秦恩强在改造病房楼的时候说过，秦玉玲在处理病人呕血的时候说过，李进队长在讲到零感染的时候也说过。这4个字在传染病防护中似乎显得格外重要，似乎只要严格执行专业流程，就可以将病毒拒之门外，就可以将传染链一斩两段。事实正是如此。

那么，对任何一个这样的流程的改变就显得非同小可。

塞国国家卫生部下辖7个小组，其中一个叫病案管理小组。这个小组实际上是塞国抗击埃博拉的指挥中枢。

病案小组的工作方式是以例会的形式展开的。

例会一周两次，参加例会的人员还包括所有在弗里敦参与抗击埃博拉的外国医疗机构和组织的代表。与会者在例会上研究讨论与埃博拉有关的各种问题，从埃博拉时期国家的宏观政策、机构设置，整个医疗体系的运转程序，各留观中心、治疗中心的职能范围、医疗责任、床位设置、标准工作流程、后勤保障，以及社区看护中心的设立、分工等，到一辆救护车如何使用，才能既保证病人的及时转送，又避免病人与病人之间、病人与司机之间的交叉感染……诸如此类，都是在这个小组里起草、讨论、制定，然后上报国家卫生部紧急医疗委员会审批，继而在全国推行。

从某种意义上说，这个病案小组是塞拉利昂在埃博拉时期点亮希望的一盏明灯。正是因为有了病案小组的努力，混乱无序、濒临崩溃的塞拉利昂才得以逐渐步出绝望的深渊，重拾信心。

解放军医疗队被派去参加病案小组例会的人，是医疗保障组组长郭桐生。

医疗队出征的时候，离郭桐生的不惑之年只差两个月。

前面说过，郭桐生是三〇二医院临床检验医学中心门诊检验室的主任，他给我的第一印象就是他身上的那种颇为显眼的军人姿态，专注、干练、身姿挺拔、相貌俊朗，看上去比实际年龄更加朝气、年轻，而且帅气。事实上，我觉得他看上去更像是一个胸有成竹的军事干部。

在医疗队，他负责过的工作遍及医疗保障的方方面面，比如培训、收尸、检验标本的采集和配送等等，以及和医疗有关的对外联络。

或许是出于职业习惯，郭桐生喜欢用数据和百分比说话，而且极富条理。

对于病案小组的例会，他发现有两个重要的功能不可忽视。

其一，医疗队在塞国所有的一切，从医疗活动到后勤保障都跟这个小组关系密切。通过这个例会可以非常及时地把医疗队的情况反馈给塞国有关部门，并及时得到解决。

例如医疗队刚到时，没水、没电。没电我们就自己想办法发电，没水我们就自己建了储水罐，然后想办法从水务公司买水。后来，他把这些问题反映到病案小组的例会上，塞国政府就开始专门组织人员来解决后勤保障的问题，再后来，医疗队的用水就有了保障，水务公司每天按时把水送来，而且不用花钱买了。

其二，这是一个开放式的国际交流平台，我们可以在例会上参与各种标准程序的制定，向世界发出我们中国的声音。

当时，关于各诊疗中心的标准操作程序正处在起草和酝酿阶段，在这个会上，郭桐生代表解放军医疗队提出了两个重要的建议。

一个就是要向所有的医护人员特别强调"脱防护服比穿防护服更重要"，这是医疗队员们从亲身实践以及一个个血的教训中得到的宝贵经验。

当时，在整个弗里敦通用的是参照无国界医生组织经验，由世卫组织推行的埃博拉防治标准操作程序。其中对于脱防护服的程序，并没有给予足够的重视。其时正值10月中旬，是埃博拉在塞国暴发的顶峰时期，也正是塞国医护人员感染的高峰期，平均每天有两名医护人员因为感染而死亡，一个星期就有14名医护人员献出了宝贵的生命，其中就包括杰出的协调官蒂莫西。这是塞国抗埃历史上最黑暗最危急的时期，甚至于超过了以往战争频仍的内战时期。这个关于脱衣流程新理念的提出，立刻受到许多外国同行的重视和赞许。

医疗队提出的另一条建议，具有更加重要的意义。

起初塞国政府按照国际通行的惯例规定，埃博拉疑似病人必须经过两次检测确定为阴性，才能出院。一个标本的检测周期为3至5天，即使以最短的3天计算，病人也要留观6天才能出院。这无形中增加了病人之间交叉感染的几率，对于不守规矩不服管理的塞国病人就更是如此。

根据国际上最新的研究发现，如果病人出现症状在3天之内，经埃博拉病毒检测为阴性，并不能确保排除疑似，3天之后再检测还有可能为阳性；如果病人出现症状超过3天，检测为阴性，基本上就可排除疑似。鉴于这一规律，医疗队提出凡出现症状超过3天检测为阴性的病人，不需再做第二次检测，应立刻放其出院，以减少再感染的机会。

这个建议，得到了美国疾控中心和世卫组织的采纳，塞国病案小组也把这个新标准写进了"塞拉利昂卫生部留观中心标准操作程序"，在塞拉利昂全国施行。

遗憾的是，我方关于强调脱衣流程的建议只是得到了外国同行的广泛认可，最终却没有被写进留观中心标准操作程序。究其原因，似乎是因为塞国政府方面更愿意尊重世卫组织原有的程序。

不管怎样，对于国际抗埃同盟来说，这实在是一个莫大的遗憾，不然的话，它将会在非洲挽救许多医护人员的生命。它甚至可能在未来当人类遭遇更可怕的生物威胁的时候，挽救更多人的生命，那才真正是全人类的福祉了。

病案小组的例会，也给医疗队带来很多有益的资讯，在这个国际交流的平台上，可以了解到各国医疗力量的布局和建设，不同国家、不同组织在埃博拉研究和医疗技术方面的新想法、新进展。其中一些国际领先的医疗机构对于医疗人员感染的深度分析，对于我国今后在防治埃博拉以及其他烈性传染病，在政策制定、应对措施方面都具有很好的借鉴作用。

作为解放军医疗队的"对外联络官"，郭桐生个人的收获也可圈可点。

郭桐生说，刚开始参加例会的时候，我多少有一点儿紧张，因为我代表的是咱们国家的形象，万一听不明白、说不清楚怎么办？实际上也真是遇到了困难。

例会的主持人是塞国当地人，如前所说，当地人的英语带有浓重土语口音，十分难懂。第一次参加例会，郭桐生最多听懂了20%。其他外国代表也都带着各自国家的口音，讲的是"各种各样的英语"，倘若是两个人之间单独进行交流还好说，可是开起会来，你一言我一语，好端端一个例会简直就像是一场国际英语大荟萃，听得郭桐生云里雾里的。

第一次带郭桐生去参加例会的，是国家卫计委国际合作司非洲处的冯勇处长。例会结束的时候，冯勇处长问郭桐生感觉怎么样。郭桐生说，各国的英语他最多听懂了百分之五六十。冯勇处长说，你很不错了！

但是，郭桐生感觉没那么自信。

他很用功，开会的时候他带了录音笔全程录音，回来以后再从头到尾地反复听，进行强化训练。结果他进步得很快，到后来非洲的英语他现场基本上能听懂50%，其他地区的英语能听懂70%，再加上录音笔的辅助，正常的交流沟通已经基本上没有障碍了。

我想，对于郭桐生来说，这应该也是一种成长吧。

与此同时，医疗队的教导员孙捷和政工干事黄显斌，正以另一种方式，将"中国声音"传遍世界。

作为解放军医疗队的队员，他们利用自己亲身经历、得天独厚的有利条件，及时宣传报道救援行动中的工作进展、先进典型和感人事迹。

从医疗队出征，到抵塞后改造医院、培训人员、收治患者、中塞双方人员实现零感染，以及回撤时的任务交接，每一进展、每一阶段、每一事件，都被他们用各种新闻形式记录下来，源源不断地见诸于国内外各大媒体。他们多次深入埃博拉病房一线，随行医护人员采访和拍摄素材；回到住地，加班加点，有时甚至通宵达旦地连续工作，实现了对医疗队全方位、多角度、立体式、不间断宣传报道。不仅占据国内各大媒体的头条和显要位置，还获得了美国《华尔街日报》、英国《金融时报》以及塞拉利昂主流媒体等10多家外国媒体的争相采访和报道，在国际上树立了负责任大国和我军文明之师、仁义之师的良好形象。

李进是个典型的四川汉子，说起话来依然乡音浓重，听他讲话时我很容易就联想到王姝、郭桐生说他们听塞国英语时的感受，真正是十分难懂。像大多数四川人那样，他个子不高，但他身形挺拔，仪表堂堂却不失精致，眉宇间、气质中一股凛然正气浑然天成，即使不穿军装，你也一眼就能看出他的军人特质。

从到达弗里敦的第一天起，李进的每一天差不多都是在塞中友好医院度过的，而且他坚持每周进病房两次以上。

李进说："我是带队的，我必须进病房，必须带头，要有示范作用，而且我只有亲自到病房才能及时发现问题。"

在塞国的60天，李进像是一个婆婆妈妈的大管家，事必躬亲。

留观中心刚开诊的时候，他发现队员们在病房里有很多时间是在跟塞方护理人员交流、沟通一些具体工作，这样无形中延长了在病房里的工作时间。他说这样不行，要改。凡是需要交流、沟通的事情，要在每天穿防护服进病房之前，先跟塞方人员充分地交流沟通，一二三四五，事先商量好，然后再进去干事情，尽量减少在里面停留的时间。

他会严格到亲自监督医护人员在病房里工作的时间，一旦发现超过一个半小时的最高时限，他就会一直打电话催他们出来，让他们在外面休息一会儿再继续工作。

他甚至会每天早上站在医院的大门口，亲自督察医护人员测没测体温，有没有登记，亲自询问塞方护理人员有没有接触过埃博拉病人，参没参加过葬礼。因为他说，他们安全，我们才能安全，病人也才能安全。

在塞国的60天，也是李进生命中最充实、最饱满的60天。

虽然远在万里之外的异国他乡，但是他和他的队员们依然时时刻刻感受着来自祖国的问候和温暖。

在塞国，李进一周总要接到好几个北京的电话，有总部机关的局长们打来的，有医院的领导和机关的同事打来的，了解情况的、询问困难和需要的，还有单纯问候的。那些来自国务院副总理、国家卫计委领导、军委和总部首长的关怀和期待，也不时的以各种形式跨越时空、漂洋过海地传达到塞国首都弗里敦，传达到李进和医疗队的每一个队员的心里。

李进说，我们能做的唯有出色地完成任务，不给国家丢脸。

身处贫穷落后的西非，他不止一次地感慨，同样是一个独立的国家，我们享受了太多祖先和前辈们创造的文明成果，创造的富裕生活，作为一个中国人，我们实在不应该、也没有理由再抱怨、再奢求，唯有感恩。

同样令李进感慨的，是塞国人民身上那些近乎于原始的朴素和善意。塞国人虽然很穷、教育程度低，但他们很守规矩，凡事排队，不争抢。街上虽然没有红绿灯，但车到路口彼此谦让，不抢行。而且据说塞国从没有发生过抢劫事件，如果家里没有人，门锁上后，决不会有人撬门而入。

塞国人在生存环境和文明素养方面，似乎处于背道而驰的两个极端，让人费解，也让人心存敬意。

不过，最让人感动的是塞国人民知恩图报。因为中国对塞国长期的各种援助，几乎每一个塞国人从孩童时开始就知道中国是友邦，只要看到中国人他们都会竖起大拇指，发自内心地说"China good"。

有一次，因为道路不熟悉，李进他们的车在一个路口拐弯的时候，逆行走上了一条单行道。几乎是他们刚刚拐上这条路，一个表情严肃的女警察就出现了，立刻把他们拦了下来。司机摇下车窗跟她解释，我们是中国医疗队的，对这儿的道路不熟悉。一听是中国医疗队的，女警察什么话也没说，做了手势就给放行了。

李进认为，越是这样，越是要维护我们国家的形象。

于是，他不但要求队员们在医疗专业上要为国争光，甚至要求司机也不能丢中国人的脸：该停车的停车，该谦让的谦让。

在塞国的60天，也是李进感受祖国强大、充满自豪感的60天。

埃博拉是可防可控的。秦恩强说这话的时候，语气和神态都非常确定。那时候，解放军首批医疗队员已回国多日，可埃博拉还在西非泛滥。

我知道，这不仅是秦恩强一个人的观点，它是整个医疗队的共识。

要说明这个问题，首先要搞清楚为什么埃博拉死亡率会那么高。

塞国经济贫困，医疗基础薄弱，多数人生了病先扛着，因为无钱医治。等到不得不进医院的时候，为时已晚。

秦恩强说，我们对埃博拉患者的死因做了统计分析。实际上大多数死于并发症，死于严重的内环境紊乱，如严重的脱水、电解质紊乱、酸碱失衡，以致衰竭而死。在留观中心死亡的病人，很多人发烧四五天，甚至五六天才来医院就诊，在之前这些天里，没人敢碰他，也没人给他送水、补液，甚至没人给他吃的。等到医院的时候，各项体征已经都不行了，入院后一两天就去世了，都不一定是埃博拉病毒直接致死。这种情况占据了死亡率的绝大部分。

秦恩强断言，如果将来在咱们国家因为各种原因发生了埃博拉病例，它的死亡率不会超过20%，甚至更低，而且治疗的方法非常简单，就是对症治疗，也叫支持治疗。

为什么我敢说这句话呢？

秦恩强告诉我，在距离塞中友好医院大约一公里的地方有一家英国人开设的治疗中心，它初期的死亡率大于70%。经过合理的对症治疗之后，死亡率降到23.4%。就是说，除了个别病情十分凶险的病例之外，死亡率是能够降低的。

而且非洲疟疾高发，艾滋病高发，霍乱、结核都是高发病，在埃博拉的死亡病例中，是单纯的埃博拉死亡，还是混合多种病死亡，尚且没有统计。

而郭桐生从另一个角度也证明了这个论断。

郭桐生给我举了两个例子。

第一个例子。埃博拉在非洲死亡率非常高，但是一些外国人员感染后离开非洲，被运回了各自的国家，死亡率就很低。这说明埃博拉的死亡率跟生活方式以及医疗条件密切相关。

第二个例子。埃博拉病毒最早叫作埃博拉出血热，和另一个叫马尔堡出血热的病毒非常相似，它们是同一个家族的两个不同的成员。

马尔堡病毒最早发现于1967年秋，德国和南斯拉夫的几所医学实验室，把一批非洲绿猴从乌干达运到国内做实验，结果在实验室工作人员中同时暴发了一种严重的出血热，共导致31人发病和7人死亡，病死率24%。后来，当马尔堡出血热出现在非洲时，病死率却高达88%。

这也说明了生活环境和医疗条件对于群发性病毒感染的死亡率，具有重要意义。当然也不排除不同人种之间免疫力的差异等其他因素的影响。

秦恩强又说：埃博拉如果发生在我们国家，最多也就是点状发生和有限传播，我们有把握在一两个月内把疫情控制住，也不会有很多人死亡。首先，我们国家有非常成熟的传染病疫情防控体系；其次，咱们国家的政府组织力很强，说做就做；最后，咱们的老百姓对防疫有经验，服从管理，对传染病的概念有认识。

采访结束的时候，秦恩强告诉我，医疗队在塞国与埃博拉相伴46天的临床经历，已经被撰写成学术文章，投稿到国外一家权威的学术杂志，就在前一天，他已经接到用稿通知。

这篇文章的标题就叫作《塞拉利昂埃博拉病毒病临床特点》。

另外，他们还要出一本关于埃博拉的书。

埃博拉是可防可控的——这不仅是一种医学观点，也是解放军首批医疗队员在抗击埃博拉的腥风血雨中得到的极其珍贵的第一手资料。在未来应对类似突发性重大疫情的时候，它将成为国家宏观决策和应对战略最宝贵、最可靠的专业依据和技术储备，那就是国家的底气、百姓的福祉。

尾　声

让我们来回顾几组数据。

中国人民解放军首批援塞医疗队在塞国奋战60天，在最初的13天里，不但改造完成一座标准化传染病院，还为塞国培训出87名合格的护理人员，在20多家本国和各国援建的埃博拉诊疗中心里抵达最晚，但开诊最快。

开诊46天时间，收治病人274名，在弗里敦创下了"日均收治病人最多，日均在院病人最多"的纪录，占中国所有援非医疗队收治病人总和的50%。

在院工作的中塞两国医护人员，最多时达到130多人，全部实现"零感染"，是全塞拉利昂做到零感染的两家大型诊疗中心之一。

解放军医疗队的傲人成绩，让世界各国的同行为之惊叹，纷纷前来参观交流。

曾经一度向医疗队提出各种质疑的美国疾控中心，有60多名医护人员在塞国援助抗埃，后来专门邀请我们医疗队前去介绍、交流经验。

古巴政府派到塞国援助抗埃的医生人数最多，都是由英国机构负责培训的。到塞中友好医院参观之后，特地向我驻塞大使提出申请，希望到塞中友好医院跟中国医疗队一道工作。

塞中友好医院卡努院长说，你们来之前，我们国家没有经验、没有知识，解放军医疗队来了以后，给我们培训，使我们学到了不少知识，这些知识我们现在用，将来我们也可以继续用，解放军为塞拉利昂留下了"带不走的医疗队"。

塞拉利昂总统科罗马在面向世界的电视讲话中直言不讳地说，援助非洲、援助塞拉利昂要向中国学习。

中国驻塞拉利昂大使赵彦博则要把解放军医疗队写进中非历史，他说，你们说是一个留观中心，实际上运转的既是留观中心，也是治疗中心。你们是开先河的，在中非历史上是值得记录的一笔！

回国的日子日益临近。

艾丽丝护士长特意跑到集市上，买来了一大兜子新鲜的苹果送给队员们。苹果在当地是个奢侈品，一般人是吃不起的，艾丽丝护士长一个月的收入也就100多美元，那一大兜子苹果不知道要花掉她多少薪水。

艾丽丝说："我们会想念你们的。你们再来的人，还有你们这么好吗？"

卡努院长甚至直接问李进："你们还会再来吗？我会想念你们的，还希望你们再来！"

塞国护理人员中有一个小伙子跟塞国总统同姓，也叫科罗马。他跟郭桐生说："我一定要去中国学习病毒学，我以前没有学过。"

郭桐生说："你去中国学习，要先学习中文，中文太难学了。你可以去美国、英国学病毒学。"

科罗马说："不，我一定要去中国，中国人对我们特别好。我会拿到一些学习基金，然后我就去中国学习。"

直到郭桐生回国后，科罗马还常发邮件给他，跟他说埃博拉的情况、医院的情况，说他自己对埃博拉治疗的新想法，纯粹出于一种对于中国人的信任和感情。

终于要回国了。

和医疗队同时回国的还有中国疾控中心检测队的27名队员。

2014年11月15日，当东方航空公司的专机出现在塞国首都弗里敦清澈的蓝天白云之间，在候机大厅里已经等候多时的58名中国医护人员，轰地一下扑向了大厅里那面高大的玻璃幕墙，大家嗷嗷叫着，尽情地欢呼着。王冶医生说，就像是在外流浪了多年的孩子，突然说妈妈来接你了，你就要看见妈妈的感觉一样……

在央视"经济半小时"的纪录片中，我看到了王冶描绘过的那个场景，我看见了队员们欢呼雀跃的样子，我看见了队员们向高大的玻璃幕墙蜂拥而去的情景。我还看见了在一闪而过的镜头中，也有人并没有跟着大伙一起欢呼雀跃，他们只是默默无言地注视着、注视着，透过明亮的玻璃幕墙注视着那架携带着祖国的温暖、家乡的信息的波音飞机，双眼中热泪盈眶……

祖国，亲人，你们的孩子要回来了！

你们的英雄要凯旋了！

你们的和平使者要回归故里了！

其时，已是北京的秋末冬初时节，虽然钓鱼台国宾馆外的银杏大道依然铺陈着金黄的银杏叶，依依不舍地牵挂着秋的身影，可是整整一个季节已经过去了。

当被问及回到祖国有何感想时，队员们的回答令人动容。

刘丽英说，当我们走下飞机，踏上首都北京坚实的大地，那种感觉是这一生也不会忘记的，感觉很踏实，感觉很温暖，至少我在想，不管21天的医学观察期会不会有问题，即使真的有问题，即使真的死去了，那我也是死在我的祖国，至少我不会客死他乡了。当时我就是那种感觉。

秦恩强说，自从飞机离开疫区的那一刻起，我的心就放下了，我相信自己完全安全了，因为回想起来，没有任何操作出过错，没有任何流程有失误。隔离21天的流程还要坚持到底，但是我非常轻松。

王冶则说，我一下飞机就给妈妈打电话，我说妈妈我回国了。妈妈说，哎呀，那就好了。我在塞国60天，妈妈每天晚上都难以入睡，所以我解除隔离之后，第一件事就是要请假回家，我要回东北去看看妈妈！

在所有人中，最感欣慰的应该还是队长李进。

还记得在医院的壮行宴上，李进立下的那个军令状吗？"我一定把兄弟姐妹们都平安地带回来！"这个四川汉子实现了自己的诺言，他真的把所有的队员都平安地带回了祖国，不仅如此，他还为国家带回了荣耀，也为中国人民解放军和解放军第三〇二医院带回了前所未有的荣誉。

2015年2月27日，解放军医疗队以"抗击埃博拉病毒中国援非医疗队"集体的名义，获得了"感动中国二〇一四年度人物"奖。

3月19日，解放军医疗队获得"二〇一四最美医生"中国援非抗击埃博拉团队奖；3月24日，李进获得"最美援外医生"称号。

事实上，李进守住的诺言不止一个。

在"最美援外医生"的颁奖晚会上，李进说："出发的时候，我对所有在场的队员家属和医院领导表态，我们一定会把任务完成好，不辱使命，现在我可以自豪地宣布，我们守住了诺言，做到了打胜仗、零感染，为祖国争光，为军旗添彩！"

在我开始为本文采访的时候，三〇二医院第三批医疗队正在塞国首都弗里敦继续执行抗击埃博拉的任务。截至去年11月，我国先后向西非各国提供了4轮总价值7.5亿元人民币的紧急援助，同时还派遣了近10批次医疗专家和医疗小组，防疫专家和医护人员总计1000人次。

可是，埃博拉依然在西非肆虐。

2014年12月30日，世卫组织发布的数据显示，在西非的几内亚、利比里亚和塞拉利昂3国中，已经有两万多人感染致命的埃博拉病毒，其中9409人在塞拉利昂。

但愿中国医务工作者的援助能够尽早地解救西非人民脱离"非洲死神"的魔爪。

为西非人民祈祷！

——谨以此文献给为国家荣誉和利益舍生忘死出征非洲的解放军第三〇二医院的勇士们！

后　记

　　做一名报告文学作家有很多困难和辛苦。于我来说最难的是采访，采访中最辛苦的是与人谈话。我是一个不太善于和人说话的人，最不善于的是在很多人的场合说话。特别是和陌生人说话，我总是不知道该说什么，基本上找不出话头来。但是采访的第一要务就是和人说话。记得刚开始写报告文学时，每每采访我都如临大敌，一回采访下来就像打了一仗的样子。但是说来也奇怪，或许是因为过于全神贯注的缘故，我的采访通常总会有意外的收获，这意外的收获又往往成就了我的作品。

　　采访之难，还在于路途的奔波和艰辛。汶川大地震时，我随第三军医大学心理救援队一起赶赴震中映秀，因为最近的道路被完全阻断无法通行，我们一路绕行了七八百公里。最危险的峡谷路段，一边是持续塌方的断崖陡壁，一边是混浊的滔滔江水，房子大小的巨石就凌空悬在头顶上，灭顶之灾可能转瞬而至。在映秀，我用了两天的时间才学会了独立上厕所。所谓的厕所，实际上是一个几米见方的巨大的深坑，上面横竖交错地搭着细窄的木板，供人落脚，我是没有恐高症的，但是第一次上厕所，我是被医疗队的两个姑娘架着走上去的。在那12天的时间里，我先后到达了都江堰、德阳、什邡、汉旺、映秀、理县，行程1500余公里，走遍了第三军医大学前后3批共6支医疗队的驻地，种种艰辛，至今历历在目。

　　做报告文学作家的另一种难，就是你要承受非虚构写作的种种桎梏和羁绊。因为是非虚构，你不能随心所欲，信马由缰，不能让思想像自由的鸟无拘无束地飞翔。因此你很难享受到写小说的那种无所顾忌酣畅淋漓的快感。美国批评家佩里用"戴着脚镣跳舞"来比喻格律诗的创作，我觉得用这句话来形容报告文学的创作，似乎更形象，更贴切。

做一名报告文学作家还有一种难，几乎是难以言说的。

因为要到浙江南浔参加"第六届徐迟报告文学奖"颁奖典礼，出发之前，我在网上百度了一下。在一条关于南浔古镇的条目中，有一段这样的文字：南浔古镇素有"文化之邦"和"诗书之乡"之称，出现过许多著名人物，如民国奇人张静江，"西泠印社"发起人之一张石铭，著名诗人、散文家徐迟等。

著名诗人、散文家徐迟——没有报告文学家。徐迟前辈是中国报告文学学会首任会长，他的报告文学《哥德巴赫猜想》闻名遐迩，差不多就是一个时代的象征，是众所周知的经典，他当然是名副其实的报告文学家。可是在某些时候，人们依然会有意无意、堂而皇之地忽略掉他作为一个报告文学作家的身份，由此可见，人们对于报告文学这种文体的偏见和轻视，甚者说是歧视有多么严重。

而对于大多数报告文学作家来说，一个普遍的现象大概就是：出一本报告文学集，要比出一本小说集或散文集难很多。

当然，报告文学作家也有属于自己的春花秋月。比如，当你采访了几人、几十人甚至上百人之后，那些原本零乱无序的时间和空间的碎片，那些看似各自存在、几无关联的人物和事件，开始在你眼前一点点地聚合，一点点地重组起来，最终呈现出一个逻辑缜密、完整鲜活的生命形态，那简直就是一个奇迹。而你，却在这一切之上，你发现自己一下子超越了所有的人，成了那个离真相最近的人，是那个创造奇迹的人，那时候，那种从天而降的喜悦简直是无与伦比。

戴着镣铐如何跳舞？自然是极难的。但倘若你舞得尽心尽力，不遗余力，说不定有一天也会舞出一份遗世而独立的精彩呢！

蒙唐晓渡先生、葛笑政先生倾力支持，责编李宏伟先生费心编辑，成就了这部书集的出版；特别是恩师田珍颖在78岁高龄，不辞辛苦，欣然为本书作序，在此一并深谢！需要说明的是，书中所选《商战在郑州》《锦州之恋》《北中国的太阳》3部作品是和解放军艺术学院军事文学创作教研室原主任邢军纪合作的，并征其同意以我个人名义收入本集。

2016年初冬　听月阁

图书在版编目（CIP）数据

曹岩报告文学自选集 / 曹岩著 . -- 北京：作家出版社，2018.7
ISBN 978 - 7 - 5063 - 8753 - 8

Ⅰ. ①曹⋯　Ⅱ. ①曹⋯　Ⅲ. ①纪实文学 - 作品集 - 中国 - 当代
Ⅳ. ①I25

中国版本图书馆 CIP 数据核字（2016）第 045602 号

曹岩报告文学自选集

作　　者：曹 岩
责任编辑：李宏伟
装帧设计：孙 超
出版发行：作家出版社
社　　址：北京农展馆南里 10 号　　　邮　　编：100125
电话传真：86 - 10 - 65930756（出版发行部）
　　　　　 86 - 10 - 65004079（总编室）
　　　　　 86 - 10 - 65015116（邮购部）
E – mail: zuojia@zuojia. net. cn
http: // www. haozuojia.com（作家在线）
印　　刷：三河市兴博印务有限公司
成品尺寸：170 × 240
字　　数：489 千
印　　张：31.75
版　　次：2018 年 7 月第 1 版
印　　次：2018 年 7 月第 1 次印刷
ISBN 978 - 7 - 5063 - 8753 - 8
定　　价：49.80 元